中华国学传世经典

智囊全集

第一册

精·解·导·读

（明）冯梦龙／著

谢普／主编

应急管理出版社

·北 京·

图书在版编目（CIP）数据

智囊全集：全六册/（明）冯梦龙著；谢普主编. --北京：应急管理出版社，2020（2021.9 重印）

ISBN 978-7-5020-8006-8

Ⅰ.①智…　Ⅱ.①冯…　②谢…　Ⅲ.①笔记小说—小说集—中国—明代　Ⅳ.①I242.1

中国版本图书馆 CIP 数据核字（2020）第 014769 号

智囊全集（全六册）

著　　者　（明）冯梦龙
主　　编　谢　普
责任编辑　高红勤
封面设计　李　荣

出版发行　应急管理出版社（北京市朝阳区芍药居 35 号　100029）
电　　话　010-84657898（总编室）　010-84657880（读者服务部）
网　　址　www.cciph.com.cn
印　　刷　天津海德伟业印务有限公司
经　　销　全国新华书店

开　　本　880mm×1230mm 1/32　**印张**　30　**字数**　770 千字
版　　次　2020 年 6 月第 1 版　2021 年 9 月第 2 次印刷
社内编号　20193125　　**定价**　168.00 元（全六册）

前 言

人类进入二十一世纪以来，经济与科技超速发展，人们在体验经济繁荣和科技成果的同时，欲望的膨胀和内心的焦虑也日益放大。如何在物质繁荣的时代，获得内心的满足和安详，从经典中获取智慧和慰藉或许是我们不二的选择。

之所以要读经典，根本在于，我们应当更好地认识我们自已从何而来，去往何处。一个人如此，一个民族亦如此。一个爱读经典的人，其内心世界必定是丰富深邃的。而一个被经典浸润的民族，必定是一个思想丰赡、文化深厚的民族。因为，文化是民族之灵魂，一个民族如果不能认识其民族发展的精神源泉，必定会失去其未来的生机。而一个民族的精神源泉，就保藏在经典之中。

我们提倡复兴中华传统文化，当自提倡重读经典始。然而，读经典之目的，绝不仅是徒增知识而已，应是古人所说的“变化气质”，进一步的是要引领我们进德修业。《易》曰：“君子以多识前言往行，以蓄其德。”实乃读经典之要旨所在。

《智囊全集》初编于明代天启六年（1626 年），全书共收上起先秦、下讫明代的历代智囊故事 1200 余则，是一部中国人民智慧的创造史和实践史。书中所表现的人物，都在运用智慧和谋略创造历史。它既是一部反映古人巧妙运用聪明才智来排忧解难、克敌制胜的处世奇书，也是中国文化史上一部篇幅庞大的智谋锦囊。本次出版，我们对原文部分进行了精心校对，并且做了准确流畅的译文，方便现代读者阅读、学习。

古籍的译文，固然是现代读者进入经典的一条方便门径，然而这也仅仅是阅读经典的一个开端。要真正领悟经典的微言大义，我们提倡研读原本，因为再好的白话译文，也不可能完全表达出文言经典的原有内涵，而这也正是中国经典的魅力所在。我们所做的工作，不过是打开阅读经典的一扇门而已。期望借由此门，让更多读者能够领略经典的风采，走上领悟古人思想之路，进而在生活中体证，方能直趋圣贤之境。

经典，是一代代的古圣先贤留给我们的恩泽与财富，是前辈先人的智慧精华。我们在享用这一份财富与恩泽时，更应对古人心存无尽的崇敬与感恩。我们虽恭敬从事，求备求全，然因学养所限、才力不及，舛错难免，恳请先贤原谅，读者海涵。期望本书能够为更多人打开博大精深之中华文化的大门。同时也期望得到各界人士的襄助和博雅君子的指正，让我们的工作能够做得更好！

目　录

第一部　上智

第二部　明智

第三部　察智

第四部　胆智

第五部　术智

第六部　捷智

第七部　语智

第八部　闺智

第九部　杂智

第一部　上智

上智部总序

【原文】

冯子曰：智无常局，以恰肖其局者为上。故愚夫或现其一得，而晓人反失诸千虑。何则？上智无心而合，非千虑所臻也。人取小，我取大；人视近，我视远；人动而愈纷，我静而自正；人束手无策，我游刃有余。夫是故，难事遇之而皆易，巨事遇之而皆细；其斡旋入于无声臭之微，而其举动出人意想思索之外；或先忤而后合，或似逆而实顺；方其闲闲，豪杰所疑，迄乎断断，圣人不易。呜呼！智若此，岂非上哉！上智不可学，意者法上而得中乎？抑语云“下下人有上上智”，庶几有触而现焉？余条列其概，稍分四则，曰“见大”、曰“远犹”、曰“通简”、曰“迎刃”，而统名之曰“上智”。

【译文】

冯梦龙说：真正的智慧并没有一套固定不变的法则可依循，而是根据现实情况，采取恰当的对策。所以愚昧的人，偶而也会出现深具智慧的反应；倒是聪明的人往往因为紧守着某些原则，而做出错误的判断来。

为什么呢？真正的大智慧其实是“无心”的，并非只是考虑周全就能达到。别人看到小的方面，我却能看到大的方面；别人能看到眼前的，我却能看到长远的；别人越动乱，而我却以静制动；别人束手无策，而我却能游刃有余。这样的话，看起来难的事就很容易处理，任何大事处理起来都能像小事一样容易。所以能充分灵活、有弹性地深入变动诡谲的难局里，洞见常人所不能见的问题核心，察知常人所不能知的长远发展，而其拟定的对策，也往往出乎常人的想象，甚至乍看起来是违反常识的，唯有等到问题完全解决，才能看清这样深远通透的智慧来，连圣人也不过如此。

啊，这样的智慧，确实是大智慧；这样的智慧，虽是不可学，然而多知道一些这类智慧的事例，却也能有效增加我们应对问题的能力。一些不见得聪明的人偶而出现的大智慧，也往往对我们有启发和触类旁通的效果，因此，我特地把这些我所知的智慧实录条列出来，分为四卷，分别是“见大”“远犹”“通简”“迎刃”，而总其名为“上智”。

掌握大局

【原文】

一操一纵，度越意表。寻常所惊，豪杰所了。集“见大”。

【译文】

处理事情的不同方略，往往在预料之外，这是普通人最害怕碰上，然而豪杰之士却最能拿捏分寸的地方。集此为“见大”卷。

太 公

【原文】

太公望封于齐。齐有华士者，义不臣天子，不友诸侯，人称其贤。太公使人召之三，不至；命诛之。周公曰：“此人齐之高士，奈何诛之?”太公曰：“夫不臣天子，不友诸侯，望犹得臣而友之乎?望不得臣而友之，是弃民也；召之三不至，是逆民也。而旌之以为教首，使一国效之，望谁与为君乎?”

【评】

齐所以无惰民，所以终不为弱国。韩非《五蠹》之论本此。

【评】

小人无过人之才，则不足以乱国。然使小人有才而肯受君子之驾驭，则又未尝无济于国，而君子亦必不概摈之矣。少正卯能煽惑孔门之弟子，直欲掩孔子而上之，可与同朝共事乎？孔子下狠手，不但为一时辩言乱政故，盖为后世以学术杀人者立防。

华士虚名而无用，少正卯似有大用而实不可用。壬人佥士，凡明主能诛之；闻人高士，非大圣人不知其当诛也。唐萧瑶好奉佛，太宗令出家。玄宗开元六年，河南参军郑铣阳、丞郭仙舟投匦献诗。敕曰："观其文理，乃崇道教，于时用不切事情，宜各从所好。罢官度为道士。"此等作用，亦与圣人暗合。如使佞佛者尽令出家，谄道者即为道士，则士大夫攻乎异端者息矣。

【译文】

太公望（姓吕名尚，为周文王师）封于齐，齐国有一个名叫华士的人，他认为不臣服于天子，不结交诸侯是正当的事，人们都称赞他很贤明。太公望派人请他三次都不肯到，就命人杀了他。周公（姓姬名旦，周武王之弟，辅佐成王为政）问："他是齐国的一位高士，怎么杀了他呢？"太公望说："不臣服天子，不结交诸侯的人，我太公望还能使他臣服、与他结交吗？凡国君无法臣服、不得结交的人，就是上天要遗弃的人。召他三次而不来，则是叛逆之民。如果表扬他，使他成为全国民众效法的对象，那要我这个当国君的何用？"

诸葛亮

【原文】

有言诸葛丞相惜赦者。亮答曰："治世以大德，不以小惠。故匡衡、吴汉不愿为赦。先帝亦言：吾周旋陈元方、郑康成间，每见启告，治乱之道悉矣，曾不及赦也。若刘景升父子岁岁赦宥，何益于治乎?"及费祎为政，始事姑息，蜀遂以削。

【评】

子产谓子太叔曰："唯有德者，能以宽服民；其次莫如猛。夫火烈，民望而畏之，故鲜死焉；水懦弱，民狎而玩之，则多死焉。故宽难。"

太叔为政，不忍猛而宽。于是郑国多盗，太叔悔之。

仲尼曰："政宽则民慢，慢则纠之以猛；猛则民残，残则施之以宽。宽以济猛，猛以济宽，政是以和。"

商君刑及弃灰，过于猛者也；梁武见死刑辄涕泣而纵之，过于宽者也。

《论语》赦小过，《春秋》讥肆大眚。合之，得政之和矣。

【译文】

有人批评诸葛亮（三国时代蜀国宰相，字孔明，隐居隆中，人称卧龙，刘备三访始获见，后佐刘备建国于蜀，与东吴、魏鼎足而立，拜为丞相，封武乡侯）吝于宽赦他人的罪行。诸葛亮回答说："治理天下应本着公正、仁德之心，不该随意施舍不恰当的恩惠。所以匡衡（汉朝人，累官至丞相，封乐安侯）、吴汉（东汉人，字子颜，封度平侯）治国就不认为无故赦罪是件好事。先帝（指刘备，三国蜀汉政权建立者）也曾说过：我曾与陈元方（名纪，东汉颍川人）、郑康成（名玄，东汉大儒，生平著述甚多）交往，从他们的言谈中，可洞悉天下兴衰治乱的道理，但他们从没谈及赦罪也是治国之道；又如刘景升父子（即刘表、刘琮。东汉献帝时刘表任荆州刺史，刘表死后，刘琮投降曹操）年年都大赦人犯，但对治理国家又有什么好处呢？”

后来费祎（三国蜀人，与董允齐名，累官至尚书令，封成乡侯）主政，采用姑息宽赦的策略，西蜀的国势因此逐渐削弱不振。

汉光武帝

【原文】

刘秀为大司马时，舍中儿犯法，军市令祭遵格杀之。秀怒，命取遵，主簿陈副谏曰：“明公常欲众军整齐，遵奉法不避，是教令所行，奈何罪之？”秀悦，乃以为刺奸将军，谓诸将曰：“当避祭遵。吾舍中儿犯法尚杀之，必不私诸将也！”

【评】

罚必则令行，令行则主尊，世祖所以能定四方之难也。

【译文】

汉光武帝刘秀（打败篡汉的王莽，即帝位，是为世祖）做大司马（管理军事的最高长官）的时候，有一回官府中的家奴犯法，军市令（军中交易场所的主管）祭遵（颍川颍阳人，封颍阳侯，云台二十八将之一）下令杀了他，刘秀很生气，命令部下收押祭遵。当时，主簿（掌管官府文书簿籍的官员）陈副规劝道："大人一向希望军中士兵行动整齐划一，纪律严明。现在祭遵依法办事，正是推广军令的表现啊！怎么能治他的罪呢？"

刘秀听了很高兴，不但赦免祭遵，而且让他担任刺奸将军。又对所有的将士说："你们要多防备祭遵喔！我府中的家奴犯法，尚且被他所杀，可见他一定不会偏袒你们的。"

使马圉

【原文】

孔子行游，马逸食稼，野人怒，絷其马。子贡往说之，毕词而不得。孔子曰："夫以人之所不能听说人，譬以太牢享野兽，以《九韶》乐飞鸟也！"乃使马圉往，谓野人曰："子不耕于东海，予不游西海也，吾马安得不犯子之稼？"野人大喜，解马而予之。

【评】

人各以类相通。述《诗》《书》于野人之前，此腐儒之所以误国也。马圉之说诚善，假使出子贡之口，野人仍不从。何则？文质貌殊，其神固已离矣。然则孔子曷不即遣马圉，而听子贡之往耶？先遣马圉，则子贡之心不服；既屈子贡，而马圉之神始至。圣人达人之情，故能尽人之用；后世以文法束人，以资格限人，又以兼长望人，天下事岂有济乎！

【译文】

有一天孔子出游，途中马儿脱缰吃了农夫的庄稼。农人很生气，捉住马儿并把它关了起来。子贡知道后，就用尽说辞前去恳求农人放了马儿，没想到农人不理会子贡。孔子说："用别人听不懂的道理去说服他，就好比请野兽享用太牢（祭祀时所用的牛、羊、猪三牲，是最丰盛的祭品），请飞鸟聆听《九韶》（古乐名，相传为夏禹所作。使孔子'三月不知肉味'的优美音乐）一样。"

于是命马夫前去。

马夫对农人说："你从未离家到东海之滨耕作，我也不曾到过西方来，但两地的庄稼却长得一个样，马儿怎知那是你的庄稼不该偷吃呢?"

农人听了觉得有理，就把马儿还给了马夫。

选押伴使

【原文】

"三徐"名著江左，皆以博洽闻中朝，而骑省铉尤最。会江左使铉来修贡例，差官押伴。朝臣皆以词令不及为惮，宰相亦艰其选，请于艺祖。艺祖曰："姑退，朕自择之。"有顷，左珰传宣殿前司，具殿侍中不识字者十人以名入。宸笔点其一，曰："此人可。"在廷皆惊，中书不敢复请，趣使行。殿侍者莫知所以，弗获已，竟往。渡江，始铉词锋如云，旁观骇愕，其人不能答，徒唯唯。铉不测，强聒而与之言。居数日，既无酬复，铉亦倦且默矣。

【评】

岳珂云："当陶、窦诸名儒端委在朝，若令角辩骋词，庸讵不若铉？艺祖正以大国之体不当如此耳。其亦不战屈人兵之上策欤?"

孔子之使马圉，以愚应愚也。

艺祖之遣殿侍者，以愚困智也。以智强愚，愚者不解；以智角智，智者不服。

白沙陈公甫，访定山庄孔旸。庄携舟送之，中有一士人，素滑稽，肆谈亵昵，甚无忌惮。定山怒不能忍。白沙则当其谈时，若不闻其声；及其既去，若不识其人。定山大服。此即艺祖屈徐铉之术。

【译文】

宋朝初年，三徐（徐延休、徐铉、徐锴）是江左（即江东，为南唐所在地）的著名学人。宋朝君臣都知道他们学问十分渊博，而骑省徐铉（字鼎臣，原为南唐的臣子，随后主李煜归顺宋太祖，官位升至散骑常侍，著有《骑省集》，是他的女婿编的，以官名当作书名）是其中最杰出的一位。

恰逢江左遣徐铉依惯例来朝贡（南唐对宋称臣），宋朝政府要派押伴使（随侍朝贡的使者）随侍左右。朝中的臣子都怕口才词令不如徐铉，宰相也觉得这种人才很难抉择，就请示太祖（即赵匡胤，宋朝开国国君）。

太祖说："你们暂且退下，我自己来选。"

不久，左珰（皇帝秘书）传下诏令给殿前司（掌管宫殿前禁卫军之名籍的官署），让准备十个不识字的侍卫名单入宫。皇帝亲笔圈选其中一名，道："这个人可以。"朝臣都很惊奇。

中书（宋朝的政事堂与枢密院，共同掌理国家大政）不敢再请示皇帝，就催促他上路。这个侍卫也不知道怎么回事，不得已，就渡江和徐铉会合。

起初，徐铉言辞流利，侃侃而谈，旁观的人为之惊愕不已。侍卫无法回话，只能嗯嗯哎哎地应着；徐铉没有察觉，依然喋喋不休。

过了几天，一直没有得到回答，徐铉也累得沉默不语了。

胡世宁

【原文】

少保胡世宁，为左都御史，掌院事。时当考察，执政请禁私谒。公言："臣官以察为名。人非接其貌、听其言，无以察其心之邪正、才之短长。若屏绝士夫，徒按考语，则毁誉失真。而求激扬之，难当矣。"上是其言，不禁。

【评】

公孙弘曲学阿世，然犹能开东阁以招贤人；今世密于防奸而疏于求贤，故临事遂有乏才之叹。

【译文】

明孝宗时，少保（官名，三孤之一。三孤是少师、少傅、少保）胡世宁（仁和人，字永清，历任南京刑部主事、兵部尚书）担任左都御史（都察院的首长，专门纠核百官，辨明冤枉），负责掌管都核院的事。当时正要考核执政的官员，有人请孝宗下令禁止百官私自拜访都御史。

胡少保于是禀告孝宗说："为臣的职责是负责考察官员。要去了解一个人，如果不去观察他的外貌、聆听他的言谈，面对面接触他，就没有办法知道他心地是否正直、才能是否出众。假使拒绝见人，只按照别人的评语来做判断，那么毁誉就失去真实性。想要适当地激励、选拔人才是很难办到的。”

孝宗同意他的奏言，于是没有实施该项禁令。

韩滉 钱镠

【原文】

韩滉节制三吴，所辟宾佐，随其才器，用之悉当。有故人子投之，更无他长。尝召之与宴，毕席端坐，不与比坐交言。公署以随军，令监库门。此人每早入帷，端坐至夕，吏卒无敢滥出入者。

吴越王常游府园，见园卒陆仁章树艺有智而志之。及淮南围苏州，使仁章通信入城，果得报而还。镠以诸孙畜之。

【评】

用人如韩滉，钱镠，天下无弃才，无废事矣。

按史：淮南兵围苏州，推洞屋攻城。守将孙琰置轮于竿首，垂绠投椎以揭之，攻者尽露；炮至，则张网以拒之。淮南人不能克。吴越遣兵来救，苏州有水通城中，淮南张网缀铃悬水中，鱼鳖过皆知之。都虞候司马福欲潜行入城，故以竿触网，敌闻铃声，举网，福因得过。凡居水中三日，乃得入城。由是城中号令与援兵相应，敌以为神。疑即一事，姓名必有一误。

【译文】

唐朝人韩滉（字太冲，封晋国公）在任三吴（一说吴兴、吴郡、会稽）节度使的时候，所任用的部属都很恰当，各依其人的才干安排职务。有一次，一个老朋友的儿子来投靠他，却没有任何专长。韩滉曾经请此人参加酒宴，只见此人从头到尾端坐无语，不曾与邻座的人交谈一句话。韩滉就派他随军看守库门。此人每天早晨进入帷帐，端坐到黄昏。从此士兵都不敢随便进出仓库了。

吴越王（即钱镠，五代十国的第一位君主，自称吴越国王）常常游赏府中的花园，看见园丁陆仁章很有种树的才艺，心里暗自记得他。后来淮南人围攻苏州的时候，钱镠派遣陆仁章进入苏州城传话，果然完成任务，安全回来。钱镠把他当作自己的孙子一样看待。

燕昭王

【原文】

燕昭王问为国。郭隗曰："帝者之臣，师也；王者之臣，友也；伯者之臣，宾也；危国之臣，帅也。唯王所择。"燕王曰："寡人愿学而无师。"郭隗曰："王诚欲兴道，隗请为天下士开路。"于是燕王为隗改筑宫，北面事之。不三年，苏子自周往，邹衍自齐往，乐毅自赵往，屈景自楚归。

【评】

郭隗明于致士之术，便有休休大臣气象，不愧为人主师。

汉高封雍齿而功臣息喙，先主礼许靖而蜀士归心。皆予之以名，收之以实。

【译文】

燕昭王（战国时燕王）问郭隗（战国时燕人）如何使国家强

盛。郭隗说："三皇五帝将大臣当作老师一样看待，有德的君主将臣子当作朋友一般交往，强大的盟主对待大臣如同宾客，只有亡国之君才会将臣下视同统帅。听凭大王选择。"

燕王说："我愿意学习，却没有好老师。"

郭隗说："大王真要有志于国家富强的话，我愿意为天下的读书人开路。"

于是燕王为郭隗建筑官室，以老师之礼相待。不到三年，苏代自洛阳而来，邹衍（战国时齐人）从齐国前来效命，乐毅（战国时燕人）从赵国而来，屈景从楚国而来。

丙吉　郭进

【原文】

吉为相，有驭吏嗜酒，从吉出，醉呕丞相车上。西曹主吏白，欲斥之。吉曰："以醉饱之失去士，使此人复何所容？西曹第忍之，此不过污丞相车茵耳。"此驭吏，边郡人，习知边塞发奔命警备事。尝出，适见驿骑持赤白囊，边郡发奔命书驰至。驭吏因随驿骑至公车刺取，知虏入云中、代郡，遽归。见吉白状，因曰："恐所入边郡，二千石长吏有老病不任兵马者，宜可豫视。"吉善其言，召东曹案边郡吏科条其人。未已，诏召丞相、御史，问以所入郡吏。吉具对。御史大夫卒遽不能详知，以得谴让；而吉见谓忧边思职，驭吏力也。

郭进任山西巡检，有军校诣阙讼进者。上召讯，知其诬，即遣送进，令杀之。会并寇入，进谓其人曰："汝能讼我，信有胆气。今赦汝罪，能掩杀并寇者，即荐汝于朝；如败，即自投河，毋污我剑也。”其人踊跃赴斗，竟大捷。进即荐擢之。

【评】

容小过者，以一长酬；释大仇者，以死力报。唯酬报之情迫中，故其长触之而必试，其力激之而必竭。彼索过寻仇者，岂非大愚？

【译文】

汉朝人丙吉（鲁国人，封博阳侯）当丞相时，有一个爱喝酒的车夫随侍外出，酒醉后呕吐在他的车上。西曹主吏（相府中管理侍从的官）告诉丞相，想赶走车夫。

丙吉阻止他说：“因为酒醉的过失而革除一个人，此后他还有何处可以容身呢？西曹你忍一忍吧，他只不过弄脏了丞相的车垫而已。”

这个车夫是边塞人，熟悉边塞军事紧急传递文书到京城的过程。有一次外出，正好看见传递军书的人拿着红、白二色的袋子，知道边塞的郡县有紧急事情发生。于是，车夫就跟着传书的人到官署，打探得知胡虏攻入云中郡和代郡，于是立刻回府见丞相，说了这件事，还建议说：“恐怕胡虏所进攻的边郡有不少年老多病、没有办法打仗的官员，大人是不是先了解一下有关情况？”

丙吉认为他说得对，立刻召见东曹（管理有关军吏任免职的官吏），查询边郡官吏的档案，分条记录他们的年纪和经历等。

事情尚未完全办好，皇帝下诏召见丞相和御史大夫（相当副丞相的官吏），询问有关受到胡虏侵袭边郡的官吏情况。丙吉回答得头头是道，而御史大夫仓促间无法说得详细具体，遭到了皇帝责备。丙吉得到称赞，被说是关心边塞、尽忠职守，其实是靠了车夫的帮助。

宋朝人郭进担任山西巡检（官名，掌管训练甲兵、巡逻州邑、擒捕盗贼的事）时，有一个军官专门进京告御状，控告郭进不守法度。天子召入询问，知道他是诬告，就将他遣送回山西，交给郭进，下令杀了他。

当时正遇到并州贼寇入侵，郭进对这个军官说："你敢告我，胆量一定很大。现在我赦免你，如果你能消灭并州敌寇，我就上书朝廷推荐你；如果失败，你就自己去投河，不要弄脏了我的宝剑。"

后来这个军官奋不顾身，拼死作战，结果大获全胜。

郭进当真推荐他升了官。

假书

【原文】

秦桧当国，有士人假其书，谒扬州守。守觉其伪，缴原书管押其回。桧见之，即假以官资。或问其故，曰："有胆敢假桧书，此必非常人。若不以一官束之，则北走胡，南走越矣。"

【评】

西夏用兵时，有张、李二生，欲献策于韩、范二公，耻于自媒，刻诗于碑，使人曳之而过，韩、范疑而不用。久之，乃走西夏，诡名张元、李昊，到处题诗。元昊闻而怪之，招致与语，大悦，奉为谋主，大为边患。奸桧此举，却胜韩、范远甚。所谓"下下人有上上智"。

有人赝作韩魏公书，谒蔡君谟。君谟虽疑之，然士颇豪，与之三千，因回书，遣四兵送之，并致果物于魏公。

客至京，谒公谢罪。

公徐曰："君谟手段小，恐未足了公事。夏太尉在长安，可往见之。"即为发书。

子弟疑谓包容已足，书可勿发。

公曰："士能为我书，又能动君谟，其才器不凡矣。"

至关中，夏竟官之。

又东坡元祐间出帅钱塘。

视事之初，都商税务押到匿税人南剑州乡贡进士吴味道，以二巨卷，作公名衔，封至京师苏侍郎宅。

公呼讯其卷中何物。

味道恐蹙而前曰："味道今秋忝冒乡荐，乡人集钱为赴省之赆以百千，就置建阳纱得二百端。因计道路所经场务尽行抽税，则至都下不存其半。窃计当今负天下重名而爱奖士类，唯内翰与侍郎耳。纵有败露，必能情贷，遂假先生名衔，缄封而来。不知先生已临镇此邦，罪实难逃。"

公熟视，笑，呼掌笺吏去其旧封，换题新衔，附至东京竹竿巷，并手书子由书一纸，付之，曰："先辈这回将上天去也无妨。"

明年味道及第，来谢。

二事俱长人智量者。

【译文】

秦桧（宋高宗时宰相，杀害岳飞，残害忠良）当权时，有一个读书人伪造秦桧的信，拿去见扬州太守（管理州郡的官吏）。太守发觉是封假信，就将信没收了，把这人押回去交给秦桧发落。秦桧见是这么一回事，反而给他一个做官的资格。有人问秦桧是什么缘故。秦桧说："有胆量伪造我的信，一定不是个普通人，如果不用一个官格套住他，他也许会投靠南方或北方的敌人。"

楚庄王 袁盎

【原文】

楚庄王宴群臣，命美人行酒。日暮，酒酣烛灭。有引美人衣者。美人援绝其冠缨，趣火视之。王曰：“奈何显妇人之节，而辱士乎?”命曰：“今日与寡人饮，不绝缨者不欢。”群臣尽绝缨而火，极欢而罢。及围郑之役，有一臣常在前，五合五获首，却敌，卒得胜。询之，则夜绝缨者也。

盎先尝为吴相时，盎有从史私盎侍儿。盎知之，弗泄。有人以言恐从史，从史亡。盎亲追反之，竟以侍儿赐，遇之如故。景帝时，盎既入为太常，复使吴。吴王时谋反，欲杀盎，以五百人围之，盎未觉也。会从史适为守盎校尉司马，乃置二百石醇醪，尽饮五百人醉卧，辄夜引盎起，曰：“君可去矣，旦日王且斩君。”盎曰：“公何为者?”司马曰：“故从史盗君侍儿者也。”于是盎惊脱去。

【评】

梁之葛周、宋之种世衡，皆用此术克敌讨叛。若张说免祸，可谓转圜之福。兀术不杀小卒之妻，亦胡虏中之杰然者也。

葛周尝与所宠美姬同饮，有侍卒目视姬不辍，失答周问。既自觉，惧罪。周并不言。后与唐师战，失利，周呼此卒奋勇破敌，竟以美姬妻之。

胡酋苏慕恩部落最强，种世衡尝夜与饮，出侍姬佐酒。既而世衡起入内，慕恩窃与姬戏。世衡遽出掩之，慕恩惭愧请罪。世衡笑曰："君欲之耶?"即以遗之。由是诸部有贰者，使慕恩讨之，无不克。

张说有门下生盗其宠婢，欲置之法。此生呼曰："相公岂无缓急用人时耶？何惜一婢!"说奇其言，遂以赐而遣之。后杳不闻。及遭姚崇之构，祸且不测。此生夜至，请以夜明帘献九公主，为言于玄宗，得解。

金兀术爱一小卒之妻，杀卒而夺之，宠以专房。一日昼寝，觉，忽见此妇持利刃欲向。惊起问之，曰："欲为夫报仇耳。"术嘿然，麾使去。即日大享将士，召此妇出，谓曰："杀汝则无罪，留汝则不可。任汝于诸将中自择所从。"妇指一人，术即赐之。

【译文】

楚庄王（春秋诸侯，五霸之一）宴请群臣，命令宠爱的美人来斟酒，劝酒。酒宴一直进行到晚上，大家喝得酒兴正浓，蜡烛熄灭了都没人管。席中有一臣子趁视线不明拉扯美人的衣服、调戏她；美人扯断了他的帽带，催促庄王点火看看是谁。

庄王说："怎么可以为了显扬妇人的节操，而屈辱一名国士呢?"于是下令："今天和寡人一起喝酒的臣子，不扯断帽带的人表示不够尽兴。"

群臣于是都把自己的帽带扯断，然后再点上蜡烛，尽欢而散。

后来围攻郑国的战役中，有一臣子每每在敌前冲锋陷阵，五次交兵五次斩获敌人首级，因而击退敌人、获得胜利。庄王询问他的姓名，原来就是那天喝酒被美人扯断帽带的臣子。

汉朝人袁盎先前曾担任吴王濞（汉朝王室分封的诸侯）的丞相，有个侍从私通袁盎的侍女，袁盎知道这件事，却没有泄露出去。有人恐吓侍从，侍从便逃走了。袁盎亲自把他追回来，还把侍女赐给他，待他像老朋友一样。

汉景帝时，袁盎担任太常（汉朝掌管宗庙礼仪的官吏），又出使吴。吴王当时图谋造反，想杀死袁盎，派了五百个士兵包围袁盎的住处，他没有发觉。此时侍从正好担任防守袁盎的校尉司马，他准备了二百石的美酒给这五百个士兵喝，喝得他们个个醉倒。到了半夜，他叫起袁盎，说："你赶快离开吧。天一亮吴王就要杀你了。"

盎问："你是什么人？"

司马说："我就是以前私通您府上侍女的侍从啊。"

于是袁盎有惊无险地逃走了。

王 猛

【原文】

猛督诸军六万骑伐燕，慕容评屯潞州，猛进与相持，遣将军徐成觇燕军。期日中，及昏而反。猛怒，欲斩成。邓羌请曰："贼众我寡，诘朝将战，且宜宥之。"猛曰："若不斩成，军法不立。"羌固请曰："成，羌部将也，虽违期应斩，羌愿与成效战以赎罪。"猛又弗许。羌怒，还营，严鼓勒兵，将攻猛。猛谓羌义而有勇，使语之曰："将军止，吾今赦之矣。"成既获免，羌自来谢。猛执羌手而笑曰："吾试将军耳。将军于郡将尚尔，况国家乎！"

【评】

违法请宥，私也；严鼓勒兵，悍也。且人将攻我，我因而赦之，不损威甚乎？然羌竟与成大破燕兵，以还报主帅。与其伸一将之威，所得孰多？夫所贵乎军法，又孰加于奋勇杀敌者乎？故曰：圆若用

智，唯圜善转，智之所以灵妙而无穷也！

【译文】

魏晋南北朝时，王猛（北海人，字景略，前秦苻坚时任丞相）总督各路大军，共六万骑兵进攻前燕，当时慕容评屯兵于潞州。王猛进军与慕容评相对峙，派遣将军徐成去窥探燕军的情况，约定中午回营，但徐成到黄昏才回来。王猛很生气，要杀徐成。

邓羌求情道："敌众我寡，明早就要作战了，将军应该原谅他。"

王猛说："如果不杀徐成，军法的威严就不能树立。"

邓羌再三求情说："徐成是我的部将，虽然违背约定的时间应该问斩，我愿意和徐成并肩作战杀敌以赎罪。"

王猛还是不肯。

邓羌很生气，回营后，击鼓整军，要来攻击王猛。

王猛认为邓羌义勇双全，就派人告诉他："将军暂且停兵，我现在就赦免徐成。"

徐成得到赦免后，邓羌亲自来向王猛谢罪。

王猛握着他的手笑道："我只是试试你罢了，将军对部将都这么重视，更何况是国家呢？"

魏元忠

【原文】

唐高宗幸东都时，关中饥馑。上虑道路多草窃，命监察御史魏元忠检校车驾前后。元忠受诏，即阅视赤县狱，得盗一人，神采语言异于众。命释桎梏，袭冠带乘驿以从，与人共食宿，托以诘盗。

其人笑而许之，比及东都，士马万数，不亡一钱。

【评】

因材任能，盗皆作使。俗儒以“鸡鸣狗盗之雄”笑田文，不知尔时舍鸡鸣狗盗都用不着也。

【译文】

唐高宗巡视东都洛阳时，关中正发生饥荒。高宗担心路上会遭遇强盗，就命令监察御史（官名，掌管巡察州县狱讼、军戎、祭祀、出纳等事）魏元忠（宋城人，为太学生，任殿中侍御史）提前检查车驾途经路线。

魏元忠受命后，去巡视了赤县（唐朝京都所管的一个县）监狱，见到一名犯盗窃罪坐牢的囚犯，言语举止都异于常人，魏元忠命令狱卒打开他的手铐、脚镣，让他整理衣冠，乘车跟随在后面，并跟他朝夕相处，要求他协助防范强盗。这个人含笑应允。

结果高宗此次巡幸东都的过程中，随行兵马多达万余人，却不曾丢失一文钱。

柳 玭

【原文】

唐柳大夫玭，谪授泸州郡守。渝州有牟磨秀才，即都校牟居厚之子，文采不高，执所业谒见。柳奖饰甚勤。子弟以为太过，柳曰：“巴蜀多豪士，此押衙之子独能好文，苟不诱进，渠即退志。以吾称誉，人必荣之，由此减三五员草贼，不亦善乎？”

【译文】

唐朝御史大夫柳玭贬职为泸州郡守时，渝州有位秀才叫牟磨，是都校牟居厚的儿子，他的文采并不高，却拿着自己的作品上门拜见。柳玭很殷勤地夸奖勉励他，但家人认为这样太过分了。

柳玭说："巴蜀一带多豪杰之士，而这押衙（管理仪仗侍卫的官）的儿子独爱好文学，如果不诱导勉励他，他将失去这种志趣。因为我的称赞，别人必定以他为荣，因此能减少三五个乱民，不是很好吗？"

廉希宪

【原文】

元廉公希宪礼贤下士，常如不及。方为中书平章时，江南刘整以尊官来谒，公毅然不命之坐。刘去，宋诸生褴缕冠衣，袖诗请见。公亟延入坐语，稽经抽史，饮食劳苦，如平生欢。既罢，弟希贡问曰："刘整贵官而兄简薄之，诸生寒士而兄优礼之，有说乎？"公曰："非尔所知也。大臣语默进退，系天下轻重。刘整官虽尊贵，然背国叛主而来者；若宋诸生，何罪而羁囚之？今国家崛起朔漠，我于斯文不加厚，则儒术由此衰熄矣。"

【评】

不惟兴文，且令知节义之重，是具开国手段者。

【译文】

元朝廉希宪（蒙古人，字善甫，有文武之才）生平礼贤下士，唯恐落于人后。当他官居中书平章政事（次于丞相的官员）时，江南刘整（邓州人，任中书左丞）以高级官员的身份正式拜访他，他居然没有请刘整就座。

刘整离开后，有个衣着破旧的南宋秀才拿着诗文来请见，廉希宪很客气地请秀才入座，与他谈论诗书典籍，关怀他的生活饮食，好像是老朋友。

事后，弟弟廉希贡问道：“刘整是大官，你对他不客气；秀才不过是个清寒的读书人，你却对他礼遇有加。有这种道理吗？”

廉希宪回答说：“这不是你所能了解的。大臣的举止进退，关系到天下兴亡。刘整的官位虽尊贵，却是背叛他的祖国和君主来归顺的；南宋秀才并没有罪过，没有必要让他难堪。当今我们的国家是从北方沙漠崛起的，我对这些文人如果不特意尊重些，儒家的学术从此就将失传了。”

范文正

【原文】

范文正公用士，多取气节而略细故，如孙威敏、滕达道，皆所素重。其为帅日，辟置僚幕客，多取谪籍未牵复人。或疑之。公曰：“人有才能而无过，朝廷自应用之。若其实有可用之材，不幸陷于吏议，不因事起之，遂为废人矣。”故公所举多得士。

【评】

天下无废人，所以朝廷无废事，非大识见人不及此。

【译文】

范文正公（即范仲淹）任用官员，一向注重有气节才智的人，决不会拘泥于琐细的小事，如孙威敏、滕达道等人都一向受到他的尊重。他担任统帅的时候，所选用的文书、助理，都是一些被贬官而尚未复职的人员。

有人觉得奇怪。

文正公说："有才能而没有过失的人，朝廷自然会任用他们。至于那些不幸受过处罚的可用之才，如不趁机起用他们，就要变成废人了。"

文正公麾下因而有许多有才能的人。

涂　阶

【原文】

徐存斋由翰林督学浙中，时年未三十。一士子文中用"颜苦孔之卓"。徐勒之，批云"杜撰"，置四等。此生将领责，执卷请曰："大宗师见教诚当，但'苦孔之卓'出《扬子法言》，实非生员杜撰也。"徐起立曰："本道侥幸太早，未尝学问，今承教多矣！"改置一等。一时翕然，称其雅量。

【评】

不吝改过，即此便知名宰相器识。

闻万历初年有士作"怨慕章"一题，中用"为舜也父者，为舜也母者"句，为文宗抑置四等，批"不通"字。此士自陈文法出在

《檀弓》。文宗大怒曰："偏你读《檀弓》！"更置五等。人之度量相越，何啻千里？

宋艺祖尝以事怒周翰，将杖之。翰自言："臣负天下才名，受杖不雅。"帝遂释之，古来圣主名臣，断无使性遂非者。

又闻徐公在浙时，有二生争贡，哗于堂下，公阅卷自若。已而有二生逊贡，哗于堂下，公亦阅卷自若。顷之，召而谓曰："我不欲使人争，亦不能使人让。诸生未读教条乎？连本道亦在教条中，做不得主。诸生但照教条行事而已！"由是争让皆息，公之持大体皆此类。

【译文】

明朝人徐存斋（徐阶，字子升，号存斋，华亭人）以翰林的身份到江浙一带督察学政时，年纪未满三十岁。有一个应考的人在文章中引用"颜苦孔之卓"（颜渊学习孔子，苦于孔子的学行过于卓越）的句子。徐存斋评为"杜撰"，给他评了个四等。

这个书生受到徐存斋的批评，很不服气，拿着文章找他说："大宗师（即今典试委员）的指教实在很好。但'苦孔之卓'并非杜撰，是有出处的，出自扬子《扬子法言》。"

徐存斋马上站起来说："我年纪轻轻就做了官，学问不足，承蒙指教。"

于是改评为一等。当时大家都称赞他肚量大。

屠枰石

【原文】

屠枰石羲［英］先生为浙中督学，持法严。按湖时，群小望风搜诸生过失。一生宿娼家，保甲昧爽两擒抵署门，无敢解者。门开，携以入。保甲大呼言状，屠佯为不见闻者，理文书自如。保甲膝行渐前，离两累颇远。屠瞬门役，判其臂曰："放秀才去。"

门役喻其意，潜趋下引出，保甲不知也。既出，屠昂首曰："秀才安在?"保甲回顾失之，大惊，不能言。与大杖三十，荷枷，娼则逐去。保甲仓惶语人曰："向殆执鬼!"诸生咸唾之，而感先生曲全一酒色士也。自是刁风顿息，而此士卒自惩，用贡为教官。

【评】

李西平携成都妓行，为节使张延赏追还，卒成仇隙；赵清献宰清城而挈妓以归，胡铨浮海生还而恋黎倩。红颜殢人，贤者不免，以此裁士，士之能全者少矣!

宋韩亿性方重，累官尚书左丞，每见诸路有奏拾官吏小过者，辄不怿，曰："天下太平，圣主之心，虽昆虫草木皆欲使之得所，今仕者大则望为公卿，次亦望为侍从、职司、二千石，奈何以微瑕薄罪锢人于盛世乎?"

屠公颇得此意。

【译文】

屠枰石（屠羲英）先生在江浙一带当督学，一向严守法令办案。当他巡察湖州时，有些小人趁机去搜罗秀才们的过失告状。

有一个秀才夜里投宿在妓女家，保甲（地方守卫组织之长）在次日天刚亮时，就把秀才和妓女两人捉起来，送到衙门来。大家都有点同情那个秀才，却没有人敢释放他。

衙门开门了，保甲带人上堂。一进门保甲就大声地诉说事情的经过，屠公假装没有听见，照常处理文书。保甲渐渐膝行向前，距离秀才和妓女越来越远。

屠公用眼睛示意身旁的差役，又碰碰他的手臂，让他放了秀才。差役明白了，悄悄过去把秀才带出门，保甲一点都不知情。

秀才出去之后，屠公抬头问道："人呢?"

保甲回头一看，不见了秀才，吓得说不出话来。屠公便打他三十大板，铐上枷锁，并把妓女赶了出去。

保甲后来惊魂未定地对人说："我刚才捉到鬼了!"

别的秀才鄙弃他，也感谢屠公包涵一个读书人——虽然是个酒色之士。

从此以后，这个地方刁恶的风气平息下来，而秀才为了自我惩戒，甘愿奉献才学，自贬为教官（学校中担任教职的基层官员）。

李孝寿　宋庠

【原文】

李孝寿为开封尹，有举子为仆所凌，忿甚，具牒欲送府，同舍生劝解，久乃释，戏取牒效孝寿花书判云："不勘案，决杖二十。"仆明日持诣府，告其主仿尹书制，私用刑。孝寿即追至，备言本末。孝寿皤然曰："所判正合我意。"如数与仆杖而谢举子。时都下数千人，无一仆敢肆者。

宋元献公罢相守洛。有一举子，行囊中有失税之物，为仆夫所告。公曰："举人应举，孰无所携？未可深罪。若奴告主，此风胡可长也?"但送税院倍其税，仍治其奴罪而遣之。

【译文】

宋朝人李孝寿任开封府尹的时候，有个举人受到自己仆人的欺凌，心里很愤怒，准备好讼状想到开封府控诉，后经同行的另一个书生劝阻才作罢。后来一时兴起，拿出诉讼状，模仿李孝寿的笔法写上判决：“不必审查，打二十大板。”但是并没有真打。

第二天，那个仆人拿着这张讼状到府衙，控告主人模仿府尹大人的判决，私自用刑。李孝寿把那个举人叫来问话，了解了事情的经过以后，勃然大怒，说：“这样的判决正合我的想法。”

当场就责打了那仆人二十大板，并命令他向主人道歉。此举使得当时都城里数千个仆人，没有一个敢再放肆。

宋元献公（宋朝人，本名庠，字公序，卒谥元献）辞去丞相之职，镇守洛阳。有一个举人行李中有漏税的东西，竟被自己的仆役检举控告。宋庠说：“举人进京参加科举考试，谁不会携带行李？不可重罚。倒是奴仆控告主人，这样的歪风不可助长！”

他只把举人送到税务院去加倍缴税，那名仆役则被送去服刑。

胡霆桂

【原文】

胡霆桂，开庆间为铅山主簿。时私酿之禁甚严，有妇诉其姑私酿者。霆桂诘之曰：“汝事姑孝乎?”曰：“孝。”曰：“既孝，可代汝姑受责。”以私酿律笞之。政化遂行，县大治。

【译文】

胡霆桂在南宋理宗开庆年间任铅山主簿，当时私家酿酒的禁令很严。有一个妇人控告婆婆私自酿酒，胡霆桂诘问她说：“你侍奉婆婆孝顺吗?”她说：“孝顺。”胡霆桂说：“既然孝顺，就代替你婆婆受罚吧。”然后按照私酿的法令来责打她。此事传开之后，官府的政令变得畅行无阻，铅山县因而被治理得很好。

尹 源

【原文】

尹源，尹洙之兄也。举进士，通判泾州时，知沧州刘涣坐专斩部卒，降知密州。源上书言：“涣为主将，部卒有罪不伏，笞辄呼万岁，涣斩之不为过。以此谪涣，臣恐边兵愈骄，轻视主将，所系非轻。”涣遂获免。

【评】

禁诸生宿娼，法也，而告讦之风不可长。效尹书判，及失税私酿，专斩部卒，皆不法也，而奴不可以加主，妇不可以凌姑，卒不可以抗帅。舍其细而全其大，非弘智不能。

【译文】

宋朝人尹源（河南人，世称河内先生）是尹洙（世称河南先生）的哥哥，举进士第。他担任泾州通判（中央政府的官员被派到府州管理军事、狱讼）时，知道沧州刘涣因私自杀部卒而被降为密州知州（州之首长）。

尹源上书陈情说：“刘涣是主将，部卒有罪不肯受罚，鞭打他就大叫万岁，刘涣斩他并不过分。因这事而贬刘涣的官，为臣恐怕边塞的士卒会更加骄纵，轻视主将，这种影响实在不小。”

刘涣于是得到赦免。

张　耳

【原文】

张耳、陈余，皆魏名士。秦灭魏，悬金购两人。两人变姓名俱之陈，为里监门以自食。吏尝以过笞陈余。余怒欲起，张耳蹑之，使受笞。吏去，耳乃引余之桑下，数之曰：“始吾与公言何若？今见小辱而欲死一吏乎！”

【评】

勾践石室，淮阴胯下，皆忍小耻以就大业也。陈余浅躁，不及张耳远甚，所以一成一败。

【译文】

张耳（大梁人，与陈余为刎颈之交，与韩信一起破赵，封赵王）、陈余都是战国魏的名士。秦灭魏以后，悬赏要捉拿他们两人。

两人于是隐姓埋名，一起到陈国故地看守里监门谋生。官吏曾因小事要鞭打陈余，陈余发怒，想反抗，张耳踩他的脚，让他忍了。

官吏走后，张耳带陈余到树下，责备他说：“以前我对你是怎么说的？现在受一点小小的屈辱，就要杀死一个官吏吗？”

狄 青

【原文】

狄青起行伍十余年，既贵显，面涅犹存，曰：“留以劝军中！”

【评】

既不去面涅，便知不肯遥附梁公。

【译文】

宋朝名将狄青（汾州西河人，字汉臣，卒谥武襄）出身行伍，十余年才显达，然而脸上受墨刑染黑的痕迹一直留着，天子劝他除去，他说：“留下来可以鼓励军中的士卒奋发向上。”

邵 雍

【原文】

熙宁中，新法方行，州县骚然，邵康节闲居林下，门生故旧仕宦者皆欲投劾而归，以书问康节。答曰：“正贤者所当尽力之时。新法固严，能宽一分，则民受一分之赐矣。投劾而去何益？”

【评】

李燔［冯注：朱晦庵弟子］常言：“人不必待仕宦有职事才为功

业，但随力到处，有以及物，即功业也。”

莲池大师劝人作善事，或辞以无力，大师指凳曰：“假如此凳，攲斜碍路，吾为整之，亦一善也。”如此存心，便觉临难投劾者亦是宝山空回。

鲜于侁为利州路转运副使，部民不请青苗钱，王安石遣吏诘之，曰：“青苗之法，愿取则与，民自不愿，岂能强之？”东坡称侁“上不害法，中不废亲，下不伤民”，以为“三难”，仕途当以为法。

【译文】

宋神宗熙宁年间，王安石的新法正在推行，州县之间都骚动起来。邵康节（邵雍，范阳人）隐居山林间，一些做官的学生和朋友，都想自举罪状辞官回乡，因而写信问邵雍的看法。邵雍回答他们说：“现在正是你们应当尽力的时候，新法固然严厉，能宽松一分，人民就能受到一分实惠，自举罪状辞官有什么好处呢？”

杨士奇

【原文】

广东布政徐奇入觐，载岭南藤簟，将以馈廷臣。逻者获其单目以进，上视之，无杨士奇名，乃独召之，问故。士奇曰：“奇自都给事中受命赴广时，众皆作诗文赠行，故有此馈，臣时有病，无所作，不然亦不免。今众名虽具，受否未可知。且物甚微，当以无他。”上意解，即以单目付中官令毁之，一无所问。

【评】

此单一焚而逻者丧气，省缙绅中许多祸，且使人主无疑大臣之心。所全甚大，无智名，实大智也！岂唯厚道？

宋真宗时，有上书言宫禁事者。上怒，籍其家，得朝士所与往还占问吉凶之说，欲付御史问状。王旦自取尝所占问之书进，请并付狱，上意浸解，公遂至中书，悉焚所得书。已而上悔，复驰取之。公对："已焚讫。"乃止。

此事与文贞相类，都是舍身救物。

【译文】

明朝时广东布政使（官名，掌管一省的政事）徐奇上京晋见皇帝，带来一些岭南的藤席赠送给朝中的大臣。

刺探情况的人先得到一份受礼的名单呈给皇帝。

皇帝发现名单上没有杨士奇（杨寓，字士奇，泰和人，历任大学士、少傅、少师，谥文贞）的名字，就单独召见士奇问缘故。

杨士奇说："徐奇受命到广东上任时，朝中众臣都作诗为他送行，所以得到这份赠礼。我当时生病没有作诗，否则也免不了进入名单之内。现在众人的姓名都已列入名单，但接受与否还不知道，而且礼物并不贵重，应当没有什么可疑。"

皇帝明白了前因后果，把名单交给宦官，命令烧毁，不再追究。

严　震

【原文】

严震镇山南，有一人乞钱三百千去就过活。震召子公弼等问之。公弼曰："此患风耳，大人不必应之。"震怒，曰："尔必坠吾门！只可劝吾力行善事，奈何劝吾吝惜金帛？且此人不办，向吾乞三百千，的非凡也！”命左右准数与之。于是三川之士归心恐后，亦无造次过求者。

【评】

天下无穷不肖事，皆从舍不得钱而起；天下无穷好事，皆从舍得钱而做。自古无舍不得钱之好人也！吴之鲁肃、唐之于頔、宋之范仲淹，都是肯大开手者。

西吴董尚书浔阳公，家富而勤于交接。凡衣冠过宾，无不延礼厚赠者。

其孙礼部青芝公，工于诗字，往往以手书扇轴及诗稿赠人。尚书闻之曰：“以我家势，虽日以金币为欢，犹恐未塞人望，奈何效清客行事耶？且缙绅之家，自有局面，岂复以诗字得人怜乎？将来破吾家者，必此子也！”

后民变事起，尚书已老，青芝公以文弱不能支，董氏为之破产。

人服尚书先见。

弘治间，昭庆寺欲建穿堂。察使访得富户三人，召之，谕以共建。长兴吕山吴某与焉。吴曰：“此不甚费，小人当独任之。”察使大喜。

吴归语其父，父曰：“儿子有这力量，必能承吾家。”

此翁之见，与浔阳公同。

【译文】

唐朝人严震（盐宁人，讨朱泚有功，封户部尚书）镇守山南道（十道之一，唐太宗就山川形势分天下为十道）时，有一个人来乞讨三十万钱做生活费。严震吩咐儿子公弼等人将此事问清楚。公弼说：“这个人发疯了，大人别理会他。”

严震生气地说：“你要坚持我们家的传统！只可以劝我做善事，

怎可劝我吝惜钱财呢？而且这个人向我乞三十万钱，非同凡响。”于是命令左右的人如数给那个人钱。

从此，各地的有为人士争先恐后地来归附严震，也并没有人提出过分的要求。

萧何 任氏

【原文】

沛公至咸阳，诸将皆争走金帛财物之府分之，何独先入收秦丞相、御史律令图书藏之。沛公具知天下阸塞、户口多少强弱处、民所疾苦者，以何得秦图书也。

宣曲任氏，其先为督道仓吏。秦之败也，豪杰争取金玉，任氏独窖仓粟。楚汉相距荥阳，民不得耕种，米石至万，而豪杰金玉尽归任氏。

【评】

二人之智无大小，易地则皆然也。

又蜀卓氏，其先赵人，用铁冶富。秦破赵，迁卓氏之蜀，夫妻推辇行。诸迁虏少用余财，争与吏求近处，处葭萌。唯卓氏曰：“此地狭薄。吾闻岷山之下沃野，下有蹲鸱，至死不饥，民工作布，易贾。”乃求远迁。致之临邛，即铁山鼓铸，运筹贸易，富至敌国。其识亦有过人者。

【译文】

沛公（汉高祖刘邦）攻下咸阳城后，很多将领都争先恐后地到官府中劫掠金银财宝，只有萧何（沛人，官至丞相，汉朝的典制律令多经他亲手制定）先去收集秦朝丞相御史留下的律令图画，加以妥善保存。

后来刘邦能详知天下要塞之地、户口的多少、势力的强弱、人民的疾苦，很多得自萧何所收集的秦朝图画。

陕西宣曲任氏，祖先是看管仓库的官吏。秦朝兵败以后，一般豪杰之士都争着夺金银宝物，只有任氏一家储存粮食。后来楚汉相争于荥阳，人民无法耕种，米价涨到一石一万钱，于是很多人原先劫得的金银财宝都装进了任氏腰包。

董　公

【原文】

汉王至洛阳，新城三老董公遮说王曰："兵出无名，事故不成，故曰：'明其为贼，敌乃可服。'天下共立义帝，项羽放弑之，大王宜率三军之众，为之素服，以告诸侯而伐之。"于是汉王为义帝发丧，兵皆缟素，告诸侯曰："寡人悉发关中兵，收三河士，南浮江、汉以下，愿从诸侯王击楚之弑义帝者。"

【评】

董公此说，乃刘、项曲直分判处。随何招九江，郦生下全齐，其陈说皆本此。许庸斋谓沛公激发天下大机括，子房号为帝师，亦未有此大计。

【译文】

汉王（汉高祖刘邦）带兵到洛阳，新城三老（掌管一乡教化的长官）中的董公挡在路上劝汉王说："如果没有正当的名义出兵起事，是没有办法成功的。所以说，先声明对方是叛贼，乱事方可平定。天下人共同拥戴义帝（项羽尊楚怀王为义帝），项羽却把他逐出彭城，又派人杀了他。大王应该率领三军为义帝服丧，然后通告诸侯共同去讨伐项羽。"

于是汉王为义帝办丧事，命士兵都穿白色的孝服，然后昭告天下诸侯说："我将动员手下所有士兵，收复河南、河东、河内，向南沿长江、汉水而下，希望随从诸侯王共同去打击弑杀义帝的人。"

蔺相如　寇恂

【原文】

赵王归自渑池，以蔺相如功大，拜为上卿，位在廉颇之右。廉颇自侈战功，而相如徒以口舌之劳位居其上："我见相如，必辱之。"相如闻，不肯与会。每朝，常称病，不欲与颇争列。已而，相如出，望见廉颇，辄引车避匿，于是舍人相与谏相如，欲辞去，相如固止之曰："公之视廉颇孰与秦王？"曰："不若也。"相如曰："夫以秦王之威，而相如廷叱之，辱其群臣。相如虽驽，独畏廉将军哉？顾吾念之：强秦之所以不敢加兵于赵者，徒以吾两人在也。今两虎共斗，势不俱生，吾所以为此者，先国家之急而后私仇也。"颇闻之，肉袒负荆，因宾客至相如门谢罪，遂为刎颈之交。

贾复部将杀人于颍川，太守寇恂捕戮之。复以为耻，过颍川，谓左右曰："见恂必手刃之。"恂知其谋，不与相见。姊子谷崇请带剑侍侧，以备非常。恂曰："不然，昔闻蔺相如不畏秦王而屈于廉颇者，为国也。”乃敕属县盛供具，一人皆兼两人之馔。恂出迎于道，称疾而还。复勒兵欲追之，而将士皆醉，遂过去。恂遣人以状闻，帝征恂，使与复结友而去。

【评】

汾阳上堂之拜，相如之心事也；莱公蒸羊之逆，寇恂之微术也。

安思顺帅朔方，郭子仪与李光弼俱为牙门都将，而不相能，虽同盘饮食，常睇目相视，不交一语。及子仪代思顺，光弼意欲亡去，犹未决，旬日诏子仪率兵东出赵、魏，光弼入见子仪曰：“一死固甘，乞免妻子。”子仪趋子，持抱上堂而泣曰：“今国乱主迁，非公不能东伐，岂怀私忿时耶？”执其手，相持而拜，相与合谋破贼。

丁谓窜崖州，道出雷州，先是谓贬准为雷州司户。准遣人以一蒸羊迎之境上。谓欲见准，准拒之。闻家僮谋欲报仇，亟杜门纵博，俟谓行远，乃罢。

【译文】

赵惠文王从渑池回国后，因为蔺相如助赵王完璧归赵，功劳很大，升他为上卿（官名，最高的执政大臣），官位在廉颇（战国赵良将）之上。廉颇自以为南征北战立下大功，而蔺相如只不过费了一点口舌，官位居然高过自己，就说：“我若遇见蔺相如，一定要羞辱他一番。”

蔺相如听到这些话，就不肯和廉颇碰头，每次托病不上朝，不想和廉颇争名位。有一次蔺相如外出，远远望见廉颇，就绕道避开他。

门客都来见蔺相如，要告辞离开。蔺相如再三挽留，说：“你们认为廉颇和秦王比较起来哪个厉害些？”

门客回答说："自然是秦王厉害。"

蔺相如说："秦王那么厉害，我还敢当面斥责他，侮辱他的臣子；我虽然笨，难道会怕廉将军吗？但是我想，强大的秦国之所以不敢对赵国用兵，只因为有我们两人。如今要是两虎相斗，一定不能够两个都存留下来。我所以对廉将军处处谦让，是先顾虑到国家的危急而抛开私仇啊！"

廉颇听说这件事，袒开上衣，背负荆条，请宾客带领他到蔺相如家谢罪，于是两人成为生死与共的朋友。

后汉人贾复（冠军人，光武帝时任都护将军、执金吾）的部将在颍川杀人，太守寇恂（昌平人，守颍川）将他逮捕并处死。贾复认为这事让自己很没有面子，经过颍川时对左右的部将说："我看见寇恂一定亲手杀死他。"

寇恂知道贾复的预谋后，就有意躲着不见他。寇恂姐姐的儿子谷崇请求佩剑随侍在侧，以备万一。寇恂说："不行。从前蔺相如不怕秦王，却宁愿受屈于廉颇，都是为国家着想。"

于是命令县里的人，一人准备两份酒菜，由寇恂带领出城迎接贾复的军队，然后托病先回城中。

贾复命士卒追赶，但将士们都喝醉酒了，寇恂得以安全脱身。

寇恂派人把这情况禀告朝廷，皇帝于是征召寇恂，命他和贾复结交为友，然后各自离去。

张　飞

【原文】

先主一见马超，以为平西将军，封都亭侯，超见先主待之厚也，阔略无上下礼，与先主言，常呼字。关羽怒，请杀之，先主不从。张飞曰："如是，当示之以礼。"明日大会诸将，羽、飞并挟刃立直，超入，顾坐席，不见羽、飞座，见其直也，乃大惊。自后乃尊事先主。

【评】

释严颜，诲马超，都是细心作用，后世目飞为粗人，大枉。

【译文】

刘备一见到马超，就任命他为平西将军，封都亭侯。马超见到刘备对待自己这么优厚，就疏忽了对主上的礼节，和刘备讲话，常直呼刘备的字讳（刘备，字玄德）。

关羽（解县人，字云长，与张飞随从刘备，情同兄弟）很生气，请求杀掉马超，刘备不肯。张飞（涿郡人，字翼德，勇猛善战）说："像这种情形，必须用礼节来开导他。"

第二天，刘备会见诸将，关羽、张飞同时拿着武器站立在刘备身边，马超一到，只顾入座，但见不到旁边关羽和张飞的座位，后来看见他们两人侍立一旁，大吃一惊。从此以后，马超才知道尊敬刘备。

曹彬　窦仪

【原文】

宋太祖始事周世宗于澶州，曹彬为世宗亲吏，掌茶酒，太祖尝从求酒。彬曰："此官酒，不可相与。"自沽酒以饮之。及太祖即位，语群臣曰："世宗吏不欺其主者，独曹彬耳。"由是委以腹心。

太祖下滁州，世宗命窦仪籍其帑藏。至数日，太祖命亲吏取藏绢，仪曰："公初下城，虽倾藏取之，谁敢言者？今既有籍，即为官物，非诏旨不可得。"后太祖屡称仪有守，欲以为相。

【译文】

宋太祖起初臣服于后周世宗，曹彬当时是世宗身边的侍吏，掌管茶酒的事。太祖曾经向曹彬要酒，曹彬说："这是公家的酒，不可以给你。"就自己买酒请太祖喝。后来太祖即位，曾经对群臣说："世宗身边的官吏不欺主瞒上的，只有曹彬一人。"从此把曹彬当作心腹。

太祖攻下滁州，后周世宗命令窦仪钞录所有国库的收藏。几天之后，太祖又命令侍吏去取公库的绢，窦仪说："主公刚攻下这座城，即使想取走所有的收藏，谁敢说不可以？但现在既然已经造册记录，就是官府的财物，没有皇上的诏令是不可擅自取出的。"后来太祖屡次称赞窦仪的操守，很想任用他为宰相。

鲁宗道

【原文】

宋鲁宗道为谕德日，真宗尝有所召，使者及门，宗道不在。移时，乃自仁和肆饮归。中使先入，与约曰："上若怪公来迟，当托何事以对？"宗道曰："但以实告。"曰："然则当得罪。"宗道曰："饮酒，人之常情；欺君，臣子之大罪。"中使如公对。真宗问公："何故私入酒家？"公谢曰："臣家贫，无器皿，酒肆具备。适有乡亲远来，遂邀之饮。然臣既易服，市人亦无识臣者。”真宗笑曰：“卿为宫臣，恐为御史所弹。”然自此奇公，以为真实可大用。

【译文】

宋朝的鲁宗道（字贯夫，亳州人）担任谕德（管太子品德教育的官）的时候，有一次，真宗有事召见他。

使者上门时，鲁宗道不在家，过了一个时辰，才见他从仁和市场喝完酒回来。

到了宫中，使者要进去禀报，就对他说：“皇上会怪你迟到，你想个借口来回话吧。”

鲁宗道说：“照实告诉皇上就可以了。”

使者说：“这样可能会得罪皇上。”

鲁宗道说：“喝酒是人的常情，欺君却是臣子的大罪。”

使者就依鲁宗道的话禀告皇帝。真宗问鲁宗道为什么私下去酒家喝酒。

鲁宗道谢罪道：“臣家境贫穷，没有饮食的器皿。酒家设备比较齐全，有乡亲远来拜访，就邀请他去喝酒。臣换穿便服，所以市人都认不出我来。”

真宗笑着说：“你是宫里的官员，恐怕会被御史弹劾。”然而从此真宗认为鲁宗道与常人不同，觉得他行事真实不欺，可堪大用。

吕夷简

【原文】

仁宗久病废朝。一日疾瘥，思见执政，坐便殿，急召二府。吕许公闻命，移刻方赴，同列赞公速行，公缓步自如。既见，上曰："久病方平，喜与公等相见，何迟迟其来?"公从容奏曰："陛下不豫，中外颇忧。一旦急召近臣，臣等若奔驰以进，恐人惊动。"上以为得辅臣体。

庆历中，石介作《庆历圣德颂》，褒贬甚峻，于夏竦尤极诋斥。未几，党议起，介得罪罢归，卒。会山东举子孔直温谋反，或言直温尝从介学，于是竦遂谓介实不死，北走胡矣。诏编管介之子于江淮，出中使，与京东刺史发介棺以验虚实。时吕夷简为京东转运使，谓中使曰："若发棺空，而介果北走，虽孥戮不为酷；万一介真死，朝廷无故剖人冢墓，非所以示后也。"中使曰："然则何以应中旨?"夷简曰："介死，必有棺敛之人，又内外亲族及会葬门生无虑数百，至于举柩窆棺，必用凶肆之人，今悉檄至劾问，苟无异说，即皆令具军令状以保结之，亦足以应诏也。"中使如其言，及入奏，仁宗亦悟竦之谮，寻有旨，放介妻子还乡。

【评】

不为介雪，乃深于雪。当介作颂时，正吕许公罢相，而晏殊，章得象同升，许公不念私憾而念国体，正宰相度也！

李太后服未除，而夷简即劝仁宗立曹后。范仲淹进曰："吕夷简又教陛下做一不好事矣。"他日，夷简语韩琦曰："此事外人不知，上春秋高，郭后、尚美人皆以失宠废，后宫以色进者不可胜数。不亟立后，无以正之。"每事自有深意，多此类也。

【译文】

宋仁宗生病，很久没有上朝。有一天病稍微好一些，很想见执政的大臣，坐在休闲的别殿上，急着召见中书省和枢密院的两位首长。吕许公（名夷简，字坦夫，寿州人，封许国公，此时任同中书门下平章事）接到诏令，过了一段时间才动身，同行的枢密赞公快步行走，许公却慢步而走。

见到仁宗以后，仁宗说："久病刚愈，很高兴和你们见面，可为何姗姗来迟呀?"

吕许公不慌不忙地奏道："陛下身体不适，天下人都很忧虑，一旦忽然召见左右亲近的臣子，臣等如果急速前来晋见，恐怕会惊动很多人。"

仁宗认为他作为辅政大臣的表现很得体。

宋仁宗庆历年间，石介（奉符人，字守道，笃学有志，性行刚正）作《庆历圣德颂》，对当朝的人批评得很严厉，尤其对于夏竦（江州人，累官武宁军节度使，封郑国公）更是诋毁斥责。

不久，朝中发生党派之争，石介因罪免职回乡，病逝。

当时山东有一个举人孔直温谋反。有人说孔直温曾是石介的学生，于是夏竦就说石介实际上没有死，是逃到北方的胡人那里去了，仁宗就下诏限制石介儿子的行动，又派使者告诉京东刺史，要挖开石介的棺材看看。

当时吕许公任京东转运使，对仁宗的使者说："如果打开棺材发现是空的，表示石介果真逃到北方，这样即使杀了他儿子也不为过；万一石介真的死了，朝廷无故挖开人家的坟墓，要怎么对后世交代呢?"

使者说："但是又如何回复皇上的旨意呢?"

吕许公说："石介去世后一定有为他办理殡殓的人，内外亲族和参加丧礼的门生恐怕不下数百人，你都发公文去询问他们，如果没有不同的说法，就命令他们都写保证书，保证不说实话要依军令处罚，这样就可以向皇上交代了。"

使者照他的话去禀告仁宗，仁宗也明白这件事是夏竦的诬陷之词，不久便降旨释放石介的妻子儿女回乡。

古弼 张承业

【原文】

魏太武尝校猎西河，诏弼以肥马给骑士。弼故给弱者，上大怒，曰：“尖头奴，敢裁量我！还台先斩此奴！”时弼属尽惶惧，弼告之曰：“事君而使君盘游不适，其罪小；不备不虞，其罪大。今北狄南虏，狡焉启疆，是吾忧也；吾选肥马以备军实，苟利国家，亦何惜死。明主可以理干，罪自我，卿等无咎。”帝闻而叹曰：“有臣如此，国之宝也。”弼头尖，帝尝名之曰“笔头”，时人呼为“笔公”。

后唐庄宗尝须钱蒲博、赏赐伶人，而张承业主藏钱，不可得。

庄宗置酒库中，酒酣，使其子继岌为承业起舞，舞罢，承业出宝带币马为赠，庄宗指钱积。语承业曰：“和哥乏钱，可与钱一积，安用带马？”承业谢曰：“国家钱，非臣所得私！”庄宗语侵之，承业怒曰：“臣老敕使，非为子孙，但受先王顾命，誓雪国耻，惜此钱，佐王成霸业耳。若欲用，何必问臣？财尽兵散，岂独臣受祸出？”因持庄宗衣而泣，乃止。

【译文】

北魏太武帝准备去西河打猎，命令古弼（代人，任吏部尚书）供给骑士肥壮的马。古弼却故意给他们瘦弱的马。太武帝发现后生气地骂道：“尖头奴！居然敢裁夺我的事！回去先斩杀此奴。”

古弼的部属风闻此事，都很害怕。古弼告诉他们说：“侍奉国君，使他不能尽情地游乐，这种罪过小；对意外事件缺乏应对准备，罪过却大。现在南北两地的蛮夷狡猾地侵扰边疆，才是我所忧虑的事。我选留肥壮的马匹用于充实军备，如果对国家有利，即使牺牲生命也在所不惜。圣明的君主可以用合理的事去冒犯他，这个罪过我自己承担，你们没有过错。”

太武帝听到了，很感慨地说：“这种臣子实在是国家的至宝啊！”

古弼的头顶尖尖的，太武帝称呼他为“笔头”，当时的人称他为“笔公”。

后唐庄宗要钱用于赌博及赏赐伶人，张承业（字继元，庄宗时承业屡谏不听，最后绝食而死）控制府库，不肯给。

庄宗要不到钱，就留在酒库里喝酒，喝醉了，让自己的儿子李继岌为张承业跳舞。跳完了，张承业拿出以宝玉装饰的衣带和马匹赠送李继岌。庄宗指着钱对张承业说：“和哥缺钱用，给他一点钱嘛，宝带和马有什么用？”

张承业谢罪道：“国家的钱不是微臣所能据为己有的。”

庄宗又用言语来伤他，张承业很生气地说：“微臣是个老宦官，不必为我的子孙着想，只是先王叮嘱一定要为国雪耻，所以珍惜这些钱只是为了助陛下完成霸业而已。如果陛下想用，何必问臣？财产用尽，兵马四散，难道只是微臣受害吗？”说完就拉着庄宗的衣服哭泣，庄宗只好作罢。

后唐明宗

【原文】

秦王从荣性轻佻，喜儒学，多招致后生浮薄之徒，赋诗饮酒。一日，明宗问之曰：“尔军政之余，所习何事？”对曰：“暇则读书，与诸儒赋诗谈道。”明宗曰：“吾每见先帝好作歌诗，甚无谓。汝将家子，文章非所素习，必不能工，传于人口，徒作笑柄。吾老矣，于经义虽未晓，然尚喜闻之，余不足学也。”从荣卒败。

【译文】

后唐秦王李从荣个性轻浮，喜好研究儒学，常招揽一些轻薄的家伙一起作诗饮酒。

有一天，明宗问他：“你公务之余的休闲时间，学习什么事呀？”

李从荣回答说：“闲暇的时间读读书，或者和一些读书人一起作诗论道。”

明宗说：“我常看见先帝喜欢写诗，实在没有什么意义。你是将门之子，文章不是你的特长。一定不会很好，传入别人口中，只会被当作笑柄了。我年龄大了，对于经典义理虽然不算十分通晓，不过喜欢看喜欢听，除此之外不值得学习。”

李从荣最后果然败亡。

唐高祖

【原文】

李渊克霍邑。行赏时，军吏拟奴应募，不得与良人同。渊曰：“矢石之间，不辨贵贱；论勋之际，何有等差？宜并从本勋授。”

引见霍邑吏民，劳赏如西河，选其壮丁，使从军。关中军士欲归者，并授五品散官，遣归。或谏以官太滥，渊曰：“隋氏吝惜勋赏，致失人心，奈何效之？且收众以官，不胜于用兵乎？”

【译文】

唐高祖李渊攻下霍邑后，照例论功行赏。

军吏认为应募而来的奴隶不应和从军的百姓同等待遇。

李渊说："在战场上打仗，刀枪是不认贵贱的；所以评论征战的功劳，又有什么等级呢？应该都按照各人的具体表现加以赏赐。"

随后，李渊又和霍邑的官吏百姓相见，在西河犒赏他们，选拔其中的壮丁，动员他们参军。关中来的军士要求回乡的，都颁给他们五品官的名衔听任他们回去。

有人劝李渊官位不要给得太滥，李渊说："隋朝的君主就是舍不得论功奖赏，以致失去民心，我们怎么可以效法他呢？而且用官位来收揽民心，不是比用兵更好吗？"

刘温叟

【原文】

开宝三年，刘温叟为御史中丞。一日晚过明德门，帝方与黄门数人登楼，温叟知之，令传呼依常而过。翌日请对，言："人主非时登楼，则下必希望恩赏，臣所以呵道而过，欲示众以陛下非时不登楼也。"帝善之。

【译文】

宋太祖开宝三年，刘温叟（字永龄）任职御史中丞（官位次于御史大夫）。

有一天晚上经过明德门时，太祖和几名宦官正要上楼去。刘温叟知道了，就传令侍卫照常吆喝而过。

次日刘请求晋见天子，说："皇上在不适当的时间上楼，下面的侍从一定希望得到赏赐。我所以在通道上吆喝而过，是要明示众侍臣，皇上在不适当的时间是不应上楼的。"

太祖夸奖他做得好。

卫青　程信

【原文】

大将军青兵出定襄。苏建、赵信并军三千余骑，独逢单于兵。与战一日，兵且尽，信降单于，建独身归青。议郎周霸曰："自大将军出，未尝斩裨将。今建弃军，可斩以明将军之威。"长史安曰："不然。建以数千卒当虏数万，力战一日，士皆不敢有二心。自归而斩之，是示后无反意也，不当斩。"青曰："青得以肺腑待罪行间，不患无威，而霸说我以明威，甚失臣意；且使臣职虽当斩将，以臣之尊宠而不敢专诛于境外，其归天子，天子自裁之，于以风为人臣者不敢专权，不亦可乎？"遂囚建诣行在，天子果赦不诛。

【评】

卫青握兵数载，宠任无比，而上不疑，下不忌，唯能避权远嫌故。不然，虽以狄枢使之功名，犹不克令终，可不戒欤？

狄青为枢密使，自恃有功，颇骄蹇，怙惜士卒，每得衣粮，皆曰："此狄家爷爷所赐。"朝廷患之。时文潞公当国，建言以两镇节使出之，青自陈无功而受镇节，无罪而出外藩，仁宗亦以为然，向潞公述此语，且言狄青忠臣，潞公曰："太祖岂非周世宗忠臣？但得军心，所以有陈桥之变。"上默然，青犹未知，到中书自辨，潞公直视之，曰："无他，朝廷疑尔。"青惊怖，却行数步。青在镇，每月两遣中使抚问，青闻中使来，辄惊疑终日，不半年，病作而卒。潞公之谋也。

【译文】

汉朝大将军卫青（平阳人，击匈奴有功，封长平侯）出兵定襄时，苏建、赵信两位将领一同率领三千多名骑兵出巡，途中遭遇到单于的军队。汉军和匈奴战了一天，士兵牺牲殆尽，赵信投降单于，苏建独自回营。

议郎（掌理车骑的官）周霸说："自从大将军出兵以来，从未处死过副将。现在苏建抛弃军队，独自逃回，可以杀他以显示将军的威严。"

长史任安说："不可以。苏建以数千骑兵去抵挡数万敌兵，力战一天下来，士兵都不敢有异心。如今他脱险回来，将军反而要杀他，岂不是明示后人，以后遇到这种事不能回来吗？我认为不该杀苏建。"

卫青说："我以赤诚之心带兵出征，并不怕没有威严。周霸说可以显示我的威严，并不是我的心意。而且论职权我虽然可以处死手下将官，但以我所受到皇上的宠幸，也不敢在塞外诛杀，应该送回京师，请天子裁决，并可借此训示做臣子的不专权。这样做不是更好吗？"

于是卫青派人把苏建押解到京师，天子果然赦免了他。

李 愬

【原文】

节度使李愬既平蔡，械吴元济送京师。屯兵鞠场，以待招讨使裴度。度入城，愬具櫜鞬出迎，拜于路左，度将避之。愬曰："蔡人顽悖，不识上下之分数十年矣。愿公因而示之，使知朝廷之尊。"度乃受之。

【译文】

唐朝时，节度使（防御边塞敌寇的官吏）李愬平定蔡州以后，将叛徒吴元济押送到京师，自己将军队驻扎在球场，等待招讨使（掌招降讨逆的官吏）裴度（字中立，封晋国公）来检阅。

裴度进入营地时，李愬武装出迎，在路边拜见。裴度想回避。

李愬说："蔡人性情顽强叛逆，不知上下尊卑的分别已经几十年了。我们这样做，就是要显示朝廷的威严，希望借此训示他们，使他们知道朝廷的尊贵。"

裴度于是接受了李愬的致敬。

冯 煖

【原文】

孟尝君问门下诸客谁习计会，能为收责于薛者？冯煖署曰：

"能。"于是约车治装，载券契而行，辞曰："责毕收，以何市而反？"孟尝君曰："视吾家所寡有者。"煖至薛，召诸民当偿者悉来，既合券，矫令以责赐诸民，悉焚其券，民称"万岁"。长驱至齐，孟尝君怪其疾也。衣冠而见之，曰："责毕收乎？"曰："收毕矣。""以何市而反？"煖曰："君云视吾家所寡有者，臣窃计君宫中积珍宝，狗马实外厩，美人充下陈，君家所寡有者，义耳。窃以为君市义。"孟尝君曰："市义奈何？"曰："今君有区区之薛，不拊爱其民，因而贾利之，臣窃矫君命以责赐诸民，因焚其券，民称万岁，乃臣所以为君市义也。"孟尝君不悦，曰："先生休矣。"后期年，齐王疑孟尝，使就国，未至薛百里，民扶老携幼争趋迎于道，孟尝君谓煖曰："先生所为文市义者，乃今日见之。"

【评】

煖使齐复相田文，及立宗庙于薛，皆纵横家熟套，唯"市义"一节高出千古，非战国策士所及。保国保家者，皆当取法。

【译文】

孟尝君问门下的食客，谁熟习账目，能替他去领地薛收债，冯煖（战国·齐人，孟尝君门下食客）签下姓名说："我能。"于是冯煖准备车辆，整理行装，载着债券契约出发，向孟尝君告辞说："债收完后，要买什么东西回来？"

孟尝君回答说："看我们家缺少什么东西就买什么吧。"

冯煖到薛之后，将欠债的人全部召来，经核对债券无误，诈称孟尝君有意免除大家的债务，就烧掉了所有的债券，欠债的人都欢呼"万岁"。

冯煖很快赶车回到齐国。

孟尝君觉得很奇怪，穿好服装郑重地出来接见他，说："债都收完了吗?”

冯煖说:“收完了。”

孟尝君问:“你买了什么回来?”

冯煖说:“您说买家中所缺少的东西,我看您家中金银珠宝、外厩有的是狗和马,堂下站满了婢妾,所缺的只有‘义’,所以我为您买了‘义’。”

孟尝君说:“义怎么买呀?”

冯煖说:“目前您只有薛这么一块小小的地方,却不爱抚薛民,还以赚钱为目的向他们放债;所以我诈称您下令免除他们债务,因而烧了那些债券,人民都欢呼万岁,这就是我为您买的义。”

孟尝君很不高兴,说:“你去休息吧。”

一年后,齐王怀疑孟尝君,命他回自己的封邑。离薛还有一百多里,薛民就扶老携幼,争着在路上迎接孟尝君。孟尝君对冯煖说:“先生为我买的义,今天终于看到了。”

王 旦

【原文】

王钦若、马知节同在枢府,一日上前因事忿争。上召王旦至,则见钦若喧哗不已,马则涕泣曰:“愿与钦若同下御史府。”旦乃叱钦若下去。上怒甚,欲下之狱。旦从容曰:“钦若等恃陛下顾遇之厚,上烦陛下。臣冠宰府,当行朝典,然观陛下天颜不怡,愿且还内,来日取旨。”上许之。旦退,召钦若等切责,皆皇惧,手疏待罪。翌日,上召旦曰:“王钦若等事如何处分?”旦曰:“臣晓夕思之,钦若等当黜,然未知使伏何罪?”上曰:“对朕忿争无礼。”旦曰："陛下圣明在御，而使大臣坐忿争无礼之罪，恐夷狄闻之，无以威远。"上曰："卿意如何？"对曰："愿至中书，召钦若等，宣示陛下含容之意，且戒约之，俟少间，罢之未晚。"上曰："非卿言，朕固难忍。"后数月，钦若等皆罢。

【译文】

宋朝时王钦若（字定国）、马知节（字子元）同时任职于枢密院。

有一天，两人在皇帝面前因事争吵起来。

皇帝传王旦进见。

王旦一到，看见王钦若还在不停地争吵喧哗，马知节就哭着说："希望和王钦若一同离开御史府。"

王旦不等皇帝旨意，就命令王钦若下去。

皇帝很生气，想将他治罪下狱。

王旦不慌不忙地说："王钦若等人仗着陛下对他们优厚的待遇，来烦扰陛下。我是执政的首长，理当推行朝廷的典章。然而现在陛下心中不愉快，作出决定难免受情绪影响，请先回宫，改天再行领旨。"

皇帝答应了。

王旦退下后，就召来王钦若等人加以责备，他们都很惶恐，亲手写奏疏认罪。

第二天，皇帝召见王旦说："王钦若等人的事要怎样处理呀？"

王旦回答说："我晨思夕想，钦若等应当革职，然而不知道该用什么罪名？"

皇帝说："对朕争吵无礼啊。"

王旦说："陛下圣明在朝，而大臣却有争吵无礼之罪，万一夷狄知道这件事，有损皇上的威名。"

皇帝说："依你的意思应如何处理？"

王旦回答说："希望让我到中书省，召见钦若等人，宣示陛下包涵容忍的心意，并且训诫约束他们，过一阵子再将他们革职也不迟。"

皇帝说："不是你说这些话，我实在很难忍受。"

几个月后，王钦若等人都被革职了。

胡　濙

【原文】

正统中，宗伯胡濙一日早朝承旨，跪起，带解落地，从容拾系之，遂叩头还班，御史亦不能纠。

十三年，彭鸣中状元，当上表谢恩之夕，坐以待旦。至四鼓，乃隐几而寤，竟失朝。纠仪御史奏，令锦衣卫拿。已奉旨，胡公出班奏："状元彭鸣不到，合着锦衣卫寻。"上是之。不然，一新状元遂被拘执如囚人，斯文不雅观。老成举措，自得大体。

【译文】

明英宗正统年间，宗伯（掌管礼仪祭祀的官吏）胡濙有一天在上早朝的时候，跪着承接圣旨，起身时衣带松脱落地。他并不慌张惊恐，从容地拾起来系好，然后叩头，退回位次。御史也不能纠劾他。

正统十三年，彭鸣（字纯道，历任吏部尚书、文渊阁大学士、少保）考中状元，在上表谢恩的前夕，坐等天亮上朝。不想等到四更，竟然靠着茶几睡着了，错过了上朝的时间。

纠仪御史上奏请英宗命令锦衣卫（明朝掌管巡察缉捕的禁卫军）去捉拿。锦衣卫已经领到圣旨，此时胡濙从众官的行列中走出来，禀奏英宗：“彭时不到，应当让锦衣卫去寻找，而不是捉拿。”英宗采纳了他的提议。

不然一个新科状元，就被当作犯人一样拘捕捉拿，对于读书人来说实在太难堪了。

胡濙这一稳妥的做法，深得大体。

孙觉

【原文】

孙莘老觉知福州，时民有欠市易钱者，系狱甚众。适有富人出钱五百万葺佛殿，请于莘老。莘老徐曰：“汝辈所以施钱，何也?”众曰：“愿得福耳。”莘老曰：“佛殿未甚坏，又无露坐者，孰若以钱为狱囚偿官，使数百人释枷锁之苦，其获福岂不多乎?”富人不得已，诺之。即日输官，囹圄遂空。

【译文】

宋朝人孙莘老（名觉，高邮人）任福州知州时，有很多百姓因欠债无力偿还为官府收押。当时刚好有些有钱人准备捐钱五百万给寺庙修佛殿，来请示孙莘老。

孙莘老慢慢地说道：“你们捐这些钱是为了什么呀?”

众人说：“愿佛祖赐福。”

孙莘老说：“佛殿还没有怎么损坏，也没有露天而坐的佛像，不如用这些钱替囚犯们还债，这样做能够让数百人被释放，因而获得的福报哪能比修整尚未损毁的寺庙少呢?”

那些有钱人不得已,答应下来。当天就把钱缴给了官府,监狱一时空了不少。

赵抃

【原文】

赵清献公出察青州,每念:一人入狱,十人罢业;株连波及,更属无辜;且狱禁中夏有疫疾湿蒸,冬有瘴瘃冻裂;或以小罪,经年桎梏;或以轻系,追就死亡;狱卒囚长,需索凌辱,尤可深痛。时令人马上飞吊监簿查勘,以狱囚多少,定有司之贤否。行之期年,郡州县属吏,无敢妄系一人者。

邵尧夫每称道其事。

【译文】

宋朝人赵清献(赵抃,西安人)巡察青州时,经常想:有一人下狱就有十人因而耽误工作;那些受牵连,被波及的,更是无辜;而且监狱中,夏天有湿气、传染病,冬天有冻伤、脚气病;有的人因为一点小罪,长年受到拘禁;有人因为一点牵连,几乎丧命;狱卒、囚长的勒索凌辱,更令人痛恨。

赵清献常常会派人去查阅各地监狱的花名册,以囚犯数目的多少,来推断官吏的贤明与否。这样的办法实行一年以后,郡、州、县各级官吏都不敢随意羁押人了。

邵雍先生经常称赞这件善政。

贾　彪

【原文】

贾彪与荀爽齐名，举孝廉为新息长。小民因贫，多不养子，彪严为其制，与杀人同罪。城南有盗劫害人者，北有妇人杀子者。彪出案发，而掾吏欲引南。彪怒曰："贼寇害人，此则常理；母子相残，逆天违道。"遂驱车北行，案验其罪，城南贼闻之，亦面缚自首。数年间养子数千，佥曰："贾父所长。"生男名曰"贾男"，生女名曰"贾女"。

【评】

手段已能办贼，直欲以奇致之。

【译文】

后汉人贾彪（字伟节）和荀爽（字慈明）齐名，被推举为孝廉（汉朝所设，由郡国推举孝顺廉洁的人），担任新息县长。当地的百姓因为生活穷苦，大多数不养育小孩。

贾彪严加管制，规定生而不养的和杀人同罪。城南有强盗劫财杀人，城北有妇人杀死新生儿。

贾彪出发办案，属下想往南行，贾彪生气地说："强盗害人是常有的事，母子相残却背逆天道。"于是驾车向北行，查办妇人的罪。

城南的盗贼听到这种事也前来自首。

数年间，新息一地人口增长数千人，百姓都说："是贾父所养的。"生男孩便叫作"贾男"，生女孩便叫作"贾女"。

柳公绰

【原文】

柳公绰节度山东，行部至邓，吏有纳贿、舞文，二人同系。县令闻公绰素持法，必杀贪者。公绰判曰：“赃吏犯法，法在；奸吏坏法，法亡。”竟诛舞文者。

【译文】

唐朝人柳公绰（华原人，字宽）任山东节度使时，巡行到所属的邓县。县里有两个官员同时被捕，一个是因为接受贿赂，一个是玩弄法令。县令听说柳公绰向来强调法纪，心想他必定会杀掉贪污的人。

结果柳公绰的判决是：“贪污的官吏虽触犯法令，但法律还在；奸邪的官吏破坏法令，法律就灭亡了。”结果杀了玩弄法令的人。

季　本

【原文】

季本初仕，为建宁府推官。值宸濠反江西，王文成公方发兵讨之。而建有分水关，自江入闽道也。本请于所司，身往守之。会巡按御史某以科场事，檄郡守与本并入。守以书趣本，本复书曰：“建宁所恃者，唯吾两人。兵家事在呼吸，而科场往返动计四旬。今江西胜负未可知，土寇生发叵测。微吾二人，其谁与守？即幸而无事，当此之际，使试录列吾两人名，传播远迩，将以为不知所重，贻笑多矣。拒违按院之命，孰与误国家事哉！”守深服其言，竟不往。

【评】

科场美事，人方争而得之，谁肯舍甘就苦？选事避难，睹此当愧汗矣！

【译文】

明朝的季本（会稽人，字明德，师事王阳明）起初任建宁府推官（各府掌理刑狱的官），正碰上宁王朱宸濠在江西造反。王阳明（名守仁，余姚人，创致良知、知行合一之说）出兵讨伐。

建宁有个分水关，是江西进入福建的要道，季本向上级请求自己去防守。

此时刚好有某位巡按御史因科举考场的事，商请郡守和季本一同去协办，郡守写信来催季本。

季本回信说：“建宁府所仰仗的只有我们两人。现在战事迫在眉睫，而往返科举考场估计要四十天。现在江西战场的胜负还不知道，地方强盗生事与否也无法预测。没有我们两人，要靠谁去防守？即使侥幸无事，当此之时，让试录（古代会试时，记录举子籍贯、名次及文章雅俗，以呈报朝廷的官员）列出我们的姓名，远近传播，人们将认为我们不知轻重，成为笑柄的。违抗巡按御史的命令，和耽误国家大事比较起来，哪一件严重？”

郡守同意他的话，也没有协办科举考场的事。

深谋远虑

【原文】

谋之不远，是用大简；人我迭居，吉凶环转；老成借筹，宁深毋浅。集“远犹”。

【译文】

谋略不够深远，就容易流于轻率；人我的地位会更迭，吉凶祸福可能交替循环。因此，老练成熟的人一旦筹划谋略，都考虑深远，不只顾眼前。这样的事集于“远犹”卷。

商高宗

【原文】

商高宗为太子时，其父小乙尝使久居民间，与小民出入同事，以知其情。

【评】

太祖教谕太子，必命备历农家，观其居处、服食、器用，使知农之劳苦。洪武末选秀才，随春坊官分班入直，近前说民间利害等事。成祖巡行北京，使二皇长孙周行村落，历观农桑之事。论教者宜以为法。

【评】

此可为万世训储之法，胜如讲经说书，作秀才学问也。

【译文】

商高宗还是太子的时候，他的父亲小乙曾经让他住在民间，和老百姓共同生活做事，使他了解民情。

李　泌

【原文】

肃宗子建宁王倓性英果，有才略。从上自马嵬北行，兵众寡弱，屡逢寇盗，倓自选骁勇，居上前后，血战以卫上。上或过时未食，倓悲泣不自胜，军中皆属目向之，上欲以倓为天下兵马元帅，使统诸将东征，李泌曰："建宁诚元帅才；然广平，兄也，若建宁功成，岂使广平为吴太伯乎？"上曰："广平，冢嗣也，何必以元帅为重？"泌曰："广平未正位东宫，今天下艰难，众心所属，在于元帅，若建宁大功既成，陛下虽欲不以为储副，同立功者其肯已乎？太宗、太上皇即其事也。"上乃以广平王俶为天下兵马元帅，诸将皆以属焉。倓闻之，谢泌曰："此固倓之心也。"

【译文】

唐肃宗的第三儿子建宁王李倓性格英明果决，有雄才大略。他跟随唐肃宗从马嵬向北行，因随行士兵人少势弱，屡次遭遇强盗。李倓亲自挑选骁勇的士兵护卫于皇帝前后，拼死保卫肃宗。

肃宗有时逾时未进食，李倓就悲伤得不得了，因此，深得军中将士敬重。

肃宗想封他为天下兵马元帅，统领诸将东征。

李泌（字长源，官至宰相）说："建宁王确实是元帅之才；然而广平王（李俶）是长兄，如果建宁王战功大，难道让广平王成为第二个吴泰伯吗？"（泰伯是周太王长子，知道父亲喜爱弟弟季历的儿子昌，也就是后来的文王，就和弟弟仲雍逃到荆蛮地带，国号吴。）

肃宗说："广平是嫡长子，以后的皇位继承人，如何去担当元帅的重任？"

李泌说："广平王尚未正式立为太子。现在国步艰难，众人所瞩目的对象都在元帅身上。如果建宁王立下大功，陛下即使不想立他为继承人，但是同他一起立下汗马功劳的人肯罢休吗？太宗太上皇帝就是最好的例子。"

肃宗于是任命广平王俶为天下兵马元帅，要求令诸将听从他的号令。李倓听到这件事，向李泌致谢说："这正合我的心意。"

王叔文

【原文】

王叔文以棋侍太子。尝论政至宫市之失，太子曰："寡人方欲谏之。”众皆称赞，叔文独无言。既退，独留叔文，问其故。对曰：“太子职当侍膳问安，不宜言外事。陛下在位久，如疑太子收人心，何以自解?”太子大惊，因泣曰：“非先生，寡人何以知此?”遂大爱幸。

【评】

叔文固憸险小人，此论自正。

【译文】

唐朝人王叔文（山阴人，唐朝中期政治家、改革家）以棋艺服侍太子（后来的顺宗）。东宫的属官在一起谈论政事，谈到宫内设立之市场的弊病。

太子说：“寡人正想去劝谏父皇。”

众人都赞成，只有王叔文不说话。

众人退下之后，太子单独留下王叔文问原因。

王叔文回答说：“太子的职务只在服侍陛下用餐与问安，不应该谈论职权以外的事。陛下在位已经很久了，如果怀疑太子收买人心，您要怎么解释?”

太子大惊，于是哭着说：“没有你的提示，我怎么会知道这种事?”从此非常宠信王叔文。

白起祠

【原文】

贞元中，咸阳人上言见白起，令奏云：“请为国家捍御西陲，正月吐蕃必大下。”既而吐蕃果入寇，败去。德宗以为信然，欲于京城立庙，赠起为司徒。李泌曰：“臣闻‘国将兴，听于人’。今将帅立功，而陛下褒赏白起，臣恐边将解体矣。且立庙京师，盛为祷祝，流传四方，将召巫风。臣闻杜邮有旧祠，请敕府县修葺，则不至惊人耳目。”上从之。

【译文】

唐德宗贞元年间，咸阳人进言说看见了白起（战国·秦人，善用兵），县令禀奏说：“国家应加强防卫西方边塞，正月吐蕃一定会大举进兵入侵。”

不久吐蕃果然入侵，后来又兵败而去。

德宗因而相信白起果真显圣，就想在京师设立白起庙，追赠白起为司徒（相当于丞相之官吏）。

李泌说：“臣听说国家将要兴盛的话，一定会听信于人，而不是鬼神。如今将帅立功，而陛下却褒扬秦朝的白起。微臣恐怕边防以后会要解体了。而且在京城立庙祭祀，排场盛大，一旦流传出去，可能引起百姓迷信的风气。听说杜邮有一座旧的白起祠，请陛下命令府县维护修建一下，这样就不会惊动天下人了。”

德宗采纳了他的建议。

苏颂

【原文】

苏颂执政时，见哲宗年幼，每大臣奏事，但取决于宣仁。哲宗有言，或无对者；唯颂奏宣仁后，必再禀哲宗；有宣谕，必告诸臣俯伏而听。及贬元祐故官，御史周秩并劾颂，哲宗曰："颂知君臣之义，无轻议此老。"

【译文】

宋朝人苏颂（字子容）在执政时，见哲宗年纪幼小，每逢大臣有事上奏，都取决于宣仁皇太后。偶尔哲宗有话要说，也没有人回答他；只有苏颂在奏报皇太后后，才再禀告哲宗；哲宗凡有要事宣读，苏颂必定告诉诸大臣，让他们俯首听命。

后来哲宗亲政，元祐时期旧党的老臣都被贬职，御史周秩想一并弹劾苏颂，哲宗说："苏颂向来懂得君臣之义，不要轻率议论这位国家元老了。"

宋太祖

【原文】

宋艺祖推戴之初，陈桥守门者拒而不纳，遂如封丘门，抱关吏望风启钥。及即位，斩封丘吏而官陈桥者，以旌其忠。

至正间，广东王成、陈仲玉作乱。东莞人何真请于行省，举义兵，擒仲玉以献。成筑砦自守，围之，久不下。真募人能缚成者，予钱十千，于是成奴缚之以出，真笑谓成曰："公奈何养虎为害？"成惭谢。奴求赏，真如数与之。使人具汤镬，驾诸转轮车上。成惧，谓将烹己。真乃缚奴于上，促烹之。使数人鸣鼓推车，号于众曰："四境有奴缚主者，视此！"人服其赏罚有章，岭表悉归心焉。

【评】

高祖戮丁公而封项伯，赏罚为不均矣；光武封苍头子密为不义侯，尤不可训。当以何真为正。

【译文】

宋太祖赵匡胤刚被拥戴为皇帝之时，陈桥的守门人拒绝让他进入，只好转而来到封丘门，守关的人看情势如此，老远就敞开城门让他进城。

太祖即位以后，处死封丘门的官吏，而赏赐官位给陈桥的守门人，以表扬他对当时王朝的忠心。

元顺帝至正年间，广东有王成、陈仲玉作乱，东莞人何真（字邦佐，任广东行省右丞），向行省（地方行政官署）请命，率领义兵擒拿陈仲玉呈献给上级。而王成却建筑营寨防守，围攻了很久都无法攻破。

何真悬赏一万钱捉拿王成，王成的家奴绑着主人来求赏。

何真笑着对王成说："你怎么养虎为患啊？"

王成为自己没有眼光而不好意思。

他的家奴请求赏钱，何真如数给了他，又派人准备汤镬（古代的酷刑，用来烹人），架在转轮车上。

王成很恐惧，以为要烹自己。

何真却把那家奴绑起来放在汤镬车上，催部下将他烹了。又叫几个人敲鼓推车，当众宣布："有家奴捆绑出卖主人的，以后都照这种办法处理！"

大家佩服他赏罚分明，岭南一带的人心里都归顺他。

释兵权

【原文】

初，太祖谓赵普曰："自唐季以来数十年，帝王凡十易姓，兵革不息，其故何也？"普曰："由节镇太重，君弱臣强，今唯稍夺其权，制其钱谷，收其精兵，则天下自安矣。"语未毕，上曰："卿勿言，我已谕矣。"顷之，上与故人石守信等饮，酒酣，屏左右，谓曰："我非尔曹之力，不得至此，念汝之德，无有穷已，然为天子亦大艰难，殊不若为节度使之乐，吾今终夕未尝安枕而卧也。"守信等曰："何故？"上曰："是不难知，居此位者，谁不欲为之？"守信等皆惶恐顿首，曰："陛下何为出此言？"上曰："不然，汝曹虽无心，其如麾下之人欲富贵何？一旦以黄袍加汝身，虽欲不为，不可得也。"守信等乃皆顿首，泣曰："臣等愚不及此，唯陛下哀怜，指示可生之路。"上曰："人生如白驹过隙，所欲富贵者，不过多得金钱，厚自娱乐，使子孙无贫乏耳，汝曹何不释去兵权，择便好田宅市之，为子孙立永久之业，多置歌儿舞女，日饮酒相欢，以终其天年。君臣之间，两无猜嫌，不亦善乎？"皆再拜曰："陛下念臣及此，所谓生死而肉骨也。"明日皆称疾，请解兵权。

【评】

或谓宋之弱，由削节镇之权故。夫节镇之强，非宋强也。强干弱枝，自是立国大体。二百年弊穴，谈笑革之。终宋世无强臣之患，岂非转天移日手段？若非君臣偷安，力主和议，则寇准、李纲、赵鼎诸人用之有余，安在为弱乎？

【译文】

宋太祖刚登基时，有一次对赵普（幽州蓟人，字则平）说：“自从唐朝末年以来的数十年之间，天下改朝换代已经十次，战乱不止，这是什么原因呢?”

赵普说：“由于藩镇太强，王室太弱的缘故，当今应该稍微削弱他们的权势，限制他们的财物和粮食，取消他们的精锐部队，那么天下自然就能安定。”

赵普话未说完，太祖就说：“不用再说，我已经明白了。”

不久，太祖和老朋友石守信（浚义人，领归德军节度使）等人一起喝酒，喝到尽兴之时，太祖屏退左右侍奉的人，说：“我如果没有你们的协助，也不会到现在这个地步，想到你们的恩德，实在深厚无穷。然而做天子也很艰难，实在不如当节度使快乐。我现在早晚都不能安心，睡不好觉。”

石守信等人说：“为什么?”

太祖说：“这不难明白。天子这个位子谁不想坐呢?”

石守信等人都惶恐地叩头说：“陛下为什么说这样的话?”

太祖说：“你们虽然没有其他意思，可是如果部下想要富贵，有一天用黄袍强加在你们身上，就算你们想不做也不可行啊!”

石守信等人叩头哭道：“我们都愚笨得没有想到这种事，希望陛下可怜我们，给我们一条生路。”

太祖说：“人生如白驹过隙，追求富贵不过是多得一些金钱，多一些享乐，使子孙不致贫困罢了，你们何不放下兵权，购买良田美宅，为子孙立下永久的基业。再多安排些歌舞美女，每天喝酒作乐一直到老。君臣之间也没有嫌隙，这样不是很好吗?”

石守信等人便一再拜谢说：“陛下这样顾念我们，恩同再造。”

第二天，这些人都宣称自己生病，请求解除兵权。

郭 钦

【原文】

汉魏以来，羌、胡、鲜卑降者，多处之塞内诸郡。其后数因忿恨，杀害长吏，渐为民患。侍御史郭钦请及平吴之威、谋臣猛将之略，渐徙内郡杂胡于边地，峻四夷出入之防，明先王荒服之制。此万世长策也。不听。卒有五胡之乱。

【评】

只有开国余威可乘，失此则无能为矣。宋初不能立威契丹，卒使金、元之祸相寻终始；我太祖北逐金、元，威行沙漠，文皇定鼎燕都，三犁来庭，岂非万世久安之计乎！

【译文】

汉魏以来，匈奴、鲜卑等部族来投降的人，朝廷多将他们安置在塞内各郡居住。后来这些人多次因为愤恨杀害当地官吏，渐渐成为民间的祸患。

侍御史郭钦建议将平定吴国的威势，谋臣猛将所定的策略，渐渐转移到内地杂居的胡人身上，将他们安置在边境，严防四方夷人的出入，阐明先王对夷狄的制度，这是万世长远的策略。皇帝不听，最后终于发生五胡乱华的事。

吕 端

【原文】

李继迁扰西鄙。保安军奏获其母，太宗欲诛之，以寇准居枢密，独召与谋。准退，过相幕，吕端谓准曰：“上戒君勿言于端乎？”准曰：“否。”告之故。端曰：“何以处之？”准曰：“欲斩于保安军北门外，以戒凶逆。”端曰：“必若此，非计之得也。”即入奏曰：“昔项羽欲烹太公，高祖愿分一杯羹。夫举大事不顾其亲，况继迁悖逆之人乎？陛下今日杀之，明日继迁可擒乎？若其不然，徒结怨，益坚其叛耳。”太宗曰：“然则如何？”端曰：“以臣之愚，宜置于延州，使善视之，以招来继迁。即不即降，终可以系其心，而母生死之命在我矣。”太宗拊髀称善，曰：“微卿，几误我事！”其后母终于延州。继迁死，子竟纳款。

【评】

具是依，则为俺答之款；具是违，则为奴囚之叛。

【译文】

宋朝时李继迁（西夏人）在西方边境上骚扰。保安军上奏朝廷说，捕获李继迁的母亲。宋太宗想杀了她。

当时寇准任职枢密院，太宗单独召见他商量这件事。

寇准退出来经过宰相办公处，吕端（安次人，太宗时的宰相）问道：“皇上叫你不要对我说吗？”

寇准说：“没有啊。”就把这件事告诉了吕端。

吕端问道："皇上打算怎么处置她？"

寇准说："想在保安军北门外处斩，以警诫造反的乱党。"

吕端说："这不是个好办法。"随后入宫禀奏太宗说："从前项羽想烹煮太公（刘邦的父亲），刘邦还扬言想分尝一杯羹呢！做大事的人不会顾忌亲人，更何况李继迁那种叛逆的人。陛下今日杀了他的母亲，明日就可以擒到李继迁吗？如果不能，不过是出出气罢了，白白结下仇怨，更坚定了他叛逆的决心罢了。"

太宗说："不然怎么办？"

吕端说："以微臣的愚见，应把她安置在延州，派人好好服侍她，以招引李继迁来。即使他不立即投降，也可以牵系着他的心。再说他母亲的生死权还握在我们手里。"

太宗高兴地说："没有你，几乎误了我的大事。"

李继迁母亲最终死在延州。李继迁死后，他的儿子竟然对宋纳款称降。

涂　达

【原文】

大将军达之蹙元帝于开平也，缺其围一角，使逸去。常开平怒亡大功。大将军言："是虽一狄，然尝久帝天下。吾主上又何加焉？将裂地而封之乎，抑遂甘心也？既皆不可，则纵之固便。"开平且未然。及归报，上亦不罪。

【评】

省却了太祖许多计较。然大将军所以敢于纵之者，逆知圣德之弘故也。何以知之？于遥封顺帝、赦陈理为归命侯而不诛知之。

【译文】

明朝大将军徐达（濠州人，字天德，随从太祖征战四方）在开平围困元顺帝时，故意放开一个缺口，让顺帝逃走。

常遇春（怀远人，太祖时的大将，封开平王）很气他失去立大功的机会。

徐达说："他虽是夷狄，然而曾经久居帝位，号令天下。如果真抓到了，我们主上拿他怎么办才好？割块地封给他，还是杀了他以求甘心。我认为两者都不行，放了他最合适。"

后来回京师禀报，太祖果然没有治他的罪。

富弼

【原文】

元旦日食，富弼请罢宴撤乐，吕夷简不从。弼曰："万一契丹行之，恐为中国羞。"后有自契丹还者，言虏是日罢宴。仁宗深悔之。

【评】

值华、虏争胜之日，故以契丹为言。其实理合罢宴，不系虏之行不行也。

【译文】

宋仁宗当政时，元旦发生日蚀，富弼（河南人，字彦国，仁宗至和初年与文彦博同任宰相，封郑国公、韩国公）请皇帝停止宴会、取消歌舞。吕夷简不肯。

富弼说："万一契丹这样做了，我们的脸往哪儿摆?"

后来有人从契丹回来，说契丹当天果真取消了宴会。

仁宗听了很后悔。

司马光

【原文】

交趾贡异兽，谓之麟。司马公言："真伪不可知。使其真，非自至不为瑞；若伪，为远夷笑。愿厚赐而还之。"

【评】

方知秦皇、汉武之愚。

【译文】

宋朝时，交趾国遣使进贡珍奇异兽，说是麒麟。

司马光向朝廷说："大家都不认识，不知道是真是假。如果是真的，不是它自己来的，算不得吉祥的象征；如果是假的，恐怕被夷狄笑话。朝廷应该厚赏使者，让他带回去。"

苏　颂

【原文】

边帅遣种朴入奏："得谍言，阿里骨已死，国人未知所立。契丹官赵纯忠者，谨信可任。愿乘其未定，以劲兵数千，拥纯忠入其国，立之。”众议如其请，苏颂曰：“事未可知，今越境立君，傥彼拒而不纳，得无损威重乎？徐观其变，俟其定而抚戢之，未晚也。”已而阿里骨果无恙。

【译文】

宋朝时守边元帅派遣种朴上朝禀奏：“得到情报说阿里骨已经死了，还不知道要立何人为国君。契丹官员赵纯忠为人谨慎诚实，值得信任。希望乘他们局势未定之际，派遣数千名精兵，拥戴纯忠进入契丹，立为国君。”

大家议论同意这个想法，只有苏颂说：“真相如何还不知道，如今要越过国境去立契丹王，倘使他们拒绝不肯接纳，不会损害我国的威严吗？应该慢慢地观察事态的演变，等到局势稳定之后再去安抚他们不迟。”

结果阿里骨果然没有死。

陈　秀

【原文】

熙宁中，高丽入贡，所经郡县悉要地图，所至皆造送。至扬州，牒取地图。是时陈秀公守扬，给使者欲尽见两浙所供图，仿其规制供之。及图至，都聚而焚之，具以事闻。

【译文】

宋神宗熙宁年间，高丽遣使入贡，所经过的郡县都索取地图，地方官都依其请求绘图赠送。到扬州时也呈公文索取地图。

当时陈秀任扬州太守，就骗使者说，他想参考两浙所提供的全部地图，模仿其规格绘制。等到地图得手之后，陈秀即聚集起来烧毁，再向朝廷禀告。

陈　恕

【原文】

陈晋公为三司使，真宗命具中外钱谷大数以闻，恕诺而不进。久之，上屡趣之，恕终不进。上命执政诘之，恕曰："天子富于春秋，若知府库之充羡，恐生侈心。"

【评】

李吉甫为相，撰《元和国计簿》上之，总计天下方镇、州、府、县户税实数，比天宝户税四分减三，天下仰给县官者八十二万余人，比天宝三分增一，其水旱所伤、非时调发者，不在此数，欲以感悟朝廷。大臣忧国深心类如此。

【译文】

宋朝时陈晋公（陈恕，南昌人）任职三司使（监铁使、度支使、户部使）时，真宗皇帝命令他将中央和地方钱谷的大概数目上报，陈恕只应允却不呈献。

过了很久，真宗一再催促，他还是不呈献。

真宗派有关主管来问他，陈恕对来人说："天子年纪还轻，如果知道府库充裕，恐怕会产生奢侈之心。"

李　沆

【原文】

李沆为相，王旦参知政事，以西北用兵，或至旰食。旦叹曰："我辈安能坐致太平，得优游无事耶！"沆曰："少有忧勤，足为警戒。他日四方宁谧，朝廷未必无事。语曰：'外宁必有内忧。'譬人有疾，常在目前，则知忧而治之。沆死，子必为相，遽与虏和亲，一朝疆场无事，恐人主渐生侈心耳！"旦未以为然。

沆又日取四方水旱、盗贼及不孝恶逆之事奏闻，上为之变色，惨然不悦。旦以为："细事不足烦上听，且丞相每奏不美之事，拂上意。"沆曰："人主少年，当使知四方艰难，常怀忧惧。不然，血气方刚，不留意声色狗马，则土木、甲兵、祷祠之事作矣。吾老不及见，此参政他日之忧也。"

沆没后，真宗以契丹既和，西夏纳款，遂封岱、祠汾，大营宫殿，搜讲坠典，靡有暇日。旦亲见王钦若、丁谓等所为，欲谏，则业已同之。欲去，则上遇之厚，乃知沆先识之远，叹曰："李文靖真圣人也！"

【评】

《左传》：晋、楚遇于鄢陵，范文子不欲战，曰："唯圣人能内外无患。自非圣人，外宁必有内忧。盍释楚以为外惧乎？"厉公不听，战楚胜之。归益骄，任嬖臣胥童，诛戮三郤，遂见弑于匠丽。文靖语本此。

【译文】

宋真宗时李沆任宰相，王旦为参知政事（副宰相）。因为西北方的战事，有时因政务繁忙，天很晚了才进食。王旦感慨地说："我们怎么样才能悠闲无事、坐享太平呢？"

李沆说："稍有一些忧虑勤苦，才能警戒人心。将来如果四方都平定了，朝廷未必便无事。有句话说：'外宁必有内忧'。譬如人有疾病，常常发作，就知道忧虑而去诊治。我死后，你必当宰相。与敌人和亲是大势所趋，一旦疆场无事，恐怕君王会慢慢产生奢侈之心。"

王旦不以为然。

李沆又每天呈上各地水旱灾、盗贼及不孝作恶的坏事报告给真宗知道。真宗听了往往惨然变色，很不高兴。

王旦认为这种琐碎的事不值得让天子烦心，而且丞相常常禀奏一些不好的消息，违背了皇帝的心意。

李沆说："君主还年轻，应当让他知道各地艰难的情况，经常怀着忧虑警惕之心。不然，血气方刚的皇帝如不沉迷歌舞、美色、珍玩，就可能搞些土木、战争、祭神之类的事。我老了，以后他看见了；这是你未来的忧虑啊！"

李沆死后，真宗认为契丹已经讲和，西夏也来纳款，于是在泰山封禅祭祀，在汾水立祠祭神，大建宫殿，搜集亡失的典籍，没有个空闲的日子。

王旦亲眼看见王钦若、丁谓等人的所作所为，想规谏却已经变成同流，想辞官又觉得皇帝如此厚遇，此时才知道李沆见识的深远。他叹口气说："李文靖（沆）真是圣人，看事情那么远！"

韩　琦

【原文】

太宗、仁宗尝猎于大名之郊，题诗数十篇，贾昌朝时刻于石。韩琦留守日，以其诗藏于班瑞殿之壁。客有劝琦摹本以进者。琦曰："修之得已，安用进为？"客亦莫谕琦意。韩绛来，遂进之。琦闻之，叹曰："昔岂不知进耶？顾上方锐意四夷事，不当更导之耳。"

石守道编《三朝圣政录》，将上。一日求质于琦，琦指数事：其一，太祖惑一宫嬖，视朝晏。群臣有言，太祖悟，伺其酣寝，刺杀之。琦曰："此岂可为万世法？已溺之，乃恶其溺而杀之。彼何罪？使其复有嬖，将不胜其杀矣。"遂去此等数事。守道服其精识。

【译文】

宋太宗、宋仁宗都曾经在大名府郊野打猎，题过数十首诗。贾昌朝（字子明，拜同中书门下平章事）在大名府做官时，曾将这些诗都刻在石碑上。韩琦任大名路安抚使时，把这些诗藏在班瑞殿的衬壁内。

有人劝韩琦将临摹本呈给皇帝。韩琦说："保存着就可以，何必呈上去呢？"这个人也不明白韩琦的用意。

韩绛（字子华）神宗时任参知政事。来到大名以后，就把临摹本呈给皇帝了。韩琦知道此事后，叹息道："从前我难道不知道呈献给皇上可以讨好吗？只是顾虑到皇上正锐意平定四夷，不应影响他的注意罢了。"

石介编撰《三朝圣政录》，想编好呈献给皇帝。有一天他来请教韩琦的意见，韩琦指出其中几件事，其中有一件是：太祖沉迷一个宫女，延误上朝时间，群臣有些议论。后来太祖觉悟了，便乘宫女熟睡时把她给杀了。

韩琦说："这种事难道可以作为万世效法的典范吗？已经沉迷于她，却又因为悔悟自己的糊涂而杀人。她有什么罪？假使以后又有宠幸的人，那就杀不完了。"

于是删去这件事的记载，石守道十分佩服韩琦独到的见识。

刘大夏

【原文】

天顺中，朝廷好宝玩。中贵言，宣德中尝遣太监王三保使西洋，获奇珍无算。帝乃命中贵至兵部，查王三保至西洋水程。时刘大夏为郎，项尚书公忠令都吏检故牒，刘先检得，匿之。都吏检不得，复令他吏检。项诘都吏曰："署中牍焉得失？"刘微笑曰："昔下西洋，费钱谷数十万，军民死者亦万计。此一时弊政，牍即存，尚宜毁之，以拔其根，犹追究其有无耶？"项耸然，再揖而谢，指其位曰："公达国体，此不久属公矣。"

又，安南黎灏侵占城池，西略诸土夷，败于老挝。中贵人汪直欲乘间讨之，使索英公下安南牍。大夏匿弗予。尚书为榜吏至再，大夏密告曰："衅一开，西南立糜烂矣。"尚书悟，乃已。

【评】

此二事，天下阴受忠宣公之赐而不知。

【译文】

明朝天顺年间，英宗嗜好搜集珍宝奇玩。有宦官说，宣宗宣德年间，曾派遣太监王三保出使西洋，获得无数的珍奇宝物。英宗就命宦官到兵部，查看王三保到西洋时的航海路线。

当时刘大夏为兵部侍郎，尚书项忠（嘉兴人，字荩臣）命令都吏（官名）查阅旧公文，找相关资料。

刘大夏先找到，偷偷藏起来，都吏遍寻不得，又命令别的都吏去找。

项尚书质问都吏说："官署中的旧公文怎么能遗失呢？"

刘大夏笑着说："从前下西洋，花费数十万钱，牺牲了上万的军民，这是当时政治上的弊病，公文即使还在也应该毁弃，加以连根拔除，还追究它存不存在干吗？"

项尚书惊奇不已，一再称谢，指着自己的位置说："先生通达国体，这个位子不久就属于你了。"

还有一次，安南的黎灏侵占城池，向西侵略土著，后来在老挝兵败。宦官汪直想乘机加以讨伐，派人来要当年英公下安南的公文，刘大夏却将公文扣起来不给。尚书因此一再杖责负责行文的官员，进行追查。

刘大夏秘密地告诉尚书说："这种战争一旦打起来，西南各族就要饱受蹂躏了。"尚书闻言大悟，因而终止此事。

崔　群

【原文】

宪宗嘉崔群说直，命学士自今奏事，必取群连署，然后进之。

群曰："翰林举动，皆为故事。必如是，后来万一有阿媚之人为之长，则下位直言无自而进矣。"遂不奉诏。

上御文华殿，召刘大夏谕曰："事有不可，每欲召卿商榷，又以非卿部内事而止。今后有当行当罢者，卿可以揭帖密进。"大夏对曰："不敢。"上曰："何也?"大夏曰："先朝李孜省可为鉴戒。"上曰："卿论国事，岂孜省营私害物者比乎?"大夏曰："臣下以揭帖进，朝廷以揭帖行，是亦前代斜封、墨敕之类也。陛下所行，当远法帝王，近法祖宗，公是公非，与众共之，外付之府部，内咨之阁臣可也。如用揭帖，因循日久，视为常规。万一匪人冒居要职，亦以此行之，害可胜言？此甚非所以为后世法，臣不敢效顺。"上称善久之。

【评】

老成远虑，大率如此，由中无寸私、不贪权势故也。

【译文】

唐宪宗嘉许崔群（武城人，字敦诗）正直无私，命令学士（学士院中以文学语言参谋谏诤的官吏）以后有事上奏，要取得崔群的签名，才能呈上。

崔群说："翰林（唐宋时内廷供奉之官）的举动都将成为后代的事例，如果这样做，万一后来有阿谀谄媚的人掌管，那么在下位的直言者就无从进言了。"于是不接受诏令。

明英宗亲临文华殿，召见刘大夏，告诉他说："朕偶尔有办不了的事，常想召你来商议，又往往因为不属于你兵部范围的事而打消了念头，今后有该实行、该罢除的事，你可以直接以密件的形式呈上来。"

刘大夏回答说："不敢。"

英宗说："为什么？"

刘大夏说："前人李孜省的事可以借鉴。"

英宗说："你是为了议论国事，怎么可以和李孜省损人利己的行为相比呢？"

刘大夏说："微臣上呈密件，朝廷推行密件，慢慢成了规矩，就像前代所用墨笔书写的非正式诏令一样，容易让坏人钻空子。陛下的作为，应当向古代英明的帝王学习，或效法近代的祖宗。公事的是非，要和群臣公开讨论，然后，对外的交给枢密院或兵部处理，对内的和大学士商量就可以了。如果用密件，时日一久视为常规，万一有心怀不轨的人居于显要的职位，也实行这种方法，祸害之大就没法说了。这绝不能成为后世的常法，微臣不敢照办。"

英宗听了之后，不停地称赞他。

富郑公

【原文】

富郑公为枢密使，值英宗即位，颁赐大臣。已拜受，又例外特赐。郑公力辞，东朝遣小黄门谕公曰："此出上例外之赐。"公曰："大臣例外受赐，万一人主例外作事，何以止之？"辞不受。

【译文】

宋名臣富郑公（富弼，封郑国公）任枢密使时，正值英宗即位，依例赏赐大臣。

群臣领过赏赐以后，英宗又额外颁发赏赐给富郑公。郑公极力推辞。

太子派小太监告诉郑公说："这是皇上额外的赏赐。"

郑公说："大臣接受额外赏赐若不阻止，万一皇上做例外的事，怎么去阻止呢？"

因此坚辞不受。

范仲淹

【原文】

劫盗张海将过高邮，知军晁仲约度不能御，谕军中富民出金帛牛酒迎劳之。事闻，朝廷大怒，富弼议欲诛仲约。仲淹曰："郡县兵械足以战守，遇贼不御，而反赂之，法在必诛；今高邮无兵与械，且小民之情，醵出财物而免于杀掠，必喜。戮之，非法意也。"仁宗乃释之。弼愠曰："方欲举法，而多方阻挠，何以整众？"仲淹密告之曰："祖宗以来，未尝轻杀臣下。此盛德事，奈何欲轻坏之？他日手滑，恐吾辈亦未可保。"弼不谓然。及二人出按边，弼自河北还，及国门，不得入，未测朝廷意，比夜彷徨绕床，叹曰："范六丈圣人也。"

【译文】

宋朝时强盗张海率大批人马快要到高邮了，知军（统理府州的军事长官）晁仲约预料无法抵御，就昭示当地富有的人，要他们捐出金钱、牛羊、酒菜去欢迎慰劳贼兵。

事情传开以后，朝廷非常愤怒。富弼提议处死晁仲约。

范仲淹说："郡县的兵力足以应战或防守，遭遇贼兵不抵御，反而去贿赂，在法理上必须将知军处死；但是当时实际情况是高邮兵力不足，根本没有办法抵抗或者防守；而且百姓的想法是，只要捐出金钱食物，可以避免杀戮抢劫，也就很高兴了。这种情况下杀死知军不是立法的本意。”

仁宗听后，接受范仲淹的意见，放过了知军。

富弼生气地说：“我们正要弘扬法令，你却多方阻挠，这样如何治理百姓?”

范仲淹私下告诉他说：“本朝从祖宗开始，未曾轻易处死臣下，这是一种美德，怎么可以轻易地破坏呢?假如皇上做惯这种事，将来恐怕我们的性命也保不了。”

富弼颇不以为然。

后来两人出巡边塞，富弼从河北回来，进不了国都的城门，又无法知道朝廷的心意，整夜彷徨于床边，感叹地说：“范仲淹真是圣人啊!”

赵　鼎

【原文】

刘豫揭榜山东，妄言御医冯益遣人收买飞鸽，因有不逊语。知泗州刘纲奏之，张浚请斩益以释谤，赵鼎继奏曰：“益事诚暧昧，然疑似间，有关国体，然朝廷略不加罚，外议必谓陛下实尝遣之，有累圣德，不若暂解其职，姑与外祠，以释众惑。”上欣然，出之浙东。浚怒鼎异己，鼎曰：“自古欲去小人者，急之，则党合而祸大；缓之，则彼自相挤，今益罪虽诛，不足以快天下，然群阉恐人君手滑，必力争以薄其罪，不若谪而远之，既不伤上意，彼见谪轻，必不致力营求；又幸其位，必以次窥进，安肯容其人耶？若力排之，此辈侧目吾人，其党愈固而不破矣。”浚始叹服。

【译文】

宋朝时刘豫在山东张贴告示，散布谣言说，掌管天子御用药物的太监冯益派人收买飞鸽，告示中还有一些不敬的话。

泗州知州刘纲将此事禀奏朝廷。

张浚（成纪人，字伯英）要求天子处斩冯益以释清谣言。

赵鼎（谥忠简）随即上奏道：“冯益的事是非难辨，然而在若有若无之间，已关系着国家的体统。但是朝廷如果完全不加处罚，外面的人一定认为陛下确实派冯益做这种事，这会损害皇上的盛德，不如暂时解除他的职务，外放到别处去，以消除众人的疑惑。”

皇帝听了很高兴，便将冯益外放到浙东。

张浚很气赵鼎反对他的主张，赵鼎说：“自古以来，想除去小人如果操之过急，小人一定会团结起来，那样祸害就大了；如果缓慢渐进，可使他们自相排挤。目前以冯益的罪，虽处死也不足以大快天下人之心，然而太监们怕皇上习惯以处死来处理这种事，一定极力为冯益开脱罪行。不如把他贬到远处去，既不抵触皇上的心意，太监们看到贬谪的处分尚轻，一定不会极力营救；又庆幸出来一个空缺，一定一个个图谋进用，怎肯容纳被贬的人呢？如果现在就大力打压他们，这些人一定会对我们起反感，那么他们的党羽将更坚固而不可破。”

张浚这才叹服。

文彦博

【原文】

富弼用朝士李仲昌策，自澶州商胡河穿六塔渠，入横陇故道。北京留守贾昌朝素恶弼，阴约内侍武继隆，令司天官二人，俟执政聚时，于殿廷抗言："国家不当穿河北方，以致上体不安。"后数日，二人又听继隆，上言：请皇后同听政。史志聪以状白彦博，彦博视而怀之，徐召二人诘之曰："天文变异，汝职所当言也；何得辄预国家大事耶？汝罪当族。"二人大惧。彦博曰："观汝直狂愚耳，今未忍治汝罪。"二人退，乃出状以视同列，同列皆愤怒，曰："奴辈敢尔，何不斩之？"彦博曰："斩之则事彰灼，中宫不安矣。"既而议遣司天官定六塔方位，复使二人往。二人恐治前罪，更言六塔在东北，非正北也。

【译文】

北宋时，富弼采用朝士李仲昌的建议，自澶州商胡河打通六漯渠（水名），引导黄河进入横陇的旧河道。

北京留守贾昌朝向来对富弼不满，就私下和宦官武继隆约定，让两个司天官（掌天文历数的官）在执政官员齐聚一堂时，在殿廷抗议说："不可打通黄河河流的正北方，这会导致皇上龙体欠安。"

几天之后，两人又听从武继隆指使上奏，请求皇后一同听政。

史志聪将这件事告诉文彦博。文彦博随即召见两个司天官，质问道："往上禀奏天文的变异是你们的职责，怎么能动不动就干预国家的大事呢？你们妄自干政罪当处斩全族。”

两人非常恐惧，文彦博又说：“看你们率直愚笨而狂妄，先暂时放过你们。”

两人退下以后，文彦博把奏状拿给同人看。大家都很愤怒地说：“奴辈竟敢做这种事，为什么不杀他们？”

文彦博说：“杀死他们，事情反而张扬出来，会令皇后不安。”

于是中书省决议派司天官去测定六塔的方位，又让这两个人前去。

两人怕文彦博治他们的罪，就改口说影响皇帝健康的六塔在东北方，不是正北方。

王　旦

【原文】

王旦为兖州景灵宫朝修使，内臣周怀政偕行。或乘间请见，旦必俟从者尽至，冠带出见于堂皇，白事而退。后怀政以事败，方知旦远虑。内臣刘承规以忠谨得幸，病且死，求为节度使。帝语旦曰：“承规待此以瞑目。”旦执不可，曰：“他日将有求为枢密使者，奈何？”遂止。自是内臣官不过留后。

【译文】

宋朝时王旦奉派为兖州景灵宫的朝修使（官名），宦官周怀政（并州人，谋杀佞官丁谓，事败被杀）随行。

有人私下请见，王旦一定等侍从到齐，自己穿戴整齐后才正式接见，听来人报告事情以后就退堂。

后来周怀政事情败露，人们才明白王旦的远虑。

宦官刘承规因忠诚谨慎得宠，病重将死，请求皇帝封他为节度使。皇帝对王旦说："承规要得到这个职位才能瞑目。"

王旦坚决不同意，说："将来有人要求当枢密使该怎么办？"于是皇帝没有答应。

从此宦官最高的职位不超过留后（官名，在节度使入朝或不在时掌管军事）。

王守仁

【原文】

阳明公既擒逆濠，江彬等始至。遂流言诬公，公绝不为意。初谒见，彬辈皆设席于旁，令公坐。公佯为不知，竟坐上席，而转旁席于下。彬辈遽出恶语，公以常行交际事体平气谕之，复有为公解者，乃止。公非争一坐也，恐一受节制，则事机皆将听彼而不可为矣。

【译文】

明朝时王守仁捉到叛逆朱宸濠以后，江彬（宣府人，性狡黠，跋扈专横）等人才到达，于是散布谣言中伤王守仁。

王守仁不以为意，初次见面，江彬等人把座位设在旁边，要王守仁坐。王守仁假装不明白，直接坐在上座上，而使江彬等人坐于下首。

江彬等人立即恶语相向，王守仁则以例行的交际礼仪，心平气和地教导他们。

又有人为王守仁解释，江彬等人才平息。

王守仁并不是争夺座位，只怕一旦受牵制，以后凡事都要听他们指使，就不会有所作为了。

王　安

【原文】

郑贵妃有宠于神庙。熹宗大婚礼，妃当主婚。廷臣谋于中贵王安曰："主婚者，乃与政之渐，不可长也，奈何?"或献计曰："以位则贵妃尊，以分则穆庙恭妃长，盍以恭妃主之?"曰："奈无玺何?"曰："以恭妃出令，而以御玺封之，谁曰不然?"安从之。自是郑氏不复振。

【译文】

郑贵妃很受明神宗的宠爱。

熹宗的大婚典礼上，理当由贵妃担任主婚人。

朝中的臣子与宦官王安商量说："主婚这件事，就是干预政事的开始，此风不可助长，该怎么办呢?"

有人便献计说："以地位论，贵妃较尊；以长幼辈分论，则穆宗朝的恭妃较高，何不让恭妃当主婚人?"

有人说："可是恭妃没有印信怎么办?"

又有人说："让恭妃下命令，而用皇上的印信册封，谁说不可以?"

王安按照这个办法安排了大婚之礼。

从此郑贵妃家族的地位逐渐衰弱了。

陈仲微

【原文】

仲微初为莆田尉，署县事。县有诵仲微于当路，而密授以荐牍者，仲微受而藏之。逾年，其家负县租，竟逮其奴，是人有怨言。仲微还其牍，缄封如故。是人惭谢。

【译文】

宋朝人陈仲微（高安人，字致广）初任莆田县尉，署理县府的事。

县里有人在当权的大官前称赞陈仲微，私下给他一封推荐函，要他去拜见，陈仲微收下后并未使用。

一年后，这个人家里欠县府租税，县府逮捕了他的家奴。这个人颇有怨言，陈仲微就把那封推荐函还给他，还是封好的。他不禁惭愧得当面道歉。

陈　寔

【原文】

寔，字仲举，以名德为世所宗。桓帝时，党事起，逮捕者众，人多避逃，寔曰："吾不就狱，众无所恃。"竟诣狱请囚，会赦得释。灵帝初，中常侍张让权倾天下。让父死，归葬颍川，虽一郡毕至，而名士无往者，寔独吊焉。后复诛党人，让以寔故，颇多全活。

【评】

即菩萨舍身利物，何以加此？狄梁公之事伪周，鸠摩罗什之事苻秦，皆是心也。

【译文】

陈寔字仲举（东汉许县人），以名望德行为世所推崇。桓帝时，发生党锢之祸，逮捕了很多人，受此事牵连的人大多逃避在外。陈寔说：“我不入狱，众人就没有依靠。”竟然自己到监狱去请求拘禁。不久桓帝大赦，才被释放。

灵帝初年，中常侍张让（颍川人）权势极大。

张让的父亲去世，归葬颍川，虽然全郡的人都去祭吊，但名流雅士没有人参加，只有陈寔独自前去。

后来朝廷又杀党人，张让看在陈寔的分上，保全了很多人的性命。

姚崇

【原文】

姚崇为灵武道大总管。张柬之等谋诛二张，崇适自屯所还，遂参密议，以功封梁县侯。武后迁上阳宫，中宗率百官问起居。五公相庆，崇独流涕。柬之等曰：“今岂流涕时耶？恐公祸由此始。”崇曰：“比与讨逆，不足为功。然事天后久，违旧主而泣，人臣终节也。由此获罪，甘心焉。”后五王被害，而崇独免。

【评】

武后迁，五公相庆，崇独流涕。董卓诛，百姓歌舞，邕独惊叹。事同而祸福相反者，武君而卓臣，崇公而邕私也。然惊叹者，平日感恩之真心；流涕者，一时免祸之权术。崇逆知三思犹在，后将噬脐，而无如五王之不听何也。吁，崇真智矣哉！

【译文】

唐朝名臣姚崇（硖州硖石人，封梁国公）任灵武道大总管。

张柬之（襄阳人，字孟将）等人计划杀武后宠幸的张易之、张昌宗二人，姚崇正好从屯驻处回京，就参加这件秘密的行动，后来因功封为梁县侯。

武后迁往上阳宫时，中宗率百官去问候生活起居。

五王互相庆贺，只有姚崇留泪。张柬之等人说：“现在哪里是流泪的时候呢？你恐怕会有灾祸临头。”

姚崇说：“和你们一起讨平叛逆，本来算不上什么功。然而服侍武后久了，一旦分别，因而哭泣，是人臣应有的节义。如果因为这样而获罪，我也甘心。”

后来五王被害，而姚崇幸免。

孔子

【原文】

鲁国之法：鲁人为人臣妾于诸侯，有能赎之者，取金于府。子贡赎鲁人于诸侯而让其金。孔子曰：“赐，失之矣！夫圣人之举事，可以移风易俗，而教导可施于百姓，非独适己之行也。今鲁国富者寡而贫者多，取其金则无损于行，不取其金，则不复赎人矣。”

子路拯溺者，其人拜之以牛，子路受之。孔子喜曰：“鲁人必多拯溺者矣！”

【译文】

鲁国的法令规定：凡鲁国人做了诸侯的臣妾，能将他们赎回的人，可以从官府拿回赎金。子贡去诸侯家赎回一个鲁国人，却不肯接受赎金。

孔子说：“赐（子贡的名字）的做法错了。圣人的行事可以移风易俗，教化百姓，不只是自己的行为高尚就行了。当今鲁国富人少穷人多，拿回赎金并不损害自己的道德，不拿回赎金就不能鼓励其他人来效法了。”

子路（姓仲，名由，孔子的弟子）救起溺水的人，那人以牛答谢子路，子路接受下来。孔子很高兴地说：“以后一定会有很多鲁国人勇于拯救溺水者了。”

宓子

【原文】

齐人攻鲁，由单父。单父之老请曰：“麦已熟矣，请任民出获，可以益粮，且不资寇。”三请，而宓子不许。俄而齐寇逮于麦。季孙怒，使人让之。宓子蹙然曰：“今兹无麦，明年可树。若使不耕者获，是使民乐有寇。夫单父一岁之麦，其得失于鲁不加强弱；若使民有幸取之心，其创必数世不息。”季孙闻而愧曰：“地若可入，吾岂忍见宓子哉！”

【评】

于救世似迂，于持世甚远。

【译文】

齐国人攻打鲁国，路经单父（鲁国的地名）。单父的父老向县宰请示说：“田里的麦子已经成熟了，请任由人民去收割，既可增加粮食，而且还不至于资助敌人。”

接连请求三次，但宓子（鲁人，名不齐，字子贱，孔子弟子）都不准。

不久，官差果然在麦田里逮捕到敌人。

季孙（鲁人，鲁庄公之后代）很生气，遣人来责备宓子。

宓子皱着眉头说：“今年没有麦子，明年可以再种；但如果让不耕耘的人也可以收获麦子，人民就会喜欢有敌寇入侵。单父一年麦子产量的多寡，对鲁国的强弱并无影响；如果使人民养成侥幸获利的心理，这种伤害几代都不能消除。”

季孙听了很惭愧地说：“地如果可以钻进去，我宁肯钻进去也不愿意去见宓子。”

程　琳

【原文】

程琳，字天球，为三司使日，议者患民税多名目，恐吏为奸，欲除其名而合为一。琳曰："合为一而没其名，一时之便，后有兴利之臣，必复增之，是重困民也。"议者虽唯唯，然当时犹未知其言之为利。至蔡京行方田之法，尽并之，乃始思其言而咨嗟焉。

【译文】

宋朝人程琳，字天球，任三司使时，有人认为人民的捐税名目繁多，恐官吏从中舞弊，想除去名目合为一项。

程琳说："合为一项以除去繁多的名目，一时是很方便；可是以后有喜欢兴利的官吏，一定又增加税目，这样增加下去，更会加重人民的困苦。"

主张合并税目的人虽然口头表示同意，然而心里还是不怎么相信。直到蔡京（字元长，性凶谲）推行方田法，把所有税收合并为一，才想起程琳的话来，不由得感慨谢之。

高　明

【原文】

黄河南徙，民耕于地，有收。议者欲履亩坐税。高御史明不可，曰："河徙无常，税额不改，平陆忽复巨浸，常税犹按旧籍，民何以堪？"遂报罢。

【评】

每见沿江之邑，以摊江田赔粮致困，盖沙涨成田，有司喜以升科见功，而不知异日减科之难也。

川中之盐井亦然，陈于陛《意见》云："有井方有课，因旧井塌坏，而上司不肯除其课，百姓受累之极，即新井亦不敢开。宜立为法：凡废井，课悉与除之；新井许其开凿，开成日免课，三年后方征收，则民困可苏而利亦兴矣。若山课多，一时不能尽蠲，宜查出另为一籍，有恩典先及之，或缓征，或对支，徐查新涨田，即渐补扣。数年之后，其庶几乎？”

查洪武二十八年，户部奉太祖圣旨：“山东、河南民人，除已入额田地照旧征外，新开荒的田地，不问多少，永远不要起科，有气力的尽他种。”按：此可为各边屯田之法。

【译文】

明朝时黄河河道向南迁移，人民在旧河道上耕种，有了收成。

有人提议政府应按田亩课税。御史高明（贵溪人，字止达）认为不行，他说：“黄河迁徙没有定位，税收的额度轻易改变不了，假如平地忽然间被淹没，日常税赋还是依旧，人民怎么承受得了！”

于是这件事被取消。

王　铎

【原文】

王铎为京兆丞时，李蠙判度支，每年以江淮运米至京，水陆脚钱斗计七百；京国米价斗四十，议欲令江淮不运米，但每斗纳钱七百。铎曰：“非计也。若于京国籴米，且耗京国之食；若运米自淮至京国，兼济无限贫民也。”

籴米之制，业已行矣，竟无敢阻其议者。都下米果大贵，未经旬而度支请罢，以民无至者也。识者皆服铎之察事，以此大用。

【译文】

唐朝人王铎（字昭范）任京兆丞时，李蠙任判度支（掌贡赋租税，量入为出的官吏），那时每一次米粮从长江、淮河一带运到京师，水陆的运费每斗要七百钱，京师的米价每斗四十钱，因此有人建议命令江淮一带的人不要再运米进京，只要每斗缴纳七百钱就行了。

王铎说："这个算法不对。如果不再从江淮运米、就地在京师买米，将会耗费京师的粮食，京师粮价就会上涨，而不再是每斗四十钱；反之，如果从江淮一带运米到京师，则同时可以救济很多贫民。"

后来在京师买米的制度推行起来，竟然没有人能阻止这个决定。京师的米价果然大涨，不到十天李度支请辞，因为没有百姓来京师。决议的人都佩服王铎明察事理，王铎也因而得到重用。

孙伯纯

【原文】

孙伯纯史馆知海州日，发运司议置洛要、板浦、惠泽三盐场，孙以为非便。发运使亲行郡，决欲为之，孙抗论排沮甚坚。百姓遮县，自言置盐场为便。孙晓之曰："汝愚民，不知远计。官卖盐虽有近利，官盐患在不售，不患在不足。盐多而不售，遗患在三十年后。"至孙罢郡，卒置三场。其后连海间刑狱盗贼差役，比旧浸繁，缘三盐场所置。积盐山积，运卖不行，亏失欠负，动辄破人产业，民始患之。又朝廷调军器，有弩桩箭干之类，海州素无此物，民甚苦之，请以鳔胶充折。孙谓之曰：“弩桩箭干，共知非海州所产，盖一时所须耳。若以土产物代之，恐汝岁岁被科无已时也。”

【译文】

孙伯纯以史馆修撰（掌管修史的官吏）的身份出任海州知州时，发运司（掌发运米粟之官署）决议设置洛要、板浦、惠泽三处盐场。孙伯纯认为很不适宜。

发运使亲自到州郡来，一定要做这件事。

孙伯纯的反对态度甚为坚决。

百姓却集体到县府请愿，要求设置盐场。

孙伯纯说：“你们这些愚民，不懂得长远的计划。官府买盐虽然有近利可图，官盐最怕卖不出去，而不怕不够卖。盐出产量多就会卖不掉，三十年后就看得见留下的祸患了。”

后来孙伯纯离开那个职位，官方终于设置三个盐场。

过后沿海一带犯人、盗贼、差役比以往增加许多，而三处盐场所产的盐堆积如山，卖到远方又交通不畅通，亏损欠债，动辄使人破产。人们这才明白孙伯纯的深谋远虑。

此外，朝廷征调兵器，有弩椿箭杆之类。海州向来不生产这些东西，人民非常苦恼，请求用鳔胶（鱼鳔制成的胶）代替。

孙伯纯对他们说：“弩椿箭杆，大家都知道不是海州所出产的，只是一时需要罢了。如果用土产代替，恐怕你们年年都受到征调，永远没有完结的时候了！”

张 诔

【原文】

张忠定知崇阳县。民以茶为业，公曰："茶利厚，官将榷之，不若早自异也。"命拔茶而植桑，民以为苦。其后榷茶，他县皆失业，而崇阳之桑皆已成，为绢岁百万匹。民思公之惠，立庙报之。

【评】

文温州林官永嘉时，其地产美梨。有持献中官者，中官令民纳以充贡。公曰："梨利民几何？使岁为例，其害大矣！"俾悉伐其树。中官怒而谮之，会荐卓异得免。

近年虎丘茶亦为僧所害，僧亦伐树以绝之。

呜呼！中官不足道，为人牧而至使民伐树以避害，此情可不念欤？《泉南杂志》云：泉地出甘蔗，为糖利厚，往往有改稻田种蔗者。故稻米益乏，皆仰给于浙直海贩。莅兹土者，当设法禁之，骤似不情，惠后甚溥。

【译文】

宋朝时张诔（甄城人，字复之，谥忠定）任崇阳县知县，县民大都以种茶为业。张诔对百姓说："茶叶利润好，朝廷正打算实施官营，不如早些放弃。"于是命百姓改种桑树，百姓深以为苦。

后来朝廷实施茶叶官营，其他县的百姓都失业，而崇阳县的桑树都已成长，养蚕织绢，每年产量达百万匹。

人民想念忠定公的恩惠，为他立庙。

李允则

【原文】

李允则再守长沙。湖湘之地，下田艺稻谷，高田水力不及，一委之蓁莽。允则一日出令曰："将来并纳粟米秆草。"湖民购之襄州，第一斗一束，至湘中为钱一千。自尔竞以田艺粟，至今湖南无荒田，粟米妙天下焉。

【译文】

宋朝人李允则（字垂范）再度任长沙太守。

洞庭湖、湘水一带，低地田种植稻谷，高地田则因缺水，都任其荒废。有一天，李允则下令说："将来纳税要同时缴粟米和稻草。"湖边的农民只好从襄州买，每一斗米换一束草，到湘水一带就值一千钱。此后农民把高地田全用来种粟米，至今湖南没有荒田，粟米天下第一。

程　颢

【原文】

神宗升遐，会程颢以檄至府。举哀既罢，留守韩康公之子宗师，问："朝廷之事如何？"曰："司马君实、吕晦叔作相矣！"又问："果作相，当如何？"曰："当与元丰大臣同，若先分党与，他日可忧。”韩曰：“何忧?”曰：“元丰大臣皆嗜利者，使自变其已甚害民之法，则善矣。不然，衣冠之祸未艾也。君实忠直，难与议，晦叔解事，恐力不足耳。”已而皆验。

【评】

建中初，江公望为左司谏，上言：“神考与元祐诸臣，非有斩祛、射钩之隙也，先帝信仇人黜之。陛下若立元祐为名，必有元丰、绍圣为之对，有对则争兴，争兴则党复立矣。”

【译文】

宋神宗去世时，程颢（洛阳人，字伯淳，与弟弟程颐都是宋代名儒，合称二程子）正好送公文到郡府。

哀悼完毕，留守韩宗师是韩康公韩绛的公子，向他问起朝廷的事。

程颢说：“现在司马君实（陕州夏县人，名光，赠温国公）、吕晦叔（名公著，与司马光共同辅政，赠申国公）做宰相了。”

韩又问：“他们真做了宰相，以后会采取什么政策呢?”

程颢说：“应该和元丰（神宗年号）时期的大臣一样吧！如果先区分党羽，将来就令人十分忧虑了。”

韩说：“有什么忧虑?”

程颢说：“元丰时期的大臣都追求眼前利益，假使他们自己能改变那些残害百姓的法令，那自然很好。不然的话，党派斗争的祸害也许会没完没了。君实为人忠诚正直，但很难说服他与大臣们合作；晦叔为人练达世事，但恐怕能力又不够。”

不久以后，这些话全都应验了。

陈　瓘

【原文】

陈瓘方赴召命，至阙，闻有中旨，令三省缴进前后臣僚章疏之降出者。瓘谓宰属谢圣藻曰："此必有奸人图盖己愆而为此谋者。若尽进入，则异时是非变乱，省官何以自明？"因举蔡京上疏请灭刘挚等家族，乃妄言携剑入内欲斩王珪等数事。谢惊悚，即白时宰，录副本于省中。其后京党欺诬盖抹之说不能尽行，由有此迹，不可泯也。

邹浩还朝，帝首言及谏立后事，奖叹再三，询："谏草安在？"对曰："焚之矣。"退告陈瓘，瓘曰："祸其始此乎？异时奸人妄出一缄，则不可辨矣。"

初，哲宗一子献愍太子茂，昭怀刘氏为妃时所生，帝未有子，而中宫虚位，后因是得立，然才三月而夭。浩凡三谏立刘后，随削其稿。蔡京用事，素忌浩，乃使其党为伪疏，言"刘后杀卓氏而夺其子，欺人可也，讵可以欺天乎？"徽宗诏暴其事，遂再谪衡州别驾，寻窜昭州，果如瓘言。

【评】

二事一局也。谢从之而免祸，邹违之而构诬。"人无远虑，必有近忧。"尤信！

【译文】

宋朝人陈瓘（字莹中）接奉圣旨，前往晋谒天子。来到宫门，听说皇帝有道谕旨，命令三省（中书省、门下省、尚书省）缴回以前诸大臣进呈给皇帝，后又被退回的奏章。陈瓘对宰相的属官谢圣藻说："这一定是奸人为了掩饰自己的过错而出的计谋，如果把退回的奏章全数进呈给皇上，将来如有是非变乱，省官（掌理朝廷馆阁的职务）要如何表明自己的清白呢？"

陈瓘于是举蔡京上疏，请求诛灭刘挚（东光人，字莘老）等人家族的事例告诫谢圣藻，蔡京的奏疏中捏造说刘挚带剑入朝廷，想杀王珪（华阳人，字禹玉）等事，谢圣藻听了非常害怕，就对宰相报告了这件事，然后抄录副本留在三省中。

后来蔡京的党羽欺诈诬蔑掩饰过失的言辞都行不通，正是因为有这些副本，无法消灭罪证。

邹浩重回朝廷任职，皇帝首先和他谈及有人上谏立皇后的事，于是再三地嘉奖赞赏，又问谏书在哪里，邹浩回答说："已经烧了。"

退朝后，邹浩就告诉陈瓘，陈瓘说："灾祸就要从这件事开始了，将来奸人随便捏造一封谏书，都将无法分辨真伪了。"

起初，哲宗有一个儿子献愍太子，名茂，是昭怀皇后刘氏做妃子时生的，在此之前哲宗没有儿子，皇后之位也还空着，昭怀请求哲宗说："应当立茂为太子。"但是茂才出生三个月就夭折了。

邹浩曾三次上疏劝哲宗立刘氏为后，事后又把奏折销毁了。

蔡京得势以后，因向来忌恨邹浩，就命他的党羽伪造邹的奏疏道："刘氏杀死卓氏，夺走卓氏的儿子。欺瞒人还可以，怎么可以欺瞒得过上天呢？"

徽宗命令查明这件事，同时再次贬谪邹浩为衡州别驾、诸州通判，不久又放逐到昭州，结局都如陈瓘所言。

林立山

【原文】

武庙《实录》将成时，首辅杨廷和以忤旨罢归，中贵张永坐罪废。翰林林立山奏记副总裁董中峰曰："史者，万世是非之权衡。昨闻迎立一事，或曰由中，或曰内阁；诛贼彬，或云由廷和，或云由永。疑信之间，茫无定据。今上方总核名实，书进二事，必首登一览，恐将以永真有功，廷和真有罪。君子小人，进退之机决矣。"董公以白总裁费鹅湖，乃据实书："慈寿太后遣内侍取决内阁。"天子由是倾心宰辅，宦寺之权始轻。

【译文】

武庙《实录》快要完成时，内阁（明太祖置，相当古代中书省）首辅杨廷和（新都人，字介夫）因为忤逆圣旨，罢官回乡，宦官张永因罪被废。

翰林林立山记事上陈总裁（国史实录馆的监修官）董中峰说："历史是万世是非衡量的标准。昨天听到迎立世宗的事，有人说是宦官所为，有人说是内阁所为；杀逆贼江彬的事，有人说是廷和之力，有人说是张永之力。哪种说法真实，茫然没有一定的依据。现在皇上正全面核对各个事件的真实性。如果有人禀奏这两件事，皇上必先阅览，恐怕会以为张永真的有功，廷和真的有罪。君子小人，谁得到任用、谁受到罢黜，关键就此决定。"

董中峰将此事报告总裁费鹅湖（费宏），于是据实写道："慈寿太后派宦官听取内阁的决议，天子因此心向内阁宰辅，宦官的职权才被减轻。”

周宗　韩雍

【原文】

烈祖镇建业日，义祖薨于广陵，致意将有奔丧之计。康王以下诸公子谓周宗曰：“幸闻兄长家国多事，宜抑情损礼，无劳西渡也。”宗度王似非本意，坚请报简，示信于烈祖，康王以匆遽为词，宗袖中出笔，复为左右取纸，得故茗纸贴，乞手札。康王不获已而札曰：“幸就东府举哀，多垒之秋，二兄无以奔丧为念也。”明年烈祖朝觐广陵，康王及诸公子果执上手大恸，诬上不以临丧为意，诅让百端，冀动物听。上因出王所书以示之，王觍颜而已。

韩公雍旬宣江右时，忽报宁府之弟某王至。公托疾，乞少需，密遣人驰召三司，且索白木几。公匍匐拜迎。王入，具言兄叛状，公辞病聩莫听，请书。王索纸，左右舁几进，王详书其事而去。公上其事，朝廷遣使按，无迹。时王兄弟相欢，讳无言。使还，朝廷坐韩离间亲王罪，械以往。韩上木几亲书，方释。

【译文】

烈祖（南唐始祖李昪）镇守建业（南京）时，义祖（烈祖建国后，奉徐温为义祖）在广陵去世，烈祖让人告诉义父家，表示他将亲自去奔丧。

自康王（义祖的儿子，名和）以下的多位公子对周宗（南唐·广陵人，字君太）说：“听说兄长的国家正值多事之秋，兄长应抑制悲痛的心情，减省一些服丧的礼节，不必渡江前来奔丧。”

周宗猜想这些话不是康王的本意，坚持请求用书信回复，以便对烈祖呈示实情，康王却忽然要告辞离去。

周宗从衣袖里取出笔来，又命左右的人拿纸，拿到旧茗纸贴，请求康王亲笔书写，康王不得已写下："本应亲自到东府来办丧事，正值多事之秋，二哥不必以奔丧之事为念。"

第二年，烈祖亲临广陵，康王及诸位公子果然握住烈祖的手，表示非常悲痛，并怪烈祖没有奔丧的诚意，用各种理由来责备他，希望引起众人的不满，烈祖因而拿出康王所写的信给众人看，康王羞愧不已，就不再闹了。

韩雍巡视江西时，属下忽然报告宁王府的一个王弟来到，韩雍于是称病请求稍待，暗中派人急速去报告三司，且索求一张白木几。

韩雍跪拜相迎，王弟一进来，就详细说明兄长叛变的情状，韩雍推说有耳病听不见，请王弟写下来，王弟要纸，左右的人就把白木几抬出来，王弟于是详细地书写此事后才离去。

韩雍将此事禀奏朝廷，朝廷派使臣也查不出任何叛乱的迹象，这时诸王兄正欢乐相聚，请旁人不要多言，使臣回朝后，朝廷判处韩雍离间亲王的罪，命人带着刑具将韩雍押走，韩雍于是呈上白木几和王弟亲笔写下的文字，才被释放。

喻樗

【原文】

张浚与赵鼎同志辅治，务在塞幸门、抑近习，相得甚欢。人知其将并相，史馆校勘喻樗独曰："二人宜且同在枢府，他日赵退则张继之，立事任人，未甚相远，则气脉长。若同在相位，万一不合而去，则必更张，是贤者自相悖戾矣。”

【评】

曹可以继萧，费、董可以继诸葛，此君子所以自衍其气脉也。若乃不贵李勣，以遗孝和；不贵张齐贤，以遗真庙。是人主自以私恩为市，非帝王之公矣。

【译文】

宋朝人张浚（绵竹人，字德远）与赵鼎同心辅佐政务，专门阻塞侥幸求取官位的门路，压抑皇帝身边亲近习用的人，合作得很愉快。

很多人猜测他们两人将一起担任宰相。

只有史馆校勘（官名）喻樗说：“他们两人只适宜暂时同在枢密院。将来赵鼎退休，而张浚继续留任。成就事业，任用人才，应该不会相差太远，那么这股气脉就可以延续；如果两人同处宰相之职，万一合不来而想分开，原先的政策作为必然大幅变动，这不就是贤者自相背离，且乖戾了吗？”

杨　荣

【原文】

王振谓杨士奇等曰：“朝廷事亏三杨先生，然三公亦高年倦勤矣。其后当如何？”士奇曰：“老臣当尽瘁报国，死而后已。”荣曰：“先生休如此说，吾辈衰残，无以效力，行当择后生可任者以报圣恩耳。”振喜，翼日即荐曹鼐、苗衷、陈循、高谷等，遂次第擢用。士奇以荣当日发言之易。荣曰：“彼厌吾辈矣，吾辈纵自立，彼其自已乎？一旦内中出片纸，命某人入阁，则吾辈束手而已。今四人竟是吾辈人，当一心协力也。”士奇服其言。

【评】

李彦和《见闻杂记》云：“言官论劾大臣，必须下功夫，看见眼前何人可代者，必贤于去者，必有益于国家，方是忠于进言。若只做得这篇文字，打出自己名头，毫于国家无补，不如缄口不言，反于言责无损。”此亦可与杨公之论合看。

【译文】

明朝宦官王振（蔚州人）对杨士奇等人说：“朝廷的政事幸亏有三位杨先生（杨士奇、杨荣、杨溥）尽心尽力主持。然而三位先生年纪也大了，你们日后有什么打算呢？”

杨士奇说：“老臣当竭诚报国，鞠躬尽瘁，一直到死。”

杨荣（建安人，字勉仁）说：“先生不要这样说，我们已经衰老了，没有办法再效力，应当选择一些可担当国事的后辈推荐，来报答圣上的恩情。”

王振听了很高兴。

第二天，杨荣推荐曹鼐（宁晋人，字万锺）、苗衷（凤阳定远人，字公彝）、陈循（泰和人，字德遵）、高谷（扬州兴化人）等人，依次得到朝廷任用。

杨士奇认为杨荣当天不应该随便说出这些话。

杨荣说：“他已经很讨厌我们了，我们纵然可以互相帮助，难道能改变他讨厌我们的心意吗？一旦宫中传出只字片语，要命某人入阁，我们就束手无策了。现在这四个人都是我们的人，大家应当同心协力才是。”

杨士奇非常佩服他这个想法。

赵凤 杨王 司帑

【原文】

初，晋阳相者周玄豹，尝言唐主贵不可言。至是唐主欲召诣阙。赵凤曰："玄豹言已验，若置之京师，则轻躁狂险之人必辐凑其门。自古术士妄言致人族灭者多矣！"乃就除光禄卿致仕。

杨王沂中闲居，郊行，遇一相押字者，杨以所执杖书地上作一画。相者再拜曰："阁下何为微行至此？宜自爱重。"王谔然，诘其所以。相者曰："土上一画，乃'王'字也。"王笑，批缗钱五百万，仍用常所押字，命相者翌日诣司帑。司帑持券熟视曰："汝何人，乃敢作我王伪押来赚物。吾当执汝诣有司问罪。"相者具言本末，至声屈，冀动王听。王之司谒与司帑打合五千缗与之，相者大恸，痛骂司帑而去。异日乘间白杨，杨怪问其故，对曰："他今日说是王者，来日又胡说增添，则王之谤厚矣！且恩王已开王社，何所复用相。"王起，抚其背曰："尔说得是。"即以予相者几百万旌之。

【译文】

早先，晋阳有位看相的人名叫周玄豹，他曾经说李存勖日后将非常显贵。

后来李存勖果然即位，成为唐明帝，就想找看相的人到京师来。

赵凤说："玄豹的话已经应验了，如果把他安置在京师，恐怕一些轻浮阴险的人，都会集中到他那里。自古以来方术之士的胡乱猜测，导致灭族的情形很多！"

于是让他以光禄卿（掌祭祀朝会的官）的荣衔退休。

宋朝时，杨存中（原名沂中，卒封和王）某日闲居时曾到郊外巡视，遇到一位测字的相者。

杨存中用他所拿的杖在地上写了一画，测字的人见了，不停地鞠躬说："阁下为什么以便服出巡到此地来，应该自爱自重才是。"

杨存中惊奇得不得了，问他为什么知道自己的身份。

测字的人说："土上一画就是'王'字啊。"

杨存中很高兴，亲自批示给相者五百万钱，用平日签名的方式，命令看相的人第二天去找王府管财物的人领取。

管财物的司帑拿着票券仔细察看，说："你是什么人，竟敢伪造我家王爷的签名来骗取财物，该把你送到官衙去治罪。"

看相的人说出事情的经过，故意说得很大声、很委屈，希望引起杨存中的注意。杨存中的管家和司帑于是谈好给他五千钱，看相的人非常悲痛，大骂司帑之后才离开。

后来司帑乘机告诉杨存中此事，杨存中很奇怪，就问司帑是何故。

司帑说："他现在说你是亲王，如果将来又胡乱加些言辞，大王您就会遭毁谤了。而且恩王已经设立王社（祭土神的庙），何须再用看相的人？"

杨存中听了即刻站起来，抚着他的背说："你说得很对。"

就把原来准备给看相的几百万钱赏赐给了司帑。

程　颢

【原文】

程颢为越州佥判，蔡卞为帅，待公甚厚。初，卞尝为公语："张怀素道术通神，虽飞禽走兽能呼遣之。至言孔子诛少正卯，彼尝谏以为太早；汉祖成皋相持，彼屡登高观战。不知其岁数，殆非世间人也!”公每窃笑之。及将往四明，而怀素且来会稽。卞留少俟，公不为止，曰：“‘子不语怪、力、乱、神’，以不可训也，斯近怪矣。州牧既甚信重，士大夫又相谄合，下民从风而靡，使真有道者，固不愿此。不然，不识之未为不幸也!”后二十年，怀素败，多引名士。或欲因是染公，竟以寻求无迹而止。非公素论守正，则不免于罗织矣。

【评】

张让，众所弃也，而太丘独不难一吊。张怀素，众所奉也，而伯淳独不轻一见。明哲保身，岂有定局哉！具二公之识，并行不悖可矣！蔡邕亡命江海积十二年矣，不能自晦以预免董卓之辟；逮既辟，称疾不就犹可也，乃因卓之一怒，惧祸而从；受其宠异，死犹叹息。初心谓何？介而不果，涅而遂淄，公论自违，犹望以续史幸免，岂不愚乎？视太丘愧死矣！

《容斋随笔》云：会稽天宁观老何道士，居观之东廊，栽花酿酒，客至必延之。一日有道人貌甚伟，款门求见。善谈论，能作大字。何欣然款留，数日方去。未几，有妖人张怀素谋乱，即前日道人也。何亦坐系狱，良久得释。自是畏客如虎，杜门谢客。忽有一道人，亦美风仪，多技术。西廊道士张若水介之来谒，何大怒骂，合扉拒之。此道乃永嘉林灵噩，旋得上幸，贵震一时，赐名灵素，平日一饭之恩无不厚报。若水乘驿赴阙，官至蕊珠殿校籍，父母俱荣封。而老何以尝骂故，朝夕忧惧。若水以书慰之，始少安。此亦知其一不知其二之鉴也！

【译文】

宋朝程颢任越州佥判（管理公文的收发）时，蔡卞（蔡京之弟，字元度）为元帅，对待程颢颇为优厚。

起初，蔡卞曾经告诉程颢：“张怀素的道术神通广大，即使是飞禽走兽，也能被他呼唤差遣到面前。张怀素说过孔子杀少正卯时，他曾劝孔子杀得太早了；汉高祖和项羽的军队在成皋相持不下时，他屡次登楼观战。不知道他现在多少岁了，大概不是世间的凡人。”

程颢听了偷笑不已。

后来他将前往四明（山名，在浙江余姚县附近）时，张怀素也正要去会稽，便示意程颢稍候。

程颢没有等他，说：“孔子不谈怪力乱神之事，因为不适合教诲弟子，怀素的所作所为也接近神怪的迹象，州牧（州的长官）既器重他，士大夫又逢迎他，老百姓也盲目附和。真有道术的人是不愿如此的。更何况，不认识他也未必是件不幸的事。”

二十年后，张怀素东窗事发，供出一些与他有关系的名人。有人想借机牵连程颢，后来因为找不到一点迹象而作罢。如果不是因为程颢向来言行正直，没有漏洞可寻，那就不免被人陷害了。

薛季昶 徐谊

【原文】

张柬之等既诛二张，迁武后，薛季昶曰：“二凶虽诛，产、禄犹在。去草不除根，终当复生。”桓彦范曰：“三思几上肉耳，留为天子藉手。”季昶叹曰：“吾无死所矣。”及三思乱政，范甚悔之。

赵汝愚先借韩侂胄力，通宫掖，立宁宗。事成，徐谊曰：“侂胄异时必为国患，宜饱其欲而远之。”叶适亦谓汝愚曰：“侂胄所望不过节钺，宜与之。”朱熹曰：“汝愚宜以厚赏酬侂胄，勿令预政。”汝愚谓其易制，皆不听，止加侂胄防御使。侂胄大怨望，遂构汝愚之祸。

【评】

武三思、韩侂胄，皆小人也。然三思有罪，故宜讨而除之；侂胄有功，故宜赏而远之。除三思，宜及迁武氏之时；远侂胄，宜及未得志之日，过此皆不可为矣。五王、汝愚皆自恃其位望才力，可以凌驾而有余，而不知凶人手段更胜于豪杰。何者？此疏而彼密，此宽而彼狠也！忠谋不从，自贻伊戚。悲夫！

【译文】

唐朝时，张柬之等人杀了武后宠幸的张易之、张昌宗之后，又迫使武后交出政权。薛季昶（龙门人）说：“两个元凶虽然已经杀了，但后患还在，斩草不除根，春风吹又生。”

桓彦范（丹阳人，字士则）说：“武三思就如同案板上的一块肉罢了，就留给天子做个人情吧！”

薛季昶叹息道：“我将死无葬身之地了！”

后来武三思果然扰乱朝政，桓彦范非常后悔。

宋朝时赵汝愚（字子直）先借韩胄（安阳人，字节夫）之力，请求宪圣太后的同意，拥立宁宗当皇帝。事成后，徐谊（温州人，字子宜）说：“韩胄将来一定会成为国家的祸患，应该满足他的欲望并且疏远他。”

叶适（永嘉人，字正则）也对赵汝愚说：“韩胄所希望的不过是大将军的名位，应该给他。”

朱熹说：“汝愚应该好好酬谢韩胄，但不要让他得到太大的实权。”

赵汝愚认为韩胄很容易控制，不听众人劝导，只给了韩胄一个防御使的职位，使他非常怨恨失望，终于酿成赵汝愚日后的祸患。

李贤

【原文】

李贤尝因军官有增无减，进言谓：“天地间万物有长必有消，如人只生不死，无处着矣。自古有军功者，虽以金书铁券，誓以永存，然其子孙不一再而犯法，即除其国；或能立功，又与其爵。岂有累犯罪恶而不革其爵者？今若因循久远，天下官多军少，民供其俸，必致困穷，而邦本亏矣，不可不深虑也。”

【评】

议论关系甚大。

【译文】

明朝人李贤曾经因为军官有增无减而进言，他说：“天地之间，万物有成长就一定有消灭，如果人只生而不死，就要无处居住了。自古以来有军功的人，虽然赐给他们金书铁券（天子赏赐给功臣，可以世代相传，免除罪刑的证物），并准予永远保存。但是他们的子孙如果一再犯法，就该除去封邑；有能力立功后再恢复爵位，怎么可以不革除那些屡次犯罪的人的爵位呢？如果现在因循不变，长期下去，天下官多兵少，人民为了供给他们俸禄必然导致困穷，而国家的根本也会受到亏损，不能不做深远的打算。”

刘晏

【原文】

刘晏于扬子置场造船，艘给千缗。或言所用实不及半，请损之。晏曰："不然。论大计者不可惜小费，凡事必为永久之虑。今始置船场，执事者至多，当先使之私用无窘，则官物坚完矣。若遽与之屑屑较计，安能久行乎？异日必有减之者，减半以下犹可也，过此则不能运矣。"后五十年，有司果减其半。及咸通中，有司计费而给之，无复羡余，船益脆薄易坏，漕运遂废。

【译文】

唐朝时刘晏（南华人，字士安）在扬州设置造船厂，每艘船贴补一千缗钱（一千个钱用丝绳贯成一串称为一缗）。有人说实际上用不到一半，应删减一些。

刘晏说："不对，做大事的人，不可以吝惜一点小费用，凡事一定要做永久打算。目前才开始设置造船厂，需要用到很多人员，应当先使他们的费用不会短缺，制造出来的产品才能坚固；如果对他们斤斤计较，事情怎能做得长久呢？将来负责的人一定会删减，减半还可以，如果删减过多，这种事业就无法保持长久了。"

五十年后，果然有官吏删减一半的补贴。到懿宗咸通年间，官吏先算好费用才给钱，就不再有盈余了，于是造出来的船轻薄易损，水道运输因而每况愈下。

李　晟

【原文】

李晟之屯渭桥也，荧惑守岁，久乃退，府中皆贺曰："荧惑退，国家之利，速用兵者昌。"晟曰："天子暴露，人臣当力死勤难，安知天道邪？"至是乃曰："前士大夫劝晟出兵，非敢拒也。且人可用而不可使之知也。夫唯五纬盈缩不常，晟惧复守岁，则吾军不战自屈矣！"皆曰："非所及也！"

【评】

田单欲以神道疑敌，李晟不欲以天道疑军。

【译文】

唐朝人李晟（洮州人，字良器）屯兵渭桥时，天象出现火星冲犯岁星，很久才退去。

府中的人都来道贺说："火星已退，国家的运气要好转了。赶紧用兵就能胜利。"

李晟说："天子遇到困难，为人臣子的尽力去排解保护，哪有工夫去管天象的事呢？"

（原文"至是乃曰"语义不清，据《通鉴》当为"既克长安，乃曰"。）又说："以前士大夫劝我出兵，我不敢拒绝。而且一般人只可命令他们做事，要使他们了解为何如此是不可能的。金木水火土五星运转变幻莫测，我自己又怕火星冲犯岁星，用星象之说来解释，那我的军队不必作战就自己屈服了。"

众人都说："我们都没想到这层道理。"

吕　端

【原文】

仁宗时，大内灾，宫室略尽。比晓，朝者尽至；日晏，宫门不启，不得问上起居。两府请入对，不报。久之，上御拱宸门楼，有司赞谒，百官尽拜楼下。吕文靖独立不动，上使人问其意，对曰："宫庭有变，群臣愿一望天颜。"上为举帘俯槛见之，乃拜。

【译文】

宋仁宗时，皇宫发生火灾，宫室几乎被烧光了。

天刚亮，上朝的臣子都到齐了；时间近午，宫门还没开，无法向仁宗请安。两府的臣子请求入宫，也没有得到回话。

过了很久，仁宗亲自来到拱宸门楼，侍卫在楼上呼喝群臣拜见，百官一起在楼下跪拜。只有吕端（谥文靖）站立不动。仁宗派人问他何意，吕端回答说："宫廷发生灾难，群臣都想见一见圣颜。"

仁宗于是拉开帘子，靠着栏杆向下看，吕端这才跪拜。

羊聃　刘庆祖

【原文】

赵汝愚与韩侂胄既定策，欲立宁宗，尊光宗为太上皇。汝愚谕殿帅郭杲，以军五百至祥禧殿前祈请御宝。杲人，索于职掌内侍羊骃、刘庆祖。二人私议曰："今外议汹汹如此，万一玺入其手，或以他授，岂不利害？"于是封识空函授杲。二珰取玺从间道诣德寿宫，纳之宪圣。及汝愚开函奉玺之际，宪圣自内出玺与之。

【译文】

赵汝愚和韩侂胄商量好要拥立宋宁宗为帝，并尊光宗为太上皇。

赵汝愚命令殿帅郭杲带领五百名士兵到祥禧殿前，请求交出皇帝的玉玺。

郭杲入宫向掌管玉玺的太监索取时，羊骃、刘庆祖两人私下商议道："目前朝廷外议论纷纷，颇不平静。万一玉玺流入他们手中，或给了别人，岂不误了大事吗？"

两人于是封好一个空盒子交给郭杲，又带着玉玺从小路前往德寿宫，交给贤圣太后。

等赵汝愚打开封好的盒子将取玉玺的时候，贤圣太后才从宫内出来，把玉玺交给他。

裴宽　李祐

【原文】

裴宽尝为润州参军。时刺史韦诜为女择婿，未得。会休日登楼，见有所瘗于后圃者。访其人，曰："此裴参军也。义不以苞苴污家。适有人饷鹿脯，致而去，不敢自欺，故瘗之耳。"诜嗟异，遂妻以女。婚日，诜帏其女，使观之：宽瘠而长，时衣碧，族人皆笑呼为

“碧鹳”。诜曰：“爱其女，必以为贤公侯妻。可貌求人乎?”宽后历礼部尚书，有声。

李祐爵位既高，公卿多请婚其女。祐皆拒之，一日大会幕僚，言将纳婿。众谓必贵戚名族。及登宴，寂然。酒半，祐引末座一将，谓曰：“知君未婚，敢以小女为托。”即席成礼。他日或请其故，祐曰：“每见衣冠之家，缔婚大族，其子弟习于婬奢，多不令终。我以韬钤致位，自求其偶，何必仰高以博虚望?”闻者以为卓识。

【译文】

唐朝人裴宽（累官至御史大夫、礼部尚书）任润州参军时，刺史韦诜正在选女婿，很久也找不到适当人选。

有一天正值休息的日子，韦诜登楼看见有人在后院里埋东西。他向人打听，有人说：“那是裴参军。他为人正直，认为别人的贿赂会玷污自己家门；刚才有人送他鹿肉干，东西送到就走了，裴参军不敢违背自己的原则，所以把它埋了。”

韦诜很赏识他，就把女儿嫁给他。结婚那天，韦诜带着女儿在帐幕后偷看，看见裴宽个子高而瘦，穿着深青色的九品官服，族人取笑他，叫他“碧鹳”。

韦诜说：“爱护自己的女儿，就要让她嫁给贤明的公侯为妻，怎么可以以貌取人呢?”

裴宽后来任职至礼部尚书，声誉很高。

唐朝人李祐（字庆之），高升以后，公卿贵人都登门来请求娶他的女儿，李祐都加以拒绝。

有一天，李祐召集所有的幕僚，声称自己将要招女婿了。众人都认为对方一定是贵族公卿。

酒宴开始却未见提及，酒喝到一半，李祐引出在末座的一位小将，对他说："我知道你还没有成婚，所以想把小女托付给你。"说着当场就举行婚礼。

后来有人问他是什么原因，李祐说："我常常看见官宦人家向达官贵人攀婚事，那些人家的子弟都习惯过豪华奢侈的生活，往往没有好结果。我以熟习兵法得到官位，自己嫁女儿，何必去攀附达官贵人，以求取虚有的名望？"

听到这话的人都认为他见识不凡。

王 旦

【原文】

文正公之婿韩公，例当远任，公私以语其女曰："此小事，勿忧。"一日，谓女曰："韩郎知洋州矣。"女大惊。公曰："尔归吾家，且不失所。吾若有所求，使人指韩郎妇翁奏免远，适累其远大也。"韩闻之，曰："公待我厚如此。"后韩终践二府。

【评】

古人自爱爱人，不争目睫，类如此。

【译文】

王文正公（王旦）的女婿韩亿，依照惯例必须调任偏远的地方。王旦私下对自己的女儿说："这种小事，不要担忧。"

有一天他又对女儿说："韩郎就要调任洋州知州了。"

女儿大惊。

王旦说："你回我们家，还不致流离失所。但是，我如果有所请求，让人去见韩郎的父母，再启奏皇上取消韩郎远调，恐怕会连累他将来的升迁，影响就大了。”

韩亿听到这些话，说：“感谢岳父对我如此厚爱。”

后来韩亿果然升任枢密、中书两府。

第二部　明智

明智部总序

【原文】

冯子曰："自有宇宙以来，只争'明''暗'二字而已。混沌暗而开辟明，乱世暗而治朝明，小人暗而君子明；水不明则腐，镜不明则锢，人不明则堕于云雾。今夫烛腹极照，不过半砖，朱曦霄驾，洞彻八海；又况夫以夜为昼，盲人瞎马，侥幸深溪之不贯也，得乎？故夫暗者之未然，皆明者之已事；暗者之梦景，皆明者之醒心；暗者之歧途，皆明者之定局；由是可以知人之所不能知，而断人之所不能断，害以之避，利以之集，名以之成，事以之立。明之不可已也如是，而其目为'知微'，为'亿中'，为'剖疑'，为'经务'。吁！明至于能经务也，斯无恶于智矣！"

【译文】

冯梦龙说：从有宇宙以来，就有"明"和"暗"的清楚对比。混沌时期"暗"而开天辟地"明"，乱世"暗"而治世"明"，小人"暗"而君子"明"；流水不明则腐烂生虫，镜子不明则无法照影，人如不明则陷入混乱愚昧之中，就像盲人骑着瞎马一样，怎么可能不坠入深渊之中呢？所以，对于"暗"的人而言是纷杂的、变幻莫测的、不知如何选择的现实困境；对于"明"的人而言，却可能是清楚、确定、简简单单就可迎刃而解的小问题。

能洞见一般人所无法洞见的，能决断一般人所无法决断的，躲开可能的灾祸，获取可能的利益，甚至建立不世功勋，成就万古的声名，这是真正的智者之“明”。

本部分为四卷，分别为“知微”“亿中”“剖疑”“经务”。能把智慧之“明”用于经国成务的大事，就不能再说智慧不好了吧！

见微知著

【原文】

圣无死地，贤无败局；缝祸于渺，迎祥于独；彼昏是违，伏机自触。

【译文】

圣人行事，绝不会自陷死地；贤者所为，从不曾遭逢败局。因为他们能从细微的征候中预知祸害的先兆，总能未雨绸缪，得到圆满的结果。

箕　子

【原文】

纣初立，始为象箸。箕子叹曰："彼为象箸，必不盛以土簋，将作犀玉之杯。玉杯象箸，必不羹藜藿，衣短褐，而舍于茅茨之下，则锦衣九重，高台广室。称此以求，天下不足矣！远方珍怪之物，舆马宫室之渐，自此而始，故吾畏其卒也！"未几，造鹿台，为琼室玉门，狗马奇物充其中，酒池肉林，宫中九市，而百姓皆叛。

【译文】

纣王（殷代最后的君主，名辛。暴虐无道）刚即位的时候，命令人制造象牙筷子。

箕子（纣王的叔父，名胥余）叹息说："他用象牙筷子吃饭，一定不会用陶碗盛装食物，将来还会做犀角美玉的杯子。有美玉杯、象牙筷，一定不会吃粗陋的食物，穿粗糙的衣服，也不会住在茅草房屋里，于是锦衣玉食，楼阁亭台。为了达到这个标准，向天下人寻求仍不能满足，对远方珍奇的物品与车马宫室的需求索取，就从此开始了。我担心他的结果会很惨。"

不久，纣王果然建筑鹿台，用美玉建宫室及门户，狗马及珍奇物品充满宫中，酒池肉林。并在宫中设立九个市集，从此百姓都背叛他。

殷长者

【原文】

武王入殷，闻殷有长者，武王往见之，而问殷之所以亡。殷长者对曰："王欲知之，则请以日中为期。"及期弗至，武王怪之。周公曰："吾已知之矣。此君子也，义不非其主。若夫期而不当，言而不信，此殷之所以亡也。已以此告王矣。"

【译文】

周武王（周朝第一代帝王，文王的儿子，名发）进入殷商以后，听说殷商有一位长者，便亲自去拜见他，问他殷商灭亡的原因。

殷商的长者回答说："大王想知道原因，请约定中午见面。"

到中午时分，长者却没有来。

武王觉得很奇怪，周公说："我已经知道原因了。这个人是君子，不肯批评自己君王的过失。像他这样约定而不到，说话不讲诚信，就是殷商灭亡的原因。大王想要的答案，他已经用这种方式告诉您了。"

周公　姜太公

【原文】

太公封于齐，五月而报政。周公曰："何疾也？"曰："吾简其君臣，礼从其俗。"伯禽至鲁，三年而报政。周公曰："何迟也？"曰："变其俗，革其礼，丧三年而后除之。"周公曰："后世其北面事齐乎？夫政不简不易，民不能近；平易近民，民必归之。"

周公问太公何以治齐，曰："尊贤而尚功。"周公曰："后世必有篡弑之臣。"太公问周公何以治鲁，曰："尊贤而尚亲。"太公曰："后寖弱矣。"

【评】

二公能断齐、鲁之敝于数百年之后，而不能预为之维；非不欲维也，治道可为者止此耳。虽帝王之法，固未有久而不敝者也；敝而更之，亦俟乎后之人而已。故孔子有"变齐、变鲁"之说。陆葵日曰："使夫子之志行，则姬、吕之言不验。"夫使孔子果行其志，亦不过变今之齐、鲁，为昔之齐、鲁，未必有加于二公也。二公之孙子，苟能日儆惧于二公之言，又岂俟孔子出而始议变乎？

【译文】

姜太公（吕尚）受封于齐地，五个月后就来报告政情。

周公说："怎么这么快呀？"

太公说："我简化了君臣之间的礼仪，礼节都随当地风俗。"

伯禽（周公之子）受封于鲁。到鲁地，三年后才回来报告政情。

周公说："为什么这么迟呀？"

伯禽说："我改变他们的风俗，革新他们的礼节，丧礼三年后才解除孝服。"

周公说："如此看来，后代鲁国必将臣服于齐啊。处理政事不能简易，人民就不能亲近他；只有平易近人的执政者，人民才会归顺他。"

周公问太公："你如何治理齐国？"

太公说："尊敬贤者，崇尚功业。"

周公说："齐国后代一定会出现篡位弑君的臣子。"

太公反问周公："你如何治理鲁国？"

周公说："尊敬贤者，重视亲族。"

太公说："鲁国以后一定日渐衰弱。"

辛　有

【原文】

平王之东迁也，辛有适伊川，见披发而祭于野者，曰："不及百年，此其戎乎？其礼先亡矣！"及鲁僖公二十二年，秦、晋迁陆浑之戎于伊川。

【评】

犹秉周礼，仲孙卜东鲁之兴基；其礼先亡，辛有料伊川之戎祸。

【译文】

周平王（幽王的儿子，名宜臼，迁都到洛邑）东迁时，辛有（周大夫）到伊川，看见人民披散头发在野外祭祀，说：“不到百年，这里就会被西戎所占，因为这里传统的礼节已经丧失了。”到鲁僖公（名申）二十二年，秦、晋果然将陆浑（地名）的戎人迁到伊川。

何曾

【原文】

何曾，字颖考，常侍武帝宴，退语诸子曰：“主上创业垂统，而吾每宴，乃未闻经国远图，唯说平生常事，后嗣其殆乎？及身而已，此子孙之忧也！汝等犹可获没。”指诸孙曰：“此辈必及于乱！”及绥被诛于东海王越，嵩哭曰：“吾祖其大圣乎？”

【译文】

晋朝人何曾，字颖考，经常陪侍晋武帝饮宴。有一天，他回家后对儿子们说：“皇上开创大业，理当流传久远。但是我每次陪侍他饮宴，从未听他谈过治理国家的远大计划，只说平生的日常琐事，恐怕他的子孙会很危险。太平基业也仅到他个人而已，子孙堪忧。你们还可以得以善终。”又指着孙子们说：“你们必定有灾祸临身。”

后来何绥（何曾的孙子）被东海王司马越杀害，何嵩（也是何曾的孙子）哭着说：“我的祖父实在是非常圣明的人啊！”

管 仲

【原文】

管仲有疾，桓公往问之，曰：“仲父病矣，将何以教寡人?”管仲对曰：“愿君之远易牙、竖刁、常之巫、卫公子启方。”公曰：“易牙烹其子以慊寡人，犹尚可疑耶?”对曰：“人之情非不爱其子也。其子之忍，又何有于君?”公又曰：“竖刁自宫以近寡人，犹尚可疑耶?”对曰：“人之情非不爱其身也，其身之忍，又何有于君。”公又曰：“常之巫审于死生，能去苛病，犹尚可疑耶?”对曰：“死生，命也；苛病，天也。君不任其命，守其本，而恃常之巫，彼将以此无不为也。”公又曰：“卫公子启方事寡人十五年矣，其父死而不敢归哭，犹尚可疑耶?”对曰：“人之情非不爱其父也，其父之忍，又何有于君。”公曰：“诺。”管仲死，尽逐之。食不甘，宫不治，苛病起，朝不肃，居三年，公曰：“仲父不亦过乎?”于是皆复召而反。明年，公有病，常之巫从中出曰：“公将以某日薨。”易牙、竖刁、常之巫相与作乱。塞宫门，筑高墙，不通人，公求饮不得，卫公子启方以书社四十下卫。公闻乱，慨然叹，涕出，曰：“嗟乎！圣人所见岂不远哉?”

【评】

昔吴起杀妻求将，鲁人谮之；乐羊伐中山，对使者食其子，文侯赏其功而疑其心。夫能为不近人情之事者，其中正不可测也。

天顺中，都指挥马良有宠。良妻亡，上每慰问。适数日不出，上问及，左右以新娶对。上怫然曰："此厮夫妇之道尚薄，而能事我耶？"杖而疏之。

宣德中，金吾卫指挥傅广自宫，请效用内廷。上曰："此人已三品，更欲何为？自残希进，下法司问罪。"

噫！此亦圣人之远见也。

【译文】

管仲（春秋齐国，颍上人，名夷吾）生病，齐桓公（春秋五霸之一）去看望他，问道："仲父生病了，关于治国之道有什么可以教导寡人的？"

管仲回答说："希望君王疏远易牙、竖刁（都是桓公的侍臣）、常之巫、卫公子启方四人。"

桓公说："易牙把自己的儿子烹煮来给寡人吃，只为了寡人能够吃到人肉的美味，还有什么可疑的吗？"

管仲说："人之常情没有不爱儿子的，能狠得下心杀自己的儿子，对国君又有什么狠不下心的？"

桓公又问："竖刁阉割自己，以求亲近寡人，还有可疑的地方吗？"

管仲说："人之常情没有不爱惜身体的，能狠得下心残害自己的身体，对国君又有什么狠不下心的？"

桓公又问："常之巫能卜知生死，为寡人除病，还有可疑的地方吗？"

管仲说："生死是天命，生病是疏忽。大王不笃信天命，固守本分，而依靠常之巫，他将借此胡作非为、妖言惑众。"

桓公又问："卫公子启方侍候寡人十五年了，父亲去世都不敢回去奔丧，还有可疑之处吗?”

管仲说：“人之常情没有不敬爱自己父亲的，能狠得下心不奔父丧，对国君又有什么狠不下心的?”

桓公最后说：“好，我答应你。”

管仲去世后，桓公就把这四个人全部赶走了。但是，从此吃饭不香，宫室不整理，旧病又发作，上朝也毫无威严。

经过三年，桓公说：“仲父的看法是不是错了?”于是把这四个人又找回来。

第二年，桓公生病，常之巫出宫宣布说：“桓公将于某日去世。”易牙、竖刁、常之巫一起作乱。他们关闭宫门，建筑高墙，不准任何人进出，桓公要求饮水食物都得不到。卫公子启方以四十个社（二十五户为一社，即一千户）的名籍归降卫国。

桓公听说四人作乱，感慨地流着泪说：“唉！圣人的见识，岂不是很远大吗?”

卫姬　管仲　东郭垂

【原文】

齐桓公朝而与管仲谋伐卫。退朝而入，卫姬望见君，下堂再拜，请卫君之罪。公问故，对曰：“妾望君之入也，足高气强，有伐国之志也。见妾而色动，伐卫也!”明日君朝，揖管仲而进之。管仲曰：“君舍卫乎?”公曰：“仲父安识之?”管仲曰：“君之揖朝也恭，而言也徐，见臣而有惭色。臣是以知之。”

齐桓公与管仲谋伐莒，谋未发而闻于国。公怪之，以问管仲。仲曰：“国必有圣人也。”桓公叹曰：“嘻！日之役者，有执柘杵而上视者，意其是耶？”乃令复役，无得相代。少焉，东郭垂至。管仲曰：“此必是也。”乃令傧者延而进之，分级而立。管仲曰：“子言伐莒耶？”曰：“然。”管仲曰：“我不言伐莒，子何故曰伐营？”对曰：“君子善谋，小人善意。臣窃意之也！”管仲曰：“我不言伐莒，子何以意之？”对曰：“臣闻君子有三色：优然喜乐者，钟鼓之色；愀然清静者，缞绖之色；勃然充满者，兵革之色。日者臣望君之在台上也，勃然充满，此兵革之色。君吁而不吟，所言者伐莒也；君举臂而指，所当者伐莒也。臣窃意小诸侯之未服者唯莒，故言之。”

【评】

桓公一举一动，小臣妇女皆能窥之，殆天下之浅人与？是故管子亦以浅辅之。

【译文】

齐桓公上朝与管仲商讨伐卫的事，退朝后回后宫。卫姬一望见齐桓公，立刻走下堂一再跪拜，替卫君请罪。

桓公问她什么缘故，她说：“妾看见君王进来时，步伐高迈，神气豪强，有讨伐他国的心志。看见妾后，脸色改变，一定是要讨伐卫国了。”

第二天桓公上朝，谦让地引进管仲。管仲说：“君王取消伐卫的计划了吗？”

桓公说：“仲父怎么知道的？”

管仲说：“君王上朝时，态度谦让，语气缓慢，看见微臣时面露惭愧，微臣因此知道。”

齐桓公与管仲商讨伐莒，计划尚未发布却已举国皆知。桓公觉得奇怪，就问管仲。管仲说：“国内必定有圣人。”

桓公叹息说："哎，白天工作的役夫中，有位拿着木杵向上看的，想必就是此人。"于是命令役夫再回来工作，而且不可找人顶替。

不久，东郭垂到来。管仲说："一定是这个人了。"

就命令傧者（辅助主人引导宾客的人）请他来晋见，分级站立。

管仲说："是你说我国要伐莒的吗？"

东郭垂回答："是的。"

管仲说："我不曾说要伐莒，你为什么说我国要伐莒呢？"

东郭垂回答："君子善于策谋，小人善于推测。这话是小民私自猜测的。"

管仲说："我不曾说要伐莒，你从哪里猜测的？"

东郭垂回答："小民听说君子有三种脸色：悠然喜乐，是享受音乐的脸色；忧愁清静，是有丧事的脸色；生气充沛，是将用兵的脸色。前些日子臣下望见君王站在台上，生气充沛，这就是将用兵的脸色。君王叹息而不呻吟，所说的都与莒有关；君王手所指的也是莒国的方位。尚未归顺的小诸侯唯有莒国，所以猜测要伐莒。"

臧孙子

【原文】

齐攻宋，宋使臧孙子南求救于荆。荆王大悦，许救之，甚劝。臧孙子忧而反，其御曰："索救而得，子有忧色，何也？"臧孙子曰："宋小而齐大，夫救小宋而患于大齐，此人之所以忧也。而荆王悦，必以坚我也。我坚而齐敝，荆之所利也。"臧孙子归，齐拔五城于宋，而荆救不至。

【译文】

齐国攻打宋国，宋派臧孙子到南方向楚国求救。楚王非常高兴，答应救宋，而且很积极。

臧孙子回国时却忧心忡忡。他的车夫问道："救兵已经求到了，您还忧虑什么？"

臧孙子说："宋国弱小而齐国强大，为了救宋国而得罪强大的齐国，一般人遇到这种情形都会有所顾虑，而楚王却很高兴，一定是希望我方坚守，不要同齐国讲和。一旦我方坚守而消耗齐国的兵力，对楚国自然有利。"

臧孙子回国后，齐国攻占了宋国的五个城池，楚国的救兵仍然没来。

南文子

【原文】

智伯欲伐卫，遗卫君野马四百、璧一。卫君大悦，君臣皆贺，南文子有忧色。卫君曰："大国交欢，而子有忧色何？"文子曰："无功之赏，无力之礼，不可不察也。野马四百、璧一，此小国之礼，而大国致之，君其图之。"卫君以其言告边境，智伯果起兵而袭卫，至境而反，曰："卫有贤人，先知吾谋也。"

【评】

韩、魏不爱万家之邑以骄智伯，此亦璧马之遗也。智伯以此蛊卫，而还以自蛊，何哉？

【译文】

智伯（春秋晋六卿之一）想要攻打卫国，于是送给卫君野马四百匹、璧玉一块。卫君大喜，群臣都来祝贺。南文子（战国赵人，卫君的家臣）却面带忧愁。

卫君说："大国彼此相好，你为什么忧愁？"

文子说："没有功劳而得到赏赐，没有尽力而得到礼物，不可不明察。野马四百匹、璧玉一块，这是小国出手的礼物，而晋是大国，却用这个礼物来送卫国。君王应仔细考虑才好。"

卫君将这些话告诉了边境的守军，让边境守军做好防卫的准备。

智伯果然起兵袭击卫国，到了边境却又退兵，说："卫国有贤明的人，预先知道了我的谋略。"

智过

【原文】

张孟谈因朝智伯而出，遇智过辕门之外，智过入见智伯曰："二主殆将有变？"君曰："何如？"对曰："臣遇孟谈于辕门之外，其志矜，其行高。"智伯曰："不然。吾与二主约谨矣，破赵，三分其地，必不欺也，子勿出于口。"智过出见二主，入说智伯曰："二主色动而意变，必背君，不如今杀之。"智伯曰："兵著晋阳三年矣，旦暮当拔而飨其利，乃有他心，不可。子慎勿复言。"智过曰："不杀，则遂亲之。"智伯曰："亲之奈何？"智过曰："魏桓子之谋臣曰赵葭，韩康子之谋臣曰段规，是皆能移其君之计。君其与二君约：破赵，则封二子者各万家之县一。如是，则二主之心可不变，而君得其所欲矣。”智伯曰：“破赵而三分其地，又封二子者各万家之县一，则吾所得者少，不可。”智过见君之不用也，言之不听，出更其姓为辅氏，遂去不见。张孟谈闻之，入见襄子曰：“臣遇智过于辕门之外，其视有疑臣之心；入见智伯，出更其姓。今暮不击，必后之矣。”襄子曰：“诺。”使张孟谈见韩、魏之君，夜期，杀守堤之吏，而决水灌智伯军。智伯军救水而乱，韩，魏翼而击之。襄子将卒犯其前，大败智伯军而擒智伯。智伯身死，国亡，地分，智氏尽灭，唯辅氏存焉。

【评】

按《纲目》，智果（过）更姓，在智宣子立瑶为后之时，谓瑶“多才而不仁，必灭智宗”，其知更早。

【译文】

张孟谈（战国赵人，赵襄子家臣）朝见智伯后出宫，在辕门外遇见智过（赵人，智伯的家臣）。

智过进去见智伯说：“韩、魏两国君主大概会有变化喔！”

智伯说：“你怎么看得出来？”

智过回答说：“微臣在辕门外遇见张孟谈。他表现得意志矜张，步态高昂。”

智伯说：“不对。我和韩、魏两国君主很慎重地定了约，只要攻占赵国，就三分赵地，彼此绝不欺骗。你不要说出去。”

智过出来后拜见韩、魏两国君主，又去说服智伯说：“微臣见过韩、魏两国君主，注意观察过他们的神色，感觉到他们的心意改变了，一定不利于您，不如现在杀了他们。”

智伯说：“我们兵驻晋阳已经三年，最近就要起兵攻赵。好处这么大，不能现在变卦，你不要再说了。”

智过说：“您确实不杀他们，就要亲近他们。”

智伯说：“怎么亲近他们呢？”

智过说：“魏桓子的谋臣叫赵葭，韩康子的谋臣叫段规，都是足以改变他们君主计划的人，您可以和两位君主约定，占领赵国后，又各封赵葭、段规一个万家的县邑。这样，二位君主就不会改变心意，而您也可以实现自己的心愿。”

智伯说：“占领赵国后要三分赵地，又要各封给桓子、康子的重臣一个万家的县邑，那我得到得太少，不行。”

智过见自己的计谋不被采纳，忠言不被听从，出宫后将姓改为辅氏，立刻离开，不再露面。

张孟谈听到这件事后，入宫见赵襄子说：“微臣在辕门外遇见智过，他的目光闪烁，显然对微臣有疑心；入宫见过智伯，出来后就更改姓氏，看来今天晚上我们不出兵就太晚了。”

赵襄子说：“好。”就派张孟谈去拜见韩、魏两国君主，约定晚上杀守堤防的官吏，放水淹智伯的军队。

智伯的军队为救水而大乱，韩、魏军队从两侧攻击，襄子带兵从正面进攻，大败智伯的军队，擒住智伯。智伯被杀，国家灭亡，土地被瓜分，智氏就此消灭，只有辅氏活了下来。

诸葛亮

【原文】

有客至昭烈所，谈论甚惬。诸葛忽入，客遂起如厕。备对亮夸客，亮曰：“观客色动而神惧，视低而盼数，奸形外漏，邪心内藏，

必曹氏刺客也。”急追之，已越墙遁矣

【译文】

有客人到昭烈帝（刘备）的住所，彼此谈论得很愉快。此时诸葛亮忽然进来，客人立刻起来上厕所。刘备对诸葛亮夸奖客人，诸葛亮说：“我观察客人脸色骤变而神情恐惧，视线低垂且左顾右盼，外表显露奸诈，内心隐藏邪恶，一定是曹操派来的刺客。”

急忙派人追拿，客人已经翻墙逃走了。

梅国桢

【原文】

少司马梅公衡湘总督三镇，虏酋忽以铁数镒来献，曰：“此沙漠新产也。”公意必无此事，彼幸我弛铁禁耳，乃慰而遣之，即以其铁铸一剑，镌云：“某年月某王赠铁。”因檄告诸边：“虏中已产铁矣，不必市釜。”其后虏缺釜，来言旧例，公曰：“汝国既有铁，可自冶也。”虏使哗言无有，公乃出剑示之。虏使叩头服罪，自是不敢欺公一言。

【评】

按：公抚云中，值虏王款塞，以静镇之。遇华人盗夷物者，置之法，夷人于赏额外求增一丝一粟，亦不得也。公一日大出猎，盛张旗帜，令诸将尽甲而从，校射大漠。县令以非时妨稼，心怪之而不敢言。后数日，获虏谍云，虏欲入犯，闻有备中止。令乃叹服，公之心计，非人所及。

【译文】

明朝少司马梅国桢（麻城人，字克生，号衡湘）总督三镇，北虏酋长忽然拿数十两铁来奉献，说："这是沙漠的新产品。"梅国桢猜想一定没有这种事，只是他们希望能废除铁禁，于是慰劳他，并送他走，再用这些铁铸造一把剑，剑上刻着："某年某月某王赠铁。"因而以公文告示边境，虏中已有产铁，不必卖釜给他们。

后来该地缺釜，来信请依照旧例卖釜给他们。梅国桢说："你们国家既然产铁，可以自己铸造啊。"

北虏使者大喊冤枉，说是没有。国桢拿出剑来给他看，使者才叩头服罪，从此不敢欺骗梅国桢。

魏先生

【原文】

隋末兵兴，魏先生隐梁、宋间。杨玄感战败，谋主李密亡命雁门，变姓名教授，与先生往来。先生因戏之曰："观吾子气沮而目乱，心摇而语偷，今方捕蒲山党，得非长者乎？"李公惊起，捉先生手曰："既能知我，岂不能救我与？"先生曰："吾子无帝王规模，非将帅才略，乃乱世之雄杰耳。"因极陈帝王将帅与乱世雄杰所以兴废成败，曰："吾尝望气，汾晋有圣人生，能往事之，富贵可取。"李公拂衣而言曰："竖儒不足与计。"事后脱身西走，所在收兵，终见败覆，降唐复叛，竟以诛夷。

【评】

魏先生高人，更胜严子陵一倍。

【译文】

隋朝末年发生战乱，魏先生隐居在梁、宋之间。杨玄感（隋朝人，杨素的儿子）战败，谋士李密（襄平人，字玄邃）亡命雁门关，变更姓名教书，与魏先生有所往来。

魏先生开玩笑说："我看您的气色沮丧而视线紊乱，心志动摇而言语苟且。当今正在追捕蒲山党人，不是您吧？"

李密惊讶地站起来，抓住先生的手说："既然能了解我，难道不能救我吗？"

魏先生说："您没有帝王的气度，也没有将帅的才略，只是乱世的豪杰罢了。"接着陈述自古帝王将帅与乱世豪杰，如何兴衰成败的道理。又说："我曾望见天空云气，知道山西汾阳一带有出圣人之气象，您前去追随他，就可以得到富贵。"

李密很不高兴地说："学识浅陋的儒生，不值得一起商议大计。"

后来李密向西逃走，所到之处招收士兵，最后还是失败，投降唐朝后又反叛，最终被杀。

夏翁 尤翁

【原文】

夏翁，江阴巨族，尝舟行过市桥。一人担粪，倾入其舟，溅及翁衣，其人旧识出。僮辈怒，欲殴之。翁曰："此出不知耳。知我宁肯相犯?”因好语遣之。及归，阅债籍，此人乃负三十金无偿，欲因以求死。翁为之折券。

长洲尤翁开钱典，岁底，闻外哄声，出视，则邻人也。司典者前诉曰：“某将衣质钱，今空手来取，反出詈语，有是理乎?”其人悍然不逊。翁徐谕之曰：“我知汝意，不过为过新年计耳。此小事，何以争为?”命检原质，得衣帷四五事，翁指絮衣曰：“此御寒不可少。”又指道袍曰：“与汝为拜年用，他物非所急，自可留也。”其人得二件，嘿然而去。是夜竟死于他家，涉讼经年。盖此人因负债多，已服毒，知尤富可诈，既不获，则移于他家耳。或问尤翁：“何以预知而忍之?”翁曰：“凡非理相加，其中必有所恃，小不忍则祸立至矣。”人服其识。

【评】

吕文懿公初辞相位，归故里，海内仰之如山斗。有乡人醉而詈之，公戒仆者勿与较。逾年，其人犯死刑入狱，吕始悔之，曰：“使当时稍与计较，送公家责治，可以小惩而大戒，吾但欲存厚，不谓养成其恶，陷人于有过之地也。”议者以为仁人之言，或疑此事与夏、尤二翁相反，子犹曰：不然，醉詈者恶习，理之所有，故可创之使改；若理外之事，亦当以理外容之，智如活水，岂可拘一辙乎?”

【译文】

夏翁是江阴县的大族，曾坐船经过市桥，有一个人把挑的粪倒入他的船，溅到夏翁的衣服，此人还是他旧相识。僮仆很生气，想打他，夏翁说：“这是因为他不知情，如果知道是我，怎会冒犯我呢?”因而用好话把他打发走。

回家后，夏翁翻阅债务账册查索，原来这个人欠了三十两钱无法偿还，想借此求死。夏翁因此撕毁契券，干脆不要他还。

长洲尤翁开钱庄营生，年末，听到门外有吵闹声，出门一看，原来是邻居。

司典者（管理典当的职员）上前对尤翁说："此人拿衣服来典押借钱，现在却空手前来赎取，而且出口骂人，有这种道理吗？"此人还一副剽悍不驯的样子。

尤翁慢慢地告诉他说："我知道你的心意，不过是为新年打算而已，这种小事何必争吵？"就命家人检查他原来抵押的物品，共有四五件衣服。尤翁指着棉衣道："这件是御寒不可少的。"又指着长袍道："这件给你拜年用，其他不是急需，自然可以留在这里。"这个人拿了两件衣服，默默地离去。

但是当夜竟然死在别人家，官司打了一年。原来这个人负债太多，已经服毒还没有发作，打算自杀讹诈人钱财，心想尤翁有钱，好做讹头。既然不成，又转移到别人家的。有人问尤翁："为什么事先知道却还对他忍让呢？"尤翁说："凡是别人同你发生冲突而不合常理，一定有所仗恃。小事不能忍，灾祸立刻降临。"大家都佩服他的见识。

隰斯弥

【原文】

隰斯弥见田成子，田成子与登台四望，三面皆畅，南望，隰子家之树蔽之，田成子亦不言。隰子归，使人伐之，斧才数创，隰子止之，其相室曰："何变之数也？"隰子曰："谚云：'知渊中之鱼者不祥。'田子将有事，事大而我示之知微，我必危矣，不伐树，未有罪也。知人之所不言，其罪大矣，乃不伐也。”

【评】

又是隰斯弥一重知微处。

【译文】

隰斯弥（战国齐人）拜见田成子（齐人）。

田成子和他一起登台远望，看到三面都视野辽阔，只有南面被隰斯弥家的树遮蔽了，田成子也没有说什么。

隰斯弥回家后，立刻派人把树砍掉，但是砍了几斧之后，隰斯弥又不让砍了。

他的相室（室臣中的长者）说：“为什么一再地改变主意呢？”

隰斯弥说：“俗语说：‘了解深渊中的鱼是不吉祥的。’田成子即将有所行动，如果事情重大而我却表现出预知征兆，那我的处境必定很危险。不砍伐树木还没有罪，预知别人将要做的事，罪就大了，所以不砍树。”

郈成子

【原文】

郈成子为鲁聘于晋，过卫，右宰谷臣止而觞之，陈乐而不乐，酒酣而送之以璧。顾反，过而弗辞。其仆曰：“向者右宰谷臣之觞吾子也甚欢，今侯渫过而弗辞。”郈成子曰：“夫止而觞我，与我欢也；陈乐而不乐，告我忧也；酒酣而送我以璧，寄之我也。若是观之，卫其有乱乎？”倍卫三十里，闻宁喜之难作，右宰谷臣死之。还车而临，三举而归；至，使人迎其妻子，隔宅而异之，分禄而食之；其子长而反其璧。孔子闻之，曰："夫知可以微谋，仁可以托财者，其郈成子之谓乎？"

【译文】

郈成子（春秋鲁大夫，名瘠）当鲁国使节，访问晋国。

经过卫国时，右宰谷臣（卫人）请他留下来饮酒，陈设乐队奏乐，却不显得喜乐。酒酣之后还送郈成子璧玉，但是郈成子于归途经过卫时，却不向谷臣告辞。

郈成子的仆人说："先前右宰谷臣请您喝酒喝得很高兴，如今您回来时经过卫国，为什么不向他告辞？"

郈成子说："把我留下来喝酒，是要和我一起欢乐；陈设乐队奏乐而不喜乐，是要告诉我他的忧愁；酒酣后送我璧玉，是把它托付给我。如此看来，卫国将有动乱发生。"

离开卫国才三十里，就听说宁喜之乱发生，右宰谷臣被杀，郈成子立刻掉转车头回到谷臣家，再三祭拜之后才回鲁国。到家后，就派人迎接谷臣的妻子，将自己的住宅分出一部分给她住，将自己的俸禄分一部分供养她，到谷臣的儿子长大后，又将璧玉归还。

孔子听到这件事，说道："有预见，可以事先策划对策；有仁义，可以托付财物，说的就是郈成子吧？"

庞　参

【原文】

庞仲达为汉阳太守，郡人任棠有奇节，隐居教授。仲达先到候之，棠不交言，但以薤一大本、水一盂置户屏前，自抱儿孙，伏于户下。主簿白以为倨，仲达曰："彼欲晓太守耳，水者，欲吾清；拔大本薤者，欲吾击强宗；抱儿当户，欲吾开门恤孤也。"叹息而还，自是抑强扶弱，果以惠政得民。

【译文】

东汉庞仲达（庞参，维氏人）任汉阳太守时，郡中有任棠这个人，品性高洁，隐居教授门徒。庞仲达为表示尊敬，特别先到他家看望。

见面后任棠却不与庞仲达交谈，只是将一大株薤（植物名）、一盆水放在门口屏风前，自己抱着儿孙，蹲伏门下。

主簿认为任棠这种态度过于倨傲。庞仲达说："他不过是想暗示我这个太守罢了。水的用意，是要我清廉；一大株薤的用意，是要我打击强势宗族；抱着儿孙蹲伏门下，是要我敞开大门抚恤孤寡。"于是叹着气回去了。

从此庞仲达抑制强权，扶持弱小，果然以惠政博得民心。

何心隐

【原文】

何心隐，嘉、隆间大侠也，而以讲学为名。善御史耿定向，游京师与处。适翰林张居正来访，何望见便走匿。张闻何在耿所，请见之。何辞以疾。张少坐，不及深语而去。耿问不见江陵之故，何曰："此人吾畏之。"耿曰："何为也？"何曰："此人能操天下大柄。"耿不谓然。何又曰："分宜欲灭道学而不能，华亭欲兴道学而不能；能兴灭者，此子也。子识之，此人当杀我！”后江陵当国，以其聚徒乱政，卒捕杀之。

【评】

心隐一见江陵，便知其必能操柄，又知其当杀我，可谓智矣。卒以放浪不检，自陷罟获，何哉？王弇州《朝野异闻》载，心隐尝游吴兴，几诱其豪为不轨；又其友吕光多游蛮中，以兵法教其酋长。然则心隐之死非枉也，而李卓吾犹以不能容心隐为江陵罪，岂正论乎？

李临川先生《见闻杂记》云，陆公树声在家日久，方出为大宗伯，不数月，引疾归。沈太史一贯当晚携榼报国寺访之，讶公略无病意，问其亟归之故。公曰：“我初入都，承江陵留我阁中具饭，甚盛意也。第饭间，江陵从者持鬃抿刷双鬓者再，更换所穿衣服数四，此等举动，必非端人正士。且一言不及政事，吾是以不久留也。”噫！陆公可谓“见几而作”矣！

【译文】

何心隐是明世宗嘉靖、穆宗隆庆年间的大侠，但以讲学为名，和御史耿定向（黄安人，字在伦）交情很好。他到京师游览时，便与耿定向在一起。正好翰林张居正（江陵人，字叔大，号太岳，谥文忠）来拜访，何心隐看到他立刻躲起来。

张居正听说何心隐在耿家，请求见一面，何心隐称病推辞不见。张居正坐了不久就离去了，没有见着何心隐。耿定向问何心隐为什么不见张居正，何心隐说：“这个人我很怕他。”

耿定向说：“为什么？”

何心隐说：“这个人将来会掌握天下的权柄。”

耿定向有些不相信。

何心隐又说："分宜（严嵩）想消灭道学却办不到，华亭（徐阶）想扶持道学也不成；能兴灭道学的只有这个人。你记住：这个人一定会杀我！"

后来张居正当权，果然将何心隐以聚集门徒、扰乱朝政的罪名捕杀。

中华国学传世经典

智囊全集

第二册

精·解·导·读

(明)冯梦龙/著

谢普/主编

应急管理出版社

·北　京·

由小见大

【原文】

镜物之情，揆事之本；福始祸先，验不回瞬；藏钩射覆，莫予能隐。

【译文】

观察事物的实情，洞见事情的本源；不论是福是祸，都能在瞬间测中；藏钩暗算都瞒不了我。

子　贡

【原文】

鲁定公十五年正月，邾隐公来朝，子贡观焉。邾子执玉高，其容仰；公受玉卑，其容俯。子贡曰："以礼观之，二君皆有死亡焉。夫礼，死生存亡之体也：将左右、周旋、进退、俯仰，于是乎取之；朝、祀、丧、戎，于是乎观之。今正月相朝而皆不度，心已亡矣。嘉事不体，何以能久！高仰，骄也；卑俯，替也。骄近乱，替近疾。君为主，其先亡乎？"五月公薨。孔子曰："赐不幸言而中，是使赐多言也!”

【译文】

鲁定公十五年正月，邾隐公（邾国的国主，是颛顼的后裔）来朝，子贡在旁边观礼。邾隐公拿着宝玉给定公时，高仰着头，态度出奇的高傲；定公接受时则低着头，态度反常的谦卑。

子贡看了，说道：“以这种朝见之礼来看，两位国君皆有死亡的可能。礼是生死存亡的根本，小从每个人日常生活的一举一动、一言一行，大到国家的祭祀事、丧礼以及诸侯之间的聘问相见，都得依循礼法。现在二位国君在如此重要的正月相朝大事上，行为举止都不合法度，可见内心已完全不对劲了。朝见不合礼，怎么能维持国家的长久呢。高仰是骄傲的表现，谦卑是衰弱的先兆；骄傲代表混乱，衰弱接近疾病。而定公是主人，可能会先出事吧?”

五月，定公去世，孔子忧心忡忡地说：“这次不幸被赐说中了，恐怕会让他成为一个更轻言多话的人。”

希　卑

【原文】

秦攻赵，鼓铎之音闻于北堂。希卑曰：“夫秦之攻赵，不宜急如此，此召兵也，必有大臣欲衡者耳，王欲知其人，旦日赞群臣而访之，先言衡者，则其人也。”建信君果先言衡。

【译文】

秦兵攻击赵国，钟鼓的声音远传到庙里。

希卑说："秦国攻击赵国，不应如此急切。这恐怕是赵国有人想当秦国的内应吧！一定有大臣想采用连横的策略。大王想知道是什么人，明天接见群臣的时候问一下，先说连横的人就是了。"

次日，建信君果然先说要连横。

范　蠡

【原文】

朱公居陶，生少子。少子壮，而朱公中男杀人，囚楚，朱公曰："杀人而死，职也，然吾闻：'千金之子，不死于市'。"乃治千金装，将遣其少子往视之。长男固请行，不听。以公不遣长子而遣少弟，"是吾不肖"，欲自杀。其母强为言，公不得已，遣长子。为书遣故所善庄生，因语长子曰："至，则进千金于庄生所，听其所为，慎无与争事。"长男行，如父言。庄生曰："疾去毋留，即弟出，勿问所以然。"长男阳去，不过庄生而私留楚贵人所。庄生故贫，然以廉直重，楚王以下皆师事之。朱公进金，未有意受也，欲事成后复归之以为信耳。而朱公长男不解其意，以为殊无短长。庄生以间入见楚王，言"某星某宿不利楚，独为德可除之"。王素信生，即使使封三钱之府，贵人惊告朱公长男曰："王且赦，每赦，必封三钱之府。"长男以为赦，弟固当出，千金虚弃，乃复见庄生。生惊曰："若不去耶？"长男曰："固也，弟今且自赦，故辞去。"生知其意，令自入室取金去。庄生羞为儿子所卖，乃入见楚王曰："王欲以修德禳星，乃道路喧传陶之富人朱公子杀人囚楚，其家多持金钱赂王左右，故王赦，非能恤楚国之众也，特以朱公子故。"王大怒，令论杀朱公子，明日下赦令。于是朱公长男竟持弟丧归，其母及邑人尽哀之，朱公独笑曰："吾固知必杀其弟也，彼非不爱弟，顾少与我俱，见苦为生难，故重弃财。至如少弟者，生而见我富，乘坚策肥，岂知财所从来哉！吾遣少子，独为其能弃财也，而长者不能，卒以杀其弟。"——事之理也，无足怪者，吾日夜固以望其丧之来也！

【评】

朱公既有灼见，不宜移于妇言，所以改遣者，惧杀长子故也。"听其所为，勿与争事。"已明明道破，长子自不奉教耳。庄生纵横之才不下朱公，生人杀人，在其鼓掌。然宁负好友，而必欲伸气于孺子，何德宇之不宽也？噫，其斯以为纵横之才也与！

【译文】

陶朱公范蠡住在陶，生了小儿子。小儿子长大以后，陶朱公的次子杀人，被囚禁在楚国。陶朱公说："杀人者死，这是天经地义的。然而我听说'富家子不应在大庭广众之间被处决'。"于是准备千两黄金，要派小儿子前往探视。

长子一再请求前往，陶朱公不肯，长子认为父亲不派长子而派小弟，分明是认为自己不肖，想自杀。母亲大力说情，陶朱公不得已，派长子带信去找老朋友庄生，并告诉长子说："到了以后，就把这一千两黄金送给庄生，随他处置，千万不要和他争执。"

长子前往，照父亲的话做了。

庄生说："你赶快离开，不要停留，即使你弟被放出来，也不要问他为什么。"

长子假装离去，也不告诉庄生，而私下里却留在楚国一个贵人的家里。

庄生很穷，但以廉洁正直被人尊重，楚王以下的人都以老师的礼数来敬事他，陶朱公送的金子，他无意接受，想在事成后归还以表诚信，而陶朱公的长子不了解庄生，以为他只是个普通人而已。

庄生利用机会入宫见楚王，说明某某星宿不利，若楚国能独自修德，则可以解除，楚王向来信任庄生，立刻派人封闭贮藏黄金、白银、赤铜三种货币的府库。

楚国贵人很惊奇地告诉陶朱公的长子说："楚王将要大赦了。因为每次大赦一定封闭贮藏黄金、白银、赤铜三种货币的府库。"

长子认为遇到大赦，弟弟本来就应当出狱，一千两黄金是白花的，于是又去见庄生。

庄生惊讶地说："你没有离开吗？"

长子说："是啊。我弟弟很幸运在今天碰上楚王大赦，所以来告辞。"

庄生知道他的意思，便叫他自己进去拿黄金回去。

长子这么做，让庄生感到非常不舒服，就入宫见楚王说："大王想修德除灾，但外头老百姓传言陶的富人朱公子杀人，囚禁在楚国，他的家人拿了很多钱来贿赂大王左右的人，所以大王这次大赦，并非真正怜恤楚国的民众，只是为了开释朱公子而已。"

楚王很生气，立即下令杀朱公子，第二天才下大赦令。

于是陶朱公的长子最后只有运弟弟的尸体回家，他的母亲及乡人都很哀伤。

陶朱公却笑着说："我本来就知道他一定会害死自己的弟弟。他并不是不爱弟弟，只是从小和我在一起，见惯了生活的艰苦，所以特别重视身外之财；至于小弟，生下来就见到我富贵，过惯富裕的生活，哪里知道钱财是怎么来的。我派小儿子去，只因为他能丢得开财物，而长子做不到，最后害死弟弟，是很正常的，一点也不奇怪，我本来就等着他带着丧事回来。"

范　雎

【原文】

王稽辞魏去，私载范雎，至湖关，望见车骑西来，曰："秦相穰侯东行县邑。"雎曰："吾闻穰侯专秦权，恶纳诸侯客，恐辱我。我且匿车中。"有顷，穰侯至，劳王稽，因立车语曰："关东有何变?"曰："无有。"又曰："谒君得无与诸侯客子俱来乎？无益，徒乱人国耳!"王稽曰："不敢。"即别去。范雎出曰："穰侯，智士也，其见事迟。向者疑车中有人，忘索，必悔之。"于是雎下车走。行数里，果使骑还索，无客乃已。雎遂与稽入咸阳。

【评】

穰侯举动不出雎意中，所以操纵不出雎掌中。

【译文】

王稽（战国秦人）暗中载着范雎（魏人，因被魏相魏齐等人陷害而出奔）离开魏国，车到湖关，看见大队车马从西边来，说："这是秦相穰侯（秦相魏冉，封于穰邑）东巡县邑。"范雎说："我听说穰侯在秦国专权，最讨厌人接纳他国诸侯的宾客，被他发现恐怕会羞辱我，我就躲在车里吧。"

一会儿穰侯来了，见了王稽，就下车来打招呼，并询问王稽："关东有什么大事发生吗?"王稽说："没有。"

穰侯又说："你去见魏君，没有带魏国的宾客一起来吗？其实这些四处游说的宾客一点用也没有，只会扰乱别人的国家而已。"

王稽说："我不敢这么做。"

穰侯走后，范雎出来说："穰侯是个聪明人，他想事情想得较慢，刚才怀疑车里有人，却忘了搜查，一定会后悔。"

于是范雎下车走路，走了数里之后，穰侯果然派骑兵回来搜查，见没有宾客才罢休，范雎这才和王稽进入咸阳城。

姚 崇

【原文】

魏知古起诸吏，为姚崇所引用，及同升也，崇颇轻之。无何，知古拜吏部尚书，知东道选事。崇二子并分曹洛邑，会知古至，恃其蒙恩，颇顾请托。知古归，悉以闻。上召崇，从容谓曰："卿子才乎？皆何官也？又安在？"崇揣知上意，因奏曰："臣有三子，两人分司东都矣。其为人多欲而寡交，以是必干知古，然臣未及闻之耳。"上始以丞相子重言之，欲微动崇意，若崇私其子，或为之隐；及闻所奏，大喜，且曰："卿安从知之？"崇曰："知古微时，是臣荐以至荣达。臣子愚，谓知古见德，必容其非，故必干之。"上于是明崇不私其子之过，而薄知古之负崇也，欲斥之。崇为之请曰："臣有子无状，挠陛下法，陛下欲特原之，臣为幸大矣。而由臣逐知古，海内臣庶，必以陛下为私子臣矣，非所以裨玄化也。"上久之乃许。翌日，以知古为工部尚书，罢知政事。

姚崇与张说同为相，而相衔颇深。崇病，戒诸子曰："张丞相与吾不协，然其人素侈，尤好服玩。吾身没后，当来吊，汝具陈吾平生服玩、宝带、重器罗列帐前。张若不顾，汝曹无类矣。若顾此，便录致之，仍以神道碑为请。既获其文，即时录进，先砻石以待，至便镌刻进御。张丞相见事常迟于我，数日后必悔，若征碑文，当告以上闻，且引视镌石。”崇没，说果至，目其服玩者三四。崇家悉如崇戒。及文成，叙致该详，时谓“极笔”。数日，果遣使取本，以为辞未周密，欲加删改。姚氏诸子引使者视碑，仍告以奏御。使者复，说大悔恨，抚膺曰：“死姚崇能算生张说，吾今日方知才之不及！”

【译文】

唐朝人魏知古（陆泽人，谥忠）出身于低级官吏，受姚崇（硖州硖石人，字元之）推荐任用，后来虽然两人职位相当，但姚崇却颇为轻视他。

后来魏知古升任吏部尚书，负责东都官员的考选任职。姚崇的两个儿子都在洛阳，魏知古到洛阳后，两个人仗着父亲对魏知古的恩惠，一再要他做这做那。魏知古回朝后，全都禀奏皇帝。皇帝于是召姚崇来，从容地说：“你的儿子才干如何，有没有担任什么官职？现在人在哪里呢？”

姚崇揣测到皇帝的心意，因而奏道：“微臣有三个儿子，都在东都任职，欲望多而少与人交往，所以一定会去找魏知古求取职位，但我还没听到确实的消息。”

皇帝是以“丞相儿子应该重用”之类的话来试探姚崇的心意。如果姚崇偏私自己的儿子，一定会想办法帮他儿子掩饰说好话。等到听了姚崇的奏言，皇帝信以为真，很高兴地说：“你怎么猜到的？”

姚崇说：“知古本来出身低微，是微臣推荐他才有今日的荣显。微臣的儿子无知，认为知古会顾念我对他的恩德，必能应许不情之请，所以一定忙着去求取职位。”

皇帝见姚崇不偏自己儿子的过失，于是反倒不齿魏知古辜负姚崇，想免除魏知古的官职。

姚崇为他求情说："微臣的孩子不肖，扰乱陛下的法令，陛下能特别宽谅他们，已经是微臣的大幸了。如果因为微臣而免除知古的官职，全国的官员、百姓一定认为陛下偏私微臣，这样就妨碍皇上以德化育天下的美意。"

皇帝答应了他。第二天下诏，罢除魏知古参知政事的宰相职位，改调为工部尚书。

姚崇与张说同时为相，但彼此非常不和，互相嫉恨。姚崇病重时，告诫儿子们说："张丞相与我不和，而他一向奢侈，更爱好服装珍玩。我死了以后，他会来吊祭，你们把我平生珍藏的宝物全部陈列出来。如果他看都不看一眼，你们就活不了了；如果他留意再三，你们就把宝物全送给他，并请他写墓碑碑文，碑文拿到后，立即抄写一份进呈皇上，先磨好碑石等着，等皇上看完立刻就刻字，再进呈皇上。张丞相想事情比我慢，几天后一定后悔，想拿回碑文，你们就告诉他已经奏报给皇上，再带他去看刻好的石碑。"

姚崇死后，张说果然来吊祭，见了陈列的珍玩徘徊不舍，姚家人完全遵照姚崇的告诫行事。碑文完成，对姚崇的生平功业叙述得非常详尽，当时的人都认为是一流的佳作。

几天后，张说果然派人来要回碑文，说是辞意不够周密，想再增减删改，姚崇的儿子们带着使者去看石碑，告诉他已经奏报皇上了，使者回去报告，张说很后悔，抚着胸口说："死姚崇能算计活张说，我现在才知道智力不如他。"

王 应

【原文】

王敦既死，王含欲投王舒。其子应在侧，劝含投彬。含曰："大将军平素与彬云何，汝欲归之?”应曰：“此乃所以宜投也。江州当人强盛，能立异同，此非常识所及。睹衰危，必兴慈愍。荆州守文，岂能意外行事耶?”含不从，径投舒，舒果沉含父子于江。彬初闻应来，为密具船以待，待不至，深以为恨。

【评】

好凌弱者必附强，能折强者必扶弱。应嗣逆敦，本非佳儿，但此论深彻世情，差强“老婢”耳！敦每呼兄含为“老婢”。

晋中行文子出亡，过县邑，从者曰：“此啬夫，公之故人，奚不休舍，且待后车?”文子曰：“吾尝好音，此人遗我鸣琴；吾好佩，此人遗我玉环。是振我过以求容于我者也，吾恐其以我求容于人也。”乃去之。果收文子后车二乘而献之其君矣。

蔺相如为宦者缪贤舍人，贤尝有罪，窃计欲亡走燕。相如问曰：“君何以知燕王?”贤曰：“尝从王与燕王会境上，燕王私握吾手曰：‘愿结交。’以故欲往。”相如止之曰：“夫赵强燕弱而君幸于赵王，故燕王欲结君；今君乃亡赵走燕，燕畏赵，其势必不敢留君，而束君归赵矣。君不如肉袒负斧锧请罪，则幸脱矣!”贤从其计。

参观二事，足尽人情之隐。

【译文】

晋朝时王敦（临沂人，字处仲，王导的堂弟）去世后，王含（王敦的哥哥，字处弘）想投靠王舒（王导的堂弟，字处明）。儿子王应在旁劝他投靠王彬（字世儒，王敦的堂弟）。王含说：“你难道不晓得大将军生前和王彬的关系坏到什么地步吗？怎么还会想到要投靠王彬呢?”

王应说：“正因为如此才证明王彬值得投靠。王彬刚直不阿，即使大将军生前的权势地位都无法让他改变自己的操守和认知，这不是一般人的能力和智慧所能做到的。而如今大将军已死，权势冰消瓦解，王彬眼看王家从极盛到极衰，一定会生出不忍之心来救助我们。而王舒只知道遵守法令行事，哪能有法外开恩的事?”

王含不肯听从，还是去投靠王舒，王舒果然将他们父子溺死于江中。

王彬起初听说王应要来，暗中准备船只等待，但却一直等不到王应，心里非常痛惜。

陈同甫

【原文】

辛幼安流寓江南，而豪侠之气未除。一日，陈同甫来访，近有小桥，同甫引马三跃而马三却。同甫怒，拔剑斩马首，徒步而行。幼安适倚楼而见之，大惊异，即遣人询访，而陈已及门，遂与定交。后十数年，幼安帅淮，同甫尚落落贫甚，乃访幼安于治所，相与谈天下事。幼安酒酣，因言南北利害，云：南之可以并北者如此，北之可以并南者如此。“钱塘非帝王居。断牛头山，天下无援兵；决西湖水，满城皆鱼鳖。”饮罢，宿同甫斋中。同甫夜思：幼安沉重寡言，因酒误发，若醒而悟，必杀我灭口。遂中夜盗其骏马而逃。幼安大惊。后同甫致书，微露其意，为假十万缗以济乏。幼安如数与焉。

【译文】

宋朝人辛弃疾（历城人，字幼安，号稼轩居士）寄居江南时，仍不改豪侠的气概。

有一天，陈同甫来拜访，经过一道小桥，陈同甫策马三次，马却向后退三次。陈同甫生气起来，当下拔剑斩下马头，大步而行。辛弃疾正好在楼上看见这种情形，很惊叹陈同甫的豪气，立刻派人去延请结交，而陈同甫却已经上门，于是两人惺惺相惜，成为好朋友。

数十年之后，辛弃疾已成为淮地一带的将帅，而陈同甫还贫困不得志。陈同甫依然直接上门去见辛弃疾，一起谈论天下事。

辛弃疾在酒酣耳热之际，开始高谈阔论起南宋和北方外族的军事形势，并说明南宋想收复北地要如何如何来作战，而北方若想并吞南宋又要如何如何。辛弃疾说："钱塘一带非常危险，不适合建为国都。北人只要占领牛头山，就能阻断四方来援的勤王之师；然后再引西湖的水来灌城，马上整个京城的军民百姓都成了鱼鳖。"

酒后，辛弃疾留宿陈同甫在馆里。

陈同甫想起辛弃疾一向慎重寡言，酒后说了不少不该说的话，一旦酒醒回想起来，一定会杀他灭口，于是半夜偷了辛弃疾的骏马逃走。

辛弃疾大惊，后来陈同甫写信向辛弃疾借十万缗钱解困，并在信中暗示当晚辛弃疾说过的言论，辛弃疾只好如数给他。

李泌

【原文】

议者言韩滉闻乘舆在外，聚兵修石头城，阴畜异志。上疑，以问李泌。对曰："滉公忠清俭。自车驾在外，滉贡献不绝，且镇抚江东十五州，盗贼不起，皆滉之力也。所以修石头城者，滉见中原板荡，谓陛下将有永嘉之行，为迎扈之备耳。此乃人臣忠笃之虑，奈何更以为罪乎？滉性刚严，不附权贵，故多谤毁，愿陛下察之，臣敢保其无他。"上曰："他议汹汹，章奏如麻，卿不闻乎？"对曰："臣固闻之。其子皋为考功员外郎，今不敢归省其亲，正以谤语沸腾故也。"上曰："其子犹惧如此，卿奈何保之？"对曰："滉之用心，臣知之至熟，愿上章明其无他，乞宣示中书，使朝众皆知之。"上曰："朕方欲用卿，人亦何易可保？慎勿违众，恐并为卿累！"泌退，遂上章，请以百口保滉。他日，上谓泌曰："卿竟上章，已为卿留中。虽知卿与滉亲旧，岂得不自爱其身乎？"对曰："臣岂肯私于亲旧以负陛下？顾滉实无异心。臣之上章，以为朝廷，非为身也！"上曰："如何为朝廷？"对曰："今天下旱蝗，关中米斗千钱，仓廪耗竭，而江东丰稔。愿陛下早下臣章，以解朝众之惑，而谕韩皋，使之归觐，令滉感激，无自疑之心，速运粮储，岂非为朝廷耶？"上曰："朕深谕之矣。"即下泌章，令韩皋谒告归觐，面赐绯衣，谕以"卿父比有谤言，朕今知其所以，释然不复信矣"，因言"关中乏粮，与卿父宜速置之。"皋至润州，滉感悦流涕，即日自临水滨，发米百万斛，听皋留五日即还朝。皋别其母，啼声闻于外。滉怒，召出挞之，自送至江上，冒风涛而遣之。

既而陈少游闻滉贡米，亦贡二十万斛。上谓李泌曰："韩滉乃能使陈少游亦贡米乎？"对曰："岂唯少游，诸道将争入贡矣！"

【译文】

唐朝时有人告诉皇帝，韩滉（字太冲）趁天子不在京师，大规模地招募兵士整修石头城的战备，阴谋叛变。皇帝听了对韩滉生出疑心，询问李泌的意见。

李泌说："韩滉忠诚清廉。当时皇上离京播迁在外，韩滉依然不改人臣的职守，一再贡献钱粮不断；而且镇抚江东十五州，盗贼完全绝迹，都是韩滉的功劳。至于整修石头城，是因为韩滉见到中原纷乱，认为皇上可能南下到永嘉避乱，为迎接护卫圣驾做准备。这是为人臣子忠诚无比的思虑，褒奖都来不及，怎么还加以责罪？韩滉个性刚烈严正，不攀附权贵人士，所以招来很多毁谤，愿陛下明察。微臣保证韩滉绝对没有二心。"

皇帝说："可是，议论纷纷，奏章多得不得了，你没有听说吗？"

李泌说："微臣老早知道了。韩滉的儿子韩皋（字仲闻，任考功员外郎）正因为毁谤的话太多了，想告假回去省亲都不敢。"

皇帝说："按你的说法，连他自己的儿子都怕成这样，你怎么还敢为他保证再三呢？"

李泌说："韩滉的用心微臣很清楚。希望皇上公开表示信任韩滉，并由中书省白纸黑字发布，让朝中所有官员都清清楚楚地看到此事。"

皇帝说："朕正想重用你，但你得自己知道，别人哪有这么容易就可保证的？你自己得小心不要太违抗众人的意见，要不然恐怕连你也被连累。"

李泌退朝后，仍然上奏章，用一家百口的性命来担保韩滉绝无二心。

几天后，皇帝对李泌说："你竟然还敢上奏章保韩滉，我已将这份奏章扣下来，不让它流出朝中。我知道你和韩滉有亲戚关系，但你就不为自己的性命想想吗？"

李泌说："微臣哪里会偏袒亲戚而辜负皇上呢？只是韩滉实在没有叛逆的心意。微臣上奏章，只为朝廷，不为自己。"

皇帝说："怎么说是为朝廷呢？"

李泌说："如今天下因为旱灾蝗害，关中米价昂贵，一斗米卖一千钱。仓库存粮日渐减少，而江东却大丰收。希望皇上将微臣的奏章发下去，以释清群臣的疑惑，同时下诏给韩皋，要他立刻回京觐见，使韩滉感激圣上的信任，消除这阵子的流言可能引起的不安，而将江东的粮食迅速运来储备。这难道不是为朝廷着想吗？"

皇帝说："朕已经完全明白了。"

于是皇帝下圣旨给李泌，命令韩皋回京觐见，当面赐予绯衣（六品以下的官服），并告诉韩皋，别人对他父亲的毁谤，如今皇上已清清楚楚，绝不相信韩滉有二心；还说关中缺乏粮食，他们父子应该赶快处理运粮事宜。

韩皋回到润州报告父亲，韩滉感动得泪流满面，当天就亲自到江边运发米粮十万斛，让韩皋只留五天立即回京。

韩皋辞别母亲，哭声传到屋外，韩滉气得把他叫出去鞭打一顿，亲自押送到江边，冒着风浪把儿子送走。

接着陈少游（博平人）听说韩滉进贡米，也进贡二十万斛米。

皇帝对李泌说："韩滉能使陈少游也跟着进贡米，真想不到！"

李泌说："岂只少游，这下子各地都将争着贡米进京了。"

荀　息

【原文】

晋献公谋于荀息曰："我欲攻虞，而虢救之；攻虢，则虞救之。如之何？"荀息曰："虞公贪而好宝，请以屈产之乘与垂棘之璧，假道于虞以伐虢。"公曰："宫之奇存焉，必谏。"息曰："宫之奇之为人也，达心而懦，又少长于君。达心则其言略，懦则不能强谏，少长于君，则君轻之。且夫玩好在耳目之前，而患在一国之后，唯中智以上乃能虑之；臣料虞公，中智以下也。”晋使至虞，宫之奇果谏曰：“语云：‘唇亡则齿寒’，虞、虢之相蔽，非相为赐。晋今日取虢，则明日虞从而亡矣。”虞公不听，卒假晋道。行既灭虢，返戈向虞，虞公抱璧牵马而至。

【译文】

晋献公和荀息（春秋晋公族，字叔）商议说：“我想攻打虞国，而虢国一定会出兵救援；攻打虢国，则虞国也会救援。这要怎么办才好?”

荀息说：“虞公生性贪婪，最爱好宝物，请您用屈产（龟兹）的名马和垂棘的宝玉作诱饵，向虞公借路攻打虢国。”

献公说：“宫之奇（虞大夫）在，一定会劝谏虞公。”

荀息说：“宫之奇的为人，内心明达而性格柔弱，又是虞公从小养大的。内心明达则说话只提纲领，不够详细；个性柔弱则不能强谏；又由虞公一手养大，虞公就会轻视他。宝物珍玩摆在眼前，祸患则远在虢国灭亡之后，这样的危机只有才智中上的人才会想到，微臣猜想虞公是个才智中等以下的君王。”

晋国使者一到虞国，宫之奇果然劝谏虞公说：“俗语说，‘唇亡则齿寒’，虞、虢互为屏障。这是关系两国的存亡问题，不是谁对谁施恩。晋国今天灭了虢国，明天虞国也会跟着灭亡。”

虞公不听，终于借路给晋。晋灭了虢国，回来攻打虞国，虞公只好抱着宝玉、牵着名马来投降。

虞 卿

【原文】

秦王龁攻赵，赵军数败，楼昌请发重使为媾。虞卿曰：“今制媾者在秦，秦必欲破王之军矣。虽往请，将不听。不如以重宝附楚、魏，则秦疑天下之合纵，媾乃可成也。”王不听，使郑朱媾于秦。虞卿曰：“郑朱贵人也，秦必显重之以示天下。天下见王之媾于秦，必不救王。秦知天下之不救王，则媾不可成矣。”既而果然。

【评】

战国策士，当为虞卿为第一。

【译文】

秦国王龁攻打赵国，赵军吃了几次败仗，楼昌请赵王派地位尊贵的使者去求和。虞卿（战国游说人士）说：“目前主动权完全握在秦国手中，秦王想的是趁此彻底击破赵国的军队，即使派人去求和也不会有用的。不如用贵重的宝物讨好楚国和魏国，这样秦王就会怀疑天下合纵抗秦，和谈才有机会成功。”

赵王不听，仍然派郑朱到秦国求和。

虞卿说：“郑朱是地位尊贵的人，秦王一定对天下人表示尊重他，故意引起天下人注意。天下各国看见大王向秦国求和，一定不出兵援救赵国。秦王知道各国不出兵援救赵国，求和就不能成功。”

后来果然如此。

傅　岐

【原文】

侯景叛魏归梁，封河南王。魏相高澄忽遣使议和，时举朝皆请从之。傅岐为如新令，适在朝，独曰："高澄方新得志，何事须和？必是设间以疑侯景，使景意不自安，则必图祸乱。若许之，正堕其计耳！"帝惑朱异言，竟许和。景未信，乃伪作邺人书，求以贞阳侯换景。帝答书，有"贞阳旦至，侯景夕返"语，景遂反。

【译文】

南北朝时侯景（朔方人，字万景）叛魏，归附南朝的梁，封为河南王。魏相高澄（字子惠）忽然派使者来梁议和，当时朝廷百官都赞成和议。

傅岐（梁朝人，字景平）任如新县令，正好人在朝中，只有他意见与与众不同，说道："高澄刚得志掌权，看不出有什么必要议和。一定是设反间计要让侯景觉得受到朝廷怀疑而不能安心，逼他起兵作乱；如果答应议和，正中高澄的计谋。"

梁武帝相信朱异（字彦和）的意见，竟然答应议和。

侯景起初不相信，就伪造魏国邺人的信，假称要放回当时扣押在北魏的梁朝贞阳侯萧明（字靖通），以交换侯景送回北魏。梁武帝没觉察，又答应交换，而且回信中有"贞阳侯白天送到，侯景晚上就交回"的话，侯景于是造反。

李泌

【原文】

德宗时，陕虢都知兵马使达奚抱晖鸩杀节度使张劝，代总军务，邀求旌节，且阴召李怀光将达奚小俊为援。上以李泌为陕虢都防御水陆运使，欲以神策军送之。对曰："陕城之人，不敢逆命，此特抱晖为恶耳。若以大兵临之，彼闭壁定矣。三面悬绝，未可以岁月下也。臣请以单骑入。"上曰："朕方用卿，当更使他人往。"对曰："他人必不能入。"今事变之初，众心未定，故可出其不意，夺其奸谋。他人犹豫迁延，彼成谋，则不得前矣。"上许之。

泌见陕州进奏官及将吏在长安者，语之曰："主上以陕、虢饥，故不授泌节而领运使，欲令督江淮米以赈之耳。陕州行营在夏县，若抱晖可用，当使将；有功，则赐旌节矣。"觇者驰以告抱晖，稍用自安。泌具以白上，曰："使其士卒思米，抱晖思节，必不害臣矣。"泌出潼关，宿曲沃，佐皆来迎；去城十五里，抱晖亦出谒。泌称其摄事保城之功，曰："军中烦言，不足介意，公等职事，皆安堵如故。"

既入城视事，宾佐有请屏人白事者，泌曰："易帅之际，军中烦言，乃其常理，泌到自妥，不愿闻也。"泌但索簿书治粮储。明日，召抱晖到宅，语之曰："吾非爱汝而不诛，恐自今危疑之地，朝廷所命，将帅不能入，故丐汝余生。汝为我赍版币祭节使，慎无入关，自择安处，潜来取家，保无他也。"

泌之行也，上籍陕将预乱者七十五人授泌，使诛之。泌既遣抱晖，日中，宣慰使至，泌奏：已遣抱晖，余不足问。”上复遣中使诣陕，必使诛之。泌不得已，械兵马使林滔等五人送京师，恳请赦宥，诏谪戍天德军，而抱晖遂亡命。

【评】

传称邺侯好大言，然才如邺侯方许大言。古来大言者二人，东方朔、李邺侯是也。

汉武好大之主，非大言不投；唐肃倚望邺侯颇大，不大言不塞其望，望之不塞，又将迁迹他人，而其志不行矣。是皆巧于投主者也。荆公巧于投神宗而拙于酬相位，所谓言有大而夸者耶？诸葛隆中数语，不敢出一大言，正与先主局量相配；若卫鞅之干秦王，先说以帝道、王道，而后及富强，此借所必不入以坚其入，又非大言之比矣。

【译文】

唐德宗时，陕虢都知兵马使（官名，藩镇警卫部队的长官）达奚抱晖毒杀节度使张劝，夺取张劝的军权，又要求朝廷让他当节度使，并暗地结交李怀光（靺鞨人，本姓茹，赐姓李）手下将领达奚小俊为援。

德宗派李泌担任陕虢都防御水陆运使，并准备以神策军（宫中禁军的名称）来护卫李泌上任。

李泌说：“陕城的军民并没有叛变之心，只有抱晖一个人作恶罢了。如果派大兵去，他们害怕起来，一定关起城门抗拒。而陕城三面悬崖，不是一年半载所能攻下的。微臣请求单独前往。”

德宗说：“朕正要重用你，还是换别人去吧。”

李泌说：“别人一定进不去，现在变乱才刚开始，抱晖还未能控制陕城军民，所以可出其不意，压制他的奸谋；如果为了挑选合适的人而不立即行动，一定会延误时机。等抱晖完全掌握陕城，那时派谁去都不可能了。”

德宗答应了他。

李泌先接见陕州进奏官（进奏院的属官）以及在长安的将吏，告诉他们说：“皇上认为陕虢正闹饥荒，所以不授给我掌军符节，只让我担任转运使工作，是要我督运江淮的米来救灾而已。陕州节度使的驻所在夏县，如果抱晖可以任用，就先让他掌管军队，将来立了功再正式晋封节度使。”

消息传到抱晖耳中，果然令抱晖安心不少。

李泌又详细报告德宗说：“当地士兵想得到米粮，抱晖想得到节度使的旌节，不会加害微臣，皇上尽管放心。”

李泌出了潼关，夜宿于曲沃，将吏们都出来迎接。到离夏县只有十五里时，抱晖也出来拜见李泌。李泌称赞他代理军务、稳定陕城的功劳，说：“军中闲言闲语不必介意，你们的职务都像以前一样安稳。”

入城巡视时，有宾佐请求私下和李泌说话。李泌说：“更换将领期间，军中有闲言闲语是正常的，我来到以后自然平息，不愿多听。”于是不见那些人。李泌只要求查看一些军中的文书资料，作为处理粮食储备的参考。

第二天，抱晖来到李泌住处，李泌告诉他说：“我不是顾念你哪一点而不杀你，而是因为此时此地的情势非常混乱不安，稍稍不慎就会出事。而朝廷所派的将帅一时还进不来，所以才乞求皇上留你一条小命。你先替我带纸钱去祭吊张节度使，记住千万不要入关，自己选一个安全的地方住下来，再偷偷回来带你的家人走，我可以保你无事。”

李泌离开京师时，德宗曾将预备叛变的七十五个陕将名单交给他，授命李泌杀掉他们。李泌遣走抱晖以后，中午朝廷宣慰使来到，李泌奏报已经遣走抱晖，其余的人不必再加以追究。可是德宗又派宫中的使臣到陕，指示一定要杀这些人。李泌不得已，只好将兵马使林滔等五人加上刑具遣送京师，恳请德宗宽赦，德宗把他们五人贬到天德军（边境地名）戍守边区，而抱晖则逃亡。

李 晟

【原文】

唐德宗时，吐蕃尚结赞请和，欲得浑瑊为会盟使，谬曰："浑侍中信厚闻于异域，必使主盟。"瑊发长安，李晟深戒之，以盟所为备不可不严。张延赏言于上曰："晟不欲盟好之成，故戒瑊以严备；我有疑彼之形，则彼亦疑我矣，盟何由成？"上乃召瑊，戒以"推诚待虏，勿为猜疑"，已而瑊奏："吐蕃决以辛未盟。"延赏集百官，以瑊表示之，晟私泣曰："吾生长西陲，备谙虏情，所以论奏，但耻朝廷为犬戎所侮耳。"将盟，吐蕃伏精骑数万于坛西，瑊等皆不知，入幕易礼服，虏伐鼓三声，大噪而至。瑊自幕后出，偶得他马乘之，唐将卒皆东走。虏纵兵追击，或杀或擒之，是日，上谓诸相曰："今日和戎息兵，社稷之福。"马燧曰："然。"柳浑曰："戎狄豺狼，非盟誓可结，今日之事，臣窃忧之。"李晟曰："诚如浑言。"上变色曰："柳浑书生，不知边计，大臣亦为此言耶？"皆伏地顿首谢，因罢朝。是日虏劫盟信至，上大惊，明日谓浑曰："卿书生，乃能料敌如此之审耶？"

【评】

初，吐蕃尚结赞恶李晟、马燧、浑瑊，曰："去三人则唐可图也。”于是离间李晟，因马燧以求和，欲执浑瑊以卖燧，使并获罪，因纵兵直犯长安，会失瑊而止，尚结赞又归燧之兄子弇，曰：“河曲之役，春草未生，吾马饥，公若渡河，我无种矣，赖公许和，谨释弇以报。”帝闻之，夺燧兵权。尚结赞之谲智，亦虏中之仅见者。

【译文】

唐德宗时，吐蕃尚结赞（吐蕃大相，有才略）请和，并要求由浑瑊（谥忠武）担任会盟使者，假意说：“浑侍中诚信忠厚，闻名于国外，一定要他主持会盟才行。”

浑瑊从长安出发时，李晟严重警告他，会盟的处所要好好戒备，不严密可不行。张延赏（谥成肃）却对德宗说：“李晟不想让会盟圆满完成，所以告诫浑瑊要对对方严加戒备。我方露出怀疑的形迹，则彼方也一定会怀疑我，这样会盟怎么可能成功呢?”

德宗于是告诫浑瑊要以诚意对待吐蕃，不要猜疑。

不久后，浑瑊奏报吐蕃决定于辛未当天结盟。张延赏召集百官，将浑瑊上奏的章表出示给大家看。

李晟私下哭道：“我生长在西方边境，非常熟悉吐蕃的情况，所以奏报皇上要戒备吐蕃，是怕朝廷被这些狡猾的外族所欺骗啊。”

会盟之前，吐蕃埋伏数万精锐的骑兵在盟坛西边，浑瑊等人完全不知情。

进入帐幕，正更换礼服，蕃兵击鼓三通，大声鼓噪而来。浑瑊从帐幕逃出来，无意间找到一匹马，赶忙骑着逃走，唐朝士兵都向东奔逃，吐蕃纵兵追击，唐兵不是被杀，就是被擒。

当天，德宗在朝廷上对群臣说：“今天和吐蕃讲和停战，是国家的福祉。”

马燧（字洵美，谥庄武）说：“是的。”

柳浑（字夷旷）却说："吐蕃有如豺狼，不是盟誓可以结交的，今天的事，微臣很担忧。"

李晟赞同说："微臣也和柳浑一样担忧。"

德宗生气地说："柳浑一名书生，不了解边境大计也就罢了，大臣怎么也说这种话？"

二人都伏地叩头谢罪，因而罢朝。

这天稍晚，吐蕃会盟变攻击的消息送到，德宗大惊，第二天早朝，德宗对柳浑说："你是一名书生，料敌竟能如此精确！"

王　琼

【原文】

嘉靖初年，北虏尝寇陕西，犯花马池，镇巡惶遽，请兵策应。事下九卿会议，本兵王宪以为必当发，否恐失事。众不敢异。王琼时为冢宰，独不肯，曰："我自有疏。"即奏云："花马池是臣在边时所区画，防守颇严，虏必不能入；纵入，亦不过掳掠；彼处自足防御，不久自退。若遣京军远涉边境，道路疲劳，未必可用，而沿途骚扰，害亦不细，倘至彼而虏已退，则徒劳往返耳。臣以为不发兵便。"然兵议实本兵主之，竟发六千人，命二游击将之以往。至彰德，未渡河，已报虏出境矣。

【译文】

明世宗嘉靖初年，北方胡虏入侵陕西花马池，巡抚害怕，奏请朝廷派军队征讨。这件事世宗交给九卿（明朝将户部尚书、吏部尚书、礼部尚书、兵部尚书、刑部尚书、工部尚书、都御史、通政司使、大理寺卿合称九卿）商议。兵部尚书王宪（东平人，字维纲）认为应该立即出兵，否则恐怕来不及了。其他人都不敢有异议。

王琼（太原人，字德华，著有《晋溪奏议》）当时任冢宰，只有他不同意，说：“我自己另有奏疏。”于是奏道：“花马池是微臣在边境时所规划修建的，防守工事非常坚固严密，胡虏一定侵入不了；纵然侵入，也不过是掠夺少许财物而已，当地的兵力绝对足以防御，不用多久胡虏自然会撤退。如果派京师的军队长途跋涉到边境，只会增加路途上的疲劳，未必有用；而且沿途对百姓的骚扰，危害也不浅。假使军队到达该地而胡虏已经退了，就只是徒劳往返而已。微臣认为不出兵才对。”

但由于出兵的事主要由兵部负责决定，最后还是派出六千名士兵，命令两名将领率领前往。军队到达彰德正待渡河，就传报胡虏已经撤出边境了。

韦孝宽

【原文】

韦孝宽镇玉壁，念汾州之北、离石以南，悉是生胡，抄掠居人，阻断河路，而地入于齐。孝宽欲当其要处置一大城，乃于河西征役徒十万，甲士百人，遣开府姚岳监筑之。岳以兵少为难，孝宽曰：“计成此城十日即毕，彼去晋州四百余里，一日创手，二日魏境始知。设令晋州征兵，二日方集，谋议之间，自稽三日，计其军行，二日不到，我之城隍足为办矣。”乃令筑之。又令汾水以南，傍介山、稷山诸村，所在纵火。齐人谓是军营，遂收兵自固。版筑克就，卒如孝宽言。

【译文】

北周人韦孝宽（杜陵人，名叔裕，以字行于世）镇守玉壁时，想到汾州以北、离石以南一带，都是没有开化的胡人，抢劫居民，阻断交通，但那片土地名义上归北齐所有。韦孝宽想在重要地点建筑一座大城，于是从河西征调役民十万人、甲兵七百人，派开府姚岳去监工。

姚岳认为兵士太少，万一北齐得知，出兵来攻，任务不仅危险而且不容易成功。

韦孝宽说："我计算建好这座城，只需十天就可完工，这地方离晋州四百多里，第一天开工，第二天魏地才能知道。假设从晋州征兵，也要两天才能调齐，议论用兵事宜也要花费三天，我预计军队两天走不到这里，这时城墙就已经筑好了。"于是要姚岳依令筑城。

韦孝宽又命令部下在汾水以南，介山、稷山一带的村落四处点火，北齐人以为是军营，于是收兵回去。最后果然如韦孝宽所预计的，完成了筑城的工程。

刘　惔

【原文】

汉主李势骄淫，不恤国事。桓温帅师伐之，拜表即行。朝廷以蜀道险远，温众少而深入，皆以为忧，唯刘惔以为必克。或问其故，惔曰："以博知之：温善博者也，不必得，则不为。但恐克蜀之后，专制朝廷耳。"

【译文】

晋朝时，成汉主李势（字子仁）骄奢淫荡，不关心国事。桓温率军讨伐，上奏章后即刻出发。朝廷认为四川道路险阻，桓温的士卒少而深入险境，令人担忧，只有刘惔（相人，字真长）认为必胜。

有人问他乐观的原因，刘惔说："我是从赌博来推测的。桓温是个很厉害的赌徒，没把握赢的绝不会下注。我担心的只是，桓温攻下四川之后，一定会总揽朝廷的大权。"

杨廷和

【原文】

彭泽将西讨流贼鄢本恕等，入问计廷和。廷和曰："以君才，贼何忧不平？所戒者班师早耳。"泽后破诛本恕等，奏班师，而余党复猬起，不可制。泽既发而复留，乃叹曰："杨公之先见，吾不及也！"

【评】

张英国三定交州而竟不能有，以英国之去也。假使如黔国故事，俾英国世为交守，虽至今郡县可矣。故平贼者，胜之易，格之难，所戒于早班师者，必有一番安戢镇抚作用，非仅仅仗兵威以胁之已也。

【译文】

明朝时彭泽（兰州人，字济物）率兵向西征讨流贼鄢本恕等人之前，向大臣杨廷和（新郑人，字介夫）询问对策。杨廷和说："以你的才能讨贼，还怕不能成功吗？唯一要留心的是，不要急着班师回朝。"

彭泽杀了鄢本恕等人后，奏报朝廷要班师回京。不料贼寇余党又纷纷作乱，无法控制。彭泽出发以后又留下来，于是叹息道："杨公有先见之明，这是我赶不上他的地方。"

卜偃

【原文】

虢公败戎于桑田，晋卜偃曰："虢必亡矣！亡下阳不惧，而又有功，是天夺之鉴而益其疾也！必易晋而不抚其民矣，不可以五稔！"后五年，晋灭虢。

【译文】

虢公在桑田击败戎人，晋国卜偃说："虢国一定会灭亡。不久前，下阳（虢地名）被晋国所夺，但并不担心，现在反而去攻打戎人，这其实等于是上天要夺取他的镜子，使其看不到自己人的善恶，而加重他的毛病。往后虢公一定不把晋国的威胁放在眼里，不抚爱百姓。我想，不超过五年，虢国一定灭亡。"

五年后，晋国果然灭了虢国。

士　鞅

【原文】

晋士鞅奔秦。秦伯问于士鞅曰："晋大夫其谁先亡?"对曰："其栾氏乎?"秦伯曰："以其汰乎?"对曰："然。栾黡汰侈已甚!犹可以免，其在盈乎?"秦伯曰："何故?"对曰："武子之德在民，如周人之思召公焉，爱其甘棠，况其子乎?栾黡死，盈之善未能及人，武子所施没矣，而黡之怨实章，将于是乎在!"秦伯以为知言。

【译文】

晋国士鞅投奔秦国，秦伯问士鞅："晋大夫哪一家会先灭亡?"

士鞅说："大概是栾氏吧。"

秦伯说："因为他奢侈吗?"

士鞅说："是的。栾黡已经奢侈得太过分了，但一时还不会灭亡，灭亡应该会在他儿子栾盈手上吧!"

秦伯问："何以见得?"

士鞅说："武子（栾书，黡的父亲）生前对人民有恩泽，这就像当年召公有恩于人民，人民连他生前所种的甘棠树都爱护有加，何况是他的亲生儿子?所以尽管栾黡不成才，人民还不忍心背弃。等到栾黡一死，他的儿子栾盈不能施恩于人民，武子遗留下的恩泽又差不多消磨殆尽了，加上对栾黡的怨恨记忆犹新，所以我认为栾氏将在栾盈手中灭亡。"

秦伯认为他很有远见。

楚𫇭贾

【原文】

楚子将围宋，使子文治兵于睽，终朝而毕，不戮一人。子玉复治兵于𫇭，终日而毕，鞭七人，贯三人耳。国老皆贺子文。𫇭贾尚幼，后至，不贺。子文问之，对曰："不知所贺。子之传政于子玉，曰靖国也，靖诸内而败诸外，所获几何？子玉之败，子之举也。举以败国，将何贺焉？子玉刚而无礼，不可以治民；过三百乘，其不能以入矣。苟入而贺，何后之有？"及城濮之战，晋文公避楚三舍，子玉从之，兵败自杀。

【译文】

春秋时楚成王准备围攻宋国，派子文（楚人，名斗谷于菟）在睽地练兵，子文只花一个早晨就完成，没有惩罚任何一个士兵。子文后来派子玉（名成得臣）在𫇭地练兵，子玉一整天才完成，鞭打七个人，刺穿三人的耳朵。

国中的大臣都来恭贺子文。𫇭贾（孙叔敖的父亲）当时年纪还小，最后到场，又不向子文道贺。子文问他为什么，𫇭贾说："我不知道有什么好祝贺的。您把政权传给子玉，说是'为了使国家安泰'。如果国内安泰而对外作战失败，又有什么好处可言？子玉的失败，完全是因为您用错人；您用错人就会使国家败亡，有什么值得恭贺的？子玉刚强而无礼，不可以让他治理人民。假如让他指挥三百辆以上的兵车作战，届时他一定败军覆将，回不了国门；如果能侥幸回得来，到时候我再来祝贺也不迟。"

果然，城濮之战时，晋文公依当年的约定退避楚兵九十里，子玉带兵进击，最后兵败自杀。

班 超

【原文】

班超久于西域，上疏愿生入玉门关，乃召超还，以戊己校尉任尚代之。尚谓超曰："君侯在外域三十余年，而小人猥承君后，任重虑浅，宜有以诲之。"超曰："塞外吏士，本非孝子顺孙，皆以罪过徙补边屯，而蛮夷怀鸟兽之心，难养易败。今君性严急，水清无鱼，察政不得下和，宜荡佚简易，宽小过，总大纲而已。"超去后，尚私谓所亲曰："我以班君尚有奇策，今所言平平耳。"尚留数年而西域反叛，如超所戒。

【译文】

东汉时班超久在西域，上疏希望能在有生之年活着进入玉门关。于是皇帝诏令班超回国，而让戊己校尉任尚代替他的职务。

任尚对班超说："您在西域已经三十多年了，如今我将接任您的职务，责任重大，而我的智虑有限，请您多加教诲。"

班超说："塞外的官吏士卒，本来就不是守法的子民，都因为犯罪而被流放边境戍守；而蛮人心如禽兽，难养易变；你个性比较严厉急切，要知道水太清便养不了鱼。过于明察，事事计较便得不到属下的心，我建议你稍微放松一些，力求简易，有些小过失、小问题闭闭眼也就不必去追究了，凡事只要把大原则掌握好就可以了。"

班超离开后，任尚私下对亲近的人说："我以为班超会有什么奇谋，其实他所说都是平常的话。"

任尚留守数年后，西域反叛，果然如班超所说。

蔡谟

【原文】

蔡谟，字道明。康帝时，石季龙死，中原大乱。朝野咸谓太平指日可俟，谟独不然，谓所亲曰："胡灭诚大庆，然将贻王室之忧。"或问何故，谟曰："夫能顺天而奉时，济六合于草昧者，若非上哲，必由英豪。度德量力，决非时贤所及。必将经营分表，疲民以逞志。才不副任，略不称心，财殚力竭，智勇俱屈，此韩卢，东郭所以双毙也！"未几，果有殷浩之役。

【译文】

蔡谟字道明，晋康帝时，石季龙死后，北方又陷入割据纷乱的局面，朝野都认为太平的日子指日可待，只有蔡谟不认为如此。他对亲近的人说："胡人灭亡确实值得庆幸，然而会给王室带来忧患。"

有人问他为什么这么说，蔡谟说："凡是能顺从天理、顺应时势来行事，能带领天下万民从杀戮混乱之中脱出的，不是出众的圣哲就是英雄豪杰。而我们看今天眼前这些国家的领导人物，无论从德行或从能力上来看，都够不上这种标准。若以为这个时机不可错过，一定会倾尽国力大干一场，无奈个人的才能撑不起这么雄大的构图，想出的谋略应付不了这么大的局面，结果必然是徒然地营师动众，用尽国家的财力人力，耗尽每个人的智力和精力，就像韩卢（良犬，每天可跑五百里）、东郭（狡兔，每天可跑五百里）一样，最后都只有疲累而死。”

不久，果然有殷浩北伐的失利。

曹操

【原文】

何进与袁绍谋诛宦官，何太后不听，进乃召董卓，欲以兵胁太后。曹操闻而笑之，曰：“阉竖之官，古今宜有，但世主不当假之以权宠，使至于此。既治其罪，当诛元恶，一狱吏足矣，何必纷纷召外将乎？欲尽诛之，事必宣露，吾见其败也。”卓未至而进见杀。

袁尚、袁熙奔辽东，尚有数千骑。初，辽东太守公孙康恃远不服，及操破乌丸，或说操遂征之，尚兄弟可擒也。操曰：“吾方使康斩送尚、熙首来，不烦兵矣。”九月，操引兵自柳城还，康即斩尚、熙，传其首。诸将问其故，操曰：“彼素畏尚等，吾急之则并力；缓之则相图，其势然也。”

曹公之东征也，议者惧军出，袁绍袭其后，进不得战而退失所据。公曰：“绍性迟而多疑，来必不速；刘备新起，众心未附，急击之，必败，此存亡之机，不可失也。”卒东击备。田丰果说绍曰：“虎方捕鹿，熊据其穴而啖其子，虎进不得鹿，而退不得其子。今操自征备，空国而去，将军长戟百万，胡骑千群，直指许都，捣其巢穴，百万之师自天而下，若举炎火以焦飞蓬，覆沧海而沃漂炭，有不消灭者哉？兵机变在斯须，军情捷于桴鼓。操闻，必舍备还许，我据其内，备攻其外，逆操之头必悬麾下矣！失此不图，操得归国，休兵息民，积谷养士。方今汉道陵迟，纲纪弛绝。而操以枭雄之资，乘跋扈之势，恣虎狼之欲，成篡逆之谋，虽百道攻击，不可图也。”绍辞以子疾，不许。丰举杖击地曰：“夫遭此难遇之机，而以婴儿之故失其会，惜哉！”

【评】

操明于翦备，而汉中之役，志盈得陇，纵备得蜀，不用司马懿、刘晔之计，何也？或者有天意焉？

【译文】

东汉末年何进（宛人，字遂高）与袁绍（汝阳人，字本初）计划诛杀宦官，何太后不同意，何进只好召董卓（临洮人，字仲颖）带兵进京，想利用董卓的兵力胁迫太后。

曹操（沛国谯人，字孟德）听了，笑着说：“太监古今各朝各代都有，只是国君不应过于宠幸，赋予太多权力，使他们跋扈到这种地步。如果要治他们的罪，只要诛杀元凶就行了，如此，一名狱吏也就足够了，何必请外地的军将来呢？若想把太监赶尽杀绝，事情一定会提前泄露出去，这样反而不会成功。我可以预见他们会失败。”

果然，董卓还没到，何进就被杀了。

东汉末年官渡之战以后，袁熙（字显雍，袁绍的儿子）、袁尚（字显甫）两兄弟投奔辽东，手下还有数千名骑兵。

起初，辽东太守公孙康仗着地盘远离京师，不听朝廷辖治。等曹操攻下乌丸，有人劝曹操征讨，顺便可以擒住袁尚兄弟。曹操说：“我正准备让公孙康自己杀了袁尚兄弟，拿他们二人的脑袋来献呢，不必劳烦兵力。”

九月，曹操带兵从柳城回来，果然，公孙康就斩杀袁尚兄弟，将首级送来。诸将问曹操是何缘故，曹操说："公孙康向来怕袁尚等人，我逼急了，他们就会联合起来抵抗；我放松，他们就会互相争斗。这是情势决定的。"

曹操东征时，众人担心军队全部派出之后，袁绍会从后面袭击，如此一来，前进了也无法放手一战，想后退又失去根据地。曹操说："袁绍料事迟缓而多疑，一定不会很快就来；刘备刚兴起，民心尚未依附，此刻立即去攻击他一定成功，这是生死存亡的机会，不可失去。"于是向东攻击刘备。

田丰（巨鹿人，字元皓）果然劝袁绍说："老虎正在捕鹿，熊去占有虎穴而吃掉虎子，老虎向前得不到鹿，退后又失去虎子。现在曹操亲自去攻击刘备，军队尽出，将军您有雄厚的兵力，如果直接攻进许都，捣毁他的巢穴，百万雄师从天而降，就像点一把大火来烧野草，倒大海的水来冲熄火炭，哪有不瞬间消灭的道理。只是用兵的时机稍纵即逝，形势的变动比鼓声传得还快，曹操知道了，一定放弃攻击刘备，回守许都。然而，那时候如果我们已经占领他的巢穴，刘备又在外面在外夹攻，曹操的头颅，很快就会高悬于将军您的旗杆上了。可是如果失去这个机会，等曹操回国的话，他就可以休养生息，储粮养士。如今汉室日渐衰微，万一等到曹操篡逆的阴谋成了气候，即使再用各种方法攻击他，也没有办法挽回了。"

袁绍却以儿子生病为由推辞。

田丰气得拿手杖敲地说："得到这种千载难逢的机会，却为了一个婴儿而放弃，真是可惜啊！"

郭嘉　虞翻

【原文】

孙策既尽有江东，转斗千里，闻曹公与袁绍相持官渡，将议袭许。众闻之，皆惧。郭嘉独曰："策新并江东，所诛皆英杰，能得人死力者也。然策轻而无备，虽有百万众，无异于独行中原。若刺客伏起，一人之敌耳。以吾观之，必死于匹夫之手。"

虞翻亦以策好驰骋游猎，谏曰："明府用乌集之众，驱散附之士，皆能得其死力，此汉高之略也。至于轻出微行，吏卒尝忧之。夫白龙鱼服，困于豫且；白蛇自放，刘季害之。愿少留意。"策曰："君言是也!"然终不能悛，至是临江未济，果为许贡家客所杀。

【评】

孙伯符不死，曹瞒不安枕矣。天意三分，何预人事？

【译文】

三国时，孙策占领整个江东地区之后，遂有争霸天下的雄心，听说曹操和袁绍在官渡相持不下，就打算攻打许都。

曹操部属听了都很害怕，只有郭嘉（阳翟人，字奉孝）说："孙策刚刚并合了整个江东，诛杀了许多盘踞当地的英雄豪杰，而这些人其实都是能让人为他拼命的人物，这些人的手下对他一定恨之入骨。孙策本身性格又轻率，对自己的安全一向不怎么戒备。虽有百万大军在手，和孤身一人处身野外其实没什么两样。若有埋伏的刺客突然而出，一个人就可以对付他。以我看，他一定死在刺客手中。”

虞翻（吴·余姚人，字仲翔）也因为孙策爱好驰骋打猎，劝孙策说：“即使是一些残兵败将、乌合之众，在您指挥之下，都能立刻成为拼死作战的雄兵，这方面的能力您并不下于汉高祖刘邦。但是您常私下外出，大家都非常担忧。尊贵的白龙变成大鱼游于海中，渔夫豫且就能捉住它；白蛇挡路，刘邦一剑就把它杀了。希望您稍微留意一些。”

孙策说：“你的话很对。”

然而他的毛病还是改不掉，所以军队还没有渡江，就被许贡的家客所杀。

黄权　王累　郑度

【原文】

初，刘璋遣人迎先主。主簿黄权怒而言曰：“厝火积薪，其势必焚；及溺呼船，悔将无及。左将军有骁名，今迎到，欲以部曲遇之，则不满其心；欲以宾客待之，则一国不容二君。若客有泰山之安，则主有累卵之危，可且闭关以待河清。”从事王累自倒悬于州门而谏，曰：“两高不可重，两大不可容，两贵不可双，两势不可同。重、容、双、同，必争其功！”皆弗听。

从事郑度好奇计，从容说曰：“左将军悬军袭我，兵不满万，士众未附，野谷是资，军无辎重。其计莫若尽驱巴西、梓潼民，内涪水以西，其仓廪野谷，一皆烧除，高垒深沟，静以待之。彼至请战，勿许。久无所资，不过百日，必将自走。走而击之，此成擒耳。”先主闻而恶之，谓法正曰："度计若行，吾事去矣。"正曰："终不能用，无可忧也。"卒如正料，璋谓其群下曰："吾闻驱敌以安民，未闻驱民以避敌也。"于是黜度，不用其计。

先主入成都，召度谓曰："向用卿计，孤之首悬于蜀门矣。"引为宾客，曰："此吾广武君也。"

【译文】

三国时刘璋欲派人迎接刘备。

主簿黄权（蜀·阆中人，字公衡）生气地说："房子失火了还堆积木柴，火势一定不可收拾；溺水了才叫船，后悔都来不及。左将军（刘备）是出了名的骁勇人物，把他迎接过来，若以部属待他，左将军是绝对不会甘于屈就的；若以宾客待他，则一国不容有二君。宾客稳若泰山，主人就非常危险。我们应该暂时封锁所有的关隘，休养生息，静待整个天下的争战尘埃落定，重新恢复太平。"

从事（刺史的佐吏）王累则把自己倒吊在州门劝谏道："两座高山在一起，一定得比出谁高谁低；两个庞然大物在一起，一定得分出谁大谁小；两个权贵在一起，一定得争出谁高谁下；两股力量撞在一起，一定得斗出谁强谁弱。这样的争斗是必然的道理。"

他们的话刘璋都不听。

从事郑度好出奇计，从容地说："左将军的军队如果想袭击我们：论军力，士兵不满一万名；论军心，众心尚未依附；论粮米，只有野外的谷物可以供给他们。对付没有后勤补给的军队，最好的计策是赶尽巴西、梓潼两郡的人民，从涪水以西，所有的仓库和野生的食物，一概烧毁，并加高堡垒，挖深护城河，以逸待劳，以静制动。他们到了以后，不要和他们正面作战，左将军的粮食不足，不超过一百天，他们就会自己撤走，然后我们再从后面追击他们，很简单可以捉到左将军。"

刘备听到这个消息很担心，对法正（蜀汉·郿人，字孝直）说：“郑度的计划如果实行，我的大事就完了。”

法正说：“刘璋不会采用的，不必忧虑。”

果然，刘璋对部下说：“我听说驱赶敌人以安定人民，没听说驱赶人民来躲避敌人的。”于是罢黜郑度，不采用他的策略。

等刘备拿下成都，特别召来郑度，对他说：“先前如果刘璋采用你的计划，我的头就只有挂在蜀国的城门上了。”

于是收郑度为宾客谋士，对人说：“这是我的广武君。”

罗 隐

【原文】

浙帅钱镠时，宣州叛卒五千余人送款，钱氏纳之，以为腹心。时罗隐在幕下，屡谏，以为敌国之人，不可轻信。浙帅不听。杭州新治，城堞楼橹甚盛。浙帅携僚客观之，隐指却敌，阳不晓曰：“设此何用?”浙帅曰：“君岂不知备敌耶?”隐谬曰：“若是，何不向里设之?”盖指宣卒也。后指挥使徐绾等挟宣卒为乱，几于覆国。

【评】

迩年辽阳、登州之变，皆降卒为祟，守土者不可不慎此一着。

【译文】

钱镠（五代吴越开国的国王，临安人，字具美）任两浙地区军事首长时，宣州的叛卒五千多人来投诚，钱氏接纳了，并把他们当作心腹。

当时罗隐（余杭人，字昭谏）在他的幕下，屡次劝谏钱镠，说这是敌国的人，不能轻易信任。钱镠不听。

杭州新建的城墙及望楼都筑得很宏伟，钱镠带着宾客部属去参观。罗隐明知是为了抗拒外敌而建，却假装不懂，说："建这些是为了什么？"

钱镠说："你不知道要防敌吗？"

罗隐说："如果为了退敌，为什么不面向里建筑呢？"暗指宣州叛卒是敌人，后来指挥使徐绾等人果然率领宣州叛卒作乱，吴越几乎灭国。

夏侯霸

【原文】

夏侯霸降蜀，姜维问曰："司马公既得彼政，当复有征伐之志否？"霸曰："司马公自当作家门，彼方有内志，未遑及外事也。公提轻卒，径抵中原，因食于敌，彼可窥而扰也。然有钟士季者，其人虽少，有胆略，精练策数，终为吴、蜀之忧，但非常之人，必不为人用，而人亦必不能用之，士季其不免乎？"

后十五年，而会果灭蜀，蜀灭而会反，皆如霸言。

【译文】

三国时夏侯霸（字仲权）投降蜀汉，姜维（蜀汉·天水人，字伯约）问他："司马公已经完全掌握曹魏的政权了，还会征伐我们吗？"

夏侯霸说："司马公取得政权，正想更进一步篡夺曹魏的君位，一时无法兼顾境外之事，您大可带着轻装士卒，直接进军中原，利用敌境中的粮食为后勤，就可以骚扰他们。问题在于有一个叫钟会的人（魏·颍川人，字士季），虽然年轻，却有胆识，并精于各种谋略，此人才真正是吴、蜀的忧患。但是如此才智非凡的人，必然不会甘心只是为人效命，也没有人会真心真意重用他，钟会大概也不会有好的下场吧？”

十五年后，钟会果然灭掉了蜀汉；蜀汉灭亡后钟会又反叛曹魏，都如夏侯霸所言。

傅　嘏

【原文】

何晏、邓飏、夏侯玄并求傅嘏交，而嘏终不许。诸人乃因荀粲说合之，谓嘏曰：“夏侯太初一时之杰士，虚心于子，而卿意怀不可。交合则好成，不合则致隙，二贤莫若睦，则国之休，此蔺相如所以下廉颇也。”傅嘏曰：“夏侯太初志大心劳，能合虚誉，所谓利口覆国之人；何晏、邓飏有为而躁，博而寡要，外好利而内无关钥，贵同恶异。多言而妒前，多言多衅，妒前无亲。以吾观之，此三贤者皆败德之人尔，远之犹恐罹祸，况可亲之耶？”皆如其言。

【评】

蔡邕就董卓之辟，而不免其身；韦忠辞张华之荐，而竟违其祸。士君子不可不慎所因也！

【译文】

何晏（三国魏·宛人，字平叔），邓飏（魏·南阳人，字玄茂），夏侯玄（魏·谯人，字太初）三人一直想结交傅嘏（魏·泥阳人，字兰石），而傅嘏始终不答应，三人就请荀粲（字奉倩）从中说合。荀粲对傅嘏说："夏侯太初是当代的豪杰，虚心和您结交，而您一直不愿意。交往能够促进和好，不交往容易发生仇隙。二位贤人能和睦，是国家的福祉，这是为什么蔺相如要屈居廉颇之下的原因。"

傅嘏说："夏侯玄志大才疏，徒有虚名，是那种靠一张嘴巴能倾覆整个国家的人；至于何晏、邓飏，颇有才干却性格急躁，见闻虽广却杂而不精，追逐名利而内心丝毫不知防备，喜欢别人附和、不想听不同意见，说话喋喋不休却妒恨比自己俊秀的人。说话喋喋不休就容易和人发生嫌隙，妒恨比自己俊秀的人就不可能有真正亲密的朋友。以我看，这三个所谓的贤人，其实皆是败德的人，躲得远远的都还怕被他们连累，何况是去亲近他们。"

后来事实的发展，都如傅嘏所说。

陆逊　孙登

【原文】

陆逊多沉虑，筹无不中，尝谓诸葛恪曰："在吾前者，吾必奉之同升；在吾下者，吾必扶持之。君今气陵其上，意蔑乎下，恐非安德之基也！"恪不听，卒见杀。

嵇康从孙登游三年，问终不答。康将别，曰："先生竟无言耶？"

登乃曰："子识火乎？生而有光，而不用其光，果在于用光；人生有才，而不用其才，果在于用才。故用光在乎得薪，所以保其曜；用才在乎识物，所以全其年。今子才多识寡，难乎免于今之世矣！"康不能用，卒死吕安之难。

【译文】

陆逊（三国吴·字伯言）向来深思静虑，所推测的事没有一件不应验。他曾经对诸葛恪（吴·字元逊）说："地位在我之上的人，我一定尊重他；地位在我之下的人，我一定扶持他。如今您侵犯地位在您之上的人，又轻蔑地位在您之下的人，恐怕不是立身修德的基础。"

诸葛恪不听，最后果然被杀。

嵇康（三国魏·铚县人，字叔夜）跟随孙登（三国魏·汲郡共人，字公和）求学三年，问老师对自己的看法，孙登始终不回答。嵇康临走前说："先生没有什么话要告诉我吗？"

孙登才说："你知道火吗？火一产生就有光，如果不晓得利用它的光亮，跟没有光亮没什么差别；就如同人天生有才华，却不懂得运用自己的才华，如此，跟没有才华也没什么两样。所以想要利用火光，必须有木柴，来保持光亮的延续；想运用才华，就要了解外在的客观世界，才能保全自己。你才华高却见识少，在当今这样的乱世很难保全自己。"

嵇康不肯听，最后死于吕安（三国魏·东平人，字仲悌）之难。

盛　度

【原文】

盛文肃度为尚书右丞，知扬州，简重，少所许可。时夏有章自建州司户参军授郑州推官，过扬州，盛公骤称其才雅，置酒召之。夏荷其意，为一诗谢别。公先得诗，不发，使人还之，谢不见。夏殊不意，往见通判刁绎，具言所以。绎疑将命者有忤，诣公问故。公曰："无他也。吾始见其气韵清秀，谓必远器；今封诗，乃自称'新圃田从事'。得一幕官，遂尔轻脱。君但观之，必止于此官——志已满矣。"明年，除馆阁校勘，坐旧事寝夺，改差国子监主簿，仍带原官。未几卒于京。

【译文】

宋朝时盛文肃（盛度，字公量，谥文肃）任尚书右丞、扬州知州，为人简约庄重，很少有被他称许的人。

当时夏有章从建州司户参军（掌理州的户口、籍账、婚嫁、田宅等事）转任郑州推官，经过扬州，盛文肃赞他才气雅正，设酒宴请他。夏有章感念盛文肃的美意，作一首诗来道谢告别。盛文肃接到信时并没打开，派人退回，谢绝接见。

夏有章很不了解，去拜见通判刁绎，把情形告诉他。刁绎怀疑代为送诗的人得罪盛文肃，就拜见文肃问明事故。文肃说："没有什么。我起先看到他气韵清秀，认为前途一定很远大；后来看到他在信封上居然自称新圃田从事。得到一个幕僚官的职位，行为处事就变得这样轻率。你看着好了，他的官位就到此为止，因为他已经志得意满了。"

过了一年，夏有章任馆阁（宋朝以史馆、集贤院、昭文馆为三馆，与秘阁、龙图阁、天章阁合称馆阁）校书郎（编辑校正），后因事停职，改任国子监（相当于国立大学）主簿，仍带原职。不久就死在京师。

邵 雍

【原文】

王安石罢相，吕惠卿参知政事。富郑公见康节，有忧色。康节曰：“岂以惠卿凶暴过安石耶?”曰：“然。”康节曰：“勿忧。安石、惠卿本以势利相合，今势利相敌，将自为仇矣，不暇害他人也。”未几，惠卿果叛安石。

【译文】

王安石被免去宰相之职，吕惠卿任参知政事。

富弼去见邵康节（邵雍）时神色十分忧虑。邵康节问：“难道因为惠卿比安石还要凶暴吗?”

富弼说：“是的。”

邵康节说：“不必忧虑，王安石与吕惠卿本来是因权势名利相结合，如今权势名利起了冲突，彼此间互相仇恨都来不及，哪有时间害别人?”

不久，吕惠卿果然背叛王安石。

邵伯温

【原文】

初，蔡确之相也，神宗崩，哲宗立。邢恕自襄州移河阳，诣确，谋造定策事。及司马光子康诣阙，恕召康诣河阳。邵伯温谓康曰：“公休除丧，未见君，不宜枉道先见朋友。”康曰：“已诺之。”伯温曰：“恕倾巧，或以事要公休；若从之，必为异日之悔。”康竟往，恕果劝康作书称确，以为他日全身保家计。康、恕同年登科，恕又出光门下，康遂作书如恕言。恕盖以康为光子，言确有定策功，世必见信。既而梁焘与刘安世共请诛确，且论恕罪，亦命康分析，康始悔之。

【译文】

起初，蔡确（晋江人，字持正）任宰相，宋神宗崩逝，哲宗即位。

邢恕（阳武人，字和叔）从襄州调河阳，去拜见蔡确，商议尊立天子的事。

事后，司马光的儿子司马康（字公休）上京师，邢恕请他先到河阳走一趟。

邵伯温（邵雍的儿子，字子文）对他说：“你刚脱下丧服，还没有晋见新天子，不该绕道先去见朋友。”

司马康说：“可是我已经答应他了。”

邵伯温说：“邢恕是个巧诈、用心险恶的人，可能有事要求你，如果答应他，将来一定会后悔。”

但司马康还是去了河阳，邢恕果然劝司马康写信称许蔡确，作为往后自己保全身家的打算。由于司马康与邢恕是同年登科的，邢恕又出于司马光门下，司马康就依邢恕的话。邢恕认为司马康是司马光的儿子，若由他口中说蔡确有拥立哲宗之功，世人一定相信。

不久梁焘（须城人，字况之）与刘安世（魏人，字器之，谥忠定）一起上书请求诛杀蔡确，而且要追究邢恕的罪，司马康也被解释写信之事，司马康这才后悔起来。

范纯仁

【原文】

元祐嫉恶太甚，吕汲公、梁况之、刘器之定王介甫亲党吕吉甫、章子厚而下三十人，蔡持正亲党安厚卿、曾子宣而下十人，榜之朝堂。范纯父上疏，以为“歼厥渠魁，胁从罔治”。范忠宣太息，语同列曰：“吾辈将不免矣！”

后来时事既变，章子厚建元祐党，果如忠宣之言。大抵皆出于士大夫报复，而卒使国家受其咎，悲夫！

【评】

王楙《野客丛谈》云：君子之治小人，不可为已甚，击之不已，其报必酷。余观《北史》神龟之间，张仲瑀铨削选格，排抑武人，不使预清品。一时武人攘袂扼腕，至无所泄其愤。于是羽林武贲几千人至尚书省诟骂，直造仲瑀之第，屠灭其家。群小悉投火中，及得尸体，不复辨识，唯以髻中小钗为验。其受祸如此之毒！事势相激，乃至于此，为可伤也！

庄子谓刻核太过，则不肖之心应之。今人徒知锐于攻击，逞一时之快，而识者固深惧之。

【译文】

宋朝时元祐党人疾恶如仇，吕汲公、梁焘（字况之）、刘安世（字器之）判定王安石的亲党吕吉甫、章惇（浦城人，字子厚）等以下三十人，蔡确的亲党安寿（开封人，字厚卿）、曾布（字子宣）等以下十人有罪，把名单公布于朝廷上。

范祖禹（字淳甫）上疏，认为只要处死党魁，从犯不必治罪。

范纯仁（吴县人，字尧夫，谥忠宣）对同人叹息道：“我们也将不保了！”

后来时势转变，章子厚建立元祐党，果然如同范纯仁所说。

大概都因为士大夫互相仇视报复，最后受害最大的还是国家，真可悲啊！

常安民

【原文】

吕惠卿出知大名府，监察御史常安民虑其复留，上言：“北都重镇，而除惠卿。惠卿赋性深险，背王安石者，其事君可知。今将过阙，必言先帝而泣，感动陛下，希望留京矣。”帝纳之。及惠卿至京师，请对，见帝果言先帝事而泣。帝正色不答，计卒不施而去。

【译文】

吕惠卿调离京师，出任大名府知府。

监察御史常安民（临邛人，字希古）很怕事久生变，又担心吕惠留在朝中不肯走，就对皇帝说：“大名府是北都重镇，如今委派惠卿去管理，事不宜迟；而且惠卿天性阴险，背叛王安石的事陛下都知道了。他进宫拜见陛下，一定会哭着大谈他和先帝的关系，借以感动陛下，希望陛下把他留在京师。”

皇帝采纳他的意见。吕惠卿到京师时，请求晋见皇帝，果然谈起先帝的事而哭泣，皇帝摆出严肃的神情，不予理会。吕惠卿的计谋行不通，只得离开京师。

乔行简

【原文】

嘉定间，山东忠义李全跋扈日甚，朝廷择人帅山阳，一时文臣无可使，遂用许国。国，武夫也，特换文资，除太府卿以重其行。乔寿朋以书抵史丞相曰："祖宗朝，制置使多用名将。绍兴间，不独张、韩、刘、岳为之，杨沂中、吴玠、吴璘、刘锜、王燮、成闵诸人亦为之，岂必尽文臣哉？至于文臣任边事，固有反以观察使授之者，如韩忠献、范文正、陈尧咨是也。今若就加本分之官，以重制帅之选，初无不可，乃使之处非其据，遽易以清班，彼修饰边幅，强自标置，求以称此，人心固未易服，恐反使人有轻视不平之心，此不可不虑也。"史不能从。国至山阳，偃然自大，受全庭参。全军忿怒，因而杀之。自此遂叛。

【译文】

宋宁宗嘉定年间，山东忠义军首领李全专横跋扈日趋严重，朝廷要选人去镇守山阳，一时没有文臣可派，仓促间选定了武国。武国是武人出身，朝廷特别为他更换文职，担任太府卿（掌理财物库藏的官）的职位，以加重他此次出任的分量。

乔寿朋（乔行简，东阳人，字寿朋，谥文惠）写信给史丞相（史浩，鄞人，字直翁）说：

“以往宋代各朝，设立制置使，多用名将。高宗绍兴年间，不只张浚、韩世忠、刘光世、岳飞曾经担任过，杨沂中（字正甫）、吴玠（陇干人，字晋卿）、吴璘、刘锜、王燮、成闵（邢州人，字居仁）等人也担任过。哪里一定得用文臣呢？至于文臣担任边帅的事，大概都以观察使的身份出任，如韩琦、范文正、陈尧咨就是。现在给他加上朝中大臣的官衔，表示注重边帅的选派，本来也没有什么不好，只是使他的外表和本质完全不合，仓促之间从武将转为清望官，他就会尽力修饰边幅，勉强想让自己的言行举止和官位相符。但是一般人本来就对武国的改授文职不满，再强加矫饰，恐怕更让人生出轻视不平的心理，这不能不仔细考虑。”

史丞相不肯听。武国到山阳以后，果然摆出一副朝廷重臣的架子，要求全体部属大礼参见。全军愤怒不已，因而杀了武国，从此反叛朝廷。

曹彬

【原文】

曹武惠王既下金陵，降后主，复遣还内治行。潘美忧其死，不能生致也，止之。王言：“吾适受降，见其临渠犹顾左右扶而后过，必不然也。且彼有烈心，自当君臣同尽，必不生降；既降，又肯死乎？”

【评】

或劝艺祖诛降王，入则变生。艺祖笑曰：“守千里之国，战十万之师，而为我擒，孤身远客，能为变乎？”可谓君臣同智。

【译文】

曹武惠王（曹彬）攻下金陵以后，接受南唐李后主投降时，又让他入宫收拾行装。潘美（大名人，字仲询）担心后主会自杀，无法让他活着送京，便加以阻止。

武惠王说："我刚才接受投降时，看见他走过水沟还要找左右随从扶着才敢跨过，这样的人一定不会寻死。他要是有壮烈一些、强硬一些的心志，老早就选择君臣同归于尽，不会活着投降；既然投降，哪里肯自杀呢？"

如日驱雾

【原文】

讹口如波，俗肠如锢。触日迷津，弥天毒雾。不有明眼，孰为先路？太阳当空，妖魑匿步。

【译文】

散布谣言的嘴能掀起波涛，凡庸而易于猜忌者的心肠，简直像用铁铸上一样难以解开。这如漫天毒雾迷蒙双眼，没有明亮的眼睛，怎么知道何去何从？就像太阳当空，妖魔自然却步。

汉昭帝

【原文】

昭帝初立，燕王旦怨望谋反。而上官桀忌霍光，因与旦通谋，诈令人为旦上书，言："光出都，肄郎羽林道上称跸，擅调益幕府校尉，专权自恣，疑有非常。"俟光出沐日奏之，帝不肯下。光闻之，止画室中不入。上问："大将军安在？"桀曰："以燕王发其罪，不敢入。"诏召光入，光免冠顿首谢，上曰："将军冠，朕知是书诈也，将军无罪。”光曰：“陛下何以知之?”上曰：“将军调校尉以来未十日，燕王何以知之?”时帝年十四，尚书左右皆惊，而上书者果亡。

【译文】

汉昭帝初继位时，燕王刘旦心怀怨恨，图谋反叛。上官桀妒忌霍光，于是与燕王共谋，诈使别人为燕王上书，说：“霍光外出检阅演习，所行道路上禁止官民通行，并擅自增选大将军府的校尉，专权放纵，恐怕有反叛的意图。”

上官桀特别选在霍光休假回家的日子上奏，但昭帝不肯下诏治罪。

霍光知道了，只在朝房中，不敢上殿。

昭帝问道：“大将军在哪里?”

上官桀说：“因为燕王纠举他的罪状，不敢上殿。”

昭帝命霍光上殿，霍光脱掉帽冠叩头谢罪。昭帝说：“将军不必如此，朕知道这份奏章是假的，将军无罪。”

霍光说：“陛下怎么知道的?”

皇上说：“将军选校尉到现在不满十天，这些事情燕王怎么会知道?”

当时昭帝年仅十四岁，尚书及左右官员都很惊奇。上书的人听到消息畏罪逃亡。

张　说

【原文】

说有材辩，能断大义。景云初，帝谓侍臣曰：“术家言五日内有急兵入宫，奈何？”左右莫对，说进曰：“此谗人谋动东宫耳。陛下若以太子监国，则名分定，奸胆破，蜚语塞矣。”帝如其言，议遂息。

【译文】

唐朝人张说（洛阳人，字道济）有才略，大事当前能迅速做出正确判断。

唐睿宗景云二年，睿宗对侍臣说：“术士预言，在五天之内会有军队突然入宫，你们说怎么办？”

左右的人不知怎么回答。

张说进言道：“这一定是奸人想让陛下更换太子的诡计。陛下如果让太子监理国事，就可以使名分确定下来，从而破坏奸人诡计，流言自然消失。”

睿宗照他的话做，谣言果然平息。

张延赏 李叔明

【原文】

德宗贞元中，张延赏在西川，与东川节度使李叔明有隙。上入骆谷，值霖雨，道路险滑，卫士多亡归朱泚。叔明子升等六人，恐有奸人危乘舆，相与啮臂为盟，更控上马，以至梁州。及还长安，上皆以为禁卫将军，宠遇甚厚。张延赏知升出入郜国大长公主第，密以白上。上谓李泌曰：“郜国已老，升年少，何为如是？”泌曰：“此必有欲动摇东宫者，谁为陛下言此？”上曰：“卿勿问，第为朕察之。”泌曰：“必延赏也。”上曰：“何以知之？”泌具言二人之隙，且曰："升承恩顾，典禁兵，延赏无以中伤；而郜国乃太子萧妃之母，故欲以此陷之耳。"上笑曰："是也。"

或告主婬乱，且厌祷，上大怒，幽主于禁中，切责太子。太子请与萧妃离婚。上召李泌告之，且曰："舒王近已长，孝友温仁。"泌曰："陛下唯一子，奈何欲废之而立侄？"上怒曰："卿何得间人父子！谁语卿舒王为侄者？"对曰："陛下自言之。大历初，陛下语臣：'今日得数子。'臣请其故，陛下言'昭靖诸子，主上令吾子之。'今陛下所生之子犹疑之，何有于侄？舒王虽孝，自今陛下宜努力，勿复望其孝矣。"上曰："卿违朕意，何不爱家族耶？"对曰："臣为爱家族，故不敢不尽言。若畏陛下盛怒而为曲从，陛下明日悔之，必尤臣云：'吾任汝为相，不力谏，使至此。'必复杀臣子。臣老矣，余年不足惜，若冤杀臣子，以侄为嗣，臣未得歆其祀也。"因呜咽流涕。上亦泣曰："事已如此，使朕如何而可？"对曰："此大事，愿陛下审图之。臣始谓陛下圣德，当使海外蛮夷皆戴之如父，岂谓自有子而自疑之。自古父子相疑，未有不亡国覆家者。陛下记昔在彭原，建宁何故而诛？"上曰："建宁叔实冤，肃宗性急，谮之者深耳。"泌曰："臣昔以建宁之故辞官爵，誓不近天子左右。不幸今日又为陛下相，又睹诸事。臣在彭原，承恩无比，竟不敢言建宁之冤，及临辞乃言之，肃宗亦悔而泣。先帝自建宁死，常怀危惧，亦为先帝诵《黄台瓜辞》，以防谗构之端。"上曰："朕固知之。"意色稍解，乃曰："贞观、开元，皆易太子，何故不亡？"对曰："昔承乾屡监国，托附者众，藏甲又多，与宰相侯君集谋反。事觉，太宗使其舅长孙无忌与朝臣数十鞫之，事状显白，然后集百官议之。当时言者犹云："愿陛下不失为慈父，使太子得终天年。"太宗从之，并废魏王泰。陛下既知肃宗性急，以建宁为冤，臣不胜庆幸。愿陛下戒覆车之失，从容三日，究其端绪而思之，陛下必释然知太子之无他也。若果有其迹，当召大臣知义理者二三人，与臣鞫实，陛下如贞观之法行之，废舒王而立皇孙，则百代之后有天下者，犹陛下之子孙也。至于开元之时，武惠妃谮太子瑛兄弟，杀之，海内冤愤，此乃百代所当戒，又可法乎，且陛下昔尝令太子见臣于蓬莱池，观其容表，非有蜂目豺声、商臣之相也，正恐失于柔仁耳。又太子自贞元以来，尝居少阳院，在寝殿之侧，未尝接外人、预外事，何自有异谋乎？彼谮者巧诈百端，虽有手书如晋愍怀、衷甲如太子瑛，犹未可信，况但以妻母有罪为累乎？幸赖陛下语臣，臣敢以宗族保太子必不知谋。向使杨素、许敬宗、李林甫之徒承此旨，已就舒王图定策之功矣！”上曰：“为卿迁延至明日思之。”泌抽笏叩头泣曰：“如此，臣知陛下父子慈孝如初也。然陛下还宫当自审，勿露此意于左右，露之则彼皆欲树功于舒王，太子危矣。”上曰：“具晓卿意。”

间日，上开延英殿，独召泌，流涕阑干，抚其背曰：“非卿切言，朕今悔无及矣，太子仁孝，实无他也。”泌拜贺，因乞骸骨。

【评】

邺侯保全广平，及劝德宗和亲回纥，皆显回天之力。独郜国一事，杜患于微，宛转激切，使猜主不得不信，悍主不得不柔，真万世纳忠之法。

【译文】

唐德宗贞元年间，张延赏在西川，与东川节度使李叔明（新政人，一名鲜于叔明）有仇。德宗入骆谷时，正逢雨季，道路又险又滑，大部分卫士都逃走归附朱泚。李叔明和儿子李升等六人，恐怕有奸人危害天子，于是互相立誓，护卫圣驾一直到梁州。

回到长安后，德宗任命六人为禁卫将军，宠幸有加。张延赏知道李升常常进出郜国大长公主（肃宗的女儿嫁给驸马都尉萧升，其女为德宗太子妃）的府第，就秘密告知德宗。

德宗对李泌说："大长公主已经老了，而李升还年少，这到底是怎么回事？"

李泌说："这一定是有人想动摇太子的地位，是谁对陛下说这些的？"

德宗说："你不要管谁说的，只要为朕留意李升的举动就行了。"

李泌说："一定是张延赏说的。"

德宗说："你怎么知道？"

李泌详细说明张延赏和李叔明的仇怨，又说："李升承受圣上恩典掌管禁军，延赏本来无心中伤他，而郜国大公主乃是太子萧妃的母亲，所以想以此陷害他。"

德宗笑着说："说得极是。"

有人告公主婬乱，而且以巫术诅咒人，德宗很生气，将公主幽禁于宫中，且严厉地责备太子（李诵），太子因而请求和萧妃离婚。

德宗召李泌来，把事情告诉他，并说："舒王（李谟）已经长大，为人温文仁慈而孝顺。"

李泌说："陛下只有一个儿子，怎么会想废儿子而立侄子呢？"

德宗生气地说："你怎么可以离间朕和舒王父子，谁说舒王是朕侄子的？"

李泌说："陛下自己说的。大历初年陛下对微臣说，'今天我得到好几个儿子'。微臣请问何故，陛下说是昭靖王的几个儿子，先帝命令您收为自己的儿子。如今陛下对亲生的儿子尚且怀疑，对于侄子又怎么不怀疑呢？舒王虽然孝顺，但从今以后，陛下应努力撇开，不要再存这种念头。"

德宗说："你违背朕的心意，难道不爱惜自己的身家性命吗？"

李泌说："微臣正是因为爱惜身家性命，所以不敢不尽心。如果怕陛下盛怒而屈从，陛下明天后悔，一定会责怪微臣说：'我任命你为宰相，你却不尽力劝谏。’假使到这种地步，一定连微臣的儿子一并杀了。微臣老了，死不足惜，如果微臣的儿子含冤而死，只能以侄子为后嗣，微臣死后就不能享受儿子的奉祀了。”说完，李泌伤心地痛哭起来。

德宗也哭着说：“事情已经如此，朕要怎么做才好呢？”

李泌说：“立太子是大事，更动太子更是大事，希望陛下仔细考虑。微臣原以为以陛下的圣德，就连海外蛮夷，都拥戴您如父亲，哪知陛下连自己亲生儿子都要怀疑。自古以来，父子互相怀疑，没有不使国家灭亡的。陛下可还记得从前在彭原，建宁王（肃宗第三子，名李倓）为何被诛的吗？”

德宗说：“建宁王叔其实是冤枉的。他的死，只因为肃宗性急，而中伤他的人又特别阴险。”

李泌说：“微臣过去因为建宁王被杀的缘故，辞去官职，发誓不再接近天子，今日又担任陛下宰相，不幸再看到历史重演。臣在彭原，受到无比的恩宠，竟无法挺身而出，申明建宁王的冤屈，一直到辞官离去时才敢说明。肃宗也后悔得痛哭起来。先帝（代宗）自从建宁王死后，常心怀危疑恐惧，微臣也为先帝诵读《黄台瓜辞》（武后的次子章怀太子所作的乐章，为了感悟高宗及武后），以防止小人进谗言。”

德宗说：“这些我都知道。”此时德宗的神色已稍微安定些了，说：“贞观、开元时，也都曾换过太子，为什么没有灭亡？”

李泌说：“从前承乾（太宗的太子）多次监督国事，依附他的人很多，又私藏很多兵器，与宰相侯君集（三水人，封潞国公）谋反，事被察觉，太宗派太子的舅舅长孙无忌（洛阳人，字辅机）和数十位朝中的大臣一再勘问，谋反的事迹都很明显，然后集合百官商议。当时还有人进言，希望太宗不失慈父的本心，使太子能终其天年。太宗答应，一起废了太子和魏王泰。陛下既然知道肃宗性急，认为建宁王是冤枉的，微臣非常庆幸。希望陛下以此事为前车之鉴，暂缓三天，仔细想想事情的来龙去脉。陛下必然可以发现太子没有异心。如果真有叛逆的迹象，应召集两三名知义理的大臣，与微臣一起勘问事情的真相，陛下如果实行贞观的方法，弃舒王而立皇孙，那么百代以后，拥有天下的人，还是陛下的子孙。至于开元时，武惠妃进谗言，害了太子瑛兄弟，全国人都同感冤枉愤怒，这是后代所应警戒的，怎么可以效法呢？而且从前陛下曾命令太子在蓬莱池和微臣见面，微臣观察太子的容貌仪表，并没有凶恶之相，反而担心他过于柔顺仁慈。而且太子从贞元年间以来，曾住在少阳院，就在正殿旁边，未尝接近外人，干预外事，从何产生叛逆的谋略呢？那些进谗言的人，用尽各种欺诈的手法，虽然像太子瑛带着兵器入宫（武惠妃假称宫中有贼，请太子入宫捉贼），尚且不可相信，何况只是因为妻子的母亲有罪而受到连累呢？幸好陛下告诉微臣，微臣敢以宗族的性命来保证太子不会谋反。今天如果是杨素（隋朝人，字处道）、许敬宗（唐朝人，字延族）、李林甫（唐朝人，号月堂）这些人承接圣旨，那他们已经去找舒王计划立太子，告宗庙的事了。”

德宗说：“为了你这番话，我就把事情延缓到明天，再仔细想一想。”

李泌取出笏（大臣见皇帝所持的手板），叩头跪拜而哭着说：“如此，微臣知道陛下父子慈爱孝顺如初。然而陛下回宫后，自己要留意，不要把这件事透露给左右的人，如果透露出去，那些人想在舒王面前立功，也许会有新的诡计使出来，太子就很危险了。”

德宗说：“我明白你的意思。”

隔天，德宗命人开延英殿，单独召见李泌，泪流满面，抚着李泌的背说：“没有你一番恳切的话，今天朕后悔都来不及了。太子仁慈孝顺，的确没有异心。”

李泌跪拜道贺，立刻请求辞官归乡。

寇准

【原文】

楚王元佐，太宗长子也，因申救廷美不获，遂感心疾，习为残忍；左右微过，辄弯弓射之。帝屡诲不悛。重阳，帝宴诸王，元佐以病新起，不得预，中夜发愤，遂闭媵妾，纵火焚宫。帝怒，欲废之。会寇准通判郓州，得召见，太宗谓曰：“卿试与朕决一事，东宫所为不法，他日必为桀、纣之行，欲废之，则宫中亦有甲兵，恐因而招乱。”准曰：“请某月日，令东宫于某处摄行礼，其左右侍从皆令从之，陛下搜其宫中，果有不法之事，俟还而示之；废太子，一黄门力耳。”太宗从其策，及东宫出，得婬刑之器，有剜目，挑筋，摘舌等物，还而示之，东宫服罪，遂废之。

【评】

搜其宫中，如无不法之事，东宫之位如故矣。不然，亦使心服无冤耳。江充、李林甫，岂可共商此事？

【译文】

楚王赵元佐是宋太宗的长子，因为援救赵廷美（太宗的弟弟）失败，于是精神失常，性情变得很残忍，左右的人稍有过失，就用箭射杀。太宗屡次教训他都不改过。重阳节时，太宗宴请诸王，赵元佐借口生病初愈不参加，半夜发怒，把侍妾关闭于官中，并纵火焚宫。

太宗很生气，打算废除他太子的身份。寇准那时正在郓州任通判，太宗特别召见他，对他说："找你来和朕一起商议一件大事。太子所作所为都属不法，将来若登上帝位一定会有桀、纣那样的行为。朕想废掉他，但太子有自己的军队，恐怕因此引起乱事。"

寇准说："请皇上于某月某日，命令太子到某地代皇上祭祀，太子的左右侍从也都命令跟着去，陛下再趁此机会派人去搜查东宫，若果真有不法的证物，等太子回来再当他面公布出来，如此罪证确凿，要废太子，只须派个黄门侍郎（即门下侍郎）宣布一下就行了。"

太宗采用他的计策，等太子离去后，果然搜得一些残酷的刑具，包括挖眼、挑筋、割舌等刑具。太子回来后，当场展示出来，太子服罪，于是被废。

隽不疑

【原文】

汉昭帝五年，有男子诣阙，自谓卫太子。诏公卿以下视之，皆莫敢发言。京兆尹隽不疑后至，叱从吏收缚，曰："卫蒯聩出奔，卫辄拒而不纳，《春秋》是之。太子得罪先帝，亡不即死，今来自诣，此罪人也。"遂送诏狱，上与霍光闻而嘉之曰："公卿大臣当用有经术、明于大谊者。"由是不疑名重朝廷。

后廷尉验治，坐诬罔腰斩。

【评】

国无二君，此际欲一人心、绝浮议，只合如此断决。其说《春秋》虽不是，然时方推重经术，不断章取义亦不足取信。《公羊》以卫辄拒父为尊祖，想当时儒者亦主此论。

【译文】

汉昭帝五年，有名男子入宫，自称是卫太子，一些朝中大臣去检视，谁也不敢确定。

京兆尹隽不疑最后才到，却立刻命令侍从拿下他，说："卫蒯聩（春秋卫人）出奔到宋国，后来被人送回来，卫辄（聩的儿子）拒绝接纳，《春秋》认为做得对。太子得罪先帝，不肯服罪自尽而选择逃亡，今天就算来的真是卫太子，也不过是罪人的身份而已。"于是直接将此人送入监狱。

昭帝与霍光听了，嘉勉隽不疑说："公卿大臣，应该任用饱学经书而又明白大义的人。"

隽不疑从此为昭帝所重用，而这名男子，后来经廷尉检查，果然是冒牌太子，因而被处死。

孔季彦

【原文】

梁人有季母杀其父者，而其子杀之，有司欲当以大逆，孔季彦曰："昔文姜与弑鲁桓，《春秋》去其姜氏，《传》谓'绝不为亲，礼也'。夫绝不为亲，即凡人耳。方之古义，宜以非司寇而擅杀当之，不当以逆论。"人以为允。

【译文】

东汉时有梁人因后母杀死父亲，就把后母杀掉报了父仇。官吏想判决他大逆不孝之罪，孔季彦说："从前文姜（春秋鲁桓公的夫人）参与杀害鲁桓公，《春秋》就把姜氏鲁君夫人的名号去除，《左传》说：'这样不把姜氏再当成鲁君夫人的做法，是遵照礼法来的。'既然断绝了姜氏和鲁国公族的姻亲关系，姜氏便成了一个普通人而已。因此，这件案子不应以大逆不孝的罪名，而应该用'不是司法官员却擅自处决他人'的罪名论处。"大家都同意。

张 晋

【原文】

大司农张晋为刑部时，民有与父异居而富者，父夜穿垣，将入取赀，子以为盗也，瞯其人，扑杀之。取烛视尸，则父也。吏议子杀父，不宜纵；而实拒盗，不知其为父，又不宜诛。久不能决。晋奋笔曰："杀贼可恕，不孝当诛。子有余财，而使父贫为盗，不孝明矣。"竟杀之。

【译文】

明朝人大司农（掌管钱谷的官）张晋任职刑部时，有个人与父亲分居，很有钱。有一晚，这富人的父亲翻墙进入他家窃取财物，此人以为是窃盗，遂予以捕杀；等拿蜡烛一照，才知道杀的是父亲。承办案件的官吏认为儿子杀父亲，大逆不道，不应有任何宽恕；但实际上官吏也了解，这个富人只是防止窃贼，从这个角度来看又罪不至死。于是拖延很久，无法决定。张晋提笔写道："杀死窃盗固然可以饶恕，但不孝的这部分罪过却该诛杀。儿子这么富有，而让父亲穷困到做贼，此人的不孝是很明显的。"最后还是判死罪。

杜杲

【原文】

六安县人有嬖其妾者治命与二子均分。二子谓妾无分法。杜杲书其牍曰："《传》云：'子从父命。'《律》曰：'违父教令'。是父之言为令也。父令子违，不可以训。然妾守志则可，或去或终，当归二子。"

【译文】

宋朝时一名六安县人宠爱侍妾，临终时留下遗言，财产由侍妾与两个儿子均分。两个儿子则认为妾没有分享财产的道理，一状告进官府。杜杲（邵武人，字子昕）在判决的公文上写道："《（左）传》上说：'儿子应遵从父亲的命令'。萧何制定的《律（法）》规定：'不得违反父亲的命令'。可见父亲的话就是命令。儿子违反父亲的命令，不可以认为是对的。因此，侍妾能守节不再改嫁就可以分得财产，如果侍妾改嫁或去世，财产就归两个儿子所有。"

蔡京

【原文】

蔡京在洛。有某氏嫁两家，各有子；后二子皆显达，争迎养共母，成讼。执政不能决，持以白京。京曰："何难？第问母所欲。"

遂一言而定。

【译文】

宋朝时蔡京在洛阳时，有一名女子曾先后嫁给两家，分别生了儿子；后来两家的儿子都地位显达，争着迎接母亲去奉养，因而告到官府。执政官不能决断，拿来问蔡京。蔡京说：“这有什么困难？只要问那个母亲想到哪个儿子家不就好了。”一句话就解决了问题。

曹克明

【原文】

克明有智略，真宗朝累功，官融、桂等十州都巡检。既至，蛮酋来献药一器，曰：“此药凡中箭者傅之，创立愈。”克明曰：“何以验之？”曰：“请试鸡犬。”克明曰：“当试以人。”取箭刺酋股而傅以药，酋立死，群酋惭惧而去。

【译文】

曹克明（字尧卿）很有才略，宋真宗时，一再立功，担任融、桂等十州都巡检的官。到任后，有一群蛮夷酋长来奉献一瓶药，说：“这种药，凡是中箭的敷一敷，创伤立刻痊愈。”

曹克明说：“怎么看得出药效呢？”

酋长说：“可以用鸡或狗来试验。”

曹克明说：“应当用人来试。”

就拿箭在酋长大腿上刺了一下，再用药敷，酋长立即死亡，其他酋长都惭愧而恐惧地离去。

王商　王曾

【原文】

汉成帝建始中，关内大雨四十余日。京师民无故相惊，言“大水至”，百姓奔走相蹂躏，老弱号呼，长安中大乱。大将军王凤以为太后与上及后宫可御船，令吏民上城以避水。群臣皆从凤议，右将军王商独曰：“自古无道之国，水犹不冒城郭，今何因当有大水一日暴至？此必讹言也。不宜令上城，重惊百姓。”上乃止。有顷稍定，问之，果讹言，于是美商之固守。

天圣中尝大雨，传言汴口决，水且大至。都人恐，欲东奔。帝以问王曾，曾曰：“河决，奏未至，必讹言耳。不足虑。”已而果然。

【评】

嘉靖间，东南倭乱，苏城戒严。忽传寇从西来，已过浒墅。太守率众登城，急令闭门。乡民避寇者万数，腾踊门外，号呼震天。任同知环愤然曰：“未见寇而先弃良民，谓牧守何！有事，环请当之！”乃分遣县僚洞开六门，纳百姓，而自仗剑帅兵，坐接官亭以遏西路。乡民毕入，良久，而倭始至，所全活甚众。吴民至今尸祝之。

又万历戊午间，无锡某乡构台作戏娱神。有哄于台者，优人不脱衣，仓皇趋避。观剧者亦雨散，口中戏云：“倭子至矣！”此语须臾传遍，且云‘亲见锦衣倭贼’，由是城门昼闭，城外人填涌，践踏死者近百人，迨夜始定。此虽近妖，亦有司不练事之过也。

大抵兵火之际，但当远其侦探，虽寇果临城，犹当静以镇之，使人心不乱，而后可以议战守；若讹言，又当直以理却之矣。

开元初，民间讹言“上采女子以充掖庭”。上闻之，令选后宫无用者，载还其家，讹言乃息。

语曰：“止谤莫如自修。”此又善于止讹者。

天启初，吴中讹言“中官来采绣女”，民间若狂，一时婚嫁殆尽。此皆恶少无妻者之所为，有司不加禁缉，男女之失所者多矣。

【译文】

汉成帝建始年间，关内下了四十多天大雨，京师民众无故惊慌起来，说马上有洪水要来。百姓急着逃难，导致互相践踏，老弱号叫之声不绝于耳，长安城里大乱。

大将军王凤（东平阳人，字孝卿）提议太后、成帝及后宫嫔妃立刻登船，再命令官吏百姓上城避水。群臣都赞同王凤的建议，只有右将军王商（蠡吾人，字子威）说：“自古以来，再无道的国君当政，洪水都不会泛滥到越过城墙，今天为什么会有洪水在一天之间就暴涨而来？这一定是谣言，不该命令百姓上城，以免他们更加惊慌。”

成帝于是没有下诏。

不久，混乱稍微平定，一问，果然是谣言。大家都赞美王商镇定有眼光。

宋仁宗天圣年间曾经下大雨，传说汴河溃决，洪水将到，京都人非常恐惧，想向东逃。

仁宗问王曾（益都人，字孝先）。王曾说：“如果汴河溃决，为何奏本还没到。一定是谣言，不值得忧虑。”结果果然如此。

西门豹

【原文】

魏文侯时，西门豹为邺令，会长老问民疾苦。长老曰："苦为河伯娶妇。"豹问其故，对曰："邺三老、廷掾常岁赋民钱数百万，用二三十万为河伯娶妇，与祝巫共分其余。当其时，巫行视人家女好者，云'是当为河伯妇'，即令洗沐，易新衣。治斋宫于河上，设绛帷床席，居女其中。卜日，浮之河，行数十里乃灭。俗语曰：'即不为河伯娶妇，水来漂溺。'人家多持女远窜，故城中益空。"豹曰："及此时幸来告，吾亦欲往送。"至期，豹往会之河上，三老、官属、豪长者、里长、父老皆会，聚观者数千人。其大巫，老女子也，女弟子十人从其后。豹曰："呼河伯妇来。"既见，顾谓三老、巫祝、父老曰："是女不佳，烦大巫妪为人报河伯。更求好女，后日送之。"即使吏卒共抱大巫妪投之河。有顷，曰："妪何久也？弟子趣之。"复投弟子一人河中。有顷，曰："弟子何久也？"复使一人趣之。凡投三弟子。豹曰："是皆女子，不能白事。烦三老为入白之。"复投三老。豹簪笔磬折，向河立待良久，旁观者皆惊恐。豹顾曰："巫妪、三老不还报，奈何？"复欲使廷掾与豪长者一人入趣之。皆叩头流血，色如死灰。豹曰："且俟须臾。"须臾，豹曰："廷掾起矣。河伯不娶妇也。"邺吏民大惊恐，自是不敢复言河伯娶妇。

【评】

娶妇以免溺，题目甚大。愚民相安于惑也久矣，直斥其妄，人必不信。唯身自往会，簪笔磬折，使众著于河伯之无灵，而向之行诈者计穷于畏死，虽驱之娶妇，犹不为也，然后弊可永革。

【译文】

战国魏文侯时，西门豹（魏人）任邺县的长官，他会见地方上的长者，询问民间的疾苦。长老说："最头痛的是为河伯娶亲。"

西门豹问他们是何缘故，长老说："邺县的三老（掌管教化的官）、廷掾（县府的助理）每年向人民收取几百万钱，用二三十万为河伯娶亲，再和巫婆分享其余的钱。娶亲时，巫师到每户人家去查看，看到美女就说她应当做河伯的妻子，立即命令她沐浴，更换新衣，在河边搭建斋宫，布置红色的帐幕和床席，把美女安置在里面。选好日子，将床及床上的美女漂浮于河中，漂流几十里就沉没了。地方上传言：'如果不为河伯娶亲，河水就会泛滥成灾。'很多人家都带着女儿逃到远处去，所以城里越来越空。"

西门豹说："到河伯娶亲的日子，希望你来告诉我，我也要去送亲。"

娶亲的日子到了，西门豹来到河边。三老、官吏、地方领袖、里长、父老都到了，围观的有几千人。主持的是个老巫婆，她有女弟子十人，跟随在后面。

西门豹说："叫河伯的新娘子过来。"

看过以后，西门豹回头对三老、巫婆及父老说："这个女子不漂亮，麻烦大巫婆去河里报告河伯，我们要再找更美的女子，后天送来。"

当即就派吏卒抱起大巫婆投入河里。

不久，西门豹说："老太婆为什么去这么久不回来，派个弟子去催催她。"又投一个弟子入河。

不久又说："怎么这个弟子也去这么久?"

于是西门豹又下令再派一名弟子去催她。前后总共投了三个弟子。

西门豹说："这些人都是女子，一定是事情说不清楚。麻烦三老前去说明。"又把三老投下河。

西门豹假装恭恭敬敬地站在河边等候。过了很久，旁观的人越来越害怕。

西门豹回头说："巫婆、三老都不回来报告，怎么办?"正要派廷掾和另一个豪富前去催促。两人却立刻跪下叩头，叩得头破血流，脸色一片灰白。

西门豹说："好吧好吧，那就再等一会儿。"

不久，西门豹才说："廷掾起来吧，河伯不娶亲了。"

邺县官民都非常害怕，从此再不敢提给河伯娶亲的事。

宋均

【原文】

光武时，宋均为九江太守。所属浚遒县有唐、后二山，民共祠之。诸巫初取民家男女以为公妪，后沿为例，民家遂至相戒不敢娶嫁。均至，乃下教，自后凡为祠山娶者，皆娶巫家女，勿扰良民，未几祠绝。

【译文】

汉光武时，宋均（安众人，字叔庠）任九江太守，所属的浚遒县有唐、后两座山，居民共同立祠祭祀。当地的巫师最初选民间少男少女作为山公和山姬，后来一直沿用，于是民间凡是为山公、山姬的男女，无人再敢娶为妻，嫁为夫。

宋均到任后下令，以后凡是为山神嫁娶，一定得与巫师家的男女相配，不可骚扰一般百姓，不久山神嫁娶就绝迹了。

李德裕

【原文】

宝历中，亳州云出“圣水”，服之愈宿疾。自洛及江西数十郡人，争施金往汲，获利千万，人转相惑。李德裕在浙西，命于大市集人置釜，取其水，用猪肉五斤煮，云：“若圣水也，肉当如故。”须臾肉烂，自此人心稍定，妖亦寻败。

【译文】

唐敬宗宝历年间，亳州一带传说出产圣水，有病的人喝了以后立即痊愈。于是从洛阳到江西等数十郡的人，争着捐钱取水，获利上千万钱。

消息传来传去，越渲染越跟真的一样。

此时李德裕（赞皇人，字文饶）在浙西，命令人用锅装圣水，在大市场中当着众人，放五斤猪肉进去煮，他说：“如果是圣水，猪肉应该不起任何变化。”不久之后，肉煮烂了。从此人心稍微安定，妖言也随之平息。

赵凤进

【原文】

后唐明宗时，有僧游西域，得佛牙以献。明宗以示大臣，学士赵凤进曰："世传佛牙水火不能伤，请验其真伪。"即举斧碎之，应手而碎，时宫中施物已及数千，赖碎而止。

【评】

正德时，张锐、钱宁等以佛事蛊惑圣聪。嘉靖十五年，从夏言议，毁大善殿。佛骨、佛牙不下千百斤，夫牙骨之多至此，使尽出佛身，佛亦不足贵矣。诬妄亵渎，莫甚于此，真佛教之罪人也。

【译文】

后唐明宗时，有和尚至西域求法，带回佛牙献给皇上。明宗在大臣面前展示，学士赵凤进说："传说佛牙不会被水火破坏，请让臣验证它的真伪。"就拿起斧头敲击，佛牙立即破碎。当时宫中所得奉献佛寺的物品已达数千件，因佛牙的破碎，从此不再收藏。

林 俊

【原文】

滇俗崇释信鬼。鹤庆玄化寺称有活佛，岁时士女会集，动数万人，争以金泥其面。林俊按鹤庆，命焚之。父老争言“犯之者，能致雹损稼”，俊命积薪举火：“果雹即止！”火发，无他，遂焚之。得金数百两，悉输之官。代民偿逋。

【译文】

云南一带崇尚佛教，迷信鬼神。鹤庆的玄化寺，声称有活佛，每逢过年过节，动辄几万名士女聚集，争着用金粉涂饰活佛的面。

司寇林俊趁巡视鹤庆时，命令人把活佛烧毁。父老争着说：“冒犯活佛，会招致冰雹损伤农作物。”林俊命人堆柴点火，说：“如果真的下冰雹就让火停下来。”火越烧越大，也没有其他事情发生。于是熔得黄金数百两，全部捐给官府，代替人民偿还积欠的税金。

廖县尉

【原文】

宋元丰中，陈州蔡仙姑能化现丈六金身，常设净水，至者必先洗目而入。有廖县尉，一日率其部曲，约洗一目。及入，以洗目视之，宝莲台上金佛巍然；以不洗目视之，大竹篮中一老妪，箕踞而坐，乃叱其下，擒之。

【译文】

宋神宗元丰年间，陈州有一位蔡仙姑，能化为一丈六尺的金身。她常准备净水，到来的人一定要先洗眼睛才能进入。有位廖县尉，有一天率领部下前往，约定洗一只眼睛。进入以后，用洗过的眼睛看，宝莲台上果然有高大的金佛；用没有洗过的眼睛看，却只见大竹篮中高傲地坐着一个老太婆，县尉就命部下捉拿她。

程　珦

【原文】

程珦尝知龚州。有传区希范家神降，迎其神，将为祠南海。道出龚，珦诘之，答曰：“比过浔，浔守不信，投祠具江中，乃逆流上。守惧，更致礼。”珦曰：“吾请更投之。”则顺流去，妄遂息。珦，明道、伊川之父。

【译文】

程珦（字伯温）曾任龚州知州。当时传说区希范家有神降临，有人迎神准备到南海立祠祭祀。路经龚州时，程珦问希范，希范回答说：“此神经过浔州时，浔州太守原本不信，把祭祀的器具投入江中，谁知祭器却逆流而上。太守害怕了，态度反而变得很恭敬。”

程珦说：“我请你再投一次。”只见祭祀的器具顺流而下，这个谎言才被揭穿。

程珦是明道先生（程颢）、伊川先生（程颐）的父亲。

程　颢

【原文】

南山僧舍有石佛，岁传其首放光，远近男女聚观，昼夜杂处。

为政者畏其神，莫敢禁止。程颢始至，诘其僧曰：“吾闻石佛岁现光，有诸?”曰：“然。”戒曰：“俟复见，必先白，吾职事不能往，当取其首就观之。”自是不复有光矣。

【译文】

宋朝时南山的寺庙中有座石佛，有一年传说石佛的头放出光芒，远近各地男女信徒都聚集围观，日夜杂处在一起，地方官畏惧神灵，不敢禁止。

程颢一到，就质问和尚说：“我听说石佛每年会出现一次光芒，真的吗?”

和尚说：“真的。”

程颢告诫他说：“等下次再出现光芒时，一定要先告诉我，我如果有职务在身不能前来，也一定拿佛首来给我看。”

从此不再听说石佛的头有光芒出现。

狄仁杰

【原文】

狄梁公为度支员外郎，车驾将幸汾阳，公奉使修供顿。并州长史李玄冲以道出妒女祠，俗称有盛衣服车马过者，必致雷风，欲别开路。公曰：“天子行幸，千乘万骑，风伯清尘，雨师洒道，何妒女敢害而欲避之?”玄冲遂止，果无他变。

【译文】

唐朝狄梁公（狄仁杰）任度支员外郎时，天子将幸临汾阳，狄梁公奉命准备天子沿途食用、休息诸物。并州长史（府吏的首长）李玄冲认为路经妒女祠，地方传说有盛装车马经过的人，一定会刮风打雷，因此想避开这条路，打算另外修。狄梁公说："天子驾临，大批车驾人马跟随，风伯为他清理尘垢，雨神为他洗刷道路，哪有什么妒女敢伤害天子而要回避的道理？"李玄冲因此打消念头，果然没有任何特别的事发生。

张 昺

【原文】

成化中，铅山有娶妇及门，而揭幕只空舆者。姻家谓娅欺己，诉于县；娅家又以戕其女互讼，媒从诸人皆云："女实升舆，不知何以失去？"官不能决。

慈溪张进士昺新任，偶以勘田均税出郊，行至邑界。有树大数十轮，荫占二十余亩，其下不堪禾黍。公欲伐之以广田，从者咸谏，以为"此树乃神所栖，百姓稍失瞻敬，便至死病，不可忽视也"。公不听，移文邻邑，约共伐之。

邻令惧祸，不从。父老吏卒复交口谏沮，而公执愈坚。

期日率数十夫戎服鼓吹而往，未至数百步，公独见衣冠者三人拜谒道左，曰："我等树神也。栖息此有年矣，幸公垂仁相舍。"公叱之，忽不见。命夫运斤，树有血出，众惧欲止。公乃手自斧之，众不敢逆。创三百，方断其树。

树颠有巨巢，巢中有三妇人，堕地，冥然欲绝。命扶而灌之以汤，良久始苏。问："何以在此？"答曰："昔年为暴风吹至，身在高楼，与三少年欢宴，所食皆美馔。时时俯瞰楼下，城市历历在目，而无阶可下。少年往来，率自空中飞腾，不知乃居树巢也。”公悉访其家还之。中一人，正舆中摄去者，讼始解。

公以其木修公廨数处，而所荫地复为良田。

【评】

《田居乙记》载，桂阳太守张辽家居买田，田中有大树十余围，扶疏盖以数亩地，播不生谷。遣客伐之，血出，客惊怖，归白辽。辽大怒曰：“老树汗出，此何等血?”因自行斫之，血大流洒。辽使斫其枝，上有一空处，白头公可长四五尺，忽出往赴辽。辽乃逆格之，凡杀四头。左右皆怖伏地，而辽恬如也。徐熟视，非人非兽，遂伐其木。其年应司空辟侍御史、兖州刺史。事与此相类。

【译文】

明宪宗成化年间，铅山有人娶亲到家后，揭开轿帘一看，只有空轿子。男方认为女方骗婚，就告到县府；女家又认为女儿受害，于是互相缠讼。媒婆及随嫁的人都说：“女子确实上了轿，不知道为什么不见了。”县官无法决断。

慈溪进士张昺（字仲明）新上任，偶然为了勘察田赋到郊外，一直走到县界，看见一棵大树，树身约十人环抱，树荫占了二十多亩地，栽什么作物都不生长，不能作为耕地。张昺想砍了这棵树以增加耕地，随从都劝他，说：“这棵树有神明降临，百姓稍有不敬，便会生病死亡，不可忽视”。张昺不听，发公文给邻县县令，约定共同砍伐大树。

邻县县令怕有灾祸降临，不肯依从。父老吏卒又一再劝阻，张昺的心意却更加坚定。

到了预定日期，张昺率领数十名壮丁，穿着军服，吹奏鼓乐前往。离大树还有数百步远，张咢看见三位穿戴官服的人，在路边拜见，道："我们是树神，已经在这棵树上栖息很多年了，希望大人仁慈为怀，放过我们。"

张咢大声叱喝，三人忽然不见了。于是命令壮丁运斧砍伐，树身有血流出来，众人害怕，要停下来。张咢亲自砍伐，众人不敢阻止，砍了三百斧才把它砍断。

树顶有一个很大的巢，里面有三个妇人，坠落地面，昏死过去，张咢命令人将她们扶起，灌以热汤，很久才醒过来。问她们为什么会在树上，她们回答说："以前被暴风吹到上面，发觉身处高楼之上，和三个少年一起饮酒作乐，吃的都是山珍海味，常常向楼下俯瞰，城市历历在目，却没有楼梯可下。少年往来，都从空中飞翔，所以不知道是住在树巢。"

张咢问清楚她们住家，都把她们送回去，其中一人正是在轿子中失踪的那个女子。这件讼案因而得到解决。张咢用这些木材修了好几处官府，而树荫底下那块地也变为良田。

孔道辅

【原文】

孔道辅知宁州，道士缮真武像，有蛇穿其前，数出近人，人以为神。州将欲视验上闻，公率其属往拜之，而蛇果出，公即举笏击杀之。州将以下皆大惊，已而又皆大服。由是知名天下。

【译文】

宋朝人孔道辅（字原鲁）任宁州知州时，有个道士缮真武像，面前经常有蛇穿梭而行，屡次出来靠近别人，人们都认为这条蛇是神。宁州将领想将巡视情形向皇帝报告，孔道辅率领部属前去拜访。蛇真的出来了，孔道辅立即拿出笏来把蛇打死。将军以下等人都非常惊奇，不久又都非常佩服，从此孔道辅天下闻名。

戚　贤

【原文】

戚贤初授归安县。县有“萧总管”，此婬祠也。豪右欲诅有司，辄先赛庙，庙壮丽特甚。一日过之，值赛期，入庙中，列赛者阶下，谕之曰：“天久不雨，若能祷神得雨则善。不尔，庙且毁，罪不赦也。”舁木偶道桥上，竟不雨，遂沉木偶，如言。又数日，舟行，忽木偶自水跃入舟中，侍人失色走，曰：“萧总管来，萧总管来！”贤笑曰：“是未之焚也！”命系之，顾岸傍有社祠，别遣黠隶易服入祠，戒之曰：“伺水中人出，械以来。”已而果然，盖策诸赛者心，且贿没人为之也。

【译文】

明朝时戚贤（全椒人，字秀夫）初任归安县令，县中有一座萧总管庙，是一座不法的庙宇。地方有权势的人如果想诅咒官吏，就先举行庙会，把庙装饰得非常壮丽。

一天，戚贤经过萧总管庙，正逢举行庙会，他走进庙中，站在阶下对众人说：“很久没下雨了，你们如果能祈神得雨我就放过你们，若做不到，庙就要拆毁，你们的罪过我也绝不宽贷。”

于是派人把庙里的神偶抬到桥上，仍然没有下雨，就把神偶沉入溪流里。

几天后，戚贤乘船经过该处，忽然间，神偶从水里跳入船中，侍从大惊失色，争相逃避道："萧总管来了！萧总管来了！"

戚贤笑着说："这是因为还没有将它烧毁的缘故。"

立刻命人把它先绑起来。

戚贤看见岸边有一土神祠，于是另外派一个灵慧的小吏，换了便衣藏在祠中，吩咐他说："等到水中有人冒出来，就把他捉来。"后来果然抓到一个人，原来是因为那些举行庙会的人不想庙会停止，就请善于潜水的人装神弄鬼。

黄 震

【原文】

震通判广德，广德俗有自婴桎梏、自拷掠，而以徼福于神者。震见一人，召问之，乃兵也，即令自状其罪。卒曰："无有也。"震曰："尔罪必多，但不敢对人言，故告神求免耳。"杖而逐之，此风遂绝。

【评】

吾郡杨山太尉庙，在东城，极灵，专主人间疮疖事，香火不绝，而六月廿四日太尉生辰尤盛。万历辛丑、壬寅间，阊门思灵寺有老僧梦一神人，自称周宣灵王，"今寓齐门徽商某处，乞募建一殿相安，当佑汝。"既觉，意为妄，置之。三日后，梦神大怒，杖其一足。明日足痛不能步，乃遣其徒往齐门访之，神像在焉。

此像在徽郡某寺，最著灵验，有女子夜与人私而厚，度必败，诈言半夜有神人来偶，其神衣冠甚伟。父信然，因嘱曰："神再至，必绳系其足为信。"女以告所欢，而以草绳系周宣灵王木偶足下，父物色得之，大怒，乃投像于秽渎之中。商见之，沐以净水，挟之吴中，未卜所厝，是夜梦神来别。

既征僧梦，乃集同侣舍材构宇于思灵寺，寺僧足寻愈。于是杨山太尉香火尽迁于周殿，远近奔走如骛。太守周公欲止巫风，于太尉生辰日封锢其门，不许礼拜，而并封周宣灵王殿。逾月始开，则周庙绝无肸飨，而太尉之香火如故矣。

夫宣灵之灵也，能加毒于老僧，而不能行报于女子之父；能见梦于徽商，而不能违令于郡守之封，且也能骤夺一时之香火，而终不能中分久后之人心，岂神之盛衰亦有数邪？抑灵鬼凭之，不胜阳官而去乎？因附此为随俗媚神者之戒。

【译文】

宋朝人黄震（慈溪人，字东发）任广德通判时，广德有一种习俗：将自己绑起来，拷打自己，然后向神明求福。黄震见一人正在做这种事，就叫他来问，没想到居然是个士兵。黄震命令他自己说明罪状，士兵说："没有。"

黄震说："你的罪一定很多，但不敢对别人讲，所以祈求神明赦免你的罪。"

于是命人用杖打他之后，又把他赶走，从此这种风气才断绝。

王曾　张诚

【原文】

真宗时，西京讹言有物如席帽，夜飞入人家，又变为犬狼状，能伤人，民间恐惧。每夕重闭深处，操兵自卫。至是京师民讹言帽妖至，达旦叫噪。诏立赏格，募告为娇者。知应天府王曾令夜开里门，有倡言者即捕之，妖亦不兴。

张咏知成都，民间讹言有白头老翁过，食男女。咏召其属，使访市肆中，有大言其事者，但立证解来。明日得一人，命戮于市，即日帖然。咏曰："讹言之兴，沴气乘之。妖则有形，讹则有声。止讹之术，在乎明决，不在厌胜也。"

【评】

隆庆中，吴中以狐精相骇，怪幻不一，亦多病疠。居民鸣锣守夜，偶见一猫一鸟，无不狂叫。有道人自称能收狐精，鬻符悬之，有验。太守命擒此道人，鞫之，即以妖法剪纸为狐精者。毙诸杖下，而妖顿止。此即祖王曾、张咏之智。

【译文】

宋真宗时，西京洛阳谣传有妖物形状如草帽，夜晚飞入民家，又变为狗狼的模样，会伤害人。百姓非常恐惧，每晚都关紧门躲着，拿着武器以自卫。

有一晚京师人民又谣传帽妖来了，通宵达旦地叫嚷喧噪。

真宗下令悬赏，招募告发作怪的人。应天府知府王曾（益都人，字孝先）命人将坊里的门打开，有人敢大叫的就逮捕，妖怪就不再出现了。

张咏任职成都时，民间谣传有白头老翁会吃人。张咏命部属到市场上去查访，有人谈论这件事最起劲的，要他立刻查证逮捕。第二天抓到一个人，张咏命令立刻公开处死，当天谣言就止息了。

张咏说："谣言一起，妖气就乘机而作。妖怪有形，谣言有声，阻止谣言的技巧，在于当下果断的处理，而不在于用所谓的'法术'来除邪。"

钱元懿

【原文】

钱元懿牧新定，一日间里间辄数起火，居民颇忧恐。有巫杨媪因之遂兴妖言，曰："某所复当火。"皆如其言，民由是竞祷之。元懿谓左右曰："火如巫言，巫为火也。宜杀之。"乃斩媪于市，自此火遂息。

【译文】

五代人钱元懿（吴越·临安人，字秉徽）任新定县令时，有一天，闾里之间发生数起火灾，居民非常惊恐。有个巫婆姓杨，四下宣传妖言说："某处又会失火。"结果她的话都应验了，人民因而求她保佑。

钱元懿对左右的人说："起火的地方都是巫婆说过的地方，这火是巫婆放的。应该杀掉她。"

于是在刑场公开处死巫婆，从此火灾不再发生。

苏东坡

【原文】

苏东坡知扬州，一夕梦在山林间，见一虎来噬，公方惊怖，一紫袍黄冠以袖障公，叱虎使去。及旦，有道士投谒曰："昨夜不惊畏否?"公叱曰："鼠子乃敢尔?本欲杖汝脊，吾岂不知汝夜来术邪?"道士骇惶而走。

【译文】

苏东坡任扬州知州时，有一天晚上，梦见在山林之间，看见一头老虎来咬他，苏东坡正紧张恐惧时，有一个人穿着紫袍、戴着黄帽，用袖子保护苏东坡，大声叱喝老虎离开。天亮后，有个道士来拜见苏东坡，说："昨天晚上你没有受惊吓吧?"

苏东坡大骂说："鼠辈，竟敢如此，我正打算抓你来杖责一番，我难道不知道你昨夜来施用邪术吗?"道士吓得赶快离开。

张　田

【原文】

张田知广州，广旧无外郭，田始筑东城，赋功五十万。役人相惊以白虎夜出。田迹知其伪，召逻者戒曰："今日有白衣出入林间者谨捕之。"如言而获。

【评】

嘉靖中，京师有物夜出，毛身利爪，人独行遇之，往往弃所携物，骇而走。督捕者疑其伪，密遣健卒诈为行人，提衣囊夜行。果复出，掩之，乃盗者蒙黑羊皮，着铁爪于手，乘夜恐吓人以取财也。

近日苏郡城外，夜有群火出林间或水面，聚散不常，哄传鬼兵至，愚民鸣金往逐之；亦有中刺者，旦视之，藁人也。所过米麦一空，咸谓是鬼摄去。村中先有乞食道人传说其事，劝人避之。或疑此道人乃为贼游说者，度鬼火来处，伏人伺而擒之，果粮船水手所为也。搜得油纸筒，即水面物。众嚣顿息。

【译文】

宋朝人张田（澶渊人，字公载）任广州知州时，广州旧时没有外城，张田上任才开始修筑东城。需要征发五十万的人力，被征发筑城的人互相惊扰，说晚上看到白虎出现。张田知道是谣言，召来巡逻的人说："今天要是有白衣人在树林中出入，一定要逮捕他。"果然晚上捕获一个白衣人。

隋郎将

【原文】

隋妖贼宋子贤潜谋作乱，将为无遮佛会，因举火袭击乘舆。事泄，鹰扬郎将以兵捕之。夜至其所，绕其所居，但见火坑，兵不敢进。郎将曰："此地素无坑，止妖妄耳。"乃进，无复火矣，遂擒斩之。

【译文】

隋朝有一个妖言惑众的盗贼宋子贤，阴谋作乱，准备以举办一场公开的法会作为掩饰，趁机举火袭击天子的圣驾。事机败露，鹰扬郎将（勇士）带兵擒捕。夜晚来到盗贼所住的地方，绕着屋子，到处都是火坑，士兵不敢靠近。鹰扬郎将说："此地向来没有坑洞，只是妖盗贼搞的缓兵之计。"于是下令前进，果然火坑一下子全都消失了，于是逮捕妖贼并予以斩杀。

贺　齐

【原文】

贺齐为将军，讨山贼。贼中有善禁者，每交战，官军刀剑不得击，射矢皆还自向。贺曰："吾闻金有刃者可禁，虫有毒者可禁。彼能禁吾兵，必不能禁无刃之器。"乃多作劲木白棓，选健卒五千人为先登。贼恃善禁，不设备。官军奋棓击之，禁者果不复行，所击杀万计。

【译文】

贺齐（三国·吴人，字公苗）为将军时，带兵讨伐山贼。山贼中有善于使用符咒的人，每次交战，官兵的刀剑都无法攻击贼兵，射出去的箭又转回来射向自己。贺齐说："我听说有刃的兵器可以施符咒，有毒的蛊物也可以施符咒。他们能对我们的兵器施符咒，但一定不能对无刃的器具施符咒。"于是制造了很多坚硬的白木棒，选健壮的士卒五千人为先锋冲上贼寨，贼兵仗着符咒妖法不设防备，官兵以白木棒重击，符咒果然行不通，于是杀死贼兵上万人。

萧　瑀

【原文】

唐萧瑀不信佛法。有胡僧善咒，能死生人。上试之，有验。萧瑀曰："僧若有灵，宜令咒臣。"僧奉敕咒瑀，瑀无恙，而僧忽仆。

【译文】

唐朝人萧瑀（字时文）不信佛法。有个胡僧善于咒术，能使活人死亡，皇帝让他尝试，果然灵验。萧瑀说："胡僧诅咒如果有灵，让他对微臣诅咒。"胡僧奉命诅咒萧瑀，结果萧瑀没事，而胡僧自己却倒地而死。

陆　粲

【原文】

陆贞山所居前有小庙，吴俗以礼"五通神"，谓之"五圣"，亦曰"五王"。陆病甚，卜者谓五圣为祟，家人请祀之。陆怒曰："天下有名为正神，爵称侯王、而挈母妻就人家饮食者乎？且胁诈取人财，人道所禁，何况于神？此必山魈之类耳。今与神约，如能祸人，宜加某身。某三日不死，必毁其庙!”家人咸惧。至三日，病稍间，陆乃命仆撤庙焚其像。陆竟无恙。其家至今不祀“五圣”。

【评】

子云“智者不惑”。其答问智，又曰：“敬鬼神而远之。”然则易惑人者，无如鬼神，此巫家所以欺人而获其志也。今夫人鬼共此世间，鬼不见人，犹人不见鬼，阴阳异道，各不相涉。方其旺也，两不能伤。及其气衰，亦互为制。唯夫惑而近之，自居于衰而授之以旺，故人不灵而鬼灵耳。西门豹以下，可谓伟丈夫矣。近世巫风盛行，瘟神仪从，侈于钦差；白莲名牒，繁于学籍。将来未知所终也，识者何以挽之?

【译文】

明朝人陆贞山（陆粲，长州人）所住的房子前面有一座小庙。吴县的习俗是敬拜“五通神”（邪神的名称），称之为“五圣”，又称为“五王”。陆贞山病重时，为他占卜的人说是五圣在作祟，家人于是请陆贞山去祭拜。陆贞山生气地说：“天地之间有号称是正神，爵位称侯称王，却带着母亲妻子去别人家吃饭的吗？而且威胁诈骗人民的财物，连在人间都不允许，更何况是神？这一定是山妖之类在作怪罢了！现在我就和这神约定，如果能降祸给人，就降在我身上；如果三天害我不死，一定拆毁他的庙。”家人都很恐惧。到第三天，病情稍微好转，陆贞山就命令仆人拆除神庙，烧毁神像，而陆贞山竟然没事。于是他的家人至今都不祭祀“五圣”。

魏元忠

【原文】

唐魏元忠未达时，一婢出汲方还，见老猿于厨下看火。婢惊白之，元忠徐曰："猿愍我无人，为我执爨，甚善。"

又尝呼苍头，未应，狗代呼之。又曰："孝顺狗也，乃能代我劳!"

尝独坐，有群鼠拱手立其前。又曰："鼠饥就我求食。"乃令食之。

夜中鸺鹠鸣其屋端，家人将弹之。又止曰："鸺鹠昼不见物，故夜飞，此天地所育，不可使南走越、北走胡，将何所之?"其后遂绝无怪。

【译文】

唐朝人魏元忠尚未显达时，家中有一个婢女出去汲水回来，看见老猿猴在厨房里看火。婢女惊奇地告诉魏元忠。魏元忠不慌不忙地说："猿猴同情我没有人手，为我煮饭，很好啊!"

又曾经叫仆人，仆人没有答话，而狗代他呼叫。魏元忠说："真是孝顺的狗，能为我代劳。"

一次魏元忠在家中独自坐着，有一群老鼠拱手站在他的前面。魏元忠说："老鼠饿了，来向我求食物。"就命令人拿食物喂老鼠。

夜半时有猫头鹰在屋顶鸣叫，家人想用弹弓赶走它，魏元忠又阻止他们说："猫头鹰白天看不见东西，所以在晚上飞出来，这是天地所孕育的动物，你把它赶走，要它到哪里去？”

从此以后，家人就见怪不怪了。

范仲淹

【原文】

范仲淹一日携子纯仁访民家。民舍有鼓为妖，坐未几，鼓自滚至庭，盘旋不已，见者皆股栗。仲淹徐谓纯仁曰：“此鼓久不击，见好客至，故自来庭以寻槌耳。”令纯仁削槌以击之，其鼓立碎。

【译文】

有一天，范仲淹带着儿子纯仁到民家拜访。民房里有鼓成妖，没坐多久，鼓自己滚到庭院里，不停地打转，看见的人都害怕得发抖。

范仲淹却不以为意，对儿子说：“这个鼓许久不敲了，看见好客人来到，所以自己来庭院找鼓槌。”就命令纯仁去削支鼓槌打鼓，这个鼓立即破碎了。

李　晟

【原文】

李忠公之为相也，政事堂有会食之案。吏人相传：“移之则宰臣当罢，不迁者五十年。”公曰：“朝夕论道之所，岂可使朽蠹之物秽而不除。俗言拘忌，何足听也！”遂撤而焚之，其下铲去积壤十四畚，议者伟焉。

【译文】

李晟为宰相时，政事堂里有一张聚餐的桌子，官吏相传：“移动桌子，宰相就会罢官，因此不曾移动这张桌子有五十年了。”

李晟说：“早晚谈论政事的场所，怎可任腐朽蠹蚀的秽物堆聚而不清除呢？这种乡俗的禁忌，哪里可信？”于是命人把这张桌子拆除烧毁，并在桌下铲除了十四畚箕的积土，一时众人都认为他很了不起。

经理时务

【原文】

中流一壶，千金争挈。宁为铅刀，毋为楮叶。错节盘根，利器斯别。识时务者，呼为俊杰。

【译文】

渡河中卖一壶酒，大家都会出高价。宁可做拙钝的刀子，不要成为中看不中用的玩物。碰到盘根错节时，才能分辨工具的利钝。识时务的人，才是俊杰。

刘　晏

【原文】

唐刘晏为转运使时，兵火之余，百费皆倚办于晏。晏有精神，多机智，变通有无，曲尽其妙。尝以厚值募善走者，置递相望，觇报四方物价，虽远方，不数日皆达，使食货轻重之权悉制在掌握，入贱出贵，国家获利，而四方无甚贵甚贱之病。

晏以王者爱人不在赐与，当使之耕耘织纴，常岁平敛之，荒则籴救之。诸道各置知院官，每旬月具州县雨雪丰歉之状。荒歉有端，则计官取赢，先令籴某物、贷某户，民未及困而奏报已行矣。议者或讥晏不直赈救而多贱出以济民者，则又不然。善治病者，不使至危惫；善救灾者，不使至赈给。故赈给少则不足活人，活人多则阙国用，国用阙则复重敛矣！又赈给多侥幸，吏群为奸，强得之多，弱得之少，虽刀锯在前不可禁——以为"二害"。灾沴之乡，所乏粮耳，他产尚在，贱以出之，易以杂货，因人之力，转于丰处，或官自用，则国计不乏；多出菽粟，资之粜运，散入村闾，下户力农，不能诣市，转相沿逮，自免阻饥——以为"二胜"。

先是运关东谷入长安者，以河流湍悍，率一斛得八斗，至者则为成劳，受优赏。晏以为江、汴、河、渭，水力不同，各随便宜造运船，江船达扬州，汴船达河阴，河船达渭口，渭船达太仓，其间缘水置仓，转相受给。自是每岁运谷至百余万斛，无升斗沉覆者。又州县初取富人督漕挽，谓之"船头"；主邮递，谓之"捉驿"；税外横取，谓之"白著"。人不堪命，皆去为盗。晏始以官主船漕，而吏主驿事，罢无名之敛，民困以苏，户口繁息。

【评】

晏常言："户口滋多，则赋税自广。"故其理财常以养民为先，可谓知本之论，其去桑、孔远矣！王荆公但知理财，而实无术以理之；亦自附养民，而反多方以害之。故上不能为刘晏，而下且不逮桑、孔。

【译文】

唐朝人刘晏（曹州南华人，字士安）任转运使的时候，适逢唐朝藩镇割据、内战不断的时节，所有的军事费用都靠刘晏来筹措办理。刘晏事业心很旺盛，又富机智，善于变通，处理国家的财政事务非常得心应手。

他曾经用高价招募擅长跑步的人，到各地去查询物价，互相传递报告，虽是远方的讯息，不过几天就可以传到，因此食品百货价格的高低，都掌握在他的手中。刘晏低价买进，高价售出，不仅国家获利，而且远近各地的物价也因此控制得很平稳。

刘晏认为君王爱护百姓的表现，不在于赏赐的多少，而是应当使他们安心于耕耘纺织。在税赋方面，正常的年头公平合理地征收，饥荒时则加以减免或用国家的财力来济助。刘晏在各道分别设置知院官，每十天或一月详细报告各州县气候及收成的情形。歉收如果有正当的理由，则会计官在催收赋税时，主动下令哪类谷物可以免税，哪些人可向政府借贷，能做到各地的百姓还未因歉收而受困，而各种救灾的措施已报准朝廷施行了。

有人责怪刘晏不直接救济人民，只贱价出售粮食物品给人民，这种说法其实并不正确。好的医生不会让病人的病情拖到危急的地步才来医救，善于救灾的人不使人民到需要完全依赖救助的地步。因为救助少则不足以养活人民，若想救助得多则国家的财政会发生困难，国家的财政一旦出问题又必须征收重税，如此又形成恶性循环。

另外，在救济时往往容易藏污纳垢，官吏狼狈为奸，有办法的人得到得多，真正贫苦需要救济的百姓反而得到很少，虽然以严刑峻法来威吓也无法禁止，造成双重的灾害。

发生灾害的地区，所短缺的其实只是粮食，其他的产品往往可维持正常的供应，若能低价将这些产品卖出去，交换其他的货品，借政府的力量转运到丰收的地方。或者由官府自用，国家的生计就不会匮乏。或由国家卖出囤积的谷物，分交运粮的单位，转运到各个缺粮的地区，使无力到市集购买的贫困农民，能经由政府的辗转传送，免除饥荒。这样就有双重好处。

在刘晏就任之前，运送关东的谷物进入长安城，因为河水湍急，大抵十斗能运到八斗就算成功，负责的官员也就可得到优厚的赏赐。

刘晏根据长江、汴水、黄河、渭水等水力大小不同，根据各自不同的情况，制造不同的运输船只，长江的船到扬州，汴水的船到河阴，黄河的船到渭口，渭水的船到太仓。并在河边设置仓库，辗转接送。从此，每年运谷量多达一百多万斛，没有因沉船而使粮食损失过。

还有，州县起初找富人来监督水陆运输，称之为“船头”；主持邮递的叫作“捉驿”；在正当的税收之外还强制索取，叫作“白著”。很多人为了逃避这些额外的课征和劳役，干脆群聚为盗贼。刘晏将船运和邮递事务全收归政府负责，并废除不正常的征敛，人民的困苦才得到缓解，人口也逐渐增加。

李悝

【原文】

李悝谓文侯曰：“善平籴者，必谨观岁：有上、中、下熟。上熟其收自四，余四百石；中熟自三，余三百石；下熟自一，余百石。小饥则收百石，中饥七十石，大饥三十石。故上熟，则上籴三而舍一；中熟，则籴二；下熟，则籴一。使民适足，价平则止。小饥则发小熟之所敛，中饥则发中熟之所敛，大饥则发大熟之所敛而籴。

故虽遭饥馑水旱，粜不贵而民不散，取有余而补不足也。行之魏国，国以富强。”

【评】

此为常平义仓之说，后世腐儒乃以尽地力罪悝。夫不尽地力，而尽民力乎？无怪乎讳富强，而实亦不能富强也。

【译文】

李悝（战国·魏人）对魏文侯说：“实行平粜法（由官方于丰收时买米粮储存，以备荒年时发售，来稳定粮食）必须很谨慎地观察每年的收成。一般的丰年可分为上、中、下三等。上熟收成是平时的四倍，一般农家一年可剩余四百石米粮；中熟收成是平时的三倍，剩余三百石米粮；下熟收成是平时的一倍，剩余一百石米粮。荒年也可分三等，小饥收成是一百石，中饥收成是七十石，大饥收成是三十石。所以在上熟时，由政府收购三百石，留给百姓一百石，中熟时收购二百石，下熟时收购一百石，使人民粮食足够消费，又不会因谷多而造成价格低贱。小饥时就发售小熟时所收购的米粮，中饥时发售中熟所收购的米粮，大饥时发售大熟收购的米粮。所以即使遭遇水灾、旱灾等大小饥馑，米价不会陡然增长，人民也不致离散。这是取有余来补不足的道理。若能在魏国实行，国家就可以富强。”

朱　熹

【原文】

乾道四年，民艰食，熹请于府，得常平米六百石赈贷。夏受粟于仓，冬则加息以偿歉，蠲其息之半，大饥尽蠲之。凡十四年，以米六百石还府，见储米三千一百石，以为“社仓”，不复收息。故虽遇歉，民不缺食，诏下熹“社仓法”于诸路。

【评】

陆象山曰：

“社仓固为农之利，然年常丰，田常熟，则其利可久；苟非常熟之田，一遇岁歉，则有散而无敛；来岁秧时缺本，乃无以赈之，莫如兼制平籴一仓，丰时籴之，使无价贱伤农之患；缺时粜之，以摧富民封廪腾价之计，析所籴为二，每存其一，以备歉岁，代社仓之匮，实为长便也。听民之便，则为社仓法；强民之从，即为青苗法矣，此主利民，彼主利国故也。”

今有司积谷之法，亦社仓遗训，然所积只纸上空言，半为有司干没，半充上官，无碍钱粮之用。一遇荒歉，辄仰屋窃叹，不如留谷于民间之为愈矣。噫！

何良俊《四友斋丛说》云：

“今之抚按有第一美政所急当举行者；要将各项下赃罚银，督令各府县尽数籴谷；其有罪犯自徒流以下，许其以谷赎罪。大率上县每年要谷一万，下县五千。南直隶巡抚下有县凡一百，则是每年有谷七十余万，积至三年，即有二百余万矣。若遇一县有水旱之灾，则听于无灾县分通融借贷，俟来年丰熟补还，则东南百姓可免流亡，而朝廷于财赋之地永无南顾之忧矣。善政之大，无过于此！”

【译文】

宋孝宗乾道四年，人民缺乏粮食，朱熹求救于州府，借到常平仓大米六百石来施救，夏天从社里的谷仓借米粮，冬天加利息偿还。歉收时免除一半利息，大饥荒时利息全免。十四年后，六百石米全数还给州府，尚有储米三千一百石，作为社仓，不再收利息。所以即使遭到歉收，人民也不担心缺乏粮食。孝宗于是下诏，使朱熹的社仓法在各路推行。

程　颢

【原文】

河东路财赋不充，官有科买，则物价腾踊，岁为民患。明道先生度所需，使富家预备，定其价而出之。富室不失息，而乡民所费比旧不过十之二三。民税粟常移近边，载往则道远，就籴则价高。先生择富民之可任者，预使购粟边郡，所费大省。

【评】

用富民而不扰，是大经济，亦由廉惠实心，素孚于民故。不然，令未行而谤已腾矣。

【译文】

宋朝时，由于河东路的税收不够充裕，政府课征货物税，使得物价上涨，成为人民的沉重负担。明道先生程颢于是仔细算出政府所预定课征的粮食数量，由地方上有存粮的富裕人家定好价格出售给地方政府。如此一来，富者不损失正常的利润，而乡民的花费一下子降到原来的十分之二三。

百姓的贡赋常常必须转运到边境，作为防御军队的军粮，专程运送过去路程太遥远，就地买粮食又会刺激价格上涨。明道先生于是选用信任的富民，预先在边郡购买粮食，节省了很大的花费。

周　忱

【原文】

周文襄公巡抚江南，时苏州逋税七百九十万石。公阅牒大异，询父老，皆言吴中豪富有力者不出耗，并赋之贫民，贫民不能支，尽流徙。公创为平米，官田民田并加耗。苏税额二百九十余万石。公与知府况锺曲算，疏减八十余万。旧例不得团局收粮，公令县立便民仓水次，每乡图里推富有力一人，名粮长，收本乡图里夏秋两税，加耗不过十一。又于粮长中差力产厚薄为押运，视远近劳逸为上下，酌量支拨，京、通正米一石支三，临清、淮安、南京等仓以次定支，为舟樯剥转诸费。填出销入，支拨羡余，各存积县仓、号“余米”。米有余，减耗，次年十六征，又次年十五，更有羡。

正统初，淮、扬灾，盐课亏，公巡视，奏令苏州等府拨剩余米，县拨一二万石，运贮扬州盐场，准为县明年田租，听灶户上私盐给米。时米贵盐贱，官得积盐，民得食米，公私大济。公在江南二十二年，每遇凶荒，辄便宜从事，补以余米，赋外更无科率。凡百上供，及廨舍、学校、贤祠、古墓、桥梁、河道修葺浚治，一切取给余米。

【评】

其后户部言济农余米，失于稽考，奏遣曹属，尽括余米归之于官。于是征需杂然，而逋负日多。夫余米备用，本以宽济，若归于官，官不益多而民遂无所恃矣。试思今日两税，耗果止十一乎？征收只十五，十六乎？昔何以薄征而有余，今何以加派而不足，江南百姓安得不尸祝公而追思不置也。

何良俊曰：

“周文襄巡抚江南一十八年，常操一小舟，沿村逐巷，随处询访。遇一村朴老农，则携之与俱卧于榻下，咨以地方之事。民情土俗，无不周知。故定为论粮加耗之制，而以金花银，粗细布，轻赍等项，裨补重额之田，斟酌损益，尽善尽美。顾文僖谓‘循之则治，紊之则乱’，非虚语也。自欧石冈一变为论田加耗之法，遂亏损国课，遗祸无穷。有地方之责者，可无加意哉！”

【译文】

明朝人周文襄公（周忱，字恂如，吉水人，谥文襄）任江南巡抚时，苏州地方欠税有七百九十万石。文襄公阅览公文后非常惊异，询问地方父老，都说是吴郡地方有财力的富豪不肯缴纳运送途中折损的耗米，转由贫民负担。贫民缴纳不出，只好流离四散。

文襄公于是首创平米的方法，官田、民田一律加征运送折损的数量。苏州的税额有二百九十余万石，文襄公与知府况锺（靖安人，字伯律）详细计算，宽减八十多万石。

依照旧例，团局不可收粮，文襄公命令各县在水边设立便民仓。屯驻所在村里役吏中，每乡推选一个有财力的人，称之为

"粮长"，负责征收本乡村里夏秋两季的税，加收耗米比例不得超过十分之一。

此外，又在粮长中依财力的多寡选派押运的人，视路途的远近与劳力的分量支付酬劳，运到京师通州仓的粮食，每运一石，支给三斗做沿途费用，临清、淮安、南京等仓，依同样标准订支付数目，作为舟船转运的各种费用。

整顿支出和收入，支付后所余的米，分别存积在县仓，称之为"余米"。积存羡余之未有多余的，则可以减征粮耗，第一年每石加耗三年，第二年刚征原耗额的十分之六，第三年又征收十分之五，米粮遂剩余更多。

英宗正统初年，淮阳有灾害，盐税亏损。文襄公巡视时，奏请朝廷诏令苏州等府拨付余米，每县拨一二万石，运到扬州盐场，可抵第二年的田租，听任制盐人家缴私盐来换取米。当时米价贵，盐价廉，官府可以存盐，而人民有米吃，公私都得到好处。

文襄公在江南二十二年，每遇凶灾荒年，就相机行事，用余米来补救。除了田赋之外，没有征收任何额外的税。凡是各种进贡，以及官署、学校、祠堂、古墓、桥梁、河道的修理整治，一切都从余米中支付。

樊　莹

【原文】

樊莹知松江府。松赋重役繁，自周文襄公后，法在人亡，弊蠹百出，大者运夫耗折，称贷积累，权豪索偿无虚岁，而仓场书手移新蔽陈，百计侵盗。众皆知之，而未有以处。莹至，昼夜讲画，尽得其要领，曰："运之耗，以解者皆齐民，无所统一，利归狡猾，害及良善。而夏税军需，粮运纲费，与供应织造走递之用，皆出自秋粮，余米既收复粜，展转迁回，此弊所由生也。"乃请革民夫，俾粮长专运，而宽其纲用以优之；税粮除常运本色外，其余应变易者，尽征收白银，见数支遣。部运者，既关系切身，无敢浪费，掌计之人又出入有限，无可蔽藏；而白银入官，视输米又率有宽剩，民欢趋之。于是积年之弊十去八九，复革收粮团户，以消粮长之侵渔；取布行人代粮长输布，而听其赍持私货，以赡不足。皆有惠利及民，而公事沛然以集。巡抚使下其法于他州，俾悉遵之。

【评】

可以补周文襄与况伯律所未满。

今日粮长之弊，又一变矣。当事何以策之？

【译文】

明朝人樊莹（常山人，字廷璧）任松江府知府时，松江的赋税繁重，自从周文襄公以后，法令虽还是原来的法令，但负责执行的官员已多非其人，因此弊病百出，其中较严重的是运输时耗损问题，公家累积了很沉重的债务，有权势的家族每年都要求偿还，而掌理仓库的文书小吏又想尽各种方法侵占窃取。众人都知道这种事，却又不知道怎么处理。

樊莹到任以后，先是每天谨慎地了解筹划，很快就完全把握解决问题的要领。

他以为，运送时有所耗损，主要是因为运夫无人统一指挥，于是一些狡诈之徒有机会从中动手脚，倒霉的却是一些老实善良的人。而依照原来的规定，夏季的田赋是供给军队的需要，而运粮食与供应织造递送的费用，都出自秋粮。农民收后的余粮，国家又开始收购，还要辗转地运到粮库，弊病也由此产生。

于是樊莹上书请求不招募民间的运夫，使粮长专门负责粮食运输，并宽减各种货物的费用来优待他。税赋除了常运米以外，其余的一律征收白银，这样一来，那些被派遣专门运粮的人，因为与切身利益有关，都不敢浪费，而掌管收纳计算的人，因出入的数量都有明确的记载，无法私自吞没。而用白银来纳税，人民的负担反而比用粮食减轻，因此人民也乐意配合，于是累积多年的弊病一下子除去了十分之八九。

又革除收购米粮的囤积户，以减少粮长的侵占；又以民间商人来代替粮长运送布匹，而以准许其顺道运送私人的商品贩卖，作为帮公家运送的好处，巡抚下令其他各州都实行这些方法。

陈霁岩

【原文】

陈霁岩知开州，时万历己巳，大水，无蠲而有赈，府下有司议，公倡议：极贫谷一石，次贫五斗，务沾实惠。放赈时编号执旗，鱼贯而进，虽万人无敢哗者。公自坐仓门小棚，执笔点名，视其衣服容貌，于极贫者暗记之。庚午春，上司行牒再赈极贫者，书吏禀出示另报，公曰：“不必也！”第出前点名册中暗记极贫者，径开唤领，乡民咸以为神，盖前领赈时不暇妆点，尽见真态故也。

陈霁岩在开州。己巳之冬，仓谷几尽，抚台命各州县动支在库银二千两籴谷。此时谷价腾踊，每石银六钱，各县遵行，派大户领籴，给价五钱一石，每石赔己一钱，耗费复一钱，灾伤之余，大户何堪？而入仓谷止四千石，是上下两伤病也。公坚意不行，竟以此被参。以灾年仅免，至庚午秋，州之高乡大熟，邻境则尽熟，谷价减至三钱余。方中抚台动支银二千两，派大户分籴，报价三钱，即如数给之。自后时价益减至二钱五分。大户请扣除余银，公笑应之曰："宁增谷，勿减银也。"比上年所买，多谷三千余石，而大户无累赔。报上司外，余谷七百余石，则尽以给流民之复业者。先是本州土城十五，连年大雨灌注，凡崩塌数十处。庚午秋，当议填修，吏请役乡夫，公不许。会有两年被灾，流民闻已蠲荒粮，思还乡井。因遍出示招抚，云："亟归种麦，官当赈尔。"乃出前大户所籴余谷，刻期给散。另出四五小牌于各门一里外，令各将盛谷袋，装土到城上，填崩塌处。总甲于面上用印，仓中验印发谷，再赈而城已修完。

北方州县，唯审均徭为治之大端。三年一审，合一州八十八里之民，集庭而校勘之，自极富至极贫，定为九则，赋役皆准此而派。区中首领，有里长、老人、书手，官唯据此三等人，三等人因得招权要贿。公莅任，轮审均徭尚在一年后，乃取旧册，查自上上至下上七则户，照名里开填，分作二簿。每日上堂，辄以自随，或放告，或听断，或理杂务，看有晓事且朴实者，出其不意，唤至案前，问是"何里人"，就摘里中大户，问其"家道何如，比年间，何户骤富，何户渐消"，随其所答，手注簿内，如此数次，参验之，所答略同。又一日，点查农民，本州概有二百余人。即闭之后堂，各给一纸，令开本里自万金至百金等家，严戒勿欺。又因圣节，先扬言齐点各役。至期，拜毕，即唤里老、书手到察院，分作三处，各与纸笔，令开大户近年之消乏者，或殷厚如故，不必开也。以上因事采访，编成底册。审时一甲人齐跪下堂，公自临视，择其中二三笃实人，作为公正，与里长同举大户应升应降诸人。因底册甚明，咸以实举，遂从而酌验之，顷刻编定。一日审四五里，往往州官待百姓，不令百姓待州官也。

【译文】

陈霁岩任开州知府时，明神宗万历己巳年发生大水灾，官府没有减免税赋而是放粮救济。府中官吏共同商议救灾方法，陈霁岩建议最贫穷的发一石谷物，次贫的五斗，一定要使百姓能得到真正的救济。发放救济品时都加以编号，让灾民拿着号码旗依次前进，虽然有上万人，但无人敢吵闹争先。陈霁岩亲自坐在仓库门口的小棚下，拿着笔点名，看他们的衣服容貌，暗暗把最贫困的人记下来。

庚午年春，上级有公文通知再次救济最贫困的人，文书官禀告得再出告示寻求这批贫户，陈霁岩说不必，拿出以前点名册中作标记的贫户，直接通知他们来领，乡民都非常惊讶陈霁岩对民间实况精准无比的理解。因为前次领救济品的人，都来不及装饰，完全可以看出贫户的真实面貌。

陈霁岩任职开州时，万历己巳年冬天，仓库中米谷的存量几乎用尽，抚台命令各州县动用公库的存银二千两买谷物。然而此时谷价大涨，每石要花费银子六钱。其他各县都遵照办理，且派地方殷实大户负责供应官府所需购买的谷物，统一给价一石谷子银子五钱，大户们每石赔一钱，正常的损耗又费一钱。在灾害发生已饱受损伤的状况下，又得负担这样的损失，大户怎么能承受得了？因此收购入仓的谷物只有四千石而已。如此一来，造成官方与民间同时受害。陈霁岩坚持不肯遵行，最后却因这件事被弹劾，因逢荒年才被赦免。

到庚午年秋天，开州地势高的乡里大熟，邻境的收成也都很好，谷价因此降到每石三钱多。陈霁岩此时才上报巡抚动用官银二千两收购大户的谷子，报价每石三钱，谷子一到就如数给付。在收购期间谷价又降到每石二钱五分，大户请求官方扣回超付的银两，陈霁岩笑着说："只要能多收购谷子就好，不考虑把收购价格降为二钱五分。"结果同样的钱，比去年各县所买的多出三千多石，而大户也不会一再赔钱。除了定额上报外，多余的七百石谷物，全数分给流落他乡的贫民回来复业。

先前本州的土城有十五座，因连年大雨浇灌，崩塌了数十处。庚午年秋天，商议填土修补，官吏请求在乡里征调役夫，陈霁岩不准。正逢这两年灾害，流浪他乡的贫民听说田赋免除，都想回乡，陈霁岩因而到处张贴告示，劝诱他们赶快回乡种麦，官府会给予救济。于是拨出以前从大户收购的余谷，限期发放给他们。

此外，在各城门一里外，挂出四五个小告示牌，命令领谷的人，各用个人装谷的袋子，先装泥土送到城上崩塌处去填补，乡里的总管在袋子上盖过印后，拿到谷仓查验再发谷。救济贫民的工作完成后，城也修复了。

北方的州县以审核徭役的均等与否当作处理政事的根本。每三年审核一次，聚集一州八十八里的人民于一处校勘。从极富到极贫定为九等，徭役都依这个标准来派定。由于每区的首领有里长、老人与文书，官府都依据这三种人所定的作为标准，因此这三种人大权在握，往往借此向人民索贿。

陈霁岩到任后，徭役的审查工作还有一年，他就把旧的记录拿出来，查出从上上等到下上等七级，依照各里分写两册。每天上公堂，都随时带在手边。有时人民来申告，有时审判案子，有时整理杂务，看到有懂事而朴实的人，就出其不意地把他叫到案前，问他是哪里人。选出那里中的大户，问他大户的家道如何，近年来有哪户骤然富裕，哪户渐渐没落，再随手把他的回答记在簿子上。如此这般，经过几次验证之后，所得的答复大致相同。

又有一天查点农民，州内大概有二百多人，就把他们关在后厅，发给各人一张纸，命令他们写出本里中拥有万金到百金的人家，并严厉地警告他们不可欺骗。

陈霁岩也借着皇帝的生日，事先宣布要查点徭役，节日来到，大家行礼完毕，就把里长、老人、文书叫到都察院来，分为三处，个别给他们纸和笔，命令他们写出近年来逐渐没落的大户，富有的依旧不必写。然后就把这些采访到的事，编成册子，留作以后的依据。

等到审查的时候，一甲人都跪在堂下，陈霁岩亲自检视，选择其中两三个忠厚诚实的人作为代表，与里长等人一起举出大户，哪些人该升级，哪些人该降级，他们都知道册子里记录得很详细，于是都诚实地举出来，简单地加以斟酌验证，很快就编定出来。一天之中可以审核四五里，而且在审核过程中，往往是官府万事齐备等百姓来，而不同于以往百姓苦候官府缓慢冗长的审核作业。

赵　抃

【原文】

赵清献公熙宁中知越州。两浙旱蝗，米价踊贵，饥死者相望。诸州皆榜衢路立告赏，禁人增米价。公独榜通衢，令有米者增价粜之。于是米商辐辏，米价更贱。

【评】

大凡物多则贱，少则贵。不求贱而求多，真晓人也。

【译文】

赵清献（赵抃）在宋神宗熙宁年间任越州知州。两浙地方闹旱灾与蝗害，米价昂贵，饿死了很多人。各州都在要道上贴榜文，赏赐告发哄抬米价的人。只有赵清献贴出的榜文是命令有米的人，官府可以提高价钱向他收购。于是米商都聚集到越州来，米价也就低了下去。

富弼

【原文】

富郑公知青州。河朔大水，民流就食。弼劝所部民出粟，益以官廪，得公私庐室十余区，散处其人，以便薪水。官吏自前资，待缺，寄居者，皆赋以禄，使即民所聚，选老弱病瘠者廪之，仍书其劳，约他日为奏请受赏。率五日，遣人持酒肉饭糗慰籍，出于至诚，人人为尽力。山林陂泽之利，可资以生者，听流民擅取，死者为大冢埋之，目曰丛冢。明年，麦大熟，民各以远近受粮归，募为兵者万计。帝闻之，遣使褒劳。前此救灾者皆聚民城郭中，为粥食之，蒸为疾疫，或待哺数日，不得粥而仆，名救之而实杀之。弼立法简尽，天下传以为式。

【评】

能于极贫弱中做出富强来，真经国大手。

【译文】

宋朝人富弼任青州知州时，河朔地方发生水灾，人民流离他乡讨生活，富弼劝导所属的民众捐出米粮，加上官府的粮食，找到公私的房屋十多处，分开来安置这些灾民，以进行救济工作。

对那些致仕退休、待缺、寄居青州的官吏，富弼都发给他们薪饷，派他们到这些灾民所住的地方，选老弱疾病的人给予食物，富弼记下他们的功劳，约定将来奏请朝廷赏赐，大约每五天，就派人送酒肉干饭去慰劳流民，由于富弼心意真诚，对每人的处境皆有周全的考虑和安排，因此人人都肯尽力。

山林泽中可供养活人民的自然资源，富弼准许灾民随需取用。并建筑大坟来埋葬死者，称之为“丛冢”。第二年，麦子收成很好，这些来自各地的灾民各依路途远近领取粮食回乡，富弼从这些灾民中，招募了上万名士兵。皇帝听到这件事，特别派使者来褒扬富弼。

以前救灾的人，都只是把民众聚集在城里，供应稀饭，然而民众一集中，卫生状况就太差，往往引发恶性瘟疫，很多人吃不了几天稀饭就病死了，名义上是救人，而实际上是杀人。

富弼立法简便完善，天下的人都把他当作典范。

刘　涣

【原文】

治平间，河北凶荒，继以地震，民无粒食，往往贱卖耕牛，以苟岁月。是时刘涣知澶州，尽发公帑之钱以买牛，明年震摇息，逋民归，无牛可耕，价腾踊十倍，涣以所买牛，依元直卖与，故河北一路，唯澶州民不失所。

【译文】

宋英宗治平年间，河北发生大灾荒，接着又发生地震，人民粮食尽空，往往把耕牛廉价出售，苟延度日。刘涣（字仲章）当时在澶州任知州，把公款全拨出来买牛。第二年，地震停了，离散的人都回来，却没有牛耕田，牛价上涨十倍。刘涣将所买的牛依原价卖出，所以河北路各州，只有澶州人民不致流离失所。

吴　潜

【原文】

先是制置使司岁调明、温、台三郡民船防定海，戍淮东、京口，船在籍者率多损失。每按籍科调，吏并缘为奸，民甚苦之。吴潜至，立义船法，令三郡都县各选乡之有材力者，以主团结。如一都岁调三舟，而有舟者五六十家，则众办六舟，半以应命，半以自食其利，有余赀，俾蓄以备来岁用。凡丈尺有则，印烙有文，调用有时，著为成式。其船专留江浒，不时轮番下海巡绰。船户各欲保护乡井，竞出大舟以听调发，旦日于三江合兵，民船阅之，环海肃然。设永平寨于夜飞山，统以偏校，饷以生券，给以军舰，使渔户有籍而行旅无虞。设向头寨，外防倭丽，内蔽京师。又立烽燧，分为三路，皆发轫于招宝山，一达大洋壁下山，一达向头寨，一达本府看教亭。从亭密传一牌，竟达辕帐，而沿江沿海，号火疾驰，观者悚惕。

【译文】

宋朝时，先前制置使司（官署名）每年征调明、温、台三郡的民船，防守定海，戍守淮东、京口。民船被登录在籍的，大抵都会遭受损失。因为每回进行征调，官吏便借此作奸索贿，成为民间的大患。

吴潜（字毅夫，号履斋）到任后，订立“义船法”。命令三郡所属的县，分别选出各乡里有财力的人联合起来。如果一郡每年要调三艘船，而有船的人有五六十家，就由这些船主共同准备六艘船，一半用来应付制置使司征调，一半用来自己谋利，得到多余的利润就储蓄起来预备明年使用。

义船的长短有一定的标准，有相同的火印记号，征调都有定时，并写成规则。这些船专留在江边，不时轮流出海巡逻，船户都想保护自己的家乡，争着派出大船听候调发。因此每天在三江汇合兵船，民船检阅，海域因而非常安定。

吴潜又在夜飞山设永平寨，派一些次级军官负责统领，用国家粮券为薪饷，由官方供给军船，使渔家都编有户籍，使来往的旅客没有安全上的顾虑。

另外，又设置向头寨，对外防御倭寇及高丽海贼，对内保护京师；又设立烽火传递军情，分为三路，都从招宝山出发，一到大洋壁下山，一到向头寨，一到本府看教亭。而从看教亭设置一道秘密令牌，直到总部军营，作为来往传递军情之用，因此沿江沿海但见军令，信号随时往来传递，看到的人都不觉畏惧警惕。

李泌

【原文】

唐制：府兵平日皆安居田亩，每府有折冲领之，折冲以农隙教习战阵，国家有事征发，则以符契下其州及府，参验发之。至所期处，将帅按阅，有教习不精者，则罪其折冲，甚者罪及刺史。军还，则赐勋加赏，便道罢之。行者近不逾时，远不经岁。高宗以刘仁轨为洮河镇守，以图吐蕃，始有久戍之役。

武后以来，承平日久，武备渐弛。开元之末，张说始募长征兵，谓之彍骑，其后益为六军。及李林甫为相，诸军皆募人为之，兵不土著，又无宗族，不自重惜，祸乱遂生。德宗与李泌议，欲复旧制，泌对曰："今岁征关东卒戍京西者十七万人，计粟二百四万斛。国家比遭饥乱，经费不充，未暇复府兵也。"上曰："亟减戍卒，归之，如何？"对曰："陛下诚能用臣之言，可以不减戍卒，不扰百姓，粮食皆足，粟麦日贱，府兵亦成。"上曰："果能如是乎？"对曰："此须急为之，过旬月不及矣。今吐蕃久居原、兰之间，以牛运粮，粮尽，牛无所用。请发左藏恶缯，染为采缬，因党项以市之，每头二三尺，计十八万匹，可致六万余头。又命诸冶铸农器，籴麦种，分赐缘边军镇，募戍卒耕荒田而种之。约明年麦熟，倍偿其种，其余据时价五分增一，官为籴贮，来春种禾亦如之。关中土沃而久荒，所收必厚。戍卒获利，耕者浸多。边居人至少，军士月食官粮，粟麦无以售，其价必贱，名为增价，实比今岁所减多矣。”上曰：“卿言府兵亦集，如何?”对曰：“戍卒因屯田致富，则安于其土，不复思归。旧制戍卒三年而代，及其将归，下令有愿留者，即以所开田为永业，家人愿来者，本贯给长牒，续食而遣之。据募应之数移报本道，虽河朔诸帅，得免代戍之烦，亦喜闻矣。不过数番，卒皆土著，乃悉以府兵之法理之，是变关中之疲弊为富强也。”

【评】

屯田之议始于赵充国，然羌平，遂罢屯田。又置金城属国以处降羌，则善后之策未尽也。邺侯因戍卒复屯田，因屯田复府兵，其言凿凿可任，不知何以不行。

【译文】

唐朝的制度：府兵平日都安居耕作，每府有折冲（统领府兵的官）领导。折冲利用农闲的时间教导府兵作战布阵之法，国家有战事须征调，就下符节契券等信物到府、州，验证无误后，发兵到约定的地点，由将帅检阅。有战术不够精练的人，就处罚领头折冲，甚至降罪给刺史。军队回来时，依功劳加以赏赐，然后在归途中解散。所以外出作战，时间短的不超过一个季节，时间长的也不满一年。

高宗时，派刘仁轨（尉氏人，字正则）镇守洮河，计划进攻吐蕃，才有长久戍守的征役。武后以来，太平的日子长久，军备逐渐废弛。

开元末年，张说才招募长期的士兵，称为“彍骑”，后来更增加为六军。到李林甫为宰相时，各路军队都用募兵方式组成，士兵既不是本土的人，又没有宗族，没有爱乡的观念，祸乱于是发生。

德宗因此与李泌商议，想恢复往日的制度。

李泌说："今年征关东军来防守京西的士兵达十七万人，总计米粮要二百四十万斛。国家刚遭逢饥荒战乱，经费不足，一时还无法恢复府兵制。"

德宗说："赶紧减少戍守的士兵，放他们回去如何？"

李泌说："陛下真能采用微臣的建议，可以不必减少戍守的士兵，不会骚扰百姓，粮食可以充足，米麦价格将日渐低廉，府兵制也可以恢复。"

德宗说："真能这样吗？"

李泌说："这需要立即去办，过十天或一个月以后就来不及了。目前吐蕃长久居住在原州、兰州之间，他们一直是用牛运粮食，粮食运完后，牛就没有用了，请陛下派人取出库藏的劣质布帛，染成彩色的，借着党项人卖给吐蕃，每头牛只须花费二三匹布，总计十八万匹，可以买到六万余头牛；同时下令由公家冶铸农器，买入麦种，配给边境的军队，招募戍卒耕种荒田，规定明年麦子成熟后，加倍偿还麦种，其余的由官府以时价加五分之一买进，存在官设的仓库，第二年春天种禾谷时也如此办理。关中地方土壤肥沃却长久荒废，耕种之后收成一定很好。戍卒获利后，愿意耕田的人必逐渐增多，边境上居民很少，军士每个月都吃官粮，米麦无法出售，价格必定低廉，名义上是比市价提高五分之一收购，实际上一定比今年收购的价格下降。"

德宗说："你说府兵也可以办成又怎么说呢？"

李泌说："士兵因为屯田而致富，就会在他们所耕的土地上安居下来，不想回乡。旧制戍卒三年以后，就由新的戍卒替代，在这批旧的戍卒解甲归去时，由官方下令，愿意留下来的士兵就以所耕的田给他们做永久的产业，他们的家人愿意迁来的，由原籍官府发通牒将他们送来，沿途并由官方供给食物，再根据招募的人数报告本道，这样就连河朔各路的元帅也会因免除戍卒替代的麻烦而欣喜万分。用不了几次，戍卒都成为土著，就完全可以用府兵的方法来管理他们，这样就可以把关中今日的疲敝化为富强了。”

虞集

【原文】

元虞集，仁宗时拜祭酒，讲罢，因言京师恃东南海运，而实竭民力以航不测，乃进曰：“京东濒海数千里，皆萑苇之场，北极辽海，南滨青、齐，海潮日至，淤为沃壤久矣，苟用浙人之法，筑堤捍水为田，听富民欲得官者，分授其地而官为之限：能以万夫耕者，授以万夫之田，为万夫长；千夫、百夫亦如之。三年视其成，则以地之高下，定额于朝，而以次征之。五年有积蓄，乃命以官，就所储给以禄。十年则佩之符印，俾得以传子孙，则东南民兵数万，可以近卫京师，外御岛夷，远宽东南海运之力，内获富民得官之用，淤食之民得有所归，自然不至为盗矣。”说者不一，事遂寝。

【评】

其后脱脱言：京畿近水地，利召募江南人耕种，岁可收粟麦百余万石，不烦海运，京师足食。元主从之，于是立分司农司，以右丞悟良哈台、左丞乌古孙良正兼大司农卿，给分司农司印，西自西山，南至保定、河间，北抵檀顺，东及迁民镇，凡官地及元管各处屯田，悉从分司农司立法佃种，合用工价、牛具、农器、谷种，给钞五百万锭。又略仿前集贤学士虞集议，于江、淮召募能种水田及修筑圃堰之人各千人，为农师。降空名添设职事敕牒十二道，募农民百人者授正九品，二百人者正八，三百人者从七，就令管领所募之人。所募农夫每人给钞十锭，期年散归，遂大稔。

何孟春《余冬序录》云：

“国朝叶文庄公盛巡抚宣府时，修复官牛、官田之法，垦地日广，积粮日多，以其余岁易战马千八百余匹。其屯堡废缺者，咸修复之，不数月，完七百余所。今边兵受役权门，终岁劳苦，曾不得占寸地以自衣食，军储一切仰给内帑，战马之费于太仆者不资，屯堡尚谁修筑？悠悠岁月，恐将来之夷祸难支也！”

樊升之曰：

“贾生之治安，晁错之兵事，江统之徙戎，是万世之至画也，李邺侯之屯田，虞伯生之垦墅，平江伯之漕运，是一代之至画也。李允则之筑圃起浮屠，范文正、富郑公之救荒，是一时之至画也。画极其至，则人情允协，法成若天造，令出如流水矣。”

【译文】

元朝人虞集（字伯生）在元仁宗时官拜祭酒，曾在为仁宗讲学的课余时间，谈起京师仰仗东南一带以海运输送粮食而从事危险无比的航行，实在是严重耗损民力，于是进言道：“京师东方滨海数千里之地，都是芦苇丛生的荒地。北从辽海，南到青州、齐州，海潮每日冲积，长期已来已淤积为可供耕种的肥沃之地。如果用浙江人的方法，筑堤挡住潮水使其成为耕地，让想做官的富翁分别授予这些田地，由官府加以规定：有办法找到一万人耕田的，就给他一万人份的田地，让他做这一万人的首长；以下一千人，一百人也如此办理。三年之内看他的结果，由朝廷依土地的肥瘠程度定额课税，依等级征收。五年之后能有积蓄，就任命他做官，就所积蓄的作为俸禄。十年后赐给他符节印信，使他能流传给子孙。这么一来，便可得到数万民兵，对内可以保卫京师，对外可以防御海贼，而且又能不必依赖东南海运，使人民得以休息，又可借着富人求官的心理，让京师得到充足的粮食供应，四处游食的人民能有正当的归宿，自然不会做海贼了。”

但因评议的人意见不一致，于是不了了之。

刘大夏

【原文】

弘治十年，命户部刘大夏出理边饷，或曰：“北边粮草，半属中贵人子弟经营，公素不与先辈合，恐不免刚以取祸。”大夏曰：“处事以理不以势，俟至彼图之。”既至，召边上父老日夕讲究，遂得其要领。一日，揭榜通衢云：“某仓缺粮若干石，每石给官价若干，凡境内外官民客商之家，但愿输者，米自十石以上，草自百束以上，俱准告。”虽中贵子弟亦不禁。不两月，仓场充牣，盖往时粮百石、草千束方准告，以故中贵子弟争相为市，转买边人粮草，陆续运至，牟利十五。自此法立，有粮草之家自得告输，中贵子弟即欲收籴，无处可得，公有余积，家有余财。

【评】

忠宣法诚善，然使不召边上父老日夕讲究，如何得知？能如此虚心访问，实心从善，何官不治？何事不济？

昔唐人目台中坐席为“痴床”，谓一坐此床，骄倨如痴。今上官公坐皆“痴床”矣，民间利病，何由上闻？

【译文】

明孝宗弘治十年，朝廷命令户部刘大夏到边境清理、整顿驻边士卒的军饷发放事宜。有人说：“北方的粮草，大半属于官宦的子弟经营，您一向与这些亲贵不合，恐怕免不了因刚直而招来祸害。”刘大夏说：“做事要讲求合理而不能硬来，等我到那里以后自然会想出办法。”

刘大夏到任后请来边境上的父老，早晚和他们研究，于是完全掌握了处理的要领。

有一天，刘大夏在交通要道上贴出告示说：“某仓库缺少米粮若干石，每石给官价若干元，凡是境内外的官吏、人民或商人，只要愿意运米十石以上、草一百束以上的都批准。”即使是官宦子弟也不禁止。

不到两个月，仓库都满了。因为以往运送米粮高达一百石、草高达一千束才得批准，因而一般百姓无力竞争，只能由少数官宦子弟相互争取，加以垄断，买入边境上的粮草，陆续运来，利润高达五成。

自从订立这个办法，有粮草的人家可以自己运送，官宦子弟虽然想收买，也买不到，于是公家得到更多的粮草，民家则得到可观的利润。

董博霄

【原文】

董博霄，磁州人，至正十六年建议于朝曰：海宁一境不通舟楫，军粮唯可陆运。濒海之人，屡经寇乱，且宜曲加存抚，权令军人运送。其陆运之方：每人行十步，三十六人可行一里，三百六十人可行十里，三千六百人可行一百里。每人负米四斗，以夹布囊盛之，用印封识，人不息肩，米不着地，排列成行，日五百回，计路二十八里，轻行一十四里，重行一十四里，日可运米二百石，每运可供二万人——此百里一日运粮之数也。

【译文】

磁州人董博霄（字孟起）在元顺帝至正十六年建议朝廷说：

海宁一带，无法通行船只，军粮只能由陆路运送。濒海的人民屡次遭逢盗寇之乱，应多加安抚，朝廷可暂且下令由军人担任运粮工作。陆运的方法是：每人走十步，三十六人可走一里，三百六十人可走十里，三千六百人可走一百里。每人背米四斗，用夹布袋装盛，里郡加封做记号，人人肩不休息，米不着地，排列成行，每天五百回，总计每日路程背米走二十八里，不背米走十四里，每天共可运米二百石，每次运米可供养二万人。这是一百里一天运粮的数目。

刘本道

【原文】

先是漕运京粮，唯通州仓临河近便。自通州抵京仓，陆运四十余里，费殷而增耗不给；各处赴京操军，久役用乏。本道虑二者之病，奏将通州仓粮于各月无事之时，令歇操军旋运至京，每二十石给赏官银一两；而漕运之粮止于通州交纳，就彼增置仓廒三百间，以便收贮，岁积羡余米五十余万石，以广京储。上赐二品服以旌之。

【评】

按本道常州江阴人，由掾吏受知于靖远伯王骥，引置幕下，奏授刑部照磨；从征云南，多用其策。正统中，从金尚书濂征闽贼，活胁从者万余，升户部员外郎。景泰初，西北多事，民不聊生，本道请给价买牛二千头，并易谷种与之。贵州边仓粮侵盗事觉，展转坐连，推本道往治，不逾月，而积弊洞然。上嘉其廉能，赐五云采缎。天顺初，进户部右侍郎，总督京畿及通州、淮安粮储。本道固以才进，而先辈引贤不拘资格，祖宗用人不偏科目，皆今日所当法也。

【译文】

明朝时，先前漕运京师的粮食，只有通州仓库临近河边比较方便。自通州到京师的仓库，陆运四十多里，运费昂贵，而运送过程的损耗也无法获得补充。因此各地征调来京师操练的军队，往往得不到足够的补给。

刘本道考虑到这两个弊端，奏请将通州仓库的粮食，在每月无事时，由停止操练的军士负责转运到京师，每运二十石赏赐官银一两；这样漕运的粮食，则以通州为终路交付收纳，只在通州增设仓库三百间，以便收藏粮食，每年可积存余米五十多万石，以充实京师的存粮。皇帝因此赏赐二品官服来表扬他。

苏　轼

【原文】

苏轼知杭州时，岁适大旱，饥疫并作。轼请于朝，免本路上供米三之一。故米不翔贵；复得赐度僧牒百，易米以救饥者。明年方春，即减价粜常平米，民遂免大旱之苦。杭州江海之地，水泉咸苦，居民稀少。唐刺史李泌始引西湖水作六井，民足于水，故井邑日富。及白居易复浚西湖，放水入运河，自河入田，取溉至千顷。然湖水多葑，自唐及钱氏，岁辄开治，故湖水足用。宋废而不理，至是湖中葑积，为田一十五万余丈，而水无几矣。运河失河水之利，则取给于江湖，潮浑浊多淤，河行阛阓中，三年一淘，为市井大患，而六井亦几废。苏轼始至，浚茅山、盐桥二河，以茅山一河专受潮，以盐桥一河专受湖水。复造堰闸，以为湖水蓄泄之限，然后潮不入市，且以余力复完六井，民稍获其利矣。轼间至湖上，周视良久，曰："今欲去葑田，将安所置之？湖南北三十里，环湖往来，终日不达，若取葑田积于湖中，为长堤以通南北，则葑田去而行者便矣。吴人种麦，春辄芟除，不遗寸草，葑田若去，募人种麦，收其利以备修湖，则湖当不复堙塞。"乃取救荒之余，得钱粮以万石数者，复请于朝，得百僧度牒，以募役者。堤成，植芙蓉、杨柳其上，望之如图画，杭人名之“苏公堤”。

【评】

华亭宋彦云：

“西湖蓄水，专以资运河，湖滨多水田，春夏间苦旱，秋间又苦涝，莫若专设一司，精究水利，湖宜开广浚深，诸山水溢则能受，诸田苦旱则能泄，闸司又俟浅深以启闭，则运无阻滞，而三辅内膏腴可相望矣。”

按：

此宋人为都城漕计，其实今日亦宜行之，迩来西湖渐淤，有力者喜于占业，地方任事者，不可不虑其终也。

【译文】

苏轼任杭州太守时，正逢旱灾，收成不好，又有传染病流行。苏轼请朝廷免除上供的米三分之一，所以米价没有上涨；又请朝廷赐下可出家为僧的执照数百份，用来换取米粮救济饥饿的百姓。（当时由于僧侣无需赋税，故出家为僧需经官方核准，发予执照，因此有经济价值。）第二年春天，将平常仓的存米减价卖出，人民才免除饥荒的痛苦。

杭州由于地处江海之间，水味咸苦，居民不多。到唐代刺史李泌时，人们才引用西湖的水做成六个井，人民的饮水充足，地方才日渐富裕起来。

到白居易时又疏通西湖，引水入运河，再由运河取水灌溉农田，广达千顷。

但是西湖中长满水草，自唐代及钱王时代，每年都有疏通，所以湖水还够用。宋代以后废弃不管，到此时湖中尽是水草淤泥，被垦为田地的有十五万丈多，而湖水已所剩无多。运河失去了湖水，只好依赖长江涨潮，湖水混浊多淤塞，船舶要在市区航行，每三年要疏通一次，成为市民的大患。六井也几乎废弃无用。

苏轼到任后，就疏通茅山运河和盐桥河，茅山运河接受钱塘江水，盐桥河吸收西湖水。又建造水闸，控制湖水的储蓄与渲泄，于是海潮才不至于流入市区。再以多余的财力重整六井，人民因而得到好处。

苏轼利用闲暇时走到西湖，四处观察了很久，说："挖出来的水草和淤土，将安置于何处？西湖南北距离三十里，环湖来往一趟，一天都走不完，如果把水草淤泥堆积在湖中间，形成贯穿湖面的长堤，使南北直接相通，那么既可除去淤泥，又可方便行人通行。吴人一向很珍视麦子，种植时往往在春天把野草彻底除尽，湖边的田如果开辟出来招募农家种麦，收得的利润作为修长堤及维护西湖的基金，这样西湖就不会再荒废淤塞了。"

于是取得救济荒年所剩余的钱一万缗，余粮一万石和上百份度人为僧的执照，招募人种麦。长堤完成后，堤上种植芙蓉、杨柳，景色如画，杭州人将它称为"苏公堤"。

张　需

【原文】

张需长于治民，先佐郧州，渠有淤者，废水田数十年，守相继者莫能疏。需甫至，守言及此，惮于动众，需往看之，曰："若得人若干，三日可毕。"守怪以为妄，需乃聚人得其数，各带器物，分量尺数，争效其力，三日遂毕。守大惊，以为神助。迁霸州守，见其民游食者多，每里置一簿列其户，每户各报男女大小口数，派其舍种粟麦桑枣，纺绩之具、鸡豚之数，遍晓示之。暇则下乡，至其户簿验之，缺者罚之，于是民皆勤力，无敢偷惰，不二年，俱有恒产，生理日滋。

【译文】

明朝人张需擅长治理人民。先是担任郧州的佐吏，当地河渠淤积，水田废弃了数十年，历任太守都无法疏通。张需刚到任，太守和他谈到这件事，担心疏理河渠太劳烦民众，张需前往察看，说："只要找若干人，三天就可以做完。"太守很奇怪，以为他随便说说，张需聚集到需要的人数后，各自带着器具，分别量好长度，尽力而为，果真三天就做好了。太守非常惊奇，以为有神相助。

后来张需转任霸州太守，看见很多人民到处游食，于是在每一里放置一本簿子，列出游食者的户口，每户都要报告男女大小人口的数目，派他们一起种植米、麦、桑、枣，纺织的器具，鸡猪的数目，都明白地标示出来。

闲暇的时候，张需就下乡去查验户簿，有短缺的就加以处罚，于是人民都勤勉努力，不敢偷懒。不到两年，人民都有固定财产，生计日渐富足。

李若谷　赵昌言

【原文】

安丰芍陂县，叔敖所创。为南北渠，溉田万顷，民因旱多侵耕其间，雨水溢则盗决之，遂失灌溉之利。李若谷知寿春，下令陂决不得起兵夫，独调濒陂之民使之完筑，自是无盗决者。

天雄军豪家刍茭亘野，时因奸人穴官堤为弊。咸平中，赵昌言为守，廉知其事，未问，一旦堤溃，吏告急，昌言命急取豪家所积，给用塞堤，自是奸息。

【评】

近日东南漕务孔亟，每冬作坝开河，劳费无算，而丹阳一路尤甚。访其由，则居人岁收夫脚盘剥之值，利于阻塞；当起坝时，先用贿存基，俟粮过后，辄于深夜填土，至冬水涸，不得不议疏通。若依李、赵二公之策，竭一年之劳费，深加开浚；晓示居民，后有壅淤，即责成彼处自行捞掘，庶常、镇之间或可息肩乎？或言每岁开塞，不独脚夫利之，即官吏亦利之，此又非愚所敢知也。

【译文】

安丰芍陂县是孙叔敖所创的，有直通南北的河渠，可以灌溉万顷田地；但人民因为当地多旱，就侵占河渠的地耕田，雨水太大时，又把河堤破坏，使河渠中的水流走，于是失去了灌溉的作用。

宋朝李若谷（丰人，字子渊）任寿春太守时，就下令河堤溃决时不可以调士兵去修理，只能调堤防边的人民去修筑，从此再也没有人去破坏堤防了。

天雄军（大名府）的富豪，在米麦丰收时，联合奸人，挖掘堤防，存心破坏。宋真宗咸平年间，赵昌言（孝义人，字仲谟）任太守，他暗地知道这件事，但故意不查问。有一天，河堤溃决，官吏来报告事态紧急，赵昌言命令拿这富家仓库所积存粮食去堵塞堤防，从此那些故意破坏堤坝的事再没发生过。

杨一清

【原文】

西番故饶马，而仰给中国茶饮疗疾。祖制以蜀茶易番马，久而寖弛，茶多阑出，为奸人利，而番马不时至。杨文襄乃请重行太仆宛马之官，而严私通禁，尽笼茶利于官，以报致诸番。番马大集，而屯牧之政修。

【评】

其托陕西，则创城于平虏、红古二地，以为固原援。筑垣濒河，以捍靖虏。其讨安化，则授张永策以诛逆瑾。出将入相，谋无不酬，当时目公为“智囊”，又比之姚崇，不虑也！

【译文】

西番盛产马匹，而仰赖中国茶治疗疾病。历来的惯例是用四川茶叶交换番马，可是年代长久以后，逐渐废弛。茶叶多被奸人用来谋利，而番马却不按时送到。

明朝时杨文襄（杨一清，安宁人）奏请朝廷，重新设置专职交易马匹的官吏，严禁私自交易，把茶叶的利润完全收归官府所有，并通报到各番邦。于是番马大量送到，屯牧之政因而修明。

张全义

【原文】

东都荐经寇乱，其民不满百户。张全义为河南尹，选麾下十八人材器可任者，人给一旗一榜，谓之“屯将”，使诣十八县故墟落中，植旗张榜，招怀流散。劝之树艺，蠲其租税；唯杀人者死，余俱笞杖而已。由是民归如市。数年之后，渐复旧规。

全义每见田畴美者，辄下马与僚佐共观之，召田主，劳以酒食。有蚕、麦善收者，或亲至其家，悉呼出老幼，赐以茶采衣物。民间言：“张公不喜声妓，独见佳麦良蚕乃笑耳！”由是民竞耕蚕，遂成富庶。

【评】

全义起于群盗，乃其为政，虽良吏不及。彼吏而盗者，不愧死耶！

全义一笑而民劝，今则百怒而民不威，何也？

【译文】

五代十国时，东都洛阳屡遭盗寇侵掠，居民居然不满一百户。

张全义（后梁·临汉人，字国维）任河南尹时，选了十八个有才能气度，足以承担任务的部下，每人给一面旗子、一张榜文，称为“屯将”，派他们到十八个县的旧村落中，竖立旗子，张贴榜文，招抚流民，劝他们回来农耕，并减免他们的租税；对于犯法者除了杀人的必须处死，其余的只处以杖刑。

从此人民络绎归来，数年以后，逐渐恢复旧日的模样。

张全义每见到田地肥美的，往往下马与属下一起观看，并请田主来，用酒菜慰劳他们。有蚕、麦收成好的，张全义有时也会亲自到他们家去，把老人幼儿都叫出来，赏给他们茶叶和衣物。

民间都知道张全义不喜好声色，只有看见好的麦田和蚕才会欢欣、发笑。因此人民争着耕田养蚕，当地于是成为富庶的地方。

范纯仁

【原文】

范忠宣公知襄城，襄俗不事蚕织，鲜有植桑者。公患之，因民之有罪而情轻者，使植桑于家，多寡随其罪之轻重，后按其所植荣茂与除罪，自此人得其利。公去，民怀之不忘。

【译文】

宋朝人范纯仁（吴县人，字尧夫，范仲淹的次子）出任襄城县令时，襄城的习俗是不养蚕织布，很少人种桑树。

范纯仁很担忧，就让犯罪且罪行较轻的人，在家里种桑树，种多少依他犯罪的轻重而定，日后按照每个人所种桑树生长茂盛程度来免除他们的罪行。从此以后，襄州百姓都得到了从事养蚕织布的好处。范纯仁离任后，人民还对他念念不忘。

高　郁

【原文】

楚王马殷既得湖南，不征商旅，由是四方商旅辐辏。湖南地多铅铁，军都判官高郁请铸为钱，商旅出境，无所用之，皆易他货而去，国用富饶。湖南民不事蚕桑，郁令输税者皆以帛代钱，未几，民间机杼大盛。

【评】

官府无私，即铅铁尚可行，况铜乎？夫钱法所以壅而不行者，官出而不官入也，以恶钱出而以良钱入，出价厚而入价廉，民谁甘之？故曰："君子平其政。"上下平，则政自行矣。

【译文】

五代时楚王马殷（鄢陵人，字霸图）据有湖南之地后，不向商旅征税，因此各地的商旅都聚集到湖南。湖南盛产铅铁，军府判官高郁请求铸成钱币，商旅出境后此种钱币在他处无法适用，只好换其他的货离去，国家因而富足。

湖南人不养蚕桑，高郁下令缴税的人可以用布帛代替钱币，不久，民间织布之风大盛。

赵　开

【原文】

赵开既疏通钱引，民以为便。一日有司获伪引三十万，盗五十人。议法当死，张浚欲从之，开曰："相君误矣！使引伪，加宣抚使印其上，即为真矣。黥其徒，使治币，是相君一日获三十万之钱而起五十人之死也。"浚称善。

【译文】

宋朝时赵开（安居人，字应祥）促成钱引（宋代的纸币）通行后，人民都认为很方便。有一天，官吏查获伪造钱引三十万，盗印的五十人，依法当处死。

张浚想依法而行，赵开说："大人错了。假使钱引是假的，加盖宣抚使印以后，就是真的了。将盗印的人处以黥刑（在脸上刺字），然后派他们去印钱引，这样您一天就得到三十万钱，还救活五十人。"

张浚认为很好。

诸葛亮

【原文】

备依刘表，尝忧兵寡不足以待曹公，诸葛亮进曰："荆州非少人也，而著籍者寡。平居发调，则民心不悦，可语刘荆州，令凡有游户，皆使自实，因录以益众可也。”备从其计，其众遂强。

【译文】

刘备依附刘表后，曾忧虑民众太少，不足以对抗曹兵。

诸葛亮进言道：“荆州人口并不少，只是编入户籍的太少。无事调动，人民会不高兴，可以告诉刘荆州（表），命令所有游动的户口都自动实报，官方详细记录下来，就可以增加人口了。”

刘备依计去做，人口果然增加。

陶　侃

【原文】

陶侃性俭厉，勤于事。作荆州时，敕船官悉录锯木屑，不限多少。咸不解此意，后正会，值积雪始晴，厅事前除雪后犹湿，于是悉用木屑覆之，都无所妨。官用竹，皆令录厚头，积之如山。后桓宣武伐蜀，装船悉以作钉。又尝发所在竹篙，有一官长，连根取之，仍当足，公即超两阶用之。

【译文】

晋朝人陶侃（鄱阳人，字士行）生性节俭，做事勤快。

任荆州刺史时，命令船官要收集锯木屑，不论数量多少。众人都不了解他的用意，后来正逢积雪溶化时期，官府虽前去除雪，地仍湿滑，于是用锯木屑撒在地上，遂能通行无阻。

官用的竹子，陶侃命令要留下粗厚的竹子头，这些竹子头堆积如山。后来桓温伐蜀，竹子头都用来当作造船的竹钉。

曾有人挖掘竹子，有一官吏连着竹根挖起，以为竹根部分非常坚硬，可作为竹钉的材料使用。陶侃见了，立刻将此人的官阶提升两阶。

苏州堤

【原文】

苏州至昆山县凡七十里，皆浅水，无陆途。民颇病涉，久欲为长堤。而泽国艰于取土。嘉祐中，人有献计，就水中以蘧除刍藁为墙，栽两行，相去三尺；去墙六尺，又为一墙，亦如此。漉水中淤泥，实蘧除中，候干，则以水车沃去两墙间之旧水，墙间六尺皆土，留其半以为堤脚，掘其半为渠，取土为堤。每三四里则为一桥，以通南北之水，不日堤成，遂为永利。

【译文】

苏州到昆山县共七十里远，都是浅水，没有陆路可行。人民苦于涉水，早就想筑长堤。但是水泽之地很难取土。

宋仁宗嘉祐年间，有人献计，就在水中用芦荻干草做墙，栽两行，相距三尺；离墙六丈，又做一墙，做法和前两墙相同。把水中的淤泥沥干，塞在干草中，等干了以后，用水车除去两墙之间的旧水，墙与墙之间都是泥土，留一半作为长堤的基础，挖另一半做河渠，把挖出来的土拿来筑堤。每三四里筑一座桥，以打通南北的水域。

不久长堤完成，此地还收到灌溉之利。

丁　谓

【原文】

祥符中，禁中火。时丁谓主营复宫室，患取土远，公乃命凿通衢取土，不日皆成巨堑，乃决汴水入堑中，引诸道竹木牌筏及船运杂材，尽自堑中入，至公门事毕，却以拆弃瓦砾灰壤实于堑中，复为街衢，一举而三役济，计省费以亿万计。

【评】

此公尽有心计，但非相才耳，故曰："小人不可大受，而可小知。"

【译文】

宋真宗祥符年间，宫中发生大火。当时丁谓主办营建修复宫室，取土的地方太远是一大烦恼，丁谓就下令挖道路取土，不久道路变成大沟，于是打通汴水流入沟中，引用各地的竹筏及船来运各种建材，都由大沟运来。到修复的事办完以后，把破损的瓦砾土壤填充沟中，又成为街道，做一件事而同时完成三项工作，节省了亿万的经费。

郑　晓

【原文】

嘉靖丁巳四月，三殿三楼十五门俱灾，文武大臣会议修建。

海盐郑公晓时协理戎政，率营军三万人打扫火焦。郑公白黄司礼："砖瓦木石不必尽数发出，如石全者、半者、一尺以上者，各另团围，就便堆积；白玉石烧成石灰者，亦另堆积；砖瓦皆然。"不数日，工部欲改修端门外廊房为六科并各朝房，午门以里欲修补烧柱墙缺，又于谨身殿后、乾清宫前，隆宗、景运二门中砌高墙一道，拦断内外，内监、工部议从外运砖、运灰、运黄土调灰，一时起小车五千辆，民间骚动。公告黄司礼曰："午门外堆积旧砖石并石灰无数，可尽与工部修端门外廊房；其在午门以内者，可与内监修理柱空，并砌乾清宫前墙。"黄甚喜。公又曰："修砌必用黄土，今工部起车五千辆，一时不得集，况长安两门、承天、端门、午门止可容军夫出入，再加车辆，阻塞难行。见今大工动作，两阙门外多空地，可挖黄土；用却，命军搬焦土填上，用黄土盖三尺，岂不两便?"黄曰："善。"公曰："午门以里台基坏石，移出长安两门甚远，今厚载门修砌剥岸，若命军搬出右顺门，出启明门前下北甚近，就以此石作剥岸填堵，不须减工部估料，但省军士劳力亦可。"黄又曰："善。"公曰："旧例，火焦木，军搬送琉璃、黑窑二厂，往回四十里，今焦木皆长大，不唯皇城诸门难出，外面房稠路狭，难行难转，况今灾变，各门内臣小房，非毁即折坏，必须修盖，方可容身，莫若将焦木移出左、右顺门外，东西宝善、思善二门前后，并启明、长庚两长街，听各内臣擘取焦皮作炭，木心可用者任便取去，各修私房，以皇城内物修皇城内房，不出皇城四门，亦省财力。"黄又曰："善。"

锦衣赵千户持陆锦衣帖来言："军士搬出火焦，俱置长安两门外，大街两旁，四夷朝贡人往来，看见不雅，庆寿寺西夹道有深坑，可将火焦填满。"

公曰："三殿灾，朝廷已诏天下，如何说不雅？谁敢将朝廷龙文砖石填罪废太平侯故宅？况寿宫灾，九庙灾，火焦皆出在长安两门外。军士从长安大街重去空来，人可并行，官可照管，若从西夹道入，必从寺东夹道出，路多一半，三万人只做得一万五千人生活，岂有营军为人填坑。且火焦工部还有用处，待木石料完，要取火焦铺路，直从长安坊牌下填至奉天殿前，每加五寸，杵碎平实，又加五寸，至三尺许方可在上行大车，旱船，滚石，不然街道，廊道皆坏矣，见今午门外东西胁下数万担火焦积堆，若搬出，正虑不久又要搬入耳。"赵复语，公径出。

会议午门台基及奉天门殿楼等台基、阶级、石柱磉、花板、石面纷纷不决。公欲言，恐众不肯信，特造大匠徐杲请教，杲虽匠艺，亦心服公，即屏左右，公曰："今有三事，一午门台基，众议将前三面拆去一丈，从新筑土砌石。如此，恐今工作不及国初坚固，万一楼成后旧基不动，新基倾侧，费巨万矣。莫若只将台下龟脚、束腰、墩板等石，除不被火焚坏者留之，其坏者凿出烬余，约深一尺五寸，节做新石补入，内土令坚，仍用木杉板障之，决不圮坏，三面分三工，不过一月可完。唯左右掖门两旁须弥座石最大且厚，难换，必须旁石换齐后，如前凿出，约深二尺五寸，做成新石垫上，与旧石空齐，用铁创肩进，亦易为力。"徐曰："善。"公又曰："奉天门阶沿石，一块三级，殿上柱磉大者方二丈，如此重大，不比往时皇城无门限隔，可拽进，近年九庙灾，木石诸料不能进，拆去承天门东墙方进得，今料比九庙又进三重门，尤难为力，莫若起开焦土，将旧阶沿磉石，地面花板石，逐一番转，尚有坚厚可用，番取下面，加工用之，至于殿上三级台基并楼门台基，俱如午门挖补皆可，公能力主此议，省夫力万万，银粮何至数百万，驴骡车辆又不知几，莫大功德也！"徐甚喜，后三日再议，悉如前说。

【译文】

明世宗嘉靖丁巳年四月，宫中有三座宫殿、三座楼和十五座门都被烧毁。文武大臣商议如何修建。海盐人郑晓（字窒甫，谥端简）当时协理军政，率领军营中三万人打扫火灾后的宫室。郑晓告诉黄司礼（掌宫廷礼仪的官），砖瓦木石其实不必全部搬出去，如石材有完整的，有一半完好的、在一尺以上的，可以分别就近找地方堆积起来。白玉石被烧成石灰石，也另外堆积，其他砖瓦也都这样处理。

数天后，工部想将端门外廊房改修为六科办公地点，且要修补朝房（臣子上朝等待时刻地方），午门以里也想修补被烧毁的柱子与断墙，又在谨身殿后、乾清宫前，隆宗、景运二门中砌一道高墙，把皇宫分为两部分。宦官与工部决议从外面运砖、灰及黄土调灰，一时间起用小车五千辆，民间为之骚动。

郑晓告诉黄司礼说："午门外堆积很多旧砖石和石灰，可全部供给工部改修端门外廊房。午门内的可以给宦官修理墙柱，并砌乾清宫前的墙。"

黄司礼很高兴。

郑晓又说："修砌一定要用黄土，现在工部要起用五千辆车子，一时之间可能无法凑足，何况长安左门与右门、承天门、端门、午门都只可由车夫出入，再加上车辆，必定阻塞难行。如今大兴土木工程，两阙门外很多空地，可以挖黄土，只要命令军士搬运焦土填上，再用黄土覆盖三尺，这岂不是一举两得？"

黄司礼说："很好。"

郑晓又说："午门以内，台基的坏石块，要搬出长安左右两门太远了，现在厚载门正在修补破裂的石阶，如果命令军士搬出右顺门，由启明门前过去很近，就用这些石块填补破裂的石阶，既不须减少工部预估的材料，只是节省军士的劳力就可以了。”

黄司礼又说：“很好。”

郑晓再建议：“旧例烧焦的木材，由军士搬送到琉璃、黑窑二厂，来回要四十里。如今焦木又长又大，不只皇城各门很难出去，外面房屋稠密，道路狭窄，既难行又难转弯；何况火灾之后，各门太监的小房门，都毁坏了，必须重新修盖，才有容身之处。不如将焦木移到左右顺门外，东西宝善、思善二门前后，以及启明、长庚两条长街，听任太监拿取焦木皮作木炭，可使用的木心，随便拿去修理各人的房间。用皇城内的东西来修理皇城内的房间，不必到皇城外取材，可节省很多财力。”

黄司礼又说：“很好。”

锦衣卫赵千户拿着锦衣卫指挥使陆炳的帖子前来，说是军士搬出焦土，都放置在长安两门外、大街两旁，四方来朝贡的人看了不雅观。庆寿寺西边夹道上有深坑，可用焦土去填满。

郑晓说：“三座宫殿发生火灾，朝廷已经诏告天下，有什么不雅观可言？谁敢将朝廷的龙纹砖石，填在因罪被废的太平侯张轨的故宅？何况寿宫火灾、祖庙火灾，焦土都运到长安两门外，军士在长安大街负重而去，空着回来，人可并行，官吏可以照应管理。如果从两个夹道进去，一定要从寺东的夹道出来，路程多了一半，三万人只能做一万五千人的工作，哪有军士为人填坑的？而且焦土工部还有用处，等木块和石块用完后，要取焦土铺路，从长安坊牌下，一直填到奉天殿前，每次填五寸厚，都碾碎压平；再加五寸，一直要填三尺厚，才能在上面行走大车子、旱船、滚石，不然街道走廊都坏了。现在午门外东西两侧堆积着数万担焦土，如果搬运出去，不久又得再搬运进来。”

赵子户还想说话，郑晓径自出去了。

朝中集会讨论午门及奉天门官殿楼房等台基、阶级石、柱下石、花板石面的工程、费用等问题，各部门的意见很多，纷纷不决。

郑晓也想发表自己的意见，但考虑到各方未必理解采纳，乃特地造访大匠（官名，掌宫室、宗庙、路寝、陵园等的土木营建）徐杲，向他请教。徐杲虽是工程方面的专才，却也对郑晓十分钦佩，两人见面之后，即屏退左右。郑晓说："本官有三件事想请教徐大人。第一件是有关午门台阶的问题，有关部门的官员认为应将前三面拆去一丈，重新筑上砌石。本官认为这样恐怕比不上开国之初兴建得那么牢靠坚固，万一城楼盖好了，旧有的地基屹立不动，新盖的地基却发生倾斜，那又要耗费很多钱财了。倒不如只将门楼台下龟脚东侧腰墩板等石材，除了保留那些未被大火焚坏的部分，其余损坏的地方将余烬挖凿出来，大约凿一尺五寸，然后定制新的石材，填置到里土中令其坚固，再用木杉皮填实，这样绝对不会腐坏，而且只要安排三班人工，不到一个月就可完工。但是左右侧门旁的须弥座石，石材大且厚，很难置换，必须等其他部分的石料都已换齐后，按照先前的方式凿出深约二尺五寸的窟窿，定制新的座石，跟旧石所留空隙一样大，用铁器撞击新做成的座石，让其像肩膀一样一点点挤进去，这样做比较省力。"

徐杲道："这个方法很好。"

郑晓又说："有关奉天门的阶沿石，一块石头要做成三级阶梯；还有殿上的柱下石，大的有两丈见方。这样的庞然大物，又不比过去皇城没有门槛阻隔时那样，可以用合力拖拉的方式拽进去施工。前几年九庙（古代帝王立七庙以祀祖先，至王莽增建黄帝太初祖庙和虞帝始祖昭庙，共九庙）发生火灾，木石等材料无法进入施工，结果拆去承天门东墙才得以运进去。这次如要施工，又要越过三重宫门，工程更加困难。倒不如我们在火灾后的焦土中，将旧的阶沿石、柱下石、地面花板石逐一清出，如尚有坚厚可用的石材，就用来充当建物底层的基石，加工后再用。至于殿上的三级台阶，以及楼门的台基，也都像前面讲的挖补一番便可。徐大人如能支持本官的这些意见，除了省下了不少民工、银两、粮食，也可省下数百万两银钱；至于驴骡车辆，则更无法计算了。这是莫大的功德啊！”

徐杲一听，十分高兴。等到三天后再议此事时，全部采用了郑晓的意见。

涂　杲

【原文】

嘉靖间，上勤于醮事，移幸西苑，建万寿宫为斋居所。未几，万寿宫灾，阁臣请上还乾清宫。上以修玄不宜近宫闱，谕工部尚书雷礼兴工重建。礼以匠师徐杲有智，专委经营。皆取用于工部营缮司原收赎工等银，及台基、山西二厂原存木料，与夫西苑旧砖旧石，稍新改用，并不于各省派办。其夫力则以歇操军夫充之，时加犒赏，及雇募在京贫寒乞丐之民，因济其饥。是以中外不扰，军民踊跃，而功易成。杲历升通政侍郎及工部尚书职衔。

【译文】

明朝嘉靖年间，世宗勤于祈祷祭祀，移驾西苑，兴建万寿宫作为斋戒的住所。不久万寿宫失火，内阁大臣请世宗回乾清宫。世宗认为修道期间不应接近后妃，告示工部尚书雷礼（丰城人，字必进）

要重建万寿宫。

雷礼认为匠师徐杲很有才智，就交付给他办理，所需费用都从工部营缮司领取。原先所收罪犯抵罪的银两，以及台基、山西二厂所存的原料，加上西苑的旧砖石，稍加修饰后使用，不让各省分派办理，并以处于操练空当的军士担任运夫，给予犒赏作为酬劳；又招募在京师的贫民乞丐，借此让他们得到收入。所以全国上下都不觉负担，军民协力，事情很容易办妥。徐杲后来也升任通政侍郎及工部尚书。

贺盛瑞

【原文】

嘉靖中，修三殿。中道阶石长三丈，阔一丈，厚五尺，派顺天等八府民夫二万，造旱船拽运。派府县佐贰官督之，每里掘一井以浇旱船、资渴饮，计二十八日到京，官民之费总计银十一万两有奇。万历中鼎建两宫大石，御史亦有佥用五城人夫之议。工部郎中贺盛瑞用主事郭知易议，造十六轮大车，用骡一千八百头拽运，计二十二日到京，费不足七千两。又造四轮官车百辆，召募殷实户领之，拽运木石，每日计骡给直。其车价每辆百金，每年扣其运价二十两，以五年为率，官银固在，一民不扰。

慈宁宫石础二十余，公令运入工所，内监哗然言旧。公曰："石安得言旧？一凿便新。有事我自当之，不尔累也！"

献陵山沟两岸，旧用砖砌。山水暴发，砖不能御也。年修年圮，徒耗金钱。督工主事贺盛瑞欲用石，而中贵岁利冒被，主于仍旧。贺乃呼工上作官谓之曰："此沟岸何以能久？"对曰："宜用黑城砖，而灌以灰浆。”公曰：“黑城砖多甚，内官何不折二三万用?”作官对以“畏而不敢”，公曰：“第言之，我不查也。”作官如言以告内监。中官怀疑，未解公意，然利动其心，遂折二万。久之不言，一日同至沟岸尽处，谓中官曰：“此处旧用黑城砖乎?”中官曰：“然。”公曰：“山水暴发，砖不能御，砌之何益，不如用石。”中官曰：“陵山之石，谁人敢动?”公笑曰：“沟内浮石，非欲去之以疏流水者乎?”中官既中其饵，不敢复言。于是每日五鼓点卯，夫匠各带三十斤一石，不数日而成山矣，原估砖二十万，既用石，费不过五万。

坟顶石，重万余斤，石工言，非五百人不能秤起，公念取夫于京，远且五十余里，用止片时，而令人往返百里，给价难为公，不给价难为私，乃于近村壮丁借片时，人给钱三文，费不千余钱，而石已合榫矣。

神宫监修造，例用板瓦，然官瓦黑而恶，乃每片价一分四厘；民瓦白而坚，每片价止三厘。诸阉阴耗食于官窑久矣，民瓦莫利也。盛公督事，乃躬至监，谓诸阉曰：“监修几年矣?”老成者应曰：“三十余年。”公曰：“三十余年而漏若此，非以瓦薄恶故耶?”曰：“然。”公乃阴运官、民瓦各一千，记以字而参聚之，于是邀监工本陵掌印与合陵中官至瓦所，公谓曰：“瓦唯众择可者。”佥曰：“白者佳。”取验之，民瓦也，公曰：“民瓦既佳且贱，何苦而用官窑?”监者曰：“此祖宗旧制，谁敢违之?”公曰：“祖制用官窑，为官胜于民也，岂谓冒被钱粮，不堪至此，余正欲具疏，借监官为证耳!”遂去，监者随至寓，下气谓公曰：“此端一开，官窑无用，且得罪，请如旧。”公不可，请用官民各半，复不可，监者知不可夺，乃曰：“唯公命，第幸勿泄于他监工者。”于是用民瓦二十万，省帑金二千余。

金刚墙实土，而在工夫止二十余名，二人一筐，非三五日不可。公下令曰："多抬土一筐，加钱二文，以朱木屑为记。"各夫飞走，不终日而毕。

锦衣卫题修卤簿，计费万金，公嫌其滥，监工内臣持毁坏者俱送司。公阅之，谓曰："此诸弁畏公精明，作此伎俩，以实题中疏语耳，不然，驾阁库未闻火，而铜带胡由而焦，旧宜腐，胡直断如切。"内臣如言以诘诸弁，且言欲参，诸弁跪泣求免，工完无敢哗者。用未及千，而卤簿已焕然矣。

永宁长公主举殡。例搭席殿群房等约三百余间，内使临行时俱拆去。公令择隙地搭盖，以楸棍横穿于杉木缆眼下埋之，席用麻绳连合。在工之人，无不笑公之作无益也。殡讫，内官果来取木，木根牢固，席复连合，即以力断绳，取之不易，遂舍之去。公呼夫匠谓曰："山中风雨暴至，无屋可避，除大殿拆外，余小房留与汝辈作宿食，何如?"众佥曰："便。"公曰："每一席官价一分五厘，今只作七厘，抵工价，拆棚日，悉听尔等将去，断麻作麻筋用，木作回料，何如?"众又曰："便。"

都城重城根脚下，为雨水冲激，岁久成坑，啮将及城，名曰"浪窝"。监督员外受部堂旨，议运吴家村黄土填筑，去京城二十里而遥，估银万一千余两。公建议："但取城壕之土以填塞，则浪窝得土而筑之固，城壕去土而浚之深，银省功倍，计无便此。"比完工，止费九百有奇。

【译文】

明世宗嘉靖年间，整修三座宫殿。其中的阶石，长三丈，宽一丈，厚五尺，派顺天等八府的民夫二万名，制造旱船载运，派府县佐使二人监督。每里挖一个井，取井水浇旱船，并供民夫饮水，共二十八天到京师，官府与民间的花费，总计银子十一万两多。

神宗万历年间，需要建造两座宫殿的大石块，有御史共同建议征用五个城的民夫，工部郎中贺盛瑞采用主事郭知易的建议，制造十六轮的大车，用一千八百头骡子拉车，共计二十二天可到京师，花费不到七千两银子。又制造四轮的官车一百辆，招募家境殷实的人家领去运木材、石块，每天计算骡子的数目付酬，车价每辆一百金，每年从运费中扣下二十两，共计五年还清，不必实际动用公家的钱，而人民也不必负担费用。

慈宁宫需要二十多块础石，贺盛瑞命令运入官府，宦官们一见都大吵起来，说石头是旧的。贺盛瑞说："石头这种东西，哪有新旧之分，凿一凿就又是新的了。有事我自己担当，不会连累你们。"

仁宗献陵的山沟，两岸旧时是用砖砌成的，山水暴发，砖不能挡，每年修理每年倒塌，白费很多金钱。督工主事贺盛瑞想改用石头，而宦官贪图每年工程的回扣，都主张依照惯例办理。贺盛瑞就找来负责施工的官员，问他："这个沟岸怎样才能保持不坏呢？"负责施工的官员说："应当用黑城砖再灌入灰浆。"贺盛瑞说："黑城砖那么多，宦官为什么不分出二三万块来用呢？"问到这里，负责施工的官员说是害怕不敢回话。贺盛瑞说："你尽管说，有什么内情我不追究。"工头就将实情告诉贺盛瑞。宦官听说贺盛瑞要求黑城砖修沟岸，心中怀疑，为何忽然不坚持以石头来修沟，但因猜不透贺盛瑞在想什么，又贪图以砖修建年年产生的利益，就答应分出两万块砖。

有一天贺盛瑞和宦官一同到沟岸尽头巡视，贺盛瑞对宦官说："这里以往是用黑城砖吗？"

宦官说："是的。"

贺盛瑞说："山水暴发，砖头无法抵挡，砌上去有什么用，不如改用石块。”

宦官说：“陵墓所在山的石头谁敢动它?”

贺盛瑞笑道：“沟中污积的石头，不是要除掉才能使水流通吗?”

宦官心知中计，于是不敢再坚持用砖。

于是贺盛瑞每天五更时分亲自点名，所有民夫、工匠各带三十斤石块，不过数天，就堆积如山，原估计砖头要二十万钱，改用石头后，花费不过五万钱。

献陵上所需要使用的石块共有一万余块，石工说，这么多的石头，没有五百个人手是不可能统统挑到山陵上去的。贺盛瑞私下盘算，如果到京里头调来人手，则两地相隔有五十多里，挑石头却不需那么多时间，平白让人往返百余里，实在说不过去，更何况，如果动用民工，公帑中并没有散发工资的这笔预算，但不发工资又太不像样，贺盛瑞于是命人到邻近村庄商借壮丁片刻，每人每工时发给三文钱，结果，这回总共才花了一千多文钱，山陵上的墓石便已砌好了。

明朝的太监在监督工部兴建陵墓、神庙时，按例要使用板瓦，然而官窑生产的板瓦色黑质劣，每片价钱是一分四厘，民窑生产的板瓦色白质坚，每片只要三厘。太监们靠官窑中饱私囊由来已久，民窑从未沾上半点好处。贺盛瑞主持陵墓兴建之后，便亲自造访阉宦，问道：“你们监修土木有多少年了?”

其中一位老成点的回答说：“三十多年了。”

贺盛瑞道：“既已有三十多年了，如今神庙的屋顶漏得那么厉害，是不是所用的板瓦质料不好?”

“的确如此。”

贺盛瑞便私下选了官瓦和民瓦各一千片，在上头暗中做下记号，将之掺杂在一起，然后邀集监工和本陵掌印诸人，会合太监来到放置瓦片的地方，说道：“你们选选看，这里头哪种板瓦最适合在本次工程中使用。”

众人选了选，道：“白色的好。”

于是大家将白瓦取来一看，是民窑的产品。

贺盛瑞道：“民瓦既然品质好又便宜，何苦一定要使用官窑的产品?”

太监道：“这是祖宗立下的规矩，谁敢违背?”

贺盛瑞道：“当初祖宗要用官窑，是因为民窑的产品没那么好。现在官窑中一定有人从中贪污舞弊，否则品质不会恶劣到这种地步?我正准备向朝廷上疏报告此事，请在场的监官为我做证。”于是离去。

监工太监跟着他到了官邸，低声下气地说：“这项例子一开，官窑等于是报废了，会得罪不少人，请大人考虑按照旧有的成例发包施工。”

贺盛瑞不准，太监又要求官民各半，还是不准。太监知道贺某人态度强硬，只好说：“那就由大人全权做主好了，但是请不要对其他监工透露本官曾来和大人商议此事。”

于是这次工程共使用了二十万片民瓦，共节省二千多两银子。

金刚墙的工程要进行填土时，在场工作的工人只有二十多人，如果二人合抬一筐泥土，则非要三至五日不能完工。贺盛瑞下令道：“凡有多抬一筐泥土者，加发工资二钱。每筐泥土都洒上红木屑为记号。”工人飞快地往来搬运，结果不到一天便完工了。

锦衣卫拟议要更置仪杖等装备，所提预算共需一万两银子，贺盛瑞认为有过于浮滥之嫌。

那时，监督工部的宦官一遇到弊案便交付有司审理，贺盛瑞便在公文上眉批意见道：“这些武职人员都畏惧大人的精明，先用好话取悦上司，然后进言，才故意弄些小伎俩，好借以吻合文中叙述的各项情节，但实情并非如此。他们所掌管的驾阁库并没听说遭到火灾，为什么他们身上的铜带会焦黑呢？用旧的仪仗理应腐朽，为什么每一具看来都那么笔直如削呢？”

监工太监便用这些疑点质问锦衣卫的那些武官，并提言要参劾他们，武官们大惊失色，都跪在地上请求饶恕，不敢再对工部的安排有意见，结果，这次花费还不到一千两银子，仪仗装备便已焕然一新。

永宁长公主于万历三十五年去世，工部依例雇工搭盖了殡官殿房等三百多间，内廷有旨，等丧礼结束之后，要全部拆除。贺盛瑞令民夫选择空地搭盖，并用细棍子横穿杉木缆眼，埋入土中，每张席子并用麻绳连接起来，当时在场工作的民夫，每个人都暗自嗤笑贺某人在做无聊的事。

殡葬结束后，官中的官员果然派人来搜刮杉木，结果因木根牢固，每张草席又连接起来，如要一一将麻绳割断收走席子，未免太过费事，只好算了。

贺盛瑞便召集工匠等人，询问他们道：“山区一旦风雨暴至，你们便无屋可避，你们将大殿拆除，剩下的小房子，就留给你们起居之用，好不好？”

大家都俯首称善。

贺盛瑞道：“当初官府购买席子，每一张价钱是一分五厘，现在每张折价为七厘卖给你们，从工资中扣除，殡官拆除之日，听任你们将席子取走，麻绳割下来还可以使用，木材也可自行应用，如何？”

大家又纷纷表示赞成。

京师外城的墙脚根，因为雨水长期的冲刷，渐渐形成一个大坑，有危及整座城墙的趋势，附近居民为大坑取了个外号，名叫“浪窝”。

官府有关部门打算进行修葺，有一位官员建议到京城二十里外的吴家村运黄土来修补，估算总共要耗费一万一千余两银子。贺盛瑞则提议挖护城河河沟底下的泥土，这样不但可以填平浪窝，顺便还可挖深护城河，既省钱又省事，一计数得。

后来的修护工作即依此进行，竣工时，总共才花了九百多两银子。

陈懋仁

【原文】

陈懋仁云："泉州库贮败铁甚夥，皆先后所收不堪军器也。余尝监收，目击可用，乃兵丁饰虚，利在掊饷，不论堪否，故毁解还。余议：堪者，官给工料，分发各营，修理兼用；不堪者作器与之，于军器银内，银七器三，照额搭给，解验查盘，一如新造之法。并散雨湿火药，而加硝提之，计省二千余金，即于饷银内扣库，以抵下年征额，节军费以纾民力，计无便此。乃当事者泛视不行，终作朽物，惜哉！"

【译文】

明朝人陈懋仁（嘉兴人，字无功）说：

"泉州府库贮存很多废铁，都是先后收来的不能用的兵器。我曾经负责监收，亲眼看见有些还可以使用的，是因为军人为了骗取兵器报销的折钱，故意作假，不论兵器还能不能使用，都故意破坏后缴回来。我建议将这些可以使用的兵器，由官府付工钱，分发给各军营修理后再用；其他无法再使用的兵器，当作废铁发给他们。在购买军火钱中，七成给银子，三成给旧兵器，依数量搭配，并详细解释试验，完全如参照新造军械的办法，并分给他们被雨水淋湿的火药，加硝提炼，如此估计可节省二千多两银子，就由饷银内扣下缴库，以抵下一年征收的税额，节省军费而缓解人民的负担，没有比这样做更方便了。但执政的人往往视而不见，最后使这些兵器变成无用的废物，真可惜啊！"

叶梦得

【原文】

叶石林在颍昌，岁值水灾，京西尤甚，浮殍自唐、邓入境，不可胜计，令尽发常平所储以赈。唯遗弃小儿，无由得之。一日询左右曰："民间无子者，何不收畜？"曰："患既长或来识认。"叶阅法例：凡伤灾遗弃小儿，父母不得复取。遂作空券数千，具载本法，即给内外厢界保伍，凡得儿者，皆使自明所从来，书券给之，官为籍记，凡全活三千八百人。

【译文】

宋朝人叶石林（叶梦得，吴县人）在武昌时，正逢水灾，京师西边一带特别严重，从唐邓等地漂来的浮尸不可胜数。叶石林命令以库存的常平米来救济灾民，但很多被遗弃的小孩却不知该如何处理。

有一天，叶石林问左右的人："民间没有孩子的人为什么不收养他们呢？”

左右的人说：“怕养大以后又被亲身父母认领回去。”

叶石林翻阅旧法例：凡是因为灾害而被遗弃的小孩，亲生父母不能再认领回去。于是制作数千份空白的契券，详细说明这条法令，就发给城内外乡里之间的人家，凡是领养到小孩的，都让他们自己说明从哪里得来的，登录在契券后发给他们，并由官府登记在户籍里。如此一来，一共救活了三千八百个失去双亲的小孩。

虞允文

【原文】

先是浙民岁输丁钱绢绌，民生子即弃之，稍长即杀之。虞公允文闻之恻然，访知江渚有荻场利甚溥，而为世家及浮屠所私。公令有司籍其数以闻，请以代输民之身丁钱。符下日，民欢呼鼓舞，始知有父子生聚之乐。

【译文】

宋朝时，先前浙江人民都须缴纳丝绸为丁口税，人民负担不起，往往生了儿子就丢弃，或是还没有长成就杀掉。

虞允文（仁寿人，字彬甫）知道这个情形，十分不忍，后来查访到江边沙洲有荻草地，经济利益很大，但皆被豪门世家及僧侣窃据。

虞允文于是命令手下将这些豪门世家和僧侣全数登录下来，并要求这些人代替人民缴壮丁税。命令下达的那一天，人民欢呼鼓舞，浙江一带的百姓至此才能安享父子天伦之乐。

韦孝宽　李崇

【原文】

韦孝宽为雍州刺史。先是，路侧一里置一土堠，经雨辄毁。孝宽临州，勒部内当堠处但植槐树，既免修复，又便行旅。宇文泰后见之，叹曰："岂得一州独尔？"于是令诸州皆计里种树。

魏李崇为兖州刺史，兖旧多劫盗，崇命村置一楼，楼皆悬鼓；盗发之处，乱击之，旁村始闻者，以一击为节，次二，次三，俄顷之间，声布百里，皆发人守险。由是盗无不获。

【评】

袁了凡曰：

"宋薛季宣令武昌，乡置一楼，盗发，伐鼓举烽，瞬息遍百里，事与李崇合。乱世弭盗之法，莫良于此。独宋向子韶知吴江县，太守孙公杰令每保置一鼓楼，保丁五人，以备巡警，盗发则鸣鼓相闻。子韶执不可，曰："斗争自此始矣。"是亦一见也。

大抵相机设法，顾其人方略何如。唯明刑、薄赋、裕民为弭盗之本。

【译文】

韦孝宽任雍州刺史时，雍州路旁每一里设立一个记里程的土台，往往一场大雨下来就整个冲毁。韦孝宽到任后，命令部下在每个土台处种植槐树。既不用修复，又方便行人旅客休息。

后来宇文泰（后魏·武川人）见了，叹息道："哪能只有一州这样做呢？”于是各州都详细计算道路的里程，并种树作为记号。

后魏李崇（顿丘人，字继长）任兖州刺史时，兖州本来有很多盗贼。李崇就下令每村建一座楼，楼上都悬挂着鼓。盗贼出现时则立刻击鼓告警。邻村一听到鼓声，先敲一响，再连敲二响，再连敲三响。顷刻间，鼓声传遍百里，各村都派人防守，于是盗贼没有不很快就被抓住的。

范仲淹

【原文】

仲淹知延州。先是，总官领边兵万人，钤辖领五千人，都监领三千人，寇出，则官卑者先出御。仲淹曰：“将不择人，以官为次第，败道也。”乃大阅州兵，得万八千人，分六将领之，将各三千，分部训练，使量贼多寡，更番出御。

【译文】

宋朝范仲淹任延州太守时，延州惯例是总官率领边境士兵一万人，提辖率领五千人，都监率领三千人。盗寇一出现，官位低的先率兵出去抵御。

范仲淹说：“将领的委派不从实际的能力去考虑，而以官位的高低为出兵的次序，这是必败的做法。”

于是大规模检阅州兵，共得精兵一万八千人，分派六个将领来率领，每个将领各领三千名士兵，分别训练，根据贼兵的多寡，再轮流出兵抵御。

种世衡　杨掞

【原文】

种世衡所置青涧城，逼近虏境，守备单弱，刍粮俱乏。世衡以官钱贷商旅，使致之，不问所出入。未几，仓廪皆实，又教吏民习射，虽僧道、妇人亦习之，以银为的，中的者辄与之。既而中者益多，其银重轻如故，而的渐厚且小矣。或争徭役轻重，亦令射，射中者得优处。或有过失，亦令射，射中则免之。由是人人皆射，富强甲于延州。

杨掞本书生，初从戎习骑射，每夜用青布藉地，乘生马跃，初不过三尺，次五尺，次至一丈，数闪跌不顾。孟珙尝用其法，称为“小子房”。

【译文】

种世衡所建的青涧城，非常靠近蕃族部落，守备的军力薄弱，粮草又缺乏。种世衡于是用官钱借给商人，供他们到内地买粮谋利，完全不加以干涉。不久，城里仓库的粮食都满了。

种世衡又教官吏人民练习射箭，连僧侣、妇人都要练习，用银子做箭靶，射中的就给他。后来射中的人越来越多，就将箭靶改得厚而小，但银子的重量依旧。有人为徭役的轻重而争执，也命令他们比赛射箭，射中的可以优先选择。有过失的人也命令他射箭，射中的可以不处罚。

从此人人都会射箭，人民生活的富裕程度和战力之强跃居整个延州第一。

宋朝人杨掞（临川人，字纯父）本是书生，后来跟戎人学习骑马射箭。每天晚上用青布铺在地上，骑着悍马跳跃。最初跳不过三尺，后来跳过五尺，最后甚至跳过一丈，屡次摔倒也不在意。

孟珙（字璞玉，谥忠襄）曾经采用他的方法，并称杨掞为“小子房”。

曹玮

【原文】

曹玮在泰州时，环庆属羌，田多为边人所市，单弱不能自存，因没彼中。玮尽令还其故，以后有犯者，迁其家内地。所募弓箭手，使驰射较强弱，胜者与田二顷。再更秋获，课市一马，马必胜甲，然后官籍之，则加五十亩。至三百人以上，因为一指挥，要害处为筑堡，使自堑其地为方田环之。立马社，一马死，众皆出钱市马。后开边壕，悉令深广丈五尺，山险不可堑者，因其峭绝治之，使足以限敌。后皆以为法。

【译文】

曹玮任职泰州时，环、庆两地原属于羌人的田地，多数被边境的汉人所收购，但因此地汉人势力单薄，无法保护自己，因而往往又被羌人侵占。曹玮于是命令羌人归还所有的田地，若有违犯的，一律将他们迁徙至内地。

曹玮又招募善于骑射的弓箭手，并要他们比赛骑马射箭，胜的人赏给二顷田地。又规定下一次秋收，获得赏田的弓箭手一定要买一匹能够骑战使用的马，再由官方统一登录于簿籍之内。这些都能做到，再加赏田地五十亩。这样的弓箭手每累积到三百人，便成立一个团，每团设一个指挥。曹玮在地势险要处建筑堡垒，让士卒自己开辟土地，再圈围起来作为马社，一匹马死了，由众人共同出钱买马。后来曹玮又在边境上挖掘濠沟，要求濠沟的深度、宽度得达到一丈五尺。山势险峻无法挖掘的，就利用峭壁修建防御工事，后来各州都起而效法。

虞　诩

【原文】

永初四年，羌胡反乱，残破并、凉，大将军邓骘以军役方费，事不相赡，欲弃凉州，并力北边，譬如衣败，用以相补，犹有所完，不然，将两无所保。议者咸以为然。诩说太尉李修曰："窃闻公卿定策，当弃凉州。夫凉州既弃，即以三辅为塞。三辅为塞，则园陵单外，此不可之甚者也。谚曰：'关西出将，关东出相。'观其习兵壮勇，实过余州。今羌胡所以不敢入据三辅，为腹心之害者，以凉州在后故也。其土人所以摧锋执锐无反顾之心者，为臣属于汉故也。若弃其境域，徙其人庶，安土重迁，必生异念。如使豪杰相聚，席卷而东，虽贲，育为卒，太公为将，犹恐不足当御。议者喻以补衣犹有所完，诩恐其疽食浸婬而无限极，弃之非计。"修曰："然则计将安出？"诩曰："今凉土扰动，人情不安，窃忧卒然有非常之变，诚宜令四府九卿各辟彼州数人，其牧守令长子弟，皆除为冗官，外以劝励，答其功勤，内以拘制，防其邪计。"修善其言，更集四府，皆从诩议。于是辟西川豪杰为掾属，拜牧守长吏为郎，以安慰之。

【译文】

东汉安帝永初四年，羌人反叛作乱，残酷践踏并州、凉州一带人民，大将军邓骘（字昭伯）认为出兵对付羌人军费支出太高，不太划算，想放弃凉州，集中力量去对付北方的敌人。譬如两件破衣服，用一件来补另一件，还有一件是完整的，否则两件都不能穿。众人都认为这种做法很对。

虞诩（武平人，字升卿）劝太尉李修（字伯游）说：

“听说公卿已决定要放弃凉州。凉州放弃之后，三辅之地（汉朝京兆尹，左冯翊，右扶风合称三辅）就成为边塞，而历代天子的陵墓位于城郊，毫无屏障，这是绝对不可以的。俗话说：‘关西出将，关东出相。’凉州人对军事的熟习，以及勇敢尚武的性格，远远超过其他各州。羌人之所以一直不敢入侵三辅之地，而直接威胁京师这一带，是因为凉州在前面为屏障的缘故。

“而当地人之所以执持兵器奋勇抗敌、义无反顾，是因为他们自认是大汉的子民。如果抛弃这个地方，要迁徙当地人民到内地，而人民安居本土，不肯轻易迁徙，必然产生叛变的意图。更严重的是，万一当地的豪杰之士全数聚集起来，挥军向东，就算我们有孟贲、夏育这样的勇士为士卒，有姜太公这样足智多谋者为将帅，恐怕也抵挡不了。有人用补两件破衣服还能保有其中一件的完整来做譬喻，意图放弃凉州，我却认为抛弃凉州像毒疮一般，患部将会持续不断地扩散，所以抛弃凉州不是好办法。”

李修说：“但要怎么做才对呢？”

虞诩说：“如今凉州骚动，民心不安，我担心突然间有意外的变故，应当由四府（大将军府、太尉府、司徒府、司空府）、九卿各自辟召凉州人数名为幕僚，让凉州各级地方官员的子弟都在京城为散职的官员。表面上来说，是对凉州官员守土有功的酬奖，实质上也是对这些人一种无形的牵制，防止他们有任何作乱的意图。”

李修很赞许他的话，就集合四府商议，依虞诩的计策行事。于是辟召凉州一地的豪杰之士担任属官，州牧、太守的子弟为郎，用来劝慰他们。

顾　玠

【原文】

顾玠《海槎余录》云：儋耳七坊黎峒，山水险恶，其俗闲习弓矢，好战，峒中多可耕之地，额粮八百余石。弘治末，困于征求，土官符蚺蛇者恃勇为寇，屡败官军。后蚺蛇中箭死，余党招抚讫，嘉靖初，从侄符崇仁，符文龙争立，起兵仇杀，因而扇动诸黎，阴助作逆，余适拜官莅其境，士民蹙额道其故。余曰：“可徐抚也。”未几，崇仁、文龙弟男相继率所部来见，劳遣之。徐知二人已获系狱，故发问曰：“崇仁、文龙何不亲至?”众戚然曰：“上司收狱正严。”余答曰：“小事，行将保回安生。”众欣然感谢。郡士民闻之骇然，曰：“此辈宽假，即鱼肉我民矣!”余不答，既而阅狱，纵系囚二百人，州人咸赏我宽大之度。黎众见之，尽磕首祝天曰：“我辈冤业当散矣。”余随查该峒粮，俱无追纳，因黎众告乞保主，余谕之曰：“事当徐徐，此番先保各从完粮，次保其主何如?”众曰：“诺。”前此土官每石粮征银八九钱，余欲收其心，先申达上司，将该峒黎粮品搭见征无征，均照京价二钱五分征收。示各黎俱亲身赴纳，因其来归，人人抚谕，籍其名氏，编置十甲。办粮除排年外，每排另立知数、协办、小甲各二名，又总置、总甲、黎老各二名，共有百余人，则掌兵头目各有所事，乐于自专，不顾其主矣。日久寖向有司。余密察识其情，却将诸首恶五十余名，解至省狱二千里外，相继牢死，大患潜消。后落窑峒黎闻风向化，亦告编版籍，粮差讫，州仓积存，听征粮斛准作本州官军俸粮敷散，地方平安。

【译文】

明朝人顾玠（吴县人，字汇堂）的《海槎余录》记载：

儋耳七坊黎山一带山势险恶，当地人民一向熟习弓箭，好斗成性。黎峒有很多耕种的田地，每年可生产八百多石米粮。明孝宗弘治末年，当地人民不堪忍受重税的课征，于是土官符蚺蛇仗恃勇武率众为寇，屡次打败官军。后来符蚺蛇中箭死亡，余党被官军招抚。

世宗嘉靖初年，符蚺蛇的侄儿符崇仁、符文龙争夺官位的继承，起兵互相仇杀，继而煽动各黎族部落，暗中准备叛乱。

我正好到当地任知府，当地的百姓非常忧虑乱事将起，向我报告了这个事情，我说："没问题，可以慢慢安抚他们。"

不久，符崇仁、符文龙的弟弟及儿子相继率领部落的人来求见，我慰劳他们，后来知道符崇仁、符文龙已被捕下狱，就故意问他们："崇仁、文龙为什么不亲自来呢？"

众人难过地说："已经被官府抓去关起来了。"

我笑着说："这是小事，我这就去保他们回来。"

众人都高兴地道谢。

郡里的百姓听了，害怕地说："这些恶人一放出来，马上就会来残害我们了。"

我也不理会。

不久我巡视监狱，放了两百名囚犯，州人都称赞我宽宏大量，黎族人见了全体低着头祈祷说:“我们的冤屈终于可以得到平反了。”

我随后详查黎峒的粮食,都没有缴纳粮税,就趁黎族人来请求我保释他们的首领时,告诉他们说:“事情要一步一步来,我们先办好纳粮完税的事,再谈保释首领怎样?”

众人说:“好的。”

前任官吏每石粮食征收银子八到九钱,我想收笼他们的心,先请求上司将黎峒的各种粮税均依照京师的二钱五分来征收,并要求各黎族亲自缴纳,等他们来缴税时,都加以安抚开导。

把名氏登录在簿籍上,编成十甲。办理粮务时,除了当年负责领导的人外,每排又设立知数、协办、小甲各两名,又总会整个十甲设立总甲、黎老各两名,于是共设立了一百多名掌兵头目,每人分层负责。这些人都很高兴得到自己权责范围的权力,便不肯再听令于原来的首领了。黎族人渐渐地心向着官府。我仔细明察各种情况,又将五十多名带头作乱的人押送到省监狱,让他们相继死于两千里外的监狱中,于是大患遂消除于无形之中。往后落窑的黎族也来归化,都正式编入户口簿籍里,催收公粮的差事完成后,州仓所积存的粮食,准许分配做本州官军的俸粮,黎族人于是安定下来。

中华国学传世经典

智囊全集

第三册

精·解·导·读

（明）冯梦龙／著
谢普／主编

应急管理出版社
·北　京·

第三部　察智

察智部总序

【原文】

冯子曰：智非察不神，察非智不精。子思云：“文理密察，必属于至圣。”而孔子亦云：“察其所安。”是以知察之为用，神矣广矣。善于相人者，犹能以鉴貌辨色，察人之富贵福寿贫贱孤夭，况乎因其事而察其心？则人之忠佞贤奸，有不灼然乎？分其目曰“得情”，曰“诘奸”，即以此为照人之镜而已。

【评】

冯子曰：语云：“察见渊鱼者不祥。”是以圣人贵夜行，游乎人之所不知也。虽然，人知实难，己知何害？目中无照乘摩尼，又何以夜行而不踬乎？子舆赞舜，明察并举，盖非明不能察，非察不显明；譬之大照当空，容光自领，岂无覆盆，人不憾焉。如察察予好，渊鱼者避之矣。吏治其最显者，得情而天下无冤民，诘奸而天下无戮民，夫是之谓精察。

【译文】

冯梦龙说：“智慧需要明察，才能显示出其效用，而明察若不以智慧为基础，则难以真正洞悉事物的精微关键之处。”子思说：“条理清晰，细致明辨，这才是真正的智慧。”孔子也说：“观察他做事情安与不安。”从而知道明察的作用，是非常神圣和广泛的。善于相面的人，能从一个人的长相神色，看出一个人的富贵或贫贱，长寿或夭折来。同样的，从一个人的行为处世之中，也能清楚判断出他是忠直还是奸邪，是贤能还是愚昧。因此，本部分为“得情”和“诘奸”两卷，可以用来作为照见人心的明镜。

洞察真情

【原文】

口变缁素，权移马鹿；山鬼昼舞，愁魂夜哭；如得其情，片言折狱；唯参与由，吾是私淑。

【译文】

有口才的人，可以把黑的说成白的；有权势的人，能够指着鹿却说是马；坏人十分猖狂，含冤的人无处洗雪冤情；但在有才智的人眼中，只要只字片语就能察出实情。这样的人只有曾参和仲由，我不能亲自接受他们的教诲，只能崇敬仰慕他们。

唐朝某御史

【原文】

李靖为岐州刺史，或告其谋反，高祖命一御史案之。御史知其诬罔，请与告事者偕。行数驿，诈称失去原状，惊惧异常，鞭挞行典，乃祈求告事者别疏一状。比验，与原状不同，即日还以闻，高祖大惊，告事者伏诛。

【译文】

李靖任岐州刺史时，有人告他谋反，唐高祖李渊命令一位御史来调查这件事。御史知道李靖是被诬告的，就请求和原告同行。走过几个驿站后，御史假装原状丢了，非常恐惧，鞭打随行的官吏，于是请求原告再另外写一张状子，然后拿来和原状比对，内容果然大不相同。当天就回京师报告结果，唐高祖大惊，而原告则因诬告而被判死罪。

张楚金

【原文】

湖州佐史江琛，取刺史裴光书，割取其字，合成文理，诈为与徐敬业反书，以告。差御史往推之，款云："书是光书，语非光语。"前后三使并不能决，则天令张楚金勘之，仍如前款。楚金忧懑，仰卧西窗，日光穿透，因取反书向日视之，其书乃是补葺而成，因唤州官俱集，索一瓮水，令琛取书投水中，字字解散，琛叩头伏罪。

【译文】

唐朝湖州佐使江琛，将刺史裴光的信，割取信中的文字，组合成文，诈称裴光与徐敬业谋反，提出控告。

武则天（唐高宗的皇后，名曌，高宗崩殂之后，称帝，国号周）派御史去推断，都回复说："信是裴光的笔迹，词句却不是裴光的文词。"前后派三个人都不能决断。

武则天命令张楚金再去调查，还是查不出实情。张楚金非常忧虑烦闷，仰卧在西窗下，日光透过窗子射进来，于是拿出信对着阳光看，才看出信都是修剪缀补而成的。因而把州官一起请来，要一瓮水，命令江琛把信投入水中，信纸果然一字一字地散开，江琛才叩头认罪。

崔思竞

【原文】

崔思竞，则天朝或告其再从兄宣谋反，付御史张行岌按之。告者先诱藏宣妾，而云："妾将发其谋，宣乃杀之，投尸洛水。"行岌按，略无状。则天怒，令重按，奏如初。则天怒曰："崔宣若实曾杀妾，反状自明矣。不获妾，如何自雪？"行岌惧，逼思竞访妾。思竞乃于中桥南北多置钱帛，募匿妾者。数日略无所闻，而其家每窃议事，则告者辄知之。思竞揣家中有同谋者，乃佯谓宣妻曰："须绢三百匹，雇刺客杀告者。"而侵晨伏于台前。宣家有馆客，姓舒，婺州人，为宣家服役，宣委之同于子弟。须臾见其人至台，赂阍人以通于告者，告者遂称，崔家欲刺我。"思竞要馆客于天津桥，骂曰："无赖险獠，崔家破家，必引汝同谋，何路自雪！汝幸能出崔家妾，我遗汝五百缣，归乡足成百年之业；不然，亦杀汝必矣！"其人悔谢，乃引至告者之家，搜获其妾，宣乃得免。

【评】

一个馆客尚然，彼食客三千者何如哉？虽然，鸡鸣狗盗，因时效用则有之，皆非甘为服役者也，故相士以廉耻为重。

【译文】

武则天时，有人告崔思竞的堂兄崔宣谋反，当时交付御史张竹岌审判。原告先引诱崔宣的姨太太，把她藏匿起来，反而说崔宣因为小老婆要举发他的阴谋而杀害她，把尸体投入洛水。张行岌审判没有结果。

武则天很生气，命令他重新再审，回复依旧。武则天大怒，说："崔宣如果真的杀死姨太太，谋反的实情自然明显，没有找到他的姨太太，怎么使案情明朗呢?"

张行岌害怕，逼着崔思竞去找。崔思竞在中桥南北张贴告示，悬赏藏匿崔宣姨太太的人，好多天都没有结果。而崔宣家每天私下讨论的事，原告往往知道。崔思竞猜想家中一定有内奸，就假装对崔宣的妻子说："准备三百匹绢，我要去雇刺客杀原告。"然后在清晨埋伏于门前高台。

崔宣家有个寄宿的客人，姓舒，婺州人，为崔宣家服役，崔宣待他如同子弟。不久，崔思竞看见这个人走到门前，贿赂看门的人去通报原告。崔思竞一路跟踪到原告家，听见原告说："崔家要刺杀我。"

崔思竞拉着舒姓客人至天津桥，在桥上大骂道："无赖阴险的家伙，崔家要是被抄家，也一定拉你作同谋，你哪有办法洗清罪过?你最好交出崔家的姨太太，我可以送你五百匹缣，你回乡去足以建立百年的事业。不然，我一定杀了你。"

舒姓客人悔过谢罪，就带领崔思竞去原告家，搜出崔宣的姨太太，崔宣因而无罪。

边郎中

【原文】

开封屠子胡妇，行素不洁，夫及舅姑日加笞骂。一日，出汲不归，胡诉之官。适安业坊申有妇尸在眢井中者，官司召胡认之，曰："吾妇一足无小指，此尸指全，非也。"妇父素恨胡，乃抚尸哭曰："此吾女也！久失爱于舅姑，是必挞死，投井中以逃罪耳！"时天暑，经二三日，尸已溃，有司权瘗城下，下胡狱，不胜掠治，遂诬服。宋法，岁遣使审覆诸路刑狱，是岁，刑部郎中边某，一视成案，即知冤滥，曰："是妇必不死！"宣抚使安文玉执不肯改，乃令人遍阅城门所揭诸人捕亡文字，中有贾胡逃婢一人，其物色与尸同，所寓正眢井处也。贾胡已他适矣。于是使人监故瘗尸者，令起原尸，瘗者出曹门，涉河东岸，指一新冢曰："此是也。"发之，乃一男子尸，边曰："埋时盛夏，河水方涨，此辈病涉，弃尸水中矣，男子以青帑总发，必江淮新子无疑。"讯之果然，安心知其冤，犹以未获逃妇，不肯释。会开封故吏除洺州，一仆于迓妓中得胡氏妇，问之，乃出汲时婬奔于人，转娼家，其事乃白。

【译文】

开封胡姓屠夫的妻子，向来不守贞洁，丈夫及公婆天天打她骂她。有一天，她出去汲水后就没有回家，胡家就到官府控诉。刚好安业坊中有一具妇尸在废井中，官府便召胡屠夫去认尸，胡屠夫说："我的妻子有一只脚没有小趾，这具尸体脚趾齐全，不是我的妻子。"

胡妻的父亲向来恨胡屠夫，就抚着尸体说："这是我的女儿，久失公婆的宠爱，一定是被打死后投入井中以逃罪。"

当时天气炎热，经过两三天后，尸体已经溃烂，官府派人把它埋在城下，将胡姓屠夫关进监狱，胡某受不了刑罚，于是认罪。

宋朝法律规定，每年都要派特使复审各路的刑案。这一年，刑部郎中边某一看到这个案子，立即知道是冤狱，他说："这个妇人一定没死！"宣抚使安文玉坚持不肯改判，于是边郎中派人去查看城门所贴的寻人启事，其中有一则是外国商人寻找逃婢一人，所说的特征和尸体相同，而住所也正在废井附近，但是那名外国商人已经搬走了。

边郎中于是派人去找埋尸的人，命令他挖出原来的尸体，埋尸者走出曹门，涉水渡河到东岸，指着一个新坟说："这个就是。"

挖开一看，却是一具男尸。边郎中说："埋尸的时候是夏天，河水上涨，这些人怕涉水，就把尸体丢弃到水中，用青巾整束头发的男子，一定是江淮间的年轻胡虏。"一问，果然如此。

安文玉这时已经知道胡姓屠夫是冤枉的，但因为没有找到逃妇，还是不肯释放犯人。正逢前任开封官吏调到洺州，一个仆人在狎一妓时看到屠夫的妻子胡氏，问她，说是出去汲水时和人私奔，被转卖到妓院，这件事才真相大白。

李　崇

【原文】

定州流人解庆宾兄弟坐事，俱徙扬州。弟思安背役亡归，庆宾惧后役追责，规绝名贯，乃认城外死尸，诈称其弟为人所杀，迎归殡葬，颇类思安，见者莫辩。又有女巫杨氏，自云见鬼，说思安被害之苦、饥渴之意。庆宾又诬疑同军兵苏显甫、李盖等所杀，经州讼之，二人不胜楚毒，各诬服。狱将决，李崇疑而停之，密遣二人非州内所识者，伪从外来，诣庆宾告曰："仆住北州，比有一人见过，寄宿，夜中共语，疑其有异，便即诘问，乃云是流兵背役，姓解字思安，时欲送官，苦见求，乃称，有兄庆宾，今住扬州相国城内，嫂姓徐，君脱矜愍为往告报，见申委曲。家兄闻此，必相重报，今但见质，若往不获，送官何晚？"是故相造，君欲见顾几何？当放令弟，若其不信，可现随看之。”庆宾怅然失色，求其少停，此人具以报崇，摄庆宾问之，引伏，因问盖等，乃云自诬，数日之间，思安亦为人缚送。崇召女巫视之，鞭笞一百。

【译文】

定州有两兄弟名叫解庆宾、解思安，因犯罪被判刑流放扬州。弟弟解思安中途逃亡，解庆宾怕被追究责任，竟认城外的死尸，诈称是弟弟被人杀害。迎回安葬，死尸的模样很像解思安，见到的人都无法分辨。

此外，哥哥解庆宾又说女巫杨氏亲眼见到解思安变成鬼，告诉她被害的痛苦，受饥渴的情形。解庆宾又假装怀疑同军的苏显甫、李盖是凶手，向州官提出控诉。苏、李两人因受不了拷打而认罪。

案情将判决时，李崇怀疑而不作判决，秘密派遣两个大家不认识的人，假装从外地来，拜访解庆宾说：“我们从北方来，当时有一个人，经过我们寄宿处，夜里一起谈话，我们看他神情有异，便质问他，他说是流放的逃兵，姓解名思安。当时我们想把他送到官府，他苦苦哀求，说他有个哥哥叫庆宾，现在住在扬州相国城内，嫂嫂姓徐，希望我们同情他，替他来向你报告，以洗清他的冤屈。他说你听到后，一定会重重地报答我们。现在他自愿当人质，如果我们找不到你，再送官府不晚。你给我们一些报酬，就释放令弟；如果不信，可以跟我们去看他。”

解庆宾怅然失色，求他们稍作停留。两人就把实情报告李崇，带着解庆宾来盘问，解庆宾伏首认罪，又询问李盖等人，都说是受不了逼供而认罪。几天之后，解思安也被缚绑着送到，李崇找女巫杨氏来，鞭打她一百下。

欧阳晔

【原文】

欧阳晔治鄂州，民有争舟相殴至死者，狱久不决。晔自临其狱，出囚坐庭中，出其桎梏而饮食。讫，悉劳而还之狱，独留一人于庭，留者色动惶顾。公曰："杀人者，汝也！"囚不知所以，曰："吾观食者皆以右手持匕，而汝独以左；今死者伤在右肋，此汝杀之明验也！"囚涕泣服罪。

【译文】

宋朝人欧阳晔治理鄂州政事时，有州民为争船互殴而死，案子很久都没有判决。欧阳晔亲自到监狱，把囚犯带出来，让他们坐在大厅中，除去他们的手铐与脚镣，给他们吃食物之后，善加慰问再送回监狱，只留一个人在大厅上，这个人显得很惶恐不安。欧阳晔说："杀人的是你！"这个人不承认，欧阳晔说："我观察饮食的人都使用右手，只有你是用左手，被杀的人伤在右边肋部，这就是你杀人的明证。"这个人才哭着认罪。

尹见心

【原文】

民有利侄之富者，醉而拉杀之于家。其长男与妻相恶，欲借奸名并除之，乃操刃入室，斩妇首，并取拉杀者之首以报官。时知县尹见心方于二十里外迎上官，闻报时夜已三鼓。见心从灯下视其首，一首皮肉上缩，一首不然，即诘之曰："两人是一时杀否?"答曰："然。"曰："妇有子女乎?"曰："有一女方数岁。"见心曰："汝且寄狱，俟旦鞫之。"别发一票，速取某女来，女至，则携入衙，以果食之，好言细问，竟得其情，父子服罪。

【译文】

有个人贪图侄儿的财富，趁侄儿喝醉酒时将他杀死。他的长子与媳妇不和睦，想假装自己的太太与那被父亲杀死的表兄弟通奸，就趁机拿着刀子进入卧室，斩下妻子的首级，连同被父亲杀死的表兄弟的首级拿去报告官府。

当时的知县尹见心正在二十里外迎接上司，听到报告时已半夜三更。尹见心在灯下观察首级，一个皮肉已经上缩，一个没有，于是问报案的长子说："这两个人是同时被杀的吗?"

回答说："是的。"

尹见心问："你和你太太有子女吗?"

回答说："有一个女儿，才几岁。"

尹见心说："你暂且留在监狱，等天亮以后再查办。"尹见心立即派人将他的女儿带来，女孩来到后被带入衙门，尹见心给她糖果吃，和善而详细地问她，才了解实情。父子只好伏首认罪。

王 佐

【原文】

王佐守平江，政声第一，尤长听讼。小民告捕进士郑安国酒。

佐问之，郑曰："非不知冒刑宪，老母饮药，必酒之无灰者。"佐怜其孝，放去，复问："酒藏床脚笈中，告者何以知之，岂有出入而家者乎？抑而奴婢有出入者乎？"以幼婢对，追至前得与民奸状，皆仗脊遣，闻者称快。

【译文】

王佐任平江太守时，在政坛上声望很高，最擅长审判诉讼案件。

有一个百姓报告说捉到进士郑安国私自酿酒。

王佐问郑安国，郑安国说："不是故意冒犯法令，只是老母吃药必须清酒。"

王佐同情郑安国的孝心，就放他走，但是又问他："酒藏在床脚的箱子里，告你的人怎么会知道？难道有人在你家出入？还是有奴婢出入呢？"

郑安国回答有小奴婢进去。

追究结果，查到小奴婢与原告通奸，于是将两人处以杖刑，听到的人都叫好。

殷云霁

【原文】

正德中，殷云霁（字近夫）知清江，县民朱铠死于文庙西庑中，莫知杀之者。忽得匿名书，曰："杀铠者某也。"某系素仇，众谓不诬。云霁曰："此嫁贼以缓治也。"问左右："与铠狎者谁？"对曰："胥姚。"云霁乃集群胥于堂，曰："吾欲写书，各呈若字。"有姚明者，字类匿名书，诘之曰："尔何杀铠？"明大惊曰："铠将贩于苏，独吾侯之，利其赀，故杀之耳。

【译文】

明武宗正德年间，殷云霁（寿张人，字近夫）任清江知县。县民朱铠死于文庙西边廊下，不知道凶手是谁。有一天，殷云霁突然收到一封匿名信，说："杀死朱铠的是某人。"

某人和朱铠有旧仇，大家都认为很可能是他。

殷云霁说："这是真凶嫁祸他人，以拖延案件的解决。"又问左右的人说："朱铠平时和谁亲近？"

都回答说："姚姓属吏。"

殷云霁就将所有属吏聚集于公堂说："我需要一个字写得好的人，各呈上你们的字。"

属吏之中，姚明的字最像匿名信的笔迹，殷云霁就问他："为什么杀朱铠？"

姚明大惊，只好招认说："朱铠将到苏州做生意，我因贪图他的财物，所以杀他。"

周纡

【原文】

周纡为召陵侯相。廷掾惮纡严明，欲损其威。侵晨，取死人断手足，立寺门。纡闻辄往，至死人边，若与共语状，阴察视口眼有稻芒，乃密问守门人曰："悉谁载藁入城者？"门者对："唯有廷掾耳。"乃收廷掾，拷问具服，后人莫敢欺者。

【译文】

周纡任召陵侯相时，廷掾怕周纡严明，想挫他的威严，就在清晨时把一个死人斩断手足，放在寺门。

周纡知道后立即前往，他走到死人身边，好像和死人讲话，暗地观察死人，结果在口眼处发现稻芒，就秘密问守门人说："昨晚有谁载干草入城?"

守门人说："只有廷掾。"

周纡就收押廷掾拷问，廷掾只好认罪。

从此没有人敢再欺骗周纡。

高子业

【原文】

高子业初任代州守，有诸生江棒与邻人争宅址。将哄，阴刃族人江孜等，匿二尸图诬邻人。邻人知，不敢哄，全畀以宅，棒埋尸室中。数年，棒兄千户楫枉杀其妻，棒嗾妻家讼楫，并诬楫杀孜事，楫拷死，无后，与弟檠重袭楫职。讼上监司台，付子业再鞫。业问棒以孜等尸所在，棒对曰："楫杀孜埋尸其室，不知所在。"曰："楫何事杀孜?"棒愕然，对曰："为棒争宅址。"曰："尔与同宅居乎?"对曰："异居。"曰："为尔争宅址，杀人埋尸已室，有斯理乎?"问吏曰："搜尸棒室否?"对曰："未也。"乃命搜棒室，掘地得二尸于棒居所，刃迹宛然，棒服罪。州人曰："十年冤狱，一旦得雪。"州豪吴世杰诬族人吴世江奸盗，拷掠死二十余命，世江更数冬不死。子业覆狱牍，问曰："盗赃布裙一，谷数斛。世江有田若庐，富而行劫，何也。”世杰曰：“贼饵色。”即呼奸妇问之曰：“盗奸若何？”对曰：“奸也。”“何时？”曰：“夜。”曰：“夜奸何得识贼名？”对曰：“世杰教我贼名。”世杰遂伏诬杀人罪。

【译文】

高子业初任代州太守时，有秀才江槔和邻人争夺住屋，几乎发生殴斗。江槔暗中杀死族人江孜等两人，把尸体藏匿起来，准备诬害邻人。邻人知情，因而不敢和他殴斗，把住屋都给江槔，江槔就将尸体埋在房子里。

数年后，江槔的哥哥江楫误杀了妻子，江槔于是唆使江楫妻子的家人去告江楫，同时诬陷江楫杀死江孜等两人。江楫被拷打而死，没有后代，就由弟弟江檠继承职位。讼案呈给专管刑狱的监司，交付高子业再审查。

高子业问江槔：“江孜等尸体在哪里？”江槔说：“江楫杀死江孜后，把尸体埋在房子里，不知道确实的地点在何处。”

高子业问：“江楫为什么要杀死江孜？”

江槔慌张地回答：“为我和邻居争住屋。”

高子业问道：“你和江楫住同一幢屋子里吗？”

江槔回答：“不住一起。”

高子业说：“他为你去争住屋，杀人后把尸体埋在自己房子里，有这种道理吗？”又问差役说：“在江槔的房子搜查过尸体没有？”

差役回答：“还没有。”

于是高子业命人搜查江槔的房子，果然在地下挖到两具尸体，刀刃砍伤的痕迹还很清楚。江槔才认罪。

州人都说：“十年的冤狱，如今才洗清。”

州中的大族吴世杰，诬害族人吴世江窃盗，逼供拷打，致使二十多人丧命。吴世江幸而经过数年不死。

高子业重新审查讼案的记录，问吴世杰道："窃盗的赃物有布裙一条、谷物数斛。吴世江有房子和田地，家境富裕，为什么要当窃贼？"

吴世杰说："是要劫色。"

于是高子业又叫来奸妇问道："窃贼怎么对你？"

"强奸。"

"什么时候？"

"半夜。"

"半夜强奸，怎么知道窃贼是谁？"

"是吴世杰告诉我窃贼名字的。"

吴世杰这才承认诬告杀人罪。

程 戡

【原文】

程戡知处州。民有积仇者。一日诸子谓其母曰："母老且病，恐不得更议，请以母死报仇。"乃杀其母，置仇人之门，而诉于官。仇者不能自明，戡疑之，僚属皆言无足疑。戡曰："杀人而自置于门，非可疑耶？"乃亲自劾治，具得本谋。

【译文】

宋朝人程戡（阳翟人，字胜之）任处州太守时，有一州民与人积仇。有一天，此人的几个儿子对他们的母亲说："母亲年老又生病，反正活不了多久，请用母亲的生命来报仇。"

于是杀死自己的母亲，放置在仇人家门前，再向官府控告。

仇人没有办法为自己脱罪。

程戡很怀疑，同僚都说没有什么可怀疑的。程戡说："杀死人而且将尸体放在自己家门前，不是很可疑吗？"于是亲自审问，把主谋全都查了出来。

张　举

【原文】

张举为句章令，有妻杀其夫，因放火烧舍，诈称夫死于火。其弟讼之，举乃取猪二口，一杀一活，积薪焚之，察死者口中无灰，活者口中有灰，因验夫口，果无灰，以此鞫之，妻乃服罪。

【译文】

张举任句章县令，有个妻子杀死自己丈夫，并放火烧掉房子，假装丈夫是被火烧死的。丈夫的弟弟提出控诉。

张举就用两只猪，一只死的一只活的，将它们放在木柴堆中焚烧。观察后发现，死猪口中无灰，而活的口中有灰。再检验该丈夫口中，发现无灰，因而讯问妻子，妻子于是认罪。

陈　骐

【原文】

陈骐为江西佥宪。初至，梦一虎带三矢，登其舟。觉而异之。

会按问吉安女子谋杀亲夫事，有疑。初，女子许嫁庠生，女富而夫贫，女家恒周给之。其夫感激，每告其友周彪，彪家亦富，闻其女美，欲求婚而无策，后贫士亲迎时，彪与偕行，谚谓之“伴郎”。途中贫士遇盗杀死，贫士父疑女家嫌其贫，使人故要于路，谋杀其子，意欲他适，不知乃彪所谋，欲得其女也。讼于官。问者按女有奸谋杀夫，骐呼其父问之，但云：“女与人有奸。”而不得其主名。使稳婆验其女，又处子，乃谓其父曰：“汝子交与谁最密?”曰：“周彪。”骐因思曰：“虎带三矢而登舟，非周彪乎。况彪又伴其亲迎，梦为是矣。”越数日，伪移檄吉安，取有学之士修郡志，而彪名在焉，既至，骐设馔以饮之，酒半，独召彪于后堂，屏左右，引手叹息，阳谓之曰：“人言汝杀贫士而取其妻，吾怜汝有学，且此狱一成，不可复反。汝当吐实。吾救汝。”彪错愕战栗。跪而悉陈，骐录其词。潜令人捕同谋者。一讯而狱成，一郡惊以为神。

【译文】

陈骐任江西佥宪。初到任时，梦见一只老虎带着三支箭，登上船来，陈骐醒后觉得很奇怪。后来审问到一桩吉安女子谋杀亲夫的案件，颇有可疑的地方。

原来起初女子许嫁给庠生，由于女家富有而夫家贫穷，女家常常接济夫家。丈夫心存感激，常常告诉朋友周彪。周彪家也很富有，早就听说该女子很美，想求婚而没有办法。后来庠生迎亲时，周彪随行当伴郎。途中，庠生遇强盗被杀害，庠生父亲怀疑女家嫌弃自家贫穷，故意派人在半路拦截，谋杀他的儿子，再将女子改嫁，却不知道其实是周彪的计谋，目的是想得到该女子。

诉讼到官府后，审问的官吏认为是女子设计谋害亲夫。陈骐叫女父来问，只说女子和别人有奸情，但不知道对方姓名。陈骐派女役吏检查女子身体，仍是处女，就问死者父亲：“你儿子和谁来往最密切?”答:“周彪。”

陈骐因而想到:“老虎带三支箭登舟，不是周彪吗?何况周彪又伴随庠生去迎亲，梦中的情形果然是真。”

几天后，陈骐假装送一份公文到吉安，说要选有学识的人士编修郡志，而周彪的姓名也在公文上。大家到齐后，陈骐便设宴款待他们，酒喝到一半，陈骐把周彪单独请到后堂，屏退左右，握着周彪的手叹息，假装说:“别人说你杀害庠生，想娶他的妻子，我同情你有学问，而且案子一定，就无法平反，你应当老实说，我才能救你。”

周彪惊惧地发抖，跪着陈述事情的经过。陈骐记录他的供词，暗中派人捕捉同谋的人，一次审问就能定案，全郡的人都认为很神奇。

范　槚

【原文】

范槚为淮安守，时民家子徐柏，及婚而失之，父诉府，槚曰:“临婚当不远游，是为人杀耶?”父曰:“儿有力，人不能杀也。”久之莫决，一夕秉烛坐，有濡衣者，臂系甓，偻而趋，默诧曰:“噫!是柏魂也，而系甓，水死耳!”明日问左右曰:“何池沼最深者，吾欲暂游。”对曰某寺，遂舆以往。指池曰:“徐柏尸在是。”网之不得，将还。忽泡起如沸，复于下获焉，召其父视之，柏也。然莫知谁杀，槚念柏有力人，杀柏当勍。一日忽下令曰:“今乱初已，吾欲简健者为快手。”选竟，视一人反袄，脱而观之，血渍焉，呵曰:“汝何杀人?”曰:“前阵上涴耳。”解其里，血渍沾纩。槚曰:“倭在夏秋，岂须袄，杀徐柏者汝也。”遂具服，一时称为神识。

【译文】

范檟任淮安太守时，有一民家子徐柏在成婚前夕失踪，父亲向官府控诉。

范檟说：“结婚前不应该远游，是被人杀害的吗?”

父亲说：“我儿子力气很大，别人不太可能杀他。”

这件事经过很久，一直不能决断。

有一天晚上，范檟独自坐在烛光下，有个身穿湿衣，胳膊上系着瓮的人，弯着身子向前走过来。范檟惊异地想：“啊，是徐柏的鬼魂，是双臂被绑在瓮上丢进水中淹死的。”

第二天，范檟问左右的人说：“哪个池塘最深，我想去游览一下。”

左右的人说是在某座寺庙，于是一起前往。

范檟指着池塘说：“徐柏的尸体在这里。”于是，找人用网捞，却捞不到；就要回去时，池水忽然冒泡，如同水沸一般，于是再捞一次，终于找到尸体。请徐父来看，果然是徐柏，然而还是不知道是谁杀的。

范檟心想徐柏是有勇力的人，杀害徐柏的人一定是被命令行事的。有一天，范檟忽然下令说：“现在大乱刚刚平定，我想选一些健壮的人来当衙役。”选完以后，看到一个人反穿棉袄，脱下来看，里面都是血迹。范檟大声叱喝说：“你为什么杀人?”

这下人说：“是以前在战场上沾到的血。”再打开棉里看，血迹已沾到棉絮，范檟说：“倭寇之乱是在夏秋之间，哪里需要穿棉袄，杀徐柏的人就是你!”

于是认罪，一时大家都称赞范檟见识卓越。

杨评事

【原文】

湖州赵三与周生友善，约同往南都贸易，赵妻孙不欲夫行，已闹数日矣。及期黎明，赵先登舟，因太早，假寐舟中，舟子张潮利其金，潜移舟僻所沉赵，而复诈为熟睡，周生至，谓赵未来，候之良久，呼潮往促，潮叩赵门，呼“三娘子”因问：“三官何久不来?”孙氏惊曰：“彼出门久矣，岂尚未登舟耶?”潮复周，周甚惊异，与孙分路遍寻，三日无踪，周惧累，因具牍呈县。县尹疑孙有他故，害其夫，久之，有杨评事者阅其牍，曰：“叩门便叫三娘子，定知房内无夫也。”以此坐潮罪，潮乃服。

【译文】

湖州的赵三与周生很要好，约定一同到南都做生意。赵妻孙氏不要丈夫远行，已经闹了好几天。临行当天清晨，赵三先上船，因为时间还早，在船中小睡。

船夫张潮贪图他的钱，偷偷将船划到偏僻的地方，将赵三丢入水中淹死，再假装睡得很熟。周生到后，看到赵三还没来，等了很久，叫张潮前去催促，张潮敲赵家大门，直呼“三娘子”，问：“赵三怎么这么久不来?”

孙氏很惊讶地说：“他已经出门很久了，难道还没有上船吗?”

张潮回来报告周生，周生也很奇怪，就和孙氏分路寻找，找了三天都没有踪迹。周生怕被连累，于是呈送文书给县府，县尹怀疑孙氏因其他原因害死丈夫，却苦于没有证据，拖了很久，无法结案。

有位杨评事（掌管决断刑狱的官）阅览公文，说道："敲门就叫三娘子，一定知道她的丈夫不在屋里。"

因此判断张潮杀人，张潮这才俯首认罪。

杨茂清

【原文】

杨茂清升直隶贵池知县。池滨大江，使传往来如织，民好嚣讼，茂清因俗为治，且遇事明决。时泾县有王赞者，逋青阳富室周鉴金而欲陷之，预购一丐妇蓄之，鉴至索金，辄杀妇诬鉴，讯者以鉴富为嫌，莫敢为白，御史以事下郡，郡檄清往按，阅其狱词，曰："知见何不指里邻，而以五十里外麻客乎？赞既被殴晕地，又何能辨麻客姓名，引为之证乎？"又云："其妻伏赞背护赞，又何能殴及胸胁死乎？"已乃讯证人，稍稍吐实，诘旦至尸所，益审居民，则赞门有沟，沟布椽为桥，阳出妇与鉴争，堕桥而死，赞乃语塞，而鉴得免。石埭杨翁生二子，长子之子标，次子死，而妇与仆奸，翁逐之，仆复潜至家，翁不直斥为奸，而比盗扑杀之。时标往青阳为亲故寿，仆家谓标实杀之，而翁则诉己当伏辜。当道不听，竟以坐标，翁屡以诉。清密侦其事，得之。而当道亦以标富，惮于平反。清承檄，则逮青阳与标饮酒者十余人，隔而讯之，如出一口，乃坐翁收赎而贷标。后三年，道经其家，尽室男女，罗拜于道，且携一小儿告曰："此标出禁所生也，非公则杨氏斩矣。"

【评】

又铜陵胡宏绪，韩太守试冠诸生，有一家奴，挈其妻子而逃。

宏绪诉媒氏匿之，踪迹所在，相与执缚之。其奴先是病甚，比送狱，当夕身死。其家亟陈于官，而客户江西人，其同籍也，纷至为证。御史按部，诉之，辄以下清，清三讯之，曰："所谓锁缚者，实以送县，非私家也，况奴先有病乎？"

遂原胡生，会试且迫，夙夜以狱牒上，胡生遂得不坐。

是年登贤书，公之辨冤释滞多类此。

【译文】

杨茂清升任直隶贵池县知县。贵池濒临大江，使臣往来不绝于途，人民喜好争吵诉讼。杨茂清依习俗管理政事，而且处事明确果决。

当时泾县有个王赞，欠青阳富翁周鉴金钱，因此想陷害周鉴。他预先买下一个女乞丐养着，周鉴来讨钱时，就杀死女乞丐，然后诬告周鉴把他打昏，杀了女乞丐。审问的人因为周鉴富有，怕惹嫌疑，不敢为他辩白。御史将此案交给郡府处理，郡府下公文请杨茂清前往审判。杨茂清看过诉讼的记录后，说："证人为什么不指称凶手是邻里间的人，而要说是五十里外的麻商呢？王赞既然被打晕倒在地上，又怎么能辨别麻商的姓名呢？"又说："王赞的妻子伏在王赞的背上来保护他，又怎么会被打伤胸部致死呢？"杨茂清就传讯证人，问出一些可疑之处。天亮后到命案现场，又审问当地居民，才知道王赞门前有一条大水沟，上铺椽木做桥，当时王赞先叫女乞丐出来，假装和周鉴争执，因而坠落桥下死亡。王赞没话可说，周鉴因此脱罪。

石埭有个杨翁生了两个儿子，长子的儿子名标。次子死了，次媳与仆人通奸，杨翁将他们赶出去，而仆人又偷偷跑回家，杨翁不斥责仆人通奸，却以盗贼之名杀了他。当时杨标到青阳为亲戚祝寿，仆人的家人控诉杨标杀人，而杨翁则自首说自己才是罪人。主审官吏不听，竟判定杨标有罪。杨翁屡次申诉，主审官吏却因为杨标富有，不敢为他平反。杨茂清接到公文后，就派人到青阳，将与杨标一起喝酒的十多人带来，隔离审问，所说的完全相同，于是将杨翁判罪，而释放杨标。杨茂清在外任官三年后，路经杨家，杨氏一家大小，都在路上排列跪拜，而且带着一个幼儿说："这是杨标被释放以后生的，如果没有大人相救，杨氏就绝后了。"

郑洛书

【原文】

郑洛书知上海县，尝于履端谒郡，归泊海口。有沉尸，压以石磨，忽见之，叹曰："此必客死，故莫余告也。"遣人侦之，近村民家有石磨，失其牡；执来，相吻合，一讯即伏。果江西卖卜人，岁晏将归，房主利其财而杀之。

【译文】

明朝人郑洛书（莆田人，字启范，号思斋）任上海知县时，曾于正月初一拜见郡守，回来时船泊于海口。当时有沉尸原被石磨压着，忽然浮出在郑洛书舟前，郑洛书叹息道："这一定是客死异乡的人，所以没人向我提出控诉。"

郑洛书派人去侦查，查出近村的民家有一口石磨遗失上半部。拿来互相配合，果然不错。所以一问立即服罪。原来死者是江西的卜卦人，岁末要回家乡时，房主贪图他的财利就杀害了他。

许进　姚公　张昺

【原文】

单县有田作者，其妇饷之。食毕，死。翁故曰："妇意也。"陈于官。不胜箠楚，遂诬服。自是天久不雨。许襄毅公时官山东，曰："狱其有冤乎？"乃亲历其地，出狱囚遍审之。至饷妇，乃曰："夫妇相守，人之至愿；鸩毒杀人，计之至密者也。焉有自饷于田而鸩之者哉？"遂询其所馈饮食，所经道路，妇曰："鱼汤米饭，度自荆林，无他异也。"公乃买鱼作饭，投荆花于中，试之狗彘，无不死者。妇冤遂白，即日大雨如注。

苏人出商于外，其妻蓄鸡数只，以待其归。数年方返，杀鸡食之，夫即死。邻人疑有外奸，首之太守姚公。鞫之，无他故。意其鸡有毒，令人觅老鸡，与当死囚遍食之，果杀二人，狱遂白。盖鸡食蜈蚣百虫，久则蓄毒，故养生家鸡老不食，又夏不食鸡。

张御史昺，字仲明，慈溪人，成化中，以进士知铅山县。有卖薪者，性嗜鳝。一日自市归，饥甚，妻烹鳝以进，恣啖之，腹痛而死。邻保谓妻毒夫，执送官，拷讯无他据，狱不能具。械系逾年，公始至，阅其牍，疑中鳝毒。召渔者捕鳝得数百斤，悉置水瓮中，有昂头出水二三寸者，数之得七。公异之，召此妇面烹焉，而出死囚与食，才下咽，便称腹痛，俄仆地死。妇冤遂白。

【评】

陆子远《神政记》载此事，谓公受神教而然，说颇诞。要之凡物之异常者，皆有毒，察狱者自宜留心，何待取决于冥冥哉！

【译文】

明朝时单县有个农夫在田里耕作，他的妻子送食物给他吃，吃完后就死了。公公说：“是儿媳妇毒死我儿子的。”于是告到官府。妇人受不了鞭打之苦，只好认罪。之后很奇怪的是，单县竟很久都没下雨。

许襄毅公（许进，灵宝人，字季升）当时任职山东，他说：“久不下雨，是不是因为有冤狱啊？”于是亲自到单县来，将囚犯一一提出来审问。问到这个案子时，襄毅公说：“夫妇相守，是人生最大的心愿；而用毒杀人，是一项严密的计划，哪有自己送食物去田里毒死人的道理呢？”

于是问她送食物所经过的道路，妇人说：“送鱼汤米饭，从荆林通过，没有什么异样。”

许襄毅公就叫人买鱼做汤，放入荆花，让猪狗来尝试，没有不死的，妇人的冤屈才被洗清，当天就下起倾盆大雨。

有个苏州人出外经商，他的妻子养了几只鸡等他回来吃。数年后，苏州人才回家，妻子杀鸡煮给他吃，这苏州人竟死了。邻人怀疑有奸情，向太守检举。姚公审查之后，猜想是鸡有毒，派人找来老母鸡，煮给临刑的死囚吃，果然毒死两人，冤狱于是洗清。因为鸡吃过蜈蚣等各种毒虫，长久在体内累积毒素。所以豢养牲畜的人家，不吃老鸡，也不在夏天吃鸡。

明朝御史张昺，字仲明，慈溪人，宪宗成化年间考中进士，任铅山县知县。有个卖木柴的人，喜爱吃鳝鱼。有一天从市场回来，肚子很饿，妻子于是煮鳝鱼给他吃，大快朵颐之后，却腹痛而死。邻长说是妻子毒死丈夫，将她捉起来送到官府，拷打审问，她都不认罪，讼案一直不能解决，这个妻子因此被监禁了一年多。

张到任后，阅览公文，怀疑是鳝鱼有毒。他请渔夫捕捉数百斤鳝鱼，全部放进水缸中，鳝头昂出水面二三寸的有七条，然后找这个妇人来煮给牢里的死囚吃，才刚下咽就纷纷说肚子痛，不久都倒地死亡。妇人的冤情于是被洗清。

袁　滋

【原文】

李汧公勉镇凤翔，有属邑耕夫得亥蹄金一瓮，送于县宰，宰虑公藏之守不严，置于私室。信宿视之，皆土块耳，瓮金出土之际，乡社悉来观验，遽有变更，莫不骇异，以闻于府。宰不能自明，遂以易金诬服。虽词款具存，莫穷隐用之所，以案上闻。汧公览之甚怒。俄有筵宴，语及斯事，咸共惊异，时袁相国滋在幕中，俯首无所答。汧公诘之，袁曰："某疑此事有枉耳。"汧公曰："当有所见，非判官莫探情伪。"袁曰："诺。"俾移狱府中，阅瓮间，得二百五十余块，遂于列肆索金溶泻与块相等，始称其半，已及三百斤，询其负担人力，乃二农夫以竹担舁至县，计其金数非二人所担可举，明其在路时金已化为土矣，于是群情大豁，宰获清雪。

【译文】

唐朝人李勉（字玄卿）镇守凤翔府时，所辖的城邑中，有一个农夫在耕田时挖到一瓮马蹄形黄金，就送到县府去。知县担心公库的防守不够严密，因而放在自己家里，隔夜打开一看，都是土块。瓮金出土的时候，乡里的人都来观看证实，突然变成土块，大家都惊异得不得了，遂将此事向凤翔府报告。

知县无法为自己辩白，只有承认将黄金掉包的罪名。虽然供词都有了，却没有办法追究黄金的下落，因而将此案报告李勉。李勉看了以后，非常生气。不久，李勉在宴席上谈到这件事，大家都很惊异。当时的相国袁滋（朗山人，字德深）也在场，低着头不说话。

李勉问他为什么不发表意见，袁滋说："我怀疑这件事是冤枉的。"

李勉说："你有特别的见解，一定要请你查明此案真相。"

袁滋说："好啊。"

于是袁滋将此案的资料证物调到凤翔府，观察瓮中一共有二百五十多个土块，就在市场店铺间搜集同样体积的金子，但才找足一半多，就已经重达三百斤了。询问挑担子的人，是两个农夫用竹担抬到县府的。计算金子的全部数量，不是两个人所能抬得动的，表示在路上的时候，金子就已经被换成土块了。至此案情大白，知县被判无罪，洗清冤情。

李德裕

【原文】

李德裕镇浙右。甘露寺僧诉交代常住什物，被前主事僧耗用常住金若干两，引证前数辈，皆有递相交领文籍分明，众词指以新得替人隐而用之，且云："初上之时，交领分两既明，及交割之日，不见其金。"鞫成具狱，伏罪昭然。未穷破用之所，公疑其未尽，微以意揣之，僧乃诉冤曰："积年以来，空交分两文书，其实无金矣，众乃以孤立，欲乘此挤之。"公曰："此不难知也。"乃召兜子数乘，命关连僧人对事，遣入兜子中，门皆向壁，不令相见；命取黄泥各摸交付下次金样以凭证据，僧既不知形状，竟摸不成，前数辈皆伏罪。

【译文】

唐朝人李德裕镇守浙东时，甘露寺的僧侣控告在移交寺院杂物时，被前任住持耗费常住金若干两，并引证前几任住持都有互相移交，记载得很清楚，众僧也指证前任住持私下挪用常住金，而且说："初上任时，移交的银两数目很清楚，到交出来时银两却不见了。"

审判结束后，罪证确凿，但没有追究银两用到了哪里。

李德裕怀疑案子没有审问清楚，于是隐约地对僧人稍加诱导，僧侣于是说出他的冤情："多少年来，都是只移交记录银两的文书，其实早就没有银两了。众僧因为我孤立，想借此机会排挤我。"

李德裕说："这种事不难查清楚。"

于是就找了数顶轿子，命令相关的僧侣都进入轿中，轿门对着墙壁，彼此看不见，再命令人取各种形状的黄泥来，让每个僧侣分别捏出交付给下任的黄金形状，作为证据，僧侣既不知道形状，当然捏不出来，前数任住持僧侣才伏首认罪。

程　颢

【原文】

程颢为户县主簿，民有借其兄宅以居者，发地中藏钱，兄之子诉曰："父所藏也。"令曰："此无证佐，何以决之？"颢曰："此易辩尔。"问兄之子曰："汝父藏钱几何时矣？"曰："四十年矣。""彼借宅居几何时矣？"曰："二十年矣。"即遣吏取钱十千视之，谓借宅者曰："今官所铸钱，不五六年即遍天下，此钱皆尔未藏前数十年所铸，何也？"其人遂服。

【译文】

宋朝人程颢任户县主簿时，有个百姓借用哥哥的宅第居住，挖掘贮藏在地下的钱。哥哥的儿子便控告说："那是家父贮藏的。"

县令说："这件事没有证据，怎么判决呢？"

程颢说："这很容易辨别。"

就问哥哥的儿子说："你父亲的钱藏多久了？"

"四十年。"

程颢问："他借宅第居住有多久了？"

"二十年了。"

程颢立即派遣吏役去拿一万块钱来看，然后对借住的人说："现在官府所铸的钱，不到五六年就可以流通天下，这些钱都是在你未贮藏前几十年所铸造的，为什么说是你的呢？"

这个人于是服罪。

李若谷

【原文】

李若谷守并州，民有讼叔不认其为侄者，欲擅其财，累鞫不实。李令民还家殴其叔，叔果讼侄殴逆，因而正其罪，分其财。

【译文】

宋朝人李若谷（丰人，字子渊）镇守并州时，有百姓控告叔叔不认他为侄子，想霸占他的家财，屡次审查，也查不出事实。李若谷于是命令此人回家殴打他的叔叔，叔叔果然来告侄子叛逆，殴打叔父，因而确定叔侄关系。由于叔叔确实有侵占意图，于是分了家财。

吕 陶

【原文】

吕陶为铜梁令，邑民庞氏者，姊妹三人共隐幼弟田。弟壮，讼之官，不得直，贫甚，至为人佣奴。陶至，一讯而三人皆服罪吐田，弟泣拜，愿以田之半作佛事为报。陶晓之曰：“三姊皆汝同气，方汝幼时，非若为汝主，不几为他人鱼肉乎？与其捐米供佛，孰若分遗三姊？”弟泣拜听命。

【评】

分遗而姊弟之好不伤，可谓善于敦睦。若出自官断，便不妙矣！

【译文】

宋朝人吕陶（成都人，字元钧，号净德）任铜梁县令时，城中有庞氏三姊妹，共同吞没幼弟的田地。弟弟长大以后，向官府控诉，但都败诉，因而生活非常贫困，沦落为佣奴。

吕陶到任后一审问，三个人都服罪并且交出田地，弟弟感动得哭泣跪拜，愿意卖出一半田地做佛事来报答。

吕陶告诉他说：“三个姐姐都是你的同胞，在你幼小时，如果不是她们为你做主，难道你不会被他人欺凌吗？与其捐一半田产做佛事，还不如分给三位姐姐。”

弟弟哭着听从了吕陶的建议。

裴子云　赵和

【原文】

新乡县人王敬戍边，留牸牛六头于舅李进处，养五年，产犊三十头。敬自戍所还，索牛。进云“两头已死”，只还四头老牛，余不肯还。敬忿之，投县陈牒，县令裴子云令送敬付狱，叫追盗牛贼李进，进惶怖至县，叱之曰：“贼引汝同盗牛三十头，藏于汝家！”唤贼共对，乃以布衫笼敬头，立南墙之下。进急，乃吐款云：“三十头牛总是外甥牸牛所生，实非盗得。”云遣去布衫，进见，曰：“此外甥也。”云曰：“若是，即还他牛。”但念五年养牛辛苦，令以数头谢之。一县称快。一作武阳令张允济事。

咸通初，楚州淮阴县东邻之民，以庄券质于西邻，贷得千缗，约来年加子钱赎取。及期，先纳八百缗，约明日偿足方取券，两姓素通家，且止隔信宿，谓必无他，因不征纳缗之籍。明日，赍余镪至，西邻讳不认，诉于县，县以无证，不直之；复诉于州，亦然。东邻不胜其愤，闻天水赵和令江阴，片言折狱，乃越江而南诉焉，赵宰以县官卑，且非境内，固却之，东邻称冤不已，赵曰：“且止吾舍。”思之经宿，曰：“得之矣。”召捕贼之干者数辈，赍牒至淮壖口，言“获得截江大盗，供称有同恶某，请械送来。”唐法，唯持刀截江，邻州不得庇护。果擒西邻人至，然自恃农家，实无他迹，应对颇不惧。赵胁以严刑，囚始泣叩不已。赵乃曰：“所盗幸多金宝锦彩，非农家物，汝宜籍舍中所有辩之。”囚意稍解，且不虞东邻之越讼，遂详开钱谷金帛之数，并疏所自来，而东邻赎契八百缗在焉。赵阅之，笑曰：“若果非江寇，何为讳东邻八百缗。”遂出诉邻面质，于是惭惧服罪，押回本土，令吐契而后罚之。

【译文】

唐朝时新乡人王敬被派戍守边境，留下六头母牛在舅舅李进家，养了五年后，生下三十头小牛。王敬从边境回来，想讨回牛，李进说死了两头母牛，只还他四头老母牛，其余不肯归还。

王敬很生气，到县府投诉。县令裴子云以偷牛的罪名命人将王敬监禁，然后派人去追捕李进。李进很惶恐地来到县府，裴子云责骂李进说："偷牛贼说同你偷三十头牛，藏在你家。"叫贼来对质，用布衫笼罩在王敬头上，让他站在南墙下。李进急得招供道："三十头牛都是外甥的母牛生的，实在不是偷来的。"

裴子云叫人拿走王敬头上的布衫，李进见了说："他是我的外甥。"

裴子云说："要是这样，就立即还他牛。"但念在李进养牛五年的辛苦，命令王敬用数头牛作答谢。

全县的人都叫好。(一说是武阳令张允济事。)

唐懿宗咸通年间，楚州淮阴县东邻的百姓用田契向西邻借贷一千缗线，约定第二年加利息赎回。到期后他先还八百缗，约定次日还足后拿回田契。两姓一向是世交，而且只隔一夜，认为一定没有问题，因而没有写契据。

第二天，剩余的钱送到后，西邻人却不认账。

于是东邻人就向县府提出控诉，县府认为没有证据，判东邻人败诉；东邻人又向州府控诉，也得到同样的结果。

东邻人非常愤怒，听说天水人赵和任江阴县令，只要一句证词就能决断讼案，于是渡江到江阴控诉。赵和认为县令官位低，而且不属于自己管辖的地区，一再推辞，东邻人不停地喊冤，赵和只好说："你暂且留在我家。"

赵和想了一整夜说："我想出办法了。"于是招来几名捕盗的能手，送公文到淮壖口，说："捉到江洋大盗，供出有同伙某某，请求加铐锁送来。"唐朝法律规定，持刀阻江的恶徒，邻州不能庇护。果然把西邻人捕到，然而西邻人仗着是农家，又没有参与其事，应对时有恃无恐。赵和威胁说要动用严刑，西邻人才不停地叩头哭泣。赵和说："你所盗取的幸好都是些金银宝物丝锦之类的物品，不是农家的产物，你将家中所藏的财物拿出来为自己辩白。"

西邻人便放心了，根本没想到东邻人会越境诉讼，于是详细开列钱谷金帛的数目，并注明从哪里得来，而东邻人赎田契的八百缗也写在里面。赵和看了以后笑着说："你果然不是阻江大盗，但为什么私吞东邻人的八百缗呢？"

把东邻人传出来对质，于是西邻人惶恐地认罪，押回淮阴，命令他拿出田契，然后处罚了他。

何武　张詠

【原文】

汉沛郡有富翁，家资二十余万，子才年三岁，失其母。有女适人，甚不贤，翁病困，为遗书，悉以财属女，但遗一剑，云："儿年十五，以付还之。"其后又不与剑，儿诣郡陈诉，太守何武录女及婿，省其手书，顾谓掾吏曰："此人因女性强梁，婿复贪鄙，畏残害其儿。又计小儿得此财不能全护，故且与女，实守之耳，夫剑者，所以决断；限年十五者，度其子智力足以自居，又度此女必复不还其剑，当关州县，得见申转展。其思虑深远如是哉！"悉夺取财与儿。曰："敝女恶婿，温饱十年，亦已幸矣。"论者大服。

张诛知杭州，杭有富民，病将死，其子三岁，富民命其婿主家赀，而遗以书曰："他日分财，以十之三与子，而七与婿。"其后子讼之官，婿持父书诣府，诛阅之，以酒酹地曰："汝之妇翁，智人也。时子幼，故以七属汝，不然，子死汝手矣。"乃命三分其财与婿，而子与七。

【译文】

汉朝沛郡有个富翁，家产二十多万，儿子才三岁，就失去母亲。富翁有个大女儿已经嫁人，极不贤淑。富翁病重时，写遗书将财产全部给女儿，只留一把剑，说"儿子十五岁以后交给他"。时候到了，女儿却不把剑给儿子，儿子到郡府控诉。太守何武（郫人，字君公）审问富翁的女儿、女婿，又看过遗书，对属官说："富翁因为女儿个性残暴，女婿又卑鄙贪心，怕他的儿子受到残害；又考虑到儿子得到财产后不安全，所以只是暂且给女儿保管罢了。至于剑，是决断的意思；约定十五岁，是考虑到他儿子的智力已经可以自己生活了，又想到女儿一定不还剑，寄望当时州县官吏能为他儿子伸张正义，他的思虑实在很深远啊！"何武将全部家产取回，归还富翁的儿子，说："你父有恶劣的女儿和女婿，你能温饱十二年，已经很幸运了。"谈论的人都非常佩服。

张诛任杭州太守时，杭州有个富翁病重将死，儿子才三岁，富翁命令他的女婿主管家产，而且写遗书说："将来分财产，十分之三给儿子，十分之七给女婿。"

后来儿子向官府控诉，女婿拿着岳父的遗书给官府看。张诛看过之后，用酒洒在地上，对已死的富翁表示敬意，说："你的岳父是聪明人。当时儿子年幼，所以把儿子交付给你，不然他的儿子就死在你的手上了。"

于是命令将十分之三财产给女婿，十分之七给儿子。

某巡官

【原文】

有富民张老者，妻生一女，无子，赘某甲于家。久之，妾生子，名一飞，育四岁而张老卒，张病时谓婿曰："妾子不足任，吾财当畀汝夫妇，尔但养彼母子，不死沟壑，即汝阴德矣。"于是出券书云："张一非吾子也，家财尽与吾婿，外人不得争夺。"婿乃据有张业不疑。后妾子壮，告官求分，婿以券呈官，遂置不问。他日奉使者至，妾子复诉，婿乃前赴证，奉使者乃更其句读曰："张一非，吾子也，家财尽与，吾婿外人，不得争夺。"曰："尔父翁明谓'吾婿外人'，尔尚敢有其业耶？诡书'飞'作'非'者，虑彼幼为尔害耳。"于是断给妾子，人称快焉。

【译文】

有个姓张的老富翁，妻子生一个女儿，没有儿子，招赘某甲入家门。后来，老富翁的姨太太生一个儿子，名叫一飞。一飞四岁时，张老去世。张老生病时，曾对女婿说："姨太太生的儿子不够资格继承我的家产，应该给你们夫妇，你只要养他们母子，不使他们流离失所，就是你的阴德了。"于是拿出契券写上："张一非吾子也（张一不是我儿子），家财尽与吾婿（家财都给我的女婿），外人不得争夺。"女婿毫不怀疑地拥有张家的产业。

后来张一飞长大了，向官府控告要求分家产，女婿以契券为证，官府因而不管。后来奉命出巡的官吏来到，张一飞又去控告，女婿还是拿着契券应讯。

这位官吏就更改断句的读法说："张一非，吾子也，家财尽与，吾婿外人，不得争夺。"

又说："你岳父明明说你是外人，你还敢拥有他的产业吗？将飞写作非，只是怕他儿子幼小，会被你伤害而已。"

于是判决将产业给姨太太的儿子，众人都叫好。

张齐贤

【原文】

戚里有分财不均者，更相讼。齐贤曰："是非台府所能决，臣请自治之。"齐贤坐相府，召讼者问曰："汝非以彼分财多，汝分少乎？"曰："然。"具款，乃召两吏，令甲家入乙舍，乙家入甲舍，货财无得动，分书则交易，明日奏闻，上曰："朕固知非君不能定也。"

【译文】

宋朝时，王室外戚所住的邻里中，有人认为财产没有平均分配，因而互相控告。

张齐贤（冤句人，字师亮）对皇帝说："这不是御史台所能判决的，请让微臣亲自去处理。"

张齐贤对互相控告的人问道："你不是认为他分的财产多，你分的少吗？"

"是的。"两方都如此回答。

张齐贤便让他们详列财物条目，再找两名役使，命令将甲家的财物搬入乙的房舍，将乙家的搬入甲的房舍，所有的财物都不能动，分配财物的文件也交换，第二天就向皇帝奏报。皇帝说："朕就知道没有你不能决断的。"

王　罕

【原文】

罕知潭州，州有妇病狂，数诣守诉事，出语无章，却之则悖骂，前守屡叱逐。罕至，独引令前，委曲问之，良久，语渐有次第，盖本为人妻，无子，夫死妾有子，遂逐而据其赀，以屡诉不得直，愤恚发狂也，罕为治妾，而反其赀，妇寻愈。罕，王珪季父。

【译文】

宋朝人王罕（华阳人，字师言）任职潭州时，州中有一个疯妇，屡次去找太守哭诉，胡言乱语，赶她走就会骂人，前任太守一再叱喝驱逐她。

王罕到任后，独自叫她到面前来，婉转地问她，很久之后，她说话才逐渐正常。原来是因为她为人妻子，没有生育，丈夫死后，姨太太有儿子，就把她赶走，霸占家产。因为屡次控诉都被判败诉，所以愤怒发狂。王罕为她做主，处治了姨太太，帮其取回家产，不久，妇人就痊愈了。

王罕，是王珪的叔父。

韩　亿

【原文】

韩亿知洋州，大狡李甲以财豪于乡里。兄死，诬其兄子为他姓，赂里妪之貌类者，使认为己子，又醉其嫂而嫁之，尽夺其赀。嫂、侄诉于州，积十余年，竟未有白其冤者。公至，又出诉。公取前后案牍视之，皆未尝引乳医为验。一日，尽召其党至庭下，出乳医示之，众皆服罪，子母复归如初。

【译文】

宋朝人韩亿（雍丘人，字宗魏）任洋州太守时，大狡有个李甲因为有钱傲视乡里。哥哥死后，诬陷哥哥的儿子是别人的，收买乡里中容貌与嫂嫂相似的女子来认侄儿为儿子；又灌醉嫂嫂，将她改嫁，把家产全部侵占。

嫂嫂与侄儿到州府控告，拖延了十多年，竟然没有官员洗清他们的冤情。

韩亿到任后，他们又出来控诉。韩亿取历来的案情记录观览，发现都没有官员请接生婆来做证。有一天，韩亿将这群人全部请到堂下，叫接生婆出来做证，众人才都认罪。母子终于能够回家团聚。

于文傅

【原文】

于文傅迁乌程县尹，有富民张某之妻王无子。张纳一妾于外，生子未晬。王诱妾以儿来，寻逐妾，杀儿焚之。文傅闻而发其事，得死儿余骨，王厚赂妾之父母，买邻家儿为妾所生儿初不死，文傅令妾抱儿乳之，儿啼不受，妾之父母吐实，乃呼邻妇至，儿见之，跃入其怀，乳之即饮，王遂伏辜。

【译文】

于文傅调任乌程县县尹，有富翁张某的妻子王氏没有儿子，张某在外娶了一个姨太太，生个儿子尚未满周岁，王氏诱骗姨太太带儿子过来，不久又赶走姨太太，杀儿焚尸。

于文傅听了，将事情揭发出来，并找到小孩的尸骨。王氏去贿赂姨太太的父母，买邻家的小孩假装是姨太太生的，说小孩没死。于文傅命令姨太太抱着小孩喂乳，小孩啼哭不肯吃。姨太太的父母才说实话。又把邻家妇女请来，小孩看了，高兴地投入她的怀里，一喂乳就吃。王氏这才认罪。

程　颢

【原文】

有富民张氏子，其父死，有老父曰："我，汝父也，来就汝居。"张惊疑，请辩于县，程颢诘之。老父探怀取策以进，记曰："某年某月日某人抱子于三翁家。"颢问张及其父年几何，谓老父曰："是子之生，其父年才四十，已谓之三翁乎?"老父惊服。

【译文】

有个张姓富翁的儿子，父亲死得早。有一天，忽然有个老先生说："我是你的父亲，来和你一起住。"张某很惊奇怀疑，请求县官为他辨别。

程颢问老先生，老先生从怀里取出一份文书给县官，文书上记着："某年某月某日，某人抱儿子寄养在三翁家。"

程颢问张某他父亲的年纪，接着对老先生说：“这个孩子出生时，他父亲才四十岁，已经称呼‘三翁’了吗？”

老先生惊惧认罪。

黄　霸

【原文】

颍川有富室，兄弟同居，妇皆怀妊。长妇胎伤，弟妇生男，长妇遂盗取之。争讼三年，州郡不能决。丞相黄霸令走卒抱儿，去两妇各十步，叱令自取，长妇抱持甚急，儿大啼叫弟妇恐致伤，因而放与，而心甚怀怆，霸曰：“此弟子。”责问乃伏。

【评】

陈祥断惠州争子事类此。

祥知惠州，郡民有二女嫁为比邻者，姊素不孕，一日妹生子，而姊之妾适同时产女，诡言产子，夜烧妹傍舍，乘乱窃其儿以归。妹觉之，往索，弗予，讼于府。

无证，祥佯自语：“必杀此儿事即了耳。”乃置瓮水堂下，引二妇出曰：“吾为汝溺此儿以解汝纷。”密谕一卒谨视儿，而叱左右诈为投儿状，亟逐二妇使出，其妹失声争救不可得，颠仆堂下，而姊竟去不顾。祥即断儿归妹而杖姊、妾，一郡称神。

【译文】

汉朝时颍川有个富有的家庭，兄弟住在一起，两人的妻子同时怀孕。之后长嫂流产，弟妇生男孩，长嫂便把男孩偷走。诉讼了三年，州郡都不能决断。

丞相黄霸（阳夏人，字次公）命令小卒抱着小孩，离两名妇女各十步，命令她们自己来取。长嫂抢得很急，小孩大声哭叫，弟妇唯恐伤了孩子，只好放手，但是心里很悲伤。

黄霸说："这是弟弟的儿子。"加以追问，长嫂才认罪。

宣彦昭　范邵

【原文】

宣彦昭仕元，为平阳州判官，天大雨，民与军争簦，各认己物。彦昭裂而为二，并驱出，使卒踵其后。军忿噪不已，民曰："汝自失簦，于我何与？"卒以闻，彦昭杖民，令买簦偿军。

范邵为浚仪令，二人挟绢于市互争，令断之，各分一半去，后遣人密察之，有一喜一愠之色，于是擒喜者。

【评】

李惠断燕巢事，即此一理所推也。

魏雍州厅事有燕争巢，斗已累日。刺史李惠令人掩护，试命纪纲断之，并辞。惠乃使卒以弱竹弹两燕，既而一去一留。惠笑谓属吏曰："此留者，自计为巢功重；彼去者，既经楚痛，理无固心。"群下服其深察。

【译文】

宣彦昭在元朝时担任平阳州判官（节度使、观察使的僚属）。有一天下大雨，一个百姓与一个士卒争伞用，各自认为是自己的。宣彦昭将伞一分为二，并赶二人出门，派士兵跟随在后面。只见那个士卒气愤得不得了，而百姓却说："你自己失去伞，与我何干?"跟随的士兵把这个情况告诉宣彦昭。宣彦昭用杖刑处罚百姓，并命令他买伞还给士卒。

范邵任浚仪令时，有两个人在市场上抢夺一匹绢，范邵命令将绢裁断，每人各取一半后离去。然后派人暗中观察，有一个很高兴，一个很生气，于是逮捕高兴的那个人。

安重荣　韩彦古

【原文】

安重荣虽武人而习吏事。初为成德节度，有夫妇讼其子不孝者。重荣拔剑，授其父使自杀之。其父泣不忍，其母从旁诟夫面，夺剑而逐其子，问之，乃继母也。重荣为叱其母出，而从后射杀之。

韩彦古（字子师，延安人，蕲王世忠之子）知平江府，有士族之母，讼其夫前妻子者，以衣寇扶掖而来，乃其嫡子也。彦古曰："事体颇重，当略惩戒之。"母曰："业已论诉，愿明公据法加罪。"彦古曰："若然，必送狱而后明，汝年老，必不能理对，姑留扶掖之子，就狱与证，徐议所决。"母良久云："乞文状归家，俟其不悛，即再告理。"由是不敢复至。

【译文】

后晋时安重荣虽然是武人，但却熟习文治的事，当初任成德节度使时，有一对夫妇控告自己的儿子不孝，安重荣拔剑交给父亲，叫他杀自己儿子，父亲哭着不忍心下手，而母亲却在旁边责骂丈夫，并且抢下剑来追赶儿子。问明原因，乃是继母，安重荣因而勒令母亲出去，并从后面射杀了她。

宋朝人韩彦古（字子师，名将韩世忠之子）任平江知府时，有一位士族的母亲前来控告她丈夫前妻的儿子，当时有一位士绅搀扶着她，原来是她的亲生儿子。韩彦古道："这件事本质很坏，应对令郎略加惩戒。"妇人道："民妇已经告到官府了，但愿大人依法论罪。"韩彦古道："若是如此，就必须进行一段漫长且繁复的审讯过程。你年纪已老，有可能对所有细节一一分辨吗？我看暂且将你的亲生儿子关入狱中慢慢查证，再考虑如何处置。"妇人想了很久，说："民妇请求将诉状暂且撤回，他如果仍不悔改，便再告请乡里公断。"于是，那名妇人再也不敢前来告状了。

孙　宝

【原文】

孙宝为京兆尹，有卖馓馓者，今之饼也，于都市与一村民相逢，击落皆碎，村民认赔五十枚，卖者坚称三百枚，无以证明，公令别买一枚称之，乃都秤碎者，细拆分两，卖者乃服。

【译文】

孙宝任京兆尹时，有个卖圆饼的，在城里和一个村民相撞，圆饼掉落地上，全都碎了，村民认赔五十个，卖饼的却坚持说有三百个，无法证明。孙宝于是命人另外买一个来称一称，又将破碎的饼聚集在一起称，仔细折算重量，卖饼的才认错。

李惠 游显沿

【原文】

魏李惠为雍州刺史，有负薪、负盐者同弛担憩树阴。将行，争一羊皮，各言藉背之物，惠曰：“此甚易辨。”乃令置羊皮于席上，以杖击之，盐屑出焉，负薪者乃服罪。

江浙省游平章显沿，为政清明，有城中银店失一蒲团，后于邻家认得，邻不服，争詈不置，游行马至，问其故，叹曰：“一蒲团直几何，失两家之好，杖蒲团七十，弃之可也。”及杖，得银星，遂罪其邻。

【译文】

后魏人李惠任雍州刺史时，有挑木柴与挑盐的两人，同时放下担子在树荫下休息。将上路时，却争夺一件羊皮，都说是自己靠背的垫子。李惠说：“这很容易分辨。”于是命令将羊皮放到坐垫上，用木杖拍击，掉落出来的都是盐屑，挑木柴的人才认罪。

江浙省游显沿为政清明，城里有间银店遗失一个蒲团，后来在邻居家认出来，但邻居不服，双方互相责骂，无法处理。

游显沿骑马经过此地，问是何故，叹息道：“一个蒲团值多少钱，竟伤了两家的和气！杖打蒲团七十下，把它丢弃就可以了。”于是打出一些细碎的银屑，因而判邻居有罪。

傅 琰

【原文】

傅琰仕齐为山阴令，有卖针、卖糖二老姥共争团丝，诣琰。琰取其丝鞭之，密视有铁屑，乃罚卖糖者。

又二野父争鸡，琰各问何以食鸡，一云粟，一云豆，乃破鸡得粟，罪言豆者。

【评】

《南史》云，世传诸傅有《理县谱》，子孙相传，不以示人。琰子刿尝代刘玄明为山阴令，玄明亦夙称能吏，政为天下第一。刿请教，玄明曰："吾有奇术，卿家谱所不载。"问："何术?"答曰："日食一升饭而莫饮酒，此第一义也!"刿子岐为如新令，世为循吏》。

【译文】

傅琰（南齐人，字季珪）任山阴县令，有卖针和卖糖的两个老妪争一团丝，一起来见傅琰。傅琰把丝拿来鞭打，细看有铁屑，就处罚了卖糖的。

又有两个乡下老翁争鸡，傅琰问他们各用什么喂鸡，一个说是粟，一个说是豆。于是杀鸡，在鸡腹中取出粟，于是判说喂豆的人有罪。

孙　亮

【原文】

亮出西苑，方食生梅，使黄门至中藏取蜜渍梅，蜜中有鼠矢。亮问主藏吏曰：“黄门从汝求蜜耶?”曰：“向求之，实不敢与。”黄门不服，左右请付狱推，亮曰：“此易知耳。”令破鼠矢，里燥，亮曰：“若久在蜜中，当湿透；今里燥，必黄门所为!”于是黄门首服。

【译文】

东吴主孙亮走出西苑，正要吃生梅，遣宦官到宫内的仓库去取蜜浸渍生梅。取来的蜜中有老鼠屎，孙亮便问管仓库的官吏说：“宦官从你这儿拿过蜜吗?”

回答说：“他刚刚来求蜜，但实在不敢给。”宦官不服，左右的人请求交监狱官判断。孙亮说：“这很容易弄清楚。”

就命人剖开老鼠屎，发现里面是干燥的。

孙亮说：“老鼠屎如果在蜜中很久了，里面一定湿透；现在里面还是干的，一定是宦官后来加入的。”

宦官于是服罪。

乐　蔼

【原文】

梁时长沙宣武王将葬，东府忽于库失油络，欲推主者。御史中丞乐蔼曰："昔晋武库火，张华以为积油幕万匹，必燃；今库若有灰，非吏罪也。"既而检之，果有积灰，时称其博物弘恕。

【译文】

五代梁时，长沙宣武王即将安葬，尚书府仓库中忽然遗失了油络（车上所垂的丝绳），想追究管理仓库的官员的过失。

御史中丞乐蔼（字蔚远）说："从前晋武帝时，仓库发生火灾，张华认为是堆积涂油的帐幕一万匹所造成的。现在仓库中如果有灰，就不是仓库官吏的罪过了。"

接着派人去检查仓库，果然有积灰，当时的人都称赞他见识广博，宽宏大度。

李耆寿

【原文】

李南公为河北提刑，有班行犯罪下狱，案之不服，闭口不食者百余日，狱吏不敢拷讯。南公曰："吾能立使之食。"引出问曰："吾以一物塞汝鼻，汝能终不食乎。"其人惧，即食，因具服罪。盖彼善服气，以物塞鼻则气结，故惧。此亦博物之效也。

【译文】

宋朝人李南公（李耆寿，江陵人）任河北提刑（提点刑狱的官员）时，有个同等级的官吏犯罪入狱，怎么审问他都不肯认罪，一百多天都闭口不吃东西，监狱官不敢拷问他。

李南公说："我能够立即让他吃饭。"

命人带他出来问道："我用一样东西塞住你的鼻子，你能一直不吃饭吗？"

那个人一听怕了，立即吃饭，因而详细地供出罪证。

原来此人精于道家的吐纳术，一用东西塞住他的鼻子，就气结了，所以害怕。这也是见识广博的缘故。

韩绍宗

【原文】

樊举人者，寿宁侯门下客也。侯贵震天下，樊负势结勋戚贵臣，一切奏状皆出其手，然驾空无事实，为怨家所发，事下刑部。部郎中韩绍宗具知其实，乃摄樊举人。时樊匿寿宁侯所甚深，乃百计出之。下狱数日，韩一旦出门，见地上一卷书，取视，则备书樊举人罪状，宜必置之死，不死不可。韩笑曰："此樊举人所自为书也！"诘之果服。同僚问樊："何以自为此？"对曰："韩公者，非可摇动以势，蕲生则必死；今言死者，左计也。"韩曰："不然，若罪原不至死。"于是发戍辽。

【译文】

明朝时，樊举人是寿宁侯的门下客。寿宁侯地位显贵，威震天下，樊举人因此仗势结交功勋权贵。寿宁侯的一切奏状，都出自他手笔，但所写的奏状常常是无中生有的事，于是被仇家揭发出来。这件案子交给刑部办理。刑部郎中韩绍宗对这件事非常了解，就派人捉拿樊举人。当时樊举人躲藏在寿宁侯府中，防备非常严密，韩绍宗想尽各种方法，终于把他引诱出来。

樊举人被关进监狱几天后，有一天早晨，韩绍宗出门，看见地上有一卷书，取来一看，书中详细地记述着樊举人的罪状，并且说应该处死，不处死不行。韩绍宗笑着说："这是樊举人自己写的。"

一问果然承认。

同僚问樊举人为什么要写自己的罪状。

樊举人说："韩公的为人是没有办法用威势去强迫的，希望生存反而会被处死，这是必死的人所想出来扭转情势的计策。"

韩绍宗说："不对，你的罪还不到死的地步。"

于是发配到边境戍守。

揭发奸邪

【原文】

王轨不端，司寇溺职；吏偷俗弊，竞作婬慝。我思老农，剪彼蟊贼；摘伏发奸，即威即德。

【译文】

国家法令不正，高官滥权渎职；小吏钻营谄媚，淫乱邪恶环生。智者便效法老农挑翦蚜虫的精神，揭发奸邪，纠举恶吏，造福百姓。

赵广汉

【原文】

赵广汉为颍川太守。先是颍川豪杰大姓，相与为婚姻，吏俗朋党。广汉患之，察其中可用者，受记。出有案问，既得罪名，行法罚之。广汉故漏泄其语，令相怨咎；又教吏为缿筒，及得投书，削其主名。而托以为豪杰大姓子弟所言，其后强宗大族家家仇怨，奸党散落，风俗大改。

广汉尤善为钩距，以得事情。钩距者，设欲知马价，则先问狗，已问羊，又问牛，然后及马，参伍其价，以类相准，则知马之贵贱，不失实矣。唯广汉至精能行之，他人效者莫能及。

【译文】

汉朝时赵广汉（字子都，宣帝时为京兆尹，揭发奸邪如神，盗贼绝迹，后因受牵连被腰斩）出任颍川太守。当时颍川豪门与大族互相连亲，而官吏间也都互结朋党。赵广汉很为此事担忧，于是授计值得信赖的部属，到外边故意闹事，自己再据实办案，一旦罪名确立就依法处罚。同时他故意泄露当事人的供词，目的在于让朋党互相猜疑。

此外又命属官设置意见箱，再命人投递匿名信，然后向外散播这些信都是豪门和大族的子弟写的。如此一来，原本很要好的豪门和大族，竟为了投书互相攻击而翻脸成仇，不久豪门和大族所各自结成的小集团都陆续解散，社会风气大为改善。

赵广汉最擅长的还是利用"钩距"来刺探情报。（所谓"钩距"，本是指带有倒钩的钩针，后来比喻使人陷入诈术中，借以刺探隐情，在对方无所怀疑下，隐情不问而知。）例如想要知道马的价钱时，就先打听狗的价钱，然后再问牛羊的价钱，到最后才问马的价钱。因为彼此互问的结果，可以打听出比较可靠的标准行情，到最后就能够知道马的价钱。

不过只有赵广汉精于此道，其他人模仿的效果都不如他。

周　忱

【原文】

周文襄公忱巡抚江南，有一册历，自记日行事，纤悉不遗，每日阴晴风雨，亦必详记。人初不解。一日某县民告粮船江行失风，公诘其失船为某日午前午后，东风西风，其人所对参错。公案籍以质，其人惊服。始知公之日记非漫书也。

【评】

蒋颖叔为江淮发运，尝于所居公署前立占风旗，使日候之置籍焉。令诸漕纲吏程亦各记风之便逆。每运至，取而合之，责其稽缓者，纲吏畏服。文襄亦有所本。

【译文】

明朝的周忱（字恂如，谥文襄）任江南巡抚时，身边随时带有一本记事簿，详细记载每日的行事，钜细靡遗。即使每日天气的阴晴风雨也一并详加记录。

刚开始，有许多人不明白周忱为什么要如此费事。

一天，有位船主报告一艘载运米谷的粮船突遇暴风沉没。周忱询问沉船的日期，沉船时间发生在午前或是午后，当时刮的是东风还是西风，周忱翻开记事本逐一详加核对，发现报案船主是一派胡言，报案船主在惊惧下坦承罪行。

这时众人才明白，周忱的记事本可不是随意乱写的。

陈霁岩

【原文】

陈霁岩为楚中督学。初到任，江夏县送进文书千余角，书办先将“照详”、“照验”分作两处。公夙闻先辈云：“前道有驳提文书难以报完者，必乘后道初到时，贿嘱吏书，从‘照验’中混交。”公乃费半日功，将“照验”文书逐一亲查，中有一件驳提，该吏者混入其中。先暗记之，命书办细查，戒勿草草。书办受贿，径以无弊对。公摘此一件而质之，重责问罪革役。后“照验”文书更不敢欺。

【译文】

陈霁岩任楚中督学刚到任，江夏县每日呈报的公文多达一千多件，文书官例行先核对后再将公文分作合格与不合格两批。

陈公很早就听前辈提起，有许多以前呈报的文书，因一直没有通过审核，就会借新文书初次呈报的机会，贿赂文书官，企图蒙骗混缴。于是陈公花费半天的时间，将所有文书逐一亲自查验，果然发现其中有一件被驳回重提的公文，而文书官却企图混在其他通过审核的文书中。陈公先暗中作记号，再命文书官仔细核验，并告诫他千万不可马虎草率。文书官因已接受贿赂，所以答称全部合格。这时陈公挑出那件被驳回的公文质问文书官，除重重责罚外，还给予革职处分。日后检验文书，官员再也不敢收贿蒙混过关了。

张敞　虞诩

【原文】

长安市多偷盗，百贾苦之。张敞既视事，求问长安父老。偷盗酋长数人，居皆温厚，出从重骑，闾里以为长者。敞皆召见责问，因贳其罪，把其宿负，令致诸偷以自赎。偷长曰：“今一旦召诣府，恐诸偷惊骇，愿一切受署。”敞皆以为吏，遣归休。置酒，小偷悉来贺，且饮醉，偷长以赭污其衣裾。吏坐里闾阅出者，见污赭，辄收缚，一日捕得数百人。穷治所犯，市盗遂绝。

朝歌贼宁季等数千人攻杀长吏，屯聚连年，州郡不能禁，乃以诩为朝歌长。始到，谒河内太守马棱，愿宽假辔策，勿令有所拘阂。及到官，设三科以募壮士，自掾史而下，各举所知：其攻劫者为上，伤人偷盗者次之，不事家业者为下。收得百余人，诩为飨会，悉贯其罪，使入贼中，诱令劫掠，乃伏兵以待之，遂杀贼数百人。又潜遣贫人能缝者佣作贼衣，以彩线缝其裾为识，有出市里者，吏辄擒之，贼由是骇散。

【译文】

汉朝时长安一带盗贼横行，商人们个个苦不堪言。张敞（平阳人，字子高，宣帝时为京兆尹，城中无盗贼）出任京兆尹以后，在长安父老之间，打听出几个盗贼头目，结果发现他们个个长相温厚，外出时还随身带有几名随从，在城中俨然一副长者的姿态。

于是张敞传他们来问话，表示愿意赦免他们的罪行，交换条件是必须协助官长清剿盗匪，并且立刻改邪归正，戴罪立功。

土匪头目共同请愿说："今天我们被传讯，很可能使我们的手下惊慌，为了能顺利清剿，请大人务必要信任我们。"

于是张敞分别任命土匪头们官职，要他们各自在家中举行庆功酒宴，通知所有手下前来祝贺，当大伙喝得醉醺醺时，土匪头目就偷偷在手下的衣襟上做上红色记号，然后通知城内衙役见到衣襟上有红色记号者就予以逮捕，结果在一日之间竟逮捕到几百名盗匪。张敞分别照各人所犯罪状的轻重处罚，从此长安城内盗匪绝迹。

朝歌贼宁季率几千贼人攻杀长吏，为害地方数年，州郡却无可奈何，朝廷于是派虞诩出任朝歌令。他在上任前特别拜见河内太守马棱，希望马棱能让自己放手剿匪。

虞诩上任后，首先招募壮士，设立上中下三种衙役标准，并且通令属官以下各自推荐人选，凡因抢夺财物而置人于死者入选为上役，凡因偷盗而伤人者为中役，凡不从事生产荒废家业者为下役，总共募集一百多人。虞诩首先设盛宴款待他们，当场宣布赦免他们的罪状，交换条件是他们必须潜伏贼营中，诱使贼人出营抢掠，这些罪犯策动果然成功，贼人纷纷出营，虞诩却在一旁派兵埋伏守候，终于剿灭贼匪数百人。

他又派会缝制衣服的密探混入穷人堆，原来有许多穷人被匪徒雇用缝制衣服，密探就在衣襟上偷偷缝上彩线为记号，然后通知官兵，见到有记号者就逮捕，终于彻底瓦解了贼众。

王世贞

【原文】

王世贞备兵青州，部民雷龄以捕盗横莱、潍间，海道宋购之急而遁，以属世贞。世贞得其处，方欲掩取，而微露其语于王捕尉者，还报又遁矣。世贞阳曰："置之。"又旬月，而王尉擒得他盗，世贞知其为龄力也，忽屏左右召王尉诘之："若奈何匿雷龄？往立阶下闻捕龄者非汝邪?"王惊谢，以飞骑取龄自赎。俄龄至，世贞曰："汝当死，然汝能执所善某某盗来，汝生矣。"而令王尉与俱，果得盗。世贞遂言于宋而宽之。

官校捕七盗，逸其一。盗首妄言逸者姓名，俄缚一人至，称冤。乃令置盗首庭下差远，而呼缚者跽阶上，其足蹑丝履，盗数后窥之。世贞密呼一隶，蒙缚者首，使隶肖之，而易其履以入。盗不知其易也，即指丝履者，世贞大笑曰："尔乃以吾隶为盗!"即释缚者。

【译文】

明朝王世贞（字元美）统兵青州时，当地有个叫雷龄的盗匪横行滩间海道，朝廷派官军追捕，雷龄见风声吃紧，就赶紧逃逸，朝廷把捉拿雷龄的任务交给王世贞。

王世贞打听出雷龄藏匿的住处，正计划偷袭，不小心露了口风让王尉知道，结果密探报告给雷龄，雷龄又逃逸得无踪影了。王世贞便故意说："既然他逃走了，就等下次的机会吧。"

过了十多天，王尉擒获一名盗匪，王世贞知道他是得自雷龄的帮助。一天，王世贞命左右退下后召来王尉，质问他说："你为什么要替雷龄通风报信？那天站在台阶下偷听我们谈论缉捕雷龄计划的不是你吗？"

王尉马上认错谢罪，请求率领捕役亲自缉捕雷龄，以赎前罪。不久雷龄果然被擒。王世贞对雷龄说："按你所犯罪行理应处死，但如果你能替我擒获某盗，将功赎罪，我就放你一条生路。"

说完命王尉与他一同前去捕盗，果然顺利擒获，于是王世贞上奏朝廷，请求赦免雷龄。

有一次官府擒获七名盗匪，但仍有一名匪徒在逃。土匪头故意谎报逃逸者的姓名，不久，根据土匪头的供述抓来一名人犯，但那人一直大喊冤枉，于是王世贞下令把土匪头带到庭下较远处，却要那名喊冤者跪在府阶上受审。土匪头不断地偷窥那名喊冤者脚上穿着的一双丝鞋，这时王世贞暗中要一名属吏脸上蒙着布罩，并且换上丝鞋，打扮成那名喊冤者的模样，然而土匪头并不知道人已调包，仍指称穿丝鞋者就是同伙。王世贞大笑说："你竟敢称我的属吏是匪盗，看来你前面所招供的，全是一派胡言。"说完立即释放那名喊冤者。

王璥　王守仁

【原文】

贞观中，左丞李行德弟行诠，前妻子忠烝其后母，遂私匿之，诡敕追入内行，廉不知，乃进状问。奉敕推诘至急，其后母诈以领巾勒项卧街中。长安县诘之，云：“有人诈宣敕唤去，一紫袍人见留宿，不知姓名，勒项送至街中。”忠惶恐，私就卜问，被不良人疑之，执送县。尉王璥引就房内推问，不允。璥先令一人于褥下伏听，令一人走报长使唤璥，锁房门而去，子母相谓曰：“必不得承！”并私密之语，璥至开门，案下人亦起，母子大惊，并具承伏法云。

贼首王和尚，攀出同伙有多应亨、多邦宰者，骁悍倍于他盗，招服已久。忽一日，应亨母从兵道告办一纸，准批下州，中引王和尚为证。公思之，此必王和尚受财，许以辨脱耳。乃于后堂设案桌，桌围内藏一门子，唤三盗俱至案前覆审。预戒皂隶报以寅宾馆有客，公即舍之而出。少顷还入，则门子从桌下出云：“听得王和尚对二贼云：‘且忍两夹棍，俟为汝脱也。’”三盗惶遽，叩头请死。

【译文】

唐太宗贞观年间，左丞相李行德之弟李行诠与前妻所生的儿子李忠和后母通奸，并将其藏匿起来。并假称宫中传令让后母入宫了。调查此事，都说不知道，于是上奏向皇帝询问此事。皇帝因没有下诏让李忠的后母入宫，知道有人假冒，于是下令命人追查此事，催促得很急。

涉案人之一的后母用领巾勒住自己脖子，倒卧街头。长安县衙门侦讯时，她诈称：“有人假传官府敕命召唤我到一个处所，有一身穿紫袍的人见到我，强迫我留宿一晚，并不知道他的姓名，之后我就被勒昏，送到大街上。”

李忠听说此事，非常害怕，于是四下打听，结果被人怀疑动机不明，逮捕后送给县尉王璥。王璥让他和后母一起被关入一间房子内。王璥事先命令一名手下躲在房间里的床铺下窃听，另一人锁住房门离去。

涉案的母子彼此关照："绝对不能承认案情!"又私下说了些秘密的事。

王璥来到之后，窃听者亦于此时现身。母子二人大惊，只好俯首承认所犯之罪，接受国法制裁。

明朝时，强盗首领王和尚，招出同伙有多应亨、多祁宰二人，骁勇强悍其他盗匪，官府早已缉拿到案。

忽然有一天，多应亨的母亲从兵部转来十张会办状纸，准批下州审理，并注明要王和尚做证。

王阳明经过仔细的判断，猜想王和尚一定已被串通，答应为多某二人脱罪，于是命令在衙门后堂设置案桌，桌围内藏有一人负责监听，然后传唤那三名被告到案前应讯。审讯到一半时，皂隶忽然报告前厅有贵宾来访，王阳明便立刻起身出迎。

不久，王阳明回到后堂，躲在桌下的人出来报告道："刚才听到王和尚对那两个贼人说：'你们暂且忍受一两顿夹棍的审讯，待会儿我就为你们开脱。'"王和尚三人当场大惊失色，纷纷叩头请求饶命。

苏　涣

【原文】

苏涣知衡州时，耒阳民为盗所杀而盗不获。尉执一人指为盗，涣察而疑之，问所从得，曰："弓手见血衣草中，呼其侪视之，得其人以献。"涣曰："弓手见血衣，当自取之以为功，尚肯呼他人？此必为奸。"讯之而服，他日果得真盗。

【译文】

苏涣治理衡州时，有位来自耒阳的百姓被盗贼所杀，一直没抓到凶手。一天捕役抓来一人，指称他是凶手，苏涣侦讯后，发觉有许多疑点，于是召来捕役，问他擒获凶手的经过。捕役说："弓箭手首先发现草堆中有件血衣，既而招来同伴检视，发现这人在离血衣不远处，于是大伙一同擒下他。"

苏涣沉吟道："按常理，弓箭手在看到血衣后，会自己抢先擒下凶手领功。怎么可能引来同伴呢？这名弓箭手一定是贼人奸细。"

抓来讯问后，没多久果然抓到真凶。

范 檟

【原文】

范檟，会稽人，守淮安。景王出藩，大盗谋劫王，布党起天津至鄱阳，分徒五百人，往来游奕。一日晚衙罢，门卒报有贵客入僦潘氏园寓孥者，问："有传牌乎?"曰："否。"命诇之，报曰："从者众矣，而更出入。"心疑为盗，阴选健卒数十，易衣帽如庄农，曰："若往视其徒入肆者，阳与饮，饮中挑与斗，相执絷以来。"而戒曰："慎勿言捕贼也。"卒既散去，公命舆谒客西门，过街肆，持者前诉，即收之。比反，得十七人。阳怒骂曰："王舟方至，官司不暇食，暇问汝斗乎?"叱令就系。入夜，传令儆备，而令吏饱食以需。漏下二十刻，出诸囚于庭，厉声叱之，吐实如所料。即往捕贼，贼首已遁。所留孥，妓也。于是飞骑驰报徐、扬诸将吏，而毙十七人于狱，全贼溃散。

【译文】

会稽人范檟镇守淮安。有一次景王出游，某大盗扬言要劫持景王。他的党羽遍布于天津到鄱阳间。大盗派出五百名手下出入市集打探消息。

一天夜晚衙门快收班时，有门吏报告王族亲眷进城，现寄住在潘氏园。范槚询问门吏："对方是否持有证明身份的令牌？"

答："没有。"

于是范槚命人暗中窥伺对方举动。密探回报说："对方随从人员众多，而且进出频仍。"

范槚怀疑他们就是盗匪，暗中挑选几十名身材强健的士卒，换上便装，打扮成村夫的模样。范槚对他们说："你们看到那批人进酒馆，就跟着进去，与他们一块儿喝酒，再故意挑起冲突相斗，然后一同闹进府衙来。"接着又告诫他们说："你们可千万不能谈及捕贼的事。"

假村夫散去后，范公立即命人准备车轿到西门拜谒贵客，经过街市，有闹事者告官，范槚命人全部收押，一共抓了对方十七人。这时范槚故意骂道："王爷刚驾到，我忙着接待王爷都来不及，哪有空管你们打架的事。"下令手下将一干人全部关入牢中。

到了半夜，范槚下令升堂问案，并要属下先填饱肚子，准备长时间侦讯。午夜一过，就要吏属将一干人带至庭上，经范槚厉声喝叱质问后，他们果真如范槚所猜测的是大盗的手下。范槚立即率兵围剿，不料贼首已闻风先逃，而所谓的妻眷，原来是妓女。

于是范槚飞骑传送紧急公文呈各处守将拦截，至于所捕获的十七名贼人全部处死，其余盗贼全部溃散。

总　辖

【原文】

临安有人家土库中被盗者，绝无踪迹，总辖谓其徒曰："恐是市上弄猢狲者，试往胁之；不伏，则执之；又不伏，则令唾掌中。”如其言，其人良久觉无唾可吐，色变俱伏。乃令猢狲从天窗中入内取物。或谓总辖何以知之，曰：“吾亦不敢取必，但人之惊惧者，必无唾可吐，姑以卜之，幸而中耳。”

又一总辖坐在坝头茶坊内，有卖熟水人，持两银杯，一客衣服济然若巨商者，行过就饮，总辖遥见，呼谓曰：“吾在此，不得弄手段。将执汝。”客惭悚谢罪而去。人问其故，曰：“此盗魁也，适饮汤，以两手捧盂，盖阴度其广狭，将作伪者以易之耳。”

比韩王府中忽失银器数件，掌器婢叫呼，为贼伤手，赵从善尹京，命总辖往府中，测试良久，执一亲仆讯之，立服。归白赵云：“适视婢疮口在左手，盖与仆有私，窃器与之，以刃自伤，谬称有贼；而此仆意思有异于众，是以得之。”

【译文】

临安有户人家遭小偷，从现场所留的痕迹来看，似乎不是人为的窃案。总辖对属吏说：“这件窃案，恐怕是街上要猴的江湖卖艺的所干的，你们不妨把这人抓来逼问；如果仍不认罪，就要他朝手掌吐口水。”

属吏照总辖所说要那要猴人吐口水，那人发觉自己口干舌燥，根本吐不出口水，不由神色大变，只有俯首认罪，原来是他命猴子从天窗进入屋舍窃取财物。

有属吏问总辖如何知道要猴者是小偷，总辖说：“我也没有绝对的把握，只是人心中害怕就会影响唾液的分泌，吐不出口水来，所以我姑且拿他一试，幸运地被我猜中了。”

另有一名总辖坐在茶坊喝茶时，茶坊老板取出银杯注入茶水卖给往来客人，有位衣着鲜明俨然富商模样的客人走进茶坊，顺手拿起桌上的银杯喝茶，坐在远处的总辖突然对富商说：“有我在这儿，你不可玩花样，否则我抓你坐牢。”那名假富商立刻羞惭地离去。

别人问总辖原因，总辖说：“刚才那名富商实在是土匪头假扮的，刚才他喝茶时，用两手捧着银杯，事实上是在测度银杯大小，好用假银杯替换。”

另有一次，韩王府中突然有数件银器遭人盗取，管银器的婢女大喊捉贼时，被贼人砍伤手腕。当时尹京赵从善命总辖前去韩王府办案，总辖观察许久，突然逮捕一名王爷亲信，经过侦讯，那名亲信坦承犯罪。

总辖回府向赵从善报告说：“我刚才检视，婢女的伤口在左手，若真是为抗拒贼人，伤口应在右手。经审问果然承认因与王爷亲信有私情，所以为他盗取银器，再用刀割伤手腕，故意谎报有贼，而我见这名亲信神色异于旁人，才起疑逮捕，得以破案。”

董行成

【原文】

唐怀州河内县董行成能策贼。有一人从河阳长店盗行人驴一头并皮袋，天欲晓至怀州。行成至街中一见，呵之曰：“个贼在!”即下驴承伏。人问何以知之，行成曰：“此驴行急而汗，非长行也；见人则引驴远过，怯也。以此知之。”有顷，驴主已踪至矣。

【译文】

唐朝怀州河内县，有个叫董行成的人，能一眼就分辨出对方是否为贼匪。

有名贼人在河阳长店偷得路人一头驴及一口皮袋，在天快破晓时赶到怀州境内，正巧碰到董行成迎面而来。

董行成一见他就大声喝道："你这贼子给我站住！"

那人一听立即下驴认罪。

事后有人问董行成如何看出那人是贼，董行成说："这头驴因长途疾行而流汗，而这人见了路人也会引驴绕路，这一定是因他心虚，所以我判定他一定是贼。"

那盗驴者被送入县衙后不久，那名驴主也追踪而来。

张小舍

【原文】

相传维亭张小舍善察盗。偶行市中，见一人衣冠甚整，遇荷草者，捋取数茎，因如厕，张俟其出，从后叱之，其人惶惧，鞫之，盗也。又尝于暑月游一古庙之中，有三四辈席地鼾睡，傍有西瓜劈开未食，张亦指为盗而擒之。果然，或叩其术，张曰："入厕用草，此无赖小人，其衣冠必盗来者；古庙群睡，夜劳而昼倦；劈西瓜以辟蝇也。"时为之语云："天不怕，地不怕，只怕维亭张小舍。"[舍，吴章沙，去声。]后遇瞽丐于途，疑而迹之，见其跨沟而过，擒焉，果盗魁。其瞽则伪也，请以重赂免，期某日，过期不至，久之，张复遇于途，责以渝约，盗曰："已输于卧床之左足，但夜至，不敢惊寝耳。"张犹未信，曰："以何为征？"盗即述是夜其夫妇私语，张始大骇，归视床足，有物系焉，如所许数，兼得一利刃，悚然曰："危哉乎？"自是察盗颇疏。

【评】

小舍智，此盗亦智。小舍先察盗，智；后疏于察盗，更智。

【译文】

据说维亭的张小舍有识别盗匪的奇能。

某日他走在街上，遇到一位衣冠整齐的男子，坐在一辆装满柴草的车上。只见这名男子随手拔下一把草，下车走进厕所。张小舍等这男子出来后，突然在他背后喊了一声，把这男子吓了一跳，经审问果然是盗匪。

又有一次，在一个大暑天，张小舍到一座古庙游玩，庙中有三四人席地酣睡，旁边还放着切开没吃的西瓜，这时张小舍指着睡觉的三四人说是盗匪，经衙役逮捕审问，果如其言。

有人问张小舍是凭什么方法识别盗匪的？张小舍回答说："这道理其实很简单，入厕用草，是毫无生活教养、无赖之辈的行为，然而这名男子却衣着光鲜整齐，所以我断定那人的衣服是偷来的；还有那几个在古庙睡觉的人，因为小偷都是在晚上活动，所以白天才会疲倦，他们故意切开西瓜不吃，是为了防止苍蝇叮他们的脸。"

因此，当地的盗匪说：天不怕，地不怕，只怕维亭张小舍。

某天张小舍在路上遇到一位瞎乞丐，他一见就起了疑心，于是就在后面跟踪，结果发现这名瞎乞丐能跳过水沟，经下令逮捕审讯，才知道他就是土匪头，伪装成瞎子在街市探听消息。这土匪头请张小舍放过他，并且答允当晚送一笔钱给张小舍。可是到第二天，仍不见盗匪送钱来。

不久张小舍又在街上遇见那名盗匪，张小舍责备他不守承诺，盗匪说："我已经把钱送出了，就放在你床的左脚下，因为我是半夜去的，所以不敢吵醒你。"

张小舍不相信，就问盗匪有什么证据，盗匪立刻毫不迟疑地说出当晚的情形，甚至把他们夫妻间的私话都说出来，这时张小舍才感到十分惊恐。回到家一看，果然见到有包钱绑在床脚下，但是钱包上附了一把刀，不由大抽一口冷气，叫道：“好险哪！”

从此再也不敢干识别盗匪、报官逮捕的事。

苏无名

【原文】

天后时，尝赐太平公主细器宝物两食盒，所直黄金百镒。公主纳之藏中，岁余，尽为盗所得。公主言之，天后大怒，召洛州长史谓曰：“三日不得盗，罪死！”长史惧，谓两县主盗官曰：“两日不得贼，死！”尉谓吏卒、游徼曰：“一日必擒之，擒不得，先死！”吏卒、游徼惧，计无所出。衢中遇湖州别驾苏无名，素知其能，相与请之至县。尉降阶问计，无名曰：“请与君求对玉阶，乃言之。”于是天后问曰：“卿何计得贼?”无名曰：“若委臣取贼，无拘日月，且宽府县，令不追求，仍以两县擒盗吏卒尽以付臣，为陛下取之，亦不出数日耳。”天后许之。无名戒吏卒缓至月余。值寒食，无名尽召吏卒约曰：“十人五人为侣，于东门北门伺之，见有胡人与党十余，皆缞绖相随出赴北邙者，可踵之而报。”吏卒伺之，果得，驰白无名曰：“胡至一新冢，设奠，哭而不哀，既撤奠，即巡行冢旁，相视而笑。”无名喜曰：“得之矣。”因使吏卒尽执诸胡，而发其冢，剖其棺视之，棺中尽宝物也。奏之，天后问无名：“卿何才智过人而得此盗?”对曰：“臣非有他计，但识盗耳。当臣到都之日，即此胡出葬之时，臣见即知是偷，但不知其葬物处。今寒食节拜扫，计必出城，寻其所之，足知其墓。设奠而哭不哀，明所葬非人也；巡冢相视而笑，喜墓无损也。向若陛下迫促府县擒贼，贼计急，必取之而逃。今者更不追求，自然意缓，故未将出。”天后曰：“善。”赠金帛，加秩二等。

【译文】

武则天在位时，有次赏赐太平公主贵重宝物两大盒，总价超过黄金百镒。公主极为珍爱，将这批宝物妥善珍藏，不料才一年多就遭窃遗失。

公主将宝物失窃的事禀告天后，天后震怒，召来洛阳长史，下令：“若三天之内抓不到偷宝物的小偷，哀家就拿你的脑袋抵罪！”长史领命后，立即召来二县的总捕头，对他们说：“两天之内找不到小偷，你们也就别想再活命！”总捕头接获命令后就对手下的捕役说：“限你们今天之内给我抓到小偷，否则我会要你们比我先死！”

捕役们一听，急得像热锅上的蚂蚁，不知该如何是好。正巧在街上碰到湖州别驾苏无名，捕役们知道他是出名的捕盗专家，便恳请他到县衙参与办案。总捕头见了苏无名，便虚心向他请教。苏无名说：“我希望能与你一起谒见天后，当面向天后说明我捕盗的计划。”

两人进宫谒见天后，天后问道：“贤卿有什么办法能抓到小偷呢？”

苏无名答道：“如果真要交付臣缉贼的任务，首先就不能有期限的限制，另外就是要县衙宣布不再追查此案，至于两县中编列为擒贼的吏卒全交由臣指挥，臣保证不出数日，一定能为陛下擒获贼人。”

天后答应苏无名的请求。

苏无名随即对吏卒宣布，捉贼的行动将往后顺延一个月。一直到寒食节前，苏无名才召集所有的吏卒说：“每十人或五人编成一组，分别埋伏在东门、北门，如果发现有一名胡人，身后跟随一群披麻戴孝的家属，朝北山的方向走，就在后面跟踪他们。”

吏卒果然发现如苏无名所形容的这批人，快马报告苏无名说：“他们来到一座新坟前设奠祭拜，虽然号哭但表情并不哀伤，祭拜完毕就检视坟墓四周，接着相互开心地大笑。”

苏无名一听高兴地说：“终于抓到他们了。”于是命令吏卒将那批胡人全部逮捕并且挖坟开棺检视，只见棺木中全是宝物。

苏无名向天后奏报任务完成，天后问他说：“贤卿如何知道这些人是盗贼?”

苏无名答：“臣并没有运用什么奇计，只是能辨识盗贼罢了。当臣抵达京都那天，也就是这批胡人举行假出殡的日子，臣一见他们的神色，就知道他们是小偷，只是不知道埋藏赃物的地方。今天是寒食节，是扫墓祭祖的日子，臣料想他们一定会出城到埋藏宝物的墓地。密探说他们虽设奠祭拜但哭声并不哀伤，那个因为坟中所埋的不是死人；绕行坟墓四周，巡视后相互对看大笑，那是高兴坟墓完好无损；如果按陛下目前所下命令严密缉捕盗贼，贼人见风声吃紧，一定会因心慌而先挖取宝物逃逸。而今盗贼见官府不再追究，自然意态悠闲、不急着挖出宝物了。”

天后听了，连声夸赞：“好，好。”赐他金帛，还给他升了两级。

陈懋仁

【原文】

陈懋仁《泉南杂志》云，城中一夕被盗，捕兵实为之。招直巡两兵，一以左腕，一以胸次，俱带黑伤而不肿裂，谓贼棍殴，意在抵饰。当事督责司捕，辞甚厉，余意棍殴处未有不致命且折，亦未有不肿，且裂者。无之，是必赝作，问诸左右曰：“吾乡有草可作伤色者，尔泉地云何?”答曰：“此名‘千里急’。”余令取捣碎，别涂两人如其处，少焉成黑，以示两兵，两兵愕然，遂得奸状。自是向道绝，而外客无所容矣。

【译文】

陈懋仁所著《泉南杂志》中记载：有一夜，城中遭强盗抢掠，官兵追捕时，有两名士兵受伤，其中一名伤了左腕，另外一名则伤在胸前，两名士兵的伤口都呈黑色，但伤口四周却没有红肿肉裂的现象，两人均供称盗匪拒捕时，遭盗匪棍棒殴伤。总兵厉声叱责捕役，并督责他限期捕盗。

我当时就认为，凡遭棍棒殴打，重者致命，轻者骨折，不可能既不红肿也不肉裂，如果真是如此，一定是伪装受伤。

于是我问其他人说：“在我的家乡有一种草，可以将皮肤染成类似伤口的颜色，这种草此地称作什么?”

答：“我们叫这种草为千里急。”

于是我命人采来千里急，捣碎后，分别涂在他人的左腕及前胸，不久皮肤果然呈黑青色，我要那两名自称遭匪殴伤的士兵来看，两人震惊得说不出话来，终于坦承罪行，从此盗贼绝迹。

某京师指挥

【原文】

京师有盗劫一家，遗一册，旦视之，尽富室子弟名。书曰：“某日某甲会饮某地议事。”或“聚博挟娼”云云，凡二十条。以白于官，按册捕至，皆跅弛少年也，良以为是。各父母谓诸儿素不逞，亦颇自疑。及群少饮博诸事悉实，盖盗每侦而籍之也。少年不胜榜毒，诬服。讯贿所在，浪言埋郊外某处，发之悉获。诸少相顾骇愕云："天亡我！"遂结案伺决，一指挥疑之而不得其故，沉思良久，曰："我左右中一髯，职豢马耳，何得每讯斯狱辄侍侧？"因复引囚鞫数四，察髯必至，他则否。猝呼而问之，髯辞无他。即呼取炮烙具，髯叩头请屏左右，乃曰："初不知事本末，唯盗赂奴，令每治斯狱，必记公与囚言驰报，许酬我百金。"乃知所发赃，皆得报宵瘗之也。髯请擒贼自赎，指挥令数兵易杂衣与往，至僻境，悉擒之，诸少乃得释。

【评】

成化中，南郊事竣，撤器，失瓶一。有庖人执事瓶所，捕之系狱，不胜拷掠，竟诬服。诘其赃，谬曰："在坛前某地。"如言觅之，不获。又系之，将毙焉。俄真盗以瓶系金丝鬻于市，市人疑之，闻于官，逮至，则卫士也。招云："既窃瓶，急无可匿，遂瘗于坛前，只捩取系索耳。"发地，果得之，比庖人谬言之处相去才数寸，使前发者稍广咫尺，则庖人死不白矣，岂必豢马髯在侧乃可疑哉？讯盗之难如此。

【译文】

京师有一户人家遭窃，小偷临走时遗落了一本小册子。失主打开一看，里面全记载着富家子弟的名字，写道"某日某甲与人在某地聚饮商议不正经的事"，或是"某人召妓聚赌"等等，一共有二十多条。

失主将盗匪遗失的小册呈送官府，官府按册子所记姓名捕人，都是本乡的纨绔子弟。官府认为他们就是打家劫舍的盗匪，然而他们的父母却认为自己的儿子平日行为虽不知检点，但还不至于沦为窃盗，因此对儿子的罪行表示怀疑。

而那群少年喝酒聚赌召妓等事都是事实，少年在严刑拷问下都自认有罪。官府逼问他们赃物何在，少年们随意妄称埋在郊外某处，官府派人挖掘，果然挖出一批财物，少年们没想到竟然胡乱说中，彼此对望，害怕地说："这是天要我死。"而官府认为既已找到失物，只待处决人犯就可结案。

有一指挥总觉得事有蹊跷，但又说不出所以然来，沉思许久后说："我手下有一名蓄胡子的马夫，每次审讯少年犯，他就借故待在附近偷听。"于是又故意一连四次召来少年问话，发觉那位大胡子马夫总会在附近；审问其他人犯时，就不见大胡子马夫。指挥命人召马夫问话，马夫大喊冤枉；指挥又命人取来刑具，这时马夫才叩头认罪，请指挥屏退旁人后说："我原来不清楚这件案子，只因那强盗贿赂我，要我每次在审讯少年犯时，都要记下大人及少年的对话，然后飞快报告他，他答应给我一百两黄金作为酬劳，至于能挖出赃物，是因强盗得知少年犯所说的地点，连夜挖洞埋藏的。"

大胡子马夫说完，自动请求抓贼赎罪，指挥命士兵换上便装与马夫一同前去缉捕贼人，贼人果然全部落网，少年犯也无罪开释。

耿叔台

【原文】

某御史巡按蜀中，交代，亡其赀。新直指至，又穴而胠箧焉。成都守耿叔台［定力］察胥隶皆更番，独仍一爨人，亟捕之。直指恚曰："太守外不能诘盗，乃拘吾卧榻梗治耶？"固以请。比至，诘之曰："吾视穴痕内出，非尔而谁？"即咋舌伏辜。

【译文】

某御史巡按四川，离任移交时遗漏了一笔公款，新的直指使者（朝廷直接派往地方处理问题的使者）赴任后，又将这笔公款挪入私囊。

成都地方的长官耿叔台负责调查此项弊案，发现原先关于本案的基层官员均已他调，只有一位厨师未被撤换，遂命人将他逮捕。直指使者抗议道："大人不去外面追查盗匪，却认定本官卧榻旁边涉有重嫌吗？"

耿叔台置若罔闻，果然查出直指使者舞弊的证据，便诘问道："本官看到起火点在内部，不是你，会是谁？"直指使者瞠目结舌，旋即认罪。

张 鷟

【原文】

张鷟为河阳县尉日，有一客驴缰断，并鞍失之，三日不获，告县。鷟推勘急，夜放驴出而藏其鞍，可直五千钱，鷟曰："此可知也。"令将却笼头放之，驴向旧喂处，搜其家，得鞍于草积下。

【译文】

唐朝人张鷟（字文成，自号浮休子）当县尉时，有位百姓被路人割断系驴的缰绳，并且遗失了驴背上的鞍袋，搜寻三天仍无法寻获，只好报官。

张鷟得知后，苦思甚久，终于想出一计。举行竞赛，比赛规则是，在夜晚将驴松缰，凡驴能寻获主人所藏的鞍袋，就可获得五千钱的奖金。张鷟说："这样一定可以找到失窃的鞍袋。"

到了比赛那晚，张鷟命参赛人松开缰绳任驴自行寻鞍，那头被路人割断缰绳的驴，却回到主人家。吏卒搜索住处，结果在草堆中寻获鞍袋。

李复亨

【原文】

李复亨年八十登进士第，调临晋主簿。护送官马入府，宿逆旅，有盗杀马。复亨曰："不利而杀之，必有仇者。"尽索逆旅商人过客，同邑人橐中盛佩刀，谓之曰："刀蔑马血，火煅之则刃青。"其人款伏，果有仇。

以提刑荐迁南和令，盗割民家牛耳。复亨尽召里人至，使牛家牵牛遍过之，至一人前，牛忽惊跃，诘之，乃引伏。

【评】

煅刀而得盗，所以贵格物也。然庐州之狱，官不能决，而老吏能决之，故格物又全在问察。

太常博士李处厚知庐州县，有一人死者，处厚往验，悉糟胾灰汤之法不得伤迹。老书吏献计：以新赤油伞日中覆之，以水沃尸，其迹必见，如其言，伤痕宛然。

【译文】

李复亨八十岁的时候才考中进士，被任命为临晋主簿。有一次他护送官马入府，夜晚投店住宿时，有贼人竟将官马全部杀死。

李复亨说："不想盗马获利却将马匹杀死，必定是与我的仇家所为。"

于是向客栈老板索取全部住宿旅客的名单，发现其中有位同乡，所携带的行囊中有把利刀。于是李复亨就对同乡说："如果刀刃曾沾有马血，经火煅烧，刀刃就会变成青色。"

同乡听了，只有俯首认罪，果然是受仇人指使而来。

不久李复亨被荐举擢升为南和令，发生一件民家牛只被人割下耳朵的凶案。李复亨命牛主牵着牛绕村一周，走到一人面前时，牛儿突然惊惶跃起，经讯问，果然就是割牛耳的真凶。

向敏中

【原文】

向敏中在西京时，有僧暮过村求寄宿，主人不许，于是权寄宿主人外车厢。夜有盗自墙上扶一妇人囊衣而出，僧自念不为主人所纳，今主人家亡其妇人及财，明日必执我。因亡去。误堕眢井，则妇人已为盗所杀，先在井中矣。明日，主人踪迹得之，执诣县，僧自诬服，诱与俱亡，惧追者，因杀之投井中，暮夜不觉失足，亦坠；赃在井旁，不知何人取去。狱成言府，府皆平允，独敏中以赃不获致疑，乃引僧固问，得其实对。敏中密使吏出访，吏食村店，店妪闻自府中来，问曰："僧之狱何如？"吏绐之曰："昨已笞死矣。"妪曰："今获贼何如？"曰："已误决此狱，虽获贼亦不问也。"妪曰："言之无伤矣，妇人者，乃村中少年某甲所杀也。"指示其舍，吏就舍中掩捕获之。案问具服，并得其赃，僧乃得出。

【评】

前代明察之官，其成事往往得吏力。吏出自公举，故多可用之才。今出钱纳吏，以吏为市耳，令访狱，便鬻狱矣；况官之心犹吏也，民安得不冤？

【译文】

宋朝人向敏中（字常之，谥文简）任职西京时，有名和尚路经一村落，见天色已晚，就央求屋主请求借住一宿，但被屋主婉拒，不得已，和尚只好暂且栖身屋主停放在屋外的车厢里。

到了半夜，和尚突然惊醒，看见一名贼人背着一名妇人，手上提着包袱翻过屋墙后，匆忙离去。和尚不由在心中盘算，早些时屋主拒绝我入屋借宿，现在若这屋主发现妻子跑了，财物也不见了，明天一定会找我算账，不如赶紧离开此地。

不料和尚因心慌没留意，竟误坠一口枯井中。坠入枯井后，才发现那位随强盗翻墙逃逸的妇人，已被强盗灭口，弃尸井中。

第二天，屋主果然循着脚印追踪到井边，把和尚送进官府，和尚百口莫辩，只好供认自己先诱拐妇人携带财物与自己私奔，但因害怕屋主派人追捕，只得杀了妇人再投井弃尸，而自己也因不小心而落井，至于放在井边的财物，则不知是何人取去。

狱卒将报告呈送府台，府台认为罪证确凿，应即宣判。

只有向敏中认为赃物遗失非常可疑，单独审问和尚，终于得知实情，于是派密探到各地访查。

一天，密探走进村落中一家小吃店吃饭，老板娘听说他从府城来，就问他："和尚杀人的案子，现在有没有新的发展？"

密探故意骗她说："昨天已判刑处死了。"

老板娘问："如果现在抓到真凶会怎么样呢？"

“这件凶杀案已结案，和尚也处死了，即使抓到真凶也没有差别，官府不会再过问了。”

老板娘说：“现在说没用了，那妇人是我们村子里一个叫某甲的年轻人杀的。”

接着把某甲的住处指给密探看，密探于是循着所指方向将某甲逮捕并取出赃物，某甲坦承罪状，和尚也无罪释放。

钱藻

【原文】

钱藻备兵密云，有二京军劫人于通州。获之，不服，州以白藻。二贼恃为京军，出语无状，藻乃移甲于大门之外，独留乙鞫问数四，声色甚厉，已而握笔作百许字，若录乙口语状，遣去。随以甲入，给之曰：“乙已吐实，事由于汝，乙当生，汝当死矣！”甲不意其绐也，忿然曰：“乙本首事，何委于我？”乃尽白乙首事状，藻出乙证之，遂论如法。

【译文】

宋朝人钱藻（字醇老）任统兵官时，有两名京军的士兵在通州绑架百姓。遭逮捕后，坚不承认罪行，通州府只好呈报钱藻。

两名绑匪仗恃自己是京军，态度蛮横、说话无礼，钱藻命人把甲兵带至营门外，单独留下乙兵审问。他声色俱厉，接着持笔写下数百字，好像在记录乙兵的口供。

然后要人带走乙兵，传讯甲兵，并骗甲兵说：“乙兵已全部招供，你是主谋，所以罪该死，乙为从犯，尚可活命。”

甲兵不知是骗他的，生气地说："乙兵才是主谋者，为什么要嫁祸给我？"于是甲兵将乙兵如何策划一五一十全部招出，钱藻命人带出乙兵对质，按罪论处。

吉安某老吏

【原文】

吉安州富豪娶妇，有盗乘人冗杂，入妇室，潜伏床下，伺夜行窃。不意明烛达旦者三夕，饥甚奔出，执以闻官，盗曰："吾非盗也，医也，妇有癖疾，令我相随，常为用药耳。"宰诘问再三，盗言妇家事甚详，盖潜伏时所闻枕席语也。宰信之，逮妇供证，富家恳免，不从。谋之老吏，吏白宰曰："彼妇初归，不论胜负，辱莫大焉。盗潜入突出，必不识妇，若以他妇出对，盗若执之，可见其诬矣。"宰曰："善。"选一妓，盛服舆至，盗呼曰："汝邀我治病，乃执我为盗耶？"宰大笑，盗遂伏罪。

【译文】

有位吉安州的富豪娶亲，一名窃贼趁着人多混乱之际，暗中潜入新妇卧室，躲在床下，想等到半夜再伺机行窃。没想到酒宴持续了三天三夜，窃贼实在耐不住饥饿，只好奔出卧室，结果被抓住送至官府。

窃贼说："我不是强盗，是医生。新娘子有老毛病，命我随侍在侧，好随时为她配药。"

县宰再三讯问，强盗却把新娘子的私事说得很详细，原来这都是躲在床下听来的。于是县宰不得不相信窃贼的话，准备召新娘子来对质，富人怕此事张扬出去有损颜面，恳求县宰不要传讯新娘子，县宰不答应。

富人只好央求老吏卒，老吏卒对县宰说："这新娘子是第一次嫁人，不论官司输赢，对新娘子而言都是莫大的羞辱。窃贼趁乱混入藏在卧室床下，后因耐不住饥饿夺门而出，所以一定没见过新娘子的模样。若是让别的妇女顶替，窃贼却指认她是新娘子的话，就可证明窃贼说谎。"

县宰同意老吏卒的建议，选一名女妓盛装打扮，乘坐轿子而来，窃贼见了那妓女大叫道："你请我替你治病，为什么又要诬谄我是盗匪？"县宰听了大笑，窃贼这才明白上当，只好俯首认罪。

周 新

【原文】

周新按察浙江，将到时，道上蝇蚋迎马首而聚，使人尾之，得一暴尸，唯小木布记在。及至任，令人市布，屡嫌不佳，别市之，得印志者。鞫布主，即劫布商贼也。

一日视事，忽旋风吹异叶至前，左右言城中无此木，独一古寺有之，去城差远。新悟曰："此必寺僧杀人，埋其下也，冤魂告我矣。"发之，得妇尸，僧即款服。

按新，南海人，由乡科选御史，刚直敢言，人称为"冷面寒铁"。公在浙多异政，时锦衣纪纲擅宠，使千户往浙缉事，作威受赂。新捕治之，千户走脱，诉纲，纲构其罪，杀之。呜呼！公能暴人冤，而身不能免冤死，天道可疑矣！

【译文】

明朝人周新（累官至浙江按察使，后因奸人诬告被杀）任浙江按察使，初赴任时，一处路上蚊蝇聚集，不停地叮咬马匹。周新觉得奇怪，派人四处查看，终于发现一具无名尸，尸旁有一枚戳盖布匹用的木章。

周新正式上任后，命人到市集买布，等布买回又东挑西拣嫌布料不好，再派人到他市购买，终于买到一块盖有与木章印相同戳记的布料，抓来布商审讯，正是那名劫杀布商的真凶。

又有一天，周新外出巡行，忽然有阵怪风吹起一片叶子到周新面前，左右对周新说，这附近并没有这种树木，只有古寺中才有，而古寺离此地甚远。

周新突然领悟道：“一定是寺中和尚杀人，将尸首埋在古寺下，现在冤魂显灵要求申冤。”

于是，命人至古寺附近挖掘，果然挖出一具女尸，和尚只好俯首认罪。

吴　复

【原文】

溧水人陈德，娶妻林岁余，家贫佣于临清。林绩麻自活，久之，为左邻张奴所诱，意甚相惬。历三载，陈德积数十金囊以归，离家尚十五里，天暮且微雨。德虑怀宝为累，乃藏金于水心桥第三柱之穴中，徒步抵家。而林适与张狎，闻夫叩门声，匿床下，既夫妇相见劳苦，因叙及藏金之故，比晨往，而张已窃听，启后扉出，先掩有之矣。林心不在夫，既闻亡金，疑其诳，怨詈交作。时署县事者晋江吴复，有能声，德为诉之，吴笑曰：“汝以腹心向妻，不知妻别有腹心也，”拘林至，严讯之，林呼枉，德心怜妻，愿弃金，吴叱曰：“汝诈失金，戏官长乎?”置德狱中，而释林以归，随命吏人之黠者为丐容，造林察之，得张与林私问慰状。吴并擒治，事遂白。

【评】

一云，此亦广东周新按察浙江时事。

【译文】

明朝时溧水县有个叫陈德的人，娶妻林氏一年多，由于家贫，到临清县替人帮佣。林氏则在家纺麻贴补家用，就在陈德离家替人帮佣期间，林氏在左邻张奴的引诱下，跟张奴发生私情。

三年后，陈德辛苦攒下几十金，带着钱回乡跟妻子团聚，当陈德离家还有十五里地时，见日落天黑并且下着毛毛细雨。他心想身上带这么多钱走夜路很危险，于是就把钱藏在水心桥下第三根柱子的孔洞里，然后空着手回家。

那时林氏跟张奴正在屋里，林氏听见丈夫的敲门声，赶紧要张奴躲在床底下。夫妻两人见了面，互诉这些年来的辛劳之后，陈德就将桥下藏金的事告诉妻子，预备等天亮以后再去拿。

不料这些话都被躲在床下的张奴听见，于是张奴悄悄从后门溜走，抢先跑到水心桥下把钱拿走。由于林氏已移情别恋，目无丈夫，所以一听说丈夫丢了积蓄，立刻大骂陈德满口胡言。

那时溧水县令是晋江人吴复，他以善于断案闻名，当陈德来报官时，吴复就笑着对他说：“你虽真心爱你的妻子，但是你的妻子是否真心爱你，我想你可能不清楚。”于是吴复就传讯林氏，严厉审问，无奈诡计多端的林氏坚决不吐露实情，陈德心疼妻子，不忍她受牢狱之苦，就向县令要求撤案，只希望他们夫妻从此过平静的日子。

可是吴复却不答应，故意大声怒斥陈德说：“你这个大胆刁民，竟敢谎报失窃，存心戏弄本官，罪不可赦。”说完命人将陈德押入大牢，然后释放林氏回家。吴复在释放林氏的同时，早已命人伪装成乞丐，严密监视林氏的举动，果然发现她跟邻人张奴通奸，以及张奴盗取陈德积蓄的事，于是吴复下令逮捕林氏和张奴两人，并分别处以重刑，事情才水落石出。

高　浟

【原文】

北齐高浟为定州刺史。有人被盗黑牛，背上有毛。浟乃诈为上符，若甚急，市牛皮，倍酬价值。使牛主认之，因获其盗。

定州有老母，姓王，孤独。种菜二亩，数被偷。浟乃令人密往书菜叶为字。明日市中看叶有字，获贼。尔后境内无盗。

【译文】

北齐人高浟任定州刺史时，有农人的一头黑牛被贼偷走。这头黑牛背上长有很长的毛。高浟接获报案后，就故意宣布京城急需牛皮，愿出比市价多好几倍的价钱收购，果然有不少人拿着牛皮求售，这时高浟命牛主前来指认，终于找出贼人。

定州有位王姓老太太，她一人独居，平日就靠种两亩大的菜园子维持生活。可是近年，她的菜圃老是遭人盗窃。高浟就派人暗中在菜叶上写字。第二天一早到市场，见到菜上有字的菜贩就抓，果然捕获贼人。之后在高浟任内再也没有人敢当盗贼。

高湝　杨津

【原文】

北齐任城王湝领并州刺史。有妇人临汾水浣衣，有乘马行人换其新靴，驰而去。妇人持故靴诣州言之，湝乃召居城诸妪，以靴示之，绐云："有乘马人于路被贼劫害，遗此靴焉，得无亲族乎？"一妪抚膺哭曰："儿昨着此靴向妻家也。"捕而获之，时称明察。

杨津为岐州刺史，有武功人赍绢三匹，去城十里为贼所劫。时有使者驰驿而至，被劫人因以告之。使者到州以状白津，津乃下教云："有人着某色衣，乘某色马，在城东十里被杀，不知姓名，若有家人，可速收视。"有一老母行哭而出，云是己子。于是遣骑追收，并绢俱获，自是合境畏服。

【译文】

北齐时任城王高湝兼领并州刺史，有位妇人在汾水边洗衣时，被一位骑马而过的路人换穿了她正要刷洗的一双新靴。那位路人留下旧靴后，骑马扬长而去。妇人于是拿着这双旧靴告官。

高湝召来城中的洗衣妇，拿出那双旧靴要她们仔细辨认，接着骗她们说："有位骑马的过客，在路上遭抢遇害，尸首难以辨认，只留下这双靴子，你们中间可有人认识这靴子的主人？"

一名老妇捂着胸口哭道："我的儿子昨天就是穿着这双靴子到他妻子家去的呀！"

高湝立即命人追捕到案，当时人称高湝明察秋毫。

杨津为岐州刺史时，有一名带着三匹绢的武功人在离城十里处遭人抢劫。当时正有一名朝廷使者骑着快马经过，遭抢的商人却指称使者是劫匪。使者到官府后将事情经过告诉杨津，杨津命人贴出告示：有人穿某色衣服，骑着某色马，在城东十里处被人杀害。由于不知死者姓名，若有人亲友中符合以上特征，可尽速至官府指认。

有位老太太从人群中哭着走出来，说死者是她的儿子，于是杨津派官兵追捕，结果人赃俱获，从此全境再无盗贼。

柳　庆

【原文】

柳庆领雍州别驾。有贾人持金二十斤，寄居京师。每出，常自执钥。无何，缄闭不异，而并失之。郡县谓主人所窃，自诬服。庆疑之，问贾人置钥何处，曰："自带。"庆曰："颇与人同宿乎?"曰："无。""与同饮乎?"曰："日者曾与一沙门再度酣宴，醉而昼寝。"庆曰："沙门乃真盗耳。"即遣捕，沙门乃怀金逃匿。后捕得，尽获所失金。

又有胡家被劫，郡县按察，莫知贼所，邻近被囚者甚多。庆乃诈作匿名书，多榜官门，曰："我等共劫胡家，徒侣混杂，终恐泄露，今欲首伏，惧不免罪，便欲来告。"庆乃复施免罪之牒。居一日，广陵王欣家奴面缚自告牒下，因此尽获余党。

【译文】

柳庆为雍州通判时，有名商人带了二十斤黄金到京城做买卖，寄住在一家客栈中。

商人每次出门总是随身携带宝箱的钥匙。然而没隔多久，宝箱中的黄金竟然不翼而飞，奇怪的是宝箱却丝毫未遭破坏。

官府据报调查后，认为是客栈老板所偷。客栈老板禁不住严刑拷问，承认有罪。

柳庆却表示怀疑，询问商人平日钥匙放置何处，商人答："随身携带。"

又问："最近曾与人同宿吗？"

答："不曾。"

"曾与人一起喝酒吗？"

答："日前曾与一位出家人喝酒吃饭，因为喝醉了，第二天睡了一天。"

柳庆说："这出家人才是真正的小偷。"于是立即派人追捕。出家人在偷得黄金后虽立即逃逸，但仍为柳庆捕获，寻回所有的失金。

又有一次，有个姓胡的人家遭盗匪洗劫，县府虽明知盗匪猖狂，但因不知盗匪藏匿的地点，无法派兵围剿。

由于关在牢中的盗匪很多，柳庆就伪造一封匿名信，张贴在县府门外：我等曾共同抢劫胡家，由于我等抢劫的较多，终有形迹败露被捕的一天，现在我等想自首，又怕官府不肯赦免我们的罪行，所以特别先禀告。

接着柳庆又在官府外挂上免罪牒牌。隔天，广陵王欣家中的奴仆，亲自到官府外领取免罪牒牌，经他之口终于供出盗匪的藏匿地点，并将盗匪一网打尽。

刘　宰

【原文】

宰为泰兴令，民有亡金钗者，唯二仆妇在，讯之，莫肯承。宰命各持一芦去，曰："不盗者，明日芦自若；果盗，明旦则必长二寸。"明视之，则一自若，一去芦二寸矣，盖虑其长也。盗遂服。

【译文】

刘宰为泰兴令时，当地百姓报案遗失金钗。案发现场只有主人的两名仆妾在，经过审讯，两人矢口否认行窃。

刘宰命两人分别拿一只葫芦，说："这葫芦有灵，如果不曾偷取金钗，明天葫芦的大小不会改变；若是偷了金钗，那手上的葫芦就会长大两寸。"

第二天刘宰命两人各自拿着葫芦前来，其中一只不变，另外一只却少了两寸，原来那偷金钗的仆妾害怕葫芦长大，所以事先切去两寸。

陈　襄

【原文】

襄摄浦城令。民有失物者，贼曹捕偷儿数辈至，相撑拄。襄曰："某庙钟能辨盗，犯者扪之辄有声，否则寂。"乃遣吏先引盗行，自率同列诣钟所，祭祷而阴涂以墨，蔽以帷，命群盗往扪。少焉呼出，独一人手不污。扣之，乃盗也。盖畏钟有声，故不敢扪云。

【评】

按襄倡道海滨，与陈烈、周希孟、郑穆为友，号"四先生"云。

【译文】

陈襄为浦城令时，有百姓报案失窃财物，捕役抓到好几名偷儿，偷儿们互相指称对方才是窃案的真凶。

陈襄对他们说："有座庙钟能分辨盗贼，若是真正的小偷触摸钟，钟就会发出声响；若不是小偷，钟就不会发出任何声音。"

于是派吏卒押着偷儿们先行，自己却率领官府中其他官员到庙中祭祷，暗中在钟上涂满墨汁，再用幕帘遮住，这时才命偷儿们一一上前摸钟。等众人绕钟一圈后，只有一人手上没有墨汁，审问后果然是真正的小偷。原来那名偷儿害怕钟会发声，所以不敢摸。

胡汲仲

【原文】

胡汲仲在宁海日，有群妪聚佛庵诵经，一妪失其衣。适汲仲出行，讼于前，汲仲以牟麦置群妪掌中，令合掌绕佛诵经如故。汲仲闭目端坐，且曰："吾令神督之，盗衣者行数周，麦当芽。"中一妪屡开视其掌，遂命缚之，果窃衣者。

【译文】

胡汲仲在宁海为官时，有次一群妇人群聚佛堂诵经，其中一名妇人的衣物遭人偷窃。正巧胡汲仲路过该地，妇人就央求胡汲仲替她寻回失物。

胡汲仲将大麦放在妇女们手中，要她们像事发前一样合掌绕着佛像诵经，而胡汲仲自己却闭着眼睛，严肃地坐在一旁，并且说："我要求神明在天监督各位，凡盗取衣物的人，在绕佛几圈后，手中的大麦就会发芽。"

其中一名诵经妇人频频开掌看掌中大麦，于是胡汲仲命人将这名妇人擒下，审问后果真就是窃衣者。

杨　武

【原文】

佥都御史杨北山公名武，关中康德涵之姊丈也，为淄川令，善用奇。邑有盗市人稷米者，求之不得。公摄其邻居者数十人，跪之于庭，而漫理他事不问。已忽厉声曰："吾得盗米者矣！"其一人色动良久。复厉声言之，其人愈益色动。公指之曰："第几行第几人是盗米者。"其人遂服。

又有盗田园瓜瓠者，是夜大风雨，根蔓俱尽。公疑其仇家也，乃令印取夜盗者足迹，布灰于庭，摄村中之丁壮者，令履其上，而曰："合其迹者即盗也！"其最后一人辗转有难色，且气促甚。公执而讯之，果仇家而盗者也，瓜瓠宛然在焉。

又一行路者，于路旁枕石睡熟，囊中千钱人盗去。公令舁其石于庭，鞭之数十，而许人纵观不禁。乃潜使人于门外候之，有窥觇不入者即擒之。果得一人，盗钱者也。闻鞭石事甚奇，不能不来，入则又不敢。求其钱，费十文尔，余以还枕石者。

【译文】

佥都御史杨北山，单名武，是关中康德涵的姊夫。在任淄川令时，以善用奇计破案而出名。

有一次，城中发生谷粱失窃、遭人盗卖的事，但一直抓不到偷儿。杨公下令将失主住处附近的几十名邻居全带到府衙问话。当一干人被带到官府后，杨公只让他们全跪在庭院中，而自己却慢条斯理地处理其他的公文。过了一会儿，只听见杨公厉声说道："我找到那个偷米的人了。"这时跪在庭下的人中有一人神色大变，不久，杨公又重复一遍："抓到小偷了。"那人的神色越来越惊惶，杨公这才指着他说："第几行第几人就是盗米者。"盗米者一听，立即坦承罪行。

又有一次发生一件盗瓜的案子，失瓜的那晚风雨交加，然而瓜田中的根叶藤蔓却遭人连根拔起。杨公判断这一定是仇家所干，就要手下采集盗瓜者遗留下的脚印，然后在庭中铺上细沙，要村中的壮丁一一在沙上留下脚印比对，说："脚印相合的就是盗瓜贼。"当最后一名壮丁准备留脚印时，他一直借故推拖并且呼吸急促，杨公厉声质问，果然是因两家有仇隙，想盗瓜泄恨，所盗取的瓜果全堆放在家中。

又有一次，一位路人因赶路劳累，就枕在路旁的一块大石头边睡着了，醒来后，发觉行囊中的一千钱被人盗走。杨公接获报案后，就命人将那块大石吊起来鞭打，并且允许百姓观看，暗中则派人在官府门外监视，如果发现有人在府门外探头探脑，却不敢入府看个究竟者，就立即擒下，果然抓到一个人，就是那个偷钱者。原来他听说县令居然要鞭打石头，觉得好奇，但又因心虚，不敢进官府看个究竟，只好在门外张望，事后杨公只索取十文钱，其余全部还给失主。

王 恺

【原文】

王恺为平原令，有麦商夜经村寺被劫，陈牒于县。恺故匿其事，阴令贩豆者，和少熟豆其中，夜过寺门，复劫去，令捕兵易服，就寺僧货豆，中有熟者，遂收捕，不待讯而服，自是群盗屏迹。

【译文】

王恺当平原令时，有位麦商在夜晚路过一所寺庙时遭人抢劫，到县府报案。

王恺故意不张扬此事，暗中命手下伪装成贩卖黄豆的人，并在生豆中掺杂少许的熟豆，故意在夜晚路过寺庙，果然又遭抢掠。接着，王恺下令捕役换上便衣扮成商人到僧寺购货，果然发现其中有掺杂熟豆的生豆，于是下令擒拿寺僧，寺僧未经侦讯就认罪了，从此县内盗匪绝迹。

李亨

【原文】

李亨为鄞令，民有业圃者，茄初熟，邻人窃而鬻于市，民追夺之，两诉于县。亨命倾其茄于庭，笑谓邻人曰："汝真盗矣，果为汝茄，肯于初熟时并摘其小者耶?"遂伏罪。

【译文】

李亨为鄞县县令时，有位县民的菜圃中所种的茄子，才刚成熟就遭邻人盗取，并且还运到市集贩卖。县民与邻人相互追打，最后两人闹到官府，互相控诉对方。

李亨要他们把篓中的茄子全倒在庭院里，看了一眼后，笑着对邻人说："你才是真正的盗茄者，如果这些茄子真是你种的，哪会连那些还没有成熟的茄子也一并采摘呢?"邻人听了，只能俯首认罪。

包 拯

【原文】

包孝肃知天长县，有诉盗割牛舌者，公使归屠其牛鬻之，既有告此人盗杀牛者，公曰："何为割其家牛舌，而又告之？"盗者惊伏。

【译文】

宋朝人包孝肃（即包拯，字希仁，卒谥孝肃）治理天长县时，有位县民向官府报案，声称所养的牛只被人割断舌头，包公要他回去把牛宰杀后，再运到市集出售。

不久，有人来县府检举某人盗牛贩卖，包公却对他说："你为什么先前割断那人所养牛的舌头，现在又想诬告他是盗牛者呢？"那人一听，知道无法隐瞒，只好低头认罪。

秦桧　慕容彦超

【原文】

秦桧为相，都堂左揆前有石榴一株，每著实，桧默数焉。亡其二，桧佯不问。一日将排马，忽顾左右取斧伐树，有亲吏在旁，仓卒对曰："实佳甚，去之可惜？"桧反顾曰："汝盗食吾榴。"吏叩头服。

有献新樱于慕容彦超，俄而为给役人盗食，主者白之。彦超呼给役人，伪慰之曰："汝等岂敢盗新物耶，盖主者诬执耳！勿怀忧惧。"各赐以酒，潜令左右入"藜芦散"。既饮，立皆呕吐，新樱在焉，于是伏罪。

【译文】

南宋秦桧为宰相时，在都府前院种有一株石榴，每次结果时，秦桧都默默记下果实的数目。一天突然少了两颗石榴，秦桧装作不知。过了几天，秦桧检阅马匹时，突然回头对手下说："拿把斧头来，把这株石榴砍了。"旁边一名秦桧的亲信，立即脱口说道："这株石榴所结的果实很甜，砍掉太可惜了。"秦桧回头对他说："原来偷我石榴的人就是你。"那名亲信一听，立即叩头认错。

有人命仆役送给慕容彦超（五代汉人，官镇宁军节度使，后为周太祖所败，投井自杀）一篮新鲜樱桃，不料仆人却在半路偷吃，主人把这事告诉慕容彦超。慕容召来仆人，故意宽慰他说："你怎会偷吃樱桃呢，一定是你主人误会你，你千万不要害怕主人责怪你。"说完赐他美酒压惊，却在酒中掺入"藜芦散"（植物名，有毒，可供药用）。仆人在喝下酒后，开始不停地呕吐，秽物中赫然有樱桃，于是只好认罪。

子产　严尊

【原文】

郑子产晨出，过东匠之间，闻妇人之哭也，抚其御之手而听之。有间，遣吏执而问之，则手绞其夫者也。异日其御问曰："夫子何以知之？"子产曰："其声惧。凡人于其亲爱也，始病而忧，临死而惧，已死而哀。今夫哭已死不哀而惧，是以知其有奸也！”

严尊为扬州行部，闻道旁女子哭而不哀。问之，云夫遭火死。尊使舆尸到，令人守之，曰：“当有物往。”更日，有蝇聚头所，尊令披视，铁椎贯顶。考问，乃以淫杀人者。

【译文】

春秋时郑国人子产（即公孙侨）一天早晨外出，路过東匠的家门口时，听见妇人的哭声。子产要马夫停车，于是一面按着马夫的手，示意他停车，一面注意听那妇人的哭声。回到官所后，子产命吏卒逮捕那妇人，说那妇人的丈夫正是被她勒死的。

隔了一天，马夫问子产：“先生您是怎么发现的？”

子产说：“那妇人的哭声中充满畏惧。一般人对于他所亲爱的家人，在他们初发病时，一定会感觉忧心；等亲人病危快死的时候，会感到害怕；一旦亲人病逝就只会哀痛不已。现在这妇人哭吊死去的丈夫，哭声并不哀伤，只是充满畏惧，所以我才认定这其中必有奸情。”

汉朝人严尊任扬州行部（汉制，刺史每年八月巡行所属各部，谓之行部）时，一天见路旁有女子在哭，然而哭声并不哀伤。严尊问那女子为何哭泣，女子说因丈夫遭火烧死，忍不住伤心落泪。

严尊派人将尸首用车运到府衙，命人严密看守，并且说：“好好注意，这尸首应当会有一些不寻常的现象发生。”

隔日，果然发现一群苍蝇一直在死者的头部附近飞舞，严尊命人详细勘验，赫然发现死者头部生前曾遭人用铁锥等重器击一大洞。经拷问，原来是奸夫怕奸情被识破而杀人。

元 绛

【原文】

江宁推官元绛摄上元令。甲与乙被酒相殴，甲归卧，夜为盗断足。妻称乙，执乙诣县，而甲已死，绛敕其妻曰："归治夫丧，乙已服矣。"阴遣谨信吏迹其后，望一僧迎笑，切切私语，绛命取系庑下，诘妻奸状，即吐实。人问其故，绛曰："吾见妻哭不哀，且与伤者共席而襦无血污，是以知之。"

【译文】

宋朝时江宁县推官元绛（字厚之，谥章简）治理上元县时，有甲、乙两县民酒醉后互殴，甲回到家中就醉卧在床，不料在半夜竟被人砍断双脚。甲妻指称凶手是乙，于是乙被逮捕入狱，不久甲因伤重不治死亡。

元绛对甲妻说："乙已招供认罪，你就先回去料理你丈夫的后事吧。"元绛却暗中派吏卒尾随甲妻，暗中监视，果然发现一名僧人远远望见甲妻就迎了上来，低声谈论。元绛接获报告，立即派人逮捕甲妻，厉声质问。甲妻见形迹败露，只好一一从实招来。

事后有人请教元绛，元绛说："我见甲妻虽哭但并不悲伤，再说与死者共睡一榻，身上却没有沾上一滴血迹，所以我判断这其中必有奸情。"

张 昇

【原文】

张昇知润州日，有妇人夫出数日不归。忽有人报菜园井中有死人，妇人惊往视之，号哭曰："吾夫也！"遂以闻官。公令属官集邻里，就井验是其夫与否，皆以井深不可辨，请出尸验之，公曰："众皆不能辨，妇人独何以知其是夫。"收付所司鞫问，果奸人杀其夫，而妇人与谋者。

【译文】

张昇在治理润州时，县中有位妇人的丈夫出门几天都没有回家。一天，忽然有人指称在菜圃井中发现死人，这位妇人立刻神色仓皇地前往菜圃，并且一路哭喊着说："那是我丈夫。"于是众人报官处理，张昇命属吏召集邻人前往井边认尸，邻人都说："井太深了，尸首根本无法辨认，请大人命人将尸首从井底吊出来，我们才能指认。"

张昇说："众人都说井深无法辨尸，这妇人怎么知道死者一定是她丈夫？"于是交付有关单位侦办，经过拷问，果然是这妇女与奸夫共同谋杀了自己的丈夫，然后弃尸井中。

陆 云

【原文】

陆云为浚仪令，有见杀者，主名不立，云录其妻而无所问。十许日，遣出，密令人随后，谓曰："其去不远十里，当有男子候之，与语，便缚至。"既而果然，问之具服，云与此妻通，共杀其夫，闻妻得出，欲与语，惮近县，故远相伺候。于是一县称为神明。

【译文】

陆云为浚仪令时，有县民被杀，但主犯还不能确定是谁。陆云逮捕县民的妻子，却不加侦讯。十多天后就放了。

陆云暗中派吏卒跟踪，并说："离开这里不出十里地，应该会有一名男子在那儿守候，等着与这妇人说话，看到这名男子立即逮捕。"

果然不出陆云所料，逮捕之后，那名男子供称，他与县民的妻子发生奸情，于是两人共同商议谋害妇人的丈夫，今天听说妇人无罪释放，想向她探问消息，又怕离县城太近，遭人指认，所以才在远处守候。

破案后，全县百姓无不称颂陆云断案有如神明。

蒋　恒

【原文】

贞观中，衡州板桥店主张迪妻归宁，有卫三、杨真等三人投宿，五更早发。夜有人取卫三刀杀张迪，其刀却内鞘中，真等不知之。至明，店人追真等，视刀有血痕，囚禁拷讯，真等苦毒，遂自诬服。上疑之，差御史蒋恒覆推。恒命总追店人十五已上毕至，为人不足，且散。唯留一老婆，年八十，至晚放出，令狱典密觇之，曰："婆出，当有一人与婆语者，即记其面貌。"果有人问婆："使君作何推勘?”如此三日，并是此人。恒令擒来鞫之，与迪妻奸杀有实。上奏，敕赐帛二百段，除侍御史。

【评】

张松寿为长安令，治昆明池侧劫杀事，亦用此术。

【译文】

唐太宗贞观年间，衡州板桥店主张迪的妻子回娘家探亲时，有卫三、杨真等三人到店投宿。夜里，有人持卫三的刀杀了店主张迪，然后再把凶刀放回刀鞘，卫三等人毫不知情，五更天就出发上路了。

到天色大亮时，只见一群人前来追捕杨真等人，见刀上血迹斑斑，就将他三人逮捕并严刑拷问，杨真等人在严刑逼供下，只得自认有罪。

朝廷见了报告，觉得疑点甚多，就派御史蒋恒重新审案。

蒋恒下令要那天由客店出发追捕凶手十五岁以上的人，以及附近邻人全部到府衙说明案情。等人员到府衙后，又借口人数不足，要他们暂且先回去，只单独留下一名已八十多岁的老妇问话，一直到晚上，才让老妇离开府衙。这时蒋恒要典狱长暗中派密探监视，并且说：“老婆婆走出衙门后，一定有人上前跟老婆婆说话，这时一定要牢记对方的长相。”

果然有人上前询问老婆婆：“御史大人都问了你些什么?”一连三天，都是同一人。

于是蒋恒下令逮捕此人，经侦讯，原来这人与张迪的妻子有染，所以共同商议谋害张迪，再嫁祸于卫三等人。

破案后，蒋恒向太宗复命，太宗赐帛二百匹，并任命蒋恒为侍御史。

杨逢春

【原文】

南京刑部典吏王宗，闽人。一日当直，忽报其妾被杀于馆舍，宗奔去旋来，告尚书周公用。发河南司究问，欲罪宗。宗云：“闻报而归，众所共见。且是妇无外行，素与宗欢，何为杀之?”官不能决，既数月，都察院令审事，檄浙江道御史杨逢春。杨示，约某夜二更后鞫王宗狱。如期，猝命隶云：“门外有觇示者，执来。”果获两人，甲云：“彼挈某伴行，不知其由。”乃舍之，用刑穷乙，乙具服。言与王宗馆主人妻乱，为其妾所窥，杀之以灭口。即置于法，释宗。杨曰：“若日间，则观者众矣，何由踪迹其人，人非切己事，肯深夜来看耶?”由是称为神明。

【译文】

宋朝南京刑部典吏福建人王宗，一天在官署轮值时，接获通知说，他的姨太太在家中遭人杀害。王宗立即赶回家中，不久又回到官署办公，将此事禀报尚书。于是交给河南司来审理，审理后打算判王宗有罪。王宗说：“我是案发后经人通知才匆匆赶回家，这是大家都知道的事；再说我的姨太太与我感情一向融洽，也没有与他人发生奸情，我没有杀她的理由。”

官员一听，觉得有理，一时之间也不知该如何断案。

命案一拖就是几个月，都察院下令重新审案，命浙江道御史杨逢春为主审。

杨逢春奉命后就宣布某夜二更将审讯王宗，到了那晚，突然对吏卒说："如果有人在府衙外徘徊窥伺，就把那人抓来。"果然抓到两人。

甲说："是乙拉我做伴，我完全不知情。"

于是杨逢春下令释放甲，另再逼问乙，乙只好具实招供，说他与王宗房东的妻子发生奸情，被王宗的姨太太看到了，只好杀人灭口。杨逢春将乙绳之以法，而王宗也无罪开释。事后杨逢春对人说："若我在白天审案，前来围观的人一定很多，就无法追查凶手。如果事非关己，谁肯在半夜时看人审问犯人？"

从此杨逢春断案如神的名声传遍乡里。

马光祖

【原文】

马裕斋知处州，禁民捕蛙。一村民将生瓜切作盖，刳虚其腹，实蛙于中，黎明持入城，为门卒所捕。械至庭，公心怪之，问："汝何时捕此蛙？"答曰："夜半。"问："有人知否？"曰："唯妻知。"公疑妻与人通，逮妻鞫之，果然。盖人欲陷夫而夺其妻，故使妻教夫如此。又先诫门卒，以故捕得，公遂置奸淫者于法。

【译文】

马光祖（号裕斋）治理处州时，禁止百姓捕蛙。有一村民在瓜蒂处切一小口，将中间的瓜肉挖空，再将蛙暗藏瓜中，天亮时拿着瓜想混进城，被守城兵拦下、逮捕。当村民戴着刑具被押到庭下时，马光祖不禁奇怪地问他："你什么时候去捕蛙？"

答："半夜。"

问："可有人知道你半夜捕蛙的事？"

答："只有内人知道。"

马光祖怀疑村民的妻子另有私情，于是传她前来问话，果然不出他所料。原来村民妻子与人有染，奸夫想谋害村民，于是唆使村妻教他丈夫如此做，又事先向守城员举发，好让村民被捕。

苻　融

【原文】

秦苻融为司隶校尉。京兆人董丰游学三年而反，过宿妻家。是夜妻为贼所杀，妻兄疑丰杀之，送丰有司。丰不堪楚掠，诬引杀妻。融察而疑之，问曰："汝行往还，颇有怪异及卜筮否？"丰曰："初将发，夜梦乘马南渡水，反而北渡，复自北而南，马停水中，鞭策不去。俯而视之，见两日在水下，马左白而湿，右黑而燥，寤而心悸，窃以为不祥，问之筮者。云：忧狱讼，远三枕，避三沐。既至，妻为具沐，夜授丰枕。丰记筮者之言，皆不从，妻乃自沐，枕枕而寝。"融曰："吾知之矣。《易》：坎为水，马为离。乘马南渡，旋北而南者，从坎之离，三爻同变，变而成离；离为中女，坎为中男；两日，二夫之象。马左而湿，湿，水也，左水右马，冯字也；两日，昌字也——其冯昌杀之乎？"于是推验获昌，诘之，具首服，曰："本与其妻谋杀丰，期以新沐枕枕为验，是以误中妇人。"

【译文】

前秦人苻融（字博休，谥哀）任司隶校尉时，有个叫董丰的京都人，在外游学三年后返乡，途中路过妻子娘家，当晚就睡在妻家。

不料就在同一夜，妻子遭人谋害，妻子的兄弟怀疑凶手是董丰，于是将董丰送官治罪。董丰禁不住拷打逼问，承认有罪。

苻融看了报告后，觉得疑点很多，就问董丰："你启程返乡前，有没有发生一些怪异的征兆，或者曾经卜卦算命？"

董丰说："我出发的前一夜，晚上做梦，梦到自己本应骑马渡水向南走，不料却朝北行，不久又由北往南；马站在河中央，怎么鞭打它就是不走。我低下头看见水中有两个太阳；马的左脚是白色的，而且被河水沾湿；马的右脚却是黑色，没有沾到水。我醒来后心中发慌，怕是不祥的征兆，就请教卜卦的相士。相士说我恐怕会有牢狱之灾，要我远离枕头三次，避开沐浴三次。我回到家里，妻子已为我准备好洗澡水，并且拿了一只枕头给我睡觉用，我因牢记相士的话，不肯洗澡也坚持不用枕头，我妻子一生气就自己洗了澡，枕着枕头睡觉。"

苻融听了董丰这番话，说："我明白了。在《易经》中坎代表水，离代表马。骑马渡水往南，不久又由北往南，是从坎离卦。三爻同变，变而成离。离是中女，坎是中男。梦中两个太阳是表示有二夫的卦象。马左脚沾湿，湿是表示水。左水右马合成一字是'冯'，两日合成'昌'字，难道凶手是冯昌？"

于是派人缉捕冯昌，冯昌被捕后坦承："本来与董丰的妻子商议，想趁董丰洗完澡后用枕头闷死他，不料却误杀他的妻子。"

王　明

【原文】

西川费孝先善轨革，世皆知名。有客王旻因售货至成都，求为卦。先曰："教住莫住，教洗莫洗；一石谷，捣得三斗米；遇明则活，遇暗则死。"再三戒之，令"诵此足矣！"旻受乃行，途中遇大雨，趋憩一屋下，路人盈塞，乃思曰："教住莫住，得非此邪？"遂冒雨行。未几，屋倾覆，旻独免。旻之妻与邻之子有私，许以终身，俟夫归毒之。旻既至，妻约所私曰："今夕但洗浴者，乃夫也。"及夜，果呼旻洗浴，旻悟曰："教洗莫洗，得非此耶？"坚不肯沐，妇怒，乃自浴，壁缝中伸出一枪，乃被害。旻惊视，莫测其故，明日，邻人首旻害妻，郡守酷刑，旻泣言曰："死则死矣，冤在覆盆，何日得雪，但孝先所言无验耳！"左右以是语达上，郡守沉思久之，呼旻问曰："汝邻比有康七否？"曰："有之。"曰："杀汝妻者，必是人也。"遂捕至，果服罪，因语僚佐曰："石谷舂得三斗米，得非康七乎？"此郡守，乃王明也。

【译文】

宋朝西川人费孝先（曾拜董正图为师学《易经》，以相术闻名天下）善于占卜，远近知名。有个叫王旻的商人到成都做买卖，准备返乡前，求费孝先替他卜上一卦。费孝先说："该住不住；当洗别洗；一石（十斗为一石）谷子磨出三斗米；碰到明就能活命，遇到暗只有死路一条。"临走前，费孝先再三告诫他要牢记这些话。

王旻与同伴上路后，途中碰上大雨，众人提议就近找间空屋避雨。王旻暗想："'该住不住'，莫非就是指这件事？"于是坚持冒雨赶路，不多久，那间空屋塌落，避雨的同伴都被压死，只有王旻幸免。

王旻的妻子与邻居的儿子发生奸情，两人互许终身，想等王旻返家后伺机谋害，以成就自己的好事。王旻回到家后，他妻子对姘夫说："今晚在浴室洗澡的就是我丈夫，到时你就动手吧！"

到了夜里，王妻要他洗澡，王旻突然想到："'当洗别洗'，是不是指的这事?”坚持不肯洗。他妻子一怒之下自己进入浴室，突然由壁缝中伸出一支长矛，王妻死在长矛下。王旻害怕得不得了，根本无法推测是怎么回事。

第二天，邻人告发王旻谋害妻子，狱中吏卒对王旻严刑拷问，王旻哭着说：“要我死不过是一条命，只是我的冤情要到什么时候才能昭雪呢？我怕费孝先所卜的卦无法应验了。”有吏卒把这话报告太守，太守传王旻说明整个事情经过，然后沉思许久，突然开口问王旻：“你的邻居中有叫康七的人吗?”

回答：“有。”

太守说：“杀害你妻子的一定是他。”命人逮捕康七，康七果然认罪。

事后太守对僚属说：“一石谷磨三斗米，那不是得米糠七斗吗?”

这位郡守就是王明（字如晦)。

范纯仁

【原文】

参军宋儋年暴死。范纯仁使子弟视丧，小敛，口鼻血出。纯仁疑其非命，按得其妾与小吏奸，因会，置毒鳖肉中。纯仁问：“食肉在第几巡?”曰：“岂有既中毒而尚能终席者乎?”再讯之，则儋年素不食鳖，其曰：“毒鳖肉者，盖妾与吏欲为变狱张本以逃死尔，实儋年醉归，毒于酒而杀之，遂正其罪。

【译文】

宋朝参军宋儋年暴毙。范纯仁（范仲淹次子，字尧夫）派弟子吊丧。检视遗体时，发现死者口鼻出血。因此范纯仁怀疑参军死于非命，经一再逼问，果然供出参军的妾室与小吏有奸情，于是两人就在鳖肉中下毒。

范纯仁再问过厨子肉食是第几道菜后，说："哪有中毒的人能支撑到饭局结束?"

再传两人审问，原来宋儋年长年吃素根本不沾肉，两人供说在鳖肉中下毒，只是为了想日后翻案好脱罪活命。事实是宋儋年酒醉回家后，他妾室又劝他饮下毒酒而死，案情大白后，两人都按律治罪。

刘崇龟

【原文】

刘崇龟镇海南。有富商子少年泊舟江岸，见高门一妙姬，殊不避人。少年挑之曰："黄昏当访宅矣。"姬微哂。是夕，果启扉候之，少年未至，有盗入欲行窃，姬不知，就之。盗谓见执，以刀刺之，遗刀而逸。少年后至，践其血，仆地，扪之，见死者，急出，解维而去。明日，其家迹至江岸，岸上云："夜有某客船径发。"官差人追到，拷掠备至，具实吐之，唯不招杀人。视其刀，乃屠家物，崇龟下令曰："某日演武，大飨军士，合境庖丁，集球场以俟。"烹宰既集，又下令曰："今日已晚，可翼日至。"乃各留刀，阴以杀人刀杂其中，换下一口，明日各来请刀，唯一屠者后至，不肯持去，诘之，对曰："此非某刀，乃某人之刀耳。"命擒之，则已窜矣。乃以他死囚代商子，侵夜毙于市。窜者知囚已毙，不一二夕果归，遂擒伏法。商子拟以奸罪，杖背而已。

【译文】

刘崇龟镇守海南时，有位年轻的富商子弟，一日将船停泊江岸，抬头见一大户人家门前站着一位美貌妇人，见了陌生人却毫不害羞。富商子挑逗她说："黄昏后到府上拜访你。"

少女听了不觉脸色微红。当晚，妇人果然大门半掩等候富商子。

谁知道富商子还没到，小偷却上门来行窃。那妇人也不知道来人是小偷，还以为是富商子，就迎上前去。小偷见行迹败露，怕被送官治罪，就一刀杀了妇人，留下凶刀后逃逸。

不久富商子依约而至，不留神踏到血迹摔倒在地，这才发现妇人已被人杀死，急忙冲出妇人家，回到船上解缆离去。

第二天，少妇的家人循着血脚印追踪到岸边，岸边百姓说："昨晚半夜有艘客船匆匆离去。"官差追捕到富商子，经过严刑拷问，富商子据实回答，只是不承认杀人。检视凶刀，类似屠夫所用的刀。

于是刘崇龟下令说："某日要举行比武，犒赏军士，全县所有屠夫厨师都要到球场集合，准备到时宰杀牲畜做菜。"

到了集合日，又下令说："今天时间已晚，明天再来，至于各人所携带的屠刀一律留下。"

暗中将那把凶刀与其中一把屠刀调换。第二天，屠夫们前来领刀，唯有一名屠夫迟迟不肯领刀，问他原因，他说："这不是我的刀，是某某人的。"

刘崇龟下令追捕，那屠夫已先一步逃走。于是刘崇龟故意用其他死囚犯假冒富商子之名正法。那逃走的真凶见富商子已被正法，以为不再有事，所以过一两天就回家了，这时刘崇龟才将他逮捕治罪。至于富商子，因意图不轨仅仅被判鞭打。

某郡从事

【原文】

有人因他适回，见其妻被杀于家，但失其首，奔告妻族。妻族以婿杀女，讼于郡主，刑掠既严，遂自诬服。独一从事疑之，谓使君曰："人命至重，须缓而穷之；且为夫者，谁忍杀妻？纵有隙而害之，必为脱祸之计，或推病殒，或托暴亡，今存尸而弃首，其理甚明。请为更谳。"使君许之，从事乃迁系于别室，仍给酒食。然后遍勘在城仵作行人，令各供近来与人家安厝坟墓多少文状。既而一一面诘之，曰："汝等与人家举事，还有可疑者乎?"中一人曰："某于一豪家举事，共言杀却一奶子，于墙上舁过，凶器中甚似无物，见在某坊。"

发之，果得一妇人首。令诉者验认，则云"非是"。遂收豪家鞫之，豪家款伏，乃是与妇私好，杀一奶子，函首而葬之，以妇衣衣奶子身尸，而易妇以归，畜于私室，其狱遂白。

【译文】

某甲由外地回乡，到家后发现妻子遭人杀害，但头颅却不见了，这人急忙奔告妻子的娘家。妻子亲族认为是女婿杀了女儿，于是到郡府控告某甲。某甲禁不起严刑拷打，只得招供认罪。

独有一名从事（官名，汉称刺史佐吏为从事）觉得怀疑，对郡主说："人命关天不可草率，还是仔细审问后再宣判。一般而论，身为丈夫，谁狠得下心杀妻子？再说纵使反目，杀害妻子，一定会想尽办法为自己脱罪，不是推说对方病死，就说是暴毙。现在只有尸身不见尸首，显而易见，绝不是死者丈夫所杀，请允许我重审。"

郡主点头答应，于是从事把嫌犯迁到别间囚室，每天仍照常供应酒食，一面召集郡中所有仵作，要他们详细报告最近这段日子有多少人家办丧事，接着又一一询问："你们为丧家办丧事，可曾发现有什么不寻常的事?"

其中一名仵作说："郡中有一富豪家办丧事，据丧家说是死了一名奶娘，当我从墙头把棺木抬出去时，感觉里面好像没有尸体，现在那口棺材就放在某坊。"从事派人挖墓，果然挖得一颗妇女的头颅，要那死者丈夫辨认，却说并非自己妻子。

从事抓来富豪审问，富豪这才说实话。原来富豪与甲妻有私情，于是杀了一名奶娘，割下奶娘的头，把甲妻的衣服套在奶娘身上，假冒甲妻，而真正的甲妻却成为富豪金屋藏娇的新宠。

至此案情大白。

徽州富商

【原文】

徽富商某，悦一小家妇，欲娶之，厚饵其夫。夫利其金以语妇，妇不从，强而后可。卜夜为具招之，故自匿，而令妇主觞。商来稍迟，入则妇先被杀，亡其首矣，惊走，不知其由。夫以为商也，讼于郡，商曰："相悦有之，即不从，尚可缓图，何至杀之?"一老人曰："向时叫夜僧，于杀人次夜遂无声，可疑也。"商募人察僧所在，果于傍郡识之，乃以一人着妇衣居林中，候僧过，作妇声呼曰："和尚还我头。"僧惊曰："头在汝宅上三家铺架上。"众出缚僧，僧知语泄，曰："伺其夜门启，欲入盗，见妇盛装泣床侧，欲淫不可得，杀而携其头出，挂在三家铺架上。"拘上三家人至，曰："有之，当时惧祸，移挂又上数家门首树上。”拘又上数家人至，曰：“有之，当日即埋在园中。”遣吏往掘，果得一头，乃有须男子，再掘而妇头始出，问：“头何从来？”乃十年前斩其仇头，于是二人皆抵死。

【译文】

徽州一名富商喜欢上别人的妻子，想娶她为妾，于是用厚礼想收买那女子丈夫。女子丈夫禁不住金钱诱惑，就要妻子答应富商要求，女子起初不肯，但在丈夫逼迫下只有勉强同意。一夜，女子丈夫准备妥当后，就邀富商来家喝酒，命妻子在一旁侍候，自己却借故离去。富商来得比约定的时间晚，进门时女子已遭人杀害，头颅却不翼而飞，富商不知发生什么事，只有惊慌地离去。女子的丈夫以为富商杀了自己妻子，于是一状告到郡府。富商说：“我喜欢那女子是实情，但即使是她不肯答应我的要求，凡事可以好好商量，我何至于到杀她的地步呢？”

有一老人说：“案发当晚听见女子大叫和尚，隔天邻寺的和尚就不见了，这件事很可疑。”

富商雇人追查和尚行踪，果然在邻郡发现这名和尚，于是，要一人穿上妇人衣服在树林中等候，待和尚经过时，故意假冒妇人的声音大叫：“和尚还我头来！”和尚在惊惶中脱口而出：“你的头在你家左边第三家的铺架上。”这时，埋伏的众人便一拥而上，擒下和尚。和尚知道自己泄了口风，只好招认说：“那夜我见她家大门开着，想进屋偷东西，一进门就见一女子盛装坐在床边哭泣，我想与她亲热，她抵死不肯，我只好杀了她，割下她的头带走，挂在她家左边第三家的铺架上。”

捕役拘来左边第三家的邻人，他说：“确有此事，我害怕惹祸，把人头移走挂到再过去几家门口的树上了。”

捕役拘来左边那家的人，他说：“那人头当晚就埋在后园中。”

派吏卒掘园，果然挖出一颗人头，却是一名男子。再挖旁边才发现女子的头。质问园主男子头从何而来，原来是十年前园主所斩下仇人的头，于是和尚与园主分别以死抵罪。

临海令

【原文】

临海县迎新秀才适黉宫，有女窥见一生韶美，悦之。一卖婆在傍曰："此吾邻家子也，为小娘子执伐，成，佳偶矣。"卖婆以女意诱生，生不从。卖婆有子无赖，因假生夜往，女不能辨。一日，其家舍客，夫妇因移女，而以女榻寝之，夜有人断其双首以去，明发以闻于县，令以为其家杀之，而橐装无损，杀之何为？乃问："榻向寝谁氏？"曰："是其女。"令曰："知之矣。"立逮其女，作威震之曰："汝奸夫为谁？"曰："某秀才。"逮生至，曰："卖婆语有之。何尝至其家？"又问女："秀才身有何记？"曰："臂有痣。"视之无有。令沉思曰："卖婆有子乎？"逮其子，视臂有痣，曰："杀人者，汝也。"刑之，即自输服。盖其夜扪得骈首，以为女有他奸，杀之，生由是得释。

【译文】

有位新秀才分发到临海县。当秀才去学校报到时，一位少女由门缝中偷窥到这位秀才，惊为美男子，从此日夜不停地思念这秀才。一位媒婆识破少女的心意，就对少女说："这秀才是我邻家的儿子，我替你去说媒。"于是媒婆就把少女的心意转达给秀才，不料却被秀才婉言拒绝。

媒婆有个不长进的儿子，由母亲口中知道少女怀春，就偷偷假扮成书生，趁夜闯进少女闺房，自称自己就是那秀才，而少女竟也没有识破对方是假冒的。

一天，有对夫妇来少女家做客，夜晚主人让少女到别屋去睡，让这对夫妇就睡在少女房中。不料媒婆的儿子在半夜潜入少女闺房后，竟砍下那夫妻二人的脑袋后离去。第二天少女的家人见发生命案，急忙跑到衙门报案。

县令初步调查后，认为凶手也许是少女的家人，可是被害人的财物丝毫不见减少，那又为何会发生命案呢？于是追问被害人所睡的床是谁的，家人回答说是少女的，这时县令突有所悟，立刻传讯少女，厉声质问："你情郎是谁？"

少女回答说是某秀才。

县令传秀才问话，秀才回答说，媒婆提到过那少女，但是自己根本未曾去过少女家。于是县令再问少女："秀才身上有何特征？"

少女说："他胳膊上有一颗痣。"经查证，秀才的手臂上并没有痣。县令沉思一会儿，说："媒婆可有儿子？"于是传媒婆儿子来审讯，发现他的胳膊上竟有一颗痣，县令因而断定说："凶手就是你。"一动大刑，凶手俯首认罪。

原来那夜媒婆的儿子以为睡在少女房中的夫妇，是少女和她的另外一位情郎，由妒生恨，才砍下那对夫妇的脑袋。

至此案情大白，秀才无罪释放。

王安礼

【原文】

王安礼知开封府。逻者连得匿名书告人不轨，所涉百余人，帝付安礼令亟治之。安礼验所指略同，最后一书加三人，有姓薛者，安礼喜曰：“吾得之矣。”呼问薛曰：“若岂有素不快者耶？”曰：“有持笔求售者，拒之。鞅鞅去，其意似相衔。”即命捕讯，果其所为。枭其首于市，不逮一人，京师谓之神明。

【译文】

宋朝人王安礼（王安石弟，字和甫，官翰林学士）治理开封府时，连连接获匿名信检举他人不法的事，涉及的官员竟多达一百余人。皇帝命令王安礼查办，要求他迅速破案。

王安礼将每封匿名信仔细核验后发现，所有的匿名信所检举的人大致相同，只有其中一封多写了三个人的名字，其中一位是姓薛的官员。王安礼高兴地说：“我找到答案了。”于是传唤薛姓官员，问道：“你是否曾与人有过节？”

回答说：“前些日子，有人拿了一对笔向我兜售，被我拒绝后很不高兴地离去，我见他脸上好像有股恨意。”王安礼立即派人逮捕侦讯，果然招供是他所为。

王安礼于是将这人斩首示众，并没有牵连一人就破案，当时京师无不称王安礼神明。

李杰　包恢

【原文】

李杰为河南尹，有寡妇讼子不孝，杰物色非是，语妇曰：“若子法当死，得无悔乎？”答曰：“子无状，不悔也。”杰乃命妇出市棺为殓尸地，而阴令使踪迹之，妇出，乃与一道士语，顷之，棺至，杰捕道士按之，故与妇私，而碍于其子不得逞者，杰即杀道士，纳之棺。

包恢知建宁。有母诉子者，年月后作“疏”字。恢疑之，呼其子问，泣不言，恢意母孀与僧通，恶其子谏而坐以不孝，状则僧为之也。因责子侍养勿离跬步，僧无由至，母乃托夫讳日入寺作佛事，以笼盛衣帛出，旋纳僧笼内以归。恢知，使人要其笼，置诸库，逾旬，吏报笼中臭，恢乃命沉诸江，语其子曰：“吾为若除此害矣。”

【译文】

李杰当河南尹时，有寡妇控诉儿子不孝，李杰查证后，发觉与寡妇所言有出入，于是对寡妇说：“如果你儿子罪该处死，你也不会后悔吗?”寡妇说：“儿子对我这做母亲的太无礼，即使判他死刑，我也不会后悔。”李杰命寡妇到街上买棺材，好为儿子收尸，暗中却派人跟踪，只见寡妇出了衙门后，就与一名道士交谈甚欢。

不久棺木送达衙门前，李杰下令逮捕道士讯问，原来道士与寡妇私通，但碍于寡妇的儿子在旁，不能为所欲为，所以想除去寡妇儿子。

了解真相后，李杰下令处斩道士，尸首正好放在衙门前的那口棺材里。

包恢治理建宁时，也发生一桩母亲控告儿子的案件，状纸后面的年月下有一“疏”字（僧、道书写应用文字，常在年月后写一“疏”字，有“述”义）。包恢看了状纸，觉得有些怀疑，就传妇人的儿子来问话。妇人的儿子只哭而不答，包恢推测，这当妈的与和尚有私情，厌烦儿子在一旁劝阻，所以才给他扣上一个不孝的罪名，状纸是和尚写的，所以上面有“疏”字。

于是责令那儿子好好奉养母亲，寸步不离。和尚无机可乘，妇人只好借口要为死去的丈夫做法事，计划把衣物放在竹笼中抬进寺庙，好让和尚躲进竹笼中随她一起抬回家中。

包恢了解后，到了做法事那天，便下令中途将妇人的竹笼抬进府库封死。

过了十多天，有人向包恢报告，说府库中所放置的那个竹笼发出恶臭，包恢就命人将竹笼投入江中，然后对妇人的儿子说："我已为你除去那祸害了。"

汪　旦

【原文】

广西南宁府永淳县宝莲寺有"子孙堂"，傍多净室，相传祈嗣颇验，布施山积，凡妇女祈嗣，须年壮无疾者，先期斋戒，得圣筶方许止宿。其妇女或言梦佛送子，或言罗汉，或不言；或一宿不再，或屡宿屡往。因净室严密无隙，而夫男居户外，故人皆信焉。闽人汪旦初莅县，疑其事，乃饰二妓以往，属云："夜有至者，勿拒，但以朱墨汁密涂其顶。"次日黎明，伏兵众寺外，而亲往点视，众僧仓惶出谒，凡百余人，令去帽，则红头墨头者各二，令缚之，而出二妓使证其状，云："钟定后，两僧更至，赠调经种子丸一包。"汪令拘讯他求嗣妇女，皆云"无有"，搜之，各得种子丸如妓，乃纵去不问，而召兵众入，众僧慑不敢动，一一就缚。究其故，则地平或床下悉有暗道可通，盖所污妇女不知几何矣。既置狱，狱为之盈。住持名佛显，谓禁子凌志曰："我掌寺四十年，积金无算，自知必死，能私释我等暂归取来，以半相赠。"凌许三僧从显往，而自与八辈随之，既至寺，则窖中黄白灿然，恣其所取，僧阳束卧具，而阴收寺中刀斧之属，期三更斩门而出。汪方秉烛，构申详稿，忽心动，念百僧一狱，卒有变莫支，乃密召快手持械入宿。甫集，而僧乱起，僧所用皆短兵，众以长枪御之，僧不能敌，多死。显知事不谐，扬言曰："吾侪好丑区别，相公不一一细鞫，以此激变，然反者不过数人，今已诛死，吾侪当面诉相公。"汪令刑房吏谕曰："相公亦知汝曹非尽反者，然反者已死，可尽纳器械，明当庭鞫分别之。"器械既出，于是召僧每十人一鞫，以次诛绝。至明，百僧歼焉。究器械入狱之故，始知凌志等弊窦，而志等则已死于兵矣。

【译文】

广西南宁府永淳县有座宝莲寺，相传祈愿求子非常灵验，因此信徒布施的金银堆积如山。寺中的子孙堂旁辟有许多净室，凡是前来祈愿求子的妇女，除了必须年轻身体健康外，还要事先斋戒，在得到神明应允后才能住进净室。曾经留宿的妇女，在离寺后，有的说曾梦到佛仙送子，有的说是罗汉送子，也有的妇女闭口不发一言，有妇女住一夜就不再留宿，也有再三留宿的妇女。虽然每位妇女的遭遇不同，但因每间净室除了室门外，再没有其他出入的门户，而妇女的丈夫就住在净室外。所以尽管说法不一，但却没有人怀疑其中是否有不法的勾当。

福建人汪旦初到永淳县任县令，对妇人住寺求子的各种传闻感到怀疑，就召来两名妓女，命她们扮成民妇入寺求子，并嘱咐她二人说："如果夜晚有人潜入你们所住的净室，你们千万不要声张，或者拒绝对方，只要暗中用红墨水点在对方头顶作记号就可以了。"

第二天一大早，汪旦命士兵在寺外埋伏，自己入寺参观礼拜。众僧听说县官莅临，急忙出迎。汪旦命全寺一百多名寺僧，全部摘下僧帽，果然发现有两名僧人的头顶上涂有红墨水。汪旦命人擒下这两名僧人，并要妓女出面指证。妓女说："晚钟敲过后，这两名和尚就进入净室，分别给了我们一包调经种子丸。"汪旦又拘讯其他住寺的妇人，她们却说没有此事。汪旦命人搜查，果然找到妓女所说的种子丸，汪旦释放了拘讯的妇女们。

然后召来埋伏的军队，寺僧们吓得不敢蠢动，一一束手就缚。经过士兵仔细搜查，发现整座寺庙都有地道直通净室床下，而为求子住寺的妇女，被奸污的不知有多少。僧人们被押入狱后，囚房为之爆满。

宝莲寺的住持，法名叫佛显，对狱长凌志说：“我主持宝莲寺四十年，积财无数，我知道这次身犯重罪必死无疑，如果你能行个方便，让我等回寺收拾衣物，我愿意以一半的财宝相赠。”凌志贪念大动，答应佛显带三名子弟回寺料理，自己也亲率八名士兵准备入寺搬运财物。

到了宝莲寺，打开地窖大门，果然见窖内堆放着一箱箱白花花的银子，佛显让凌志等人随意掠取。寺僧们假装收拾衣物、寝具，将寺中刀斧之类兵器暗藏其中，约定三更时分斩杀狱卒后逃跑。

这时在县府的汪旦正在灯下批示公文，忽然心念一转，想到一百多名和尚囚禁在一间牢房中，万一有突发状况，很难应付，于是紧急召集士兵武装戒备。果然部队才集合完毕，佛显就发动僧人暴动，幸好僧人们使用刀斧等短兵器，无法抵挡士兵的长枪，死伤惨重。

佛显见大势已去，对外喊话道：“狱中的僧人并不全是坏人，县官大人不一一审问就下令入狱，才会引发今天的暴乱，如今主谋者已在暴动中丧生，我们希望晋见大人，当面陈诉一切。”汪旦令狱吏转告僧人说：“我也知道并不是全部的僧人都参与暴动，现在主谋者既死，你们只要交出武器，明早我自会当庭一一审问。”

僧人们交出武器后，汪旦命他们每十人编为一组，在审讯后就予处斩，隔天，一百多名僧人全遭处决，无一人幸免。事后追查僧人兵器的来源，才知道凌志等人渎职，而凌志等人已在暴乱中丧生。

鲁永清

【原文】

成都有奸狱，一曰：“和奸”，一曰“强奸”，臬长不能决，以属成都守鲁公。公令隶有力者去妇衣，诸衣皆去，独里衣妇以死自持，隶无如之何。公曰："供作和奸，盖妇苟守贞，衣且不能去，况可犯邪?"

【评】

鲁公，蕲水人，决狱如流。门外筑屋数椽，锅灶皆备，讼者至，寓居之，一见即决，饭未尝再炊。有"鲁不解担"之谣。

【译文】

成都发生一件奸情，男方说是通奸，女方说是强奸，双方各执一词，致使法官无法判决，于是就把全案移送成都太守鲁永清裁决。

鲁公在开庭审讯时，下令两名身强体健的狱卒，当庭脱去女方的衣服，当狱卒脱到最后一件贴身内衣时，女的拼死挣扎，令两名狱卒束手无策。

这时鲁公宣判道："男方所提出的通奸成立，因为女方果真是为保贞洁，那么一名体格不算强健的男人，又如何能强奸她呢?"

张　辂

【原文】

石晋魏州冠氏县华林僧院，有铁佛长丈余，中心且空，一旦云"铁佛能语"，徒众称赞，闻于乡县，士众云集，施利填委。时高宗镇邺，命衙将尚谦赍香设斋，且验其事。有三传张辂请与偕行，暗与县镇计，遣院僧尽赴道场。辂潜开僧房，见地有穴，引至佛座下。乃令谦立于佛前，辂由穴入佛空身中，厉声俱说僧过，即遣人擒僧。

取其魁首数人上闻，戮之。

【译文】

魏晋南北朝时，魏州冠氏县有座华林僧院，寺中供养一尊高一丈多的铁佛像，但佛像的内部是空心的。

有一天，寺中和尚传说铁佛显灵，开口说话，信徒们纷纷前来膜拜，不久县府也听说铁佛显灵说话这件事，从此参礼膜拜的信徒更多，信徒们所布施的金银更是堆积如山。

当时，高宗正率军镇守邺州，也风闻这事，命衙将尚谦设香坛斋戒，并下令查证铁佛显灵说话是否真有其事。三传人张辂请求与尚谦一起查案，并且建议，要尚谦传令寺中所有僧侣赴香坛诵经。张辂趁寺中空无一人时，潜入寺僧禅房，见禅房中有一地道通往佛像的座台下，于是要尚谦立在佛前，而张辂自己借由地道藏身在佛身中，然后大声数落和尚们的罪行，接着下令逮捕主谋的僧人。

高宗在接到查案报告后，下令处斩为首欺众的僧人。

慕容彦超

【原文】

慕容彦超为泰宁节度使，好聚敛。在镇常置库质钱，有奸民为伪银以质者，主吏久之乃觉。彦超阴教主吏夜穴库垣，尽徙金帛于他所，而以盗告。彦超即榜市，使民自言所质以偿，于是民争来言，遂得质伪银者。超不罪，置之深室。使教十余人为之，皆铁为之质而包以银，号“铁胎银”。

【评】

得质伪银者，巧矣；教十余人为之，是自为奸也。后周兵围城，超出库中银劳军。军士哗曰："此铁胎耳！"咸不为用，超遂自杀。此可为小智亡身之戒。

【译文】

泰宁节度使慕容彦超平日好积敛财物，曾在官府内另设银库供百姓存借银两，赚取高利。有个奸民用伪造的银两质押骗取利息，过了很长一段时间，才被管银库的吏员发觉。

慕容彦超接到报告后，偷偷告诉主吏，趁夜在库房墙上凿一大洞，将全部库银搬运他处，再对外宣称库银遭窃。隔日，慕容彦超在市集张贴告示，要民众自行登记所质押的银两，以便办理清偿。民众见了告示，为保权益争相登记，终于抓到主犯。

不料，慕容彦超竟没有将他治罪，反而选一处隐秘的所在，另辟一室，并挑选十多人跟他学习制造伪银的技术。这种伪银是在银心中灌铁，所以人称"铁胎银"。

韩　琦

【原文】

中书习旧弊，每事必用例。五房吏操例在手，顾金钱唯意所去取。于欲与，即检行之；所不欲，或匿例不见。韩魏公令删取五房例及刑房断例，除其冗谬不可用者，为纲目类次之，封誊谨掌，每用例必自阅，自是人始知赏罚可否出宰相，五房吏不得高下其间。

【评】

“例”之一字，庸人所利，而豪杰所悲。用例已非，况由吏操纵，并例亦非公道乎。

寇莱公作相时，章圣语两府择一人为马步军指挥使，公方拟议，门吏有以文籍进者，问之，曰：“例簿也。”公叱曰：“朝廷欲用一牙官，尚须一例，又安用我辈？戕坏国政者正此耳！”

今日事事为例，为莱公不能矣；能为魏公，其庶乎？

【译文】

宋朝的中书省积弊已久，处理公务都要援用案例，而五房（唐时称中书省之吏。枢机、兵、户、刑、礼为五房）的官吏手握管理案例大权。然而只要有钱，就可随意调阅案例，只要五房官吏点点头，任何案例随时可取；一旦他们摇头，所有的案例仿佛都隐而不见了。

韩琦（字稚圭）见五房官吏太过嚣张，就下令取消五房掌例的职权，删除过去错误冗赘的案例，再分类按次编排，盖上戳记，官吏判案如须援用案例，一律亲自审查。命令颁布后，人们才真正认识宰相韩琦的耿直公正，而五房的官吏再也不能挟权敛财。

江　点

【原文】

江点，字德舆，崇安人。以特恩补官，调郢州录参时，郡常平库失银。方缉捕，有刘福者因贸易得银一筒，上有“田家抵当”四字，一银工发其事，刘不能直。籍其家，约万余缗，法当死。点疑其枉，又见款牍不圆，除所发者皆非正赃，点反覆诘问，刘苦于锻冶，不愿平反，点立言于守，别委推问，得实与点同，然未获正贼，刘终难释。未几，经总军资两库皆被盗，失金以万计，点料必前盗也。州司有使臣李义者，馆一妓，用度甚侈，点疑之，未敢轻发，会制司行下，买营田耕牛。点因而阴遣人袭妓家，得金一束，遂白于府，即简使臣行李，中皆三库所失之物。刘方得释，人皆服点之明见。

【译文】

南宋崇安人江点，字德舆，因获皇帝特别恩典而补官，调郢州录参时，州府库银常遭窃取，官州紧急追查窃贼。

有个叫刘福的商人，因做买卖赚了一袋银子，其中一锭银子上刻有“田家抵当”四字，有一银工发现这锭银子刻字，于是向官府检举。刘福无法辩解银锭来处，被官府抄家，约值万余缗钱，按律应当判处死罪。

江点怀疑刘福可能受了冤屈，又见除了那锭遭人举发的银锭外，其余都不是失窃的库银，更深信自己的推测。

江点反复审问，刘福怕再受酷刑，不愿翻供平反。江点只好将此案委托其他官员审理，果然查出与自己推断的结论相同。然而在没有寻获失银前，即使知道刘福是冤枉的，也不能无罪开释。

不久，总军的两库都遭窃，失窃的银两总值约上万。江点料想必是同一盗匪所为。

州内有位叫李义的使者，蓄养了一名女妓，平日生活奢侈，花费甚大，江点怀疑盗匪就是李义，但没有掌握确实证据前，不敢轻举妄动。

有一天，正巧碰到李义下乡购田买牛，江点趁机率人偷袭女妓家，搜出多锭库银，于是禀告州府，府吏检查使臣行李，三银库所失库银赫然在内，终于案情大白，刘福无罪释放。当时人人称赞江点查案高明。

第四部　胆智

胆智部总序

【原文】

冯子曰：凡任天下事，皆胆也；其济，则智也。知水溺，故不陷；知火灼，故不犯。其不入不犯，其无胆也，智也。若自信入水必不陷，入火必不灼，何惮而不入耶？智藏于心，心君而胆臣，君令则臣随。令而不往，与夫不令而横逞者，其君弱。故胆不足则以智炼之，胆有余则以智裁之。智能生胆，胆不能生智。刚之克也，勇之断也，智也。赵思绾尝言“食人胆至千，刚勇无敌。”每杀人，辄取酒吞其胆。夫欲取他人之胆，益己之胆，其不智亦甚矣！必也取他人之智，以益己之智，智益老而胆益壮，则古人中之以威克、以识断者，若而人，召师乎！

【译文】

冯梦龙说：要肩负天下的大事，需要有足够的勇气；而可否胜任成功，则取决于智慧。

知道水会溺人而不被淹溺，知道火会灼人而不被烧灼，这样躲开淹溺和烧灼，并不是缺乏勇气，而是智慧，然而若自信能入水而不淹溺，近火而不烧灼，则即使赴汤蹈火，又有什么伤害可言呢？

胆智二字，智在上而胆在下，勇气的使用必须服从于智慧的判断，若智慧的判断认为应当勇往直前却裹足犹豫，这是勇气不足，有待智慧的锻炼，若是未经智慧的判断而逞强蛮干，则是勇气有余而需要以智慧来约束。智慧能生出勇气，勇气却不能增加智慧，所以真正刚强勇敢的人，必然是智慧过人的人。

赵思绾曾说生食人胆可以增加勇气而可望成为全天下最勇敢的人，因此每回杀死一人，便剖出其胆来下酒，这样妄想以他人之胆来增加自己的勇气，不但无益于勇气的养成，而且是愚昧不智的行为。相反的，以他人的智慧来增加自己的智慧，却是有效而自然的，如此，不仅智慧增加，且勇气也自然成长。

因此本部收集古人胆智的实录，分为“威克”“识断”两卷，希望读书的人能从古人的智慧中，增加智慧，也增加勇气。

老谋深算

【原文】

履虎不咥，鞭龙得珠，岂曰溟涬，厥有奇谋。

【译文】

踩住老虎的尾巴，它就不能再伤人。鞭打大龙的身躯，它就会吐出腹中的宝珠。智者并不需要神仙相助，因为他懂得运用谋略。

侯　嬴

【原文】

夷门监者侯嬴，年七十余，好奇计。秦伐赵急，魏王使晋鄙救赵，畏秦，戒勿战。平原君以书责信陵君，信陵君欲约客赴秦军，与赵俱死，谋之侯生，生乃屏人语曰："嬴闻晋鄙兵符在王卧内，而如姬最幸，力能窃之。昔如姬父为人所杀，公子使客斩其仇头进如姬，如姬欲为公子死无所辞，顾未有路耳。公子诚一开口，如姬必许诺，则得虎符。夺晋鄙军，北救赵而西却秦，此五霸之功也。"公子从其计，请如姬。如姬果盗符与公子。公子行，侯生曰："将在外，主令有所不受。公子即合符，而晋鄙不授公子兵而复请之，事必危矣。臣客屠者朱亥可与俱，此人力士。晋鄙听，大善；不听，可使击之。”于是公子请朱亥，朱亥笑曰：“臣乃市井鼓刀屠者，而公子亲数存之。所以不报谢者，以为小礼无所用；今公子有急，此乃臣效命之秋也。”遂与公子俱。公子至邺，矫魏王令代晋鄙兵，晋鄙合符，果疑之，欲无听。朱亥袖四十斤铁椎椎杀晋鄙，公子遂将晋鄙兵进，大破秦军。

【评】

信陵邯郸之胜，决于椎晋鄙；项羽巨鹿之胜，决于斩宋义。夫大将且以拥兵逗留被诛，三军有不股栗愿死者乎？不待战而力已破矣，儒者犹以擅杀议刑，是乌知扼要之策乎？

【译文】

战国时魏国有个叫侯生（即侯嬴，战国魏隐士）的夷门守门人，已经七十多岁，常有奇谋异策。

当时秦王进兵包围赵国，魏王派将军晋鄙率军救赵，但是害怕秦兵势大，于是又派人阻止晋鄙，要晋鄙屯兵边界，不忙出战。赵国平原君见救兵不来，就写信责备魏信陵君，信陵君既无法说动魏王出兵，只好自己邀集门人前去攻秦，表示决心与赵国共存亡，并把此事告诉侯生，与他共谋对策。

侯生支开旁人，悄悄说：“我听说晋鄙的兵符，放在魏王的寝宫里；如姬是魏王最宠爱的妃子，她绝对有办法窃得兵符；以前她父亲曾遭人杀害，但始终没能找到凶手，后来公子派门客斩了那仇人的头，进献给如姬；如姬感激公子，想舍生相报，一直苦无机会。现在只要公子开口请如姬帮忙，如姬一定会答应公子的请求，那么公子就能偷得兵符，夺下晋鄙的军队，北救赵，西抗秦，建立与五霸相同的功业。”

信陵君依侯生之计，如姬果然偷了晋鄙的兵符，交给信陵君。

当信陵君要出发时，侯生说：“将在外，君令有所不受。所以，即使你的兵符相合，但晋鄙也可以不把兵权交给你，会要求再次请魏王加以确认。一旦再请示魏王，那事情就危险了。我有一个名叫朱亥的朋友，是屠夫出身的大力士，公子可带他同行。晋鄙若肯交出兵权，那最好；假使不肯，便要朱亥击杀他。”

于是信陵君便去拜访朱亥。朱亥知道内情后笑着说：“我只是个在市井挥刀卖肉的屠夫，公子却屡次亲自拜访。以前我之所以不曾答谢公子，是因为还没有找到适当的报答方法，平时一些小事可能对公子没有什么实际的帮助。现在公子有急事，正是我朱某效命出力的大好时机。”于是跟信陵君一起出发。

信陵君到达邺郡，就假传魏王的命令，要接替晋鄙指挥军队。晋鄙虽合了兵符，但心中仍感到怀疑，不想交出兵权，正准备出言拒绝时，朱亥从袖中拿出一把四十斤重的大铁锤，一锤就把晋鄙打死，信陵君于是接管了晋鄙的军队，并率领这支军队大败秦军。

班　超

【原文】

窦固出击匈奴，以班超为假司马，将兵别击伊吾，战于蒲类海，多斩首虏而还。固以为能，遣与从事郭恂俱使西域。超到鄯善，鄯善王广奉超礼敬甚备，后忽更疏懈。超谓其官属曰：“宁觉广礼意薄乎？此必有北虏使来，狐疑未知所从故也。明者睹未萌，况已著耶？”乃召侍胡，诈之曰：“匈奴使来数日，今安在？”侍胡惶恐，具服其状。超乃闭侍胡，悉会其吏士三十六人，与共饮，酒酣，因激怒之曰："卿曹与我俱在西域，欲立大功以求富贵，今虏使到数日，而王广礼敬即废，如令鄯善收吾属送匈奴，骸骨长为豺狼食矣，为之奈何？"官属皆曰："今危亡之地，死生从司马。"超曰："不入虎穴，焉得虎子！当今之计，独有因夜以火攻虏，使彼不知我多少，必大震怖，可殄尽也！灭此虏，则鄯善破胆，功成事立矣！"众曰："当与从事议之。"超怒曰："吉凶决于今日，从事文俗吏，闻此必恐而谋泄，死无所名，非壮士也。"众曰："善。"初夜，遂将吏士往奔虏营，会天大风，超令十人持鼓，藏虏舍后，约曰："见火然后鸣鼓大呼。"余人悉持弓弩，夹门而伏，超乃顺风纵火，前后鼓噪。虏众惊乱，超手格杀三人，吏兵斩其使及从士三十余级，余众百许人，悉烧死。明日乃还告郭恂，恂大惊，既而色动，超知其意，举手曰："掾虽不行，班超何心独擅之乎？"恂乃悦，超于是召鄯善王广，以虏使首示之。一国震怖，超晓告抚慰，遂纳子为质，还奏于窦固。固大喜，具上超功效，并求更选使使西域，帝壮超节，诏固曰："吏如班超，何故不遣而更选乎？今以超为军司马，令遂前功。"超复受使，因欲益其兵，超曰："愿将本所从三十余人足矣。如有不虞，多益为累。"是时于阗王广德新攻破莎车，遂雄张南道，而匈奴遣使监护其国。超既西，先至于阗，广德礼意甚疏，且其俗信巫，巫言神怒："何故欲向汉？汉使有騧马，急求取以祠我。"广德乃遣使就超请马，超密知其状，报许之。而令巫自来取马，有顷，巫至，超即斩其首以送广德，因辞让之。广德素闻超在鄯善诛灭虏使，大惶恐，即攻杀匈奴使而降超。超重赐其王以下，因镇抚焉。

【评】

必如班定远，方是满腹皆兵，浑身是胆。赵子龙、姜伯约不足道也。

辽东管家庄，长男子不在舍，建州虏至，驱其妻子去。三数日，壮者归，室皆空矣，无以为生。欲佣工于人，弗售。乃谋入虏地伺之，见其妻出汲，密约夜以薪积舍户外焚之，并积薪以焚其屋角。火发，贼惊觉。裸体起出户，壮者射之，贼皆死。挈其妻子，取贼所有归。是后他贼惮之，不敢过其庄云。此壮者胆勇，一时何减班定远，使室家无恙；或佣工而售，亦且安然不图矣。人急计生，信夫！

【译文】

当东汉窦固（字孟孙，在边境多年，羌胡被其恩信所感化，为人谦和好施舍）远征匈奴时，曾命班超（班彪次子，班固弟，字仲升，永平时投笔从戎，明帝时出使西域，五十余国皆纳贡，封定远侯，故世称班定远）为代理司马，另率一支部队攻打伊吾（今哈密），与匈奴军大战于蒲类海，战果辉煌。

当时窦固很赏识班超的才干，于是就派他与郭恂出使西域。当班超初到鄯善（即楼兰）时，鄯善王很热烈地欢迎他。但是不多久态度突然变得很冷淡。

班超就对部下说："鄯善王对我们突然变得很冷淡，一定是因有匈奴使者来到的缘故，使得鄯善王打不定主意要亲善哪一方。一个善于观察事物的人，在事故还未发生前就能感觉到；如今事态如此明显，我岂有看不出来的道理?"

于是，班超召来鄯善的侍卫官，若无其事地问道："匈奴使者已经来好几天了，不知道他们现在人在哪里?"侍卫官听了吓一跳，只好据实一一回答。

班超支开侍卫官后，立即召集所有部属一共三十六人，一起商议，他们一边饮酒一边交换意见，当大家喝到半醉时，班超突然慷慨激昂地说："诸位跟我一同来到西域，目的是为朝廷建大功并求个人富贵。现在匈奴使者才到几天，鄯善王对我们的态度就变得冷淡，如果鄯善王把我们逮捕后交给匈奴，那我们的骨骸岂不是要变成豺狼的食物吗？诸位对这事有什么高见？”

随员一听，立即一致表示：“如今我们身陷危亡险地，是生是死一切全听从司马的指挥。”

这时班超起身说：“常言道：‘不入虎穴，焉得虎子！’为今之计，只有在半夜火攻匈奴使者，让他们摸不清我们有多少人，趁他们心生恐惧时一举消灭。只要除去匈奴使者，鄯善王就会改变对我们的态度，那么其他的事就容易成功了。”

然而却有随员表示要跟郭恂商量再做决定。班超听了，很生气地说：“成败的命运就决定在今晚。郭恂是文官，万一他听了这项计划，由于害怕而泄露机密，反而会坏了大事。人死不留名，就不算英雄好汉！”众人听班超这么一说，纷纷点头赞成。

于是，班超在午夜时刻，率领所有随员一起杀进匈奴使者的营地。正巧这时刮起大风，班超派十个人手持战鼓躲在营地后面，约定见到火光就击鼓高声大叫，其余人则各拿弓箭，埋伏在营地大门两侧。部署完毕，班超顺着风势放火，指挥鼓兵击鼓。

匈奴使者听到鼓声，又见熊熊火光，莫不惊慌失措，纷纷夺门往外逃，班超亲手杀死三人，其他随员射杀三十多人，其余一百多人则全被大火烧死。

天亮后，班超把夜袭匈奴营地的事情告诉郭恂，起先郭恂大为惊讶，继而有些失望，班超已经看出郭恂的心意，于是举起手说：“你虽没有参加昨夜的战役，但我班超又岂会独居其功。”郭恂听了，顿时又面露喜色。

于是班超又要求见鄯善王，把匈奴使者的头颅拿给他看。消息传出，鄯善国朝野为之震惊，这时班超极力安抚开导鄯善王，终于说动他以王子为人质与中国修好，于是班超凯旋。

窦固听了班超的报告非常高兴，详奏班超的功绩，并恳求朝廷另派使者前往西域。明帝对班超的胆识极表嘉许，于是诏令窦固："像班超这样的人才，理应任命为正式的西域使者，为什么还要奏请朝廷另选他人呢?"于是正式任命班超为军司马，以嘉勉他在西域所立的奇功。

班超出任西域使者后，窦固本想增加班超手下的兵力，班超却说："我只要带领以前的三十多人就足够了，因为万一发生事件，人多反而会带来其他麻烦。"

当时于阗王刚刚攻占莎车，正想向南扩张势力，而匈奴却派使者来，准备保护莎车。班超到达西域后，首先来到于阗。

不料于阗王对他们态度冷淡。于阗风俗笃信巫术，有位巫师说："天神正在发怒，为什么我们要听命汉使?汉使有匹乌嘴马，你们赶紧要汉使献马祭神。"于阗王立刻派人向班超要马，班超早知对方意图，于是说道："为了完成你们的心愿，请巫师亲自来取马。"不多时，巫师果然亲自来到，班超却将巫师的头砍下送回给于阗王。

于阗王早就听说班超在鄯善国杀死匈奴使者的事，如今又亲眼目睹，内心非常害怕，就自动派兵围杀匈奴使者，并向班超请降。班超为了安抚于阗君臣，赏赐他们许多礼物。

耿　纯

【原文】

东汉真定王扬谋反，光武使耿纯持节收扬。纯既受命，若使州郡者至真定，止传舍。扬称疾不肯来，与纯书，欲令纯往。纯报曰："奉使见侯王牧守，不得先往，宜自强来!"时扬弟让，从兄绀皆拥兵万余。扬自见兵强而纯意安静，即从官属诣传舍，兄弟将轻兵在门外。扬入，纯接以礼，因延请其兄弟，皆至，纯闭门悉诛之。勒兵而出，真定震怖，无敢动者。

【译文】

东汉时真定王刘扬起兵谋反，光武帝派耿纯（巨鹿人，字伯山，从光武帝平邯郸，破铜马，拜东郡太守，封东光侯，谥成）持兵符招抚刘扬。

耿纯接受诏命后，就先派使者前往知会，自己随后启程。抵达真定后，耿纯下榻官舍，这时刘扬自称有病在身，不肯前来拜见，只写了一封信给耿纯，希望耿纯能到他的住所。

耿纯回复说："我是奉了钦命的特使前来接见你，怎能到你住所，我看你还是抱病勉强来一趟官舍吧。"

当时刘扬的兄弟们都各自拥兵万人，刘扬盘算自己兵多气盛，而耿纯又丝毫没有交战的意图，就带着部属来到官舍，刘扬的兄弟则率兵在官舍外等候。

刘扬入屋后，耿纯很客气地接待他，并邀请他的兄弟进屋，等他们都到齐后，耿纯关闭门窗通道，将他们全部斩杀。这才率兵而出。

消息传出，真定人惊恐万分，没有人再敢妄动。

温　造

【原文】

宪宗时，戎羯乱华，诏下南梁起甲士五千人，令赴阙下。将起，师人作叛，逐其帅，因团集拒命岁余。宪宗深以为患，京兆尹温造请以单骑往。至其界，梁人见止一儒生，皆相贺无患。及至，但宣召敕安存，一无所问。然梁师负过，出入者皆不舍器杖，温亦不诫之。他日球场中设乐，三军并赴。令于长廊下就食，坐宴前临阶南北两行，设长索二条，令军人各于向前索上挂其刀剑而食。酒至，鼓噪一声，两头齐力抨举其索，则刀剑去地三丈余矣。军人大乱，无以施其勇，然后合户而斩之。南梁人自尔累世不复叛。

【译文】

唐宪宗时，戎羯等蛮族发兵侵扰中原，宪宗命由南梁征兵五千人入京。军队出发前，突然兵变，士兵们罢黜原来的元帅并且集体抗命，时间长达一年多。宪宗感到非常苦恼。京兆尹温造（字简舆）启奏宪宗准他独自前去招抚叛军。温造抵达边境后，南梁兵见他不过是名书生，不由大为宽心，甚至相互道贺。温造到南梁的营地后，除了宣读皇帝的敕命外，并没有多问其他的事。当时南梁兵往来出入，兵器都不离手，温造目睹这情形也不加禁止。一天，温造在球场设宴犒赏三军，士兵的座位安排在长廊下，入席前，面靠台阶的南北方向，各架设两根长索，下令士兵先将随身兵器挂在面前的绳索上再入座。等酒菜送来时，只听得唐兵突然一声大喝，将绳索的两头用力抖动，于是刀剑纷纷弹出三丈多远。南梁兵立即慌了手脚，根本无力招架，于是温造下令将南梁兵全部处斩。自此以后，南梁人世代不敢再反叛。

哥舒翰　李光弼

【原文】

唐哥舒翰为安西节度使，差都兵马使张擢上都奏事，逗留不返，纳贿交结杨国忠。翰适入朝，擢惧，求国忠除擢御史大夫兼剑南西川节度使，敕下，就第谒翰，翰命部下捽于庭，数其罪，杖杀之，然后奏闻。帝下诏褒奖，仍赐擢尸，更令翰决尸一百，

太原节度王承业，军政不修，诏御史崔众交兵于河东，众侮易承业，或裹甲持枪突入承业厅事，玩谑之。李光弼闻之，素不平，至是交众兵于光弼，众以麾下来，光弼出迎，旌旗相接而不避。李光弼怒其无礼，又不即交兵，令收系之，顷中使至，除众御史中丞，怀其敕，问众所在，光弼曰："众有罪，系之矣。"中使以敕示光弼，光弼曰："今只斩侍御史；若宣制命，即斩中丞；若拜宰相，亦斩宰相。"中使惧，遂寝之而还。翼日，以兵仗围众至碑堂下，斩之。威震三军，命其亲属吊之。

【译文】

唐朝名将哥舒翰（唐突厥裔，曾追随王忠嗣屡破吐蕃兵，封平西郡王。安禄山反，率兵讨伐，不幸遇害，谥武愍）出任安西节度使时，有一次派都兵马使张擢进京奏事。不料张擢竟逗留不归，并且贿赂杨国忠（一名钊，杨贵妃从兄，玄宗时由御史累官至宰相，安禄山反，杨国忠与玄宗至蜀避祸，被陈玄礼诛于马嵬驿），两人相互勾结。

不久，哥舒翰有事要入朝奏报，张擢心虚害怕，就请求杨国忠任命他为御史大夫兼剑南西川节度使。当正式任命的诏命下达后，张擢得意扬扬地去见哥舒翰。哥舒翰一见张擢来，就立刻下令拘捕，接着一一陈述他的罪状，然后将他一顿乱棍打死。

事后哥舒翰把处死张擢的经过奏报朝廷，玄宗不但没有责怪他，还下诏褒奖他处理得当。最后更把张擢的尸首赐还他，让他亲手再鞭尸一百下。

太原节度使王承业治军散漫，因此当御史崔众奉诏到河东敦睦

各军时，十分轻视王承业，甚至纵容自己的部下全副武装地闯进王承业的府衙。

李光弼（肃宗时曾平安史之乱，与郭子仪齐名，为唐室中兴名将）当初听到这件事，并不觉得奇怪。不料崔众的部众竟也闯进他的营帐。由于崔众是打着御史的旗号来的，所以李光弼只有出营迎接。然而崔众连招呼都不打，就掉头离去。

李光弼非常气愤，认为崔众仗恃诏命傲慢无礼，于是将崔众逮捕问罪。这时，皇宫宦官来到河东，要任命崔众为御史中丞，手持敕书问李光弼崔众的行踪。李光弼答道："崔众犯法，我已经将他逮捕治罪。"宦官把敕书拿给李光弼看，李光弼说："如今只杀了一位侍御史；如按诏命，那就等于杀了一位御史中丞；如果他被任命为宰相，那就等于杀死一位宰相。"宦官一听这话不敢再多言，只好带着敕书回京。

第二天，李光弼派兵包围崔众，当众把他杀死在碑堂下，以震慑三军，还让崔众的亲属来祭吊。

柴克宏

【原文】

南唐柴克宏有将略。其奉命救常州也，枢密李征古忌之，给以羸卒数千人，铠杖俱朽蠹者。将至常州，征古复以朱匡业代之，使召克宏，宏曰："吾计日破贼，汝来召吾，必奸人也。"命斩之，使者曰："李枢密所命。"克宏曰："即李枢密来，吾亦斩之。"乃蒙船以幕，匿甲士其中，袭破吴越营。

【评】

奸臣在内，若受代而还，安知不又以无功为罪案乎？破敌完城，即忌口亦无所施矣！

【译文】

后唐名将柴克宏（官至奉化军节度使，卒谥威烈）富有谋略。他奉命援救常州时，枢密李征古忌妒他受唐后主的器重，因此只肯拨给他数千名体弱的士兵，所配备的武器也都因年久而腐朽不堪。

当柴克宏率军抵达常州后，李征古又想用朱匡业来替代柴克宏的职务，派使者召柴克宏。柴克宏对使者说："贼兵已在我的掌控之中，破贼指日可待，现在你召我回京，一定是奸人。"于是命人将使者处斩。

使者说："我是奉李枢密命令前来。"

柴克宏说："即使是李枢密亲自来，我也同样下令杀他。"

杀了使者后，柴克宏下令在船外蒙上帐幕，命士兵藏匿在船中，果然一举大败贼兵。

杨　素

【原文】

杨素攻陈时，使军士三百人守营。军士惮北军之强，多愿守营。素闻之，即召所留三百人悉斩之，更令简留，无愿留者。又对阵时，先令一二百人赴敌，或不能陷阵而还者，悉斩之。更令二三百人复进，退亦如之。将士股栗，有必死之心，以是战无不克。

【评】

素用法似过峻，然以御积惰之兵，非此不能作其气。夫使法严于上，而士知必死，虽置之散地，犹背水矣。

【译文】

隋朝的杨素（字处道，谥景武）攻打陈国时，征求三百名自愿留营守卫的士兵。当时隋兵对北军心存畏惧，纷纷要求留营守卫。杨素得知士兵怕战的心理，就召来自愿留营的三百名士兵，将他们全部处决，然后又下令征求留营者，再也没有人敢留营。

到对阵作战时，杨素先派一二百名士兵与敌人交战，凡是不能尽力冲锋陷阵苟且生还者，一律处死；然后再派二三百人进攻，退败的同样处死。将士目睹杨素的治军之道，无不心存警惧，人人抱必死之心，因此与敌作战，没有不大获全胜的。

安禄山

【原文】

安禄山将反前两三日，于宅集宴大将十余人，锡赍绝厚。满厅施大图，图山川险易、攻取剽劫之势。每人付一图，令曰："有违者斩！"直至洛阳，指挥皆毕。诸将承命，不敢出声而去。于是行至洛阳，悉如其画。

【评】

此虏亦煞有过人处，用兵者可以为法。

【译文】

安禄山（唐朝人，本姓唐，得玄宗宠爱，曾自请为杨贵妃干儿子，天宝年间举兵攻陷长安，自号雄武皇帝，国号燕，后为李光弼所平）谋反前的两三天，在府中宴请十多名手下大将，宴中给每位将军丰厚的赏赐。他在府宅大厅放置一幅巨大的地图，图中标示各地山川的险易及进攻路线，另外每人都有一幅同样的缩小地图。安禄山对各将领下令："在各位率军前往洛阳会师前，每个人都要照着图中的路线指示行进，违者一律处斩。"告诫完毕后，所有的将领都不敢出声，领命离去。直到安禄山攻陷洛阳前，各军的行进完全按照图中的指示。

吕公弼　张咏

【原文】

公弼，夷简子，其治成都，治尚宽，人嫌其少威断。适有营卒犯法，当杖，扞不受，曰："宁以剑死。"公弼曰："杖者国法，剑者自请。"为杖而后斩之，军府肃然。

张咏在崇阳，一吏自库中出，视其鬓旁下有一钱，诘之，乃库中钱也。咏命杖之，吏勃然曰："一钱何足道，乃杖我耶？尔能杖我，不能斩我也！"咏笔判云："一日一钱，千日千钱，绳锯木断，水滴石穿。"自仗剑下阶斩其首。申府自劾。崇阳人至今传之。

咏知益州时，尝有小吏忤咏，咏械其颈，吏恚曰："枷即易，脱即难。"咏曰："脱亦何难？"即就枷斩之，吏俱悚惧。

【译文】

宋朝人吕公弼（字宝臣，谥惠穆）是吕夷简的儿子，他治理成都时，由于为政宽松，人们讥讽他处理政务不够威严果断。

有一名小兵犯法该打，他却耍赖说：“我宁可被杀，也不愿挨打。”

吕公弼说：“鞭打是按国法，处死是你自愿。”

于是下令先打后斩，从此再也没有人敢批评吕公弼无能。

宋朝人张咏（字复之，号乖崖，谥忠定）在崇阳为官时，有一次一名官员从府库中走出，张咏见他鬓发下夹带一枚钱币，经质问，官员承认钱币取自府库。张咏命人鞭打这名官员，官员生气地说：“一枚钱币有什么了不起，竟然要鞭打我！你能打我，却不能杀！”张咏提笔判道：“一天取钱一枚，千日后就已取得千枚，长时间累积，即使绳索也能锯断木条，滴水也能贯穿石块。”写完，亲自提着剑走下台阶，斩下那名官员的头，然后又到府衙自我弹劾、陈述罪状。崇阳百姓至今仍津津乐道此事。

张咏任益州知府时，有一名小吏冒犯张咏，张咏命人替他戴上刑具。小吏生气地叫道：“你要我戴上刑具容易，但要我脱下就难了。”

张咏说：“我看不出要你脱下有何难处？”

说完就砍下仍戴着枷锁的小吏的脑袋，其他官吏都很吃惊。

黄盖　况钟

【原文】

黄盖尝为石城长。石城吏特难检御，盖至，为置两掾，分主诸曹，教曰："令长不德，徒以武功得官，不谙文吏事。今寇未平，多军务，一切文书，悉付两掾，其为检摄诸曹，纠摘谬误。若有奸欺者，终不以鞭朴相加！"教下，初皆怖惧恭职，久之，吏以盖不治文书，颇懈肆。盖微省之，得两掾不法各数事，乃悉召诸掾，出数事诘问之，两掾叩头谢，盖曰："吾业有敕，终不以鞭朴相加，不敢欺也。"竟杀之，诸掾自是股栗，一县肃清。

况钟，字伯律，南昌人，始由小吏擢为郎，以三杨特荐为苏州守。宣庙赐玺书，假便宜。初至郡，提控携文书上，不问当否，便判"可"。吏藐其无能，益滋弊窦。通判赵忱百方凌侮，公惟"唯唯"。既期月，一旦命左右具香烛，呼礼生来，僚属以下毕集，公言，有敕未宣，今日可宣之：内有"僚属不法，径自拿问"之语，于是诸吏皆惊。礼毕，公升堂，召府中胥，声言"某日一事，尔欺我，窃贿若干，然乎？某日亦如之，然乎？"群胥骇服，公曰："吾不耐多烦。"命裸之，俾隶有力者四人，舁一胥掷空中。立毙六人，陈尸于市。上下股栗，苏人革面。

【评】

盖武人，钟小吏，而其作用如此。此可以愧口给之文人，矜庄之大吏矣！

王晋溪云：

"司衡者，要识拔真才而用之，甲未必优于科，科未必皆优于贡，而甲与科、贡之外，又未必无奇才异能之士。必试之以事，而后可见。如黄福以岁贡，杨士奇以儒士，胡俨以举人，此皆表表名臣也。国初，冯坚以典史而推都御史，王兴宗以直厅而历布政使，唯为官择人，不为人择官，所以能尽一世人才之用耳！"

况守时，府治被火焚，文卷悉烬，遗火者，一吏也。火熄，况守出坐砾场上，呼吏痛杖一百，喝使归舍，亟自草奏，一力归罪己躬，更不以累吏也。初吏自知当死，况守叹曰：“此固太守事也，小吏何足当哉！”奏上，罪止罚俸。公之周旋小吏如此，所以威行而无怨。使以今人处此，即自己之罪尚欲推之下人，况肯代人受过乎？公之品，于是不可及矣！

【译文】

黄盖（三国吴人，字公覆，赤壁之战曾建议用火攻，大破曹操）早年时曾当过石城长，而石城的属吏是出了名的难以统领管束。黄盖到任后，就设置两个副职，统领各部门，并告诉所有僚属说：“我的德行浅薄，是由立战功而得官职，所以根本不懂公文及官场应对。今天贼寇尚未铲除，军务繁重，所以一切文书全交付两位副职处理，并负责督导各部门，纠举僚属失误，若有人敢敷衍欺瞒，虽不致鞭打，但后果自行负责。”

命令宣布后，刚开始各僚属因为害怕还能尽忠职守。时间久了，有些属吏认为黄盖看不懂公文，就开始怠惰放肆。黄盖略加注意后，发觉两处各有几件不法情事，于是召集所有僚属，举出不法情事，两位副职吓得叩头认错，黄盖说：“我早就有话在先，不打你们，但后果自行负责，没想到你们还敢欺瞒我。”

说完，下令斩首，从此僚属再也不敢做恶行不法事。

况钟，字伯律，是南昌人，最初由一名小吏擢升为郎官，最后由于杨士奇、杨溥、杨荣的推荐，当上苏州太守。宣宗曾赐他玺书，准他可持玺书变通行事。

况钟初到任时，每天带着玺书办公，不问事件对否，一律批示“可以”。属吏都认为他无能，以致诸弊丛生。

当时的通判（官名，掌钱谷狱讼之事）赵忱更是对他百般嘲弄，但况钟仍点头称是。

况钟到任满一个月后，一天，命侍从准备香烛，并召来礼官，命全体僚属集合，况钟说：有圣旨还没有宣读，今日可以宣读了。圣旨中有“僚属不法，径自拿问”之类的话，于是僚属听后都非常吃惊。行礼完毕后，况钟召来府中书记官，厉声质问一名属吏：“某日发生某事，你背着我收受贿款若干，可有此事？某日也是如此，对吗？”群吏既怕又服，况钟说：“我这个人最没耐性。”说完，命人剥下贪吏衣服，再命四名力士，将一名贪吏抛举空中。

共处死六人，将尸首陈列市集。全州人都十分惊惧，再不敢做不法之事。

宗　泽

【原文】

金寇犯阙，銮舆南幸。贼退，以宗公汝霖尹开封。初至，而物价腾贵，至有十倍于前者。郡人病之，公谓参佐曰：“此易事，自都人率以饮食为先，当治其所先，缓者不忧于平也。”密使人问米麦之值，且市之。计其值，与前此太平时初无甚增，乃呼庖人取面，令作市肆笼饼大小为之，乃取糯米一斛，令监军使臣如市酤酝酒，各估其值，而笼饼枚六钱，酒每觚七十足，出勘市价。则饼二十，酒二百也，公先呼作坊饼师至，讯之曰：“自我为举子时来京师，今三十年矣，笼饼枚七钱，而今二十，何也，岂麦价高倍乎？”饼师曰：“自都城经乱以来，米麦起落，初无定价，因袭至此，某不能违众独减，使贱市也。”公即出兵厨所作饼示之，且语之曰：“此饼与汝所市重轻一等，而我以目下市直，会计薪面工值之费，枚止六钱，若市八钱，则有二钱之息，今为将出令，止作八钱，敢擅增此价而市者，罪应处斩，且借汝头以行吾令也。”即斩以徇，明日饼价仍旧，亦无敢闭肆者。次日呼官沽任修武至，讯之曰：“今都城糯米价不增，而酒值三倍，何也?”任恐悚以对曰：“某等开张承业，欲罢不能，而都城自遭寇以来，外居宗室及权贵亲属私酿甚多，不如是无以输纳官曲之值与工役油烛之费也。”公曰：“我为汝尽禁私酿，汝减值百钱，亦有利入乎?”任叩额曰：“若尔，则饮者俱集，多中取息，足办输役之费。”公熟视久之，曰：“且寄汝头颈上，出率汝曹即换招榜，一觚止作百钱，是不患乎私酝之搀夺也！明日出令：‘敢有私造曲酒者，捕至不问多寡，并行处斩’。”于是倾糟破觚者不胜其数。数日之间，酒与饼值既并复旧，其他物价不令而次第自减，既不伤市人，而商旅四集，兵民欢呼，称为神明之政。时杜充守北京，号“南宗北杜”云。

【评】

借饼师头虽似惨，然禁私酿，平物价，所以令出推行全不费力者，皆在于此。亦所谓权以济难者乎?

当湖冯汝弼《祐山杂记》云：“甲辰凶荒之后，邑人行乞者什之三，逋负者什之九。明年，本府赵通判临县催征，命选竹板重七斤、棂长三寸者，邑人大恐，或诳行乞者曰：‘赵公领府库银三千两来赈济，汝何不往?’行乞者更相传播，须臾数百人相率诣赵。赵不容入，则叫号跳跃，一拥而进，逋负者随之，逐隶人，毁刑具，呼声震动。赵惶惧莫知所措。余与上莘辈闻变趋入，赵意稍安，延入后堂。则击门排闼，势益猖獗。问欲何为，行乞者曰：‘求赈济。’逋负者曰：‘求免征。’赵问为首者姓名，余曰：‘勿问也，知其姓名，彼虑后祸，祸反不测，姑顺之耳。’于是出免征牌，及县备豆饼数百以进，未及门辄抢去，行乞者卒不得食。抵暮，余辈出，则号呼愈甚，突入后堂矣！赵虑有他变，逾墙宵遁。自是民颇骄纵无忌。又二月，太守郭平川应奎推为首者数人于法，即惕然相戒，莫敢复犯矣。向使赵不严刑，未必致变；郭不正法，何由弭乱？宽严操纵，唯识时务者知之。"

【译文】

宋朝时金人进犯京师，皇帝逃到南方。金人退兵后，宗汝霖（宗泽）奉命任开封府尹。初到开封时，开封物价暴涨，几乎要比以前贵上十倍，百姓叫苦连天。

宗汝霖对僚属说："要平抑物价并非难事，先从日常饮食开始，等民生物资价格平稳后，其他物价还怕不回落吗？"

于是暗中派人到市集购买米面，回来估算分量和价格，和以前太平时相差无几。于是召来府中厨役，命他制作市售的各种大小尺寸的糕饼，另外取来一斛（十斗）糯米，然后命人到市集购买一斛糯米所能酿成的酒，结果得到一个结论，每块糕饼的成本是六钱，每觚酒是七十钱，但一般市价却是糕饼二十钱，酒二百钱。

宗汝霖首先召来坊间制饼的师傅，质问他说："从我中举人后入京，到今天已经三十年了。当初每块糕饼七钱，现在却涨到二十钱。这是什么原因？难道是谷价涨了好几倍？"

糕饼师傅说："自从京师遭逢战火后，米麦的涨跌并不固定，但糕饼价却一直高居不下，我也不能扰乱市场，独自降价。"

宗汝霖命人拿出厨役所做的糕饼，对那名师傅说："这饼和你所卖饼的重量相同，而我以现今成本加上工资重新计算后，每块糕饼的成本是六钱，如果卖八钱，那么就有二钱的利润。从今天开始我下令，每块糕饼只能卖八钱，敢擅自加价者就应处斩。现在请借我你的项上人头，执行我的命令。"说完下令处斩。

第二天，饼价恢复原价，也没有任何一家商户敢罢市。

再隔一天，宗汝霖召来掌管酒买卖的任修武，质问他："现在京师糯米价格并没有涨，但酒价却涨了三倍，是什么原因呢？"

任修武惶恐地答道：“自从京师遭金人入侵后，皇室及一般民间酿私酒的情形很猖獗，不加价无法缴纳官税和发放工人工资、油水等开支费用。”

宗汝霖说：“如果我为你取缔私酒，而你降价一百钱，是否还有利润呢？”

任修武叩头说：“如果真能取缔私酒，那么民众都会向我买酒，薄利多销，应该足够支付税款及其他开销。”

宗汝霖审视他许久后，说：“你这颗脑袋暂且寄在你脖子上！你赶紧带着你的手下，换价目牌；酒价减一百钱，那你所担心的私酒猖獗情形，就不会再危害你了。”

第二天，宗汝霖贴出告示：“凡敢私自酿酒者，一经查获，不论数量多寡，一律处斩。”于是酿私酒者纷纷自动捣毁酒器。

短短几天之内，饼与酒都恢复原价，而其他物价也纷纷下跌，既不干扰市场交易，又吸引四地商人来到这里，百姓不禁推崇为“神明之政”。

当时杜充（字公美）守卫北京，人称“南宗北杜”。

杨守礼

【原文】

嘉靖间，直隶安州值地震大变，州人乘乱抢杀，目无官法。上司闻风畏避，莫知所出。杨少保南涧公［讳守礼］家食已二十余年矣，先期出示，晓以朝廷法律。越二日，乱如故，公乃升牛皮帐，用家丁，率地方知事者击斩首乱四人，悬其头于城四门，乱遂定。

【译】

李彦和云：

“公虽抱雄略，倘死生利害之念一萌于中，则不在其位而欲便宜行事，浩然之气不索然馁乎？此豪杰大作用，难与拘儒道也。”

【译文】

明朝嘉靖年间，安州发生大地震，州人趁乱杀人抢夺财物，无视官府律法的存在。州官害怕暴乱扩散，竟弃职逃逸，不知去向。

杨少保南涧公（杨守礼）致仕家居已二十多年，出面疏导暴民，并且向暴民解释朝廷律法。过了两天，暴乱仍有增无减。杨公于是架起牛皮帐，率领家丁，会同地方知事者，在城中斩杀为首暴动的四名歹徒，并把他们的脑袋分别悬挂在四个城门上，才最终平息了暴乱。

苏不韦

【原文】

东汉苏不韦，父谦，尝为司隶校尉，李暠挟私忿论杀。不韦时年十八，载丧归乡，瘗而不葬，仰天叹曰：“伍子胥独何人也！”遂藏母武都山中，变姓名，尽以家财募剑客，邀暠于诸陵间，不值。久之，暠迁大司农。时右校刍庤在寺北垣下，不韦与亲从兄弟潜入庤中，夜则凿地，昼则伏匿，如是则经月，遂达暠寝室。出其床下，会暠如厕，杀其妾及小儿，留书而去。暠大惊，自是布棘于室，以板籍地，一夕九徙。不韦知其有备，即日夜驰至魏郡，掘其父阜冢，取阜头以祭父，又标之市曰："李暠父头。"暠心痛不敢言，愤恚呕血死。不韦于是行丧，改葬父。

【评】

郭林宗论曰："子胥犹见用强吴，凭阖闾之威，而苏子力止匹夫，功隆千乘，比子胥尤过云。"

子犹曰："李暠私忿不戢，辱及墓骨，妻子为戮，身亦随之，为天下笑，可谓大愚！然能以私忿杀其父，而竟不能以官法治其子，何也？将侠士善藏，始皇之威，犹不行于博浪，况他人乎？顾子房事秘，无可物色，而兹留书标市，显行其意，莫得而谁何之，不独过子胥，且过子房矣！东汉尚节义，或怜其志节而庇护之未可知。要之一夫含痛，不报不休，死生非所急也。不韦真杰士哉！"

楚悼王薨，贵戚大臣作乱，攻吴起。起走之王尸而伏之，击起之徒因射起并中王尸。既葬，肃王即位，使令尹尽诛为乱者，坐起夷宗者七十家。

齐大夫与苏秦争宠，使人刺之，不死，殊而走，齐王求贼不得，苏秦且死，乃谓齐王曰："臣即死，车裂臣以徇于市，曰：'苏秦作乱于齐。'如此则臣之贼必得矣。"于是如其言，而杀苏秦者果自出，齐王因而诛之。若起与秦，身死而能以术自报其仇，智更足多矣。

【译文】

东汉人苏不韦的父亲苏谦，曾当过司隶校尉。大司农李暠（性贪狠暴虐）由于跟苏谦有私怨，竟诬告苏谦，使他含冤处斩。那时苏不韦十八岁，含泪载父亲的遗体回乡，当他父亲灵柩下葬时，没有举行任何仪式，仅仅仰天长叹说："难道天下就只有一位伍子胥（春秋楚人，名员，父兄皆遭平王所杀，子胥投奔吴王，佐阖闾伐楚，破楚都，时平王已死，子胥掘墓鞭尸，以报父兄仇）吗？"

于是他就把母亲安顿在武都山中，然后隐姓埋名，散尽家财来招募剑客，等候李畬到诸陵参拜，但一直没有合适的机会下手。不久，李畬调任为大司农。他手下一名右校官名刍侩就住在衙门北侧，跟苏不韦的拜把兄弟很要好。于是苏不韦等人就潜伏在刍侩家中，为避人耳目，他们白天休息，利用夜晚挖掘地道，大约过了一个多月，终于打通一条通往李畬卧室的地道，不巧李畬正好如厕，于是苏不韦只好杀死他的侍妾和儿子，然后留下一封信。李畬回房之后大惊失色，但是又找不出凶手，只好在屋舍四周布满荆棘，并在地面铺上木板，一夜之间竟然换九个地方睡觉。

苏不韦见李畬有所防备，就连夜前往魏郡，挖开李畬父亲的坟墓，砍下李父的头，来祭奠自己的父亲，然后在李父头上写下“李畬之父”四个大字，挂在城内。李畬看了，痛楚万分，气得连一句话也说不出来，最后竟因激愤，当场吐血而死。

这时苏不韦才为父亲补行丧礼，改葬在祖坟。

张咏　柳仲涂

【原文】

张咏少学剑，客长安旅次，闻邻家夜哭。叩其故，此人游宦远郡，尝私用官钱，为仆夫所持，强要其长女为妻。咏明日至其门，阳假仆往探一亲。仆迟迟，强之而去。导马出城，至林麓中，即疏其罪。仆仓惶间，咏以袖椎挥之，坠崖而死。归曰：“盛价已不复来矣，速归汝乡，后当谨于事也。”

柳仲涂赴举时，宿驿中，夜闻妇人哭声，乃临淮令之女。令在任贪墨，委一仆主献纳，及代还，为仆所持，逼娶其女。柳访知之，明日谒令，假此仆一日。仆至柳室，即令往市酒果。夜阑，呼仆叱问，即奋匕首杀而烹之。翌日，召令及同舍饮，云“共食卫肉”。饮散亟行，令追谢，问仆安在，曰：“适共食者是也。”

【评】

亦智亦侠，绝似《水浒传》中奇事。

张诉未第时，尝游荡阴，县令馈与束帛万钱，诉即负之而归。或谓此去遇夜，坡泽深奥，人烟疏阔，可俟徒伴偕行。诉曰：“秋暮矣，亲老未授衣。”但捽一短剑去。行三十余里，止一孤店，唯一翁洎二子，夜始分，其子呼曰：“鸡已鸣，秀才可去矣。”诉不答，即推户，诉先以床拒左扉，以手拒右扉，其子既呼不应，即排闼。诉忽退立，其子闪身入，诉擿其首毙之，少时，次子又至，如前，复杀之，诉持剑视翁，翁方燎火爬痒，复断其首，老幼数人，并命于室，乃纵火，行二十余里，始晓，后来者相告曰：“前店失火，举家被焚也，事亦奇，因附之。

【译文】

宋朝人张诉年轻时，曾学习剑术。客居长安时，有天夜里听见隔壁有人号哭。叩门问原因，原来是一名奉派异乡任官的官员，因曾私自挪用公款，被手下仆役发觉，自此一直受恶仆要挟，甚至要强娶他女儿为妻。

张诉了解事情真相后，第二天故意来到官员家拜访，假意商量借一名仆役陪他探访亲戚。几经催促，那恶仆才勉强随张诉上路。

两人骑马出城后，行经一处山崖边，这时张诉一一数落恶仆罪状。趁恶仆惊慌分神时，抽出袖中木棍朝恶仆挥去，恶仆当场坠崖而死。

张诉回城后对那官员说：“你因贪污所付出的代价已经够了，赶紧辞官回到你的家乡吧，以后做人行事要谨慎小心。”

柳仲涂赴京考举人时，夜宿驿站，一晚听见有妇人啼哭，原来啼哭的女子是临淮令的女儿。临淮令在任期间因酷爱前人遗墨，曾命人献墨，因而被手下仆役要挟，现在竟要强娶他女儿。

柳仲涂问明原因后，第二天拜谒令长，并故意恳请令长答应借一名仆役。仆役来到柳仲涂的住所，柳仲涂就命仆役到市集买来酒菜蔬果，夜深人静时叫来那名恶仆，大声叱喝他的罪状，说完掷出匕首，将恶仆杀了并且煮成肉汤。

第二天，邀请令长前来饮酒吃菜，并让其“吃驴肉”。等酒宴结束后，令长一再向柳仲涂道谢，并询问仆人下落。柳仲涂这才说：“刚才我们所吃的，就是那恶仆的肉啊！”

窦建德

【原文】

夏主窦建德微时，有劫盗夜入其家，建德知之，立户下，连杀三盗，余盗不敢入。呼取其尸，建德曰：“可投绳下系取去。”盗投绳而下，建德乃自系，使盗曳出，捉刀跃起，复杀数盗。由是益知名。

【评】

以诛盗为戏。

【译文】

夏王窦建德（隋朝人，曾据饶阳自称长乐王，后被越王侗封为夏王。王世充废侗后，建德称帝，国号夏，被李世民擒杀）年轻时，有一天夜里，盗匪闯入他家。窦建德发觉后，站在窗下，接连杀了三名盗匪。其他盗匪一见，吓得不敢进屋，只在屋外恳求将同伴的尸体还给他们。窦建德说："你们丢下绳索，让我绑上尸首呀。"盗匪扔下绳索，窦建德却将绳索绑在自己身上，当盗匪用力拉过墙头时，窦建德立即反身跳起，就这样又杀了好几名盗匪。从此更加出名。

陈星卿

【原文】

嘉定、青浦之间有村焉。陈星卿者，年少高才，贫不遇，训蒙村中，人未之奇也。村有寡妇，屋数间，田百余亩，有子方在抱。侄欺之，阴献其产于势家子，得蝇头，遁去。势家子择吉往阅新庄，而先期使干仆持告示往逐寡妇。寡妇不知所从来，抱儿泣于门，乡人俱愤愤，而爱莫能助。星卿适过焉，叩得其故，谓邻人曰："从吾计，保无恙。"邻人许之，令寡妇谨避他处，明日，势家子御游船，门客数辈，箫鼓竞发，从天而下，既登岸，指挥洒扫，悬匾，召谕诸佃，粗毕，往田间布席野饮，星卿率乡之强有力者风雨而至，举枪捣其舟，舟人出不意，奔告主人。主人趋舟，舟既沉矣，遥望新庄，所悬匾已碎于街，众汹汹索斗，乃惧而窜，方召主文谋讼之，而县牒已下，盖嘉定新令韩公颇以扶抑为己任，星卿率其邻即日往控，呈词既美，情复惨激，使捕衙往视，则匾及舟在焉，势家子使人居间，终不听，竟置诸干仆及寡妇之侄于法，寡妇鬻其产而他适，星卿遂名重郡邑间。

【评】

郡中得星卿数辈，势家子不复横矣。保小民，亦所以保大家也。

虽然，星卿之敢于奋臂者，乘新令扶抑之始，用其胆气耳，星卿亦可谓智矣！

【译文】

嘉定、青浦之间有个小村落，住着一位叫陈星卿的年轻人，他虽是青年才俊，但一直怀才不遇，所以生活贫困，平日靠在村中教人读书习字维生，村民也看不出他有异于常人的地方。

村里有位寡妇，名下有几间房屋及一百来亩田地，还有一名在襁褓中的儿子。寡妇有个侄儿不知上进，为了贪图蝇头小利，竟暗中将寡妇房屋田产献给当地有权势的恶霸。恶霸选了个吉日前往接收新产业，事先命手下拿着权状要寡妇搬离。寡妇弄不清楚到底发生什么事，只好抱着儿子站在门外号哭。乡人知道此事后，都为寡妇感到愤愤不平，却又爱莫能助。

正巧陈星卿经过此地，问明原因，对邻人说："只要肯听我的话，保证寡妇能保住她的产业。"邻人点头表示同意。

陈星卿要寡妇先暂时住在别处。第二天，恶霸带着狐群狗党搭乘游船，鼓乐齐奏，仿佛从天而降。上岸后，指挥仆人打扫房屋，并悬挂匾额，在召集佃农训话完毕后，一群人便到乡间席地野宴。

陈星卿带领一批强壮的村民，如疾风暴雨般来到岸边，拿着木桨捣毁船只，船夫在仓皇中飞奔告知主人，等到主人赶到岸边时，船早已沉入水中了。

恶霸远望田庄，只见所悬挂的匾额已被人砸烂，又见街上众人气势汹汹地拿着绳索朝他走来，于是吓得拔脚就跑。正想召来师爷谋求对策时，县府的公文已然下达。原来新上任的县令韩公，以伸张正义为己任，陈星卿率领村民捣毁船后，立即赶往官府控诉，诉状用辞典雅，情节感人，县令于是命衙役前去查证，而匾额及船只等证物俱在。恶霸虽托人调解，但韩公根本不予理会，终于将一群恶人和寡归的侄儿绳之以法。

日后，寡妇变卖了产业另迁他地，而陈星卿也从此声名大噪。

李 福

【原文】

唐李福尚书镇南梁。境内多朝士庄产，子孙侨寓其间，而不肖者相效为非。前牧弗敢禁止，闾巷苦之。福严明有断，命织篾笼若干，召其尤者，诘其家世谱第、在朝姻亲，乃曰："郎君借如此地望，作如此行止，毋乃辱于存亡乎？今日所惩，贤亲眷闻之必快！"命盛以竹笼，沉于汉江，由是其侪惕息，各务戢敛。

【译文】

唐朝人李福（字能之，僖宗时因抵御王仙芝有功，官至太子太傅）任尚书镇守南梁时，境内有许多前朝官员的产业及后裔，州中无赖常争相为这些前朝大官的子弟效命，狐假虎威，横行乡里，前任太守却任其横行不敢禁止，百姓深以为苦。

李福做事一向严明果断，他命人编数个竹笼，又召来为恶最多的子弟，盘问他的家世谱系，以及现在仍在朝做官的亲戚族人，接着说："你的身世如此显赫，却做出这等败坏门风的事，不怕辱没祖先吗？今天对你的惩罚，你的家人听到后，一定会很高兴的。"

于是命人将该子弟装入竹笼，沉在江中，从此其余子弟各自警惕，收敛行迹。

薛元赏

【原文】

李相石在中书，京兆尹薛元赏尝谒石于私第。故事，百僚将至相府，前驱不复呵。元赏下马，石未之知，方在厅，若与人诉竞者。元赏问焉，曰："军中军将。"元赏排闼进曰："相公朝廷大臣，天子所委任，安有军中一将而敢无礼如此？夫纲纪凌夷，犹望相公整顿，岂有出自相公者耶？"即疾趋而去，顾左右："可便擒来。"时仇士良用事，其辈已有诉之者，宦官连声传士良命曰："中尉奉屈大尹。"元赏不答，即命杖杀之。士良大怒，元赏乃白衣请见士良，士良出曰："何为擅杀军中大将？"元赏具言无礼状，且曰："宰相，大臣也；中尉，亦大臣也。彼既可无礼于此，此亦可无礼于彼乎？国家之法，中尉宜保守。一旦坏之可惜，某已白衫待罪矣。"士良以其理直，顾左右取酒饮之而罢。

【译文】

唐朝李石任宰相时，当时的京兆尹是薛元赏，一次他到李石的私宅去拜访。按照往例，百官将到相府时，前面的仪仗队不可再呼喝开道。薛元赏已经在门口下马，但李石并不知道有客人来，好像正与人在大厅争吵。

薛元赏问旁人："与李石争吵的人是谁？"

旁人答道："是位军中将军。"

薛元赏推门而入，对李石说："您身为朝廷大臣，接受天子的任命委托，怎能容许一名军中将军对您如此无礼呢？当今朝廷纲纪败坏，尚希望能借您之力大加整顿，您怎能做出这种败坏礼仪纲纪的事呢？”

说完立即策马离去，并回头命左右把那位将军拿下。

当时，正是仇士良（字匡美，性残暴，曾杀二王一妃四宰相）当权，已有人将此事报告他。仇士良命宦官传令：“中尉（仇士良）请您屈驾光临。”

薛元赏一句话没说，就要人杀了那军官。仇士良得知非常生气。薛元赏却脱下官服，一身白衣求见仇士良。

仇士良见了薛元赏说：“为什么随意杀一名军中大将？”

薛元赏于是诉说当时那名将军无礼的情形，并且说：“宰相是国家大臣，中尉也是朝廷大臣。宦官既然可对这人无礼，也可对其他人无礼。国家礼法，中尉应当谨守维护，因为纲纪一旦破坏，要想再重建就困难了。薛某话已说完，现在已准备好领罪。”

仇士良听了认为他说得有道理，命左右的人备酒款待，不再追究军官被杀之事。

罗　点

【原文】

罗点春伯为浙西仓司，摄平江府。忽有雇主讼其逐仆欠钱者，究问已服，而仆黠狡，反欲污其主，乃自陈尝与主馈之姬通。既而访之，非实，于是令仆自供奸状，因判云：“仆既负主钱，又污主婢，事之有无虽不可知，然自供已明，合从奸罪，宜断徒配施行。其婢候主人有词日根究。”闻者莫不快之。

【译文】

宋朝人罗点，字春伯，任官浙西统摄平江府。有一天，有位雇主忽然控告一位因欠钱而被他逐出府的奴仆，罗点问仆人是否认罪。谁知仆人心机深沉，竟污蔑他的主人，说自己曾与主人的侍妾有奸情。罗点查证后，发觉仆人所言并非事实。于是命仆人自己供诉罪状，接着宣判说："身为奴仆不但欠主人钱，而且恶言污蔑主人侍妾，事情是否属实，虽不可知，但仆人已自承罪状，所以已明显犯下从奸罪，应发配流放。至于那名侍妾，若日后主人追究控告时再审。"

当时的人一听说这恶仆的下场，没有不大叫痛快的。

中华国学传世经典

智囊全集

第四册

精·解·导·读

（明）冯梦龙／著

谢普／主编

应急管理出版社
·北 京·

当机立断

【原文】

智生识，识生断。当断不断，反受其乱。

【译文】

能对事物有更深入的观察与了解，才能做出更正确的判断；应该当机立断时，却犹豫不决，就要产生祸乱。

齐桓公

【原文】

宁戚，卫人，饭牛车下，扣角而歌。齐桓公异之，将任以政。群臣曰："卫去齐不远，可使人问之，果贤，用未晚也。"公曰："问之，患其有小过，以小弃大，此世所以失天下士也。"乃举火而爵之上卿。

【评】

韩范已知张、李二生有用之才，其不敢用者，直是无胆耳。孔明深知魏延之才，而又知其才之必不为人下，故未免虑之太深，防之太过，持之太严，宁使有余才，而不欲尽其用，其不听子午谷之计者，胆为识掩也。

呜呼，胆盖难言之矣！魏以夏侯楙镇长安。丞相亮伐魏，魏延献策曰："楙怯而无谋，今假延精兵五千，直从褒中出，循秦岭而东，当子午而北，不过十日，可到长安，楙闻延奄至，必弃城走，比东方相合，尚二十许日。而公从斜谷来，亦足以达。如此则一举而咸阳以西可定矣！"亮以为危计，不用。

任登为中牟令，荐士于襄主曰瞻胥已，襄主以为中大夫。相室谏曰："君其耳而未之目也？为中大夫若此其易也！"襄子曰："我取登，既耳而目之矣，登之所取，又耳而目之，是耳目人终无已也！"此亦齐桓之智也。

【译文】

宁戚是卫国人，每当他喂食拴在车下的牛时，总是一边敲打着牛角一边唱歌。有一天，齐桓公正巧从他身边经过，觉得他不同于别人，准备任用他。大臣们却劝阻说："卫国离齐国并不远，不如先派人打听他的为人，如果他确实贤能，再任用也不迟。"齐桓公说："调查的结果可能会发现他有小缺点。人做事常会因小弃大，这就是为什么天下智士常得不到君王重用的原因。"于是，齐桓公当夜就举行仪式，拜宁戚为上卿。

卫嗣君

【原文】

卫有胥靡亡之魏，嗣君以五十金买之，不得。乃以左氏［地名］易之，左右曰："以一都买一胥靡，可乎?"嗣君曰："治无小，乱无大，法不立，诛不必，虽有十左氏无益也。法立诛必，虽失十左氏，无害也。"

【译文】

卫国有一个被判刑的犯人，逃亡到魏国。卫嗣君悬赏五十金购买这名人犯，可是魏王不给，只肯用卫国的左氏来交换。

侍臣问卫嗣君："用左氏来交换一名人犯，代价是不是太大了?"

卫嗣君回答说："律法中没有小这个字，任何乱事都是大事。如果法不能守，律令不能执行，即使有十个左氏也没有用；律令能执行，即使用十个左氏来换，也没有害处。"

高　洋

【原文】

高洋内明而外晦。众莫知也，独欢异之。曰："此儿识虑过吾。”时欢欲观诸子意识，使各治乱丝。洋独持刀斩之，曰：“乱者必斩。”

【译文】

高洋（即北齐文宣帝，高欢次子，字子进）本身很聪明，但外表却很木讷。大家都没有看出来，只有高欢（字贺六浑。其子高洋篡位，追尊为神武帝）看出高洋与其他儿子不同。曾说：“此儿的智慧思虑在我之上。”

有一次，高欢为测试儿子们对事物的应变能力，就交给每个儿子一把乱丝，要他们整理。当其他儿子正低头整理乱丝时，只有高洋拿起刀斩断乱丝，说：“乱了就只有斩断它。”

周瑜　寇准

【原文】

曹操既得荆州，顺流东下，遗孙权书，言“治水军八十万众，与将军会猎于吴。”张昭等曰：“长江之险，已与敌共。且众寡不敌，不如迎之。”鲁肃独不然，劝权召周瑜于鄱阳。瑜至，谓权曰：“操托名汉相，实汉贼也。将军割据江东，兵精粮足，当为汉家除残去秽。况操自送死而可迎之耶？请为将军筹之。今北土未平，马超、韩遂尚在关西，为操后患；而操舍鞍马，仗舟楫，与吴越争衡；又今盛寒，马无藁草；中国士众，远涉江湖之险，不习水土，必生疾病。——此数者，用兵之患也。瑜请得精兵五万人，保为将军破之！”权曰：“孤与老贼誓不两立！”因拔刀砍案曰："诸将敢复言迎操者，与此案同。"竟败操兵于赤壁。

契丹寇澶州，边书告急，一夕五至，中外震骇。寇准不发，饮笑自如。真宗闻之，召准问计，准曰："陛下欲了此，不过五日。愿驾幸澶州。"帝难之，欲还内，准请毋还而行，乃召群臣议之。王钦若（临江人）请幸金陵；陈尧叟，阆州人，请幸成都。准曰："陛下神武，将臣协和，若大驾亲征，敌当自遁，奈何弃庙社远幸楚、蜀？所在人心崩溃，敌乘势深入，天下可复保耶？"帝乃决策幸澶州，准曰："陛下若入宫，臣不得到，又不得见，则大事去矣。请毋还内。"驾遂发，六军、有司追而及之。临河未渡，是夕内人相泣。上遣人瞯准，方饮酒鼾睡。明日又有言金陵之谋者，上意动。准固请渡河，议数日不决。准出见高烈武王琼，谓之曰："子为上将，视国危不一言耶？"琼谢之，乃复入，请召问从官，至皆默然，上欲南下。准曰："是弃中原也！"又欲断桥因河而守，准曰："是弃河北也！"上摇首曰："儒者不知兵。"准因请召诸将，琼至，曰："蜀远，钦若之议是也，上与后宫御楼船，浮汴而下，数日可至。"众皆以为然，准大惊，色脱。琼又徐进曰："臣言亦死，不言亦死，与其事至而死，不若言而死。今陛下去都城一步，则城中别有主矣，吏卒皆北人，家在都下，将归事其主，谁肯送陛下者，金陵亦不可到也。"准又喜过望，曰："琼知此，何不为上驾？"琼乃大呼"逍遥子"，准掖上以升，遂渡河，幸澶渊之北门。远近望见黄盖，诸军皆踊跃呼万岁，声闻数十里。契丹气夺，来薄城，射杀其帅顺国王挞览，敌惧，遂请和。

【评】

按是役，准先奏请，乘契丹兵未逼镇、定，先起定州军马三万南来镇州，又令河东兵出土门路会合，渐至邢、洺，使大名有恃，然后圣驾顺动。又遣将向东旁城塞牵拽，又募强壮入虏界，扰其乡村，俾虏有内顾之忧。又檄令州县坚壁，乡村入保，金币自随，谷不徙者，随在瘗藏。寇至勿战，故虏虽深入而无得。方破德清一城，而得不补失，未战而困。若无许多经略，则渡河真孤注矣。

【译文】

曹操取得荆州后，就有了顺流而下，攻取东吴的念头，于是写了一封信给孙权，大意是自己将率领八十万水兵，约孙权在吴交战。

张昭等人说："我们所凭借的只有长江天险。在曹操取得荆州后，长江天险已经成为敌我双方所共有；再说敌众我寡，双方兵力悬殊。如今之计不如迎接曹操到来。"

坐在一旁的鲁肃却不认为归顺曹操是上策，于是向孙权建议，立即派人召回在鄱阳的周瑜商议大计。周瑜赶回后，激昂地对孙权说道：

"曹操虽名为汉朝丞相，其实却是汉朝的奸贼。主公据有江东，地域宽阔，兵精将广，应当为汉室除去奸贼。再说曹操现正自掘死路，我们哪有归顺他的道理？请主公听我详说平曹的计划：现在北方并未完全平定，关西的马超（字孟起，是汉末将军）和韩遂（后汉金城人，后为曹操所杀）是曹操的后患；如今曹操竟舍弃善战的骑兵，而想与长于水战的吴兵决战，岂不是自取败亡？再加上现在正值隆冬季节，马草军粮的补给都不方便；而曹军远来南方，水土不服，定会生病，这些都是曹操用兵的不利情况。请求主公给我精兵五万人，我保证击败曹操！"

孙权听了周瑜这番话后说："我与曹操势不两立！"说完抽出宝刀，一刀砍断桌子角，道："诸位再有敢说归顺曹操的，就会和这桌子同样下场。"

后来果然大败曹操于赤壁。

宋真宗时，契丹人出兵攻打澶州，一时边情紧急，一夜之间竟连发五道紧急文书，朝野震惊。当时宰相寇准（字平仲，官同平章事，封莱国公，卒谥忠愍）却不慌不忙，依旧如平时一样谈笑饮酒。

真宗接获军情紧急的报告，就召来寇准，与他商议大计。寇准说："陛下想要解除这种危急的状况，只要五天的时间就够了。臣恳请陛下幸驾澶州。"

真宗听了颇感为难，想直接返回京师。寇准却再三恳请，真宗一时拿不定主意，于是召集群臣商议。临江人王钦若建议真宗到金陵避难，阆州人陈尧叟则建议前往成都。

寇准奏道："陛下英明睿智，才使得群臣齐心效命。如果陛下能御驾亲征，敌军必会闻风丧胆，为什么要舍弃宗庙，逃往他地呢？陛下所到之地将导致人心溃散，给予敌兵可乘之机，让其深入内地，那又如何能保住大宋江山？"

真宗听了这些话，才下定决心前往澶州。

寇准说："陛下若入宫，如果很长时间不出来，臣又进不去，怕误了大事。请陛下不要回宫。"于是真宗下令立即启驾出发。

这时朝廷百官又紧迫阻拦，临河未渡。这晚，嫔妃个个哭成一团。真宗又派人询问寇准意见，不料寇准却喝醉了酒，竟鼾睡不醒。第二天，又有大臣向真宗建议迁都金陵，真宗有些心动。所以虽然寇准一再恳求真宗渡江，但一连几天真宗仍下不了决心。

一天，寇准碰到烈武王高琼，对他说："你身为大将军，见国家的情势已到如此危急的地步，难道不会向皇上说句话吗？”高琼向寇准谢罪，于是寇准再次入宫，建议真宗不妨问问其他官员的意思。没想到在朝的官员竟然个个哑口无言。

这时真宗表示希望南下，寇准说：“这种做法简直是舍弃中原。”

真宗又想毁坏桥梁，凭借江河天险来防守。寇准说：“这样河北一地就拱手送给敌人了。”

真宗不由得摇头说：“你是读书人，不懂得用兵之道。”于是寇准建议真宗询问各位将军的意见。高琼入内宫，说：“我赞同王钦若的看法。蜀地远，陛下若乘坐宫廷楼船，顺着汴江而下，几天的行程，就可抵达金陵。”

在场的大臣纷纷表示赞同，寇准不由大吃一惊，只见高琼不慌不忙地接着说：“臣直言也是死，不说也是死，与其到事情发生时丧命，不如今日直言而死。今天只要陛下离开京师一步，那么整个天下就要改朝换代了。士兵们都是北方人，家小都在京师附近，若京师不保，他们都会回乡保护妻小，到时有谁肯护送陛下？即使近如金陵，陛下也到不了。”

寇准听高琼如此说，顿时又面露喜色，说：“你能明白这道理，为什么不自请担任皇上跟前的御前将军呢？”

高琼大喊一声，要轿夫起轿，寇准立刻将真宗请入轿中，全军于是顺利渡河，真宗抵达澶州北门。远远看见皇帝的车驾，士兵不由欢声雷动，高呼万岁，数十里外都听得到阵阵欢呼声。契丹人见宋真宗御驾亲征，气势大减，等攻城时，元帅顺国王挞览又遭宋兵射杀。敌人更是胆战心惊，于是向宋请和。

王　素

【原文】

初，原州蒋偕建议筑大虫巉堡，宣抚使王素听之。役未具，敌伺间要击，不得成。偕惧，来归死。王素曰：“若罪偕，乃是堕敌计。”责偕使毕力自效。总管狄青曰：“偕往益败，不可遣。”素曰：“偕败，则总管行；总管败，素即行矣。”青不敢复言，偕卒城而还。

【译文】

宋朝时原州的蒋偕（字齐贤）曾建议修筑大虫巉堡，当时的宣抚使王素（字仲仪，卒谥懿敏）同意蒋偕的提议。然而城堡尚未筑好，敌兵就趁隙来攻，因此筑堡的工程只有暂时停止。蒋偕因遭敌军攻击，非常害怕，于是弃堡回来向王素请罪。

王素说：“如果治你的罪，那就正中敌计。”于是，只督责蒋偕一定要尽全力将筑堡的工程完成。

总管狄青（字汉臣，卒谥武襄）说：“再派蒋偕只会失败，千万不可以。”

王素说：“如果失败，就派总管前去完成任务；总管再失败，我王素就前去完成任务。”

狄青听了，不敢再多说话，蒋偕终于完成筑堡工程，安然而回。

种世衡

【原文】

种世衡既城宽州，苦无泉。凿地百五十尺，见石，工徒拱手曰："是不可井矣！"世衡曰："过石而下，将无泉邪？尔其屑而出之，凡一畚，偿尔一金！"复致力，过石数重，泉果沛然，朝廷因署为清涧城。

【译文】

宋朝的种世衡（字仲平）决定在宽州筑一座城，但深为找不到水源而烦恼。让人凿地深达一百五十尺，仍只见石块，工人们个个摇头拱手说："这地方不可以打井了。"

种世衡说："穿过这层石块，如果再挖不到泉水，你每挖一畚箕泥沙，我赔你一锭金。"

工人们一听，不觉精神抖擞，奋力挖掘，果然穿过石层不多深处，泉水源源涌出，朝廷因此将这座城命名为"清涧城"。

韩　浩

【原文】

夏侯惇守濮阳，吕布遣将伪降，径劫质惇，责取货宝。诸将皆束手，韩浩独勒兵屯营门外，敕诸将案甲毋动。诸营定，遂入诣惇所，叱劫质者曰："若等凶顽，敢劫我大将军，乃复望生耶？吾受命讨贼，宁能以一将军故纵若？"因涕泣谓惇曰："当奈国法何？"促召兵击劫质者，劫质者惶遽，叩头乞资物。浩竟捽出斩之，惇得免。曹公闻而善之，因著令，自今若有劫质者，必并击，勿顾质，由是劫质者遂绝。

【译文】

三国时代，魏人夏侯惇任濮阳太守时，吕布派使者伪称投降，趁机劫持夏侯惇为人质，然后向魏要求大批的珠宝和黄金以交换人质。

当时诸将个个束手无策，只有韩浩（三国魏人，字元嗣）一人率兵驻守营门外，命令诸将全副武装，在一旁待命。部署完毕后，请求只身进入拘禁人质的营房。

他对绑架人质的贼兵怒斥道："你们这些顽劣的凶徒，胆敢劫持大将军，你们还想活命吗？现在我奉命讨贼，又岂能为了保全大将军的命而答应你们的要求？"因此，哭着对夏侯惇说："为了维护国法的尊严，我也是逼不得已。"说完，韩浩下令营外的军队攻击劫持人质的贼兵，贼兵在惊慌中仍不忘索讨财物，韩浩下令将他们一个个拖出去斩首，夏侯惇终于保全一命。

事后曹操称赞韩浩处理得当，下令以后若再有绑架人质的事件发生，根本不必顾虑人质的安危，所以日后再也没有发生绑架人质的事件。

寇恂

【原文】

高峻久不下，光武遣寇恂奉玺书往降之。恂至，峻第遣军师皇甫文出谒，辞礼不屈，恂怒，请诛之。诸将皆谏，恂不听，遂斩之。遣其副归，告曰：“军师无礼，已戮之矣。欲降即降，不则固守！”峻恐，即日开城门降，诸将皆贺，因曰：“敢问杀其使而降其城，何也？”恂曰：“皇甫文，峻之腹心，其所取计者也，今来辞意不屈，必无降心。全之则文得其计，杀之则峻亡其胆，是以降耳。”

【评】

唐僖宗幸蜀，惧南蛮为梗，许以婚姻。蛮王命宰相赵隆眉、杨奇鲲、段义宗来朝行在，且迎公主。高太尉骈自淮南飞章云：“南蛮心膂，唯此数人，请止而鸩之。”迨僖宗还京，南方无虞，此亦寇恂之余智也。

【译文】

东汉光武帝时，因高峻久久不向武帝称臣，于是派寇恂（字子翼，随光武帝屡建战功，封雍奴侯，卒谥威）前往招降。

寇恂来到高峻的驻地，高峻派军师皇甫文出面拜见寇恂。皇甫文言辞谦逊，但意态坚决，寇恂大为生气，命人处斩皇甫文。诸将纷纷劝阻，寇恂没有理会，于是皇甫文果真被砍了头。

事后，寇恂派高峻的副将回去禀告，说：“由于军师态度无礼，已遭处斩。阁下若有归顺之意，请立即投降，否则就请准备一战。”

高峻一听不由心慌，当日就大开城门请降。

这时诸将纷纷向寇恂道贺，并且问道：“为什么杀了高峻的使者后，高峻反而请降呢？”

寇恂说：“皇甫文是高峻的心腹大臣，一切行事都出自皇甫文的策划，今天他自己来送死，为什么要放过这个机会呢？日前皇甫文来时，言辞虽婉转，但丝毫没有归顺之心。如果不杀皇甫文，那么皇甫文的计谋就能得逞；杀了皇甫文，那高峻吓破了胆，就只有投降了。”

刘玺　唐侃

【原文】

嘉靖中，戚畹郭勋怙宠，率遣人市南物，逼胁漕统，领俵各船，分载入都以牟利。运事困惫，多缘此故。都督刘公玺时为漕总，乃预置一棺于舟中，右手持刀，左手招权奸狠干，言：“若能死，犯吾舟。吾杀汝，即自杀卧棺中，以明若辈之害吾军也！吾不能纳若货以困吾军！”诸干惧而退，然终亦不能害公。

【评】

权奸营私，漕事坏矣。不如此发恶一番，弊何时已也！从前依阿酿弊者，只是漕总怕众狠干耳。从狠干怎敢与漕总为难，决生死哉！

按：刘玺，字国信，居官清苦，号“刘穷”，又号“刘青菜”。

御史穆相荐剡中曾及此语。及推总漕，上识其名，喜曰："是前穷鬼耶?"亟可其奏。则权奸之终不能害公也，公素有以服之也。公晚年禄入浸厚，自奉稍丰。有觊代其职者，嗾言官劾罢之，疏云："昔为青菜刘，今为黄金玺。"人称其冤。因记陈尚书奉初为给谏，直论时政得失，不弹劾人，曰："吾父戒我勿作刑官枉人；若言官，枉人尤甚！吾不敢妄言也！"因于刘国信三叹。

【译文】

明朝嘉靖年间，戚畹、郭勋等人仗恃受宠，常率领属下大肆搜购南方珍玩，然后胁迫漕运官分派船只载运入京，获取暴利。当时水道运输不顺，多半都是因为这个缘故。

都督刘玺（字国信）任漕运总官，为根除弊端，事先在船中准备一副棺木，然后右手拿刀，左手指着奸臣说："若各位想胁迫我的船为你们载货，除非我死。如果我为护船而不得不杀各位，事后我也会躺在棺木中自尽，让世人明白你们如何败坏纲纪。我不能因为接运你们的船货而破坏法纪。"

贪官听了，为免生事，只好悻悻离去，自始至终，不能伤害刘玺。

【原文】

章圣梓宫葬承天，道山东德州。上官裒民间财甚巨以给行，犹恐不称。武定知州唐侃丹徒人。奋然曰："以半往足矣!"至则舁一空棺旁舍中，诸内臣牌卒奴叱诸大吏，鞭挞州县官，宣言"供帐不办者死"，欲以恐吓钱。同事者至逃去，侃独留。及事急，乃谓曰："吾与若诣所受钱。"乃引之旁舍中，指棺示之，曰："吾已办死来矣，钱不可得也!"于是群小愕然相视，莫能难。及事办，诸逃者皆被罢，而侃独受旌。

【评】

人到是非紧要处，辄依阿徇人，只为恋恋一官故。若刘、唐二公，死且不避，何有一官！毋论所持者正，即其气已吞群小而有余矣。蔺之渑池，樊之鸿门，皆是以气胜之。

【译文】

章圣皇帝的灵柩，要在承天安葬，沿途要经过山东德州。官员们为了壮大场面，大肆搜刮民财，仍嫌经费不足。

武定知府唐侃（字廷直）激愤地说："以现在所征收的一半财力，就足够有盛大的场面了。"于是抬了一副棺木放在屋旁。当时宫廷宦官嫌诸官办事不力，不但对官员大声叱责，甚至鞭打州府县令，扬言如果再有怠惰情事，一律处死，想借此恐吓州官敛取更多民财。

有些府吏受不了宦官的威逼，竟弃职逃逸，只有唐侃留下。等宦官逼急了，唐侃说："我带你去看我所募集的钱。"于是带宦官来到屋外的棺木旁，指着棺木说："我已尽力，你杀了我吧，钱，我没有。"宦官们一听，不由一愣，也不敢再为难他。

事后，凡是弃职逃逸的官员都遭免职，只有唐侃受到朝廷表扬。

段秀实　孔镛

【原文】

段秀实以白孝德荐为泾州刺史。时郭子仪为副元帅，居蒲，子晞以检校尚书领行营节度使，屯邠州。邠之恶少窜名伍中，白昼横行市上，有不嗛，辄击伤人，甚之撞害孕妇，孝德不敢言。秀实自州至府白状，因自请为都虞候，孝德即檄署府军，俄而晞士十七人入市取酒，刺杀酒翁，坏酿器。秀实列卒取之，断首置槊上，植市门外。一营大噪，尽甲，秀实解去佩刀，选老躄一人控马，径造晞门。甲者尽出，秀实笑而入，曰："杀一老兵，何甲也？吾戴吾头来矣。"甲者愕眙。俄而晞出，秀实责之曰："副元帅功塞天地，今尚书恣卒为暴，使乱天子边，欲谁归罪乎？罪且及副元帅矣！今邠恶子弟窜名籍中，杀害人籍籍如是，人皆曰'尚书以副元帅故不戢士'，然则郭氏功名，其与存者几何？"晞乃再拜曰："公幸教晞。"即叱左右解甲，秀实曰："吾未晡食，为我设具。"食已，又曰："吾疾作，愿一宿门下。"遂卧军中。晞大骇，戒候卒击柝卫之。明日，晞与俱至孝德所陈谢，邠赖以安。

孝宗时，以孔镛为田州知府。莅任才三日，郡兵尽已调发，而峒獠仓卒犯城，众议闭门守，镛曰："孤城空虚，能支几日？只应谕以朝廷恩威，庶自解耳。"众皆难之，谓"孔太守书生迂谈也。"镛曰："然则束手受毙耶？"众曰："即尔，谁当往？"镛曰："此吾城，吾当独行。"众犹谏阻，镛即命骑，令开门去。众请以士兵从，镛却之，贼望见门启，以为出战，视之，一官人乘马出，二夫控络而已。门随闭，贼遮马问故，镛曰："我新太守也，尔导我至寨，有所言。"贼叵测，姑导以行。远入林菁间，顾从夫，已逸其一。既达贼地，一亦逝矣。贼控马入山林，夹路人裸罥于树者累累，呼镛求救。镛问人，乃庠生赴郡，为贼邀去，不从，贼将杀之。镛不顾，径入洞，贼露刃出迎，镛下马，立其庐中，顾贼曰："我乃尔父母官，可以坐来，尔等来参见。"贼取榻置中，镛坐，呼众前，众不觉相顾而进，渠酋问镛为谁，曰："孔太守也。"

贼曰："岂圣人儿孙邪?"镛曰："然。"贼皆罗拜，镛曰："我固知若贼本良民，迫于冻馁，聚此苟图救死，前官不谅，动以兵加，欲剿绝汝，我今奉朝命作汝父母官，视汝犹子孙，何忍杀害?若信能从我，当宥汝罪，可送我还府，我以谷帛赉汝，勿复出掠；若不从，可杀我，后有官军来问罪，汝当之矣。"众错愕曰："诚如公言，公诚能相恤，请终公任，不复扰犯。"镛曰："我一语已定，何必多疑。"众复拜，镛曰："我馁矣，可具食。"众杀牛马，为麦饭以进，镛饱啖之，贼皆惊服。日暮，镛曰："吾不及入城，可即此宿。"贼设床褥，镛徐寝。明日复进食，镛曰："吾今归矣，尔等能从往取粟帛乎?"贼曰："然。"控马送出林间，贼数十骑从。镛顾曰："此秀才好人，汝既效顺，可释之，与我同返。"贼即解缚，还其巾裾，诸生竞奔去。镛薄暮及城，城中吏登城见之，惊曰："必太守畏而从贼，导之陷城耳。"争问故，镛言："第开门，我有处分。"众益疑拒，镛笑语贼："尔且止，吾当自入，出犒汝。"贼少却，镛入，复闭门，镛命取谷帛从城上投与之，贼谢而去，终不复出。

【评】

晞奉汾阳家教，到底自惜功名。段公行法时，已料之审矣。孔太守虽借祖荫，然语言步骤，全不犯凶锋。故曰："天下之至柔，驰骋天下之至刚。"

【译文】

唐朝人段秀实（字成公，谥忠烈）因白孝德（安西人，曾大败吐蕃于赤沙峰，封昌化郡王，历太子少傅）的推荐，当上了泾州刺史。

当时郭子仪（华川人，平安史之乱功第一，德宗时赐号尚父，身系天下安危二十年，与李光弼齐名，世称郭汾阳，谥忠武）为副元帅，驻守蒲州。儿子郭晞（郭子仪三子，善骑射，曾屡建战功，以检校尚书兼行营节度使）屯兵邠州。邠州恶少打着郭晞部属的名号，白天横行街市，稍有不顺心，就出手伤人，甚至故意冲撞孕妇。白孝德虽深知恶卒暴行，但顾忌郭晞的身份，敢怒不敢言。

段秀实由邠州陈状至府军，自己请调为都虞候，白孝德立即发文至府军要求惩办恶卒。正巧郭晞手下十七人到街市买酒，借故滋事，杀了卖酒的老头，还砸坏店中酿酒的器皿。段秀实得知，命闹事的士卒排成一列，当场砍下他们的脑袋，悬在长矛上，竖立在市门外。

消息传到郭晞的营地，全营士兵群情激动，立即全副武装。段秀实在将那群闹事的士兵正法后，先解下身上佩刀，又选一名跛脚老人为他驾车，来到郭晞营地。全营的士兵听说段秀实到，全都武装而出。段秀实一边走入营地，一边笑着说："杀一名老兵，何必要如此费周章地全副武装呢。我不是顶着我的脑袋来了吗?"

士兵们听他这么说，不禁睁大了眼睛看着他。

不久，郭晞出来了，段秀实责备他说："副元帅功盖天地，而今尚书却骄纵士兵横行暴虐，骚乱边境，这罪该由谁为承当呢?说不定还会连累到副元帅。今天邠州的恶少混名在你的部属中，借你名号草菅人命，人们都批评说'你这尚书，仗着父亲是副元帅，所以才不严格约束手下'。那么郭氏一生的功名，还能为世人称颂多久呢?"

郭晞听了，说："多谢教诲。"说完立即命士兵放下武器。

段秀实开口说："我还没有吃饭，请为我准备一些吃的东西。"

等吃完饭后，又开口说："我的宿疾又发作了，今晚就在此地暂住一夜吧。"说完，就睡在营中。郭晞大为吃惊，告诫士兵严加巡行，保卫段秀实。

第二天一早，郭晞与段秀实两人一同来到白孝德的公署，向他拜谢，从此邠州安宁无事。

明孝宗时，孔镛（字昭文）为田州知府。到任才三天，郡中的守备兵士全部调往他地，而这时峒獠又乘隙攻城。众人提议闭城固守，孔镛说："我们兵力薄弱，势力孤单，能支持多久呢？如今只有对贼人晓谕朝廷的恩德，或许能感化贼人，解除危机。"众人觉得这想法太天真了，认为孔太守所说完全是书生迂腐的论调。孔镛说："难不成我们该束手投降，让贼人杀了吗？"

众人说："即使采纳太守的建议，那么该派谁去向贼人宣示恩德呢？"孔镛说："这是我的城，当然是我去。"众人纷纷劝阻，孔镛却下令准备车驾，下令开门，只身前往。临行前，众人请求孔镛带卫兵随行，孔镛一概拒绝。

贼人见城门打开，以为城中士兵准备出城迎战。再仔细一看，只见一位官员乘坐马车出城，车上只有两名马夫随行。他们出城后，城门又随即关闭。贼人拦下车驾盘问，孔镛说："我是新上任的太守。你带路引我去你们营寨，我有话要对你们首领说。"

那名贼人心机深沉，故意带着孔镛在树林中绕路，孔镛回头看看马夫，已跑了一名。等到达贼营时，另一名马夫也不见了。贼人带孔镛在树林绕路时，见途中有一男子被绑在树上，身上伤痕累累，向孔镛求救。孔镛问贼人，原来那男子是赴郡参加考试的书生，被贼人劫持，因为不答应贼人的要求，所以贼人准备杀了他。孔镛没有再说话，直接进入贼人营寨。

贼人带着兵器出寨迎接。孔镛下马，站在屋内对贼人说："我是你们的父母官，等我坐下后，你们可以向我参拜。”贼人取来坐榻，放在屋子中间，孔镛坐定后要众贼上前，众贼相互对望后不觉走向前。

贼首问孔镛的身份，孔镛说：“我是孔太守。”

贼首问：“你可是孔圣人的后辈子孙?”

孔镛说：“正是。”

于是群贼行礼叩拜。

孔镛说：“我深信你们本性善良，只因生活困苦迫于无奈，才沦为盗匪、苟且求活。前任太守不能体谅你们的处境，动辄派官兵围剿，想要将你们赶尽杀绝。如今我奉朝廷之命来当你们的父母官，看你们就像是我的子孙，我哪儿忍心加害你们？如果你们相信我，肯归顺我，我自当赦免你们的罪。你们护送我回府城，我会以稻谷布帛相赠，希望你们日后能为良民，不再抢掠；若是不肯归顺，也可以杀了我，日后自然会有官军前来问罪，这后果你们要自行负责。”

众贼惊愕万分，说：“果真如太守所说，能体恤我等处境，我等发誓在孔公任内，不再侵扰地方。”

孔镛说：“我话说出口就算数，你们不必多疑。”众贼又再拜谢。

孔镛说：“我饿了，你们替我准备饭菜吧。”

众贼急忙杀牛做饭，孔镛一顿饱餐，众人大感惊异佩服。

这时已近黄昏，孔镛说：“天色已暗，看来我已赶不及今晚入城，就在此地暂住一夜吧。”贼人立即铺床整褥，孔镛意态安闲地从容入睡。

第二天用过早饭后，孔镛说：“今天我要回去了，你们可愿随我回府城，搬运米粮布帛?”

贼人说："好。"于是拉马护送孔镛出林，后面跟随数十名贼人。孔镛回头对贼人说："那位秀才是好人。现在你们既然已决定归顺我，就放了他，让他跟我一起回府城。"于是贼人不仅放了秀才，还把他的衣物也一并还给他，秀才拿回衣物后，竟奔逃而去。

快到黄昏时，孔镛等人终于抵达府城。城中官员登城遥望，都大为吃惊地说："一定是太守怕死降贼，引导贼人攻城。"于是争相探问孔镛，孔镛说："只管开门，我自有打算。"官员一听更加疑惧。

孔镛笑着对贼人说："各位暂且先在此稍候，我进城后一定会如我所说的犒赏各位。"

贼人后退一段距离。孔镛进城后，关闭城门。他命人取来米粮布帛，由城楼丢下。众贼捡拾后叩谢离去，从此不再为害地方。

姜　绾

【原文】

姜绾以御史谪判桂阳州，历转庆远知府。府边夷，前守率以夷治。绾至，一新庶政，民獠改观。时四境之外皆贼窟，绾什先翦其渠魁，乃选健儿教之攻战，无何自成锐兵，贼盗稍息。初，商贩者舟由柳江抵庆远。柳、庆二卫官兵在哨者，阳护之，阴实以为利。绾一日自省溯江归，哨者假以情见迫，遽讙言贼伏隩，讹绾陆行便。绾曰："吾守也，避贼，此江复何时行邪？"麾民兵左右翼，拥盖树帜，联商舟，倘佯进焉。贼竟不敢出。自是舟行者无所用哨。

【评】

决意江行，为百姓先驱水道，固是。然亦须平日训练，威名足以詟敌，故安流无梗。不然，尝试必无幸矣。

【译文】

明朝时姜绾（字玉卿）由御史谪贬至桂阳州判，后转任为庆远知府，治理边地夷民。前任知府完全以夷人治夷。姜绾到任后，政务气象一新，官民的作风完全改观。

当时庆远府外四境都是贼穴，姜绾认为要平贼寇，必先剪除贼首，于是挑选强健的男子，教导他们攻战防守的战术，不多久，就成为一支骁勇善战的精锐部队，因此贼盗的气焰稍加收敛。

早先，商船的路线是由柳江直抵庆远，在柳、庆二地分别有卫兵站哨警戒。然而卫兵表面上是在维护水道畅通，保障商船安全，暗中却勒索牟利。一天姜绾自省城搭船回庆远，哨兵故意谎报情况紧急，有贼兵埋伏岸边，劝姜绾取道陆路以保安全。

姜绾说："身为庆远知府，如果还害怕贼人，那这条水道要到什么时候才能平安通行呢?"于是指挥民兵在左右护卫，联合其他商船徐徐向前推进。贼兵竟不敢蠢动。从此河道畅通无阻，哨兵也撤离了。

文彦博

【原文】

潞公为御史时，边将刘平战死。监军黄德和拥兵观望，欲脱己罪，诬平降虏，而以金带赂平奴，使附己。平家二百口皆冤系，诏彦博置狱河中。彦博鞫治得实。德和党援谋翻狱，已遣他御史来代之矣。彦博拒之，曰："朝廷虑狱不就，故遣君。今狱具矣。事或弗成，彦博执其咎，与君无与也。"德和并奴卒就诛。

【译文】

宋朝潞国公文彦博当御史时，边将刘平（祥符人，字士衡，谥壮武）作战阵亡。监军黄德和拥兵观望，事后为了替自己脱罪，竟毁谤刘平投降胡人，而且贿赂刘平的部属，收买他们，致使刘平一族二百多人都蒙冤入狱。当时文彦博奉诏下判河中，经他调查，终于使真相大白。可是黄德和等人却想推翻判决，就设法请托指派其他的御史来代替文彦博。文彦博坚决不同意，对来接任的御史说："朝廷是担心我无法做成判决，才派你来代替；现在我既然已经做成判决，如果有任何差误，我愿意承担一切过失，同你没有任何关系。"结果，文彦博把黄德和及被收买的刘平部属全部处死。

陆光祖

【原文】

平湖陆太宰光祖，初为濬令。濬有富民，枉坐重辟，数十年相沿，以其富，不敢为之白。陆至访实，即日破械出之，然后闻于台使者，使者曰："此人富有声。"陆曰："但当问其枉不枉，不当问其富不富。果不枉，夷、齐无生理；果枉，陶朱无死法。"台使者甚器之。后行取为吏部，黜陟自由，绝不关白台省。时孙太宰丕扬在省中，以专权劾之。即落职，辞朝遇孙公，因揖谓曰："承老科长见教，甚荷相成。但今日吏部之门，嘱托者众，不专何以申公道？老科长此疏实误也！"孙沉思良久，曰："诚哉，吾过矣。"即日草奏，自劾失言，而力荐陆。陆由是复起。时两贤之。

【评】

为陆公难，为孙公更难！

【译文】

明朝平湖的陆太宰名光祖（谥庄简）最初任浚令时，当地一位百姓含冤入狱长达数十年。由于他有钱，狱官为了避嫌，反而不敢为他洗刷罪名。陆光祖到任后访得实情，当日就放他出狱，然后又呈报御史。御史说："这是出了名的有钱人。"

陆光祖答道："只问这人是否真的有罪，不问他是否有钱。如果他确实有罪，即使生活如伯夷、叔齐般贫困也无法让他苟活；如果他确实冤枉，纵使如陶朱公般富甲一方，也没有理由判他有罪。"御史听了非常赏识，从此更器重他。

后来，陆光祖升为吏部官，问案判决全凭自己见解，完全无须经御史台批阅。当时太宰孙丕扬（富平人，字叔孝）以独断专权的罪名弹劾他。陆光祖被免官后，一天巧遇孙丕扬，对他行礼长拜后说："承蒙厚爱受教匪浅，实在感激不尽。但现今吏部人情关说不断，如果不独断专权，只怕正义公道无法伸张。孙公上疏弹劾我，实在是误解我了。"

孙丕扬沉思许久，才说："你说的有理，我错了。"立即起草上奏，自陈失言的过失，而极力保荐陆光祖。于是陆光祖又得以官复原职。当时与孙丕扬共称当代二贤人。

陆树声

【原文】

陆文裕［树声］为山西提学。时晋王有一乐工，甚爱幸之，其子学读书，前任副使考送入学。公到任，即行文黜之。晋王再四与言，公曰："宁可学宫少一人，不可以一人污学宫。"坚意不从。

【评】

自学宫多假借，而贱妨贵，仆抗主者纷纷矣！得陆公一扩清，大是快事。

【译文】

明朝人陆树声（松江华亭人，字与吉，号平泉，谥文裕）为山西提学时，当时晋王府中有一名乐工，很得晋王的宠爱。乐工的儿子想入官读书，前任的副使就将他保送入学。

陆公到任后，立即发文免他学籍。晋王一再求情，陆公说："宁可让学官少收一名学生，也不能为多收一名学生而污损学官名誉。"执意不肯答应晋王的请托。

韩　琦

【原文】

英宗初晏驾，急召太子。未至，英宗复手动。曾公亮愕然，亟告韩琦，欲止勿召。琦拒之，曰：“先帝复生，乃一太上皇。”愈促召之。

内都知任守忠奸邪反覆，间谍两宫。韩琦一日出空头敕一道，参政欧阳修已佥书矣，赵槩难之，修曰：“第书之，韩公必自有说。”琦坐政事堂，以头子勾任守忠立庭下，数之曰：“汝罪当死，谪蕲州团练副使，蕲州安置。”取空头敕填之，差使臣即日押行。

【译文】

宋英宗刚死，内臣急召太子入宫。太子尚未抵达，突然英宗的手动了一下。曾公亮不觉错愕，急忙通知韩琦，想要他阻止太子入宫即帝位。韩琦不同意，说：“如果先帝真的死而复生，就是太上皇，为何不能召太子进宫？”说完再次派人催请太子立即入宫。

内都知任守忠（字稷臣）为人奸邪，反复无常，喜欢刺探两宫秘事。一天，韩琦故意发出一道空白的敕命，参政欧阳修在空白敕命上签下名字，赵槩面有难色，欧阳修说：“你只管签字，韩公这么做，一定有他的理由。”

只见韩琦坐在政事堂上，要任守忠站立庭下，列举他的罪状说：“你依罪该死。现贬为蕲州团练副使，即日启程赴蕲州。”接着取出空白敕命填上，派使臣立即执行押送。

吕　端

【原文】

太宗大渐，内侍王继恩忌太子英明，阴与参知政事李昌龄等谋立楚王元佐。端问疾禁中，见太子不在旁，疑有变，乃以笏书“大渐”二字，令亲密吏趣太子入侍。太宗崩，李皇后命继恩召端，端知有变，即给继恩，使入书阁检太宗先赐墨诏，遂锁之而入，皇后曰：“宫车已晏驾，立子以长，顺也。”端曰：“先帝立太子，正为今日。今始弃天下，岂可遽违命有异议耶。”乃奉太子。真宗既立，垂帘引见群臣。端平立殿下，不拜，请卷帘升殿审视，然后降阶，率群臣拜呼“万岁”。

【译文】

宋太宗病势沉重，内侍王继恩（由后周入宋，受宠于太宗，真宗时更加骄横，因泄机密被贬为右监门卫将军）忌怕太子英明，暗中勾结参知政事李昌龄（字天赐）等人，想扶立楚王元佐为太子。

吕端（字易直，太宗时为户部侍郎平章事，欲拜为相，人谓吕端糊涂，帝曰：“端小事糊涂，大事不糊涂。”于是拜吕端为相，卒谥正惠）进宫探望太宗，见太子不在皇上寝宫，怕有人借机生变，就在手板上写下“病危”二字，命亲信交给太子，召太子进宫服侍太宗。

太宗驾崩后，李皇后命王继恩召吕端入宫。吕端知道一定有变故发生，就骗王继恩进御书房，说要检视先皇遗墨诏命等物件，随即将王继恩反锁在御书房，这才入内宫。

李皇后见到吕端，便对他说："先皇已驾崩，立长子为帝才合于礼制。"

吕端答："先帝曾预立太子，为的就是在其百年后，太子能顺利继承帝位。今天先皇才崩逝，就遽然违抗先皇遗命，我怕会引起其他大臣的非议。"于是奉太子为帝。

真宗即位后，垂帘接见群臣。吕端直身站立不叩拜，请真宗卷起帘幕，然后登上殿阶仔细端详，看清楚的确是真宗本人，才走下殿阶，率百官高呼万岁。

辛起季

【原文】

辛参政起季守福州。有主管应天启运宫内臣武师说，平日群中待之与监司等。起季初视事，谒入，谓客将曰："此特监珰耳，待以通判，已为过礼。"乃令与通判同见。明日，郡官朝拜神御，起季病足，必扶掖乃能拜。既入，至庭下，师说忽叱候卒退，曰："此神御殿也。"起季不为动，顾卒曰："但扶，自当具奏。"雍容终礼。既退，遂自劾待罪。朝廷为降师说为泉州兵官云。

【译文】

参政辛起季镇守福州时，有个应天启运宫的宦官武师说，平日属僚把他奉为监司（官名，监察州郡的官员）。

辛起季刚上任，见了武师说后，对僚属说："这监官徒有外表，以后只要以对通判（官名，掌钱谷、讼狱等事）的礼节对他就足够了。"

第二天，百官朝拜先帝的肖像，不巧辛起季脚痛，一定要人扶着他才能参拜。来到殿堂后，武师说突然叱令侯卒退下，说："这是供奉先帝肖像的殿堂，闲杂人岂能随便进出。"辛起季不为所动，回头对吏卒说："你们只管扶我，事后我自当呈奏朝廷请罪。"说完神情从容地行礼参拜。离殿后，立即上奏自陈罪状，等皇帝降罪。结果朝廷反而把武师说贬为泉州兵官。

王安石

【原文】

荆公裁损宗室恩数，宗子相率马首陈状，云："均是宗庙子孙，那得不看祖宗面?"荆公厉声曰："祖宗亲亦变祧，何况贤辈!"

【评】

荆公议论皆偏。只此一语，可定万世宗藩之案。

【译文】

宋朝宰相王安石奏请裁减皇室宗亲的俸禄。消息传开，皇室宗族相继拦道陈情说："都是皇室亲族，怎么能不看祖先的面子呢?"王安石厉声说道："即便是高祖等的近亲，也要迁离天子太庙另祭，更何况你们这些远亲呢？”

毛　澄

【原文】

太仓毛文简公。嘉靖初，上议选婚，锦衣卫千户女与焉。内侍并皇亲邵蕙俱得重赂，咸属意。公在左顺门厉声曰：“卫千户是卫太监家人，不知自姓，何以登玉牒？此事礼部不敢担当，汝曹自为之！”众议遂息。

【译文】

明嘉靖初年，皇帝下令择婚，其中锦衣卫千户的女儿也在候选名单中。由于内侍及皇亲都接受卫千户的重礼，都属意卫千户的女儿。

当时毛澄（字宪清，谥文简）在礼部，听说这事，厉声说道：“卫千户是卫太监家人，出身不明，日后如何名列王族谱系？这事礼部不敢承办，你们自己看着办吧！”从此众人不敢再提卫千户的事。

祝知府

【原文】

南昌祝守以廉能名。宁府有鹤，为民犬咋死，府卒讼之云：

"鹤有金牌，乃出御赐。"祝公判云："鹤带金牌，犬不识字；禽兽相伤，岂干人事?"竟纵其人。

又两家牛斗，一牛死，判云："两牛相争，一死一生；死者同享，生者同耕。"

【译文】

南昌的祝知府以廉洁能干出名。

宁王府有一只仙鹤，被民家饲养的狗咬死。府吏把狗主送入官府，说："仙鹤的脖子上套有御赐金牌。"

祝公判道："鹤挂金牌，狗不识字。畜相斗，与人有什么关系?"于是放了那名狗主。

又有一次，两家人所养的牛相斗，其中一头牛斗死了。祝知府判道："两牛相争，一死一活。死牛大家吃，活牛共同耕。"

第五部　术智

术智部总序

【原文】

冯子曰：智者，术所以生也；术者，智所以转也。不智而言术，如傀儡百变，徒资嘻笑，而无益于事。无术而言智，如御人舟子，自炫执辔如组，运楫如风，原隰关津，若在其掌，一遇羊肠太行、危滩骇浪，辄束手而呼天，其不至颠且覆者几希矣。蠖之缩也，蛰之伏也，麝之决脐也，蚺之示创也，术也。物智其然，而况人乎？李耳化胡，禹入裸国而解衣，孔尼较猎，散宜生行贿，仲雍断发文身，裸以为饰，不知者曰："圣贤之智，有时而殚。"知者曰："贤之术，无时而窘。"婉而不遂，谓之"委蛇"；匿而不章，谓之"谬数"；诡而不失，谓之"权奇"。不婉者，物将格之；不匿者，物将倾之；不诡者，物将厄之。呜呼！术神矣！智止矣！

【译文】

冯梦龙说：术是方法，真正的方法是从智慧中产生的；而通过适当的方法，智慧才能发挥其功用。没有智慧而只强调方法，不仅于事无益，只是一场闹剧罢了；只有智慧而没有方法，则像驾车行船的人，在风平浪静或平坦广阔的原野，一切好像得心应手，然而一遇大风大浪或羊肠小道，则束手无策，想不倾覆也难。

蠖虫在行进时要有伸有缩，冬季的昆虫要藏于地下过冬，至春才出来，麝在被人追逐时会产生分泌物，蟒蛇翻身示创以明胆已被人取走，这都是对方法的运用。连动物都有这样的智慧，何况是人呢？

相传老子出关，化为胡人；仲雍南入蛮夷，断发文身。无知的人以为这是圣人的智慧也有行不通的时候；但智慧的人都能了解，圣人做这些权变的方法，无不来自真正的智慧。

有时婉转而不直行，称之为“委蛇”；有时暂时隐匿不显，称之为“谬数”；有时诡谲而不失原则，称之为“权奇”。若不懂婉转，不懂隐匿，不懂得诡谲，将立刻受害于环伺在外的灾祸。

智慧的人，怎可不知运用智慧的方法呢？

以退为进

【原文】

道固委蛇，大成若缺。如莲在泥，入垢出洁。先号后笑，吉生凶灭。

【译文】

逶迤曲折之道，完满之中似有缺陷。正同生长在污泥中的莲蓬，经过洗涤才得以显出本来面目。经历痛哭，最后才能微笑。运用得法，就能趋吉避凶。

箕　子

【原文】

纣为长夜之饮而失日，问其左右，尽不知也。使问箕子，箕子谓其徒曰："为天下主，而一国皆失日，天下其危矣，一国皆不知，而我独知之，吾其危矣！"辞以醉而不知。

【评】

凡无道之世，名为天醉。夫天且醉矣，箕子何必独醒？观箕子之智，便觉屈原之愚。

【译文】

殷纣王夜夜狂欢醉饮，以致连日子是几月几号都忘了，问左右侍臣，侍臣也都不知道。于是派使者去问箕子。箕子对他的门人说："身为天下之主，竟然把日子都忘掉，这是天下要发生祸乱的征兆。但是如果全国人都忘掉日子，而只有我一个人知道，那是我将有祸事上身的征兆。"

于是箕子装醉，推说自己也不知道今天是几月几日。

孔　融

【原文】

荆州牧刘表不供职贡，多行僭伪，遂乃郊祀天地，拟斥乘舆。诏书班下其事，孔融上疏，以为"齐兵次楚，唯责包茅，今王师未即行诛，且宜隐郊祀之事，以崇国体。若形之四方，非所以塞邪萌。"

【评】

凡僭叛不道之事，骤见则骇，习闻则安。力未及剪除而章其恶，以习民之耳目，且使民知大逆之逋诛，朝廷何震之有？召陵之役，管夷吾不声楚僭，而仅责楚贡，取其易于结局，度势不得不尔。孔明使人贺吴称帝，非其欲也，势也。儒家“虽败犹荣”之说，误人不浅。

【译文】

东汉献帝时，荆州牧刘表（字景升）不仅不向朝廷缴纳税赋，并且冒用天子的排场执事等。献帝想趁郊祭的时候，下诏斥责刘表乘坐越级马车，孔融上书劝谏说：“如今王师正如齐桓公兵伐楚国，只能责备不上贡茅包一样，并没有力量惩罚刘表，陛下郊祭时不能提及此事，以维护朝廷尊严；如果轻易地张扬，不但不能收遏阻之效，反而更会助长邪门歪道的气焰。”

翟方进

【原文】

清河胡常，与汝南翟方进同经。常为先进，名誉出方进下，而心害其能，议论不右方进。方进知之，伺常大都授时，遣门下诸生至常所问大义疑难，因记其说。如此者久之，常知方进推己，意不自得，其后居士大夫间，未尝不称方进。

【评】

尊人以自尊，腐儒为所用而不知。

【译文】

汉朝清河人胡常与汝南人翟方进同是经学博士。胡常虽是前辈，名声却不及翟方进响亮，因此对翟方进心存妒意，常发表议论抨击翟方进。翟方进知道胡常的心病后，每逢胡常召集学生讲学，就派自己门下的学生，到胡常的居处，向他请教经学疑义，并且详做笔记。一段时间后，胡常终于明白翟方进私底下非常推崇自己，心中洋洋得意。日后，胡常与士大夫交游闲谈中，也不时称赞翟方进的学问。

魏　勃

【原文】

勃少时，尝欲见齐相曹参，家贫无以自通，乃尝独早扫齐相舍人门，相舍怪，以为物而伺之，得勃。曰："愿见相君无因，故为子扫，欲以求见耳。"于是舍人见勃于参。

【评】

曹相国最坦易，不为崖岸者，魏勃犹难于一见如此，况其他乎！

【译文】

汉人魏勃年轻时，想求见齐相曹参（与萧何同佐高祖刘邦起兵，封建成侯，卒谥懿），但因家境贫困，求见无门。于是想出一个妙法：早晚都到曹参侍从官的府邸门前打扫。

过了几天，侍从官发觉门前干净得异乎寻常，就躲在一旁窥伺，终于抓住了魏勃。魏勃说："我没有其他的用意，只因想求见相国，但又找不到可以为我引见的人，所以才每天早晚到先生府邸门口扫地。”

于是侍从官终于完成魏勃的心愿。

叔孙通

【原文】

叔孙通初以儒服见，汉王憎之；通即变服，服短衣楚制，王喜。时从弟子百许，通无所言，独言诸故群盗壮士进。诸儒皆怨。通闻之曰：“诸生宁能斗乎？且待我，毋遽。”

【译文】

汉朝人叔孙通（初在秦为官，后降汉，汉初典章制度多由其订定）初次拜见汉王刘邦时，穿着儒服，汉王看了觉得很讨厌；于是叔孙通下朝就更衣换裳，全副楚国人的打扮，汉王看到后很高兴。

当时叔孙通门下有一百多名弟子，他却不教这些弟子任何东西，只讲旧时的强盗、游侠如何升官发财。弟子们听了都纷纷抱怨。叔孙通就对弟子们说：“你们都不希望打仗吧？等我找机会推荐你们，不必着急。”

王守仁

【原文】

王龙溪妙年任侠，日日在酒肆博场中，阳明亟欲一会不能也。

阳明却，日命门弟子六博投壶，歌呼饮酒。久之，密遣一弟子瞷龙溪，随至酒肆家，索与共赌。龙溪笑曰："腐儒亦能博乎?"曰："吾师门下，日日如此。"龙溪乃大惊，求见阳明，一睹眉宇，便称弟子。

【评】

才如龙溪，阳明所必欲收也；然非阳明，亦何能得龙溪乎?使遇今之讲学者，且以酒肆博场获罪矣。耿楚侗欲收李卓吾而不能，遂为勍敌，方知阳明之妙用。

【译文】

明朝的王畿（号龙溪）年轻时豪放率性，每天都涉足酒楼茶馆和赌场。王守仁（字伯安，别号阳明）很早就想结识他，可是始终没有适当的机会。于是，王守仁每天命弟子勤练各种赌技及唱歌喝酒，然后暗暗派一名弟子尾随王畿到酒楼，对王畿表示愿意与他赌一局。王畿笑着说："书呆子也会赌博吗?"

王守仁的弟子说："我们老师门下每天都在赌。"

王畿不由大感惊奇，就要求见王守仁。一见王守仁的面，立刻表示愿意成为王守仁的弟子。

王 曾

【原文】

丁晋公执政，不许同列留身奏事，唯王文正一切委顺，未尝忤其意。一日，文正谓丁曰："曾无子，欲以弟之子为后，欲面求恩泽，又不敢留身。"丁曰："如公不妨。"文正因独对，进文字一卷，具道丁事，丁去数步，大悔之。不数日，丁遂有珠崖之行。

【评】

王曾独委顺丁谓，而卒以出谓，蔡京首奉行司马光，而竟以叛光，一则君子之苦心，一则小人之狡态。

【译文】

宋朝人丁谓（字谓之，封晋国公。仁宗时以欺罔罪被贬崖州）当权时，不准许朝廷大臣在百官退朝后单独留下奏事。大臣中只有王文正（即王曾，字孝先，仁宗时官中书侍郎同中书门下平章事，卒谥文正）谨守规定，从不违逆。

有一天上朝前，王曾对丁谓说："我没有儿子，想收养弟弟的儿子为后嗣，我有意面奏皇上恩准，但又不敢单独留下奏禀。"

丁谓说："像你这种人，留下禀奏没有关系。"

于是王曾借呈文卷给仁宗时，就将丁谓这番行为告诉仁宗。丁谓在退朝后，越想越觉得不对，不禁大为后悔。没几天，果然接获诏命，被贬往崖州。

周　忱

【原文】

周文襄巡抚江南日，巨珰王振当权，虑其挠己也。时振初作居第，公预令人度其斋阁，使松江作剪绒毯，遗之，不失尺寸。振益喜。凡公上利便事，振悉从中赞之，江南至今赖焉。

【译文】

明朝人周忱任江南巡抚期间，正值大宦官王振当权。周忱怕王振借机刁难，因此当王振兴建宅第时，周忱事先要人暗中测量厅堂的大小宽窄，然后命人到松江按尺寸定做地毯送给王振作为贺礼。由于尺寸大小丝毫不差，王振非常高兴。以后，凡是周忱呈报的公文，都在王振的赞同下顺利通过。江南的百姓到今天还蒙受这福泽。

杨一清

【原文】

杨文襄［一清］，与内臣张永同提兵讨安化王，杨在军中语及逆瑾事。因以危言动永，即于袖中出二疏，一言平贼事，一言内变事，嘱永曰："公班师入京见上，先进宁夏疏，上必就公问，公诡言请屏人语，乃进内变疏。"永曰："即不济，奈何？"公曰："他人言，济不济未可知，公言必济。顾公言时，须有端绪，万一不信公，公可顿首请上即时召瑾，没其兵器，劝上登城验之：'若无反状，杀奴喂狗'。又顿首哭泣，上必大怒瑾。瑾诛，公大用，尽矫其所为。吕强、张承业，与公千载三人耳。但须得请即行事，勿缓顷刻。"永勃然作曰："老奴何惜余年报主乎？"已而永入见，如公策，事果济。瑾初缚时，得旨降南京奉御，瑾上白帖，乞一二敝衣盖体，上怜之，令与故衣百件。永惧，谋之内阁，令科道劾瑾，劾中多波及阿瑾诸臣。永持疏至左顺门，谓诸言官曰：“瑾用事时，我辈亦不敢言，况尔两班官；今罪止瑾一人，勿动摇人情也！可领此疏去，急易疏进。”此疏入，瑾遂正法，止连及文臣张彩一人、武臣杨玉等六人而已。

【评】

除瑾除彬，多借张永之力。若全仗外庭，断不济事！永不欲旁及多人，更有识见，然非杨文襄智出永上，永亦不为之用。吁！此文襄所以称“智囊”也！

【译文】

明武宗时，杨一清与宦官张永（武宗初年时原本是刘瑾党人，后不满刘瑾所为，奏请诛刘瑾，同时举兵征讨安化王朱寘鐇，袭封安化王。正德年间以诛刘瑾为名举兵谋反，后为仇钺所缚，押送京师赐死）在军中，杨一清曾与张永谈到阉臣刘瑾，分析其中利害，劝说张永举发刘瑾。接着从衣袖中取出两道奏疏，一道陈述平定安化王谋反的战略，另一道则是分析刘瑾有专权谋逆的意图。

最后，杨一清叮嘱张永说：“您率军回京谒见皇上时，先呈平定安化王的奏章，皇上一定会再进一步详细询问，这时您趁机要求皇上屏退左右，再进朝中暗埋内乱的奏章。”

张永说：“万一这招不管用，又该怎么办呢？”

杨一清说：“如果是旁人，我不敢断言是否管用，但如果是您，只要论事时能有条有理，一定管用。万一皇上不相信您所说的话，您就叩头请皇上立即召刘瑾，下令先没收刘瑾兵器，劝请皇上亲自查验，扬言如果找不到刘瑾谋反的证据，愿意拼上自己这条命，拿去喂狗。接着再一面痛哭一面连连叩头，这时皇上对刘瑾一定大为生气。刘瑾若被诛，您一定会受皇上重用，可以尽全力矫正以往朝政的缺失，那么吕强（后汉人，字汉盛，年轻时以宦官任官小黄门。灵帝时按例策封宦官，吕强推辞不接受。黄巾贼起，吕强奏请先诛皇上左右通贼者，后为赵恽等人陷害，自杀而死）、张承业（后唐人，字继元，唐僖宗时宦臣，庄王即帝位时曾力谏不可，后绝食而死，谥正宪）与您可以说是千年来的三大忠臣。但这事要赶紧进行，不能稍有拖延。”

张永慷慨地说：“我一把年纪为朝廷尽忠，哪里是为求日后的回报?”不久，张永回京谒见皇上，事态发展一如杨一清所计划。

刘瑾被收押后，奉圣旨被降为南京奉御。刘瑾上奏自承罪状，乞求武宗赐一两件旧衣蔽体。武宗不忍，下令赐百件旧衣，张永见武宗仍怜惜刘瑾，恐日后生变，与内阁中的好友商议，让都察院弹劾刘瑾。然而都察院弹劾的奏章中，牵连到许多阿附刘瑾的大臣，张永立即拿着奏章来到都察院，说：“刘瑾专权时，连我都不敢挺身直言，更何况是其他官员呢？今天朝政败坏全是刘瑾一人的过错，不要再波及他人，动摇人心，请立即收回这道奏章，另呈一道。”

当奏疏呈上后，刘瑾果然被正法，受牵连的只有文臣张彩一人、武将杨玉等六人而已。

许　武

【原文】

阳羡人许武，尝举孝廉，仕通显；而二弟晏、普未达。武欲令成名，一日谓二弟曰："礼有分异之义，请与弟析资，可乎？"于是括财产三分之，武自取肥田广宅，奴婢强者，而推其薄劣者与弟。时乡人尽称二弟克让，而鄙武贪；晏、普竟用是名显，并选举。久之，武乃会宗亲，告之曰："吾为兄不肖，盗声窃位。二弟年长，未沾荣禄，所以向求分财，自取大讥，为二弟地耳。今吾意已遂，其悉均前产。"遂出所赢，尽推二弟。

【译文】

后汉阳羡人许武，被推举为孝廉后，官运一帆风顺；但他的两个弟弟许晏和许普，却仍默默无闻。

许武为了让两个弟弟早日成名，有一天，就对两个弟弟说："礼也有分异之义，因此我想和你们分家，你们看如何？"两个弟弟表示无异议，许武于是将家产分成三份，把肥田、大宅、壮仆都分在自己名下，而将薄劣的田地房屋、体弱多病的奴仆分给弟弟，两个弟弟都没有说什么。

正因如此，当时乡里父老都称赞两个弟弟对兄长的礼让，而轻视许武的贪婪。不久，许晏和许普果然盛名远播，并被乡人推举为孝廉，分派官职。

一段日子后，许武就召集宗亲族人，说："我曾侥幸被推举为孝廉任官，但我两个弟弟却都无法踏入仕途。我为了让弟弟能有机会被选为孝廉，就要求分家，并且自己多分家产，为的替弟弟们打响贤能的名声。现在我的愿望都已达成，我希望能重新分家产。"

于是把自己以前多取的部分还给两个弟弟。

廉　范

【原文】

廉范，字叔度。永平初，陇西太守邓融辟范为功曹。会融为州所举案，范知事谴难解，欲以权相济，乃托病求去。融不达其意，大恨之。范乃东至洛阳，变姓名求代廷尉狱卒。未几，融果征下狱。范遂得卫侍左右，尽心护视。融怪其貌类范，而殊不意，乃谓曰："卿何似我故功曹?"范诃之曰："君困厄，瞀乱耳?"后融释系出，病因，范随养视；及死，送丧至南阳，葬毕而去，终不言姓名。

【评】

一辟之感，诎身求济。士之于知己，甚矣哉！

【译文】

后汉人廉范，字叔度。北魏永平初年，陇西太守邓融曾保举廉范为功曹（州郡属吏）。不久，邓融受其他事牵连，遭人举发，廉范知道此事错综复杂，想尽力帮助他，于是托病离职。邓融不明白廉范心中的打算，对廉范的辞官非常不理解。

廉范往东走来到洛阳，改名换姓后，求得一个狱卒的差使，不久，邓融果然被捕下狱，廉范利用职务上的便利，尽心照顾邓融。邓融虽曾因这狱卒长得像廉范而觉得奇怪，但从未想过狱卒就是廉范。有一天邓融对廉范说："你怎么长得这么像我以前手下的一名属吏啊?"

廉范故作生气地大声说："你是坐牢坐得老眼昏花了吗？"

日后，邓融被释出狱，又遭病痛缠身，廉范随侧照顾。邓融死后，廉范将遗体送回南阳安葬后才离去，但始终没有说出自己是谁。

周　新

【原文】

周新为浙江按察使。尝巡属县，微服触县官，取系狱中，与囚语，遂知一县疾苦。明往迓，乃自狱出。县官惭惧，解绶而去。由是诸郡县闻风股栗，莫不勤职。

【译文】

周新为浙江按察使时，有一次巡视所属的州县，故意微服出巡，触怒当时县官，被捕入狱。周新借着在狱中与同囚的罪犯闲聊的机会，了解县中百姓的疾苦。第二天，官员们前往迎接，周新从狱中出来，县官这才知道周新的身份。县官自觉惭愧，于是解下绶带离职。从此，其他各州县的官员尽忠职守，不敢有丝毫怠忽。

陈　瓘

【原文】

陈瓘尝为别试所主，蔡卞曰："闻陈瓘欲尽取史学而黜通经之士，意欲沮坏国是而动摇荆公之学也！”卞既积怒，谋因此害瓘，而遂禁绝史学。计画已定，唯俟瓘所取士，求疵立说而行之。瓘固预料其如此，乃于前五名悉取谈经及纯用王氏之学者。卞无以发，然五名之下往往皆博洽稽古之士也。瓘尝曰：“当时若无矫揉，则势必相激，史学往往遂废矣。故随时所以救时，不必取快目前也。”

【评】

元祐之君子与“甘露”之小人同败，皆以取快目前，故救时之志不遂。

【译文】

宋朝人陈瓘（字莹中，号了翁）曾被任命为考选学士的主选官。蔡卞（蔡京弟，字元度，王安石女婿）说：“这次陈瓘被任命为主选官，一定会全部选取史学学士，而罢黜精通经学的学士，以破坏朝廷现有体制，并且抵制荆公（即王安石）所倡立的学说。”蔡卞因对陈瓘不满，想借此陷害陈瓘，进而禁绝史学。打定主意后，就只等陈瓘选取学士，以找出陈瓘的错处，借题发挥。

陈瓘也料到蔡卞的阴谋，于是录取的前五名，全都是研究经学的博士及推崇王氏学说的学士，让蔡卞找不到诋毁的借口。但五名以后，全都是研究史学的书生。事后陈瓘说：“当时若不是刻意忍让，两人一定会正面冲突，那么史学也早就遭到废止的命运了。所以为挽救目前的危势，要能灵活机变，有时不必逞一时的快意。”

王翦　萧何

【原文】

秦伐楚，使王翦将兵六十万人，始皇自送至灞上。王翦行，请美田宅园地甚众，始皇曰："将军行矣，何忧贫乎?"王翦曰："为大王将，有功终不得封侯；故及大王之向臣，臣亦及时以请园地，为子孙业耳。"始皇大笑。王翦既至关，使使还请善田者五辈，或曰："将军之乞贷亦已甚矣!"王翦曰："不然，夫秦王恒中粗而不信人，今空秦国甲士而专委于我，我不多请田宅为子孙业以自坚，顾令秦王坐而疑我耶?"

汉高专任萧何关中事。汉三年，与项羽相距京、索间。上数使使劳苦丞相，鲍生谓何曰："今王暴衣露盖，数劳苦君者，有疑君心也，为君计，莫若遣君子孙昆弟能胜兵者，悉诣军所。"于是何从其计，汉王大悦。

吕后用萧何计诛韩信，上已闻诛信，使使拜何为相国，益封五千户，令卒五百人，一都尉为相国卫。诸君皆贺，召平独吊。曰："祸自此始矣！上暴露于外，而君守于内，非被矢石之难，而益封君置卫，非以宠君也，以今者淮阴新反，有疑君心，愿君让封勿受，悉以家财佐军。"何从之，上悦。

其秋黥布反，上自将击之。数使使问相国何为，曰："为上在军，拊循勉百姓，悉取所有佐军，如陈豨时。"客又说何曰："君灭族不久矣！夫君位为相国，功第一，不可复加。然君初入关中，得百姓心十余年矣，尚复孳孳得民和，上所为数问君，畏君倾动关中，今君胡不多买田地，贱贳贷以自污。上心必安。”于是何从其计。上还，百姓遮道诉相国，上乃大悦。

【评】

汉史又言，何买田宅必居穷僻处，不治垣屋，曰：“令后世贤，师吾俭；不贤，无为势家所夺。”与前所云强买民田宅似属两截，不知前乃免祸之权，后乃保家之策，其智政不相妨也。

宋赵韩王普强买人第宅，聚敛财贿，为御史中丞雷德骧所劾。韩世忠既罢，杜门绝客，口不言兵，时跨驴携酒，从一二奚童，纵游西湖以自乐。尝议买新淦县官田，高宗闻之，甚喜，赐御札，号其庄曰：“旌忠”。

二公之买田，亦此意也。夫人主不能推肝胆以与豪杰功，至令有功之人，不惜自污以祈幸免。三代交泰之风荡如矣！

然降而今日，大臣无论有功无功，无不多买田宅自污者，彼又持何说耶？

陈平当吕氏异议之际，日饮醇酒，弄妇人；裴度当宦官薰灼之际，退居绿野，把酒赋诗，不问人间事。古人明哲保身之术，例如此，皆所以绝其疑也。

国初，御史袁凯以忤旨引风疾归。太祖使人觇之，见凯方匍匐往篱下食猪犬矢，还报，乃免。盖凯逆知有此，使家人以炒面搅沙糖，从竹筒出之，潜布篱下耳，凯亦智矣哉！

【译文】

秦国攻打楚国，秦始皇派王翦（战国名将，曾为秦始皇平赵、燕、蓟等地）率六十万大军进攻。出征日，始皇亲自到灞上送行。临行前，王翦请求始皇赏赐大批田宅。秦始皇说：“将军即将率大军出征，为什么还要担忧生活的贫穷呢？”王翦说：“臣身为大王的将军，立下汗马功劳，却始终无法封侯，所以趁大王委派给臣重任时，请大王赏赐田宅，作为子孙日后生活的依凭。”

秦始皇听了不由放声大笑。王翦率军抵达关口后，又五次遣使者向始皇要求封赏。

有人劝王翦说：“将军要求封赏的举动，似乎有些过分了。”

王翦说：“你错了。大王疑心很重，用人不专，现在将秦国所有的兵力委交给我，我如果不以为子孙求日后生活保障为借口，多次向大王请赐田宅，难道要大王坐在宫中对我生疑吗？”

汉高祖三年，萧何镇守关中，汉王与项羽在京、索一带相持不下。这期间，汉王屡次派使者慰问镇守关中的宰相萧何。鲍生于是对萧何说：“在战场上备尝野战之苦的君主，会屡次派使者慰劳属臣，是因为君王对属臣心存疑虑。为今之计，丞相最好选派善战的子弟兵，亲自率领他们到前线和君主一起并肩作战，这么一来，君主才能消除心中疑虑，信任丞相。”

于是，萧何采纳鲍生的建议，汉王非常高兴。

汉高祖十一年，淮阴侯韩信在关中谋反，吕后用萧何的计谋诛灭韩信。高祖知道淮阴侯被杀，就派使臣任命萧何为相国，加封五千户邑民，另派士兵五百人和一名都尉为相国的护卫兵。群臣都向萧何道贺，唯独召平（秦时为东陵侯，秦亡后降为平民）向萧何表示哀悼之意：“相国的灾祸就要从现在开始啦！皇上在外率军征战，而相国留守关中，没有建立任何战功，却赐相国封邑和护卫兵，这主要是因淮阴侯刚谋反被平，所以皇上也怀疑相国的忠心，派护卫兵保卫相国，并非宠爱相国，而是有怀疑相国之心。相国应恳辞封赏不受，并且把家中财产全部捐出，充作军费，这样才能消除皇上对相国的疑虑。”萧何采纳召平的建议，高祖果然大为高兴。

汉高祖十二年秋天，英布叛变，高祖御驾亲征，几次派使者回长安打探萧何的动静。萧何对使者说："因为皇上御驾亲征，所以我在内鼓励人民捐献财物支援前方，和皇上上次讨伐陈豨（汉朝人，高祖时以郎中封阳夏侯，后自称代王，被诛）叛变时相同。"这时，有人对萧何说："你灭门之日已经不远啦！你已经身为相国，功冠群臣，皇上没法再继续提升你的官职。自从相国入关中，这十多年来深得民心，皇上多次派使臣慰问相国，就是担心相国在关中谋反。相国如想保命，不妨低价搜购百姓的田地，并且不以现金支付而以债券取代，来贬低自己的声望。这样皇上才会安心。"萧何又采纳这个建议。

高祖在平定英布之乱后凯旋，百姓沿途拦驾上奏，控告萧何廉价强买民田，高祖不由心中窃喜。

王　戎

【原文】

戎族弟敦，有高名，戎恶之。每候戎，辄托疾不见。孙秀为琅琊郡吏，求品于戎从弟衍，衍将不许，戎劝品之，及秀得志，有夙怨者皆被诛，而戎、衍并获济焉。

【评】

借人虚名，输我实祸，此便知衍不及戎处。

【译文】

晋朝时王戎（字濬冲）的族弟王敦（字处仲）虽然名气很大，王戎却很讨厌他。每次王敦想求见王戎时，王戎就借口生病避不见面。

孙秀（以谄媚赵王伦得宠，杀害忠良，后为齐王等所诛）为琅琊郡吏时，要求王戎的另一个弟弟王衍写一篇文章，王衍不想答应，但却劝王衍改变心意。日后，孙秀飞黄腾达，凡是过去曾和孙秀有过摩擦的人都被诛杀，唯独王戎、王衍兄弟平安无事。

阮　籍

【原文】

魏、晋之际，天下多故，名士鲜有全者。阮籍托志酣饮，绝不与世事。司马昭初欲为子炎求昏于籍，籍一醉六十日，昭不得言而止。钟会数访以时事，欲因其可否致之罪，竟以酣醉不答获免。

【译文】

魏、晋之时，天下纷扰多事，名士中很少有人能保全性命的。阮籍（三国魏人，字嗣宗，竹林七贤之一）为坚守原则，整天喝得酩酊大醉，绝口不谈天下世事。

司马昭（三国魏人，司马懿次子，字子上）想为儿子司马炎（即晋武帝，字安世）求婚，与阮籍结为亲家，阮籍为逃避司马昭的纠缠，竟大醉六十天，司马昭得不到机会，只好打消念头。

当时司马昭的手下大将钟会曾数度拜访阮籍请教时事，想从阮籍的话中挑出毛病，加上罪名，而阮籍每次都醉得不能答话，也因此保全一命。

郭德成

【原文】

洪武中，郭德成为骁骑指挥。尝入禁内，上以黄金二锭置其袖，曰："第归勿宣。"德成敬诺。比出宫门，纳靴，佯醉，脱靴露金，阍人以闻，上曰："吾赐也。"或尤之，德成曰："九阍严密如此，藏金而出，非窃耶？且吾妹侍宫闱，吾出入无间，安知上不以相试？"众乃服。

【译文】

明太祖洪武年间，有一天骁骑指挥郭德成（性嗜酒，淡泊名利）进宫参拜，太祖把两锭黄金放在郭德成的袖子里，说："回去后不可张扬此事。"郭德成毕恭毕敬地拜领，可当他走出宫门时，把黄金放在靴子里，接着假装喝醉，在脱下靴子时故意把黄金掉在地上。守宫门的禁卫军捡到后，就把这两锭黄金呈奏太祖，太祖说："这是朕赏赐给他的。"

有人责备郭德成，郭德成解释说："宫中门禁森严，身怀黄金走出宫门，可能会被误认为盗贼。再说我妹妹在宫里伺候皇上，我出入宫中更要小心。说不定陛下是在试探我呢。"

众人听了，都佩服他谨慎。

郭崇韬 宋太祖

【原文】

郭崇韬素廉，自从入洛，始受四方赂遗，故人、子弟或以为言，崇韬曰："吾位兼将相，禄赐巨万，岂少此耶，今藩镇诸侯多梁旧将，皆主上斩袪，射钩之人，若一切拒之，能无疑骇?"明年，天子有事南郊，崇韬悉献所藏，以佐赏给。

南唐主以银五万两遗赵普，普以白宋主，主曰："此不可不受，但以书答谢，少赂其使者可也。"普辞，宋主曰："大国之体，不可自为削弱，当使之弗测。"及从善［南唐主弟］。

来朝，常赐外密赍白金，如遗普之数。唐君臣皆震骇，服宋主之伟度。

【评】

赂遗无可受之理，然廉士始辞而终受，而明主亦或教其臣以受，全要看他既受后作用如何，便见英雄权略。三代以下将相，大抵皆权略之雄耳！

【译文】

后唐的郭崇韬一向清廉正直，自从任官洛阳后，才开始收受各方的赠礼或贿金。他的故旧或部属，因此批评他的作为，郭崇韬说："我现在官至将相，每年俸禄赏赐千万，何曾把这些贿金礼品放在眼里。但现在戍守各地的藩镇，多半是后梁归降的将领，他们都是陛下所倚重的将才。如果我坚辞不受，能保各藩镇心中不疑惧吗?”

第二年，皇帝在京师附近举行郊祭，郭崇韬于是把所收到的贿金及礼物，全部捐献出来，供皇帝赏赐人用。

南唐李后主派人送五万两白银给赵普（宋朝人，字则平，曾佐宋太祖定天下），赵普将此事禀奏太祖赵匡胤。

宋太祖说：“南唐主的赠金不可不接受，你不妨写一封信向南唐主表示感谢。另外略微给那位使臣一些赏钱就可以了。”赵普拜辞出宫，宋太祖说：“身为大国不可自贬身份，朕要让南唐觉得朕高深莫测。”

等南唐主的弟弟李从善进京晋见太祖时，太祖除了一般例行的赏赐外，另外暗中派人送给李从善白银，数目和南唐主送给赵普的一样，李从善将此事报告南唐主后，南唐君臣无不震惊，并且赞佩宋太祖的气度。

隐而不显

【原文】

似石而玉，以镎为刃；去其昭昭，用其冥冥；仲父有言，事可以隐。集“谬数”。

【译文】

像是石头实际上却是宝玉，用戈戟的柄套也能成为兵刃；舍弃明显可见的用途，运用它幽微隐秘的妙处，这是管仲成事的谋略。收集在“谬数”里。

宋太祖

【原文】

宋祖闻唐主酷嗜佛法，乃选少年僧有口辩者，南渡见唐主，论性命之说。唐主信重，谓之“一佛出世”，由是不复以治国守边为意。

【评】

“与越之西子何异，天下岂独色能惑人哉？”

【译文】

宋太祖赵匡胤听说南唐主笃信佛法，就挑选一个聪敏伶俐而口才又好的年轻和尚，派他到南唐谒见南唐主，讨论生死轮回之说。南唐主深信不疑，将他当作是出世的仙佛，从此不再关心朝政，甚至连边境国防都不留意。

周武王

【原文】

武王立重泉之戍，令曰："民有百鼓之粟者不行。"民举所最［聚也］，粟以避重泉之戍，而国谷二十倍。

【评】

假设戍名，欲人惮役而竞取粟，倘亦权宜之术，而或谓圣王不应为术以愚民，固矣！至若《韩非子》谓，汤放桀欲自立，而恐人议其贪也，让于务光，又虞其受，使人谓光曰："汤弑其君，而欲以恶名予子。"光因自投于河；文王资费仲而游于纣之旁，令之间纣以乱其心，此则孟氏所谓"好事者为之"。非其例也。

【译文】

周武王下令征调百姓赴重泉（地名）戍守，同时又说："凡百姓捐谷一百鼓（四石为一鼓）者，得免征调。"百姓为求免役，纷纷捐出家中所有积谷，一时国库的米粮暴增二十倍。

管　仲

【原文】

桓公曰："大夫多并其财而不出，腐朽五谷而不散。"管子对曰："请以令召城阳大夫而请之。"桓公曰："何哉？"管子对曰："城阳大夫嬖宠被絺绤，鹅鹜含余秫，齐钟鼓，吹笙篪，而同姓兄弟寒不得衣，饥不得食，欲其尽忠于国人，能乎？"乃召城阳，灭其位，杜其门而不出。功臣之家皆争发其积藏，以予其远近兄弟，以为未足，又收国之贫病孤独老不能自食之萌，皆与得焉，国无饥民。此之谓"谬数"。

【评】

既夺城阳之宠，又劝功臣之施。仲父片言，其利大矣！

【译文】

桓公说："国中大夫只顾积敛家财，不愿踊跃捐输；囤积米粮任谷粟腐烂，却不愿开仓救民。"

管仲建议说："请您下令召城阳大夫进宫。"

桓公说："为什么？"

管仲回答说："城阳大夫府中的宠妾，个个身穿细葛布做成的华贵衣裳；所养的鹅鹜吃的都是上好的谷粟；日日笙歌，夜夜舞榭。他的族人却吃不饱穿不暖，所以大王只要对他说：'你口口声声说要对寡人尽忠，却连你自己族人的生活都不顾，能相信你会尽忠寡人吗。从今天起，寡人不要再见到你！'"

桓公果真照管仲所说，免去城阳大夫的官职，不准他出大门一步。其他大夫听说此事，争相捐金献粮，救助远近亲族，有些大夫尚嫌不足，甚至收容国内贫苦无依的百姓，从此国内再也没有饥民。这就是“谬数”。

【原文】

粜贱，桓公恐五谷之归于诸侯，欲为百姓藏之，问于管子，管子曰：“今者夷吾过市，有新成囷京者二家，君请式璧而聘之。”桓公从之，民争为囷京以藏谷。

【评】

文王葬枯骨，而六州归心；勾践式怒蛙，而三军鼓气；燕昭市骏骨，而多士响应；桓公聘囷京，而四境露积。诚伪或殊，其以小致大，感应之理则一也。

【译文】

米价下跌，桓公不愿大夫们借机囤积，希望能为百姓多存米粮，于是向管仲请教对策。管仲说：“今天臣经过市集，见有两座新建的谷仓完工，请大王以璧玉聘用他们当官，那么问题就解决了。”

桓公采纳管仲的建议，百姓于是争相新建谷仓以储放米粮。

范仲淹

【原文】

皇祐二年，吴中大饥，时范仲淹领浙西，发粟及募民存饷，为术甚备。吴人喜竞渡，好为佛事。仲淹乃纵民竞渡，太守日出宴于湖上。自春至夏，居民空巷出游。又召诸佛寺主守，谕之曰："今岁工价至贱，可以大兴土木。"于是诸寺工作并兴，又新仓廒吏舍，日役千夫。监司劾奏杭州不恤荒政，游宴兴作，伤财劳民。公乃条奏："所以如此，正欲发有余之财，以惠贫者，使工技佣力之人，皆得仰食于公私，不致转徙沟壑耳。"是岁唯杭饥而不害。

【评】

《周礼·荒政十二》，或兴工作，以聚失业之人。但他人不能举行，而文正行之耳。

凡出游者，必其力足以游者也。游者一人，而赖游以活者不知几十人矣。万历时吾苏大荒，当事者以岁俭禁游船。富家儿率治馔僧舍为乐，而游船数百人皆失业流徙，不通时务者类如此。

【译文】

宋朝皇祐二年，吴州一带闹大饥荒，当时范仲淹（字希文，卒谥文正）治理浙西，下令散发米粮赈灾，并鼓励百姓储备粮食，救荒的措施非常完备。

吴州民俗喜好赛舟，并且笃信佛教。范仲淹于是鼓励百姓举行划船比赛，自己也日日在湖上宴饮。从春至夏，当地的百姓几乎天天都扶老携幼在湖边争看赛船。另外，范仲淹又召集各佛寺住持，对他们说："饥岁荒年工钱最是低廉，正是寺院大兴土木的好时机。"于是各寺庙住持无不招募工人大肆兴建。范仲淹又招募工人兴建官家谷仓及吏卒官舍，每天募集的工人多达一千人。

掌监察的官员，认为范仲淹不体恤荒年财政困难，竟鼓励百姓划船竞赛，寺院大兴土木，既劳民又伤财，所以上奏弹劾范仲淹。

范仲淹上奏说："臣之所以鼓励百姓宴游湖上，寺院、官府大兴土木，其用意正是借有余钱可花的百姓，嘉惠贫苦无依的穷人，使得靠出卖劳力生活的百姓，能依赖官府与民间所提供的工作机会生活，不致背井离乡，饿死荒野。"

这年全国的大饥荒，只有杭州一带的百姓没有受到严重的灾害。

管　仲

【原文】

桓公好服紫，一国之人皆服紫。公患之，访于管子。明日公朝，谓衣紫者曰："吾甚恶紫臭，子毋近寡人。"于是国无服紫者矣。

【译文】

齐桓公喜欢穿着青赤色的衣服，于是全国人都风行穿青赤色衣服。桓公深觉困扰，向管仲请教。

第二天，桓公早朝时对穿青赤色衣服的大臣说："寡人最讨厌青赤色，你们这些穿青赤色衣服的人，不要靠近寡人。"这话一出，全国再也没有人穿青赤色衣服。

王　导

【原文】

王丞相善于国事。初渡江，帑藏空竭，唯有练数千端。丞相与朝贤共制练布单衣。一时士人翕然竞服，练遂踊贵。乃令主者卖之，每端至一金。

【评】

此事正与“管仲”对照。

谢安之乡人有罢官者，还，诣安。安问其归资，答曰：“唯有蒲葵扇五万。”安乃取一中者捉之。士庶竞市，价遂数倍。此即王丞相之故智。

【译文】

晋朝的丞相王导善于掌理国政。初渡江时，国库空虚，府库只存数千匹丝绢。

王导于是与朝中大臣商议，每人制作一套丝绢单衣，一时之间，官员及读书人竞相仿效，于是丝价暴涨。王导接着下令管理府库的官员出清丝匹，每匹售价竟高达一两黄金。

晏婴

【原文】

齐人甚好毂击，相犯以为乐。禁之，不止，晏子患之。乃为新车良马，出与人相犯也，曰：“毂击者不祥。臣其祭祀不顺，居处不敬乎?”下车弃而去之，然后国人乃不为。

【译文】

齐人喜欢在驾车时用车毂相互撞击，并以此为乐。官府虽多次禁止，但成效不显著。宰相晏婴感到十分烦恼。

一天，晏婴乘坐一辆新车出门，故意与其他车相撞，事后说："与人撞车是不吉祥的征兆，难道是我祭拜神明时心意不够诚敬、平日居家待人不够谦和吗？"于是弃车离去，从此国人不再以撞车为乐。

东方朔

【原文】

武帝好方士，使求神仙、不死之药。东方朔乃进曰："陛下所使取者，皆天下之药，不能使人不死；唯天上药，能使人不死。"上曰："天何可上？"朔对曰："臣能上天。"上知其谩诧，欲极其语，即使朔上天取药。朔既辞去，出殿门，复还曰："今臣上天似谩诧者，愿得一人为信。"上即遣方士与俱，期三十日而返。朔既行，日过诸侯传饮，期且尽，无上天意，方士屡趋之，朔曰："神鬼之事难豫言，当有神来迎我。"于是方士昼寝，良久，朔觉之曰："呼君极久不应，我今者属从天上来。"方士大惊，具以闻，上以为面欺，诏下朔狱，朔啼曰："朔顷几死者再。"上曰："何也？"朔对曰："天帝问臣：'下方人何衣？'臣朔曰：'衣虫。''虫何若？'臣朔曰：'虫喙髯髯类马，色邠邠类虎。'天公大怒，以臣为谩言，使使下问，还报曰：'有之，厥名蚕。'天公乃出臣。今陛下苛以臣为诈，愿使人上天问之。"上大笑曰："善。齐人多诈，欲以喻我止方士也。"由是罢诸方士不用。

【译文】

汉武帝喜好长生不老之术，对方士非常礼遇，常派遣方士到各地访求长生不老药。

东方朔于是上奏道："陛下派人访求仙药，其实都是人间之药，不能使人长生不死，只有天上的药才能使人不死。"

武帝说："谁能上天为寡人取药呢？"

东方朔说："我。"

武帝一听，知道东方朔又在胡说，想借机让他出丑难堪，于是下令命东方朔上天取药。

东方朔领命拜辞离宫，刚走出殿门又折返回宫，上奏说："现在臣要上天取药，皇上一定会认为臣在胡说，所以希望皇上能派一人随臣同往，好为人证。"

武帝就派一名方士陪东方朔一起上天取药，并且约定三十天后回宫复命。

东方朔离宫后，日日与大臣们赌博饮酒。眼看三十天的期限就要到了，随行的方士不时地催促他。东方朔说："神鬼行事凡人难以预料，神会派使者迎我上天的。"方士无可奈何，只好蒙头大睡，一睡就是大半天。

突然间，东方朔猛然将他摇醒，说："我叫你许久都叫不醒，我刚才随天上使者上天去了，刚刚才由天庭返回凡间。"

方士一听大吃一惊，立即进宫向武帝奏报。武帝认为东方朔一派胡言，犯欺君之罪，下诏将东方朔下狱。东方朔哭哭啼啼地对武帝说："臣为上天求仙药，两度徘徊生死关口。你还怀疑我。"

武帝问："怎么回事？"

东方朔回答说："天帝问臣下老百姓穿的是什么衣服，臣回答说：‘虫皮。’又问：‘虫长得什么样子？’臣说：‘虫嘴长有像马鬃般的触须，身上有虎皮般彩色斑纹。’天帝听了大为生气，认为臣胡言欺骗天帝，派使者下凡界探问。使者回报确有此事，并说虫名叫蚕，这时天帝才释放臣返回凡间。陛下如果认为臣撒谎欺君，请派人上天查问。”

武帝听了大笑：“好了好了。齐人生性狡诈，你不过是想用譬喻的方法劝朕不要再听信方士之言罢了。”从此武帝不再迷信方士。

张　良

【原文】

高帝欲废太子，立戚夫人子赵王如意。大臣谏，不从。吕后使吕泽劫留侯画计。留侯曰：“此难以口舌争也。顾上有不能致者四人，四人者老矣，以上慢侮人故，逃匿山中，义不为汉臣。然上高此四人。诚能不爱金帛，令辩士持太子书，卑词固请，宜来。来以为客，时时从入朝，令上见之，则一助也。”吕后如其计。汉十二年，上疾甚，愈欲易太子。叔孙太傅称说古令，以死争，上佯许之，犹欲易之。及宴，置酒，太子侍，四人者从，年皆八十余，须眉皓然，衣冠甚伟。上怪而问之，四人前对，各言姓名，曰：东园公、角里先生、绮里季、夏黄公。上乃大惊曰：“吾求公数载，公避逃我，今何自从吾儿游乎？”四人皆曰：“陛下轻士善骂，臣等义不受辱，窃闻太子仁孝，恭敬爱士，天下莫不延领欲为太子死者，故臣等来耳。”上曰：“烦公幸卒调护太子。”四人为寿已毕，趋去。上目送之，曰：“羽翼已成，难摇动矣。”

【评】

左执殇中，右执鬼方，正以格称说古今之辈。夫英明莫过于高皇，何待称说古今而后知太子之不可易哉！称说古今，必曰某圣而治，某昏而乱。夫治乱未见征，而使人主去圣而居昏，谁能甘之？此叔孙太傅所以窘于儒术也！四老人为太子来，天下莫不为太子死，而治乱之征，已惕惕于高皇之心矣。为天下者不顾家，尚能惜赵王母子乎？

王弇州犹疑此汉庭之四皓，非商山之四皓。毋论坐子房以欺君之罪，而高皇之目亦太眊矣！夫唯义能不为高皇臣者，义必能不辞太子之招。别传称子房辟谷后，从四皓于商山，仙去。则四皓与子房自是一流人物，相契已久。使子房不出佐汉，则四皓中亦必有显者，固非藏拙山林，匏落樗朽可方也。太子定，而后汉之宗社固，而后子房报汉之局终，而后商山偕隐之志可遂，则四皓不独为太子来，亦且为子房来矣。

呜呼，千古高人，岂书生可循规而度，操尺而量者哉！

【译文】

汉高祖准备废黜太子，另立戚夫人之子赵王如意。群臣纷纷劝阻，高祖都不予理会。吕后焦急万分，派哥哥建成侯吕泽一再要求留侯张良想个对策。

张良说："这事很难通过说话来争辩。如今皇上不能招抚的只有四个人，这四个人的年事已高，他们认为陛下为人傲慢，所以隐居山中，发誓不做汉臣。假使你能不惜金钱宝玉，请太子写一封亲笔信，派一位能言善道的使者去邀请他们，我想他们会答应来的。来了之后，太子要非常礼貌地对待他们，向他们请教学习，再让他们不时陪同太子入朝，故意让皇上看到，对打消废黜太子的想法或许有所帮助。”

吕后依张良所言，卑词厚礼迎来商山四皓。

汉高祖十二年，高祖身体状况日益恶化，因此也就愈发急着废黜太子。太傅（官名，三公之一，太师、太傅、太保称三公）叔孙通（初仕秦，后降汉，汉初典章交由叔孙通订定）引用古今事例为废黜太子事力争，高祖表面上答应，内心却不以为然。

一天酒宴开始，高祖发现太子身边随侍着四个老人，年纪都已超过八十岁，须发尽白，气宇不凡。高祖有些奇怪，问：“他们是什么人?”四皓各自报出姓名，分别是东园公、甪里先生、绮里季和夏黄公。

高祖不由大惊，说：“朕邀请诸公有几年了，诸公却为躲避朕而隐居深山。现在为什么却愿意服侍我的儿子?”

四皓异口同声地说：“因为陛下一向轻视读书人，经常任意谩骂，臣等不愿无故受辱，所以才隐居深山，现在听说太子为人仁孝，恭谨有礼，尊重士人，天下人莫不希望为太子效命，所以臣等愿意出山侍奉太子。”

高祖说：“那就烦劳诸公辅佐太子。”

四皓一同举杯为高祖敬酒，向高祖告辞。

高祖望着他们的背影说：“有他们四人辅佐太子，太子羽翼已成，很难再改变了。”

梁　储

【原文】

正德中，秦藩请益封陕之边地。朱宁、江彬辈皆受赂，许之。

上促大学士草制。杨廷和、蒋冕私念，草制，恐为后虞；否，则忤上意，俱引疾。独梁储承命草之曰："昔太祖著令曰：'此土不畀藩封。'非吝也，念此地广且饶，藩封得之，多蓄士马，必富而骄，好人诱为不轨，不利社稷。今王恳请畀地与王。王得地，毋收聚奸人，毋多养士马，毋听狂人导为不轨，震及边方，危我社稷。是时虽欲保亲亲，不可得已，王慎之，勿忽。"上览制，骇曰："若是可虞，其勿与。"事遂寝。

【译文】

明武宗正德年间，秦藩向朝廷请愿，要求把陕西边地加封给他。朱宁、江彬（字文宜）等人由于收受贿赂而主张应允。武宗命大学士起草敕书。杨廷和（字介夫，谥文忠）、蒋冕（字敬之，谥文定）等人私下想，如果起草敕书，害怕以后出问题；如果拒绝起草，又违逆了皇帝的意思，于是两人都称病不上朝。

只有梁文康（梁储，字叔厚，卒谥文康）受命起草，诏书写道："从前太祖曾留有遗诏，这一带土地不可赏赐藩王。这并非是吝啬，因为广大丰饶的土地赐予藩王后，藩王一定会养士饲马，会因为富庶而骄狂，容易受到奸人挑拨，图谋不轨，对社稷不利。现在朝廷接受秦王的恳求，把这边地加封秦王，但愿秦王得到这块土地之后，一定不要聚集奸人为非作歹，一定不要蓄养太多兵马，一定不要听信谗言煽惑谋反作乱。一旦动乱起于边疆，就会危害到国家的安全。到那时朝廷即使念着血缘之亲，恐怕也难保你活命。秦王一定要慎思而行。"

武宗看了这篇敕令的草稿后非常惊讶地说："如果赐封边地后果这么严重，就不要给了。"于是断然收回成命。

傅　珪

【原文】

康陵好佛，自称“大庆法王”。外廷闻之，无征以谏。俄内批礼部番僧请腴田千亩，为大庆法王下院，乃书“大庆法王与圣旨并”。傅尚书珪佯不知，执奏：“孰为大庆法王者，敢并至尊书，亵天子、坏祖宗法，大不敬！”诏勿问，田亦竟止。

【译文】

明朝武宗笃信佛法，自称大庆法王。官员们虽有耳闻，却无法加以劝谏。不久，礼部接获署名大庆法王的圣旨，命令办理番僧所请赐的良田千亩作为大庆法王下界的寺院。

尚书傅珪（字邦瑞，追谥文毅）故意假作不知谁是大庆法王，上书启奏：“有人自称大庆法王，竟敢下圣旨，冒渎天子，破坏祖宗国法，是大不敬。”武宗看了傅珪的奏章，下令不可再追问此事，而赐良田的事也不再提起。

洪武中老胥

【原文】

洪武中，驸马都尉欧阳某偶挟四妓饮酒。事发，官逮妓急。妓分必死，欲毁其貌以觊万一之免。一老胥闻之，往谓之曰："若予我千金，吾能免尔死矣。"妓立予五百金。胥曰："上位神圣，岂不知若辈平日之侈，慎不可欺，当如常貌哀鸣，或蒙天宥耳。"妓曰："何如?"胥曰："若须沐浴极洁，仍以脂粉香泽治面与身，令香远彻，而肌理妍艳之极。首饰衣服，须以金宝锦锈，虽私服衣裙，不可以寸素间之。务尽天下之丽，能夺目荡志则可。"问其词，曰："一味哀呼而已。"妓从之。比见上，叱令自陈，妓无一言。上顾左右曰："榜起杀了。"群妓解衣就缚，自外及内，备极华烂，缯采珍具，堆积满地，照耀左右，至裸体，装束不减，而肤肉如玉，香闻远近，上曰："这小妮子，使我见也当惑了，那厮可知。"遂叱放之。

【译文】

明太祖洪武年间，有个姓欧阳的驸马爷，有一次召了四名妓女陪酒，不料消息外泄，官府奉命急切搜捕陪酒的妓女。其中一名妓女料想自己被捕后必死无疑，竟想先行毁容，希望能侥幸保住一命。

有一个官府的老文书听说妓女们的遭遇，就对妓女说："只要肯给我千金，我有办法能保你们一命。"妓女们立即先付五百金。

老头说："当今圣上英明，哪会不清楚吃你们这行饭的人平日奢侈挥霍的情形，所以言行当如平常，千万不可存心欺瞒。见了皇上，只要如常人般哀泣，或许可得到皇上的宽宥。"

妓女问老头："具体怎么做呢?"

老头说："先彻底洗净全身，再用香油调理按摩，让远近的人都能闻到你们身上的香味，使全身的肌肤散发出动人艳丽的光泽。至于身上所穿戴的衣物首饰，更是非绫罗金玉不可，即使是贴身的内衣，也丝毫马虎不得，务必要极尽华丽之能事，让男人见了无不心荡神驰。如果皇上问话，一概只是低头哀泣，什么话也别说。"妓女点头牢记在心。

等被官府押送进宫面见太祖后，太祖叱令妓女自陈罪状，妓女只一味低泣不语。太祖对左右的人说："把她们绑起来杀了。"妓女听了宽衣就缚。

只见妓女们从外服到贴身衣裤无不华丽至极，身上所佩戴的饰物更是堆了一地，光彩夺目，而肌肤如玉，阵阵香气袭人。

太祖说："这些小妮子，即便是朕见了都不免受到迷惑，那小子也就可想而知了。"于是下令释放那四名妓女。

王 振

【原文】

北京功德寺后宫像极工丽。僧云，正统时，张太后常幸此，三宿而返。英庙尚幼，从之游。宫殿别寝皆具。太监王振以为，后妃游幸佛寺，非盛典也，乃密造此佛。既成，请英庙进言于太后曰："母后大德，子无以报，已命装佛一堂，请致功德寺后宫，以酬厚德。"太后大喜，许之，命中书舍人写金字藏经置东西房。自是太后以佛、经在，不可就寝，不复出幸。

【评】

君子之智，亦有一短。小人之智，亦有一长。小人每拾君子之短，所以为小人；君子不弃小人之长，所以为君子。

【译文】

北京城的功德寺，后宫供奉着一座极其巍峨华丽的佛像。和尚说，明英宗正统年间，张太后常游幸功德寺。有次在寺中住了三夜才回宫。当时英宗年纪还小，随太后游寺，并把游寺之事告诉太监王振。王振认为后妃常游幸佛寺不合朝廷礼制，于是暗中命人打造佛像，佛像完成后，王振请英宗呈给太后，说："母后大德，儿臣无以为报，特命人打造一尊佛像，请母后恩准将佛像安置于功德寺后宫，以酬谢母后厚德。"太后听了非常高兴，立即答应，并且命中书舍人抄写经书放在东西两侧厢房。从此太后因厢房供有佛经，不适合住宿，所以不再留宿宫外。

贺儒珍

【原文】

两宫工完，所积银犹足门工之费。户、兵二部原题协济银各三十万，通未用也。西河王疏开矿与采木，并奏部，久不覆。一日，文书房口传，诘问工部不覆之故，立等回话。部查无此疏，久之，方知停阁于户部也。户部仓皇具咨稿，工堂犹恐见累。郎中贺儒珍曰："易耳！"首叙"某月日准户部咨"云云，咨到日即具覆日。复疏曰："照得两宫鼎建，事关宸居，即一榱一桷，纯用香楠、杉木，犹不足尽臣等崇奉之意，沿边不过油松杂木。工无所用，相应停采。"

【译文】

慈宁宫和献陵的工程竣工之后，所剩下的经费还足以用来支应午门和奉天门的修建。原先户部和兵部答应资助的三十万两银子，统统用不着。

西河王原有一封呈给朝廷的疏奏，请求准予在当地挖矿和开采林木，公文送到工部，许久不见答复。一天，有一份紧急公文来到工部，询问前项提案为何不见答复，要求立刻回话。工部官员立刻追查，并未发现有该项公文，等了很久，才知道此案积压在户部，尚未处理。

户部的大小官员急着拟具对策发文咨询，工部尚书也担心受到牵连。这时郎中（官名，六部所辖分司之长）贺儒珍拟议道：“这事容易处理。我们只要在公文上先交代本部已于某月某日准了户部某件咨文，然后说明，查照慈宁宫和献陵两项重大工程，事关皇室安寝，其中建筑的一榱一桷等细节，使用的都是香楠杉木，虽然如此，唯恐犹不足以曲尽臣等崇奉皇室之心意，沿边一带所生产的，不过是一些油桐杂木，和两宫工程无关，无须开采贡献。”

满宠　郭元振

【原文】

太尉杨彪与袁术婚，曹操恶之，欲诬以图废立，收彪下狱，使许令满宠按之。将作大匠孔融与荀彧嘱宠曰：“但受词，勿加考掠。”宠不报，考讯如法。数日，见操言曰：“杨彪考讯无他词。此人有名海内，若罪不明白，必大失民望。窃为明公惜之。”操于是即日赦出彪。初，彧与融闻宠考掠彪，皆大怒。及因是得出，乃反善宠。

郭元振迁左骁卫将军，安西大都护。西突厥酋乌质勒部落强盛，款塞欲和。元振即其牙帐与之计事。会天雨雪，元振立不动，至夕冻冽。乌质勒已老，数拜伏，不胜寒冻。会罢，即死。其子娑葛以元振计杀其父，谋勒兵来袭。副使解琬劝元振夜遁。元振不从，坚卧营中。明日，素服往吊，赠礼哭之甚哀，留数十日，为助丧事。娑葛感悦，更遣使献马五千、驼二百、牛羊十余万。

【评】

考掠也，而反以活之；立语也，而乃以杀之；其情隐矣。怒我者，转而善我，知其情故也；欲袭我者，转而感悦我，不知其情故也。虽然，多智如曹公，亦不知宠之情，况庸才如解琬，而能知元振乎？

【译文】

三国时太尉杨彪（后汉人，字文先）与袁术（后汉人，献帝时僭帝号，后粮尽众散，被刘备击败而死）结为儿女亲家，引起曹操不满，想诬陷杨彪，将其下狱，好使这门婚事告吹。曹操将杨彪收押入狱后，命满宠审理问讯。

当时孔融与荀彧分别请托满宠，说："请先生只管讯问，千万不要用刑逼供。"满宠不理会两人请托，仍旧用刑拷问。

几天后，满宠晋见曹操，说："我已用过各种酷刑侦讯杨彪，但问不出个所以然来。杨彪名气不小，如果不明不白地获罪，必定招来民怨，失去民心，这也是属下为曹公所担心的事。"

曹操听了这番话，立即释放了杨彪。

当初，荀彧与孔融听说满宠拷问杨彪，都非常恼怒，等杨彪因满宠一番话而获释，才又对满宠印象很好。

唐朝郭元振任左骁卫将军安西大都护时，西突厥的酋长乌质勒所统率的部落势力壮盛。乌质勒对郭元振表示愿意与唐朝修好，不生事端。郭元振来到乌质勒的军帐与他商议大计。这天正值大雨雪，郭元振进帐后一直站立不坐，夜晚气温更低。由于乌质勒年事已高，受不了酷寒，在会谈结束后就病发而死，乌质勒的儿子娑葛认为郭元振用计杀死了自己的父亲，于是率兵袭击郭元振。

当时副使解琬曾劝说郭元振利用夜晚视线不明时遁逃，郭元振没有采纳，坚持睡在营帐中。第二天，郭元振穿着一身素服前往乌质勒的灵前吊祭，致赠奠仪，哭得非常伤心，并且还主动留在营地很多天帮忙料理丧事。娑葛见了深受感动，反而派使者送给郭元振五千匹骏马、二百头骆驼和十万多头牛羊。

梅衡湘

【原文】

梅少司马衡湘初仕固安令。固安多中贵，狎视令长；稍强项，则与之争。公平气以待。有中贵操豚蹄饷公，乞为征负。公为烹蹄设饮，使召负者前，呵之，负者诉以贫，公叱曰："贵人债何债，而敢以贫辞乎？今日必偿，徐之，死杖下矣！"负者泣而去，中贵意似恻然，公觉之，乃复呼前，蹙额曰："吾固知汝贫甚，然无如何也，亟鬻而子与而妻，持镪来，虽然，吾为汝父母，何忍使汝骨肉骤离？姑宽汝一日，夜归与妻子诀，此生不得相见矣！"负者闻言愈泣，中贵亦泣，辞不愿征，为主破券。嗣是，中贵家征负者，皆从宽焉。

【译文】

少司马梅衡湘初任官时，是固安县县令。固安县多出宦官，因此并不把一个小小的县令放在眼里，经常故意刁难，梅公却都能心平气和地从容应对。

某次一位宦官送给梅公一副猪脚，目的是想要梅公为他讨债。于是梅公命人烹煮猪脚，设宴款待宦官，并把欠钱的县民叫到官府，斥责他们欠钱不还。县民们却纷纷哭诉自己的贫穷，梅公大声怒骂说："宦官大人好心借钱给你们，你们竟敢哭穷赖债，今天你们一定要还清所有债务，否则我就打死你们！"县民都哭着离去。

一旁观看的宦官不免有些心软，梅公察觉宦官态度变化，再度把欠钱的县民叫来，皱着眉对他们说："我也知道你们很穷，但是我实在出于无奈，现在为了偿清债务，只有卖掉你们的妻儿来还钱，但我也不忍心让你们骨肉骤然分离，所以特别再宽限一天，今夜就与妻子诀别吧，此生恐怕不能再相聚了。"县民们听了，忍不住痛哭失声，宦官也不禁掉泪，当场打消讨债的念头，并且把借条全都撕毁了。

从此，其他的宦官向贫民索债也都从宽处理。

宁　越

【原文】

齐攻廪丘，赵使孔青将死士而救之，与齐人战。大败之，齐将死，得车二千，得尸三万，以为二京。宁越谓孔青曰："惜矣！不如归尸以内攻之，使车甲尽于战，府库尽于葬。"孔青曰："齐不延尸，如何？"宁越曰："战而不胜，其罪一；与人出而不与人入，其罪二；与之尸而弗取，其罪三。民以此三者怨上，上无以使下，下无以事上，是之谓重攻之。”宁越可谓知用文武矣，武以力胜，文以德胜。

【译文】

战国时齐人攻打廪丘，赵国派孔青率领死士前往救援，抵御齐人，结果大败齐军，俘获齐军战车两千辆，将三万具齐军的尸首葬成两座大坟。

宁越对孔青说：“这些车辆、尸首若不加利用太可惜了。不如把齐兵的尸首还给齐人，在齐国境内再发动一次无形的战役，让战车能发挥另一种运输的功能，而齐国的府库就会因掩埋这些尸首而耗竭。”

孔青说：“万一齐人拒绝收尸，那该怎么办?”

宁越说：“率军出征作战，不能得胜，是罪一；只准百姓出征，不准百姓返国，这是罪二；不肯接纳战死沙场百姓的尸首，这是罪三。有这三项罪名，百姓就会怨恨君主，无心尽忠君主，君主无法驱使百姓效力，这就叫二次进攻。”宁越真可谓智勇双全呀。以武力服人，以德教人。

慎　子

【原文】

楚襄王为太子之时，质于齐。怀王薨，太子辞于齐王而归，齐王隘之［阨之也。］：“予我东地五百里，乃归子。不予，不得归!”太子曰：“臣有傅，请退而问傅。”傅慎子曰：“献之地，所以为身也。爱地不送死父，不义，臣故曰‘献之便’。”太子入，致命齐王曰："敬献地五百里。"齐王归楚太子，太子归，即位为王。齐使车五十乘来取东地于楚，楚王告慎子曰："齐使来求东地，为之奈何？"慎子曰："王明日朝群臣，皆令献其计。"上柱国子良入见，王曰："寡人之得反，主坟墓、复群臣、归社稷也。以东地五百里许齐，齐令使来求地，为之奈何？"子良曰："王不可不与也，王身出玉声，许强万乘之齐而不与，则不信；后不可以约结诸侯，请与而复攻之。与之，信；攻之，武。臣故曰与之。"子良出，昭常入见，王曰："齐使来求东地五百里，为之奈何？"昭常曰："不可与也。万乘者，以地大为万乘，今去东地五百里，是去战国之半也，有万乘之号而无千乘之用也，不可。臣故曰勿与，常请守之。"昭常出，景鲤入见，王曰："齐使来求东地五百里，为之奈何？"景鲤曰："不可与也。虽然，楚不能独守。王身出玉声，许万乘之强齐也而不与，负不义于天下，楚亦不能独守，臣请西索救于秦。"景鲤出，慎子入，王以三大夫计告慎子曰："子良见寡人曰：'不可不与也，与而复攻之。'常见寡人曰：'不可与也，常请守之。'鲤见寡人曰：'不可与也。虽然，楚不能独守也。臣请索救于秦。'寡人谁用于三子之计？"慎子对曰："王皆用之。"王怫然作色，曰："何谓也？"慎子曰："臣请效其说，而王且见其诚然也。王发上柱国子良车五十乘，而北献地五百里于齐；发子良之明日，遣昭常为大司马，令往守东地；遣昭常之明日，遣景鲤车五十乘，西索救于秦。"王如其策，子良至齐，齐使人以甲受东地，昭常应齐使曰："我典主东地，且与死生，悉五尺至六十，三十余万，敝甲钝兵，愿承下尘！"齐王谓子良曰："大夫来献地，今常守之，何如？"子良曰："臣身受命敝邑之王，是常矫也，王攻之！"齐王大兴兵攻东地，伐昭常，未涉疆。秦以五十万临齐右壤，曰："夫隘楚太子弗出，不仁；又欲夺之东地五百里，不义；其缩甲则可，不然，则愿待战。"齐王恐焉，乃请子良南道楚，西使秦，解齐患。士卒不用，东地复全。

【译文】

楚襄王（名横）为太子时，曾被当作人质送往齐国。楚怀王去世，太子向齐王请求回国继承王位。齐闵王却拒绝，［故意刁难。］说：“你向东割让五百里给寡人，就放你回楚国，否则就不准你回去！”

太子说：“臣有一位师傅，请准臣向他请教后再回复大王。”

太子的师傅慎子（战国赵人，曾习黄老之术）说：“把土地割给齐王，这是为了要赎回你自己。如果因为爱惜土地，就不回国为父王奔丧，这是违反人伦纲纪的行为。所以臣主张割地献给齐王。”

于是太子向齐闵王复命说：“愿意献给大王五百里土地。”

齐闵王因此准许太子回国。太子回国后，即位为楚王。齐国立即派出五十辆兵车前来接收割让的土地。楚王对慎子说：“齐国已派人来要地，该怎么办？”

慎子说：“大王明日早朝接见群臣时，要每位大臣各献一计。”

第二天早朝时，上柱国（楚国最高武官，即元帅）子良首先晋见。楚王说：“寡人所以能回国为先王送葬，得见众卿进而即位为王，是因为寡人答应把东边五百里土地割给齐国。现在齐王派人来要土地，你看该怎么办呢？”

子良回答说：“大王不可以违约不给齐王土地，因为君主的话就像金玉般贵重；再说是割让给拥有万乘兵车的强齐，如果违约，就是失信，以后就不能和诸侯结盟订约，所以不如先把土地割给齐王，然后再发兵重新攻占回来。给齐王土地是守信，发兵攻占是强大，所以臣主张依约割土地给齐国。”

子良退朝后，昭常又来晋见。楚王问：“齐王派遣使臣来要东边五百里土地，贤卿认为该怎么办？”昭常说：“不可以给齐国土地。因为所谓万乘大国，全凭土地广大，假如现在把东边五百里土地割让给齐国，就等于割去我楚国一半的国土，如此就只有万乘的空名，而实际上连千乘都称不上，这是不行的。所以臣主张不给。臣请求率兵镇守。”

昭常退下后，景鲤晋见。楚王问：“齐王遣使来要东边五百里土地，贤卿认为该怎么办？”景鲤说：“不可以给齐国土地，不过大王既已承诺给强齐土地五百里又不给他，会背负一个不义之名，如此一来，楚国必然无力独守该地，请准臣向秦国求援。”

景鲤退下后，慎子又来晋见。这时楚王把前面三位大臣的话告诉慎子，接着说：“贤卿认为寡人应该采纳哪位大臣的计策？”慎子回答：“他们三人的意见都加以采纳。”楚王听了非常不高兴，说：“贤卿这话是什么意思？”慎子回答说：“请大王听臣说明，大王就会知道臣的话有道理。大王先拨给子良战车五十辆，派往北方向齐献地五百里；子良出发的次日，再派昭常为大司马镇守东地；在派昭常的次日，另派景鲤率战车五十辆向西去秦国求救。”

楚王于是依计行事。

子良到了齐国后，齐国便派使率兵接收东地。昭常见到齐使后说：“本帅负责镇守东地，决心与东地共存亡，小自五尺之童，大至六十老翁，共征调三十多万部众，我们的盔甲武器虽然破旧，却愿意沾一些沙场的尘土。”齐闵王大怒，对子良说：“你既然来献地，那昭常却又率军镇守，这是什么意思？”子良回答说：“臣亲奉大王之命前来献地，是昭常私自违反君命用兵。”

于是齐闵王发动大军攻打昭常，可是大军还没到达，秦国的五十万大军就已开到齐国的边境，对齐闵王说：“阻挠楚太子回国，这是不仁；勒索楚国东边五百里土地，这是不义。除非贵国立刻退兵，否则只有一战。”

齐闵王听了这话非常害怕，就请子良向楚王转达不攻楚的心意，同时派使者向西去秦国说明一切，楚国不但解除了齐国的威胁，并且不用一兵就保全了东边五百里土地。

颜真卿

【原文】

真卿为平原太守，禄山逆节颇著，真卿托以霖雨，修城浚壕，阴料丁壮，实储廪，佯命文士饮酒赋诗。禄山密侦之，以为书生不足虞，未几禄山反，河朔尽陷，唯平原有备。

【评】

小寇以声驱之，大寇以实备之。或无备而示之有备者，杜其谋也；或有备而示之无备者，消其忌也。必有深沉之思，然后有通变之略。微乎！微乎！岂易言哉？

【译文】

唐朝时颜真卿（字清臣，谥文忠，擅长草书，笔力遒婉）为平原太守，正是安禄山权势气焰正盛时。

颜真卿借口雨季即将来临，不得不修城浚沟，暗中招募勇士，储存米粮防备安禄山侵袭，表面上却不动声色，天天与书生喝酒作诗。安禄山派密探暗中监视颜真卿的举动，见颜真卿只顾喝酒作诗，认为他不过一介书生，不足为虑。

不久安禄山果然造反，河东一带完全陷入贼手，唯有平原郡因颜真卿早有防范而未陷落。

李允则

【原文】

雄州北门外居民极多，旧有瓮城甚窄。刺史李允则欲大展北城，而以辽人通好，嫌于生事。门外有东岳祠，允则出白金为大香炉及他供器，道以鼓吹，居人争献金帛，故不设备，为盗所窃。乃大出募赏，所在张榜，捕贼甚急，久之不获。遂声言盗自北至，移文北界，兴版筑以护神祠，不逾旬而就，虏人亦不怪之。——今雄州北关城是也。既浚濠，起月堤，岁修禊事，召界河战棹为竞渡，纵北人游观，而不知其习水战也。州北旧多陷马坑，城下起楼为斥堠，望十里，自罢兵后，人莫敢登。允则曰："南北既讲和矣，安用此为?"命撤楼夷坑，为诸军蔬圃，浚井疏洫，列畦陇，筑墙垣，纵横其中，植以荆棘，而其地益阻隘。因治坊巷，徙浮屠北原上，州民旦夕登，望三十里。下令安抚司：所治境有隙地悉种榆。榆满塞下，顾谓僚佐曰："此步兵之地，不利骑战，岂独资屋材耶?"

【评】

按允则不事威仪，间或步出，遇民有可语者，延坐与语，以此洞知人情。子犹曰："即此便是舜之大智。今人以矜慢为威严，以刚愎为任断；千金在握，而不能构一谋臣；百万在籍，而不能得一死士；无事而猴冠，有事则鼠窜。从目及矣，尚何言乎?

【译文】

宋朝雄州北门外居民人数甚多，原先有一座瓮城，但太过狭窄。刺史李允则（字垂范）准备把瓮城和大城合而为一，但因当时朝廷与辽人修好，恐怕合城的举动会引发事端。

正巧北门外有一座东岳祠，李允则于是出资黄金百两，作为铸造香炉及其他供器的费用，祭典当日沿街鼓乐齐奏，信徒争相献金。李允则故意松懈防范，盗匪果真率众劫财，这时李允则才重金悬赏，沿途张贴告示紧急追捕盗匪，但一连多日一无所获。

这时李允则又放出风声，说土匪将要从北边来，发文北界筑城保护神祠，不到十天城墙就已筑成。辽人虽知筑城之事，但并不觉得有异，这座墙就是现今的雄州北门城。

城墙筑好后，李允则又在城墙四周挖掘壕沟，筑一道弯月形的堤防，每年的祭神大典，都在边境的河道上，利用战船举行龙舟竞赛，并邀请契丹人观赏，所以契丹人根本不怀疑李允则是借龙舟竞赛来练习水战。

在州的北侧，原先为了防御契丹人，挖有许多陷马坑，城下又有望楼，十里之内都看得很清楚。自从宋、辽停战后就没人敢再登楼。李允则说宋、辽既然已经讲和，这些坑和楼都不再有用，于是命人拆毁楼台，填平坑洞，改为各部队的菜园，并且挖井引水灌溉，中间以田埂相隔，四周围上矮墙，最后纵横栽植荆棘，这样一来，空间越发狭小。

李允则又在城内建坊巷，并把寺塔迁移到北原，州民登上寺塔可以一望三十里。他又命按抚司，在管辖区的空地内，全部栽植榆树，不久都长满了枝叶繁茂的榆树。李允则对左右属官说：“这里只能用作步兵战场，不利于骑兵作战，所以我不是为了建屋用的木材而种树。”

何承矩

【原文】

瓦桥关北与辽为邻，素无关河之阻。何承矩守澶州，始议因陂泽之地，潴水为塞，欲自相度，恐其谋泄，乃筑爱景台，植蓼花，日会僚佐，泛舟置酒，作《蓼花吟》数篇，令座客属和，画以为图，刻石传至京师，人谓何宅使爱蓼花，不知其经始塘泊也。庆历、熙宁中相继开浚，于是自保州西北沉远泺，东尽沧州泥枯海口，几八百里，悉为潴潦，倚为藩篱。

【译文】

宋朝时澶州瓦桥关的北面与辽人为界，其间地势平坦，没有任何高山深河可资屏障。直到何承矩（字正则）镇守澶州，才开始利用沼泽地蓄水，作为边防要塞。何承矩怕事机外泄，先命人修建一座爱景台，种植蓼花，每天与僚属泛舟饮酒，当场作《蓼花吟》数篇，要在座的宾客、僚属一起唱和，甚至命工匠将饮酒赋诗的情景绘成图画，刻在石碑上传送京师，所以当时许多人都认为何承矩喜欢蓼花成痴，却不明白他借种蓼花筑水塘御敌的心意。庆历至熙宁年间，何承矩陆续开凿许多水塘，于是自保州西北的沉远泺，东到沧州泥枯海口，几八百里全是水塘，成为抵御辽人入侵的屏障。

苏　秦

【原文】

苏秦、张仪尝同学，俱事鬼谷先生。苏秦既以合纵显于诸侯，然恐秦之攻诸侯败其约，念莫可使用于秦者，乃使人微感张仪，劝之谒苏秦以求通。仪于是之赵，求见秦。秦诫门下人不为通，又使不得去者数日，已而见之。坐之堂下，赐仆妾之食，因而数让之曰："以子才能，乃自令困辱如此。吾宁不能言而富贵子，子不足收也。"谢去之，仪大失望，怒甚，念诸侯莫可事，独秦能苦赵，乃遂入秦。苏秦言于赵王，使其舍人微随张仪，与同宿舍，稍稍近就之，奉以车马金钱，张仪遂得以见秦惠王。王以为客卿，与谋伐诸侯，舍人乃辞去，仪曰："赖子得显，方且报德，何故去也？"舍人曰："臣非知君，知君乃苏秦也。苏君忧秦伐赵，败从约，以为非君莫能得秦柄。故感怒君，使臣阴奉给君资，今君已用，请归报。"张仪曰："嗟乎！此吾在术中而不悟，吾不及苏君明矣；吾又新用，安能谋赵乎？为我谢苏君，苏君之时，仪何敢言？且苏君在，仪宁渠能乎？"自是终苏秦之世，不敢谋赵。

【评】

绍兴中，杨和王存中为殿帅。有代北人卫校尉，曩在行伍中与杨结义。首往投谒，杨一见甚欢，事以兄礼，且令夫人出拜，款曲殷勤。两日后忽疏之，来则见于外室，卫以杨方得路，志在一官，故间关赴之，至是大失望。过半年，疑为人所谮，乃告辞。又不得通，或教使伺其入朝回，遮道陈状，杨亦略不与语，但判云："执就常州于本府某庄内支钱一百贯。"卫愈不乐，然无可奈何，倘得钱，尚可治归装，而不识杨庄所在，正彷徨旅邸，遇一客，自云："程副将，便道往常、润，陪君往取之。"既得钱，相从累日，情好无间，密语之曰："吾实欲游中原，君能引我偕往否？"卫欣然许之，迤逦至代郡，倩卫买田："我欲作一窟于此。"卫为经营，得膏腴千亩，居久之，乃言曰："吾本无意于斯，此尽出杨相公处分，初虑公贪小利，轻舍乡里，当今兵革不用，非展奋功名之秋，故遣我追随，为办生计。"悉取券相授，约直万缗，黯然而别。此与苏秦事相类。

【译文】

苏秦（战国洛阳人，字季子，倡六国结盟以抗秦）与张仪（战国魏人，游说六国背弃苏秦所倡之合纵政策，连横事秦）两人曾经是同学，都是鬼谷先生（即王诩，居鬼谷，号鬼谷先生，著有《鬼谷子》）门下学生。苏秦虽说动六国君王同意缔结合纵盟约以抗秦，但仍担心秦国会抢先攻打诸侯，使盟约还没有缔结就遭到破坏。正忧虑没有可派遣去阻止秦国发动战事的人时，听说张仪落魄的窘状，苏秦就暗中派人指引张仪，劝他拜谒苏秦，于是张仪来到赵国求见苏秦。

苏秦一面命门客不许为张仪引见，一面又暗中想尽各种法子使张仪继续留在赵国。几天后，苏秦终于答应接见张仪，见了面却让他坐在堂下，赐他与仆妾同样的食物，接着责备他说："以你的才能，竟让自己落得如此穷困潦倒的地步！凭我今天的地位，难道不能向各国君王推荐你，使你富贵显达吗？只是你实在不值得我收留罢了！"说完命张仪离开。

张仪大失所望，并且非常生气，他盘算各诸侯中没有一个值得他投效的，只有秦国能屈辱赵国，于是启程入秦。苏秦一面向赵王禀告张仪入秦之事，一面派人暗中尾随张仪，和他投宿同一客栈，慢慢接近他，并提供他车辆、马匹及金钱。不久，张仪终于如愿见到秦惠王。秦惠王奉张仪为客卿，与他商议如何攻打诸侯。

这时那位帮助张仪的友人却向他辞别。张仪说："靠您的帮助，我才得以显贵，现在正是我报答您的时候，您为什么要离我而去呢?"友人说："并不是我能知遇你，而是苏秦。苏秦担心秦国攻打赵国会破坏合纵的盟约，认为非你不能掌握秦国政权，所以故意激起你奋发的心志，派我暗中资助你。现在你已得到秦王重用，我的任务已经完成，请让我回去复命。"

张仪听完友人这番话，感叹地说："唉，这都是我所学过的谋术，现在苏先生应用在我身上，而我竟然一直没有领悟到。我的才能实在不如苏先生！现在我刚被任用，怎么会图谋攻打赵国呢？请您替我谢谢苏先生，只要苏先生在，我怎敢奢谈攻赵，又怎么有能力和他作对呢?"终苏秦之世，张仪不敢图谋攻赵。

王　尼

【原文】

尼，字孝孙，本兵家子，为护军府军士，然有高名。胡母辅之与王澄、傅畅等诸名士，迭属河南功曹及洛阳令，请解之，不许。辅之等一日赍羊酒诣护军门，门吏疏名呈护军，护军大喜，方欲出迓。时尼正养马，诸公直入马厩下，与尼炙羊饮酒，剧饮而去，竟不见护军。护军大惊，即与尼长假。

【评】

《余冬序录》载，杨文贞士奇在阁下时，其婿来京。婿久之当归，念无装资，会有知府某犯赃千万，夤缘是婿，赂至数千，为其求救。此知府已入都察院狱矣，杨不得已，于该道问理日，遣一吏持盒食至院，云："阁下杨与某知府送饭。"御史大惊，即命释其刑具，候饭毕，一切听令分雪，遂得还职。此与王尼事同，但所释者，名士墨吏既殊；而释人者，畏名又与畏权势亦异。文贞贤相，果有此，未免白璧之瑕矣！

【译文】

晋朝的王尼字孝孙，本是兵家子弟，是护军府军士，但名气很大。当时名士胡母辅之（字彦国）、王澄（字道深）、傅畅（字世道）等先后继任河南功曹及洛阳令，请求护军放王尼一次长假，但护军不答应。

一天，胡母辅之等人带着羊肉、美酒来到护军府，门房将三人名片呈给护军大人。护军一见大为高兴，准备亲自出府迎接。当时王尼正在马槽边喂马，只见胡母辅之等人直接来到马槽边，见了王尼就拉他席地而坐，一边烤着羊肉，一边举杯痛饮，直到离去也不去拜见护军大人。护军大人不由大吃一惊，立刻放王尼长假。

王 随

【原文】

王文惠公随举进士时，甚贫，游翼城，逋人饭，被执入县。石务均之父为县吏，为偿钱，又馆给之于其家，其母尤加礼焉。一日务均醉，令王起舞；舞不中节，殴之。王遂去，明年登第，久之为河东转运使，务均惧而窜。及文潞公为县，以他事捕务均，务均急往投王，王已为御史中丞矣，乃封一铤银至县，令葬务均之父，事遂解。

【译文】

宋朝人王随（字子正，卒谥文惠）中进士前生活贫困。有一次在翼城（县名，在今山西省曲沃县东）欠人饭钱，被抓进县府。

当时石务均的父亲是名县吏，不但替王随还清了饭钱，还邀请王随到家里住下，石务均的母亲对王随更是殷勤接待。一天，石务均喝醉了酒，强要王随跳舞，王随跟不上节拍，石务均就借着酒意殴打王随，于是王随便离开石家。

第二年，王随中了进士，过了一段时间便升为河东转运使。石务均怕王随仍记着昔日被殴的事情，不敢与他见面。直到文彦博做县令时，以某罪名搜捕石务均，石务均这才急忙向王随求救，这时王随已是御史中丞了。王随得知后，立即命人拿一锭银子送至县府，令县府好好收葬石务均的父亲，事情才得以解决。

王忠嗣

【原文】

王忠嗣，唐名将也。安禄山城雄武，扼飞狐塞，谋为乱，请忠嗣助役，欲留其兵。忠嗣先期至，不见禄山而还。

【译文】

王忠嗣（父王海滨，唐玄宗时战死吐蕃，由帝抚育，及长，以战功累官河西陇右节度使）是唐朝名将。当初安禄山（本姓康，得玄宗宠信，曾自请为杨贵妃养子，后举兵反陷长安自称雄武皇帝，国号燕）筑雄武城，扼飞狐塞，预谋反乱，希望王忠嗣助他一臂之力，并想征调王忠嗣的兵力来增加自己的实力。

王忠嗣不便直接拒绝，只好约定日期见面，却故意提早赴会，事后再宣称因碰不到安禄山，所以只好率军而回。

谢　安

【原文】

桓温病笃，讽朝廷加己九锡。谢安使袁宏具草，安见之，辄使宏改，由是历旬不就，温薨，锡命遂寝。

【译文】

晋朝时桓温（字元子，明帝时以战功封南郡公加九锡，威势煊赫，渐有不臣之心，曾废帝立简文帝。阴谋篡位，事败而死）虽病危卧床，仍请求朝廷加自己九锡（古天子赐有大功诸侯衣物等九类，称为九锡）。

谢安（字安石，孝武帝时桓温权震中外，暗生异心，谢安与王坦之尽忠匡翼，后苻坚曾率兵百万攻淮肥，京师震惊，谢安临危指挥，大破苻坚，卒谥文靖，赠太傅，世称谢太傅）要袁宏

（字伯彦）起草加锡诏书，文稿完成后，谢安却频频要袁宏修改，于是延误了十多天才定稿。一直到桓温病逝以后，加锡的诏命才送达。

段秀实

【原文】

泾川王童之谋作乱，期以辛酉旦警严而发。前夕有告之者，段秀实阳召掌漏者怒之，以其失节，令每更来白，辄延之数刻。遂四更而曙，童之不果发。

【评】

吕翰据嘉州叛，曹翰夺其城，贼约三更复来攻，翰觇知，密戒司更使缓，向晨犹二鼓，贼众不集而溃，因而破之。

【译文】

唐朝的王童之想兴兵作乱，与叛军约定辛酉日五更天时起事。起事的前一天，有人向段秀实（字成公，谥忠烈）告密。段秀实于是召来更夫，故意指责他失职，命更夫每更都要前来向他报时后，再回去打更。因此每更报更的时辰都往后延误，到更夫报四更天时，天已破晓，于是王童之起事不成。

仆散忠义

【原文】

仆散忠义为博州防御使。一夕阴晦，囚徒谋反狱，仓卒间，将士皆皇骇失措。忠义从容，但使守更吏挝鼓鸣角，囚徒以为天且晓，不敢出，自就桎梏。

【译文】

金朝人仆散忠义，胸有大略，为博州防御使时以政绩著称。一晚月黑风高，狱中众囚借机生事，想越狱逃亡，由于事出突然，狱中守卫惊慌失措。仆散忠义接获报告后，不慌不忙地命守更小吏击鼓吹号，囚犯们以为天快亮了，竟然不敢再闹事，一个个仍戴着刑具待在牢中。

晏　婴

【原文】

公孙接、田开疆、古冶子同事景公，恃其勇力而无礼，晏子请除之，公曰："三子者搏之不得，刺之恐不中也。"晏子请公使人馈人二桃，曰："三子何不计功而食桃？"公孙接曰："接一搏猏，而再搏乳虎，若接之功，可以食桃而无与人同矣。"援桃而起。田开疆曰："吾伏兵而却三军者再，若开疆之功，亦可以食桃而无与人同矣。"援桃而起。古冶子曰："吾尝从君济于河，鼋衔左骖，以入砥柱之流。当是时也，冶少不能游，潜行逆流百步，顺流九里，得鼋而杀之，左操骖尾，右挈鼋头，鹤跃而出，津人相惊，以为河伯。若冶之功，亦可以食桃而无与人同矣，二子何不反桃?"抽剑而起。公孙接、田开疆曰："吾勇不子若，功不子逮，取桃不让，是贪也；然而不死，无勇也。"皆反其桃，挈领而死。古冶子曰："二子死之，冶独生之，不仁；耻人以言而夸其声，不义；恨乎所行不死，无勇。"亦反其桃，挈领而死。使者复命，公葬之以士礼。其后诸葛亮作《梁甫吟》以哀之。

【译文】

春秋时公孙接、田开疆、古冶子三人同为齐景公的大臣，三人仗着自己力大无人能比，对景公骄蛮无礼。因此晏子请求景公将三人除去。景公说："这三人力大无比，一般人根本不是他们的对手，派人谋刺又怕失手反而坏事。"

晏子于是建议景公派人送他们三人两颗桃子，说："大王赐三位大人两颗桃子，三位大人请自述其功，以定谁该吃桃。"

公孙接一听，首先开口说："我曾一手打野猪，一手搏幼虎，说起我的勇力，无人能比，应该吃桃。"说完起身拿起一桃。

田开疆接着说："我曾率伏兵一再阻退来犯的敌军，我的勇猛无人能比，应该吃桃。"说完也起身拿起一桃。

这时古冶子大声说道："我曾随景公渡河，突然一只巨大的河鳖竟一口衔住景公车驾中靠左边的那匹马，将马拖入河中央，当时我年纪尚小，不会游泳，只好闭气往上游前行百步，再顺河水飘流九里，这才杀了那只河鳖。我左手抓着马尾，右手提着鳖头，像巨鹤冲天般跃出水面。当时在河边的人看到这一幕，还以为我是河神。落论勇力我才是无人可比！你们二人还不快将桃子放回原处?”说完拔剑站起。

公孙接、田开疆说：“我们的勇敢不及你，我们的功迹也不及你，强行夺桃不让你吃是贪心的表现。若不能死在你面前，又是无勇的表现。”于是两人都放回手中的桃子，然后自刎而死。

古冶子见他二人自刎，难过地说：“你们二人死了，如果我独活于世，就是我不仁；用言语使你们觉得受屈辱，是我不义；我痛恨自己的行为，若不死就是无勇。”说完也退还手中的桃子，自刎而死。

使者回宫向景公复命，景公为他们举行隆重的葬礼。

后人诸葛亮曾作《梁甫吟》，哀悼他们三人。

王守仁

【原文】

逆濠反，张忠、朱泰诱上亲征，而守仁擒濠报至，群奸大失望，肆为飞语中公，又令北军肆坐慢骂，或故冲导以起衅。公一不为动，务待以礼，预令巡捕官谕市人移家于乡，而以老羸应门，始欲犒赏北军，泰等预禁之，令勿受。守仁乃传谕百姓：北军离家苦楚，居民当敦主客礼。每出遇北军丧，必停车问故，厚与之榇，嗟叹乃去。久之，北军咸服。会冬至节近，预令城市举奠。时新经濠乱，哭亡酹酒者，声闻不绝，北军无不思家，泣下求归。

【译文】

明朝时朱宸濠（明太祖子宁王权的后代。武宗时据南昌谋反，攻陷南康、九江等地，武宗派王守仁巡抚南赣，迳攻南昌，朱宸濠回兵来救，兵败被擒，诛于通州）谋叛，张忠（武宗时太监，曾受朱宸濠贿赂诱帝亲征，后为张承举发处斩）、朱泰等人极力劝诱武帝亲征。这时王守仁（字伯安，学者称阳明先生，倡致良知学说，著有《王文成全集》）擒获朱宸濠的捷报已传抵京城。

张、朱等奸臣不免大失所望，一面在朝中故意散播流言中伤王守仁，一面纵容朱宸濠残余的北军不守军纪并肆意谩骂，甚至故意离间，想引发北军谋叛。王守仁面对这种情况，不但不为他们的言行所恼怒，还以礼相待。他先命巡捕官晓谕城中百姓搬迁到乡下暂住，只派老弱体衰的仆人看守屋舍，继而重重犒赏前来的北军。但朱泰等人事先已训令北军，不得接受王守仁的犒赏。于是王守仁便传示百姓：北军离乡甚远，内心苦楚，百姓应尽地主之礼，厚待北军。于是百姓凡外出遇北军有丧，一律停车致意并奉奠仪，长声叹息后才离去。经过一段日子，北军都被当地百姓的盛情所感动。

时冬至节将至，王守仁命百姓在城中举行祭典，超度亡魂。百姓因刚经历朱宸濠兵变的战乱，因此以酒哭吊亡魂祭拜死者的哀泣声不绝于耳。北军听了，无不勾起思乡的情怀，纷纷流着泪要求返乡。

范　蠡

【原文】

鸱夷子皮事田成子。田成子去齐，走而之燕。鸱夷子皮负传而从，至望邑。子皮曰："子独不闻涸泽之蛇乎？涸泽，蛇将徙，有小蛇谓大蛇曰：'子行而我随之，人以为蛇之行者耳，必有杀子，不如相衔负我以行，人必以我为神君也。'今子美而我恶，以子为我上客，千乘之君也；以子为我使者，万乘之卿也。子不如为我舍人。"田成子负传而随之，至逆旅，逆旅之君待之甚敬，因献酒肉。

【译文】

鸱夷子皮（春秋越国名臣范蠡自号）事田成子时，一天，田成子离开齐国前往燕国。鸱夷子皮背着行囊一路随行，来到望邑时，子皮说："您不曾听过一个干涸沼泽，群蛇搬家的故事吗？沼泽将要干涸，蛇将迁徙他处，小蛇对大蛇说：'你在前走，我跟随在后，人们见了只会把你看成普通的蛇，会抓杀你；不如你背着我走，那么人们一定会以为我是神君，就不敢随意冒渎了。'今天您体面我卑微，如果您扮成我的上客，充其量人们只会认为我是一位千乘之国的主君；若您扮成我的使者，我也不过是万乘之邦的公卿。所以您不如充当我的门客吧。"于是田成子背着行囊跟随在子皮之后一路前行，两人来到一家旅店，旅店老板见这随从仪表不凡，心想这主仆定非普通百姓，立即拿出酒肉殷勤招待。

严　讷

【原文】

海虞严相公［讷］营大宅于城中，度基已就，独民房一楹错入，未得方圆。其人鬻酒腐，而房其世传也。司工者请为价乞之，必不可，愤而诉公。公曰："无庸，先营三面可也。"工既兴，公命每日所需酒腐皆取办此家，且先资其值，其人夫妇拮据，日不暇给，又募人为助，已而鸠工愈众，获利愈丰，所积米豆充牣屋中，缸仗俱增数倍，屋隘不足以容之，又感公之德，自愧其初之抗也。遂书券以献，公以他房之相近者易焉，房稍宽，其人大悦，不日迁去。

【译文】

海虞人严公，名讷，是想在城中营建一座大宅，草图大致已规划完成，唯独隔邻的民宅有根梁柱突出，使得严公的新宅不够方正。隔壁民宅的主人是对卖酸酒的夫妇，这栋房子是他们世代的祖产。相府的工头曾出高价，请屋主出让屋舍，不料竟遭到屋主的悍然拒绝。工头非常生气，将此事禀告严公。严公说："不碍事，你先盖房子的其他三面。"

开工后，严公命府中每日所需的酸酒都向隔壁的主人购买，并且每次都事先付款。这对夫妻平日生意清淡，生活拮据，每天的收入不足糊口，严公知道后，便为他们介绍买主，从此生意好转，不久就因人手不足而招募工人，生意越做越大，屋内到处堆放米谷、豆类，石缸的数目也成倍增加，屋内的空间自然日显狭窄。

这对夫妇感激严公的恩德，对自己当初悍然的拒绝感到惭愧，于是自动写下契据将屋舍献给严公，严公用城中其他的屋舍与他交换。由于屋主换得一间较大的屋舍，非常高兴，不多久就搬家了。

周玄素

【原文】

太祖召画工周玄素，令画“天下江山图”于殿壁。对曰：“臣未尝遍迹九州，不敢奉诏。唯陛下草建规模，臣润色之。”帝即操笔，倏成大势，令玄素加润，玄素进曰：“陛下山河已定，岂可少动。”帝笑而唯之。

【译文】

明太祖朱元璋有次召画工周玄素，命他在殿壁画一幅“天下江山图”。周玄素奏道：“臣不曾游遍九州，不敢奉诏。恳请陛下先勾勒草图，臣再修改润色。”

太祖听了立即拿起画笔，不一会儿工夫就完成草图，于是太祖命周玄素修饰。周玄素奏道：“陛下江山已经确定，臣岂敢擅自更动?”太祖听了，不觉微笑点头。

唐太宗

【原文】

薛万彻尚丹阳公主。太宗尝谓人曰：“薛驸马村气。”主羞之，不与同席数月。帝闻而大笑，置酒召对握槊，赌所佩刀，帝佯不胜，解刀以佩之。罢酒，主悦甚，薛未及就马，遽召同载而还，重之逾于旧。

【评】

省却多少调和力气。

【译文】

唐朝人薛万彻娶丹阳公主为妻。有次唐太宗李世民对人说："薛驸马看起来有些土气。"这话传到公主耳中，竟然几个月都不和驸马同席。

太宗听说这事不由大笑，一日设宴召驸马与公主前来饮酒，宴中，太宗与驸马比矛，并以身上所戴佩刀为赌注，太宗故意输了比赛，解下身上佩刀挂在薛万彻身上，公主见了非常高兴。酒宴结束后，驸马还没骑上坐骑，公主就召驸马与她同车，从此两人感情更胜往日。

狄青

【原文】

陕西豪士刘易多游边，喜谈兵。韩魏公厚遇之。狄青每宴设，易喜食苦马菜，不得，即叫怒无礼。边地无之，狄为求于内郡，后每燕集，终日唯以此菜啗之。易不能堪，方设常馔。

【译文】

宋朝时陕西豪士刘易常游边境，喜欢谈论兵事，深得韩魏公

（即韩琦，字稚圭，宋名臣）的礼遇。狄青（字汉臣，深受范仲淹、韩琦等名臣器重，卒谥武襄）每每设宴款待他。

刘易喜欢吃苦马菜，如果席中没有这道菜就大声叫骂。可是边境一带不产这种苦马菜，于是狄青派人专程到内地搜购，每次请刘易吃饭，都只有这道苦马菜。直到刘易求饶，狄青才下令菜色恢复正常。

王安石

【原文】

王舒王越国吴夫人性好洁成疾，王任真率，每不相合。自江宁乞骸归私第，有官藤床，吴假用未还。郡吏来索，左右莫敢言。王一旦跣而登床，偃仰良久。吴望见，即命送还。

【译文】

王舒王（王安石）越国吴夫人有洁癖，王安石（字介甫，号半山，能诗文工书画，为唐宋八大家之一，神宗时为相，提倡变法遭旧党大臣反对，罢为镇南军节度使）个性率直，每每与她不合。

王安石自江宁辞官后，回到故居旧宅。话说有张官藤床，吴夫人借去后就一直未归还，郡吏多次前来索讨，都空手而回。有一天，王安石就不穿鞋子跳上床，然后躺卧其上，吴夫人见了，立即命人将床送还。

事急用奇

【原文】

尧趋禹步，父传师导。三人言虎，逾垣叫跳，亦念非仪，虞其我暴。诞信递君，正奇争效，嗤彼迂儒，漫云立教。集“权奇”。

【译文】

大禹学习尧的步伐，要接受父亲和师长的教导。老虎进城，本来没有这回事，可是三个人异口同声地说，教你不相信也难。因应诡谲的环境，为达目的，智者只有出奇谋、以智取。集此为“权奇”卷。

孔子

【原文】

孔子居陈，去，过蒲，会公叔氏以蒲叛。蒲人止孔子，谓之曰：“苟无适卫，吾出子。”与之盟，出孔子东门。孔子遂适卫，子贡曰：“盟可负耶?”孔子曰：“要盟也，神不听。”

【评】

大信不信。

【译文】

孔子曾居陈国，离开后，带着子贡等人前往卫国。经过蒲地时，正碰上公叔氏叛乱。蒲人将孔子等一行人团团围住，对孔子说："只要你不去卫国，我们就让你平安离去。"迫于眼前情势，孔子只好与蒲人订下不去卫国的盟约。孔子等人出了东门后，却立即转往卫国。子贡问孔子："订下的盟约，可以不遵守吗？"孔子回答说："在受胁迫的情况下所订的盟约，神明是听不见、看不到、不承认的。"

淮南相

【原文】

孝景三年，七国反。吴使者至淮南，淮南王欲发兵应之，其相曰："王必欲应吴，臣愿为将。"王乃属之，相已将兵，因城守，不听王，而为汉。淮南以故得完。

【评】

若腐儒必痛言切谏，如以水投石，何益？此事比郦寄卖友，嫁太尉于北军同一轴，而更觉撇脱。

【译文】

汉景帝孝景三年，七国（吴、胶西、楚、赵、济南、菑川、胶东谋反，后为太尉周亚夫平定）举兵造反。吴王派使者到淮南，请淮南王出兵，淮南王颇为心动。淮南相说："如果你想出兵响应吴王，小臣愿率兵前往。"

淮南王于是将兵权交给相国，谁知相国却带领军队救援被七国所围困的城池，没有听从淮南王的旨意，仍效忠汉朝皇室。淮南王也因此得以保全性命。

王敬则

【原文】

王敬则尝任南沙县。时方兵荒，县有劫贼，群聚匿山中，为民患，官捕之不得。敬则遣人致劫帅曰："若能自出首，当为申白，请盟之庙神，定无负。"盖县有庙神，甚酷烈，乡民多信之，故云，劫帅许之，即设宴庙中致帅。帅至，即席收之，曰："吾业启神矣。若负誓，当还神十牛。"遂杀十牛享神，而竟斩帅，贼遂散。

【译文】

南北朝时，王敬则曾担任（南齐人，高帝时封阳郡公，明帝即位，因谋反被杀）南沙县令。时值天下大乱，盗匪四起，县中有一群藏匿山中的土匪，偷抢掳掠，为害乡民，官府屡次派兵围剿都无功而返。

王敬则派人告诉土匪头："只要出面自首，一定为你们求情减刑，从轻发落。为表诚意，愿在神明前赌咒，绝不违背誓言。"原来县中有一座庙，所供奉的神明异常灵验，因此当地乡民对这神明十分恭敬，所以王敬则才如此提议。

果然土匪头一口答应，王敬则立即在庙中设宴，土匪头一到，王敬则却当场命人将他收押，说："我刚才已禀告神明，若我违背对你的承诺，就杀十头牛向神明告罪。"于是杀牛祭神，又一刀杀了土匪头，残余的土匪，也都四处逃散，从此不能再危害乡民。

宋太祖

【原文】

艺祖既以杯酒释诸将兵权，又虑其所蓄不赀，每人赐地一方盖第，所费皆数万，又尝赐宴，酒酣，乃宣各人子弟一人扶归，太祖送至殿门，谓其子弟曰："汝父各许朝廷十万缗矣。"诸节度使醒，问所以归，不失礼于上前否？子弟各以缗事对，疑醉中真有是言，翌日，各以表进如数。

【译文】

宋太祖赵匡胤为巩固帝位，在酒宴中用计使拥有重兵的节度使们交出兵权，但又担心丰厚的赏赐会造成国库的空虚，因为替每位节度使盖一幢房子就要花上好几万钱。

一日，太祖又赐宴款待节度使，在太祖频频劝饮下，节度使个个醉态毕露，太祖召他们的家人进宫扶节度使回家，亲自送至殿门，并对他们的家人说："你父母亲自愿捐献十万贯钱给朝廷以示忠诚。"

第二天这些节度使酒醒后，纷纷询问家人：昨晚如何回到家中？不知在皇上面前是否有失态的地方。

家人就把许诺十万贯钱的事说出来。节度使虽然很怀疑醉后是否真说过这些话，但第二天，也只有照太祖所说的钱数呈给朝廷。

宋太宗

【原文】

宋太宗即位初年，京师某街富民某，有丐者登门乞钱，意未满，遂詈骂不休。众人环观，靡不忿之。忽人丛中一军尉跃出，刺丐死，掷刀而去。势猛行速，莫敢问者。街卒具其事闻于有司，以刀为征，有司坐富民杀人罪。既谳狱，太宗问："某服乎？"曰："服矣。"索刀阅之，遂纳于室，示有司曰："此吾刀也，向者实吾杀之，奈何枉人？始知鞭笞之下，何罪不承，罗钳吉网，不必浊世。"乃罚失入者而释富民。谕自今讯狱，宜加慎，毋滥！

【评】

此事见宋小史。更有一事：

金城夫人得幸于太祖，颇恃宠。一日宴射后苑，上酌巨觥劝晋王，晋王固辞，上复劝，晋王顾庭中曰："金城夫人亲折此花来，乃饮。"上遂命之，晋王引弓射杀之，抱太祖足泣曰："陛下方得天下，宜为社稷自重。"遂饮射如故，夫投鼠忌器，晋王未必卤莽乃尔，此事恐未然也。

【译文】

宋太宗（赵匡义，太祖弟）即位的第一年，有个乞丐在京城一位有钱人家门口乞讨，嫌乞的钱少，心生不满，嘴中骂个不停，引起路人围观。众人对乞丐的口出恶言都十分反感。突然从围观的人群中冲出一位军官，一言不发就把乞丐给杀了，然后丢下刀匆匆离去。事情发生得突然，加上那位军官行动快速，围观的竟没有人敢上前探问究竟。

衙令将此事呈报判官，判官以刀为证据，判富人犯了杀人罪。罪状确定即将执刑，太宗听说此事，便问判官："那富人对此判决可服？"

判官回答："服了。"

太宗将刀带回宫中，并召来判官说："这是我的刀，乞丐是我所杀，为何要冤枉好人呢？现在我才明白，严刑逼供下，没有不承认的罪行。酷刑不只是乱世才有。"

于是将富人无罪开释，并将判官治罪。于是，太宗下令：从今以后，审犯断案要更加谨慎，不可草率。

明太祖

【原文】

滁阳王二子忌太祖威名日著，阴置毒酒中，欲害之。其谋预泄，及二子来邀，上即与偕往，了无难色。二子喜其堕计，至半途，上遽跃起马上，仰天若有所见，少顷，勒马即转，因骂二子曰："如此歹人。"二人问故，上曰："适上天相告，尔设毒毒我，我不往矣。"二子大骇，下马拱立，连称"岂敢！"自是息谋害之意。

【译文】

滁阳王郭子兴的两个儿子，顾忌太祖朱元璋声望日隆，想暗中在酒里下毒谋害太祖，谁知事机不密，太祖已有耳闻。一天，二人前来邀太祖饮酒，太祖欣然前往，二人正为太祖的中计暗自高兴，走到半路，太祖突然从马上跳起，抬头看天，那神情好像看见或听见什么似的。一会儿，太祖突然调转马头，对着二人骂道："你们两个原来这么歹毒!"二人急忙问原因，太祖说："刚才天神告诉我，你们想下毒谋害我，我不去喝酒了!"

二人大吃一惊，急忙下马，恭敬地站在太祖面前，连连说道："小臣不敢!"从此不再有毒害太祖的念头。

吴官童

【原文】

英庙在虏中，也先以车载其妹，请配焉。上以问吴官童，［官童，驿使也，正统十三年使虏被拘，至是自请从上。］对曰："焉有天子而为胡婿者？后史何以载？然却之则拂其情。"乃绐之曰："尔妹朕固纳之，但不当为野合，使朕还中国以礼聘之。"也先乃止，又选胡女数人荐寝，复却之曰："留候他日为尔妹从嫁，当并以为嫔御。"也先益加敬焉。

【评】

天子不当为胡婿，中国又可绐胡人乎？如反正而胡人效女，虽纳之可也。厥后英庙复辟，虏使至，官童叩以不来效女之故，使者曰：“已送至边，为石亨杀媵而纳女。”上命隐其事，而亨祸实基于此。

【译文】

明朝土木之变后，英宗被俘，陷于也先营中。一天，也先（蒙古瓦剌族首领）带着他的妹妹来到英宗所囚的宫中，想将其许配给英宗。英宗非常烦恼，于是问吴官童有何对策？

吴官童说：“哪有大明天子做胡人女婿的？以后史书上会怎么写呢？但若拒绝，又恐怕违逆了也先。”英宗无奈，只好骗也先说：“朕一定会迎娶令妹，但朕不想草率完婚，待朕返回京城，一定按大明古礼迎娶。”也先虽相信英宗的话，不再强逼。又挑选多名美女与英宗同寝，试探英宗。英宗推辞道：“请你要她们回去，待日后作为令妹的陪嫁女，朕册封她们为嫔妃。”

从此，也先对英宗更加尊敬了。

公孙申

【原文】

鲁成公时，晋人执郑伯。公孙申曰：“我出师以围许，示将改立君者，晋必归君。”故郑人围许，示不急君也。晋栾书曰：“郑人立君，我执一人焉，何益？不如伐郑而归其君以求成。”于是诸侯伐郑而归郑伯。

【评】

子鱼立而宋襄返，叔武立而卫成还，此春秋之已事，亦非自公孙申始也。国朝土木之变，也先挟上皇为名，邀求叵测，于肃愍谢之曰："赖社稷之神灵，已有君矣。"虏计窘，竟归上皇，识者以为得公孙申之谋。

王旦从真宗幸澶州，雍王元份留守东京，遇暴疾，命旦驰还，权留守事，旦曰："愿宣寇准，臣有所陈。"准至，旦曰："十日之内无捷报，当如何？"帝嘿然良久，曰："立皇太子。"此又用廉颇与赵王约故事。大臣谋国，远虑至此，亦由君臣相得，同怀社稷之忧而无猜忌故也。

项羽欲烹太公，高帝曰："我翁即若翁，必欲烹而翁，愿分我一杯羹。"陈眉公谓太公以此归汉，亦瓦注之意也。

【译文】

春秋鲁成公时，晋人扣留郑伯。公孙申说："我们立即出兵攻打许国，并且宣布将另立国君，晋人一定会释放君王。"于是郑国围攻许国，表示对郑伯的被扣毫不在意。晋大夫栾书说："郑人将另立新君，我等于扣留了一个普通人，又有什么用呢？不如借讨伐郑国之机，归还郑君，和郑国议和。"于是郑君安然返国。

胡松

【原文】

绩溪胡大司空松，号承庵，先为嘉兴推官，署印平湖，有惠政。

适倭寇猖獗，郡议筑城，公夜入幕府，曰："民难与虑始，请缚某居军前御倭，百姓受某恩，必相急，乃可举事。"从之，民大震，各任版筑，不阅月城成。

【译文】

明朝人胡松，号承庵，初为嘉兴府的刑狱，掌理平湖县，政绩颇佳，深得百姓爱戴。

当时沿海倭寇猖獗，骚扰之事时有所闻，郡府为加强防范，考虑发动民力筑城防御。胡松听说筑城的事后，连夜赶往郡府面见郡守，说："平湖的百姓思想单纯，很难让他们了解筑城抵御倭寇的重要性，不如在倭寇来犯时把我押到第一线抵御倭寇，平湖的百姓都曾受过我的恩惠，看到这种状况，一定会替我着急，这时再要求百姓帮忙筑城，一定能得到百姓支持。"

郡守同意胡松的提议，果然，百姓在见到胡松危急时十分害怕，于是纷纷拿着工具加入修筑的行列，不到一个月，城墙就建好了。

狄　青

【原文】

南俗尚鬼，狄武襄征侬智高时，大兵始出桂林之南，因祝曰："胜负无以为据。"乃取百钱自持之，与神约："果大捷，投此钱尽钱面。"左右谏止："倘不如意，恐阻师。"武襄不听，万众方耸视，已而挥手倏一掷，百钱皆面，于是举军欢呼，声震林野。武襄亦大喜，顾左右取百钉来，即随钱疏密，布地而帖钉之，加以青纱笼，手自封焉，曰："俟凯旋，当谢神取钱。"其后平邕州还师，如言取钱，幕府士大夫共视，乃两面钱也。

【译文】

南方人迷信鬼神。有一次狄青带兵征讨侬智高（南蛮人，曾建南天国）时，大军来到桂林，狄青焚香祝祷："此次讨蛮不知胜负如何？"于是以一百个铜钱请示神明："如果出征能获胜，那么这一百个铜钱全部都是正面朝上。"

手下将领极力劝阻，说："如果一百个铜钱都不出现正面，恐怕会影响军心士气。"狄青不听。在数万军士的围观注视下，只见狄青猛一挥手，一百个铜钱撒满一地，每个铜钱都正面朝上。一时间军士们欢声雷动，响彻山林。狄青也高兴得不得了，命副将取来一百支铁钉，将铜钱钉在原地，盖上青纱，亲手加上封条，然后说："等我凯旋，一定重谢神明，取回铜钱。"

在平定南蛮胜利后，狄青果然实践诺言，回来取钱。幕僚检视那些铜钱，才发觉原来那些钱两面都是正面。

王　琼

【原文】

王晋溪在本兵时，适湖州孝丰县汤麻九反，势颇猖獗。御史以闻，事下兵部。晋溪呼赍本人至兵部，大言数之曰："汤麻九不过一毛贼，只消本处数十火夫缚之，何足奏报？欲朝廷发兵，殊伤国体，巡按不职，考察即当论罢矣！"赍本人回，传流此语，皆以本兵为玩寇，相聚忧之，贼知朝不发兵，遂恣劫掠，不设备。先是户部为查处钱粮，差都御史许廷光在浙，晋溪即请密敕许公讨之，授以方略，许命彭宪副潜提民兵数千，出其不意，乘夜往，贼方掳掠回，相聚酣饮，兵适至，即时擒斩，遂平之。

【译文】

明朝人王晋溪（王琼，字晋溪，太原人，聪敏多心计）任职兵部尚书时，有一次湖州孝丰县汤麻九作乱，为患甚烈。御史奏报朝廷，朝廷下令兵部负责平定。

王晋溪召来属下，故意大声斥责：“汤麻九不过是个小毛贼，派几十个火夫就能把他捆来，不值得大惊小怪。要朝廷出兵，实在有损颜面。巡按的御史不据实禀报，我一定上奏请求皇上给予免职的处分。”王晋溪这番话传开后，大家都认为兵部太轻忽贼人，谈论时都不免忧心忡忡。

贼人得知兵部不准备出动大军围剿，遂任意抢夺，防备松懈。早先户部（官署名，六部之一，掌户口、田赋）为查访各州县的钱粮，曾派都御史许廷光在浙江，王晋溪暗中奏请朝廷派密令许廷光负责剿贼，并授剿贼的策略。许廷光命副将率数千民兵乘夜偷袭。贼人刚抢夺回来，正举行庆功宴，个个醉得东倒西歪，民兵轻轻松松地就将贼人擒服，平定了贼乱。

杨云才

【原文】

杨云才多心计，每有缮修，略以意指授之，人不知所为。及成，始服其精妙。为荆州同知日，当郡城改拓时，钱谷之额已有成命，而台使者檄下，欲增二尺许。监司谋诸守令，欲稍益故额，云才进曰："某有别画，不烦费一钱也。"次日驰至陶所，命取其模以献，怒曰："不佳!"尽碎之，而出已所制模付之，曰："第如式为之!"诸人视其式，无以异也，然云才实于中阴溢二分许，积之得如所增数。城成，白其故，监司乃大服。

【评】

砖厚而陶者不知，城增而主者不费。心计之妙，侔于思神!

【译文】

杨云才聪明点子多，郡中一些修缮工程进行时，常出些鬼点子指示负责的人员，弄得旁人一头雾水，直到工程完成，才不得不佩服杨云才的计谋精妙。

杨云才任职荆州时，州中的城墙有扩建计划，工程费用也有一定预算，但朝廷突来命令，要再将城墙增厚二尺左右。州太守召集地方官商议如何筹募增加的工程费。杨云才说："我有一个办法，不须再多花钱。"

第二天，杨云才骑马来到制砖工厂，命厂主取来砖石的模子察看，突然故作生气地说："砖模不良。"于是全摔碎在地上，又将自己预先准备的砖模交给厂主说："照这规格烧制。"旁人看那式样，觉得和原先的砖模没有什么差别，事实上杨云才已暗中加宽二分，累积起来的砖块厚度，恰好是朝廷所要求城墙加厚的尺寸。等到扩城工程完成，州太守不得不佩服杨云才的计谋。

种世衡

【原文】

种世衡知渑池县，旁山有庙，世衡葺之，其梁重大，众不能举。世衡乃令县干剪发如手搏者，驱数对于马前，云："欲诣庙中教手搏。"倾城人随往观，既至，谓观者曰："汝曹先为我致庙梁，然后观手搏。"众欣然趋下山，共举之，须臾而上。

【评】

近于欺矣。褒姒虽启齿，恐烽火从此不灵也，必也真教手搏，为两得之。

【译文】

宋朝人种世衡任渑池县知县时，县中的山上有座庙因年久失修残破不堪，种世衡想将庙重新修建。修缮的工程一直进行得很顺利，唯独庙中的梁木太过粗大，工人无法搬运上山，致使工程停滞不前。

种世衡心生一计，挑选手下中身强力壮的军士，命他们把头剃了，打扮成相扑的力士，排列成行走在马队前游行街市，并宣布：将在庙中表演相扑。

到了表演的日子，全县扶老携幼，蜂拥上山。种世衡对前来的群众说："今天是上梁的好日子，请各位乡亲先帮忙搬运梁木，然后再观赏相扑表演。"

众人都满心欢喜地下山，不多久梁木就顺利地搬运上山。

雄山智僧

【原文】

雄山在南安，其上有飞瓦岩。相传僧初结庵时，因山伐木，但恐山高运瓦之难，积瓦山下，诳欲作法，飞瓦砌屋，不用工师。卜日已定，远近观者数千人。僧伪为佣人挑瓦上山。观者欲其速于作法，争为搬运，顷刻都尽。僧笑曰："吾飞瓦只如是耳。"

【译文】

南安有座雄山，山上有飞瓦岩。据说有个和尚想在飞瓦岩盖庙，在山中伐木做建材，唯独庙瓦须由山下运来，但山势陡峭，搬运困难，所以大批的瓦材只能囤放在山下。于是和尚就在城中散播消息，将表演不用工匠就能"飞瓦建屋"的法术。

表演的日子到了，远近赶来看热闹的有好几千人，和尚假扮成奴仆，挑着一担瓦块上山。众人为早些看到表演，都纷纷自动挑瓦上山，不多久，盖庙所需的瓦块就搬运完毕。这时和尚才笑嘻嘻地对众人说："这就是我所说的飞瓦法术。"

李抱真　刘玄佐

【原文】

李抱真镇潞州，军资匮阙，计无所出。有老僧大为郡人信服，抱真因请之曰："假和尚之道以济军中，可乎?"僧曰："无不可。"抱真曰："但言择日鞠场焚身，某当于便宅凿一地道通连，候火作，即攒以相出。"僧喜从之，遂陈状声言，抱真命于鞠场积薪贮油，因为七日道场，昼夜香灯，梵呗杂作，抱真亦引僧视地道，使之不疑，僧乃升坛执炉，对众说法，抱真率监军僚属及将吏膜拜其下，以俸入坛施，堆于其旁，由是士女骈填，舍财亿计。计满七日，遂聚薪发焰，击钟念佛，抱真密已遣人填塞地道，俄顷，僧薪且灰。籍所得货财，即日悉辇入军资库，别求所谓舍利者，造塔贮焉。

汴州相国寺言佛有汗流，节度使刘玄佐遽命驾，自持金帛以施。日中，其妻亦至，明日复起斋场，由是将吏商贾奔走道路，唯恐输货不及，因令官为簿以籍所入。十日，乃闭寺，曰："佛汗止矣。"得钱巨万，以赡军资。

【评】

不仗佛力，军资安出？王者所以并存三教，有所用之也！

【译文】

唐朝人李抱真（因服丹过多而卒）为潞州节度使时，府库空虚，几乎发不出薪饷，急得不知如何才好。当地有位老和尚，德高望重，百姓十分尊敬他，李抱真只有求见老和尚，说道："府库空虚，希望能借助大师的威望渡过难关，不知大师是否愿意?"老和尚说："有何不可?"李抱真说："请大师选个吉日，告知信徒将火焚肉身献佛，在下将命人另掘一地道，待点火后大师就可由地道脱身。"老和尚听了李抱真的计划觉得很满意，就很高兴地答应了。

于是李抱真一面命人张贴布告散播消息，一面派人修建道场，由于法会将连续举行七天，所以道场上堆满了木柴、香油。为了让老和尚放心，李抱真亲自陪同老和尚察看地道。

到了吉日，道场上灯火昼夜不熄，梵唱之声不绝于耳，只见老和尚坐在法坛上手执香炉，对信徒们宣扬佛法，李抱真也带领部属在坛下参礼膜拜，并将财物捐献在法坛旁。一时间善男信女争相捐献，转眼竟堆成小山。

到了第七天，老和尚命人在法坛四周架上木柴，开始引火，一面击钟口念佛号，谁知李抱真早已暗中派人将地道封闭。一会儿工夫，只见老和尚已随木柴化为灰烬。总计此次法会所捐献的款项，竟然上亿，全数收归府库，化解了潞州的财务危机。

事后李抱真将老和尚火化后所拾得的舍利子（佛身火化后，结成似珠状物）另建一塔供奉。

汴州有座相国寺，传出寺中所供奉的佛像竟然有汗珠冒出，节度使刘玄佐命人驾车亲自到寺中参礼膜拜并献金帛。中午，他的夫人也来到寺中。第二天更在寺中举行斋戒法会，于是将帅、官吏、富商争相前往相国寺献金膜拜，唯恐落人之后。

刘玄佐就命人将众信徒所捐献的财物一一登记，十天后法会结束，说："佛像不出汗了。"累计众人所捐钱财有数万，全部纳入府库。

文彦博

【原文】

起居舍人毋湜，至和中上言，乞废陕西铁钱，朝廷虽不从，其乡人多知之，争以铁钱买物，卖者不肯受，长安为之乱。民多闭肆，僚属请禁之，文彦博曰："如此是愈惑扰也。"乃召丝绢行人，出其家缣帛数百匹，使卖之，曰："纳其直尽以铁钱，勿以铜钱也。"于是众知铁钱不废，市肆复安。

【译文】

宋朝时起居舍人（官名，掌皇帝起居，记其言行）毋湜曾奏请朝廷废止铁钱流通。朝廷虽未准所奏，但消息传开，百姓都知道废钱的事，于是争相用铁钱购买物品，商家们却拒绝接受，造成长安市场交易一片混乱，有些商家只好暂时关门。僚属请求朝廷下旨禁止罢市，但文彦博（仁宗时进士，封潞国公）表示反对，认为："朝廷禁止，只会加深百姓的疑虑，招致更大混乱。"

文彦博请来了城中的丝绢行老板，把自己家中上百匹的丝绸请老板卖，并声明按市面丝价的行情折算成铁钱，不用铜钱，百姓知道这件事后，知道不会废止铁钱的使用，长安的市场交易也就恢复了正常。

秦　桧

【原文】

京下忽阙现钱，市间颇皇皇。忽一日，秦相桧呼一镊工栉发，以五千当二钱犒之，谕曰："此钱数日有旨不使，可早用也。"镊工遂与外人言之，不三日，京下现钱顿出。

又都下货壅，乏现镪，府尹以闻，桧笑曰："易耳。"即召文思院官，未至，促者络绎，奔而来，谕之曰："适得旨，欲变钱法，可铸样钱一缗进呈，废现镪不用。"约翌午毕事，院官唯唯而出，召工为之，富家闻者尽出宿镪市金票，物价大昂，钱溢于市。既而样钱上省，寂无闻矣。

【评】

贱桧亦尽有应变之才可喜。然小人无才，亦不能为小人。

【译文】

南宋时，京城中突然发生货币短少的现象，一时间人心惶惶。

丞相秦桧（宋奸臣，曾以莫须有罪名杀岳飞）知道后，一日召见一名小工，嘉许他的工作，并把五千元当二元赏给他，小声地说："皇上很快就会下旨废掉现在使用的钱，你要尽快用。"

小工将秦桧的话告诉友人，不出三天京城中现钱涌出。

又有一次，京城中的商家发现货品都卖不出，几乎停市，官府将此事奏报秦桧。秦桧笑着说："这事容易。"立即命人召文思院令（宋官署名，掌造金银珠玉等物），为表示事情紧急，还频频派人催唤。秦桧告诉文思院令说："刚才接获圣旨，皇上有意改变币制，你赶紧命人打造新币模版呈给本相，至于旧币，新币发行以后就不准再用了。"并嘱咐院令第二天中午交差。

院令离去后立即召模造工打造，城中富豪听说这事，连忙将家中的钱换成金帛，一时物价上涨，交易热络，而院令所呈的新币却一直没有音讯。

令狐楚

【原文】

令狐楚除守兖州，州方旱俭，米价甚高。迓使至，公首问米价几何、州有几仓、仓有几石。屈指独语曰："旧价若干，诸仓出米若干，定价出粜，则可赈救。"左右窃听，语达郡中，富人竞发所蓄，米价顿平。

【译文】

令狐楚镇守衮州时，正值州中大旱，一时米价飞涨。

令狐楚召来衙吏问，现在米价多少？衮州有多少仓？每仓可存放多少米粮？然后数着手指自言自语："现在米价甚高，如果把州中所有仓库中的米按旧价卖出，就可以对付这次大旱的缺粮了。"

一旁的随员听到这番话，不久就传遍州内。富商于是争相把所有囤积的米低价卖出，米价迅速跌回合理的价位。

陈霁岩

【原文】

俵马以高三尺八寸，齿少而形肥者为合式。各州县无孳生驹，必从马贩买解。开州居各县之中，马贩自外来，先被各县拦截买完，然后放过。州官比解严迫，马头枉受鞭笞，马价腾踊，求速反迟。陈霁岩为知州，洞知之，故缓其事，待马贩到齐，方出示看马。先一日，唤马头到堂，面问之云："各县俵马已行，汝知之乎？"咸叩头应曰："知之。"又密谕曰："我心甚忙，明日看马，只做不忙，汝辈宜知之。"又叩头感激而去，明日各马贩随马头带马，有高至四尺者，令辄置不用，曰："高低怕相形，宁低一寸，我有禀帖到太仆寺，只说是孳生驹耳。"众禀再迟三日，至临濮会上买，易得。公许之，不责一人而出，各马贩气索然，争愿贱卖，两日而办。在他县争市高马，刻期早解，以求保荐，腾价至四五十金；在本州无过二十余金者。

【评】

真心为民，实政及民，必然置保荐于度外。善保荐者，正不干求。保荐者也。

【译文】

俵马以高三尺八寸、马齿少而体型壮硕的品种才合乎标准。但各个州县都无法自行交配繁殖种马，必须向外地的马贩购买。开州位居在这一带的州县之中，外地的马贩还没有到达开州，合格的马就被其他各州县拦截买光。州官为向朝廷交差，只有不断对马贩施加压力，甚至鞭打用刑，一时马价大涨，反而更买不到合适的马。

陈霁岩为开州知府，明白马价高涨的原委后，故意装作不急，等到外地马贩齐集开州后，才表示要看马。提前一天，陈霁岩就召来本地的马贩们，问道："其他各州都已买好俵马呈给朝廷，你们可知此事？"

马贩答："知道。"

陈霁岩小声说："为了买马，我心中也急得很，但明天选马匹时，我要装作不急，你们不要穿帮。"

第二天，外地的马贩带着马匹前来，有马高四尺的，陈霁岩反而不买，说："高矮怕相比，而高大的马匹较少，容易显得突兀，暴露出不合标准。因此，如果真选不到三尺八寸的，我宁可要低一寸的，没关系，我已呈报太仆寺说是我们自行交配繁殖，这次可能迟一些，因此有时间慢慢选。"

本地马贩说："再过三天，在临濮有个马会，届时一定能买到合意的马匹。"陈霁岩点头说好，对这些外来的马贩也没一句责备的话。外地马贩颇为失望，争相降价求售，结果，陈霁岩在两天内就将朝廷所要求的马数买齐。

其他各州为求交差争相以高价买马，好争取日后升官的机会，以致在别州一匹马喊价四五十金，而开州一匹马不超过二十金。

徐道覆

【原文】

徐道覆，卢循妹夫也，始与循密谋举事，欲治舟舰，使人伐材南康山，伪云："将下都货之。"后称力少，不能得致，即于郡减价发卖，居人贪贱，争取市，各储之家。如是数四，故船板大积。及道覆举兵，按卖券而取，无敢隐者，乃并力装船，旬日而办。

【评】

道覆虽草窃，其才略有过人者。脱卢循能终用其计，何必遽为"水仙"？其临死，叹曰："吾为卢循所误。使吾得事英雄，天下不足定也！"呜呼！奇才策士郁郁不得志，而狼藉以死者比比矣！

天后览骆宾王檄，叹曰："使此人沉于下僚，宰相之过也！"知言哉！

【译文】

徐道覆是卢循的妹夫，二人曾密谋起事。为建造船只，于是雇人在南康山伐木，伪称木材商，对人说："本想将木材运到京城。"后来称财力不够，只好在本州贱价出售。

当地的百姓生活贫苦，觉得有利可图，于是争相抢购，屯放家中。几次交易后，造船所需的船板已积够了。等到起事时，徐道覆照当初买木材的订单到各民家搜购，于是十天之内就造好所需的船只。

秦王祯　马燧　丁谓

【原文】

魏秦王祯为南豫州刺史。大胡山蛮时出抄掠，祯计召新蔡、襄城蛮首，使观射。先选左右能射者二十余人，而以一囚易服参其间。祯先自射，皆中，因命左右以次射，及囚，不中，即斩，蛮相视股栗，又预令左右取死囚十人，皆着蛮衣以候，祯临坐，会微有风动，辄举目瞻天，顾望蛮曰："风气少暴，似有钞贼入境，不过十许人，当在西角五十里，"即命驰骑掩捕十人至，祯告诸蛮曰："非尔乡里耶？作贼合死不？"即斩之，蛮慑服，不知其为死囚也。自是境无暴掠。

回纥还国。恃功恣睢。所过皆剽伤，州县供饩不称，辄杀人。李抱玉将馈劳，宾介无敢往，马燧自请典办具，乃先赂其酋，与约：得其旌章为信，犯令者得杀之。燧又取死囚给役左右，小违令，辄戮死。虏大骇，至出境，无敢暴者。

真宗幸澶渊，丁谓知郓州，兼齐、濮等州按抚使。时契丹深入，民大惊，争趋杨刘渡。舟人邀利，不急济，谓取死罪囚，诈作驾舟人，立命斩之。舟遂集，民乃得渡，遂立部分，使沿河执旗帜，击刁斗自卫，契丹乃引去。

【译文】

曹魏时秦王祯为南豫州刺史，境内蛮人常骚扰百姓。秦王祯于是挑选了二十多位善于射箭的手下，邀请蛮人首领参观射箭比赛。同时把一死囚换上军服，杂在射手中，秦王祯先发箭，结果皆命中目标。于是，命令军士按序发箭，轮到死囚时，没有中靶，秦王祯立即下令斩首。蛮人看到这情形，不禁心头一寒。

秦王祯又命预先已换穿蛮衣的死囚十人在一旁待命。只见秦王祯高坐在参观台上，一阵微风吹过，秦王祯抬头看着天，转头对蛮族首领说："刚才那阵风有一股暴气，好像有贼人闯入，就在西边五十里处，人数约莫十个。"立即命人快马追捕，一会儿果然捕获十人。秦王祯对观礼的蛮族说："是你们的乡亲吗？当强盗该杀不？"于是就地处决，蛮人不知是死囚，只觉得肝胆俱裂，从此不敢再骚扰百姓。

唐代回纥人帮助平定安史之乱有功，又仗着武力强大，归返途中，所到之处奸淫掳掠，州县接待稍不满意就杀人泄恨。将军李抱玉奉旨到回纥军营劳军，竟没有官员敢随行，只有马燧自愿随行。

马燧先贿赂回纥人的酋长，与其约定以旗帜为信号，违反命令的人可处死。接着马燧又自牢中挑出一批死囚为公差，稍有违令立刻处死。回纥人看了大吃一惊，沿途再也不敢闹事。

宋真宗率军驻扎澶州时，丁谓为郓州知府兼齐、濮等州安抚使。这时契丹人深入内地，百姓大为惊慌，纷纷想渡河避难。船家为提高船资，故意推托不开船。丁谓知道后，就由狱中找来一名死囚，扮成船夫斩首示众，于是船家们都不敢怠慢，百姓也都得以顺利渡河。

丁谓又命船家成立自卫队，沿河悬挂旗帜，建立警戒系统，一发现契丹人踪迹，就击锣鼓示警，不久契丹人就退走了。

杨　琎

【原文】

杨琎授丹徒知县。会中使如浙，所至缚守令置舟中，得赂始释。将至丹徒，琎选善泅水者二人，令著耆老衣冠，先驰以迎，中使怒曰："令安在，汝敢来谒我耶?"令左右执之，二人即跃入江中，潜遁去。琎徐至，绐曰："闻公驱二人溺死江中，方今圣明之世，法令森严，如人命何?"中使惧，礼谢而去。虽历他所，亦不复放恣云。

【译文】

杨琎受命为丹徒知县，有中使（天子私人使者，常以宦官充任）平日骄纵贪财，到浙江巡视时经常把当地的守令扣押在官船上，直到守令献上财物才释放。

中使即将到达丹徒县，杨琎挑选两名善于潜水的人扮成百姓前去迎驾。中使看到这两人，很生气地说："县令在哪儿？你们怎敢随便来见我?"命随从把两人赶出官船。二人跳入江中潜水离去。

这时杨琎才上船，骗中使说："听说刚才被大人赶出的两人已溺死江中。当今皇上圣明，朝廷的律令严明，出了人命如何是好?"中使听了杨琎这番话，心头一惊，连忙告罪离开。自此以后中使到地方巡视，再也不敢任意妄为。

韩 雍

【原文】

公镇两广，防患甚严，心腹一二人外，绝不许登阶，亦多以权术威镇之。一日与乡人宴于堂后，蹴鞠为戏，既散，潜使人置石炮。有观者，因指示曰："此公适所蹴戏也。"众吐舌，咸以公为绝力。所张盖内藏磁石，以铁屑涂毛发间，每出坐盖下，须鬓翕张不已。貌既魁岸，复睹兹异，惊为神明焉。

【评】

夷悍而愚，因以愚之。

【译文】

明朝时韩雍镇守两广，律令森严。除了一二名亲信外，外人一律不许进入内室，并且喜欢用权术统驭部下。

一天，韩雍在后厅宴请乡绅，饭后并踢球为戏来助兴。比赛结束后，韩雍派人在后厅放一石球，并指示若有人看到那石球，就说"这是韩公平常所踢的球"。于是看到石球的人都因韩雍的力大无穷而吃惊得吐舌头。

另外，韩雍也在伞盖下暗藏磁石，并在头发里暗藏铁屑，所以每当韩雍外出时，须发贲张。又加上韩雍身体魁梧，见到他的人无不视其为神明。

王　导

【原文】

王敦威望素著，一旦举兵内向，众咸危惧。适敦寝疾，王导便率子弟发哀。众闻，谓敦死，咸有奋志。

【译文】

王敦（临沂人，永昌元年起兵造反）在东晋声望很高，一旦他起兵造反，大臣们及百姓会一片惊惶。

正巧王敦得了急病，王导（曾任元帝、明帝、成帝三朝宰相）知道了，便率领族中子弟发丧，消息传出，全国上下都认为王敦死了，朝野才有平定王敦叛党的斗志。

程　婴

【原文】

屠岸贾攻赵氏于下宫，杀赵朔、赵同、赵括、赵婴齐，皆灭其族。赵朔妻，成公姊也，有遗腹，走公宫匿，赵朔客曰公孙杵臼。杵臼谓朔友人程婴曰："胡不死？"程婴曰："朔之妇有遗腹，若幸而生男，吾奉之；即女也，吾徐死耳。"居无何，而朔妇娩身生男，屠岸贾闻之，索于宫中。夫人置儿裤中，祝曰："赵宗灭乎，若号；即不灭，若无声。”及索儿，竟无声，已脱。程婴谓公孙杵臼曰：“今一索不得，后必且复索之，奈何？”公孙杵臼曰：“立孤与死孰难？”程婴曰：“死易，立孤难耳。”公孙杵臼曰：“赵氏先君遇子厚，子强为其难者。吾为其易者，请先死。”乃谋取他人婴儿负之，衣以文葆，匿山中。程婴出，谬谓诸将军曰：“婴不肖，不能立赵孤，谁能与我千金，我告赵氏孤处。诸将军皆喜，许之。发师随程婴攻公孙杵臼。杵臼谬曰：“小人哉程婴！昔下宫之难不能死，与我谋匿赵氏孤儿，今又卖我，纵不能立，而忍卖之乎？”抱儿呼曰：“天乎！天乎！赵氏孤儿何罪？请活之，独杀杵臼可也！”诸将不许，遂杀杵臼与孤儿。诸将以为赵氏孤儿良已死，皆喜。然赵氏真孤乃反在，程婴卒与俱匿山中。居十五年，晋景公疾，卜之：“大业之后不遂者为祟。”景公问韩厥，厥知赵孤在，乃以赵氏对。景公问：“赵尚有后子孙乎？”厥具以实告。于是景公乃与韩厥谋立赵孤儿，召而匿之宫中。诸将入问疾，景公因韩厥之众以胁诸将而见赵孤。赵孤名曰武。诸将不得已，皆委罪于屠岸贾，于是武、婴遍拜诸将，相与攻岸贾，灭其族。复与赵武田邑如故。及武既冠成人，婴曰：“吾将下报公孙杵臼。”遂自杀。

【评】

赵氏知人，能得死士力，所以蹶而复起，卒有晋国。后世缙绅门下，不以利投，则以谀合，一旦有事，孰为婴、杵？

鲁武公与其二子括与戏朝周，宣王爱戏，立为鲁世子。武公薨，戏立，是为懿公。时公子称最少，其保母臧寡妇与其子俱入宫养公子称。括死，而其子伯御与鲁人作乱，攻杀懿公而自立，求公子称，将杀之。臧闻之，乃衣其子以称之衣，卧于称处，伯御杀之。臧遂抱称以出，遂与称舅同匿之。十一年，鲁大夫知称在，于是请于周而杀伯御，立称，是为孝公。时呼臧为“孝义保”。事在婴、杵前，婴、杵盖袭其智也。然婴之首孤，杵之责婴，假装酷似，不唯仇人不疑，而举国皆不知，其术更神矣，其心更苦矣！

【译文】

屠岸贾（春秋晋人）向赵氏居住的下宫发起攻击，诛杀了赵朔、赵同、赵括、赵婴齐，并灭了他们的族人。赵朔的妻子是成公的妹妹，已怀有身孕，侥幸逃出，藏在成公的宫中。赵朔的门客中，有个人叫公孙杵臼。他问赵朔的好友程婴：“你怎么没随赵氏一族死呢?”程婴说：“赵朔的妻子已怀有身孕，若是男孩，我要抚育他成人；若是女孩，我再随赵氏一门死去也不迟。”

没多久，赵朔的妻子生下一男孩。

屠岸贾听说赵氏有后，立即派人到宫中搜捕。夫人将婴儿藏在衣裤里，暗自祈祷：“如果赵氏注定从此灭绝，你就哭出声来；若赵氏一门的血仇有平反的一天，你就不要出声。”

在屠岸贾的爪牙四处搜查时，婴儿竟完全没有啼哭。

逃过了屠岸贾的搜捕，程婴对公孙杵臼说：“老贼没搜到婴儿一定不会死心，日后一定会再来搜，你看该怎么办?”

公孙杵臼说：“抚孤与死，哪件事更困难一些?”

程婴说：“当然是抚孤比较困难，死容易些。”

公孙杵臼说：“先主赵朔待你不薄，你就负责难的部分吧，容易的由我来做，让我先死。”

于是他向人买了个刚出生不久的婴儿，用绣有赵家标志的衣物包裹，躲在山中。

一切安排妥当后，程婴来到将军府告密：“我程婴贪财怕死，不能抚育赵氏孤儿，只要你们给我一千两金，我立刻告诉你们赵氏孤儿的藏身之处。”

众将听了大为高兴，立刻答应程婴的要求。随即他们出动军队随程婴来到公孙杵臼与赵氏孤儿的藏匿处。公孙杵臼一见程婴，便破口大骂：“程婴你这个小人，当初屠贼在下宫杀害赵氏一族时，你没有追随主公去死已是不忠；同我商量好一起藏匿孤儿，如今又连我也出卖。你即使不愿抚育孤儿，又怎么忍心出卖他呢？”

公孙杵臼将婴儿抱在怀中哭喊着说：“天哪，天哪，孩子是无辜的，请你们放过他吧，要杀就杀我一个人吧！”但军士仍把公孙杵臼和孤儿一齐杀了。众将认为已经斩草除根，非常高兴。

然而真的赵氏孤儿却仍然活着，名叫赵武，与程婴一起藏在山中。

十五年之后，晋景公生病，请人卜卦，卜辞说：“大业之后的冤魂作祟。”景公以卜辞询问韩厥，韩厥知道赵武还活着，便告诉景公可能是赵氏的冤魂。景公又问韩厥“赵家是否有后代”，韩厥就把程婴、公孙杵臼抚孤的事一五一十地向景公禀告。于是景公便和韩厥商议好如何册立赵武，归还赵氏的封地和产业。

景公私下召见赵武并让他先藏在宫中。参与谋害赵家的众将听说景公病了，前来问候，景公质问当年屠杀赵氏一族的惨事，并让他们见到真正的赵家后人赵武。众将见事机败露，就把罪过全推给屠岸贾。于是赵武和程婴联合众将围攻屠岸贾，并灭了他一族。

景公将赵氏原有的田邑归还赵武。

在赵武成年后，程婴说：“我终于可以去见老友公孙杵臼了。”于是就自杀了。

太史慈

【原文】

北海相孔融闻太史慈避地东海，数使人馈问其母。后融为黄巾贼所围，慈适还，闻之，即从间道入围，见融。融使告急于平原相刘备。时贼围已密，众难其出，慈乃带鞬弯弓，将两骑自从，各持一的持之，开门出，观者并骇。慈径引马至城下堑内，植所持的射之，射毕还。明日复然，如是者再。围下人或起或卧，乃至无复起者。慈遂严行蓐食，鞭马直突其围。比贼觉，则驰去数里许矣，竟从备乞兵解围。

【译文】

北海相孔融（鲁人，建安七子之一，后为曹操所杀）听说太史慈（三国吴人，曾任建昌都尉）因受人牵连到东海避祸，就经常派人带着食物、金钱照顾他母亲的生活。

有一次孔融被黄巾贼围困，这时太史慈已由东海回来，听说孔融被围，就从小路潜入贼人的包围圈中见孔融。孔融遂请太史慈突围向平原相刘备求援，但这时贼人已经合围，众人认为很难突围。

太史慈拿带着弓箭，率领两名骑士，让两名骑士各持一个箭靶，三人打开城门出来。贼人大为害怕。只见太史慈牵着马走到城墙下，开始练习射箭，等到箭都射完了，就牵着马回去。第二天仍然如此。一连很多天都是这样。贼人每天见太史慈出城门，以为他又出来练习射箭，坐的坐，躺的躺，理都不理他。谁知太史慈这次却忽然快马冲出，穿过贼人的包围，等到贼人发觉，太史慈已在好几里外。最后竟顺利地向刘备求来援兵，解了孔融之围。

陈子昂

【原文】

子昂初入京，不为人知。有卖胡琴者，价百万，豪贵传视，无辨者。子昂突出，顾左右曰："辇千缗市之!"众惊问，答曰："余善此乐。"皆曰："可得闻乎?"曰："明日可集宣阳里。"如期偕往，则酒肴毕具，置胡琴于前，食毕，捧琴语曰："蜀人陈子昂，有文百轴，驰走京毂，碌碌尘土，不为人知。此乐贱工之役，岂宜留心?"举而碎之，以文轴遍赠会者，一日之内，声华溢都下。

【评】

唐人重才，虽一艺一能，相与惊传赞叹，故子昂借胡琴之价，出奇以市名，而名果成矣。若今日，不唯文轴无用处，虽求一听胡琴者亦不可得。伤哉!

【译文】

唐朝时陈子昂（字伯玉，开唐诗浪漫之风，在唐诗发展史上地位重要）刚到京城时，人们都不认识他。

一天，有个卖胡琴的老头喊价百万要卖手中的胡琴，一些豪门富商传看那胡琴，没人看得出这琴是不是真的价值百万。陈子昂看了看身边的人说："我出一千缗钱买了。"大家听了，惊异得不得了，陈子昂说："我擅长弹奏胡琴。"众人说："可以听你弹奏一曲吗？"陈子昂说："如各位不嫌弃，明天请到宜阳里来。"

第二天众人果然依约前往。陈子昂准备了酒菜，将胡琴放在面前，用过酒菜后，陈子昂捧着琴说："我是四川陈子昂，写过上百篇的文章，到京城来也已有一段时日了，但是始终得不到任何赏识。胡琴是低贱的乐工所弹奏的，哪值得花时间心力去钻研呢。"于是举起胡琴摔在地下，将自己所写的文章分赠给在场的宾客。一天之内，陈子昂的声名就轰动整个长安城。

爰种　温峤　高欢

【原文】

爰盎常引大体慷慨。宦者赵谈以数幸，常害盎。盎患之。兄子种为常侍骑，谓盎曰："君众辱之，后虽恶君，上不复信。"于是上朝东宫，赵谈骖乘，盎伏车前曰："臣闻天子所与共六尺舆者，皆天下英豪。今汉虽乏人，陛下独奈何与刀锯之余共载？"于是上笑，下赵谈。谈泣下车。

王敦用温峤为丹阳尹，置酒为别。峤惧钱凤有后言，因行酒至凤，未及饮，峤伪醉，以手板击之堕帻，作色曰："钱凤何人，温太真行酒，敢不饮？"凤不悦，敦以为醉，两释之。明日，凤曰："峤与朝廷甚密，未必可信，宜更思之。"敦曰："太真昨醉，小加声色，岂得以此便相谗贰。"由是峤得还都，尽以敦逆谋告帝。

尔朱兆以六镇屡反，诛之不止，问计于高欢。欢谓宜选王心腹私将统之，有犯则罪其帅。兆曰："善！谁可行？"贺拔允时在坐，劝请用欢。欢拳殴允，折其一齿，曰：“生平天柱时，奴辈伏处分如鹰犬，今天下安置在王，而允敢诬下罔上如此。”兆以欢为诚，遂委之。欢以兆醉，恐醒而悔之，遂出宣言，受委统州镇兵，可集汾东受号令。军士素乐欢，莫不皆至。欢去，遂据冀州。

【译文】

西汉时爰盎（历任吴相、齐相，七国乱后被赐死）常慷慨激昂地批评朝政，引起宦官赵谈的不满，屡次在皇帝面前说爰盎坏话，爰盎因此很担心。他的侄子爰种是皇帝侍卫，对爰盎说：“你可以当着百官之面羞辱赵谈，日后赵谈在皇上面前说你坏话，皇上就不会相信了。”

一天皇帝要到东宫去朝见太后，赵谈和皇帝共乘一车。爰盎跪在车驾前说：“臣听说自古以来能有资格和皇上共乘一车的，必须是天下一等的英雄豪杰，大汉虽人才不多，但皇上也不至于和受过宫刑的小人共乘一车吧？”皇帝大笑起来，要赵谈下车，赵谈只有哭着下车。

晋朝时王敦任命温峤为丹阳县令，并为他举行酒会饯行。温峤怕钱凤（武康人，与王敦谋反，事败被杀）往后会在王敦面前说他坏话，因此在给钱凤行酒时，以其没有及时喝为借口，在酒宴上装醉，把钱凤的帽子打落，并装着生气地说：“你是什么东西，我温峤向你敬酒，你竟敢不喝？”钱凤非常不高兴，王敦认为这是温峤醉后发酒疯，便出面打圆场。

第二天，钱凤对王敦说：“温峤和朝廷往来密切，并不可靠，你派他到丹阳这事得重新考虑考虑。”

王敦说：“昨晚温峤酒醉，对你大声吼了几句，你就说他坏话，未免太小心眼了吧？”

于是温峤得以安全返回建康，把王敦谋反的计划报告皇帝。

南北朝时尔朱兆（后魏人，善骑马射箭）因所统领的六个镇常有军队叛变的事发生，主事者虽都予以处死，但乱事仍不断发生，于是向高欢（北齐人，后为神武帝）询问计策。高欢说："不如任命王的亲信为统帅统领六镇，有任何问题就责问统帅。"

尔朱兆说："好是好，但是派谁去呢？"

当时贺拔允（北齐人，因谗言被杀）在座，就建议尔朱兆任命高欢为大将军。高欢听了，一拳就把贺拔允的牙齿打落一颗，说道："当年天柱大将军在世时，我们尽职尽责地为主上驱赶杀敌，如打猎所用的鹰犬一样。如今六镇统帅的任命，应当由大王来决定委派，小小贺拔允居然有天大的胆子敢在这里胡言乱语。"

尔朱兆认为高欢对自己一片忠心，当场任命他为六镇的统帅。

高欢怕尔朱兆是酒后醉语，日后反悔，出门立即对士兵宣布受命统领六镇军队，命所有士兵在河东集合。士兵们一向爱戴高欢，听到这消息无不前往集合地点报到，高欢于是占据冀州。

王东亭

【原文】

王绪素谗殷荆州于王国宝，殷甚患之，求术于王东亭。曰："卿但数诣王绪，往辄屏人，因论他事，如此则二王之好离矣。"殷从之，国宝见王绪，问曰："比与仲堪何所道？"绪云："故是常谈。"国宝谓绪于己有隐，情好日疏，谗言用息。

【评】

此曹瞒间韩遂马超之故智。张濬杀平阳牧守，亦用此术。[平阳牧张姓，蒲帅王珂之大校]。

【译文】

王绪经常在王国宝面前说殷仲堪的坏话，殷仲堪非常担心，向王东亭（王珣，封东亭侯，世称王东亭）请教对策。

王东亭说："从现在起，你经常去见王绪，到了他家，把旁人支开，然后就谈论一些家常小事。一段时日后，二王的交情就会有变化。"

殷仲堪按计行事。

王国宝一日见了王绪，问道："殷仲堪常到你那儿，究竟和你都谈论些什么？"

王绪说："没什么，都是些无关紧要的小事。"

王国宝听了，以为王绪有事瞒着他，于是二人关系日渐疏远，以后再也没有殷仲堪的闲话传进王国宝耳中。

吴　质

【原文】

丞相主簿杨修谋立曹植为魏嗣，曹丕患之，以车载废簏，纳吴质，与之谋。修白操，丕惧，告质。质曰："无害也。"明日复以簏载绢入。修复白之，推验无人，操由是不疑。

【评】

植之夺嫡，操固疑之；疑植，则其不疑丕也易矣；不然，多猜如操，何一推验而即止耶？其杀修也，亦以孤植而安丕。而说者谓“黄绢”取忌，“鸡肋”误军，亦浅之乎论操矣！

【译文】

丞相主簿杨修（后汉人，博学多才，为曹操所忌）想拥立曹植（曹操第三子，曾七步作诗）为世子，曹操世子曹丕（即魏文帝，曹操长子，后废献帝篡汉）为此烦恼不已，于是把吴质（三国魏人，才学通博）藏在车上的竹篓里送入宫中一共商量对策。

杨修知道这件事，就报告给了曹操。曹丕见事机泄露非常害怕，吴质说：“不要怕，没关系。”

第二天，曹丕把丝绸装在车上的竹篓里载到家中，杨修又密告曹操，曹操派人拦车检查，结果车上只有丝绸没有人，于是曹操不再疑心曹丕。

司马懿　杨行密　孙坚　仇钺

【原文】

曹爽擅政，懿谋诛之，惧事泄，乃诈称疾笃。会河南尹李胜将莅荆州，来候懿，懿使两婢侍持衣，指口言渴，婢进粥，粥皆流出沾胸。胜曰：“外间谓公旧风发动耳，何意乃尔？”懿微举声言：“君今屈并州，并州近胡，好为之备，吾死在旦夕，恐不复相见，以子师、昭为托。”胜曰：“当忝本州，非并州。”懿故乱其词曰：“君方到并州。”胜复曰：“忝荆州。”懿曰：“年老意荒，不解君语。”胜退告爽曰：“司马公尸居余气，形神已离，不足复虑。”于是爽遂不设备。寻诛爽。

安仁义、朱延寿，皆吴王杨行密将也，延寿又行密朱夫人之弟。淮徐已定，二人颇骄恣，且谋叛，行密思除之。乃阳为目疾，每接延寿使者，必错乱其所见以示之，行则故触柱而仆，朱夫人挟之，良久乃苏，泣曰：“吾业成而丧明，此天废我也，诸儿皆不足任事，得延寿付之，吾无恨矣。”朱夫人喜，急召延寿。延寿至，行密迎之寝门，刺杀之，即出朱夫人，而执斩仁义。

孙坚举兵诛董卓，至南阳，众数万人，檄南阳太守张咨，请军粮，咨曰：“坚邻二千石耳，与我等，不应调发。竟不与，坚欲见之，又不肯见，坚曰：“吾方举兵而遂见阻，何以威后?”遂诈称急疾，举兵震惶，迎呼巫医，祷祠山川，而遣所亲人说咨，言欲以兵付咨。咨心利其兵，即将步骑五百人，持牛酒诣坚营。坚卧见，亡何起，设酒饮咨，酒酣，长沙主簿入白：“前移南阳，道路不治，军资不具，太守咨稽停义兵，使贼不时讨，请收按军法。”咨大惧，欲去。兵阵四围，不得出，遂缚于军门斩之。一郡震栗，无求不获，所过郡县皆陈糗粮以待坚军。君子谓：“坚能用法矣。法者，国之植也，是以能开东国。”

正德五年，安化王寘鐇反，游击仇钺陷贼中，京师讹言钺从贼，兴武营守备保勋为之外应。李文正曰：“钺必不从贼，勋以贼姻家，遂疑不用，则诸与贼通者皆惧，不复归正矣。”乃举勋为参将，钺为副戎，责以讨贼。勋感激自奋，钺称病卧，阴约游兵壮士，候勋兵至河上，乃从中发为内应。俄得勋信，即嗾人谓贼党何锦：“宜急出守渡口，防决河灌城?遏东岸兵，勿使渡河。”锦果出，而留贼周昂守城。钱又称病亟，昂来问病，钱犹坚卧呻吟，言旦夕且死。苍头卒起，捶杀昂，斩首。钱起披甲仗剑，跨马出门一呼，诸游兵将士皆集，遂夺城门，擒寘镭。

【译文】

曹爽（三国魏人，明帝时与司马懿共辅少主，后因有异心被杀）骄纵专权，司马懿（三国魏人，有雄才，杀曹爽后，代为丞相）想要杀他，又恐事机不密，于是对外宣称得了重病。

恰逢河南令尹李胜（三国魏人，有才智，为曹爽心腹，官至荆州刺史，后与曹爽一起被杀）准备到荆州做刺史，临行前来探访司马懿。只见司马懿让两个婢女扶着出来，又拉着婢女的衣角指着嘴巴表示口渴。婢女端来一碗粥，司马懿却喝得满脸满身都是。李胜说："外面传言说您痛风病发，怎会这么严重呢！"

司马懿发出微弱的声音说道："听说你在并州。并州靠近胡人，你要小心防备，我快死了，以后恐怕以后见不到你了，小儿司马师、司马昭，就托你多照顾了。"李胜说："我要去荆州，不是并州。"司马懿故意打岔说："哦，你才刚到并州啊？"李胜又纠正一次："我要去荆州。"司马懿又装出一副迷茫的样子说："年纪大了，脑子不清楚了，听不懂你在说什么。"

李胜在离开司马府后，很高兴地对曹爽说："司马老头儿现在是个只剩一口气的活死人，神志已经不清，不用担心他。"

于是曹爽放松对司马懿的防备，使得司马懿终于有机可乘，杀了曹爽。

安仁义、朱延寿都是吴王杨行密的将军，朱延寿又是杨行密朱夫人的弟弟。自从平定淮南后，安、朱二人盛气凌人并且暗中商议谋反。杨行密知道后，想除去二人，于是假称得了眼病。每次接见延寿派来的使者，都把使者所呈报的公文乱指一通，走路也不时因碰到屋柱而跌倒。朱夫人虽在一旁扶他，也要许久才能苏醒过来。

杨行密哭着说："我已是个瞎老头了，这是天意啊。儿子们都不争气，幸好有延寿可托付后事，这辈子也没有什么好遗憾的了。"朱夫人听了暗自高兴，立刻召朱延寿入宫。朱延寿入宫时，杨行密早已躲在寝宫门口，等朱延寿一踏入寝宫，就一剑杀了他。朱延寿死后，杨行密下令将朱夫人赶出宫廷，又将安仁义斩首。

东汉末年，孙坚（勇毅有谋略，次子权称帝，追尊武烈皇帝）发兵讨伐董卓（灵帝时因屡有战功，封前将军，后自称为相国，杀少帝、立献帝，后为吕布刺杀），带领数万大军来到南阳后，发文请南阳太守张咨支援米粮。

张咨说："孙坚和我一样是二千石的太守职位，凭什么向我调发军粮？"于是不加理会。孙坚想见他，张咨也总是推辞不见。孙坚暗想："我才起兵就受到阻碍，以后怎么树立威信呢？"于是假称得了重病，消息传开，全军士兵非常担心，不但延请医生诊治，并且焚香祝祷。

孙坚派亲信告诉张咨，准备将大军交由张咨统领，张咨听了，高高兴兴地率领兵士五百人，带着牛羊、美酒来到孙坚的营地看望。孙坚躺在床上见他，过了一会儿才起身设酒款待。二人喝得正高兴时，长沙主簿入营求见孙坚，说道："日前大军来到南阳，前行的道路尚未修好，军中物资又缺乏，太守张咨又拒绝提供军粮，使得大军无法讨贼，请按军法处置。"张咨大为惊惶，想逃出，但四周都是孙坚的部队，无法突围，于是众兵将张咨绑至军门斩首。郡民大惊，从此对孙坚的要求无不照办。日后孙坚所到之处，再也没有军粮供应不足之事。

后人认为，孙坚懂得用"法"。法是立国根本，因此孙坚后来能创立吴国。

明武宗正德五年，安化王寘鐇造反。游击仇钺（字廷威，谥武襄）被俘，京师谣传仇钺降贼，而兴武营守备保勋则是外应。李文正说："仇钺一定不会投降贼人。至于保勋，如果因为他和寘鐇有姻亲关系，你就怀疑他是外应，那么凡是和敌人有过交往的，都会害怕而不敢投效我们了。"

于是推荐保勋为参将，仇钺为副将，将讨贼的任务交给他们。保勋非常感激，暗自发誓要灭贼。

仇钺在贼营中假称生病，暗中却约集旧属在河岸边等候保勋部队，伺机从中接应。很快得到保勋传来的消息，又嗾使人告诉贼将何锦："要赶紧调派军队防守河口，严防朝廷大军决堤灌城；要拦住东岸来敌，强行渡河。"何锦果然上当，命周昂守城。仇钺又假称病情加重，周昂前来探视，仇钺正躺在床上呻吟，并说"恐怕死期到了"。然后趁着周昂不留神，突然起身杀了周昂。周昂死后，仇钺披上盔甲拿着剑，骑上快马冲出营门，召集昔日部下，一举夺下敌营，擒获寘鐇。

杜　畿

【原文】

高干举并州反。前河东太守王邑被征，掾卫固、范先以请邑为名，实与干通谋。曹操拜杜畿为河东太守，固等以兵绝陕津，畿不得渡，或谓宜须大兵，畿曰："河东三万户，非皆欲为乱也。今兵迫之急，必惧而听于固；固等势专，必以死战。讨之不胜，为难未已；

讨之而胜，是残一郡之民也。吾单车直往，出其不意，固为人多计而无断，必伪受吾，得居郡一月，以计縻之，足矣。”遂诡从郖津渡，范先欲杀畿，固曰：“杀之何益？徒有恶名，且制之在我。”遂奉之，畿谓固、先曰：“卫、范，河东之望也，吾仰成而已。然君臣有定义，成败同之，大事当共平议。”以固为都督，行丞事，将校吏兵三千余人，皆范先督之。固等喜，虽阳事畿，不以为意。固欲大发兵，畿患之，说固曰：“夫欲为非常之事，不可动众心，今大发兵众，必扰；不如徐以资募兵。”固以为然，从之。调发数十日乃定，诸将贪多应募而少遣兵，又入喻固等曰：“人情顾家，诸将掾吏可分遣休息，急缓召之不难。”固等恶逆众心，又从之。时善人在外，阴为己援；恶人分散，各还其家，则众离矣。会高干入濩泽，上党诸县杀长吏，弘农执郡守，固等密调兵，未至。畿知诸县附己，因出单将数十骑，赴张辟拒守，吏民多举城助畿者。比数十日，得四千余人。固等与干、晟共攻畿，不下，略诸县，无所得，会大兵至，干、晟败，固等伏诛，其余党与皆赦之。

【译文】

后汉时高干（袁绍外甥）以并州为根据地举兵谋反，并扣押河东太守王邑，卫固、范先都是王邑的部下，便以保护河东安全为理由，要求朝中授以河东的官职来防贼，事实上却是和高干暗中勾结。

曹操任命杜畿（三国魏人，任河东太守时，颇有政绩）为河东太守。由于卫固等人占据河口，杜畿无法渡河上任，有人便建议派军队强行渡河。杜畿说：“河东三万户百姓，并非人人都愿意跟随高干作乱。若调派军队，百姓必会惊惶，反而会听从卫固等人的指挥。而卫固若得到百姓的支持，一定会拼死抵抗。双方交战，若我方败了，乱事就会继续扩大；即使胜了，也会伤及无辜的百姓。不如我单身进城，他们一定料想不到。卫固这个人虽心眼多，但做事下不了决心，一定会假意接待我，我先待上一个月，再见机行事，一定能瓦解他们。”于是从小道渡河。

范先见到杜畿后，本想杀他，以绝后患，卫固却说：“杀杜畿对我们没有什么帮助，只会让我们多个杀人罪名。再说，他完全在我们的掌握之中。”于是两人尊杜畿为太守。

一日，杜畿对卫固、范先说：“你们两人是河东百姓所仰望依靠的人，虽说由我治理河东，其实完全仰仗两位。我们三人虽名分有别，但成败的责任是一体的，以后所有大事应当一起商议。”于是任命卫固为都督，行使太守副职的权责。至于统率将领则交由范先。卫固等人很满意这种安排，也就不再防备杜畿。

有一次卫固想大规模征发河东百姓为兵准备起事，杜畿暗中着急，便对卫固说：“想成就非常事业的人最忌讳轻易惊扰人心，如今你全面召集河东百姓为兵，一定会引起百姓的惊恐。不如化整为零，用长期募兵的方式来代替。”卫固觉得有理，便着手办理。于是，发兵的事拖延了好几十天才完成，而且，手下的将领贪财，每每以少报多，实际上募集的士兵远不如预期。

一段时日后，杜畿又对卫固等人说：“想家是人之常情，现在一时还没什么状况，不妨让兵士们轮流回家休息，一旦有什么状况，再召集也不迟。”卫固等人怕违逆人心，又依计行事。于是整个河东情势是，亲附卫固的部队都暂时解散回家，而真正防卫河东的部队却听命于杜畿。

这时高干已归附蜀汉，上党县民杀了地方官，弘农郡则绑架了郡守。卫固等人想征调各县的军队一起举事，却发现军队迟迟不来。杜畿知道自己已完全掌握河东各县的民心，就带着几十个亲信到张辟县防御卫固等人起兵，河东百姓绝大多数站在杜畿这一边，才十几天工夫，杜畿的军队已扩张至四千多人。

卫固与干、晟联手围攻杜畿，却屡攻不下，想纵兵劫掠各县以补充军需物资，却毫无所得。这时恰逢曹操的大军开到，干、晟投降，卫固等人被杀，其余部众则被全部免罪。

曹　冲

【原文】

曹公有马鞍在库，为鼠所伤。库吏惧，欲自缚请死。冲谓曰：“待三日。”冲乃以刀穿其单衣，若鼠啮者，入见，谬为愁状。公问之，对曰：“俗言鼠啮衣不吉，今儿衣见啮，是以忧。”公曰：“妄言耳，无苦。”俄而库吏以啮鞍白，公笑曰：“儿衣在侧且啮，况鞍悬柱乎。”竟不问。

【译文】

曹操的一副马鞍，放在马厩中被老鼠咬了个洞，管马房的小吏害怕曹操怪罪，想主动向曹操认罪请死。

曹冲（曹操幼子，有才智）知道后，就对他说：“不急着禀告，等三天再说。”

之后，曹冲用刀把衣服戳了个洞，看起来好像是被老鼠咬的，然后穿着去见曹操，一脸愁苦表情。曹操问他原因，曹冲说：“听人说衣服若是被老鼠咬破，就会倒霉，您看我的衣服被老鼠咬了一个大洞，我因此担心。”曹操说：“那是迷信，别放在心上。”

一会儿，马房小吏进来向曹操报告马鞍被老鼠咬坏的事，曹操笑着说："衣服在人身边，都还会被老鼠咬破，何况是挂在柱子上的马鞍呢？"竟不追究此事。

杨　暄

【原文】

天顺间，锦衣指挥门达用事。同时有袁彬指挥者，随英宗北狩，有护跸功。达恶其逼，令逻卒摭其阴私，欲致于死。时有艺人杨暄者，善倭漆画器，号杨倭漆，愤甚，乃奏达违法二十余事，且极称彬枉。疏入，上令达逮问。暄至，神色不变，佯若无所与者。达历询其事，皆曰："不知。"且曰："暄贱工，不识书字，又与君侯无怨，安得有此？望去左右，暄以实告。"因告曰："此内阁李贤授暄，使暄投进，暄实不知所言何事，君侯若会众官廷诘我，我必对众言之，李当无辞。"达闻甚喜，劳以酒肉。早朝，以情奏，上命押诸大臣会问于午门外，方引暄至，达谓贤曰："此皆先生所命，暄已吐矣。"贤正惊讶，暄即大言曰："死则我死，何敢妄指！我一市井小人，如何见得阁老？鬼神昭鉴，此实达教我指也！"因剖析所奏二十余条，略无余蕴。达气沮，词闻于上，由是疏达，彬得分司南都。居一载，驿召还职。后达坐怨望，谪戍广西以死。

【评】

此与张说斥张昌宗保全魏元忠事同轴。然说故多权智，又得宋璟诸人再三勉励，而后收蓬麻之益；杨暄一介小人，未尝读书通古，而能出一时之奇，抗天威而塞奸吻，不唯全袁彬，并全李贤。不唯全二忠臣，且能去一大奸恶，智既十倍于说，即其功亦十倍于说也！一时缙绅之流，依阿事达者不少，睹此事，有不吐舌；闻此事，有不愧汗者乎？岂非衣冠牵于富贵之累，而匹夫迫于是非之公哉！

洪武时，上尝怒宋濂，使人即其家诛之。马太后是日茹素，上问故，后曰："闻今日诛宋先生，妾不能救，聊为持斋以资冥福耳。"上悟，即驰驿使人赦之。

薛文清瑄既忤王振，诏缚诣市杀之。振有老仆，是日大哭厨下，振问："何哭？"仆对曰："闻今日薛夫子将刑故也。"振闻而怒解。适王伟申救，遂得免。夫老仆之一哭，其究遂与圣母同功，斯亦奇矣！

语曰："是非之心，智也！"智岂以人而限哉！

土木之变，内侍喜宁本胡种也。从太上于虏中，数导虏入寇，以败和议。上患之。袁彬言于太上，遣宁传命于宣府参将杨俊，索春衣，因使军士高磐与俱。彬刻木藏书，系磐髀间，以示俊，俾因其来执之。俊既得书，与宁饮城下，磐抱宁大呼，俊从兵遂缚宁解京，处以极刑。于是虏失向导，厌兵，遂许返跸。按，彬周旋虏中，与英庙同起处，其宣力最多，而诛宁尤为要着，亦宁武子之亚也。

【译文】

明英宗天顺年间，锦衣卫（明禁卫军名，本为侍卫仪队，后掌巡察缉捕）指挥门达（明英宗时宦官，宪宗时发南州卫充军）专权，袁彬（以锦衣卫护驾北征）因曾在土木之变时护驾有功，深得英宗信赖，门达因而嫉妒。于是暗中派人刺探袁彬的隐私，想找到他的把柄置其于死地。

当时有个叫杨暄的艺匠，善于制作倭漆（漆器物的一种方法，明时传入中国），外号叫杨倭漆，听说门达想陷害袁彬，非常气愤，就写了二十条门达的罪状呈给英宗，并再三说明袁彬所受的冤屈。

英宗命门达传讯杨暄审问，杨暄见了门达，毫不惊慌，就好像事情根本不是他做的一样，对门达的问话，一律回答“不知道”，并且说：“我是一名艺匠，没念过什么书，和大人您也从没有过节，怎会做出这种事。若能屏退左右，我就将整个事件的实情禀告大人。”

两人独处后，杨暄告诉门达：“其实这一切都是内阁李贤（明朝进士，常提拔后进）授意我做的，他要我呈给皇上一封奏书，至于内容写些什么我实在不知。如果大人在朝廷百官面前询问我，我愿意当众和李贤对质，李贤一定无法抵赖。”门达听了非常高兴，便以酒肉招待他。

第二天早朝时，英宗命有关大臣齐集午门（北平紫禁城正门）。杨暄入殿后，门达对李贤说：“这一切都是你的计谋，杨暄已从实招了。”李贤正一头雾水时，杨暄便大声说：“我死也就罢了，哪儿敢诬赖好人！我一个小老百姓，怎么可能会见到内阁大臣呢？老天在上，这一切都是门达教我做的。”接着详细说明所呈奏皇上有关门达的二十多条罪状，门达当场灰头土脸。

英宗虽未将门达治罪，但从此对门达疏远许多。袁彬被派往南都，一年后又奉旨回京。日后门达因他罪被贬至广西，最后死在那里。

乔白岩

【原文】

武宗南巡，江提督所领边兵，皆西北劲兵，伟岸多力。乔白岩命于南方教师中，取其最矮小而精悍者百人，每日与江相期，至教场中比试。南人轻捷，跳趚如飞，北人粗坌，方欲交手，或撞其胁，或触其腰，皆倒地僵卧。江气大沮丧，而所蓄异谋，亦已潜折一二矣。

【评】

时应天府丞寇天叙（山西人）署尹事，每日带小帽，穿一撒衣坐堂，自供应朝廷外，毫不妄用。江彬有所虐索，每使至，佯为不见，直至堂上，方起立，呼为钦差，语之曰："南京百姓穷，仓库竭，钱粮无可措办，府丞所以只穿小衣坐衙，专待拿问耳。"每次如此，彬无可奈何而止。此亦白岩一时好帮手也。

又是时，边军于市横行，强买货物。寇公亦选矬矮精悍之人，每早晚祗候行宫，必以自随，若遇此辈，即与相持，边军大为所挫，遂敛迹。想亦与白岩共议而为之者。

【译文】

明武宗南巡，江彬所率领的士兵都来自西北，个子高、力气大。乔白岩命人从南方教练团中挑选矮小精悍者一百人，与江彬约定每日在校场中比武。南方人个子小，动作敏捷，跳跃如飞；北方人粗大笨拙，才一交手，不是被对方撞伤肋骨，就是扭伤腰，纷纷倒地不起。江彬看了大为泄气，原有的谋反之心也受到一二分挫败。

宗　泽

【原文】

宗汝霖，建中靖国间为文登令。同年青州教授黄荣上书，自姑苏编置某州，道经文登，感寒疾不能前进。牙校督行甚厉，虽赂使暂留，坚不可得。不得已，使人致殷勤于宗。宗即具供帐于行馆，及命医诊候。至调理安完，而了不知牙校所在。密讯其从行者，云，自至县，即为县之胥魁约饮于营妓，而以次胥吏日更主席。此校嗜酒而贪色，至今不肯出户。屡迫促之，乃始同进。

【评】

探知嗜酒贪色，便有个题目可做。只用数胥吏，而行人之厄已阴解矣。道学先生道理全用不著。此公可与谈兵。

【译文】

宋徽宗赵佶时，宗汝霖（宗泽）为文登县令。有天，接到同年一起高中金榜的友人黄荣来信，自称从姑苏被派到某州去，路经文登，受风寒无法继续赶路。但督行的武官非常严厉，自己虽想贿赂他，请求休息一两天，却行不通，不得已，只好写信向宗泽求助。

宗汝霖立即准备了物品到黄荣所住的行馆探望，并请人为他看病。一直到黄荣病好，连武官在哪儿都不知道。

黄荣暗中询问，随行人员说：自从来到文登县后，武官就被县令的手下邀到营妓那儿喝酒，并且由县令手下轮流做东。武官好酒，并且贪恋女色，到现在也不肯离开。多次催请，才勉强同意上路。

张　易

【原文】

张易通判歙州，刺史朱匡业使酒陵人，果于诛杀，无敢犯者。

易赴其宴，先故饮醉，就席。酒甫行，寻其少失，遽擲杯推案，攘袂大呼，诟责蜂起。匡业愕然不敢对，唯曰："通判醉，性不可当也。"易嵬峨喑噁自如。俄引去，匡业使吏掖就马。自是见易加敬，不敢复使酒，郡事亦赖以济。

【评】

事虽琐，颇得先发制人之术。在医家为以毒攻毒法，在兵家为以夷攻夷法。

【译文】

张易（南唐人，苦学自励）任歙州通判（官名，掌民钱谷、狱讼、听断之事）时，刺史朱匡业常借酒装疯欺人，动辄下狠手杀人，没有人敢冒犯他。

有一次张易在赴朱匡业的酒宴前，故意先喝醉，入席后没多久便借小事生气，摔酒杯，掀桌子，更大呼小叫地乱骂一通，招来一片指责之声。匡业见了不知如何是好，只是说："通判喝醉了，不要惹他。"一旁的张易虽已声音沙哑，却仍叫骂不停。不久，张易要离去，匡业派人扶张易上马。

从此，朱匡业见张易时态度恭敬，不敢再借醉酒欺侮人。郡中的公务才得以顺利进行。

张滫王　老兵

【原文】

张循王尝春日游后圃，见一老卒卧日中，王蹴之曰："何慵眠如是?”卒起声喏，对曰：“无事可做，只索眠耳。”王曰：“汝会做甚事?”对曰：“诸事薄晓，如回易之类亦粗能之。”王曰：“汝能回易，吾以万缗付汝，何如?”对曰：“不足为也。”王曰：“付汝五万。”对曰：“亦不足为也。”王曰：“汝需几何?”对曰：“不能百万，亦五十万乃可耳。”王壮之，即予五十万，恣其所为。其人乃造巨舰，极其华丽，市美女能歌舞者、乐者百余人，广收绫锦奇玩、珍羞佳果及黄白之器，募紫衣吏轩昂闲雅、若书司客将者十数辈，卒徒百人。乐饮逾月，忽飘然浮海去。逾岁而归，珠犀香药之外，且得骏马，获利几十倍。时诸将皆缺马，唯循王得此马，军容独壮，大喜，问其“何以致此?”曰：“到海外诸国，称大宋回易使，谒戎王，馈以绫锦奇玩，为招其贵近，珍羞毕陈，女乐迭奏。其君臣大悦，以名马易美女，且为治舟载马；以犀珠香药易绫锦等物，馈遗甚厚，是以获利如此。”王咨嗟，褒赏赐予优隆。问：“能再往乎?”对曰：“此戏也，再往则败矣。愿退老园中如故。”

【译文】

宋朝时循王张俊有一天游后花园，看见一个老兵在太阳下睡觉。张俊就踢了踢老头，问：“怎会大白天睡在这儿?”老兵站起身回答说：“没事可做呀，只好睡觉。”王说：“你会什么?”老兵回答：“都会一点，就像回易（宋代使者往国外时带本国物品送夷国君王，归国时带回彼方产物）什么的，也略知一二。”王说：“你如果能回易，我给你一万，怎么样?”老兵说：“不够。”王说：“给你五万。”老兵说：“还是不够。”王说：“你要多少?”老兵说：“没有一百万，至少也要五十万才够。”王欣赏他的勇气，立即给他五十万，任老兵支配。

老兵于是先造一艘极为华丽的大船，网罗能歌善舞的美女及乐师百余人，四处搜购锦缎、珍奇，及黄金、珠玉等，另招募十多个身穿紫衣、气宇轩昂，看来有将军派头的人物，及一百多名士兵，日日饮酒作乐。一个多月后，突然扬帆渡海而去。

一年后，载着满船的珍珠、犀角、香料、药材自海外归来，并且还得到一批骏马，获利数十倍之多。当时各将军都缺乏马匹，只有循王由于得到这批马匹，特别显得军容壮盛。循王非常高兴，问老兵是怎么做的？老兵说："到了海外各国，我自称是大宋使者，前来拜谒，又送夷王许多丝绸、珍玩，为结交当地的大臣，我拿出美酒、佳肴招待他们，并且不断要美女献歌奏乐。夷国君臣大为高兴，愿意用名马交换美女，并且为我准备船只载运马匹，还用犀角、香料、药材等换取绸缎，国王也赏我许多宝物，所以获利才如此丰厚。"

循王对老兵称许不已，赏他许多财物。循王问："能再去吗？"老兵说："这跟作战一样，同样的战法再使用一次就不灵了，您还是让我回到后花园去睡觉吧。"

司马相如

【原文】

卓文君既奔相如，相如与驰归成都，家居徒四壁立。卓王孙大怒，不分一钱，相如与文君谋，乃复如临邛，尽卖其车骑，置一酒舍酤酒，而令文君当鲈，身自穿犊鼻裈，与庸保杂作，涤器市中，王孙闻而耻之，不得已，分予文君僮百人、钱百万，乃复还成都为富人。

【评】

卓王孙始非能客相如也，但看临邛令面耳；终非能婿相如也，但恐辱富家门面耳。文君为之女，真可谓犁牛骍角矣！王吉始则重客相如，及其持节喻蜀，又为之负弩前驱，而当罏涤器时，不闻下车慰劳，如信陵之于毛公、薛公也，其眼珠亦在文君下哉。

【译文】

汉朝时卓文君（卓王孙之女，新寡，司马相如以琴音诱，与之私奔）和相如（口吃，善著书，武帝时以献赋为郎官）私奔后，就和相如一起回到成都，两人穷得家里连桌椅都没有。卓王孙因为文君败坏门风非常生气，所以一文钱也不给。夫妻俩商量后，决定回到临邛，卖了马匹车辆，买下一间酒铺卖酒。文君掌柜，相如穿着围裙兼酒保打杂，并当街洗碗。卓王孙听说这些事，觉得脸上无光，只好派一百个奴仆去侍候文君，并给钱一百万，夫妻二人又成为成都的富人。

智　医

【原文】

唐时京城有医人，忘其姓名。有一妇人，从夫南中，曾误食一虫，常疑之，由是成疾，频疗不痊，请看之。医者知其所患，乃请主人姨妳中谨密者一人，预戒之曰："今以药吐泻，即以盘盂盛之。

当吐之时，但言有一小蝦蟆走去。然切不得令病者知是诳语也。”其妳仆遵之，此疾永除。

又有一少年，眼中常见一小镜子，俾医工赵卿诊之。与少年期，来晨以鱼脍奉候。少年及期赴之，延于内，且令从容，候客退后方接。俄而设台，止施一瓯芥醋，更无他味，卿亦未出。迨久促不至，少年饥甚，闻醋香，不觉屡啜之，觉胸中豁然，眼花不见，因啜尽。赵卿乃出，少年惭谢。卿曰：“郎君先因吃脍太多，饮醋不快，又有鱼鳞于胸中，所以眼花。适来所备芥醋，只欲郎君因饥以啜之，今果愈疾。烹鲜之会，乃权诈耳！请退谋朝餐。”

【译文】

唐朝时京城有位医生，忘了叫什么名字。有一位妇人随丈夫到南方时，不小心误吞了一只虫，常常担心虫在肚里作怪，日子久了竟然忧郁成病，虽看了许多医生，始终医不好。一日，延请这位医生到家诊治，医生知道妇人的心病，就召来妇人家中能守密的奶妈，事先警告奶妈说：“待会儿我用药让你家夫人呕吐，你赶紧用盆盂接着。在她呕吐的时候，你告诉夫人说看见有一只小蛤蟆跑了。但万万不可说这是骗她的。”奶妈答应一定守密，从此妇人的病就好了。

另有一少年，常觉得眼睛里有一面小镜子，请一位赵姓医生诊治。赵医师和少年约定第二天早晨请少年吃鱼，少年准时赴约，医师请少年进屋，请他稍候，说等送走其他客人后立即招呼他。一会儿，仆人摆上碗筷，但桌上除了一瓶芥醋外，再没有其他的菜肴，也不见医生。少年等了许久，要仆人催请，仍不见医生出来。少年非常饥饿，闻到桌上芥醋的香味，不知不觉就喝了几次，突然感到胸口不再郁闷，也不再眼花，于是一口气把剩下的芥醋全喝了。这时赵医师才走出来，少年觉得很不好意思，向医生道歉。赵医师说："你吃脍鱼太多，吃醋太少，又加上有鱼鳞梗在胸口，所以才会觉得眼花。刚才所准备的芥醋，就是希望你会因为肚子饿忍不住去喝它，现在果然痊愈。鲜鱼之约只是骗你的罢了，你先请回吃饭吧！"

中华国学传世经典

智囊全集

精·解·导·读

第五册

（明）冯梦龙／著
谢普／主编

应急管理出版社
·北 京·

第六部　捷智

捷智部总序

【原文】

冯子曰：成大事者，争百年，不争一息。然而一息固百年之始也。夫事变之会，如火如风。愚者犯焉，稍觉，则去而违之，贺不害斯已也。今有道于此，能返风而灭火，则虽拔木燎原，适足以试其伎而不惊。尝试譬之足力，一里之程，必有先至，所争逾刻耳。累之而十里百里，则其为刻弥多矣；又况乎智之迟疾，相去不啻千万里者乎！军志有之，“兵闻拙速，未闻巧之久。”夫速而无巧者，必久而愈拙者也。今有径尺之樽，置诸通衢，先至者得醉，继至者得尝，最后至则干唇而返矣。叶叶而摘之，穷日不能髡一树；秋风下霜，一夕零落：此言造化之捷也。人若是其捷也，其灵万变，而不穷于应卒，此唯敏悟者庶几焉。呜呼！事变之不能停而俟我也审矣，天下亦乌有智而不捷，不捷而智者哉！

【译文】

冯梦龙说：成大事的人争的是百年，而不是片刻。然而，有时一时的成败，正是千秋成败的开始。尤其在事物激变的当下，可以像大火漫天一样立刻造成无法补救的伤害。愚昧的人往往过不了当下的考验，如此，哪里还有千秋大世的成败可言？而真正的智者，能立刻远离灾害，并消弭漫天大火。因此，这样的激变，刚好可提供智者施展智慧的机会。以一里的短程跑步为例，先到后到差的虽然往往只有很短的时间；但十里百里的长路累积下来，这样的差别便大起来了。便何况智者和愚者的迟速差别，本来就远远大过人跑步速度的差异。

兵法说，用兵只有笨拙的迅捷，而没有什么巧妙的迟缓，正像把一壶美酒摆在大街之上，先到的人能痛饮大醉，其次的人也还能分到几杯，至于最后来的人便只能嘴唇干巴巴地败兴而返了。

以人力来摘树叶，一整天下来也摘不完一棵树，而秋风一起霜雪一降，一夜之间全部零落，天地造化的速捷便是如此。人若能得天地造化之精意，则当然能在事物激变的当下灵活应变，而不会在仓促之间束手无策，这便只有真正敏悟智慧的人可能做得到吧！

激变的事物是不停下来等人想办法应对的，这是再清楚不过的道理。所以，天底下哪有智慧而不敏捷，敏捷而无智慧这回事呢？

灵动机变

【原文】

一日百战，成败如丝。三年造车，覆于临时。去凶即吉，匪夷所思。集“灵变”。

【译文】

一日之内上百次会战，胜负之机往往在一线之间。花三年的时间造好一辆马车，往往会因一刹那的疏忽而翻覆。洞见危机，趋吉避祸，不是根据常理所能想到的。因此，集“灵变”卷。

鲍叔牙

【原文】

公子纠走鲁，公子小白奔莒。既而国杀无知，未有君。公子纠与公子小白皆归，俱至，争先入。管仲扜弓射公子小白，中钩；鲍叔御，公子小白僵，管仲以为小白死，告公子纠曰：“安之，公子小白已死矣！”鲍叔因疾驱先入，故公子小白得以为君。鲍叔之智，应射而令公子僵也，其智若镞矢也。

【译文】

春秋时齐内乱，公子纠（齐襄公无知弟，襄公杀无数，群弟恐祸，纠奔鲁，齐人杀无知，小白先回齐，立为国君，鲁人遂杀纠）到鲁国逃避祸患，公子小白（齐桓公名，齐襄公弟，春秋五霸之首）投奔莒。不久齐人杀国君无知，齐国一时没有了国君。公子纠与公子小白，都想抢先回到齐国，半途两车相遇，管仲（名夷吾，初事公子纠，后事齐桓公为相，一匡天下，桓公尊为仲父）用箭射中公子小白腰带上的环扣。鲍叔牙（春秋齐大夫，荐管仲于桓公，佐桓公成霸业）为公子小白驾车。管仲见小白僵卧车上，以为小白已死，便对公子纠说："请公子放心，小白已经死了。"这时鲍叔牙与公子小白却快马疾行先回到齐国，所以小白才登上王位，成为齐君。鲍叔牙能将计就计，让公子小白中箭后僵卧不动，才取得入齐的先机，这种应变的机智像箭一般犀利。

管　仲

【原文】

齐桓公因鲍叔之荐，使人请管仲于鲁。施伯曰："是固将用之也。夷吾用于齐，则鲁危矣！不如杀而以尸授之。"鲁君欲杀仲。使人曰："寡君欲亲以为戮，如得尸，犹未得也！"乃束缚而槛之，使役人载而送之齐。管子恐鲁之追而杀之也，欲速至齐，因谓役人曰："我为汝唱，汝为我和。"其所唱适宜走，役人不倦，而取道甚速。

【评】

吕不韦曰："役人得其所欲，管子亦得其所欲。"

陈明卿曰："使桓公亦得其所欲。"

【译文】

齐桓公因为鲍叔牙的大力推荐，派人到鲁国要管仲。施伯（春秋鲁大夫）对鲁庄公说："齐君派人要回管仲，一定是要重用他。如果管仲为齐效命，一定会威胁鲁国的安全！不如杀了管仲，把尸首交给齐君。"鲁庄公本已答应杀掉管仲，但齐国的使者对鲁庄公说："管仲曾经射伤我国的君王，我国君王，想亲手杀死管仲，今天如果只把尸体交返齐国，等于鲁国不肯把管仲交返齐国！"

于是，鲁庄公命人把管仲绑起来，用囚犯的槛车将其送往齐国。

路上，管仲怕鲁君改变心意派人追杀，想尽快到达齐国，因此对车夫说："我唱歌给你听，你为我和拍子。"一路上，管仲所唱的歌都是节拍轻快，适合马车快步疾行的曲子，马夫精神大振，越走越快。

延安老校头

【原文】

宝元元年，党项围延安七日，邻于危者数矣。范侍御雍为帅，忧形于色。有老军校出，自言曰："某边人，遭围城者数次，其势有近于今日者。虏人不善攻，卒不能拔，今日万万无虞。某可以保任，若有不可，某甘斩首。"范嘉其言壮人心，亦为之小安。事平，此校大蒙赏拔，言知兵善料敌者，首称之，或谓之曰："汝敢肆妄言，万一不验，须伏法。"校曰："若未之思也，若城果陷，谁暇杀我耶，聊欲安众心耳。"

【译文】

宋仁宗宝元元年，党项人（西夏族）围攻延安城七日，好几次都濒临陷落。侍御范雍为帅，非常忧虑。有个老校头站出来，说："我长年住在这边境之地，以前也曾多次遭到敌人围攻，危急的情势和今天差不多。党项人不善于攻城，最后还是被击退，所以请督帅您放一百个心。我可以担保，如有任何闪失，我愿意接受死罪。"

范雍对老校头的胆识大加赞许，而老校头这番话也稍微稳定了军心不小。

乱事平定后，老校头以善于预料战局发展，获得晋升和赏赐。

有人对老校头说："你的胆子也太大了，万一敌兵不退，你的脑袋就没了。"

老校头笑着说："我不担心这个，假使敌兵真的破城，谁有空杀我？当日那番话，不过是安定人心罢了。"

吴　汉

【原文】

吴汉亡命渔阳，闻光武长者欲归，乃说太守彭宠，使合二郡精锐，附刘公击邯郸［王郎］，宠以为然。官属皆欲附王郎，宠不能夺。汉乃辞出，止外亭，念所以谲众，未知所出。望见道中有一人似儒生者，使人召之，为具食，问以所闻，生言："刘公所过，为郡县所归，邯郸举尊号者实非刘氏。"汉大喜，即诈为光武书移檄渔阳，使生赍以诣宠，令具以所闻说之。汉随后入，宠遂决计焉。

【译文】

吴汉（宛人，有智谋，初贩马为业，后汉光武帝拜偏将军）逃至渔阳，听说刘秀（后汉光武帝）将到渔阳，想说服渔阳太守彭宠一起投奔刘秀，攻击据有邯郸一带的王郎（喜占卜术，曾冒称汉成帝之后，后被光武帝打败），彭宠也认同他的主张。然而彭宠的属下却大多主张归附王郎，彭宠拿不定主意。吴汉只好暂时告辞而出，他在外面找一处小亭子暂时歇脚，希望能想出一个有效劝服众人的办法。正在苦恼时，突然见到一位儒生打扮的人，立刻派人把儒生招来，准备了酒菜，向儒生探听沿路所听到一般老百姓对刘秀、王郎的看法。儒生告诉吴汉："刘秀所经过的郡县都受到百姓的拥护，在邯郸假冒天子名讳的王郎，其实根本不是汉成帝之后的刘姓宗室。"吴汉听了非常高兴，立即伪造一封刘秀的书信，请儒生送交彭宠，并要儒生对彭宠说明一路上的所见所闻。吴汉随后再见彭宠时，什么话都没有说，彭宠就决定归顺刘秀了。

汉高祖

【原文】

楚、汉久相持未决，项羽谓汉王曰："天下汹汹，徒以我两人。愿与王挑战决雌雄，毋徒罢天下父子为也。"汉王笑谢曰："吾宁斗智，不能斗力。"项王乃与汉王相与临广武间而语，汉王数羽罪十，项王大怒，伏弩射中汉王，汉王伤胸，乃扪足曰："虏中吾指。"汉王病创卧，张良强起行劳军，以安士卒，毋令楚乘胜于汉。汉王出行军，病甚，因驰入成皋。

【译文】

楚汉两军对峙，久久没有决定性的胜负。项羽对刘邦说："如今天下之所以纷扰不定，原因在于你我二人相持不下。不如我们两人单挑，决出胜负，也省得天下人因为我们两人而送命。"

刘邦笑着拒绝说："我宁可和你斗智，不想和你斗力。"

后来项羽和刘邦在广武山隔军对话，刘邦列出项羽十条罪状，项羽一听不由怒上心头，举箭一射，正中刘邦前胸。刘邦却忍痛弯身摸脚说："唉呀，蛮子射中我脚了。"

刘邦伤重得几乎下不了床，张良却要刘邦强忍创伤起来巡视军队，除了安定军心外，更为了不让项羽知道刘邦伤重而乘机进攻。

刘邦刚一离开军营，便因伤重不支，立即快马返回成皋。

晋明帝

【原文】

王敦将举兵内向，明帝密知之，乃乘巴賨骏马微行，至于湖，阴察敦营垒而出。有军人疑明帝非常人，又敦正昼寝，梦日环其城，惊起曰："此必黄须鲜卑奴来也！"［帝母荀氏，燕代人，帝状类外氏，须黄，故云。］于是使五骑物色追帝。帝亦驰去，见逆旅卖食妪，以七宝鞭与之，曰："后有骑来，可以此示。"俄尔追者至，问妪，妪曰："去已远矣。"因以鞭示之，五骑传玩，稽留良久，帝遂免。

【译文】

晋朝时王敦（与从弟王导共佐晋元帝，后拥兵谋反被杀）准备举兵造反夺取帝位，明帝先察知王敦的奸谋，于是换上便服骑马来到王敦的军营，暗中观察王敦军营的情形。有一士兵觉得明帝看起来不像寻常百姓，立即报告王敦。

这时，王敦正在午睡，梦到太阳环绕着军营上空，再听到士兵的报告，惊叫着说："这一定是那个黄头发的鲜卑人来了。"［明帝母亲是鲜卑人，因此明帝发皆黄，长得像外国人。］于是王敦命五名兵士快马加鞭地追赶一名黄头发的人。

明帝也有所惊觉，快马离去。明帝路过一家客店，见门口有位卖小吃的老妇人，便把手中镶着七种宝石的马鞭送给她，嘱咐道：

"待会儿会有士兵前来，你就把这马鞭拿给他们看。"

不久，士兵追来，询问老妇人可曾见到一名黄头发的骑士经过。老妇说："他已经走远了。"说完拿出马鞭，五名士兵轮流观看这罕见的宝物，因而耽搁不少时间，明帝也就逃过一劫。

尔朱敞

【原文】

齐神武韩陵之捷，尽诛尔朱氏。荣族子敞［字乾罗，彦伯子。］小随母养于宫中，及年十二，自窦而走，至大街，见群儿戏，敞解所着绮罗金翠之服，易衣而遁。追骑寻至，便执绮衣儿，比究问，非是。会日暮，遂得免。

【译文】

北齐神武帝高欢在韩陵之役中，几乎杀尽了尔朱氏一族。尔朱荣族中有一名子弟名敞，自小随母亲在宫中长大，这时年才十二岁，在混乱中从宫墙边的小洞逃走，来到大街，看见一群小孩当街嬉戏，尔朱敞就和其中一名儿童更换衣服，然后混入人群中逃走。

不久追兵来到大街，抓住那个穿着华丽的小孩，等到弄清楚那名孩子不是尔朱敞时，天色已黑，尔朱敞因而保全了一命。

韦孝宽

【原文】

尉迟迥先为相州总管。诏韦孝宽代之，又以小司徒叱列长叉为相州刺史，先令赴邺，孝宽续进。至朝歌，迥遣其大都督贺兰贵赍书候孝宽。孝宽留贵与语以察之，疑其有变，遂称疾徐行。又使人至相州求医药，密以伺之。既到汤阴，逢长叉奔还。孝宽密知其状，乃驰还，所经桥道，皆令毁撤，驿马悉拥以自随。又勒驿将曰："蜀公将至，可多备肴酒及刍粟以待之。"迥果遣仪同梁子康将数百骑追孝宽，驿司供设丰厚，所经之处皆辄停留，由是不及。

【译文】

北周人尉迟迥（因平蜀有功封蜀公）任相州都督时，文帝命韦孝宽（屡有战功，官至骠骑大将军）代理尉迟迥的职务，又命叱列长叉为相州刺史，并要叱列长叉先韦孝宽一步上任。韦孝宽行至朝歌时，尉迟迥派手下的大都督贺兰贵送来一封问候信。韦孝宽因怀疑尉迟迥别有用心，想办法留住贺兰贵，不断用话刺探。于是，韦孝宽称病慢行，并以请医生为名，派人到相州暗中监视尉迟迥的举动。

等到达汤阴，正好碰到叱列长叉奔离相州。韦孝宽立即命军队回头，沿途所经的桥道都下令拆毁，各驿站的马匹也全数带走。还嘱咐各站驿丞："蜀公尉迟迥将到此地，你们赶紧准备酒菜及上等草料迎接。”

不久，尉迟迥果然派大将军梁子康率数百骑追杀韦孝宽，然而沿途受到驿丞热忱的款待，使得军队耽搁不少时间，因此没有追上韦孝宽。

宗典　李穆　昙永

【原文】

晋元帝叔父东安王繇，为成都王颖所害，惧祸及，潜出奔。至河阳，为津吏所止，从者宗典后至，以马鞭拂之，谓曰：“舍长，官禁贵人，而汝亦被拘耶?”因大笑，由是得释。

宇文泰与侯景战，泰马中流矢，惊逸，泰坠地。东魏兵及之，左右皆散。李穆下马，以策击泰背，骂之曰：“笼东军士，尔曹主何在?”追者不疑是贵人，因舍而过。穆以马授泰，与之俱逸。

王廞之败，沙门昙永匿其幼子华，使提衣幞自随，津逻疑之，昙永呵华曰：“奴子何不速行?”捶之数十，由是得免。

【译文】

晋元帝司马睿的叔父东安王司马繇被成都王司马颖所陷害，害怕祸事上身，潜逃出京。到了河阳，被把守渡口的官吏拦下。随行的宗典赶上来，用马鞭打司马繇，说：“舍长，国家下令禁止朝廷大官渡河，没想到你这样一个糟老头，也被当成贵人拦下来。”因此大笑起来，于是东安王安然渡河脱险。

南北朝时宇文泰（西魏人，子宇文觉篡魏为北周）与侯景（曾自立为汉帝）交战时，他的坐骑被流矢射中，受到惊吓而狂奔，宇文泰摔下马来。这时东魏士兵已逼近，而宇文泰的侍卫却已走散。李穆（隋文帝时官至太师），跳下马用鞭子抽打宇文泰，骂道："你这无能的败兵，你的主子在哪儿？"东魏兵没有起疑匆匆而过，李穆于是把自己的坐骑让给宇文泰，两人于是逃过一劫。

晋朝时王廞（曾随王恭举兵）战败后，有个叫昙永的和尚收留了王廞的幼子王华，命王华提着包袱跟在自己身后。巡逻的士兵怀疑王华的身份，正待上前盘查，昙永灵机一动，对着王华骂道："你这下贱小鬼还不赶快走！"接着一阵拳打脚踢，这才安然脱险。

王羲之

【原文】

王右军幼时，大将军甚爱之，恒置帐中眠。大将军尝先起，须臾，钱凤入，屏人论逆节事，都忘右军在帐中，右军觉，既闻所论，知无活理，乃剔吐污头面被褥，诈熟眠，敦论事半，方悟右军未起，相与大惊曰："不得不除之。"及开帐，乃见吐唾纵横，信其实熟眠，由是得全。

【译文】

晋朝人王羲之（元帝时为右将军，世称王右军，草书、隶书冠绝古今）幼年时，甚得大将军王敦的宠爱，常要羲之陪着睡。有一次王敦先起床，不久钱凤（与王敦密谋造反，事败被杀）进来，王敦命奴仆全数退下，两人商议谋反大计，一时忘了王羲之还睡在床上。王羲之醒来，听见王、钱二人谈话的内容，知道难逃一死，于是只好在脸上、被上沾满口水，假装一副熟睡的样子。王、钱二人话谈到一半，王敦突然想起王羲之还没起床，大惊道："事到如今，只好杀掉这个小鬼了。"等掀开蚊帐，看到王羲之满脸口水，以为他睡熟了，王羲之因而保住一命。

吴郡卒

【原文】

苏峻乱，诸庾逃散。庾冰时为吴郡，单身奔亡。吏民皆去，唯郡卒独以小船载冰出钱塘口，以蘧蒢覆之。时峻赏募觅冰属，所在搜括甚急，卒泊船市渚，因饮酒醉还，舞棹向船曰："何处觅吴郡？此中便是！"冰大惊怖，然不敢动，监司见船小装狭，谓卒狂醉，都不复疑。自送过浙江，寄山阴魏家，得免。后事平，冰欲报卒，问其所愿，卒曰："出自厮下，不愿名器，少苦执鞭，恒患不得快饮酒，使酒足余年，毕矣。无所复须。"冰为起大舍，市奴婢，使门内有百斛酒终其身。明谓此卒非唯有智，且亦达生。

【译文】

苏峻以诛杀庾氏一族为名谋反，一时势如破竹，庾姓诸人四处逃散。当时，庾冰身为吴郡太守，也弃官逃亡。吴郡的官员百姓都各自逃命，只剩一名小兵用船载着庾冰逃出吴郡。

船到钱塘江口，小兵用粗席盖在庾冰身上，这时苏峻到处张贴告示，重金悬赏捉拿庾冰。小兵把船停在渡口后就进城买醉，喝得醉醺醺地回来，挥动着船桨指着船说："你们不是要找吴郡的庾冰吗，他就在这船上。"

船上的庾冰听了大为惊慌，躲在粗席下连大气都不敢喘。苏峻手下见船舱狭窄，以为小兵酒后胡言，就不再理他。于是庾冰平安地过江，藏身在山北的魏家。

苏峻乱事平定后，庾冰想要回报小兵，问他有什么心愿。

小兵说："我出身贫寒，对官禄爵位没野心也不敢奢求，我平生只有一个愿望一直无法实现，就是不能痛快地喝酒。假使您能让我后半辈子都不愁没酒喝，我就再无所求。"

于是庾冰为小兵盖了一幢大房子，买了奴婢来侍候他，屋中随时保持上百坛的美酒，让小兵一辈子都不愁没酒喝。

人们在谈论这件事时，都认为这名小兵不仅机智，还是个心性豁达的人。

元伯颜

【原文】

有告乃颜反者，诏伯颜窥觇之。乃多载衣裘，入其境，辄以与驿人。既至，乃颜为设宴，谋执之。伯颜觉，与其从者趋出，分三道逸去。驿人以得衣裘故，争献健马，遂得脱。

【译文】

有人向元世祖告密乃颜有意谋反，世祖命元伯颜暗中调查。元伯颜行前购置了许多皮裘，一进入乃颜的驻地，就分送给各驿站的人员。乃颜见元伯颜到来，便以设宴款待为名，想伺机擒住元伯颜。元伯颜察觉乃颜的阴谋，连忙和随员奔出乃颜营地，朝三个方向逃离。各驿站的驿丞因先前曾得到元伯颜所赠的裘衣，都争相以快马相赠，元伯颜等人因此顺利脱险。

涂敬业

【原文】

徐敬业十余岁，好弹射。英公每曰："此儿相不善，将赤吾族。"尝因猎，命敬业入林趁兽，因乘风纵火，意欲杀之。敬业知无所避，遂屠马腹伏其中。火过，浴血而立，英公大奇之。

【评】

凡子弟负跅弛之奇者，恃才不检，往往为家门之祸。如敬业破辕之兆，见于童年。英公明知其为族祟，而竟不能除之，岂终惜其才智乎？抑英公劝立武氏，杀唐子孙殆尽，天故以敬业酬之也！诸葛恪有异才，其父瑾叹曰："此子不大昌吾宗，将赤吾族！"其后果以逆诛。

隋杨智积文帝侄。有五男，止教读《论语》、《孝经》，不令通宾客。或问故，答曰："多读书，广交游，才由是益。有才亦能产祸。”人服其识。

弘、正间，胡世宁［字永清，仁和人。］有将略，按察江西时，江西盗起。方议剿，军官来谒，适世宁他出，乃见其幼子继。继曰：“兵素不习，岂能见我父哉?”军官跪请教，继乃指示进退离合之势，甚详。凡三日，而世宁归，阅兵，大异之，顾军官不辨此，谁教若者。以实对。继初不善读书，父以愚弃之，至是叹曰：“吾有子自不知乎?”自此每击贼，必从继方略。世宁十不失三，继不失一也。世宁上疏，乞以礼法裁制宁王。继跪曰：“疏入，必重祸。”不听，果下狱。继因念父，病死。世宁母独不哭，曰：“此子在，当作贼，胡氏灭矣。”此母亦大有见识。

【译文】

徐敬业十多岁时，就喜欢骑马射箭。徐勣（即李勣，唐太宗李世民的创业功臣，李为赐姓）曾多次感叹地说：“这孩子的面相不好，恐怕日后会祸及家门。”于是徐勣曾经趁着打猎，命徐敬业深入树林驱赶野兽，顺着风势纵火，想就此烧死徐敬业。徐敬业见火势蔓延，知道很难安然逃出大火，当下杀了马匹，躲在马腹中。等大火烧尽熄灭后，才一身血污地逃出来。徐勣见徐敬业安然回来，十分惊异。

陈　平

【原文】

陈平间行，仗剑亡，渡河。船人见其美丈夫独行，疑其亡将，腰中当有金宝，数目之。平恐，乃解衣，裸而佐刺船。船人知其无有，乃止。

【评】

平事汉，凡六出奇计：请捐金行反间，一也；以恶草具进楚使，离间亚父，二也；夜出女子二千人，解荥阳围，三也；蹑足请封齐王信，四也；请伪游云梦缚信，五也；使画工图美女，间遣人遗阏氏说之，解白登之围，六也。六计中，唯蹑足封信最妙。若伪游云梦，大错！夫云梦可游，何必曰伪？且谓信必迎谒，因而擒之。既度其必迎谒矣，而犹谓之反乎？察之可，遽擒之则不可。擒一信而三大功臣相继疑惧，骈首灭族，平之贻祸烈甚矣！

有人舟行，出鍮石杯饮酒，舟人疑为真金，频瞩之。此人乃就水洗杯，故堕之水中。舟人骇惜，因晓之曰："此鍮石杯，非真金，不足惜也。"

又，丘琥尝过丹阳，有附舟者，屡窥寝所。琥心知其盗也，佯落簪舟底，而尽出其衣箧，铺陈求之，又自解其衣以示无物。明日其人去，未几，劫人于城中，被缚，语人曰："吾几误杀丘公。"此二事与曲逆解衣刺船之智相似。

【译文】

陈平由小道带着一把剑逃亡，乘船渡河时，船夫见陈平相貌俊伟，又是单身一人，怀疑他是逃亡的将军，身上一定带着许多珠宝，于是眼睛多次在陈平身上转来转去。陈平知道船夫不怀好意，就脱下上衣，主动帮船夫撑船。船夫知道陈平身上并没有财宝，就打消谋害陈平的念头。

刘　备

【原文】

曹公素忌先主。公尝从容谓先主曰："今天下英雄，唯使君与操耳！本初之徒，不足数也！"先主方食，失匕箸。适雷震，因谓公曰："圣人云，迅雷风烈必变。良有以也。一震之威，乃至于此。"

【评】

相传曹公以酒后畏雷，闲时灌圃轻先主，卒免于难。然则先主好结髦，焉知非灌圃故智？

【译文】

曹操对刘备一向心存顾忌。他曾对刘备说："放眼天下，能称得上英雄的只有你我二人。至于袁绍，根本就排不上边。"刘备正在吃饭，吓得掉了一根筷子。刚巧天上打雷，刘备担心曹操起疑，就对曹操说："圣人说，有巨雷暴风，必是天地有巨变的征兆。这话实在有道理，难怪刚刚一打雷，连我都吓得掉筷子了。"

崔巨伦

【原文】

北魏崔巨伦［字孝宗］尝任殷州别将。州为贼陷，葛荣闻其才名，欲用之。巨伦规自脱。适五月五日，会集百僚，命巨伦赋诗。巨伦诗曰："五月五日时，天气已大热，狗便呀欲死，牛半腹出舌。"闻者哄然发噱，以此自晦获免。已潜结死士数人，乘夜南走。遇逻骑，众危之。巨伦曰："宁南死一寸，岂北生一尺。"遽绐贼曰："吾受敕行。"贼方执火观敕，巨伦辄拔剑斩贼帅，余众惊走，因得脱还。

【评】

嘉靖中，倭乱江南，昆山夏生为倭所获，自称能诗。倭将以竹舆乘之，令从行，日与唱和，竟免祸。久之，夏乞归，厚赠而返。此又以不自晦获全者也。夏称倭将亦能诗，其咏《文菊》诗云："五尺阑干遮不尽，还留一半与人看。"

【译文】

北魏人崔巨伦曾任殷州别将。殷州被葛荣攻陷后，葛荣听说崔巨伦的才名，想任他为官。崔巨伦却想尽办法逃脱。五月五日端阳佳节时，葛荣召集手下，命崔巨伦当场作一首诗以表现才情。崔巨伦却说道："五月五日时，天气已大热，狗便呀（张口）欲死，牛半腹出舌。"在场众人哄堂大笑，葛荣见崔巨伦不过尔尔，也就不再重视他。崔巨伦暗中结交多位死士，有一天趁着夜晚一齐往南逃。途中遇到一队巡逻兵士，情况危急，崔巨伦说："宁可近南方一寸死，不愿靠北地一尺活。"于是，崔巨伦欺骗贼兵说："我奉有军令出城。"贼兵正想点燃火把检视军令，崔巨伦抽剑杀了贼兵首领，其余贼兵仓皇逃散，崔巨伦等人待以安然逃往南方。

布商吴生

【原文】

娄门二布商舟行，有北僧来附舟，欲至昆山，舟子不可，二商以佛弟子容之。至河，胡僧拔刀插几上，曰："汝要好死要恶死？"二子愕曰："何也？"僧曰："我本非良士，欲得汝财耳！速跃入湖中，庶可全尸。"二子泣下曰："师容我饱餐，就死无恨。"笑曰："容汝作一饱鬼。"舟子为煮肉，复沃以汁，乃以巨钵盛之，呼二子肉已熟，二子应诺，舟子出僧不意，急举肉汁盖其顶，热甚。僧方两手推钵，二子即拔几上刀斩之，掷尸于湖，涤舟而去。

吴有书生假借僧舍，见僧每出，必锁其房，甚谨。一夕忘锁，生纵步入焉，房甚曲折，几上有小石磬。生戏击之，旁小门忽启，有少妇出，见生，惊而去，生亦仓惶外走。僧适挈酒一壶自外入，见门未钥，愕然，问生适何所见，答曰："无有。"僧怒，掣刀拟生曰："可就死，不可令吾事败死他人手。"生泣曰："容我醉后，公断吾头，庶懵然无觉也。"僧许之。生佯举告曰："庖中盐菜乞一茎。"僧乃持刀入厨，生急脱布衫塞其壶口，酒不泄，重十许斤，潜立门背。伺僧至，连击其首数十下，僧闷绝而死。问少妇，乃谋杀其夫而夺得者，分僧橐而遣之。

【译文】

有两位布商在娄门雇船回家时，有个北方和尚想到昆山，要求搭个便船。船夫不答应，但两位布商见和尚是佛门子弟，就答应了和尚的请求。船到河中央，和尚突然拔刀往桌上一插说："你们要死得舒服些，还是死得痛苦些？"

两个布商吓了一跳说："你说什么？"

和尚道："我本不是好人，装成和尚只是想得到你们的财物。你们乖乖地自己跳河，还可以留个全尸。"

两个布商哭道："既然非死不可，请大师让我俩饱餐一顿，那么死也无怨。"

和尚大笑道："好吧！就让你们做个饱死鬼。"

船夫煮一锅肉，又在肉里加上许多汤汁，用大碗盛装，对两个布商大喊"肉已熟"。两个布商答应着船夫趁和尚不注意，迅速将肉汤全倒在和尚头上。肉汤滚烫，和尚只顾着用手把大碗拨开，两位布商立即拔出桌上的刀杀了和尚，三人合力将和尚的尸体丢入河中，把船上的血迹清洗干净后，继续前行。

吴地有位书生，借住在一间寺庙时，发现寺里和尚每次外出，一定锁牢房门，非常谨慎。有一天，和尚忘了锁门，书生好奇地推门入室。只见屋内别有天地，布置十分精雅。桌上有一小石磬，书生好玩地敲了一下，旁边的一扇小门立刻自动开启，走出一名少妇来。少妇见了书生，吃惊得连忙离去，书生也不好意思地匆忙往房外走。恰好和尚提着一大壶酒回来，见房门没上锁，急忙问书生看见了什么，书生忙说："什么都没看见。"

和尚突然用刀抵着书生愤怒地说："你只好死，我的事绝不能让外人知道。"

书生哭着说："既然要我死，就请让我喝醉，等我没有知觉时你再杀我。"和尚答应书生的要求。

书生拿起酒杯后，又说："能否请大师给我一碟厨房里的咸菜下酒。”

于是和尚拿着刀到厨房拿咸菜。书生趁着和尚离开的空当，立即脱下衣服塞住酒壶壶嘴，让酒倒不出来。酒壶重有十多斤，书生拿着酒壶躲在房门后。等和尚一进门，立刻朝着和尚头部连打数十下，直到和尚气绝身亡。

询问少妇身世，才知和尚谋害少妇的丈夫，强掳她来此地。二人瓜分了和尚的财物，各自离去。

张佳胤

【原文】

张佳胤令滑。巨盗任敬、高章伪称锦衣使来谒，直入堂阶，北向立。公心怪之，判案如故。敬厉声曰：“此何时，大尹犹倨见使臣乎？”公稍动容，避席迓之。敬曰：“身奉旨，不得揖也。”公曰：“旨逮我乎？”命设香案。敬附耳曰：“非逮公，欲没耿主事家耳。”时有滑人耿随朝任户曹，坐草场火系狱。

公意颇疑，遂延入后堂。敬扣公左手，章拥背，同入室坐炕上。敬掀髯笑曰：“公不知我耶？我坝上来，闻公帑有万金，愿以相借。”遂与章共出匕首，置公颈。公不为动，从容语曰：“尔所图非报仇也，我即愚，奈何以财故轻吾生？即不匕首，吾书生孱夫能奈尔何！且尔既称朝使，奈何自露本相？使人窥之，非尔利也。”贼以为然，遂袖匕首。公曰：“滑小邑，安得多金？”敬出札记如数，公不复辩，但请勿多取以累吾官。反覆开谕。久之，曰：“吾党五人，当予五千金。”公谢曰：“幸甚，但尔两人橐中能装此耶？抑何策出此官舍也?”贼曰:“公虑良是。当为我具大车一乘，载金其上，仍械公如诏逮故事，不许一人从，从即先刺公。俟吾党跃马去，乃释公身。”公曰:“逮我昼行，邑人必困尔，即刺我何益?不若夜行便。”二贼相顾称善。公又曰:“帑金易辨识，亦非尔利，邑中多富民，愿如数贷之。既不累吾官，尔亦安枕。”二贼益善公计。公属章传语召吏刘相来。相者，心计人也。相至，公谬语曰:“吾不幸遭意外事。若逮去，死无日矣!今锦衣公有大气力，能免我。心甚德之，吾欲具五千金为寿。”相吐舌曰:“安得办此?”公蹑相足曰:“每见此邑人富而好义，吾令汝为贷。”遂取纸笔书某上户若干、某中户若干，共九人，符五千金数。九人，素善捕盗者。公又语相曰:“天使在，九人者宜盛服谒见，勿以贷故作窭人状。”相会意而出。公取酒食酬酢，而先饮啖以示不疑。且戒二贼勿多饮，贼益信之。酒半，曩所招九人各鲜衣为富客，以纸裹铁器，手捧之，陆续门外，谬云:“贷金已至，但贫不能如数。”作哀祈状。二贼闻金至，且睹来者豪状，不复致疑。公呼天平来，又嫌几小，索库中长几，横之后堂，二僚亦至。公与敬隔几为宾主，而章不离公左右。公乃持砝码语章曰:“汝不肯代官长校视轻重耶?”章稍稍就几，而九人者捧其所裹铁器竞前。公乘间脱走，大呼擒贼。敬起扑公不及，自刭树下;生缚章，考讯又得王保等三贼主名，亟捕之，已亡命入京矣。为上状，缇帅陆炳尽捕诛之。

【评】

祁尔光曰:“当命悬呼吸间，而神闲气定，款语揖让，从眉指目语外，另构空中硕画，歼厥剧盗，如制小儿。经济权略，真独步一时矣。”

【译文】

张佳胤为滑州县令时，有大盗任敬、高章伪称自己是锦衣使前来见他。二人大咧咧地直入府堂，面朝北方站着，张佳胤虽觉奇怪，但仍然照常判案。这时任敬突然大声骂道：“什么时候了，还不立刻见我?”

张佳胤连忙命人退下迎见二人。

任敬对张佳胤说：“有圣旨在身，不能下拜。”

张佳胤说：“是圣上下旨要拘捕我吗?”一面命人摆设香案恭迎圣旨。

任敬在张佳胤耳边说道：“不是拘捕你，是要抄耿主事家。”当时府衙中有个叫耿随朝的本地人，是个小官，因草场发生火灾受到牵连下狱。

张佳胤更觉可疑，于是请两人到后堂休息。任敬一进后堂便扣住张佳胤左手，高章搭着张佳胤的肩，三人一同走进内室坐在炕上。任敬手摸着胡子笑着说：“你不知道我是谁吗? 我从山寨来，听说县府库房中有不少银子，想暂借一用。”说完就和高章用匕首抵着张佳胤脖子。

张佳胤不慌不忙地说：“既然你们不是来寻仇的，我再笨也不会为省几个钱赔上自己老命。就算你们不用刀，我这个没有力气的书生，又能拿你们怎么样呢? 只是你们既自称朝廷钦差，为什么要自露行迹? 万一让人看到，这对你们是不利的。”

二人听了觉得有理，就把匕首藏在袖中。张佳胤说：“滑州是个小地方，能有多少钱呢?”谁知任敬拿出一个簿子，上面记载各州钱数，张佳胤没办法再争辩，只好求他们不要拿得太多，以免影响自己日后的升迁。二人商议许久，说：“我们兄弟有五人，你就给我们五千金吧。”

张佳胤说：“太好了！但你们的背囊中装得下这么多钱吗？再说，又怎么走出县府大门呢？”二人说：“你考虑得也对。你先为我们准备一辆车，把钱放在车上。”说完仍用匕首抵着张佳胤，不许有人跟随在后，否则就刺杀张佳胤，又说：“等我们上马离去后，就放了你。”

张佳胤说：“你们若是在白天押着我走，一定会引起百姓的围攻，即使杀了我，你们也难以脱身，不如等到晚上再启程。”二人连说此计甚好。

张佳胤又说：“官银容易辨认，使用也不方便，县中有几个有钱人，不如由我向他们借来给你，这样既不会因官银短少而影响我的官运，你们也不用怕官府追捕。”二人更加称赞张佳胤考虑周到。

张佳胤嘱咐高章传话下去，召手下小吏刘相前来。刘相这个人一向多心计。刘相来了以后，张佳胤假意对他说：“我运气不好受到牵连，若被捕一定会砍头！现钦差大人有能力为我脱罪，我内心非常感激，想送五千金聊表心意。”

刘相听了，吐了吐舌头说：“一时间到哪儿筹这许多钱?”

张佳胤暗踢刘相一脚说：“我常见县中富人热心助人，你替我向他们借钱用用。”于是取来纸笔，写下某大户多少，某中户又多少，一共九人，加起来正好五千金。这九人其实是县中的捕盗高手。

张佳胤又对刘相说：“有钦差大人在，待会儿他们送钱来，都要穿着整齐，不要因为我向他们借钱，就装出一副穷相。”

刘相这时已完全明白张佳胤话中的含意，告辞离去。张佳胤命人送上酒菜，并且先尝表示酒菜无毒，以安贼心。张佳胤又频劝二人不要多喝，以免酒后误事，二人更加信任张佳胤。

饮酒至半，所召九人各自穿着光鲜，好像富豪般，双手捧着用纸包裹的兵器站在门外，作出哀求的神情，说道："大人借的钱已经拿来，可是小人家中实在没有这么多。"二贼听说钱已送来，又看到来人都是富人打扮，更不怀疑。

张佳胤命人取秤来，又嫌桌子小，命人取库房中长几横放在后堂，二名役卒也跟着进来。张佳胤与任敬隔着长几，而高章却紧挨在张佳胤身旁。张佳胤拿着砝码，对高章说："你难道不为你的长官秤金吗?"高章稍一靠近长几，九人立即捧着手中的兵器冲上前去。张佳胤乘机脱身，大叫捉贼。任敬想扑向张佳胤已经来不及，只有自杀。众人捉住高章拷问，供出王保等三名同党。于是立即下令逮捕，三人虽逃至京师，最后还是被逮捕正法。

罗巡抚

【原文】

罗某初出使川中，泊舟河边。川中有一处，男女俱浴于河，即嬉笑舟边。罗遣人禁之，男女鼓噪大骂，人多，卒不可治。反抛石舟中而去，乃诉之县，稍鞭数人。既而罗公巡抚蜀中，县民大骇。罗公心计之，是日又泊舟旧处，大言之曰："此处民前被我惩创一番，今乃大变矣。"嗟叹良久，川民前猜遂解。

【评】

不但释其猜，且可诱之于善，妙哉!

【译文】

罗公初次出使四川，官船停在河边。有一群男女不顾礼俗，在河边共浴嬉戏，甚至在官船边嬉闹。罗公命人制止。那群男女仗着人多，大声喧骂，不但不听劝阻，甚至向官船丢石头，小兵也无可奈何。罗公将此事告知县令，县令抓来几人，鞭打一顿以示惩戒。

不久，罗公出任四川巡抚，县民大为惊慌。罗公知道县民的恐惧后，心生一计，又命船停在当日所停的地方，大声说道："当日为了维护礼俗，此地的百姓曾被我惩戒一番，现在百姓一见我就害怕，有谁了解我的苦心呢?"接着连连叹气很久。从此川民对罗公不再有猜疑之心。

沈 括

【原文】

沈括知延州时，种谔次五原，值大雪，粮饷不继。殿值刘归仁率众南奔，士卒三万人皆溃入塞，居民怖骇。括出东郊饯河东归师，得奔者数千，问曰："副都总管遣汝归取粮，主者为何人?"曰："在后。"即谕令各归屯。未旬日，溃卒尽还。括出按兵，归仁至，括曰："汝归取粮，何以不持兵符?"因斩以徇。

【评】

括在镇，悉以别赐钱为酒，命廛市良家子驰射角胜。有轶群之能者，自起酌酒劳之。边人欢激，执弓傅矢，皆恐不得进。越岁，得彻札超乘者千余，皆补中军义从，威声雄他府。真有用之才也！

【译文】

宋朝人沈括（博学，善写文章，著有《梦溪笔谈》等）治理延州时，北方种谔逼近五原。正值大雪，军队粮饷接继不上。殿值（官名，宋置殿廷武官）刘归仁带领兵士南逃，一时有三万多人涌入延州。

消息传来，延州各地百姓大感恐惧。（为安民心，同时让士兵能尽快地返回驻地，不再逃窜），沈括准备了衣物粮饷，并亲自到河东迎接，在第一批数千名逃兵到达时，沈括问："你们奉副都督命来延州领粮，领队是何人？"

兵士也就顺水推舟地回答："随后到。"沈括命已领到米粮的士兵立刻返回驻地。不到十天，所有溃逃的士兵都已回营。

等局势安稳下来，沈括才找来刘归仁。沈括责问道："你带兵来取粮，为什么不带兵符？"于是以此罪名斩了刘归仁。

程　颢

【原文】

河清卒于法不他役。时中人程昉为外都水丞，怙势蔑视州郡，欲尽取诸埽兵治二股河。程颢以法拒之。昉请于朝，命以八百人与之。天方大寒，昉肆其虐，众逃而归。州官晨集城门，吏报河清兵溃归，将入城。众官相视，畏昉，欲弗纳。颢言："弗纳，必为乱。昉有言，某自当之。"既亲往，开门抚纳，谕归休三日复役。众欢呼而入。具以事上闻，得不复遣。后昉奏事过州，见颢，言甘而气慑。既而扬言于众曰："澶卒之溃，乃程中允诱之，吾必诉于上。"同列以告。颢笑曰："彼方惮我，何能尔也！"果不敢言。

【评】

此等事，伊川必不能办。纵能抚溃卒，必与昉诘讼于朝，安能令之心惮而不敢为仇耶！

【译文】

宋神宗时，治理黄河的役卒，按律法不可调到别处服劳役。宦官程昉（神宗时王安石欲兴水利，以为程昉知治河，任河北河防水利令）为河防大臣，仗势不把州郡律法放在眼里，想征调黄河役卒整治二股河。程颢以不合律法拒绝。程昉便上奏神宗，朝廷于是下令程颢拨八百役卒给程昉。当时正值天寒，河水冻结，士兵受不了程昉的暴虐，纷纷逃离。

次晨州官齐集官府议事时，突然有吏卒禀报役卒集体逃亡，即将入城。众官面面相觑，怕得罪程昉，想拒开城门。程颢说："如果不开城门，一定会有乱事发生。程昉果真怪罪，由我程颢一人担当。"说完亲自到城门口迎接并宣布水兵可以休假三天再回去服役。士兵们在一片欢呼声中进城。程颢又将水兵受虐待的情形禀报朝廷，终于免除水兵再被调遣服劳役。

有一次，程昉因事路过本州，见到程颢，只敢说些好话奉承程颢。然而，私底下程昉又曾当着众人扬言："黄河役卒溃逃，是受了程颢的鼓动，我一定要上书奏明皇上！”很多人都替程颢担心，将这件事告诉他。程颢笑着说：“他怕我，不会对我怎样的。”日后程颢果然无事。

吕颐浩

【原文】

建炎之役，及水滨，而卫士怀家流言。吕相颐浩以大义谕解，且怵以利曰：“先及舟者，迁五秩，署名而以堂印志之。”其不逊倡率者，皆侧用印记。事平，悉别而诛赏之。

【评】

六合之战，周士卒有不致力者。宋祖阳为督战，以剑斫其皮笠。明日遍阅皮笠有剑迹者数十人，悉斩之。由是部兵莫不尽死。此与吕相事异而智同。

【译文】

建炎（南宋高宗赵构年号）之役时，高宗率众逃到海边，而兵士因想家厌战流言四起。宰相吕颐浩除了对众兵士晓以大义外，更诱之以利，说：“凡是率先上船御敌者升官五级。登船的军士分别都签下姓名，盖上宰相印记。不服以军令的，都侧盖印记以示区别！”战事平定后，根据印记分别予以赏罚。

段秀实

【原文】

段秀实为司农卿，会朱泚反。时源休教泚追逼天子，遣将韩旻领锐师三千疾驰奉天。秀实以为此系危逼之时，遣人谕大吏岐灵岳窃取姚令言印，不获，乃倒用司农印，追其兵。旻至骆谷驿，得符而还。

【译文】

唐朝段秀实（曾以象笏击朱泚）为司农卿（官名，九卿之一，掌钱谷）时，朱泚（德宗时曾起兵称帝，国号大秦）谋反。当时源休（曾劝朱泚称帝）要朱泚乘胜进军京城，一举灭唐，并派将军韩旻（唐将，亦工花鸟画）率领精兵三千人入京支援。

段秀实认为情势危急，命人盗取姚令言（任节度使，与朱泚共同谋反，事败被斩）官印，没有盗成，不得已只好在公文上倒盖司农卿印，命人追赶韩旻。韩旻行军到骆谷驿，接到呈令，退兵而归。

黄　震

【原文】

宋尝给两川军士缗钱。诏至西川，而东川独不及。军士谋为变，黄震白主者曰："朝廷岂忘东川耶？殆诏书稽留耳！"即开州帑给钱如西川，众乃定。

【译文】

宋朝时，朝廷有一次犒赏两川军士，诏书已送抵西川，而东川却独独不见诏书。东川军士不服，想举兵谋反。

黄震（为人清廉正直，著有《古今纪要》）对为首的军士说："两川的士兵同样为朝廷效命，朝廷怎会不犒赏东川呢？一定是诏书在路上耽搁了。"立即下令先挪用府库的银钱犒赏军士，才平息众怒，化解了一场乱事。

赵　葵

【原文】

赵方，宁宗时为荆湖制置使。一日方赏将士，恩不偿劳，军欲为变。子葵时年十二三，觉之，亟呼曰："此朝廷赐也，本司别有赏赉。"军心一言而定。

【译文】

赵方（宋朝将军，屡败金人）在宋宁宗时任荆湖制置使（官名，掌筹划边境军旅之事）。有一次朝廷犒赏军士，赏赐太少，引起军士不满。赵方的儿子赵葵，这时才十二三岁，察觉军士不满的情绪，突然大声叫道："这是朝廷的赏赐，我父亲另有奖赏。"赵葵的一句话立刻稳定了军心。

周　金

【原文】

周襄敏公［名金，字子庚，武进人。］抚宣府，总督冯侍郎以苛刻失众心。会诸军诣侍郎请粮，不从，且欲鞭之。众遂愤，轰然面骂，因围帅府，公时以病告，诸属奔窜，泣告公。公曰："吾在也，勿恐。"即便服出坐院门，召诸把总官阳骂曰："是若辈剥削之过，不然，诸军岂不自爱而至此！"欲痛鞭之。军士闻公不委罪若也，气已平。乃拥跪而前，为诸把总请曰："非若辈罪，乃总制者罔利不恤我众耳！"公从容为陈利害，众嚣曰："公生我。"始解散去。

【译文】

周金任宣府安抚使时，总督冯侍郎因为人苛薄而大失民心。有一次当地驻军为请领军粮求见冯侍郎，侍郎不但不答应，反而命人鞭打他们。诸将一时气愤，当场怒骂侍郎，并率兵包围帅府。周金当时正卧病在床，属下逃奔回来，哭着禀报军士包围都府事。周金镇定地说："凡事有我，你们不用害怕。"

于是身穿便服坐在都府门口，当着众军士对着自己属下骂道："一定是你们的过错，否则军士们怎会如此不自重地包围都府。"

随后下令重打属下。军士们见周金并不袒护部属，怒气已消。于是跪在周金面前，为他们请罪说："不是他们的错，请大人不要责罚他们，这一切都是总督大人只顾私利，完全不体恤我们造成的。”

周金一面安抚军士，一面慢慢地为军士分析其中利害。军士们由衷地说：“因为您我们才能活命。”于是解散离去。

徐文贞

【原文】

留都振武军邀赏投帖，词甚不逊，众忧之。徐文贞面谕操江都御史：“出居龙江关，整理江操之兵。万一有事，即据京城调江兵，杜其入孝陵之路。”且曰：“事不须密，正欲其闻吾意，戒令各自为计。”变遂寝。

【译文】

（唐朝末年，藩镇因拥有兵权，常目中无人。）有一回振武军强索赏赐，言辞傲慢，语多威胁，一时京城为之大惊。徐文贞指示操江（官名，掌江防之事）都御史（都察院之长）：“镇守龙江关，整顿水兵，万一有乱事发生，立即保卫京城。切断他们进入孝陵的道路。”并且嘱咐说：“这些部署无须保密，我就是要让振武军知道我的意思，警示他们，各自为自己考虑考虑。”于是振武军不敢再轻举妄动。

王守仁

【原文】

王公守仁至苍梧时，诸蛮闻公先声，皆股栗听命。而公顾益韬晦，以明年七月至南宁，使人约降苏、受。受阳诺而阴持两端，拥众二万人投降，实来观衅。公遣门客龙光往谕意，受众露刃如雪，环之数十里，呼声震天。光坐胡床，引蛮跪前，宣朝廷威德与军门宽厚不杀之意，辞恳声厉，意态闲暇。光貌清古，鼻多髭，颇类王公。受故尝物色公貌，窃疑公潜来，咸俯首献款，誓不敢负。议遂定，然犹以精兵二千自卫，至南宁，投见有日矣。而公所爱指挥王佐、门客岑伯高雅知公无杀苏、受意，使人言苏、受，须纳万金丐命，苏、受大悔，恚言："督府诳我。且仓卒安得万金？有反而已。"守仁有侍儿，年十四矣，知佐等谋，夜入帐中告公，公大惊，达旦不寐，使人告苏、受："毋信谗言，我必不杀若等。"受疑惧未决，言"来见时必陈兵卫。"公许之。受复言："军门左右祇候，须尽易以田州人，不易即不见。"公不得已，又许之。苏、受入军门，兵卫充斥，郡人大恐。公数之，论杖一百。苏、受不免甲而杖，杖人又田州人也，由是安然受杖而出，诸蛮咸帖。

【译文】

王守仁来到苍梧后，当地夷人听说王守仁的名声，都对他敬畏不已。而王守仁也更加谦虚谨慎。

第二年七月，王守仁前往南宁，先派人招降卢苏、王受二人。二人表面接受，内心却另有打算，带领两万人马来投降，实则想伺机叛变。王守仁派门客龙光接见苏、受，苏、受的部众个个露出兵刃，刀光闪闪，绵延数十里，喊声震天。龙光舒适地靠坐胡床（一种可折叠的轻便坐具，亦称交椅或交床），要苏、受及一干夷人头领上前，跪听朝廷安抚不杀的诏书。龙光意态从容，但声音激越，措词严厉，再加上龙光面貌清瘦又蓄着一撮胡子，长相颇像王守仁。王受曾向人打听王守仁的长相，以为龙光就是王守仁，于是不敢违抗，愿意真心归降，并发誓绝不再反叛，于是和议达成。

然而，二人还是有些疑心，出入都带着二千名精兵护卫。到了南宁，很快就要见到王守仁了。王守仁的手下有指挥王佐、门客岑伯、高雅等，虽明知王守仁根本无意杀卢苏、王受，却派人告诉二人必须献万金才能保住一命。卢苏、王受一听悔恨交加，认为王守仁骗他们，并且又一时间无法筹得万金保命，不如干脆叛变。

王守仁有一名侍儿，年约十四岁，无意中得知王佐等人阴谋，趁夜偷偷溜进守仁卧室向他禀报。王守仁大吃一惊，急得一夜未睡，派人告诉卢苏、王受说：“不要听信谣言，只要你们投降，我一定信守承诺，绝不杀你们。”王受表示不放心，说：“见面时仍将带兵前来”。王守仁答应二人的要求。二人又说：“王公身旁的护卫一定要全换成本地人担任，否则所有协议作罢。”

王守仁不得已又答应了。

当卢苏、王受带部众入城时，百姓大为恐慌。王守仁下令：“凡是身怀武器者，一律鞭刑一百。”

卢苏、王受也因携带武器而受鞭刑，由于执行者是本地人，而且他们又无须卸甲受刑，所以二人也就欣然受罚，这才真正安抚了夷人。

顾岕 耿定力

【原文】

顾岕为儋耳郡守，文昌海面当五月有大风飘至船只，不知何国人，内载有金丝和鹦鹉，墨女，金条等件，地方分金坑女，止将鹦鹉送县，申呈镇巡衙门。公文驳行镇守府，仍差人督责。原地方畏避，相率欲飘海，主其事者莫之为谋。岕适抵郡，咸来问计，岕随请原文读之，将“飘来船”作“覆来船”改申，遂止。

益民乔蠢，小眚累累大辟。耿恭简公［定力］为守，多所平反。有男子妇死而论抵者，牍曰：“妇詈夫兽畜。”庭讯之，则曰：“詈侬为兽畜所生耳。”遂援笔续二字于牍，而投笔出之，盖妇詈姑嫜，律故应死也。

【评】

只换一字，便省许多事；只添两字，便活一性命。是故有一字之贫，亦有一字之师。

【译文】

顾岕为儋耳郡守，时正当五月，海上多飓风。一天，有一艘不明国籍的大船碰上飓风漂到岸边，船上载有鹦鹉、美女、金条等物，当地官府、百姓私下分占了黄金、美女，只将鹦鹉连同报告呈交县衙。府城派人前往调查，地方官及百姓都害怕事发获罪，甚至想逃往海外。承办的官员也急得不知如何是好。

正巧顾岕来到文昌县，官员前来请教对策。顾岕在看过原先呈送的公文后，只将原公文中的“飘来船”改为“覆来船”，再呈县衙，于是上级不再派人追查。

益州地处边远，老百姓愚昧无知，又不受管束，平日往往因为小错被判死刑。耿恭简为太守时，曾平反许多案件。

有一回，有位男子失手杀死老婆，按律法杀人者偿命。判决书上说，“妇骂夫畜生。”耿恭简便问行凶的男子详情，男子说：“她骂我是畜生所生。”

于是耿恭简拿起笔在判书上添了“所生”两个字后就宣布退堂。原来媳妇骂婆母和公爹，按当地的律法应该处死。

胡　兴

【原文】

祁门胡进士兴令三河。文皇封赵王，择辅以为长史。汉庶人将反，密使至，赵王大惊，将执奏之。兴曰：“彼举事有日矣，何暇奏乎？万一事泄，是趣之叛。”一日尽歼之。汉平，赵王让还护卫兵。宣庙闻斩使事，曰：“吾叔非二心者！”赵遂得免。

【译文】

祁门人胡兴任三河县令。明成祖朱棣封三子高燧为赵王，曾征召三河县令胡兴为长史（官名，诸史之长，为幕僚之职）。汉王朱高煦暗中谋反，派密使求见赵王，赵王大惊，想质押密使奏报朝廷。胡兴说："汉王密谋起事已有一段时日，现在来不及奏报朝廷。再说万一奏报朝廷的消息泄露，说不定会加速乱事的发生。"一日全歼汉军，乱事平定。赵王让还护卫兵给朝廷。宣帝听说赵王斩密使一事，说道："看来叔叔对我没有二心。"赵王于是得以幸免。

张浚

【原文】

建炎初，驾幸钱塘，而留张忠献于平江为后镇。时汤东野［字德广，丹阳人。］适为守将，一日闻有赦令当至，心疑之，走白张公。公曰："亟遣吏属解事者往视，缓驿骑而先取以归。"汤遣官发视，乃伪诏也，度不可宣，而事已彰灼。卒徒急于望赐，惧有变，复谋之张公。公曰："今便发库钱，示行赏之意。"乃屏伪诏，而阴取故府所藏登极赦书置舆中，迎登谯门，读而张之，即去其阶禁，无敢辄登者。而散给金帛如郊赉时，于是人情略定，乃决大计。

【译文】

宋高宗建炎初年，高宗到钱塘，命张浚（谥忠献）镇守平江。当时汤东野为守将。一天，听说皇帝下诏书，汤东野感到奇怪，立即报告张浚。张公说："赶紧派个会办事的官员去查看，得比前去接旨的驿丞早一步取得圣旨回来。"汤东野检视取回的圣旨，发觉是伪造的，考虑到不能对百姓公布，但是由于全部百姓都知道皇上有下诏书，而军士们更希望能获得皇上的犒赏，又怕不公开引发动乱，于是急忙和张公商量。

张公说："现在只有先挪用郡府的库银，宣称是皇上的赏赐。"

张浚暗中以郡府中所收藏的旧诏书取代假诏书，登上谯门对百姓宣读，随即命人拆去阶梯，禁止人们登谯门。而犒赏军士金帛，和皇帝郊祭时发放的数目相同。于是人心才安定了一些，来得及慢慢安排大计。

张咏　徐达

【原文】

张乖崖守成都，兵火之余，人怀反侧。一日大阅，始出，众遂嵩呼者三。乖崖亦下马，东北望而三呼，复揽辔而行。众不敢哗。

上尝召徐中山王饮，迨夜，强之醉。醉甚，命内侍送旧内宿焉。旧内，上为吴王时所居也。中夜，王酒醒，问宿何地，内侍曰："旧内也。"即起，趋丹陛下，北面再拜，三叩头乃出。上闻之，大说。

【评】

乖崖三呼，而军哗顿息；中山三叩头，而主信益坚。仓卒间乃有许大主张，非特恪谨而已！

【译文】

宋朝人张诚（官至吏部尚书，著有《乖崖集》）戍守成都时，战火连连，人心浮动。一天举行校阅，张诚刚出现，军士们立刻大声鼓噪，再三呼叫万岁。张诚立即下马，面向东北方向高呼三声“皇上万岁”，又上马继续校阅。军士们见此举动，不敢再喧哗。

明太祖有一次召徐达饮酒，饮至夜晚还不停地灌徐达酒。徐达大醉，太祖命内侍送徐达到旧内休息。旧内是太祖为吴王时所住的宫殿。半夜徐达酒醒，问奴仆此为何处？奴仆答：“旧内。”

徐达立即起身，跪在台阶上朝北叩拜，三叩首后才离去。

太祖听说这件事后，非常高兴。

颜真卿　李揆

【原文】

安禄山反，破东都，遣段子光传李憕、卢奕、蒋清首，以徇河北。真卿绐诸将曰：“吾素识憕等，其首皆非是。”乃斩子光而藏三首。

李尚书揆素为卢杞所恶，用为入蕃会盟使。揆辞老，恐死道路，不能达命。帝恻然，杞曰：“和戎当择练朝事者，非揆不可。揆行，则年少于揆者，后无所避矣。”揆不敢辞，揆至蕃。酋长曰：“闻唐有第一人李揆，公是否？”揆畏留，因绐之曰：“彼李揆安肯来耶？”

【译文】

唐玄宗时安禄山（本是胡人，得玄宗宠信，任平卢兼范阳节度使，天宝十四年举兵，攻陷长安，自称雄武皇帝，国号燕，后败被杀）谋反，攻陷长安，命段子光带着李憕（安禄山攻陷长安后被害）、卢奕（安禄山之乱与憕同死）、蒋清（安禄山反与憕同死）三人的头招降河北一带的勤王之师。

颜真卿（博学，擅正草书，著有《颜鲁公集》）对诸将军说："我认识李憕等三人，这不是他们的头颅。"于是颜真卿斩了段子光，而把李憕、卢奕、蒋清三个人的头藏起来。

唐德宗宰相卢杞（性阴险，貌丑陋，但口才佳，德宗任其为相，常陷害忠良）一向讨厌尚书李揆（唐开元进士，善应对），想刁难他，于是向德宗推荐李揆为朝廷特使，到番邦签订盟约。李揆以"年老多病，怕路途遥远，恐难达成使命"为由请辞，德宗也很同情。卢杞说："出使番邦一定要挑选熟悉政务、善于应对的大臣，此事非李尚书不可。如果以李尚书如此年纪还肯为明廷出使番邦，那么朝中这些比李尚书年轻的，谁敢不为朝廷效命呢？"

李揆不敢再推辞。

李揆来到番邦后，番王问："听说贵国有位人称大唐第一的李揆，可是阁下么？"

李揆怕番王会借故强行挽留，就骗番王说："那个李揆怎么肯来呢？"

顾　琛

【原文】

宋文帝遣刘彦之经略河南，大败，悉委弃兵甲，武库为之空虚。

帝宴会，有归化人在座，帝问库部郎顾琛："库中仗有几许?"琛诡辞答："有十万仗。旧库仗秘，不知多少。"帝既发问，追悔失言，得琛此对，甚喜。

【译文】

南朝宋文帝派遣刘彦之负责河南一带的军事，却一战大败，兵士们纷纷丢下武器溃逃，一时京城兵库武器短缺。

有一天，文帝赐宴，当时有归化人在座。文帝突然问管兵库的顾琛："兵库中现有多少武器?"顾琛故意说："有十万兵器。其中旧存武器还不包括在内。"文帝话说出口后，才惊觉座中有河南归化的人，颇觉后悔，听了顾琛的回答非常开心。

李　迪

【原文】

真宗不豫，李迪与宰执以祈禳宿内殿。时仁宗幼冲，八大王元俨素有威名，以问疾留禁中，累日不出。执政患之，无以为计，偶翰林司以金盂贮熟水，曰："王所需也。"迪取案上墨笔搅水中尽黑，令持去。王见之，大惊，意其毒也，即上马驰去。

【译文】

宋真宗病重，李迪（有贤臣之称）与宰相为祈神消灾而留宿宫中。当时仁宗年幼，八大王赵元俨（宋周王，于兄弟中排行第八）素有野心，此次以探真宗病为由进住宫中，虽已有一段时日，但似乎没有离宫的打算。辅政大臣虽忧急在心，却也无计可施。

凑巧有一天，翰林司（官名，唐宋内廷供奉之官）用金盆盛了开水，说："这是八大王要的。"李迪灵机一动，拿起案桌上的毛笔在盆中一搅，水全黑了，然后命翰林司端过去。赵元俨一见盆水微黑，大吃一惊，以为有人暗中下毒想谋害他，立刻骑马离宫。

曹玮　张浚

【原文】

曹武穆玮知渭州，号令明肃，西人惮之。一日方召诸将饮，会有叛卒数千亡奔贼境，候骑报至，诸将相视失色。公言笑如平时，徐谓骑曰："吾命也，汝勿显言。"西人闻，以为袭己，尽杀之。

统制郦琼缚吕祉，叛归刘豫。张魏公方宴，僚佐报至，满座失色。公色不变，乐饮至夜，乃为蜡书，遣死士持遣琼，言"事可成，成之；不可成，速全军以归。"虏得书，疑琼，分隶其众困苦之，边赖以安。

【评】

此即冯睢杀宫他之智。西周宫他亡之东周，尽以国情输之。西周君大怒。冯睢曰："臣能杀他。"君予金三十斤，睢使人操金与书问遗宫他云云。东周君杀宫他。

【译文】

北宋时，曹玮任渭州知府时，军纪严明，西夏人对他敬畏不已。

有一天，曹玮宴请各将领时，守卫前来报告有数千名士兵叛变投降西夏人，将领们都大惊失色。只见曹玮谈笑如常，不慌不忙地对守卫说："他们是奉我的命令去的，你不要张扬出去。"

西夏人听说这件事，以为降兵是曹武派来偷袭诈降的兵士，就将他们全数处斩。

南宋时统制（官名，宋南渡后设置，统领将领管制军马）郦琼（金人，字国宝）绑架了吕祉，投降刘豫（宋朝人，高宗南渡后金人立为皇帝，国号大齐）。

张魏公（张浚）宴请宾客时，副将前来报告此事，满座的宾客大为吃惊。只见张魏公面不改色，照常饮宴直到夜深。于是，写了一封信，用蜡封口后，命一名死士送交郦琼，信中写道："如有机会刺杀刘豫则见机行事，否则尽快抽身。"刘豫截下这封信后，下令分散郦琼及他的手下，并对其百般刁难，于是边境又恢复平静。

太史慈

【原文】

太史慈在郡。会郡与州有隙，曲直未分，以先闻者为善。时州章已去，郡守恐后之，求可使者。慈以选行，晨夜取道到洛阳，诣公车门，则州吏才至，方求通。慈问曰："君欲通章耶?"吏曰："然。""章安在?题署得无误耶?"因假章看，便裂败之，吏大呼持慈，慈与语曰："君不以相与，吾亦无因得败，祸福等耳，吾不独受罪，岂若默然俱去?"因与遁还，郡章竟得直。

【译文】

太史慈（三国吴人，字子义）在郡中任职。当时吴国的郡、州两府间常有冲突，而朝廷很难分辨谁是谁非，往往以先呈送的公文定夺。

有一次州府的奏章已送出，郡府害怕落后，于是征求能拦截州使者的人。太史慈就志愿前往。他日夜兼程，来到洛阳，到了宫门口时，州府的小吏才到，正要请人通报。太史慈："你是来呈送州府奏章的吗？"

吏答："正是。"

又说："奏章在哪儿？题署有错误吗？"于是假意检视，却把奏章给撕了。

使者大叫抓人，太史慈却对他说："如果你不随便把奏章交给我，我也撕不了。我若被抓，你也难以脱罪，不如假装没事回去吧。"于是两人一起离开洛阳。郡府的奏章也就顺利地首先呈给朝廷了。

杨　四

【原文】

天顺中，承天门灾，阁臣岳正以草诏得罪，降广东钦州同知。道漷，以母老留阅月，尚书陈汝言素憾正，至是嗾逻者以私事中，逮系诏狱，拷掠备至，谪戍肃州镇夷所。至涿州，夜宿传舍，手梏急，气奔欲死。涿人杨四者素闻正名，为之祈哀，解人不肯，因醉以醇酒，伺其熟睡，谓正曰："梏有封印，奈何？"正曰："可烧鏊令热，以酒喷封纸，就炙之，纸得燥，自然昂起。”杨乃如其言，去钉脱梏，刓其中，复钉而封之。其人既醒，觉有异，杨乃告曰：“业已然，可如何？今奉银数十两为寿，不如纳之。”正以此得至戍所。

【译文】

明英宗天顺年间，承天门发生火灾，内阁大臣岳正（明朝正统进士，因忤石亨谪贬，著有《类博杂言》等书）因起草诏书有失获罪，被贬为广东钦州同知。路经漷县，因母亲年岁已大，恐奉养之日不多，曾停留一个月陪伴母亲。

尚书陈汝言（有谋略，著有《秋水集》）一向忌恨岳正，唆使厂卫侦刺史以和事中伤岳正，下令拘捕他，严刑拷打后发配肃州镇夷所。一天夜晚来到涿州一家客栈休息，手腕被卡得很紧，气血不顺，痛不欲生。有个叫杨四的本地人，一向敬重岳正的为人，为岳正向差官求情，要求松下镣铐。差官不答应。

杨四只好假意请差官喝酒，趁差官酒醉熟睡施救，但一见岳正的手铐，便泄气地说：“手铐上有封条，怎么取下手铐呢？”

岳正说：“用火把手铐加热，再用酒洒在封条上，潮湿的封条烤干之后自然会翘起来，便容易脱落了。”

杨四照岳正的话去做，扭松手铐上的铁钉后，又将封条贴上。

第二天差官发觉手铐松脱，杨四具实相告，并说：“事已至此，您又能如何？我这有纹银几十两给您添福增寿，不如收下。”

于是岳正得以平安地到达肃州。

李文达

【原文】

天顺初，德、秀等王皆当出阁，英庙谕李文达公贤慎选讲读官，文达以亲王四位，用官八员，翰林几去半矣，乃请于新进士内选人物俊伟、语言正当、学问优长者，授以检讨之职，分任讲读。遂为定例。

【译文】

明英宗天顺初年，德、秀等四位皇子即将受封，英宗面谕李文达要慎重地遴选四位皇子的讲读官（讲解诵读诗书）。李文达认为四位亲王的讲读官要用八人，若如此，翰林几乎少了一半，就奏请英宗准许由新科进士中遴选样貌英俊、身材挺拔、言谈得体、举止谦和、学识丰富的人，授予官位担任讲读。从此成为遴选讲读官的一种惯例。

周　忱

【原文】

己巳之难，也先将犯京城，声言欲据通州仓。举朝仓皇无措，议者欲遣人举火烧仓，恐敌之因粮于我也。时周文襄公忱适在京，因建议，令各卫军预支半年粮，令其往取。于是肩负者踵接，不数日，京师顿实，而通州仓为之一空。

【评】

一云，己巳之变，议者请烧通州仓以绝虏望。于肃愍曰："国之命脉，民之膏脂，奈何不惜？"传示城中有力者恣取之，数日粟尽入城。

郦生以楚拔荥阳不坚守为失策，劝沛公急取敖仓。

又李密据黎阳仓，开仓恣民就食，浃旬得兵三十余万。徐洪客献策谓："大众久聚，恐米尽人散，难以成功，宜乘锐进取。"密不从而败。

刘子羽守仙人关，预徙梁、洋公私之积。金人深入，馈饷不继，乃去。

自古攻守之策，未有不以食为本者，要在敌未至而预图耳。若搬运不及，则焚弃亦是一策，古名将亦往往有之，决不可赍盗粮也。

【译文】

明己巳年瓦剌举兵入侵，并扬言要占领通州各米仓。消息传来，朝廷百官大为惊慌，有大臣建议烧毁米粮，以免增加瓦剌的实力。当时周文襄（周忱）正巧在京城，便建议下令各守卫军前去通州预支半年军粮。于是肩负粮食的人接踵而至，没多少天，京师各米仓盈满，而通州粮仓已空。

韩　雍

【原文】

韩雍弱冠为御史，出按江西。时有诏下镇守中官，而都御史误启其封，惧以咨雍。雍请宴中官而身为解之，明日伪为封识，而藏旧封于怀，俟会间，使邮卒持以付己，佯不知而启之，稍读一二语，即惊曰："此非吾所当闻。"遽令吏还中官，则已潜易旧封矣。雍起谢罪，复欲与邮卒杖。中官以为诚，反为救解，欢饮而罢。

【评】

此即王韶欺郭逵之计，做得更无痕迹。

郭逵为西帅，王韶初以措置西事至边。逵知其必生边患，因备边财赋连及商贾，移牒取问。韶读之，怒形颜色，掷牒于地者久之，乃徐取纳怀中，入而复出，对使者碎之。逵奏其事，上以问韶，韶以原牒进，无一字损坏也。上不悟韶计，不直逵言，自是凡逵论，诏皆不报，而韶遂得志矣。

【译文】

明朝人韩雍（屡次破贼有功，两广人曾立祠祀奉）二十来岁就当了江西御史。有次，一封皇帝颁赐宦官的敕书，被都御史误为普通公文而拆启。都御史怕有杀身之祸，向韩雍请教对策。韩雍表示，他将设宴请蔡太监，决定亲自为他解决这个难题。

第二天，他先伪造一封假信，把原来的真信藏在怀中，在宴席前悄悄把假信交给邮卒，叮嘱邮卒在宴席开始后送交自己，然后故意拆信，读了几句后，就很惊慌地说：“这不是颁给我的敕书。”

于是把原来已拆封的敕书送给宦官，除了一再谢罪外，并请求与邮卒一起领罚。宦官被韩雍的诚意感动，反而连连劝慰，宾主继续畅饮。

【原文】

韩襄毅在蛮中，有一郡守治酒具进，用盒纳妓于内，径入幕府，公知必有隐物，召郡守入，开盒，令妓奉酒毕，仍纳于盒中，随太守出。

【评】

此必蛮守欲假此以窥公耳，公不拂其意，而处之若无事然，此岂死讲道理人所知！

【译文】

韩雍有一次来到番地，当地郡守准备了酒菜，把一名妓女藏在箱中，命人送到韩府。韩雍知道其中定有文章，召来郡守当场开箱，请出妓女。酒宴结束后，韩雍请妓女再回到箱中，随太守一起离开府衙。

耿定力

【原文】

耿司马公［定力］知成都府。益俗不丧而冠素，亟禁之。适两台拨捕蝗，公寝未发。道逢三素冠，皆豪子弟也，数之曰：“法不汝贯，能掠蝗自雪乎？”

其人击额，遍募人掠之。蝗尽，民无扰者。

【评】

本欲掠蝗，借素冠以济。一举两得，灵心妙用，可以类推。

【译文】

明朝耿定力为成都知府。益州的风俗是家中没有丧事也要戴白帽子。耿定力坚决禁止。

碰巧布政使司和按察使司命令消灭蝗害，耿定力将公文压下。路上碰到三位头戴白帽的富家子弟，耿定力忍不住地责备他们说：“我不治你们的罪，你们能捕蝗虫抵自己的罪吗？”

三名富家子弟叩头请罪，立即招募人捕蝗。蝗虫捕干净之后，没有一个百姓受到惊扰。

某教谕

【原文】

有御史罪其县令。县令密使嬖儿侍御史，御史昵之，遂乘机窃其箧中篆去。御史顾篆箧空，心疑县令所为而不敢发，因称疾不视事。尝闻某教谕有奇才，因其问疾，召至床头诉之。教谕教御史夜半于厨中发火，火光烛天，郡县俱赴救。御史持篆箧授县令，他官各有所护。及火灭，县令上篆箧，则篆在矣。

或云此教谕乃海瑞也，未详。

【评】

山尽水穷处，忽睹天台、雁荡、洞庭、彭蠡，想胸中有走盘珠万斛在。

【译文】

明朝时有位县令得罪了御史，于是悄悄派自己的童仆去服侍御史，御史非常宠爱这名童仆。一天，这童仆乘御史不注意，偷偷将御史收藏在小箱中的官印偷走。御史发觉官印遗失，怀疑是县令暗中主使，但又不敢随便张扬。因此称病暂时不能处理公务。听说有个教谕（官名，掌教诲生员）是个奇才，借着教谕前来探病，召他来到床前请教。

教谕让御史半夜时在厨房放火，火势一大，各官员一定会前来救火。御史可借以保护财物为名，把印信箱交给县令保管。其他官员也都交付一些物品保管。

御史依计行事，等到大火扑灭，县令呈上印信箱时，印信果然已在箱中。

有人说这教谕就是海瑞，不太清楚。

王　安

【原文】

神庙虽定储，而郑贵妃权谲有宠，东宫不无危疑，侍卫单微，资用多匮，弥缝补救，司礼监王安力为多。福邸出藩，贵妃倾宫畀之。或迎附东宫，勒止最后十箱，舁至宫门。安知之，谏曰："此非太子之道也。"或曰："业已舁至，奈何?"安曰："即舁还之。"更简箱之类此者十枚，实以器币而赠也。乃谓妃曰："适止箱于宫门，欲以仿箱制也。"上及贵妃皆大喜。

【译文】

宋元宗虽已册立太子，但郑贵妃玩弄权术，极受元宗宠爱。太子不受重视，不但侍卫少，日常开支更是窘困，全靠司礼监（掌宫廷礼仪）王安（光宗时为司礼太监，后为魏忠贤所害）筹措。

有一次福邸出藩，郑贵妃倾全力准备丰盛的礼物。有人为讨好太子，将郑贵妃所送的最后十箱礼品拦截下来，堆放在太子宫门口。王安知道后对太子说："这种行为不是太子该有的。"

有人说："已经堆放在太子宫门了，该如何处置呢?"

王安说："立刻送还贵妃。"又找十个相同的箱子装满器物，送给福王。

于是，王安派人对贵妃说："刚才拦下贵妃的箱子，只是想知道贵妃箱子的式样，好盛装礼品。"

贵妃和光宗都非常高兴。

朴　恒

【原文】

尝有觅亲尸于战场，溃腐不可物色者。高丽臣朴恒父母殁于蒙古之兵，恒从积尸中得相似者辄收瘗，凡三百余人。此亦一法。

【评】

元祐间有大臣某，父贬死珠崖，寓柩不归。既贵，自过海迎取。岁久，无能识者。僧房中有数柩枯骨，无款识。不获已，挈一棺归，与其母合葬。后竟传误取亡僧骨者，方知朴恒有见。

【译文】

在战场上认领亲人的尸骨，常会发生因尸首溃烂而无法辨认的情况。有个高丽臣名叫朴恒，他的父母死于蒙古兵之手，朴恒无法辨认明确，只好将尸首中觉得相似的都予以收葬，结果一共埋葬了三百多具尸体。这也是安慰死者亡魂的一种方式。

以计应危

【原文】

西江有水，遐不及汲。壶浆箪食，贵于拱璧。岂无永图，聊以纾急？集“应卒”。

【译文】

滔滔而逝的西江水，却遥远得不能解燃眉之急。一箪食一壶水，有时比璧玉还珍贵。人生难免有危难，正确的应变，才能化解突发的灾难。集“应卒”卷。

张　良

【原文】

高帝已封大功臣二十余人，其余日夜争功不决。上在洛阳南宫，望见诸将往往相与坐沙中偶语。以问留侯，对曰：“陛下起布衣。以此属取天下，今为天子。而所封皆故人，所诛皆仇怨。故相聚谋反耳。”上忧之。曰：“奈何？”留侯曰：“上生平所憎，群臣所共知，谁最甚者？”上曰：“雍齿数窘我。”留侯曰：“今急。先封雍齿，则群臣人人自坚矣。”乃封齿为什方侯，群臣喜曰：“雍齿且侯。吾属无患矣。”

【评】

温公曰：“诸将所言，未必反也。果谋反，良亦何待问而后言邪？徒以帝初得天下，数用爱憎行诛赏。群臣往往有觖望自危之心。故良因事纳忠以变移帝意耳！”

袁了凡曰：“子房为雍齿游说。使帝自是有疑功臣之心。致三大功臣相继屠戮。未必非一言之害也！”

由前言，良为忠谋；由后言，良为罪案。要之布衣称帝，自汉创局，群臣皆比肩共事之人，若觖望自危，其势必反。帝所虑亦止此一著，良乘机道破，所以其言易入，而诸将之浮议顿息，不可谓非奇谋也！若韩、彭俎醢，良亦何能逆料之哉！

【译文】

汉高祖刘邦即帝位后，大肆封赏了二十多位功臣。还未封赏的将领，为了争赏而争相表功。高祖住在洛阳南宫时，见将军们常聚在一起窃窃私语，于是召来张良（字子房，佐刘邦灭项羽，封留侯）询问。张良说：“陛下由平民取得天下，今已贵为天子。但所分封的对象都是旧友，而往日与陛下有仇怨的都遭到诛杀，将军们担心自身的安危福祸，所以聚在一起密谋造反。”

高祖感到非常不安，问张良：“有何对策？”

张良说：“陛下生平最讨厌的，而大臣也都知道的人，是谁？”

高祖答：“雍齿（汉初沛人，从高祖起兵，叛而复归）曾多次让我难堪。”

张良说："当务之急是，您首先封雍齿为侯，那么其他大臣就不会再心存疑虑了。"

于是高祖封雍齿为什加侯。群臣高兴地说："连雍齿都能封侯，我们还有什么可担心的。"

孔　子

【原文】

鲁人烧积泽，天北风，火南倚，恐烧国。哀公自将众趋救火者，左右无人，尽逐兽，而火不救。召问仲尼，仲尼曰："逐兽者乐而无罚，救火者苦而无赏，此火之所以无救也。"哀公曰："善。"仲尼曰："事急，不及以赏救火者；尽赏之，则国不足以赏于人。请徒行罚。"乃下令曰："不救火者，比降北之罪；逐兽者，比入禁之罪。"令下未遍，而火已救矣。

【评】

贾似道为相，临安失火，贾时方在葛岭，相距二十里，报者络绎，贾殊不顾，曰："至太庙则报。"俄而报者曰："火且至太庙。"贾从小肩舆，四力士以椎剑护，里许即易人，倏忽即至，下令肃然，不过曰："焚太庙者斩殿帅。"于是帅率勇士一时救熄。贾虽权奸，而威令必行，其才亦自有快人处。

【译文】

鲁人放火烧积泽，偏偏天刮北风，火势向南蔓延，眼看将波及国境。哀公鼓励百姓参与救火，但百姓只愿意驱赶野兽，不愿救火。哀公请教孔子，孔子说："驱赶野兽任务轻松又不会受到责罚，救火不但辛苦危险，而且没有奖赏，所以没有人愿意救火。"

哀公认为有理。

孔子又说："事情紧急来不及行赏救火的人。再说凡是参与救火的人都有赏，那么国库的钱赏不到一千人就光了。请下令不救火者一律论罪。"于是哀公下令："凡是不参与救火者，比照战败降敌之罪；只驱赶野兽者，比照擅入封森的山林之罪。"命令还未遍及全国，积泽的大火已被扑灭。

刘 巴

【原文】

刘备攻刘璋，备与士众约："若事定，府库百物，孤无预焉。"及拔成都，士众皆舍干戈赴诸藏竞取宝物，军用不足，备甚忧之。刘巴曰："易耳，但当铸直百钱，平诸物价，令吏为官市。"备从之，数月间府库充实。

【评】

无官市则直百钱不能行。但要紧在平价，则民不扰，而从之如水矣。

【译文】

刘备攻打刘璋（三国蜀人，初为曹操振威将军，后降刘备）前，曾对士兵宣布："只要获胜，府库中所有财物都归各位所有，我不取一物。"

等到攻占成都，兵士们果然纷纷放下武器直奔府库，造成刘备财政窘困，刘备为此烦恼不已。

刘巴（三国蜀人，字子初）说："王不必为此事烦恼。先下令铸以一当百的钱，稳定物价，再设立官市，财政问题即可解决。"刘备接纳这建议，几个月后府库充盈。

黄　炳

【原文】

嘉熙间，峒丁反吉州。万安宰黄炳鸠兵守备。一日五更探报："寇且至！"遣巡尉引兵迎敌，皆曰："空腹奈何？"炳曰："第速行，饭且至矣。"炳乃率吏辈携竹罗木桶，沿市民之门曰："知县买饭。"时人家晨炊方熟，皆有热饭熟水，厚酬其值，负之以行。于是士卒皆饱餐，一战破寇。由此论功，擢守临川。

【译文】

宋理宗嘉熙年间，峒丁（峒蛮兵）在吉州造反。万安宰黄炳召集军队严密防守。

一日五更时分，巡逻兵前来报告"峒丁即将发动攻击"。黄炳命尉官带兵抵御，可是士兵都说："尚未吃早饭，怎么御敌？"黄炳说："你们只管前去御敌，早饭稍后一定送去。"

接着黄炳亲自率领手下带着木桶、竹筐，沿街敲民家门，说：

“知县买饭。”这时正是百姓煮早饭的时候，所以各家都有热腾腾的米饭，黄炳付给他们比市价高出许多的钱，满载米饭而去。

前去御敌的兵士都饱餐一顿，也因此打了一场胜仗。黄炳也因这次战功而擢升为临川太守。

赵从善　辛弃疾

【原文】

赵从善尹京日，宦寺欲窘之，科降设醮红桌子三百只，内批限一日办集。从善命于酒坊茶肆取桌相类者三百，净洗，糊以白纸，用红漆涂之。

又两宫幸聚景园，夜过万松岭，立索火炬三千，从善命取诸瓦舍妓馆，不拘竹帘芦帘，实以脂，卷而绳之，系于夹道松树，左右照耀，比于白日。

高宗南渡，驻跸临安，草创行在。方造一殿，无瓦，而天雨，郡与漕司忧之。忽一吏白曰：“多差兵士，以钱镪分俵关厢铺店，赁借楼屋腰檐瓦若干，旬月新瓦到，如数赔还。”郡司从之，殿瓦咄嗟而办。

辛幼安在长沙，欲于后圃建楼赏中秋，时已八月初旬矣，吏曰：“他皆可办，唯瓦不及。”幼安命先于市上每家以钱一百，赁檐瓦二十片，限两日以瓦收钱，于是瓦不可胜用。

【评】

二事皆一时权宜，可为事役之法。

【译文】

赵从善刚被任命为京城百官长时，宫中宦官想让他难堪，就将皇帝下令设醮、道士设祭坛祈祷所需的三百张红桌交给他筹办，并限令一日内办齐。赵从善派人到京城中各酒楼、茶馆搜购式样相仿的桌子三百张，清洗干净后，桌面糊上白纸喷上红漆，圆满交差。

又有一次，皇帝及太后驾临聚景园，晚上将路过万松岭，需要三千支火把照路。赵从善立即派人到各妓院取来竹帘，涂上油脂卷起后用绳拴牢，绑在万松岭道路两边的松树上，点燃后如同白昼般明亮。

高宗南渡后，暂住临安，想盖一座宫殿，但不仅欠缺瓦材，偏偏又逢大雨。郡守与漕司（漕运官）都烦恼不已。有一名小官建议道："不如多派些士兵，拿着钱分别到城外的商家向他们借屋瓦，至于屋顶的漏空则用钱俵补，等一个月新瓦运到后再如数赔偿给他们。"郡守照这方法，果然解决了殿瓦的难题。

辛弃疾在长安时，想在后花园搭一座塔楼在中秋赏月。这时已是农历八月初了。小官说："塔楼在中秋前完工没有问题，只是塔顶瓦片可能运送不及，影响进度。"辛弃疾命人到街市宣布："凡借瓦二十片给钱一百，愿意者限两日内携瓦片至郡守。"于是郡府前的瓦片堆积如山。

周　忱

【原文】

正统中，采绘宫殿，计用牛胶万余斤，遣官敕江南上供甚急。

时巡抚周忱以议事赴京，遇诸途，敕使请公还治。公曰："第行，自有处置。"至京，言"京库所贮牛皮，岁久朽腐，请出煎胶应用。俟归，市皮还库，以新易旧，两得便利。"王振欣然从之。

时边事紧急，工部移文，索造盔甲、腰刀数百万，其盔俱要水磨。公取所积余米，依数成造，且计水磨明盔非岁月不可，暂令摆锡，旬日而办。

【译文】

明英宗正统年间因缮修宫殿，预计需一万多斤牛胶，命人传令江南立即筹集。当时江南巡抚周忱因公进京，途中巧遇使臣，使臣请周忱立即返回江南筹集。周忱说："你先行，我自有打算。"周忱来到京城后，便求见王振（宦官首领，深受英宗宠信），说："京城库房中所贮藏的牛皮已有多年，其中多半腐朽，不如清理出来煮炼牛胶。等下官回到江南，立刻买新牛皮归还库房。以旧换新，双方相互得利。"于是王振很高兴地答应周忱的请求。

有一次边境发生动乱，工部下达紧急命令，需打造数万具盔甲和腰刀，并注明头盔要用水磨打造。周忱取出积存的余米，按数量打造，考虑到用水磨打造头盔耗费时日，因此下令把头盔镀一层锡，不到十天，就完成了。

张 恺

【原文】

张恺，鄞县人。宣德三年，以监生为江陵令。时征交趾大军过，总督日晡立取火炉及架数百，恺即命木工以方漆桌锯半脚，凿其中，以铁锅实之。已又取马槽千余，即取针工各户妇人，以棉布缝成槽，槽口缀以绳，用木桩张其四角，饲马食过便收卷，前路足用。遂以为法。

【评】

后周文襄荐为工部主事，督运大得其力。嗟乎！此监生也，用人可以资格限乎？

【译文】

张恺是浙江鄞县人，在明宣宗宣德三年以监生（明朝学校有国学，凡入国学者称监生，可任命为官）任命为江陵县令。当时，有一批出征交趾的军队路过，总督日晡急催着要数百具火炉及架子。张恺于是命木工把方桌桌脚锯去一半，再把桌面中央挖空，中空部分刚好可放置铁锅。

后来又要马槽千余，张恺下令会针线的妇女把整匹棉布缝成槽状，槽口系上绳索，四边用木桩架起，成为简便马槽，喂过马匹后，就可将槽架折叠后收起，便于行军使用。由于方便省时，所以一直沿用下来。

张　彀

【原文】

张彀为同州观察判官，是时出兵备边州，征箭十万，限以雕雁羽为之，其价翔踊，不可得。毂曰："矢，去物也，何羽不可？"节度使曰："当须省报。"毂曰："州距京师二千里，如民急何？万一有责，下官任之。"一日之间，价减数倍，尚书省竟如所请。

【译文】

金朝时张毂（伯英）为同州观察判官（察使僚属）。当时边境军情紧急，向同州征收十万支箭，并且规定箭羽一定要用雕雁的羽毛，一时雁羽价格暴涨，不易得到。张毂说："箭射出去后就不能再回收，什么鸟的羽毛不可以？"节度说："（若不按规定，恐怕有抗命之嫌）必须先向中书省报备。"张毂说："同州距京师有二千里远，军情紧急怎么办？万一怪罪，下官一人承担。"

一日之间，雁羽价格下跌好几倍。后来尚书省竟也同意张毂的做法。

陶　鲁

【原文】

陶鲁，字自立，郁林人，年二十，以父成死事，录补广东新会县丞。都御史韩公雍下令索犒军牛百头，限三日俱。公令出如山，群僚皆不敢应。鲁逾列任之，三司及同官交责其妄。鲁曰："不以相累。"乃榜城门云："一牛酬五十金。"有人以一牛至，即与五十金。明日牛争集。鲁选取百头肥健者，平价与之，曰："此韩公命也。"如期而献。公大称赏，檄鲁麾下，任以兵政。其破藤峡，多赖其力，累迁至方伯。

【译文】

明朝人陶鲁，字自立，郁林人。二十岁时因父死，递补广东新会县丞职位。

有一回，都御史韩雍下令手下官员三天内备齐一百头牛犒赏军士。韩雍一向令出如山，官员们因没把握，没人敢答腔。只有陶鲁自告奋勇地愿意越级负责这个任务。三司（明朝时以布政使、按察使、都指挥使为三司）及行省各文武长官和其他官员都责备陶鲁鲁莽。陶鲁说："绝不牵连各位。"

陶鲁在城门张贴告示说："买牛，一头五十金。"有人牵一头牛来到县府，陶鲁立即给他五十金。第二天县民争相牵牛前来。陶鲁仔细挑选一百头健硕的牛，按市价买下，并声明："这是韩公所定的价钱。"

于是陶鲁如期交牛。韩雍对陶鲁的机智大加赞赏，于是正式辟召陶鲁为幕僚，掌理兵政。韩雍攻破藤峡，陶鲁出力甚多，后官至布政使。

守边老卒

【原文】

丁大用征岭南，京军乏食，掠得寇稻，以刀盔为杵舂。边鄙老卒笑其拙，教于高阜择净地，坎之如臼然，燃茅锻之，令坚实，乃置稻其中，伐木为杵以舂，甚便。

【译文】

丁大用征讨岭南时，因军粮短缺，只得抢夺蛮人的稻谷，士兵用刀为杵，以盔为臼来捣米。有位长年守边的老兵看到笑他们愚笨。老兵教士兵选一块干净的土地，凿成臼的形状，然后烧茅草使土块更坚硬结实，于是谷子将放在土臼中，只要砍根树干做杵就可以捣米，果然轻松无比。

韦　丹

【原文】

韦丹任洪州，值毛鹤叛。仓卒无御敌之器，丹乃造蒺藜棒一千具，并于棒头以铁钉钉之如猬毛，车夫及防援官健各持一具，其棒疾成易办，用亦与刀剑不殊。

【译文】

韦丹在洪州时，碰到毛鹤人作乱。由于事出突然，州内没有足够御敌的武器，韦丹命人做一千个蒺藜棒，并在棒头钉上许多铁钉，好像刺猬毛一样，车夫及守卫军人各持一棒。这种兵器制造简便，使用起来效果和刀剑不相上下。

李允则

【原文】

宋真宗时，李允则知沧州。虏围城，城中无炮石，乃凿冰为炮，虏解去。近时陈规守安州，以泥为炮，城亦终不可下。

【译文】

宋真宗时，李允则（字垂范）治理沧州。有一次胡人围城，城内没有炮石，李允则命人凿冰块做炮石，结果击退胡人。北宋末金人南侵，陈规（字元则）守德安府时，用泥做炮，也守城成功。

太宗卒

【原文】

太宗以北兵渡淮，时无一苇之楫。有人于囊中取干猪脬十余，内气其中，环著腰间，泅水而南，径夺舟以济。

【译文】

宋太宗率北方兵渡淮河，找不到渡河的船只。有位士兵从背囊中取出十多节干猪脬，然后将其灌满气绑在腰间，向南边游去，夺取船只，全军得以安然渡河。

颜常道

【原文】

颜常道曰：某年河水围濮州，城窦失戒，夜发声如雷，须臾巷水没骭。士有献衣袽之法，其要，取绵絮胎，缚作团，大小不一，使善泅卒沿城扪漏便塞之，水势即弭，众工随兴，城堞无虞。

【译文】

颜常道说：有一年河水暴涨，濮州被水围困。由于没有留意城墙上大大小小的孔洞，夜晚河水由孔洞中涌入，声如巨雷，一会儿工夫，城中巷道内的积水已达膝头。有人建议，不如用破衣堵洞的做法，取来大小不等的棉团，命善游泳的小兵沿着城墙用手探索墙上的孔洞，塞入棉团。果然，城内积水很快退去，工人们立即动工修补城墙。

侯叔献

【原文】

熙宁中，睢阳界中发汴堤淤田。汴水暴至，堤防颇坏陷，人力不可制。时都水丞侯叔献莅役相视，其上数十里有一古城，急发汴堤注水入古城中，下流遂涸，使人亟治堤陷。次日，古城中水盈，汴流复行，而堤陷已完矣。徐塞古城所决，内外之水，平而不流，瞬息可塞。众皆伏其机敏。

【译文】

北宋神宗熙宁年间，睢阳一带筑汴堤来排水，想让低洼地能成为可耕的田地。不料汴河水位突然暴涨，堤防崩塌，一时之间无法抢修。当时都水臣侯叔献巡视灾情后，发现上游数十里外有一座废弃古城，急忙命人掘开一部分堤防，引水入古城，于是下游的水量减少，工人才能靠近修堤。第二天，古城积水已满，河水又开始往下窜流，但堤防已修复。于是将古城处掘开的堤防堵塞，使河水能沿着河道平稳地流，而城内的积水在短时间内也都消退。众人都对侯叔献的机智聪明佩服不已。

雷简夫

【原文】

陕西因洪水下，大石塞山涧中，水遂横流为害。石之大有如屋者，人力不能去，州县患之。雷简夫为县令，乃令人各于石下穿一穴，度如石大，挽石入穴窖之，水患遂息。

【译文】

宋朝时陕西有一次山洪暴发，有一块巨石落到山涧当中，涧水四处流溢，造成灾害。但巨石太大，有如一幢房舍，人力根本无法搬动，州县深感困扰。当时的县令雷简夫命人在巨石的下方挖洞，洞的大小和巨石一般，再顺着水势将巨石推入洞中，水患于是得以平息了。

陆光祖

【原文】

陆光祖初授濬县令，庚戌贺阑入塞。大司马赵锦议役三辅民筑垣以御，陆持不可。司马怒，以挠军兴劾之。陆屹不动，已复言于直指，谓必役本地民，莫若出钱兴边民如雇役法。直指上其议，竟得请，三辅乃安。

【译文】

陆光祖刚被任命为濬县县令，就赶上明朝庚戌年贺阑人入侵。大司马赵锦（字元朴）建议征调三辅百姓修筑城墙御敌，陆光祖认为太过扰民，极力阻止。赵锦大为不满，以违抗军令的罪名弹劾陆光祖。陆光祖仍坚持本意，对直指使（官名，管大狱）说，如果一定要征调三辅百姓，不如用雇役法出钱招募边境的人。直指使将光祖的建议呈奏皇帝，最终皇帝同意，三辅百姓才得以免除劳役。

曹 操

【原文】

魏武尝行役，失汲道，军皆渴，乃令曰："前有大梅林，饶子甘酸，可以解渴。"士卒闻之，口皆出水，乘此得及前源。

【译文】

有一次曹操率兵行军，错过水源，兵士们口渴不愿再继续前进。曹操对兵士们说："前面有一片大梅林，有很多梅子，又酸又甜，可以解渴。"兵士们听了这番话，口中不由流出酸水，曹军趁机赶到前面有水源的地方。

孙　权

【原文】

濡须之战，孙权与曹操相持月余。权尝乘大船来观公军，公军弓弩乱发，箭著船旁，船偏重。权乃令回船，更一面以受箭，箭均船平。

【译文】

濡须（坞名，濡须水所经，故名）之战时，孙权与曹操相持一个多月。有一天，孙权乘大船窥伺曹营，曹营弓箭手一时万箭齐发，面向曹营的船身全插满了箭，造成倾斜。孙权立即下令调转船头，曹营弓箭手又是一阵箭雨，于是船身平衡。

刘　锜

【原文】

金主亮性多忌。刘锜在扬州，命尽焚城外居屋，用石灰尽白城壁，书曰："完颜亮死于此。"亮见而恶之，遂居龟山。人众不可容，以是生变。

【译文】

金主完颜亮（即金废帝）生性多疑，好猜忌。刘锜（宋朝人，字公玉）命人将扬州城外的屋舍全部焚毁，城壁上涂上白色石灰，在上面写道“完颜亮死于此”。完颜亮见了城墙上的字非常不舒服，于是屯兵龟山。由于金兵人数太多，容纳不下，终于发生兵变。

韩　琦

【原文】

英宗即位数日，挂服柩前，哀未发而疾暴作，大呼，左右皆走，大臣骇愕痴立，莫知所措。琦投杖，直趋至前，抱入帘，以授内人，曰：“须用心照管。”仍戒当时见者曰：“今日事唯众人见，外人未有知者。”复就位哭，处之若无事然。

【译文】

宋仁宗驾崩，尚未大殓，英宗便即帝位，一连数天穿着孝服立在灵前，突然发病，大叫一声，守灵大臣都惊吓得呆立原地，不知所措。

韩琦（字稚圭）扔掉手杖，立即上前把英宗抱入内室，并嘱咐宫人“要小心照应”。然后走出内室对大臣们说：“今天所发生的事只有各位看到，千万不可张扬，以免惊扰人心。”说完回到灵前守灵，好像不曾有事发生。

杨荣　金幼孜　杨寓

【原文】

榆木川之变，杨荣、金幼孜入御幄密议，以六师在外，离京尚远，乃秘不发丧，亟命工部官括行在及军中锡器，召匠人销制为椑，敛而锢之，杀匠以灭口。命光禄官进膳如常仪，号令加肃，比入境，寂无觉者。

梓宫至开平，皇太子即遣皇太孙往迎，濒行，启曰："有封章白事，非印识无以防伪。"时行急，不及制。侍从杨士奇请以大行皇帝初授东宫图书权付太孙，归即纳上。皇太子从之，复谓士奇曰："汝言虽出权宜，亦事几之会。昔大行临御，储位久虚，浮议喧腾。吾今就以付之，浮议何由兴也。"

【译文】

明成祖在榆木川突然驾崩后，大学士杨荣、金幼孜齐聚皇帝所住的帐篷秘密商议，认为全国军队多随成祖出京，而榆木川离京师甚远，为防止京师发生动乱，决定暂时隐瞒成祖驾崩的消息。

于是，两人命工部官搜取军中所有锡器，销熔后打造出帝王所用棺椁中最内一层的棺，将遗体放入，再密封，而将承造的工匠杀之灭口。同时又命光禄官（官名，掌膳食）每天三餐照常进膳。军纪号令更加严明，直到入境，竟无人察觉成祖已驾崩。

成祖灵柩运到开平后，皇太子命皇太孙迎灵，临行前太孙启奏道："奉旨迎灵，若无印识证明身份，恐难服众。"但启程在即，来不及制印识。侍从杨士奇（杨寓）请求将先帝所授东宫印识交予皇太孙以证明身份，等太孙回京后再归还。

皇太子觉得可行，于是对杨士奇说："借迎灵以东宫印确立太孙名位，你所说的固然是权宜之计，但想来也算是机缘凑巧。从前，先皇对太子之位悬虚不决，引起大臣们不同的意见。今天我以东宫印识交付太孙，日后该不会为立太子而流言四起吧?"

邵　溥

【原文】

靖康之变，金人尽欲得京城宗室。有献计者，谓宗正寺玉牒有籍可据。虏酋立命取牒，须臾持至南薰门亭子。会虏使以事暂还，此夜唯监交官物数人在焉，户部邵泽民［溥］其一也。遽索视之，每揭二三板，则掣取一板投火炉中，叹曰："力不能遍及也。"通籍中被焚者十二三。俄顷虏使至，吏举籍授之，遂按籍以取。凡京城宗室获免者，皆泽民之力。

【评】

昔裴谞为史思明所得，伪授御史中丞。时思明残杀宗室，谞阴缓之，全活者数十百人。乃知随地肯作方便者，皆有益于国家，视死抄忠孝旧本子者，不知孰愈?

【译文】

靖康之难（宋钦宗靖康二年，金人南下，陷宋都，掳钦、徽二帝）后金人想掳尽京城中所有皇族。有人向金主献计，说宗正寺（掌宗室属籍）藏有皇室族谱，据谱搜捕一定万无一失。

金主立即派人前往宗正寺取皇室族谱，不久族谱送至南薰门（宫殿门名）。正巧守殿门的官员回乡探亲，因此这夜就只有几位监交官在。当时户部侍郎邵溥（宋朝人，字泽民）也在场。他索过宗谱检视，每看二三页就撕去一页丢入火中，说："可惜不可能全数救下。"最后整本族谱中被邵溥丢入火中的有十分之二三。不久金主使者来到官门，小吏呈上宗谱，日后金主就按照宗谱所载拘捕皇亲。京城皇族躲过了这场劫难，全都要感谢邵溥。

盛　度

【原文】

盛文肃在翰苑日，昭陵尝召入，面谕："近日亢旱，祷而不应，朕当痛自咎责，诏求民间疾苦。卿只就此草诏，庶几可以商量，不欲进本往复也。"文肃奏曰："臣体肥，不能伏地作字，乞赐一平面子。"上从之，逮传旨下有司而平面子至，则诏已成矣。上嘉其敏速，更不易一字。或曰："文肃属文思迟，乞平面子，盖亦善用其短也。"

【译文】

盛文肃（盛度）在翰林院，有一次宋仁宗召他来，说："最近一段时间以来干旱不雨，祈神降雨又未应验，必因我有过失，想下诏书了解民间疾苦，借以反省检讨。你立即起草诏书，若有词句不能定夺，也可当场商议，就不要上奏批复往返浪费时间了。”盛文肃奏道：“臣太胖了，不能伏地写字，乞求皇上赐臣一平面子（承物的桌几)。”皇帝于是传旨向有司索取，等平面子送入宫，文肃的草诏已拟好。皇帝嘉许文肃才思敏捷，一字未改便作为正式诏书发下去。有人说：“文肃写文章一向需要时间思考，向皇帝乞赐平面子，或许在掩盖其短处。”

机敏颖悟

【原文】

剪彩成花，青阳笑之。人工则劳，大巧自如。不卜不筮，匪虑匪思。集“敏悟”。

【译文】

人工的剪纸再美丽，也比不上大自然的美景天成。人的思虑再周全，也难以预料上天冥冥之中的安排。智者不算、不卜，不思、不虑，靠当时的领悟来做出反应。集于“敏悟”卷。

司马遹

【原文】

晋惠帝太子遹，自幼聪慧。宫中尝夜失火，武帝登楼望之，太子乃牵帝衣入暗中。帝问其故，对曰：“暮夜仓卒，宜备非常，不可令照见人主。”时遹才五岁耳，帝大奇之。尝从帝观豕牢，言于帝曰：“豕甚肥，何不杀以养士，而令坐费五谷？”帝抚其背曰：“是儿当兴吾家。”后竟以贾后谗废死，谥愍怀。吁，真可愍可怀也！

【评】

此智识人，何以不禄？噫！斯人而禄也，司马氏必昌，而天道僭矣。遹谥愍怀，而继惠世者，一怀一愍，马遂革而为牛，天之巧于示应乎？

【译文】

晋惠帝的太子名遹（字熙祖，谥愍怀）从小就聪明绝顶，某夜宫中失火，惠帝登楼观看火势。太子拉着惠帝的衣角，要惠帝隐身暗处。惠帝问太子原因，太子说：“夜色昏暗，火场一片混乱，须小心防范意外，皇上不应该站在火光映照清楚、每个人都看得见的地方。”这时太子才五岁，惠帝大感惊异。

还有一次，司马遹随同晋惠帝去检查猪圈，他指着满栏的肥猪问晋惠帝：“这些猪已养得很肥了，为什么不杀了来犒劳将士，却让它们白白浪费粮食呢？”惠帝听后，轻抚太子的背说：“这孩子如此聪明，必能兴旺我家。”

没想到日后惠帝却因贾后（晋惠帝后，性善妒，多权诈）的谗言使太子惨死，谥号“愍怀”。哎，实在是一位值得怜悯、值得怀念的太子啊！

李德裕

【原文】

李德裕神俊，父吉甫每向同列夸之。武相元衡召谓曰：“吾子在家，所读何书？”意欲探其志也。德裕不应。翌日，元衡具告吉甫。吉甫归责之。德裕曰：“武公身为帝弼，不问理国调阴阳，而问所读书。书者，成均、礼部之职也。其言不当，是以不应。”吉甫复告。元衡大惭。

【评】

便知是公辅之器。

【译文】

唐朝人李德裕（字文饶）才智起群。其父李吉甫（字弘宪）经常向同朝官员夸赞儿子的聪明。

宰相武元衡（字伯苍）有一次召李德裕来，问道：“孩子，你在家都念些什么书？”想借此试探德裕的志向。不料李德裕竟不回答。第二天，武元衡把这件事告诉李吉甫。李吉甫回家后责备儿子，李德裕说：“武公身为宰相，不问兴邦治国的道理，却问我所读何书。读什么书是礼部大臣管的事，武公所问不当，所以我没有回答他。”李吉甫将原委告知武相，武相大为惭愧。

洪　钟

【原文】

崇仁洪锺，生四岁，随父朝京以训导考满之京。舟中朝京与客奕，锺在旁谛观久之，悟其行势，导父累胜。比至临清，见牌坊大字题额，索笔书之，遂得字体。至京师，即设肆鬻字，京师异为神童。宪宗闻之，召见，命书，即地连画数字。又命书“圣寿无疆”四字，锺握笔久之，不动。上曰：“汝容有不识者乎?”锺叩头曰：“臣非不识字，第为此字不敢于地上书耳。”上嘉其言，即命内侍舁几，复以踏凳立其上，书之，一挥而就。上喜，命翰林给廪读书，其父升国子助教，以便其子。

【译文】

明朝人洪锺（字季和）四岁时因为其父洪朝京训导期满，和父亲一起搭船进京。途中洪父与人下棋，洪锺观察一阵子后，竟能领悟其中的攻守进退，指点父亲连连获胜。船行至临清，见牌坊上有名家题字，洪锺就取出纸笔临摹，竟深得神韵。船抵达京城后就在街市设摊卖字。一时被人称为神童。宪宗听闻这件事，召洪锺入宫，让他写字。洪锺就地连写数字。宪宗命他写“圣寿无疆”四字，只见洪锺手握毛笔却久久不下笔。宪宗问：“你不认识这几个字吗?”洪锺连忙叩头说：“小民不是不识字，只是这几个字不敢草率地写在地上。”宪宗听了大为高兴，立即命人抬来桌子，洪锺站在椅上轻轻松松地写下“圣寿无疆”四字。宪宗大喜，让翰林院拨款以公费供他读书，并任命洪父为国子助教，方便教导儿子。

高　定

【原文】

高定年七岁，读《尚书》。至《汤誓》，问父郢曰：“奈何以臣伐君?”父曰：“应天顺人。”定曰：“‘用命赏于祖，不用命戮于社。’岂是顺人？”父不能答。

【译文】

唐朝人高定（小字董二）七岁时读《尚书》，读到其中《汤誓》篇（商汤相伊尹伐桀，与桀战于鸣条郊野作汤誓）时问其父：“为臣下者有什么权力讨伐君上？”高父答：“为了顺应天道人心。”高定说：“服从命令的，在祖庙给他行赏；不服从命令的，就在祖庙处死他。这怎能说是顺应人心呢？”高父无话可答。

杜　镐

【原文】

杜镐侍郎兄仕江南为法官。尝有子毁父画像，为近亲所证者，兄疑其法未能决，形于颜色。镐尚幼，问知其故，辄曰：“僧、道毁天尊、佛像，可以比也。”兄甚奇之。

【译文】

宋朝人杜镐（字文周）的哥哥在江南任法官时，有一天碰到一桩儿子撕毁父亲画像的案件，而且有亲人为证。杜兄以为律法中并没有明文规定儿子毁父亲像该判何罪，所以迟迟不能判决，十分烦恼。杜镐年纪还小，见哥哥愁容满面，问其原因，然后说：“不妨比照和尚毁坏佛像的律法判刑。”杜兄听了，对杜镐的聪明大加赞赏。

文彦博　司马光

【原文】

彦博幼时，与群儿戏击毬。毬入柱穴中，不能取。公以水灌之，毬浮出。

司马光幼与群儿戏，一儿误堕大水瓮中，已没，群儿惊走。公取石破瓮，遂得出。

【译文】

文彦博幼时常和同伴一起玩球。有一次球儿滚入洞中拿不出，文彦博就提水灌洞，不久球就浮出洞口。

司马光幼时和同伴嬉戏，有个玩伴不小心失足掉入大水缸中，眼看就要淹死，大家惊惶地一哄而散。司马光不慌不忙地拿起一块大石头把水缸打破，救出那小孩。

王　戎

【原文】

王戎年七岁时，尝与诸小儿游，瞩见道旁李树，有子扳折，诸小儿竞走之，唯戎不动。人问之，答曰："树在道旁而多子，此必苦李。"试之果然。

【译文】

晋朝人王戎（字濬冲）七岁时，有一次和同伴游戏，见路旁有棵李树结实累累，同伴们争相攀折，唯有王戎留在原地。问他原因，他说："李树在路旁，人来人往竟无人采摘，可见李子一定是苦的。"试着摘下一个，一吃果然是苦的。

曹　冲

【原文】

曹冲［字仓舒］，自幼聪慧。孙权尝致巨象于曹公，公欲知其斤重，以访群下，莫能得策。冲曰："置象大船之上，而刻其水痕所至，称物以载之，一较可知矣。"冲时仅五六岁，公大奇之。

【译文】

曹冲（曹操子，字仓舒）从小聪明。有一次孙权送给曹操一头大象，曹操想知道大象有多重，问遍所有官员都想不出称大象的方法。

一旁的曹冲说："把大象牵到船上，刻下船身吃水的水痕，再换载其他已知重量的物品，等船身吃水到原来水痕时，就可算出大象的重量。"当时曹冲只有五六岁，曹操听了十分惊奇。

张　鲞

【原文】

张鲞知处州时，有人欲造大舟，不能计其所费，问之。鲞云："可造一小舟，以寸分尺，便可计算。"

【译文】

宋朝人张鲞（字柔直）在处州为官时，州人想建一艘大船，但无法预估造船所需的费用，请教张鲞。张鲞说："可以先造一艘小船，按比例加、乘，就可以估算出大船的建造费用。"

戴　颙

【原文】

自汉世始有佛像，形制未工。宋世子铸丈六铜像于瓦官寺。既成，恨面瘦，工人不能改。迎戴颙［字仲若］视之。颙曰："非面瘦，乃臂胛肥耳。"为减臂胛，遂不觉瘦。

【译文】

为佛塑像自汉朝开始，但塑像的技巧不高明。宋世子命人铸造一座高一丈六的大佛铜像立于瓦官寺。佛像塑好后，世子觉得佛面显瘦，和佛身不相称，但工匠无法修改。

戴颙（字仲若）看了佛像后说：“不是佛像脸瘦，而是手臂肩膀太过肥大。”工匠照戴颙所说修改后，果然佛面不再显瘦。

杨　佐

【原文】

陵州有盐井，深五十丈，皆石作底，用柏木为干，上出井口，垂绠而下，方能得水。岁久，干摧败，欲易之，而阴气腾上，入者辄死。唯天雨则气随以下，稍能施工，晴则亟止。佐官陵州，教工人用木盘贮水，穴隙洒之，如雨滴然，谓之水盘。如是累月，井干一新，利复其旧。

【译文】

宋朝时陵州有盐井深达五十丈，井底为岩石，井壁用柏木筑成，并高出井口，再由井口垂下绳索才能汲取盐水。由于使用多年，柏木已经腐朽，想更换新木，但井中氯气太重，工人一入井就中毒而死。只有雨天时气体随着雨水下降，才勉强可以施工，一旦放晴就要停工。

杨佐（字公仪）当时在陵州做官，就教工人在井口用一只大木盘盛水，让水由木盘缝隙中像雨滴般漏出，称为水盘。这样修了一个月，井杆更换工程完成，又可以继续产盐。

尹见心

【原文】

尹见心为知县。县近河，河中有一树，从水中生，有年矣，屡屡坏人舟。见心命去之。民曰：“根在水中甚固，不得去。”见心遣能入水者一人，往量其长短若干。为一杉木大桶，较木稍长，空其两头，从树杪穿下，打入水中。因以巨瓢尽涸其水，使人入而锯之，木遂断。

【译文】

尹见心为知县时，县的近郊有河流过，河中有棵生长多年的大树，经常碰坏行船。尹见心命人砍去大树。有人说：“河中的树根非常牢固，很难砍断。”尹见心派一名潜水夫，潜入河底测量树根的长短。然后造一只比树根还长的木桶，空着两头，从树梢套入水中，再用大瓢将桶中河水舀尽，命人入桶锯树，终于去掉大树。

怀丙

【原文】

宋河中府浮梁，用铁牛八维之，一牛且数万斤。治平中，水暴涨绝梁，牵牛没于河。募能出之者，真定僧怀丙以二大舟实土，夹牛维之，用大木为权衡状钩牛，徐去其土，舟浮牛出。转运使张焘以闻，赐之紫衣。

【译文】

宋时曾建浮桥，并铸八头铁牛镇桥，一头牛就有几万斤。治平年间，河水暴涨，冲毁浮桥，铁牛沉入河底。官府悬赏能使铁牛浮出水面的人。

真定有个叫怀丙的和尚将铁牛固定在两艘装满泥土的大船中间，用钩状的巨木钩住牛身，这时慢慢减去两船的泥土，船身重量减轻自然浮起，连带也将铁牛钩出水面。转运使（官名，掌军需粮饷、水陆转运）张焘（字景元）将此事上报，皇帝赐给和尚一件紫色袈裟。

明成祖

【原文】

成祖勒高皇帝功德碑于钟山。碑既巨丽非常，而龟趺太高，无策致之。一日梦有神人告之曰："欲竖此碑，当令龟不见人，人不见龟。"既寤，思而得之。遂令人筑土与龟背平，而辇碑其上，既定而去土，遂不劳力而毕。

【译文】

明成祖为高祖在钟山上立了一面功德碑，碑立成后华丽巍峨，但因龟趺（碑台刻成龟形的座基）太高，无法将碑石立上去。

一晚成祖梦到神明说："想竖起功德碑来，应当让龟不见人，人不见龟。"醒后，成祖反复推敲，终于领悟。于是命人填土与龟背平，用车将碑石拖上龟背上，一切妥当后再除去泥土，没费多大力气就把碑立好了。

黄怀信

【原文】

宋初，两浙献龙船，长二十余丈，上为宫室层楼，设御榻，以备游幸。岁久腹败，欲修治而水中不可施工。熙宁中，宦官黄怀信献计，于金明池北凿大澳，可容龙船，其下置柱，以大木梁其上。乃决汴水入澳，引船当梁上，即车入澳中水。完补讫，复以水浮船，撤去梁柱，以大屋蒙之，遂为藏船之室，永无暴露之患。

【评】

苏郡葑门外有灭渡桥。相传水势湍急，工屡不就。有人献策，度地于田中，筑基建之。既成，浚为河道，水由桥下，而塞其故处，人遂通行，故曰"灭渡"。此桥巨丽坚久，至今伟观。或云鲁般现身也。事与修船相似。

【译文】

宋初两浙献龙船，船长二十多丈，上有楼屋，可作为皇帝游江南时休息所用。因时日已久，船身部分腐朽，官府有意整修，但船在江中无法施工。

神宗熙宁年间宦官黄怀信献计，在金明池北边凿一可停泊龙船的船坞，船坞的下面设置木柱，用大木做深横放在上面。于是将汴河水引入船坞，使船能泊在梁木上；再抽去坞内河水，等船修复后，再引水入船坞，抽去梁柱，使船身浮起。另造屋棚于船坞上，如此龙船再也不会因日晒雨淋而损坏。

虞世基

【原文】

隋炀幸广陵。既开渠，而舟至宁陵界，每阻水浅。以问虞世基。答曰："请为铁脚木鹅，长一丈二尺，上流放下，如木鹅住，即是浅处。"帝依其言验之，自雍丘至灌口，得一百二十九处。

【译文】

隋炀帝游广陵，虽已开辟渠道，但船行至宁陵后，常因水浅而无法前进。炀帝问虞世基（字茂世）解决之道。

虞世基说："请制作长一丈二尺的铁脚木鹅，由上游往下游流放，如果木鹅不动，就表示是水浅处。"

炀帝依照他的话检验，自雍丘至灌口，共有一百二十九处浅滩。

周之屏

【原文】

周之屏在南粤时，江陵欲行丈量，有司以瑶僮田不可问。比入觐，藩、臬、郡、邑合言于朝，江陵厉声曰：“只管丈。”周悟其意，揖而出。众尚嗫嚅，江陵笑曰：“去者，解事人也。”众出以问云何，曰：“相君方欲一法度以齐天下，肯明言有田不可丈耶？申缩当在吾辈。”众方豁然。

【译文】

明朝人周之屏（字鹤皋）在南粤时，张居正下令要丈量土地，有关官员认为当他少数民族的田地不方便丈量。于是各级官员都趁入官时上奏皇帝。张居正怒声说道：“只管丈量。”

周之屏领悟张居正语意，立即拜辞出官。众官不知所措，张居正笑着说：“刚才走的是个善体人意的人。”众人急忙出去追问周之屏。周之屏说：“相国正想立法于天下，怎能明说有些田是不方便丈量的呢？如何处理，全在于我们。”众官这才豁然开朗。

杜琼　谯周

【原文】

汉末杜琼［字伯瑜］尝言：“古名官职，无言曹者。始自汉以来，官尽言曹。吏言‘属曹’，卒言‘侍曹’，此殆天意乎！”谯周因曰：“灵帝名二子曰史侯、董侯。后即帝皆免为侯，亦此类矣。然则先帝讳备，备者，具也；后主讳禅，禅者，授也。言刘已具矣，当授他人也。”又言：“曹者，众也；魏者，大也。众而大，天下其当会也。具而授，其无后矣！”及蜀亡，竞神其语。周曰：“由杜君之词广之，非有独至之异也！”咸熙二年，周书板曰：“典午忽兮，月酉没兮。”典午，谓司马；月酉，八月也。至八月而晋文帝崩。

【译文】

汉末杜琼（字伯瑜）说：“古代官名没有‘曹’字，但自汉立朝以来，官名中均有‘曹’字，如吏称‘属曹’，卒称‘侍曹’，这大概是天意吧！”

谯周（蜀汉人，字允南）也说：“汉灵帝把两个儿子分别取名为史侯、董侯。登帝位后果然都因罪失被免为‘侯’，大概也是同样原因。而先帝名备，备是具备的意思；后主名禅，禅是授予他人的意思。意即刘备所具有的天下将授予他人。”又说：“而曹是众多的意思，魏是大的意思。又大又多，天下应为其所有。刘备把具有的东西授予他人，所以没有后继者。”等到蜀国死亡，谯周一语成谶。

谯周说：“由杜琼的话推而广之，不是没有他的道理。”

咸熙二年，谯周写道：“典午忽兮，月酉没兮”。典午意即司马，月酉指八月。到了八月晋文王驾崩。

梁武帝

【原文】

台城陷，武帝语人曰："侯景必为帝，但不久耳。破'侯景'字乃成'小人百日天子'。"景篡位，果百日而亡。

【译文】

梁武帝时台城陷落，武帝曾对人说："侯景（南北朝人，字万景）必定可以当皇帝，但为时不久。因'侯景'二字拆开来看便是'小人百日天子'。"侯景篡位，果然百日后被灭。

高世则　何孟春

【原文】

绍兴己酉，有熊至永嘉城下。州守高世则谓其倅赵元镏曰："熊，于字为'能火'。郡中宜慎火烛。"后数日，果烧官民舍十七八。弘治十年六月，京师西直门有熊入城，兵部郎中何孟春亦以慎火为言。未几，礼部火；又未几，乾清宫毁焉。

【译文】

宋绍兴己酉年间，有大熊出没在永嘉城下。节度使高世则镇守温州，他对手下赵元镏说："熊字分开是能、火二字。郡中要小心防火。"数日后果然发生火灾，共烧毁民屋和官舍十七八间。明孝宗弘治十年六月，京师西直门有熊入城，兵部侍郎何孟春也警告部属小心火烛。不久，礼部失火；又不久，乾清宫被烧毁。

汉高祖　唐太宗

【原文】

汉高祖过柏人，欲宿，心动，询其地名，曰"柏人"。柏人者，迫于人也。不宿而去。已而闻贯高之谋。[高祖不礼于赵王，故贯高等欲谋弑之。]

窦建德救王世充，悉兵至牛口。李世民喜曰："豆入牛口，必无全理。"遂一战擒之。

【译文】

汉高祖有一次路经柏人（地名），本想停留一晚，但心里总觉不妥。问人，说是"柏人"。柏人者，被人迫害的意思。于是连夜赶路。不久就听说贯高（赵王张敖丞相）的阴谋。[高祖因曾对赵王不礼貌，所以贯高想谋害高祖。]

窦建德（隋朝人，宇文化及杀炀帝后，曾自称帝，国号夏，为李世民讨平）率兵救援王世充（隋朝人，炀帝被杀后曾自称郑王），大军行至牛口。李世民（即唐太宗）得知后高兴地说："豆（窦）入牛口，必无生还之理。"果然一战成功，生擒窦建德。

曹　翰

【原文】

曹翰从征幽州，方攻城，卒掘土得蟹以献。翰曰："蟹，水物，而陆居，失所也。且多足，彼援将至，不可进拔之象。况蟹者，解也，其班师乎？"已而果验。

【译文】

曹翰随军征讨幽州，正预备攻城时，有一名小兵挖土，掘得一只螃蟹，拿来献给曹翰。曹翰说："蟹是生长在水中的动物，不在水中却跑到陆地上来，是离开居所；而蟹多脚表示敌人援军将到。此战我军恐难获胜，更何况蟹者解也。难道这只蟹是我军班师之兆么？"不久果真下令班师。

郑钦说

【原文】

钦说天性敏慧，精历术，开元后累官右补阙内供奉。初，梁之大同四年，太常任昉于钟山圹中得铭曰："龟言土，蓍言水，甸服黄钟起灵址。瘗在三上庚，堕遇七中己。六千三百浃辰交，二九重三四百圮。"昉遍穷之，莫能辨，因遗戒子孙曰："世世以铭访通人，有得其解者，吾死无恨。”昉五世孙升之隐居商洛，写以授钦说，钦说时出使，得之于长乐驿，至敷水三十里辄悟，曰：“此卜宅者廋葬之岁月，而先识墓圮日辰也。‘甸服’，五百也；‘黄钟’，十二也。由大同四年却求汉建武四年，凡五百一十二年。葬以三月十日庚寅：‘三上庚’也。圮以七月十二日己巳：‘七中己’也。‘浃辰’，十二也。建武四年三月至大同四年七月，六千三百一十二月，月一交，故曰：‘六千三百浃辰交’。‘二九’，十八也；‘重三’，六也。建武四年三月十日，距大同四年七月十二日，十八万六千四百日，故曰：‘二九重三四百圮’。”升之大惊，服其超悟。

【译文】

郑钦说天性聪慧，精通历术，唐开元时官至右补阙内供奉（官名，唐设，掌内命）。

在梁朝大同四年，太常（官名，为九卿之一，掌宗庙礼仪）任昉无意中在钟山一座矿坑里拾得一块碑铭，写着：“龟言土，著言水，甸服黄钟起灵址。瘗在三上庚，堕遇七中己。六千三百浃辰交，二九重三四百圮。”

任昉询问了许多人，直到去世都无法解出碑辞，因此留下遗言：“世世代代都要寻访通人，若能解出碑辞，我死也无恨。”

任昉五世孙名升之，住在洛阳，请人拿着碑辞请教郑钦说。郑钦说正奉命出使，便带着碑辞上路，行至长乐驿一带敷水三十里处，突然恍然大悟地说：“这是家人卜算安葬年日，并预测墓毁的日期。‘甸服’（周朝以王城周围五百里以内之地）是代表五百；‘黄钟’（本为音律名，六律六吕的基本音，配阴历十二月，故又为十二月的异称）代表十二。由梁武帝大同四年往前推算，至后汉光武帝建武四年，共五百一十二年。‘瘗在三上庚’，表示葬于三月十日庚寅。

‘堕遇七中己’，表示墓毁于七月十二日己巳。光武帝建武四年至梁大同四年共六千三百一十二日。‘浃辰’，十二日也，时辰从子时至亥时有十二个，代表十二；交代表月，所以说：‘六千三百浃辰交’。二（乘）九为十八，（二）三得六。建武四年三月十日距大同四年七月十二日共为十八万六千四百日，所以说二九（十八）重三（六）四百圮。”

任升之大为叹服，称郑钦说悟性高。

杨　修

【原文】

杨修为魏武主簿。时作相国门，始构榱桷。魏武自出看，题门作“活”字，便去。杨见，便令坏之，曰：“门中活，‘阔’字，王正嫌门大也。”

人饷魏武一杯酪，魏武啖少许，盖头上题“合”字以示众，众莫能解，次至杨修。修便啖之，曰：“公教人噉一口也，复何疑?”

魏武尝过“曹娥碑”下，杨修从。碑背上见题作“黄绢幼妇外孙虀臼”八字。魏武谓修曰：“解否?”答曰：“解。”魏武曰：“卿未可言，俟我思之。”行三十里，魏武乃曰：“吾已得。”令修别记所知，修曰：“黄绢，色丝，于字为‘绝’；幼妇，少女，于字为‘妙’；外孙，女子，于字为‘好’；虀臼，受五辛之器，于字为‘辞’。所谓‘绝妙好辞’也!”魏武亦记之，与修同，叹曰：“吾才去卿乃三十里。”

操既平汉中，欲讨刘备而不得进，欲守又难为功。护军不知进止，操出教，唯曰："鸡肋。"外曹莫能晓，杨修曰："夫鸡肋，食之则无所得，弃之则殊可惜。公归计决矣。"乃私语营中戒装，俄操果班师。

【评】

德祖聪颖太露，为操所忌，其能免乎？晋、宋人主多与臣下争胜诗、字，故鲍照多累句，僧虔用拙笔，皆以避祸也。

【译文】

杨德祖（即杨修，好学有才）为曹操主簿（官名，掌文书账簿之官）。有一次，整修曹操府邸大门，刚开始搭椽子。曹操由内室走出，察看施工情形，在门上题一"活"字后离去。杨修看到以后，命人将门拆毁，说："门中活为'阔'字，这是大王嫌门太宽了。"

有人献给曹操一杯乳酪。曹操吃了一口，在杯盖上写了一个"合"字后，拿给其他官员。众官不知曹操用意。传至杨修，他便吃了一口，说："曹公教'人'各吃'一口'，还有什么好迟疑的呢？"

杨修有一次随曹操经过曹娥碑，见碑上题有"黄绢幼妇外孙齑臼"八字。曹操问杨修："可知其意？"杨修回答："知道。"曹操说："你先不要说出答案，让我思考一下。"走了三十里路后，曹操说："我明白了。"要杨修写下他的答案。杨修写道："黄绢，是色丝，合为'绝'字；幼妇，是少女，合为'妙'字；外孙，是女儿之子，合为'好'字；齑臼是受辛之器，合为'辞'字（辞古字为受辛）。所以是'绝妙好辞'。"曹操也写出答案，所写的和杨修一样。事后曹操叹气说："你的智慧胜我足足三十里之远。"

曹操平定汉中后，想继续讨伐刘备，却无法向前推进；想坚守汉中，又很难防御得住。将军们也不知该守该战。一天曹操走出营帐，突然说："鸡肋。"将军个个不知曹操所指。杨修说："鸡肋，吃起来肉不多，没什么可吃，但丢掉又觉得可惜。我看曹公已经决定班师了。"于是私下要兵士们整理装备。不久，曹操果然下令班师。

刘显　东方朔

【原文】

梁时有沙门讼田，武帝大署曰："贞。"有司未辨，遍问莫知。刘显曰："贞字文为'与上人'。"

武帝尝以隐语召东方朔。时上林献枣，帝以杖击未央前殿，曰："叱叱！先生束束！"朔至曰："上林献枣四十九枚乎？"朔见上以杖击槛，两木为林，上林也；束束，枣也；叱叱，四十九也。

【译文】

南朝梁时有个出家人打田地官司，武帝写了一个"贞"字。官员不明白武帝之意，问遍百官也都不知道。刘显（沛国人，字嗣芳）说："贞字拆开是'与上人'，所以田地归出家人所有。"

汉武帝常喜欢用隐语召东方朔（字曼倩，长于文辞）入宫。有一天正赶上上林献枣，武帝用手杖敲击未央宫前殿的门槛，说："叱叱！先生束束！"东方朔入宫后，对武帝说："可是上林献枣四十九枚？"

原来东方朔见皇上以杖击门，两木为"林"，合为上林；束束为"枣"；叱叱是四十九。

开元寺沙弥

【原文】

乾符末，有客寓广陵开元寺，不为僧所礼，题门而去。题云："龛龙去东涯，时日隐西斜，敬文今不在，碎石入流沙。"僧众皆不解，有沙弥知为谤语，是"合寺苟卒"四字。

【译文】

唐僖宗末年，有一旅人寄宿广陵开元寺，寺中僧侣对他不礼貌，于是此人在寺门上题下诗后离开。诗曰："龛龙去东涯，时日隐西斜，敬文今不在，碎石入流沙。"众僧都不明白诗句含意，只有一位小沙弥明白这是骂人的话，原来是"合寺苟卒"四字。

令狐绹

【原文】

令狐绹镇淮海日，尝游大明寺，见西壁题云："一人堂堂，二曜同光；泉深尺一，点去水旁；二人相连，不欠一边；三梁四柱烈火燃，除却双钩两日全。"诸宾幕莫辨，有支使班蒙，一见知是"大明寺水，天下无比"八字。

【译文】

唐朝人令狐绹（字子直，精文学）镇守淮海时，有一次到大明寺游览，见寺壁上题着："一人堂堂，二曜同光；泉深尺一，点去水旁；二人相连，不欠一边；三梁四柱烈火燃，除去双钩两日全。"同游的幕僚都不懂题字含意，有支使（官名，唐置，为节度使、观察使属僚）班蒙一看就知道是"大明寺水，天下无（繁体"無"）比"八字。

丁 谓

【原文】

广州押衙崔庆成抵皇华驿，夜见美人，盖鬼也。掷书云："川中狗，百姓眼，马扑儿，御厨饭。"庆成不解，述于丁晋公。丁解云："川中狗，蜀犬也；百姓眼，民目也；马扑儿，瓜子也；御厨饭，官食也。乃'独眠孤馆'四字。"

【译文】

广州有个叫崔庆成的押衙（官名，掌仪仗侍卫）抵达皇华驿站后，晚上碰到美丽的女鬼。女鬼丢了张字条给他，上面写着："川中狗，百姓眼，马扑儿，御厨饭。"崔庆成看不懂，拿去请教丁谓。丁谓解释说："川中狗就是蜀犬，合为'独'（獨）；百姓眼就是民目，合为'眠'；马扑儿是瓜子，合为'孤'；御厨饭就是官食，合为'馆'。是'独眠孤馆'四字。"

拆　字

【原文】

谢石润夫，成都人，宣和间至京师，以拆字言人祸福。求相者但随意书一字，即就其字离析而言，无不奇中，名闻九重，上皇因书一“朝”字，令中贵人持往试之。石见字，即端视中贵人曰：“此非观察所书也。”中贵人愕然曰：“但据字言之。”石以手加额曰：“‘朝’字，离之为‘十月十日’字，非此月此日所生之天人，当谁书也！”一座尽惊。中贵驰奏。翌日，召至后苑，令左右及宫嫔书字示之，论说俱有精理，锡赍甚厚，补承信郎。缘此四方求相者，其门如市。

有朝士，其室怀娠过月，手书一“也”字，令其夫持问。是日坐客甚众，石详视，谓朝士曰：“此阁中所书否？”曰：“何以言之？”石曰：“谓语助者，焉、哉、乎、也，固知是公内助所书。”问：“盛年三十一否？”曰：“是也。”“以‘也’字上为‘三十’，下为‘一’字也。”“然吾官寄此，当力谋迁动，还可得否？”曰：“正以此为挠耳。盖‘也’字着‘水’则为‘池’，有‘马’则为‘驰’。今池远则无水，陆驰则无马，是安可动也？又尊阁父母兄弟近身亲人，皆当无一存者。以‘也’字着‘人’，则是‘他’字，今独见‘也’字而不见‘人’故也。又尊阁其家物产亦当荡尽否？以‘也’字着‘土’则为‘地’字，今不见‘土’只见‘也’。俱是否？”曰：“诚如所言。然此皆非所问者。贱室忧怀娠过月，所以问耳？”石曰：“是必十三个月也。以‘也’字中有‘十’字，并两旁二竖下画为十三也。”石熟视朝士曰："有一事似涉奇怪，固欲不言，则吾官所问，正决此事。可尽言否?"朝士因请其说。石曰："'也'字着'虫'为'虵'（蛇）字，今尊阁所娠，殆蛇妖也。然不见虫，则不能为害。谢石亦有薄术，可为吾官以药下验之，无苦也。"朝士大异其说，固请至家，以药投之，果下数百小蛇。都人益共神之，而不知其竟挟何术。

【评】

后石拆"春"字，谓"秦"头太重，压"日"无光。忤相桧，死于戍。

【译文】

谢石字润夫，成都人，宋徽宗宣和年间来到京师后，就以拆字来预测人的祸福为生。想算命的人只要随意写一字，谢石就能根据所写的字，算出福祸，灵验无比，因此名震京师。

有一次徽宗写一"朝"字，命内臣送去请谢石卜算。谢石看了字之后，凝视内臣说："这字不是先生所写。"

内臣惊愕地说："只管用这个字算一算。"谢石用手摸着额头说："朝字拆开是十月十日，若不是此月此日所生的天子，谁会写呢?"在场的客人都惊异不已。内臣立刻回宫禀奏。

第二天，徽宗召谢石至后苑，要大臣们及宫妃以字测运，谢石一一解说，非常精准贴切，皇帝不但赐予丰厚的赏赐，还封谢石补承信郎的官职。因此各地求他拆字的，门庭若市。

有一官员，其妻已过产期，仍不见胎儿有出生迹象，于是写一"也"字，要丈夫拿去测。当天客人满座，谢石仔细端详官员，说道："这字是夫人所写吗?"朝士问："你为什么这样说?"谢石答："焉、哉、乎、也都是语助词，所以知是夫人所写。"又问："您夫人是三十一岁吗?”答:“是。”“因为‘也’上为三十下为一。”问:“下官寄居此地,想有调动,不知能否如愿?”谢石答:“正想为官人说明。‘也’字有水成池,有马为驰。现在池远故无水,陆驰则无马。调动不成。另外,府上父母兄弟及亲人都已过了世吧?因‘也’字有人则为‘他’,现只见‘也’不见人。还有,府上家用窘困吧?因也有土为地,现不见土只见也。这些话都说对了吗?”官员说:“都说对了,但是这都不是我要问的。贱内的产期已过,她非常担心,所以前来一问。”谢石说:“夫人一定要怀足十三个月,才会分娩。因‘也’字有‘十’,两旁二竖下有一画为十三。”接着又凝视官员说:“有一件事我觉得奇怪,本不想说。但因和您所问之事有关,能否容我直言?”官员请谢石明说。谢石说:“也字加虫为蛇字。夫人所怀怕是蛇虫。但幸好不见虫,所以不能害人。谢某略懂医术,可代为配药,以验证所言不假。”官员虽对谢石的说法感到疑惑,仍请谢石至家,夫人吃下所配药后,果然产下数百条小蛇。

都人更加敬重他,但一直不知谢石用了什么法术。

【原文】

建炎间,术者周生善相字。车驾至杭,时虏骑惊扰之余,人心危疑。执政呼周生,偶书“杭”字示之,周曰:“惧有警报。”乃拆其字,以右边一点配“木”上,即为“兀术”。不旬日,果传兀术南侵。当赵、秦庙谟不协,各欲引退,二公各书“退”字示之,周曰:“赵必去,秦必留。日者君象,赵书‘退’字,‘人’去‘日’远;秦书‘人’字,密附‘日’下,字在左笔下连,而‘人’字左笔斜贯之,踪迹固矣,欲退得乎?”既而皆验。

往年有叩试事者,书“串”字,术者曰:“不特乡闱得隽,南宫亦应高捷。盖以‘串’寓二‘中’字也。”一生在傍,乃亦书“串”

字令观。术者曰："君不独不与宾兴，更当疾。"询其所以，曰："彼以无心书，故当如字；君以有心书，'串'下加'心'，乃'患'字耳。"已而果然。

相传文皇在燕邸时，尝微行，诣一相字者，写"帛"字令看，其人即跪拜，称"死罪"。王惊问故，对曰："'皇'头'帝'脚，必非常人也。"后有人亦书"帛"字，其人曰："是为'白巾'，君必遭丧。"

【译文】

南宋高宗时有位周姓术士，善于测字。当时因金人常侵犯边境，人心惶惶。当地官员招呼周生，于是写一"杭"字让他看。周术士说："怕不久会有警报。"于是拆字，如果将右边一点，点在木上就可拆成"兀术"二字。不到十天，果然传来兀术南侵的警报。

秦桧、赵鼎二人在朝廷常因意见不合而时有争执，因此二人都萌生退意。一天，秦、赵二人各写了一个"退"字请周术士测。周说："赵必去，秦必留。日代表君，赵鼎写'退'字，人离日远；秦桧写'退'字，人紧附日下，因此秦桧必不能如愿。"不久果然应验。

某年，有位赴京参加考试的书生写了一个"串"字请相士测。相士说："先生不仅可中乡试，而且会试也能中。因为'串'字是二'中'的意思。"

在旁边的一位书生听了，也写下一"串"字让相士测。相士说："你不仅不能参加地方款待应考者的宾兴宴，恐怕还会生场大病。"问相士原因，相士说："旁人无心写'串'，所以是'二中'。你有心写'串'，'串'下加'心'，可不是'患'么？"后来也应验了。

相传明成祖朱棣为燕王时，有一次单独出巡，来到一测字摊前随意写了一个"帛"字。相士一见立即跪地连称死罪！朱棣问他原因。相士答："皇头帝脚，必定不是普通百姓。"

后来有人也故意写“帛”字来算，相士却说：“帛为白巾，你家必会有丧事。”

苏黄迁谪

【原文】

苏子瞻谪儋州，以“儋”字与“瞻”相近也；子由谪雷州，以“雷”字下有“田”字也；黄鲁直谪宜州，以“宜”字类“直”字也，此章子厚谐谑之意。当时有术士曰：“‘儋’字从立人，子瞻其尚能北归乎？‘雷’字‘雨’在‘田’上，承天之泽也，子由其未艾乎？‘宜’字有盖棺之义，鲁直其不返乎？”后子瞻归，至毗陵而卒；子由老于颍，十余年而终；鲁直竟没于宜。

【译文】

章子厚（即章惇）曾开玩笑说：苏子瞻（即苏轼）因瞻与儋字相近，所以谪贬儋州；而苏子由（苏辙）因雷下有田，所以谪贬雷州；黄鲁直（即黄庭坚）因直与宜字相近，所以谪贬宜州。

当时有位相士说：“儋字从人部，子瞻还能有返京之日吗？而‘雷’字是雨在田上，代表承天恩泽，所以子由日后当有变动；‘宜’字有盖棺的含意，鲁直可能回不来了。”后来，子瞻在回京途中死于毗陵；子由归隐颍地，十多年后才逝世；而鲁直最终死在宜州。

子犯

【原文】

城濮之役，晋文公梦与楚子搏，楚子伏己而盬其脑，是以惧。子犯曰：“吉！我得天，楚伏其罪，我且柔之矣！”

【译文】

春秋时晋、楚城濮之战，晋文公曾梦到与楚王打斗，被楚王压在身下，并且正吸食自己的脑浆。文公非常害怕，以为是不祥之兆。子犯（春秋晋人，狐偃）说：“这梦是大吉的征兆。您向着天，而楚王则趴伏着，意思是楚王伏罪；而脑是柔物，更意味着晋国能够以柔制服楚国。”

刘伯温

【原文】

高祖方欲刑人，刘伯温适入，亟语之梦：“以头有血而土傅之，不祥，欲以应之。”公曰：“头上血，‘众’字也，傅以土，得众且得土也，应在三日。”上为停三日待之，而海宁降。

【译文】

明太祖正要处死人，碰巧刘伯温（即刘基，通经史，尤精天文）入宫，明太祖急忙告诉刘伯温自己做的梦："因为头上有血，文用土敷，觉得是不祥之兆，想用这个方法来验证。"刘伯温说："头上有血是'众'（繁体作"衆"，下部为三"人"字）字，有泥土表示得到土地，能得众心再得土地，在三天内必有好消息传来。"太祖让等待三天，三天后盘踞海宁的张士诚果然投降。

董伽罗

【原文】

通海节度使段思平，为杨氏所忌，逃之。剖野核桃，有文曰："青昔"。思平拆之曰："青乃十二月，昔乃二十一日，吾当以是日举义。"遂借兵东方，及河，欲渡，思平夜梦人斩其首，又梦玉瓶耳缺，又梦镜破，惧不敢进兵。军师董伽罗曰："三梦皆吉兆也。公为大夫。夫，去首为'天'，天子兆也；玉瓶去耳为'王'；镜中有影，如人相敌，镜破影灭，无对矣。"思平乃决。遂逐杨氏而有其国，改蒙曰"大理"。

【译文】

五代时，通海节度使段思平（后晋人，曾自立为帝，国号大理）为杨乾真所忌恨，于是亡命天涯。

段思平在逃亡时捡到一枚核桃，核桃仁中有"青昔"二字。段思平反复思考，认为"青"字拆开是十二月，"昔"字拆开是二十一日，天意要他在十二月二十一日出兵征讨杨乾真。

于是，段思平向东方借兵。渡河前一晚，段思平先是梦到有人砍他的头，既而梦到玉瓶缺了一耳，又梦到镜子破了，不由得心惊，不敢渡河。军师董伽罗对段思平说："这三个梦都是大吉的征兆。段公本来是'大夫'，'夫'去头就是'天'，是天子的征兆；'玉'瓶去一耳就是'王'；镜子中有影就好像与人为敌，而镜子突然碎裂，影像不见，就表示不会再有敌人了。所以伐杨一定成功。"

段思平于是决定渡河。不久，果真将杨乾真逐走，占有他的领土，改国号为"大理"。

成天子

【原文】

北齐文宣将受禅，梦人以笔点额。王昙哲贺曰："'王'上加点，乃'主'字，位当进矣。"

隋文帝未贵时，尝夜泊江中，梦无左手，觉甚恶之。及登岸，诣一草庵，中有一老僧，道极高，具以梦告之。僧起贺曰："无左手者，独拳也，当为天子。"后帝兴，建此庵为吉祥寺。

唐太宗与刘文静首谋之夜，高祖梦堕床下，见遍身为虫蛆所食，甚恶之。询于安乐寺智满禅师，师曰："公得天下矣！床下者，陛下也；群蛆食者，所谓群生共仰一人活耳。"高祖嘉其言。

【译文】

北齐文宣帝高洋将接受禅让，梦到有人用毛笔在他额头上点了一笔。王昙哲听说后立即恭贺，说："王上加点是'主'，我'王'定可成为天下之'主'。"

隋文帝还没有成为天子前，有一次夜宿江边，梦到自己缺了左手，醒后心情非常不好。上岸后来到一草庵，庵中有一个老和尚，道行极高。文帝请老和尚解梦。和尚立即起身贺道："少了左手就是'独拳（权）'，先生一定能成为天子。"文帝登上帝位后，下令重新整修庵堂，赐名"吉祥寺"。

唐太宗与刘文静在起事前，高祖李渊曾梦到自己翻落床下，蛆虫不但覆满全身，还不断啃食自己的肉。太宗特别忌讳，认为大不吉祥。于是前往安乐寺请教智满禅师。大师说："先生定能得别天下！床下代表陛（床下则为台阶，台阶即称陛）下，群蛆啃食先生，表示天下众生全仰先生一人而活。"高祖认为禅师说得非常好。

先进场

【原文】

昔一士子将赴试，梦先进场，觉而语妻，喜曰："今秋必魁多士矣！"妻曰："非也，子不忆《鲁语》'先进第十一'乎？"后果名在十一。

【译文】

从前，有一位即将进京参加考试的书生，梦到自己最先进入试场。醒来后，很高兴地对妻子说："这是好兆头，今年我一定高中状元。"其妻说："恐怕未必，难道夫君忘了《鲁语》中'先进'是第十一章吗？"放榜后，这位书生果然名列十一。

曹良史

【原文】

河东裴元质初举进士，明朝唱策，夜梦一狗从窦出，挽弓射之，其箭遂擘，以为不祥。曹良史曰："吾往唱策之夜，亦为此梦，梦神为吾解之曰：'狗'者，'第'字头也；'弓'，'第'字身也；箭者，'第'竖也；有擘，为'第'也。"寻唱策，果如梦焉。

【译文】

南宋时，河东人裴元质第一次参加进士考试，放榜的前夕梦到有一只狗从洞中蹿出。自己拿着弓箭射狗，不料箭却撇开了，认为这是落榜的征兆。

曹良史知道后，便安慰他说："前次我参加考试，放榜前也做过相同的梦。又梦到神明为我解梦，说：狗（苟）像第字的头，弓是第字身，箭代表第字中间那一竖，而断箭撇就是第字那一撇，这是高中的吉兆。"

第二天放榜，裴元质果然高中。

占状元

【原文】

孙龙光状元及第，前一年，尝梦积木数百，龙光践履往复。既而请一李处士圆之，处士曰："贺郎君喜，来年必是状元。何者？已居众材之上。"

郭俊应举时，梦见一老僧着屐，于卧榻上蹒跚而行，既寤，甚恶之。占者曰："老僧，上座也；著屐于卧榻上，行屐高也；君其巍峨矣。"及见榜，乃状元也。

【译文】

孙龙光中状元的前一年，曾梦见自己来回走在数百根木头上。请来李处士（学问高但没有做官的人）替他圆梦，处士说："恭喜先生，你走在众材之上，来年一定中状元。"

郭俊参加举人考试，曾梦到一位老和尚穿着木屐，在床上来来回回地走动。醒后很是忌讳，于是请人解梦。那人说："老僧代表高位，穿着木屐在床上走动代表屐（技）高，先生一定能名列前茅。"等到放榜，郭俊果然高中状元。

剃髭　剃发

【原文】

宋李迪美须髯，御试日，梦剃削俱尽。占者曰："剃者，替也，解元是刘滋，今替滋矣。"果状元及第。

曹确判度支，亦有台辅之望，或梦剃发为僧，心甚恶之，有一士善占梦，确召而诘之。此士曰："前贺侍郎，旦夕必登庸；出家者，剃度也，度、杜同音，必代杜为相矣。"无何，杜相出镇江西，而确大拜。

【译文】

宋朝人李迪蓄有一把漂亮的胡须，殿试那天梦到胡须全被人剃光了。占梦人说：“剃者，替也，今年解元是刘滋（留髭），先生一定能替刘滋之位成为新科状元。”果然应验。

唐朝时曹确为判度支（官名，掌贡赋租税），拜相的呼声甚高。一日，梦到自己剃发为僧，心情很恶劣，请相士解梦。相士说：“贺喜侍郎官，不久必登相位。出家人一定要行剃度礼，‘度’‘杜’二字同音，侍郎一定会代杜审权的相位。”果然杜审权奉命镇守江西，曹确登宰相位。

舌生毛

【原文】

马亮知江陵府，任满当代，梦舌上生毛。僧占曰：“舌上生毛，剃不得，当在任。”果然。

【译文】

宋朝人马亮（字叔明）为江陵知府，官期届满，按往例应调他职，夜里梦见自己舌头长满毛发，感到非常困惑。请来一位和尚解梦。和尚说：“舌上长毛剃（替）不得，你一定会留任。”果真如此。

季毅

【原文】

王濬梦悬三刀于梁上，须臾又益一刀。季毅曰："三刀为州，又益者，明府其临益州乎？"果迁益州刺史。

【译文】

晋朝时，王濬有一次梦到梁柱上悬着三把刀，一会儿后又添了一把。季毅说："合三刀就是一个'州'字，又加一刀，意思就是'益'，看来你要去益州。"后来王濬果然被任命为益州刺史。

郭乔卿

【原文】

后汉蔡茂家居，梦取得一束禾，又复失之。郭乔卿曰："禾失为秩，君必膺禄秩矣。"旬日内征为司徒。

【译文】

后汉人蔡茂（字子礼）因病辞官在家时，曾梦到自己拿到一把稻禾，一会儿稻禾不见了。郭乔卿说："禾加失就是'秩'，你一定会再享朝廷奉禄。"十天后果然被征召为司徒。

李仙药

【原文】

给事陈安平子年满赴选，与乡人李仙药卧，夜梦十一月养蚕。仙药占曰："十一月养蚕，冬丝也，君必送东司。"数日果送吏部。

饶阳李瞿昙勋官番满选，夜梦一母猪极大，李仙药占曰："母猪，豘生也，君必得屯主。"数日，果如其言。

【译文】

给事陈安平的儿子赴京参加考试，与同乡李仙药同睡一榻，夜晚梦到有人在十一月的大冷天养蚕。李仙药占梦，说："十一月养蚕，所吐的丝就是冬丝。冬丝音同东司，你一定会被分发到东司。"后果然被派至吏部。

饶阳李瞿昙（李勋）官期届满，夜梦一头大母猪，请李仙药占梦。李说："母猪是生小猪的，你一定会是屯主（屯田官）。"不久，果然应验。

杨廷式

【原文】

伪吴毛贞辅，累为邑宰，应选之广陵，梦吞日，既寤腹犹热，以问侍御史杨廷式。杨曰："此梦至大，非君所能当，若以君言，当得赤坞场官也。"果如其言。

【译文】

伪吴人（张士诚国号吴，明人称伪吴）毛贞辅累官至县令，被派往广陵。一日梦到把太阳吞下肚，醒来后还隐隐感到腹部有一股热气，于是请教侍御史杨廷式。杨廷式说："这梦的格局太大，不是你能承担的，以我看你的命格，顶多只能当个驿丞。"日后证明所言不假。

索　统

【原文】

晋索充梦舅脱去上衣，索统占曰："'舅'字去其上，乃'男'字也，当生男。"

又，张邈尝奉使，梦狼啖一脚，索统曰："'脚'肉被啖，为'却'字，子必不行。"后二占俱验。

又，宋捔梦内有人著赤衣，捔把两杖极打之，统曰："'内'有人，'肉'字；朱衣赤色，乃干肉也；两杖象箸，极打之，必饱食。"亦验。

【译文】

晋朝人索充梦见舅舅在自己面前脱掉上衣。索统占梦说："舅去上衣就是'男'字，夫人一定为你生个儿子。"

另外，有个叫张邈的人奉命出使，梦到自己被野狼咬断一条腿。索统说："脚去肉就成'却'，先生一定无法成行。"日后这两件事都应验。

又有个叫宋捅的人，梦到有人穿着红色的衣服，自己拿着两根棍子追打他。索统说："内有人是肉，红衣是'赤'，这象征'肉干'，两根棍子代表筷子，看来有人要做东请你客了。"果然也应验了。

周 宣

【原文】

魏周宣善占梦，有人梦刍狗，询之，宣曰："当得美食。"已验矣。其人复往，谬曰："吾夜来复梦刍狗。"宣曰："宜防倾蹶。"未几因堕车损足，其人怪之，复谬曰："夜来又梦刍狗。"宣曰："慎防失火。"俄而家中火起，乃诣宣问曰："吾梦刍狗，三占不同，而皆验，何也？"宣曰："刍狗，祭物，故始梦当得食；祭讫则车轹之矣，故堕车伤足也；既经车轹，必且入樵爨，故虞失火。"其人曰："吾前实梦，后二次妄言耳。"宣曰："吉凶悔吝生乎动，汝意既动，与真梦同，是以占之皆验。"

【译文】

魏人周宣善于解梦。有人梦见刍狗（结草扎成狗的形状，祭祀用）请他解梦，周宣说："这是有人要请你吃饭的兆头。"已经应验了。那人又对周宣说梦到刍狗，周宣说："驾车时要小心。"不久，那人果真从车上摔下，断了一条腿。

隔了一阵子，那人又说梦到刍狗，周宣说："这次你要小心家中失火。”不久家中起火。于是那人又去找周宣，说：“我前后三次告诉你梦到刍狗，三次答案都不一样，但三次都应验，这是什么道理？”

周宣说：“刍狗是祭品，所以第一次梦到时会有人请你吃饭；祭礼完毕刍狗就会被车子辗过，所以你会摔断一条腿；被车子辗过的刍狗，就会遭到火焚的命运，所以你家会失火。”

那人说：“可是除了第一次我是真的梦到刍狗外，其余两次都是骗你的。”

周宣说：“吉凶产生在意念中，你意念已动，就和真的梦到一样，所以三次都会应验。”

顾　琮

【原文】

顾琮为补阙，尝有罪系诏狱，当伏法。琮忧愁，坐而假寐，忽梦见其母下体，琮谓不详之甚，愈惧，形于颜色。时有善解者，贺曰：“子其免乎，太夫人下体，是足下生路也。重见生路，何吉如之？”明日，门下侍郎薛稷奏刑失人，竟得免，琮后至宰相。

【译文】

唐朝人顾琮当补阙时（下级的谏官），有一次因罪下诏入狱，罪当斩首。顾琮非常忧愁，坐在牢房中闭目假睡，恍惚中好像梦到他母亲的下体。顾琮认为不祥，非常害怕，更加长吁短叹。

狱中有个会解梦的人得知后，贺道：“你或许能被免罪。太夫人下体是你出生之路，再见‘生路’，怎不是大吉的征兆呢？”

第二天门下侍郎薛稷（字嗣通，善写文章，书法更是名满天下）上奏，以为处斩顾琮是不当的，顾琮竟因此被无罪释放，后来官至宰相。

苻 坚

【原文】

苻坚将欲南伐，梦满城出菜，又地东南倾。其占曰：“菜多，难为酱；东南倾，江左不得平也。”

【译文】

苻坚（晋时前秦王，在十六国中最强盛，曾与谢玄战于淝水，后被姚苌缢杀于新平佛寺）想率兵渡河攻晋，梦到满城的青菜，又梦到东南方地层陷落。

命人占梦，相士说：“菜多就很难掌握调味的酱，难为‘酱’（将）。至于东南方下陷，恐怕是江左的晋国不平，也就是难以讨平的意思。”

张 猷

【原文】

右丞卢藏用、中书令崔湜坐太平党，被流岭南。至荆州，湜一夜梦讲坐下听法而照镜。占梦张猷谓卢右丞曰："崔令公乃大恶。梦坐下听讲，法从上来也；'镜'字，'金'旁'竟'也。其竟于今日乎？"得敕，令湜自尽。

【译文】

唐玄宗时，右丞卢藏用（字子潜，武则天时官尚书右丞，玄宗时流放驩州，迁黔州长史）、中书令崔湜（字澄澜，武则天时官同中书门下三品，玄宗时以谋逆罪赐死）以连坐太平公主的谋逆罪被流放岭南。行到荆州，崔湜梦到自己坐在讲台下一面照镜，一面听法师讲道。请张猷占梦。张猷对卢右丞说："这梦对崔公而言大为不祥。台下听人讲道，表示法从上来；'镜'字是'金'，金、今同音，旁加竟。难道是性命竟于今日吗？"一会儿，皇帝诏命到，命崔湜自尽。

韩　众

【原文】

卫中行为中书舍人时，有故旧子弟赴选，投卫论嘱。卫欣然许之。驳榜将出，其人忽梦乘驴渡水，蹶坠水中，登岸而靴不沾湿。选人与秘书郎韩众有旧，访之。韩被酒半戏曰："公今手选事不谐矣。据梦，'卫生相负，足下不沾。'"及榜出，果驳放。

【译文】

卫中行为中书舍人时，有故乡子弟来京城参加选官。拜访卫中行，请他大力帮忙。卫中行欣然答应。公布选官名单前，这名同乡子弟梦到自己骑驴渡河，不小心坠落河中，爬上岸后却发现鞋子并没有湿。这名子弟因和秘书郎韩众是旧识，去拜访他。酒至半酣，韩众开玩笑地说："根据你所做的梦，今年选官可能不顺。脚不沾水，表示卫生（驴子称卫。为驴所驮，即相负）有负嘱托，足下没有入选。"榜单公布，果然未中选。

占兄弟　占子

【原文】

成化甲午，江西乡试，揭晓之期，泰和尹公直在京，命卜者占弟嘉言中否，得"明夷"卦，内离外坤，三爻五爻发，三爻皆兄弟。占者以书云"兄弟雷同难上榜"，嗫嚅不敢对。公曰："三为白虎，五为青龙，龙虎榜动，有中之兆。兄弟发者，以兄问弟，弟当动而来矣。"不数日，喜报果至。

有父占子病者，卦得"父母当头克子孙"凶象，而子孙爻又不上卦，占者断其必死，父泣而归。途遇一友，问得其故，友曰："父母当头克子孙，使子孙上卦，则受克矣。今之生机，全在不上卦。譬如父持大杖欲击子，不相值则已耳，郎君必无恙。"未几果愈。

【译文】

明宪宗成化甲午年江西举行会试，即将放榜，泰和尹直占卜问其弟能否题名金榜。卜得明夷卦。坤上离下，卦象表示贤者不遇，忧谗畏讥。相书上有云："兄弟雷同难上榜。"因此相士不敢直言。

尹公自己也略懂卦象，说道："明夷卦象中有三爻、五爻。三爻代表白虎，五爻代表青龙，龙虎在榜是中榜的兆头，日内必有喜讯。"不久果然有人前来报喜。

有父亲因儿子生病，前去卜卦，卜得"父母当头克子孙"的凶卦，而卦象中也不见子孙卦，相士断言其子必死。这位父亲听了，只好伤心地回家。途中巧遇一位懂得"易经"的友人。友人说："父母当头克子孙，若子孙在卦上就一定被克，今天生机就全因子孙不在卦上。比如父亲拿着木棍要打孩子，若孩子不在跟前，就打不到了，所以令郎一定会痊愈。"不久果然康复。

第七部　语智

语智部总序

【原文】

冯子曰：智非语也，语智非智也；喋喋者必穷，期期者有庸，丈夫者何必有口哉！固也，抑有异焉。两舌相战，理者必伸；两理相质，辨者先售。子房以之师，仲连以之高，庄生以之旷达，仪、衍以之富贵，端木子以之列于四科，孟氏以之承三圣。故一言而或重于九鼎，单说而或强于十万师，片纸书而或贤于十部从事，口舌之权顾不重与？“谈言微中，足以解纷”；“言之无文，行之不远”。君子一言以为智，一言以为不智。智泽于内，言溢于外。《诗》曰：“唯其有之，是以似之。”此之谓也。

【译文】

冯梦龙说：智慧不等同于言语，见似聪明机巧的言语绝对不等于智慧；喋喋不休的人一定没好结果，反倒是一些看似讷讷不能言的人能成功，这样看来，智慧的人，又何必需要机巧的语言能力呢？然而也有另一个角度的看法。两方不同的言论激辩，通常是有理的一方获胜；而两种不同的道理冲突，也往往是有能力充分说明的一方得以采纳。历史上张良以言论而成为王者之师；鲁仲连以言论而名高楚汉之际；庄子因为不慕利禄，旷达无为；张仪、公孙衍以言论获得富贵；子贡因言论列于德行、政事、言语、文学四科；孟子因为雄辩善于说理而师承孔子、曾子、子思。所以，言论的力量或可以高于九鼎，或可以强过十万军队，一本书才可以强于众多官吏的辅助；又怎么可以不重言语呢？精微的言论，可以解开纷杂的困境。语言虽有理而无文采，也不会流传久远。而言语真正的基础，还是在于智慧，内心有充溢的智慧，自然会生出智慧的言语来。《诗经》说："因为有这样的本质，所以表象来看是这么回事。"说的正是这个意思。

辩才无碍

【原文】

侨童有辞，郑国赖焉；聊城一矢，名高鲁连。排难解纷，辩哉仙仙；百尔君子，毋易繇言。集“辩才”。

【译文】

子产以口舌折服晋楚，使郑国免祸数十年；鲁仲连以一封绑在箭上的信，说服燕军退兵。历史上有无数危难，都在智者的辩才下消于无形。各位君子不要轻视言语的力量。集于“辩才”一卷。

子　贡

【原文】

吴征会于诸侯，卫侯后至，吴人藩卫侯之舍。子贡说太宰嚭曰：“卫君之来，必谋于其众，其众或欲或否，是以缓来。其欲来者，子之党也；其不欲来者，子之仇也。若执卫侯，是堕党而崇仇也。”嚭说，乃舍卫君。

田常欲作乱于齐，惮高、国、鲍、晏，故移其兵，欲以伐鲁。孔子闻之，谓门弟子曰："夫鲁，坟墓所处，二三子何为莫出?"子路请出，孔子止之。子张、子石请行，孔子弗许。子贡请，孔子许之。遂行至齐，说田常曰："君之伐鲁，过矣！夫鲁，难伐之国：其城薄以卑，其地狭以泄，其君愚而不仁，大臣伪而无用，其士民又恶甲兵之事，——此不可与战。君不如伐吴。夫吴城高以厚，地广以深，甲坚以新，士选以饱，重器精兵，尽在其中，又使明大夫守之，——此易伐也。"田常忿然作色，曰："子之所难，人之所易；子之所易，人之所难，而以教常，何也?"子贡曰："臣闻之：'忧在内者攻强，忧在外者攻弱。'今君破鲁以广齐，战胜以骄主，破国以尊臣，而君之功不与焉，而交日疏于王。是君上骄主心，下恣群臣，求以成大事，难矣！夫上骄则恣，臣骄则争，是君上与主有郤，下与大臣交争也，如此则君之立于齐，危矣！故曰不如伐吴，伐吴不胜，民人外死，大臣内空，是君上无强臣之敌，下无民人之过，孤主制齐者，唯君也。"田常曰："善。虽然，吾兵业已加鲁矣，去而之吴，大臣疑我，奈何?"子贡曰："君按兵无伐，臣请往使吴王，令之救鲁而伐齐，君因以兵迎之。"

田常许之，使子贡南见吴王，说曰："臣闻之：'王者不绝世，霸者无强敌。''千钧之重，加铢而移。'今以万乘之齐，而私千乘之鲁，与吴争强，窃为王危之。且夫救鲁，显名也；伐齐，大利也。以扶泗上诸侯，诛暴齐而服强晋，利莫大焉，名存亡鲁，实困强齐，智者不疑也。"吴王曰："善。虽然，吾尝与越战，栖之会稽。越王苦身养士，有报我心，子待我伐越而听子。"子贡曰："越之劲不过鲁，强不过齐，王置齐而伐越，则齐已平鲁矣。且王方以存亡继绝为名，夫伐小越而畏强齐，非勇也；夫勇者不避难，仁者不穷约，智者不失时。今存越示诸侯以仁，救鲁伐齐，威加晋国，诸侯必相率而朝，吴霸业成矣。且王必恶越，臣请东见越王，令出兵以从，此实空越，名从诸侯以伐也。”吴王大说，乃使子贡之越。

越王除道郊迎，身御至舍，而问曰：“此蛮夷之国，大夫何以惠然辱而临之?”子贡曰：“今者吾说吴王以救鲁伐齐，其志欲之而畏越，曰：‘待我伐越乃可。’如此破越必矣。且夫无报人之志而令人疑之，拙也；有报人之意使人知之，殆也；事未发而先闻，危也。三者举事之大患。”勾践顿首再拜，曰：“孤尝不料力，乃与吴战，困于会稽，痛入于骨髓，日夜焦唇干舌，徒欲与吴王接踵而死，孤之愿也。”遂问子贡，子贡曰：“吴王为人猛暴，群臣不堪，国家敝于数战，士卒弗忍，百姓怨上，大臣内变；子胥以谏死，太宰嚭用事，顺君之过，以安其私，是残国之治也。今王诚发士卒佐之，以徼其志，重宝以说其心，卑辞以尊其礼，其伐齐必也。彼战不胜，王之福矣；战胜，必以兵临晋。臣请北面晋君，令共攻之，弱吴必矣。其锐兵尽于齐，重甲困于晋，而王制其敝，此灭吴必矣。”越王大说，许诺，送子贡金百镒、剑一、良矛二。子贡不受，遂行。

报吴王曰：“臣敬以大王之言告越王，越王大恐，曰：‘孤不幸，少失先人，内不自量，抵罪于吴，军败身辱，栖于会稽。国为虚莽，赖大王之赐，使得奉俎豆而修祭祀，死不敢忘，何谋之敢虑!’”后五日，越使大夫种顿首言于吴王曰：“东海役臣孤勾践使者臣种，敢修下吏问于左右，今窃闻大王将兴大义，诛强救弱，困暴齐而抚周室，请悉起境内士卒三千人，孤请自被坚执锐，以先受矢石，因越贱臣种奉先人藏器甲二十领、屈卢之矛、步光之剑，以贺军吏。”吴王大说，以告子贡曰：“越王欲身从寡人伐齐，可乎?”子贡曰：“不可。夫空人之国，悉人之众，又从其君，不义。君受其币，许其师，而辞其君。”吴王许诺，乃谢越王。于是吴王乃遂发九郡兵伐齐。

子贡因去之晋，谓晋君曰：“臣闻之：‘虑不先定，不可以应卒；兵不先辨，不可以胜敌。’今夫吴与齐将战。彼战而胜，越乱之必矣；与齐战而胜，必以其兵临晋！”晋君大恐，曰：“为之奈何？”子贡曰：“修兵休卒以待之。”晋君许诺。

子贡去而之鲁。吴王果与齐人战于艾陵，大破齐师，获七将军之兵而不归，果以兵临晋，与晋人相遇黄池之上。吴、晋争强，晋人击之，大败吴师。越王闻之，涉江袭吴，去城七里而军。吴王闻之，去晋而归，与越战于五湖。三战不胜，城门不守，越遂围王宫，杀夫差而戮其相。破吴三年，东向而霸。故子贡一出，存鲁、乱齐、破吴、强晋而霸越，十年之中，五国各有变。

【评】

直是纵横之祖，全不似圣贤门风。

【译文】

吴王发帖邀约诸侯，卫侯到得最晚，吴人派兵包围卫侯的馆舍。子贡劝太宰伯嚭（春秋楚人，吴王夫差败越，勾践派文种求和，越后灭吴，以嚭不忠诛杀）说：“卫侯赴约前一定和众臣商议过，众臣中也一定有人赞成，有人反对，意见分歧，所以卫侯才到得晚。赞成卫侯前来的大臣是您的朋友，持反对意见的就是您的敌人。今天您派兵包围卫侯行馆，这是背弃朋友、助长敌人声势的做法。”伯嚭听了子贡这番话，就下令撤离包围卫侯行馆的人马。

田常（春秋齐人，即田恒，汉避孝文帝讳改恒为常）有篡国之心，但顾忌高、国、鲍、晏等齐国的大臣，所以打算讨伐鲁国以立威。孔子听说田常将率兵伐鲁，对门下弟子说："鲁国是我的祖国，祖先的坟墓都在那里，你们怎么不想办法挽鲁国呢?"子路请求前去，孔子制止了他。子张（姓颛孙，名师）、子石（即公孙龙）都自愿出门游说，孔子也不允许。子贡请求前去，孔子答应了。子贡便直接到齐国，对田常说："齐国出兵攻鲁，我以为是严重的错误。鲁国是个难以征服的国家。鲁国城墙低，城壁薄，国土狭小，君王懦弱，大臣愚昧，百姓又厌恶战争，所以我说难以征服。相国不如伐吴。吴国城墙高，城壁厚，国土辽阔，兵精甲利，战将如云，这才容易征讨。"田常一听大为生气，说："您说的困难，是一般人说的容易；您说的容易，却是一般人说的困难。为什么对我说这么荒谬的话呢?"子贡说："我听人说：'国家内部有问题，要选择强国来攻击；国家外部有问题，则选择弱国来攻击。'现在你打败鲁国，造成齐国疆域的扩张，只会使齐王骄傲，朝臣骄宠，功劳不在相国您个人身上，于是您在齐王心中的分量就减弱了。可这完全是您出兵不当造成的，导致齐王高傲，大臣权重，您想要进一步成就什么大事，就困难了。君主骄横就会放纵，臣下骄横就会争斗，这是您上和君主有隔阂，下和大臣相争斗啊。这样，您就连原有的地位也岌岌可危。所以我说不如出兵攻吴。伐吴不胜，齐国的兵力折损于战场，对您有威胁的大臣武将也消减一空，到时候，您上没有强臣为敌，下没有百姓指责您的过失，有能力掌握整个齐国的只有相国您一人了。"田常脸色这才缓和下来，点头说道："先生的分析有理。但我军已经开到鲁国边境，如果忽然命令军队伐吴，大臣们会对我起疑心，先生看该怎么办呢?"子贡说："相国先想办法拖住军队，我立即前往吴国，说服吴王救鲁回来伐齐，相国再出兵迎敌。”

田常一口答应。子贡立即连夜赶往吴国，对吴王夫差说：“臣听说：‘真正的王者不会灭绝世族，真正的霸主没有可畏惧的敌人’。‘千钧虽重，但是加一铢就可动摇’。今天强齐伐弱鲁，摆明了是想和吴国争夺霸权，我私下里认为您有危险。况且救鲁能彰显大王救绝存亡的仁名，伐齐能得到大利，泗水一带的各个小国可因此划入吴国，既可击破有争霸实力的强齐，又可让强大的晋国望风臣服，还有什么比这对吴国更有利的呢？再说大王以救鲁为名出兵，其实是为了击破齐国，各国诸侯再厉害也无法质疑大王。”

吴王说：“好。不过本王曾与越大战一场，击败它之后把它安置在会稽。多年来勾践卧薪尝胆发奋图强，想对我进行报复。为除后患，您待本王先伐越后救鲁。”

子贡说：“越的实力不超过鲁国，也没有齐国强大。等大王您击破越国，齐国也早已拿下鲁国了。再说大王是以存亡继绝的名义出兵伐齐，现在先讨伐小小的越国，会被看成是惧怕齐国的强大，这不是勇敢的表现。真正的勇者不怕困难，真正的仁者不怕一时的困顿，真正的智者不会错失良机。今天先不灭越国，是对诸侯显示大王的仁德；为救鲁而伐齐，必能使晋国感受到吴国国力的强大，其他诸侯也必会因吴国的强大而臣服，那么大王的霸业就来临了。如果大王实在放心不下，我愿为大王跑一趟越国，让越王出兵随大王伐齐，这样越国境内就无兵可用，大王也不用担心勾践会乘机报复了。”

吴王非常高兴，让子贡立即前往越国。越王勾践听说子贡要来，立即令人清扫道路，并在三十里外亲迎子贡，奉为上宾。

越王说：“越国地处偏僻，怎敢烦劳先生亲自前来！”

子贡说："我来之前，曾想说服吴王救鲁伐齐，但吴王想出兵却担心越国趁机攻击吴国，坚持要先灭越国才肯伐齐，这样一来，越国灭亡便在旦夕之间。我听说，一个人如果没有报仇之心，却表现得让人怀疑，这是愚笨的；如果真有雪耻之心却让人识破，这是失败的；还没有行动就让人预测到，这是危险的。这三点都是成就大事的大忌。"

勾践赶忙跪下来向子贡请求道："我曾不自量力和吴战于会稽，当年战败的惨状痛入骨髓，日夜寝食难忘、苦心焦思，就算与吴王同归于尽也心甘情愿。"于是向子贡请教对策。

子贡说："吴王凶猛残暴，群臣早就难以忍受；再加上吴国因连年争战，军士疲敝，百姓更是怨声载道。忠臣伍子胥因为劝说吴王而被杀害，而太宰一味讨好吴王，以满足自己私欲，这已是亡国的征兆。现在只要大王肯发兵随吴王伐齐，迎合吴王称霸的野心；将宝器赠予吴王，以卑词尊奉吴王，那么吴王一定出兵伐齐。吴王伐齐失败，就是大王福气；若伐齐成功，吴王一定乘胜伐晋。我去见晋君，请晋君伐吴，一定能削弱吴国。吴国以精锐部队伐齐后再战强晋，这时大王就能乘机攻吴，定能洗雪会稽之耻。"

越王很高兴，答应出兵，并赠子贡黄金百镒、宝剑一把、良矛二支。子贡坚持不受。

离开越国后，子贡又来到吴国，对吴王报告越国的态度："臣把大王的话转告勾践，勾践惶恐万分，说：'我勾践年少时不得父母教诲，自不量力，得罪吴国，挑起战争，军队覆亡，身为囚虏，栖身于会稽国家更险些灭亡。只因为吴王仁德的恩赐，才能保有祖先的宗庙和国家。依赖吴王的恩德才能让我献俎豆来祭祀。这种恩德我至死不敢遗忘，怎么敢有报复之心呢？'"

五天后，越王派大夫文种至吴，文种向吴王跪拜，说："东海贱臣勾践的使者文种特地前来拜见大王。勾践听说大王为伸张正义除强救弱、救鲁伐齐，精选国内士兵三千人，恳请准许贱臣勾践披甲带剑，率军随大王出征，为大王先锋率先杀敌。因此特派下臣文种奉上先人所收藏的盔甲二十副，屈卢之矛、步光之剑，为大王壮军威。"

吴王听了非常高兴，问子贡："越王想亲自跟随我攻打齐国可以吗?"子贡说："不可以。越王已让越国全部士兵随军出征，如果再让越王随军出征，就有些过分了，你接受他的礼物，接受他的士兵，不能接受越王。"

吴王听取了子贡所言，谢绝了越王。吴王出兵伐齐。子贡又赶往晋国，对晋君说："臣听说，'人无远虑，必有近忧。'今吴伐齐，若齐王获胜，勾践一定会乘机洗雪会稽之耻；若吴获胜，一定趁势加兵于晋国。"

晋君大惊，问子贡："那怎么办才好?"

子贡说："修整军备和士卒，做好备战准备。"晋君答应。

子贡回到鲁国。吴王与齐兵战于艾陵，大破齐军，生擒齐将七名，果然没有返吴的打算，想乘胜攻晋，与晋军相遇于黄池。吴、晋两国争斗，结果晋人大败吴军。越王听说吴王惨败，立即出兵偷袭吴国，在离吴都七里的地方扎营。吴王听说勾践发兵攻吴，立即下令班师回朝，与越王战于五湖。三战皆败，城门没有守住。于是勾践围吴王宫，杀了夫差及伯嚭。勾践在灭吴三年后，完成称霸诸侯的心愿。子贡靠一张嘴，存鲁、乱齐、灭吴、强晋而霸越，十年之间五国的情势都发生了剧烈的变动。

鲁仲连

【原文】

秦围赵邯郸，诸侯莫敢先救。魏王使客将军辛垣衍间入邯郸，欲与赵尊秦为帝。鲁仲连适在赵，闻之，见平原君胜。胜为介绍，而见之于辛垣衍。鲁仲连见辛垣衍而无言，辛垣衍曰："吾视居此围城之中者，皆有求于平原君者也。今观先生之玉貌，非有求于平原君者，曷为久居此围城之中而不去也？"鲁仲连曰："秦弃礼义、上首功之国也，权使其士，虏使其民，彼肆然而为帝，则连有赴东海而死耳，不忍为之民也。所为见将军者，欲以助赵也。"辛垣衍曰："助之奈何？"鲁仲连曰："吾将使梁及燕助之，齐、楚固助之矣。"辛垣衍曰："燕吾不知；若梁，则吾乃梁人也。先生恶能使梁助之耶？"鲁仲连曰："梁未睹秦称帝之害故也，使睹秦称帝之害，则必助赵矣。"辛垣衍曰："秦称帝之害奈何？"鲁仲连曰："昔齐威王尝为仁义矣，率天下诸侯而朝周。周贫且微，诸侯莫朝，而齐独朝之。居岁余，周烈王崩，诸侯皆至，齐后往，周怒，赴于齐曰：'天崩地坼，天子下席，东藩之臣田婴齐后至，则斩之！'威王勃然怒曰：'叱嗟，而母婢也！'卒为天下笑。故生则朝周，死则叱之，诚不忍其求也。彼天子固然，其无足怪。"辛垣衍曰："先生独未见夫仆乎？十人而从一人者，宁力不胜，智不若耶？畏之也！"鲁仲连曰："梁之比于秦若仆耶？"辛垣衍曰："然。"鲁仲连曰："然则吾将使秦王烹醢梁王。"辛垣衍怏然不悦，曰："嘻，亦太甚矣！先生又恶能使秦王烹醢梁王？"鲁仲连曰：

“固也，待吾言之。昔者鬼侯、鄂侯、文王，纣之三公也。鬼侯有子而好，故入之于纣，纣以为恶，醢鬼侯；鄂侯争之急，辩之疾，并脯鄂侯；文王闻而叹息，拘于羑里之库百日，而欲令之死。曷为与人俱称帝王，卒就脯醢之地也？齐滑王将之鲁，夷维子执策而从，谓鲁人曰：‘子将何以待吾君？’鲁人曰：‘吾将以十太牢待子之君。’夷维子曰：‘吾君，天子也。天子巡狩，诸侯避舍，纳管键，摄衽抱几，视膳于堂下，天子已食，退而听朝也。’鲁人投其钥，不果纳。将之薛，假途于邹。当是时，邹君死，滑王欲入吊，夷维子谓邹之孤曰：‘天子吊，主人必将倍殡柩，设北面于南方，然后天子南面吊也。’邹之群臣曰：‘必若此，吾将伏剑而死。’故不敢入于邹。邹、鲁之臣，生则不能事养，死则不得饭含，然且欲行天子之礼于邹、鲁之臣，不果纳。今秦万乘之国，梁亦万乘之国，交有称王之名，睹其一战而胜，欲从而帝之，是使三晋之大臣，未如邹、鲁之仆妾也！且秦无已而帝，则且变易诸侯之大臣，彼将夺其所谓不肖，而予其所谓贤，夺其所憎，而予其所爱，彼又将使其子女谗妾为诸侯妃姬，处梁之宫，梁王安得晏然而已乎？而将军又何以得故宠乎？”于是辛垣衍起，再拜谢曰：“吾乃今知先生为天下之士也，吾请去，不敢复言帝秦矣。”秦将闻之，为却军五十里。

【评】

苏轼曰：“仲连辩过仪、秦，气凌髡、衍，排难解纷，功成而逃，实战国一人而已。”

穆文熙曰：“仲连挫帝秦之说，而秦将为之却军，此《淮南》之所谓‘庙战’也。”

【译文】

秦兵围攻赵都邯郸，诸侯都不敢带头出兵救赵。魏王派门客将辛垣衍（复姓辛垣，《资治通鉴》作新垣衍）由小道入邯郸城，想与赵王相约一起尊秦王为帝。

鲁仲连（战国齐人，好策划，为人正直，操守高）当时正好在赵国，听说魏国想游说赵王尊秦王为帝，就去见平原君（战国赵武灵王儿子，名胜，封于平原，故号平原君）。平原君介绍鲁仲连与辛垣衍见面。

鲁仲连见了辛垣衍，竟一言不发。辛垣衍说："我本以为凡是住在邯郸的人，都是有求于平原君的。现在我仔细观察先生的举动，并非有求于平原君，真不知道先生为什么长久地待在这围城内不走？"

鲁仲连说："秦国是个背弃礼义、只知崇尚杀人的战功的国家。它用权术操纵士大夫、把百姓当奴隶般使唤。秦王果真称帝，那我宁可投东海而死，也不愿意做秦王的顺民。今天我来见将军，目的就是想对赵国有所帮助。"

辛垣衍说："请问先生要怎样帮赵国呢？"

鲁仲连说："我准备再说服魏、燕两国援赵，而齐、楚两国已经答应了。"

辛垣衍说："燕国的动向我不清楚，至于魏，我就是魏国人，不知先生有什么办法能使魏援赵呢？"

鲁仲连说："这是因为魏国还没有看见秦国称帝的害处。假使让其明了其中的害处，魏王一定会发兵救赵。"

辛垣衍说："那你说说秦王称帝的害处在哪里？"

鲁仲连说："以前齐威王推行仁政，率天下诸侯朝拜周天子。

当时的周既穷又弱，天下诸侯都不肯朝贡，只有齐国肯称臣进贡。过了一年多，周威烈王驾崩，诸侯都前去吊丧，可是齐国却最后到达，周王大怒，派使臣警告齐王说：‘天子驾崩，新即位的天子服丧，而东藩之臣齐国的田婴竟迟来奔丧，依法当斩！’齐威王一听，生气地说：‘呸！周王只不过是一个贱婢所生的奴才罢了！’整个事件成了个大笑话。所以齐国在周天子生前去朝拜他，死后却如此辱骂他，实在是因为做不到周天子所要求的诸侯义务。对真正的天子尚且如此，你以为把秦奉为天子不会发生类似的笑话吗？”

辛垣衍说：“先生难道没有见过仆人吗？十个人服侍一个人，并不是真的因为力气和智慧不如主人，而是出于畏惧。”

鲁仲连说：“那么魏国和秦国的关系，就如同主仆吗？”

辛垣衍说：“是的。”

鲁仲连说：“那我有办法叫秦王杀魏王，把魏王剁成肉酱。”

辛垣衍很不高兴，说：“哼，先生也未免太夸张了。你又怎能叫秦王杀了魏王呢？”

鲁仲连说：“我当然做得到。请将军听我解释。当年鬼侯（《史记》作九侯）、鄂侯、文王，是殷纣王的三公。鬼侯有个女儿长得很漂亮，于是献给纣王，可是纣王却不喜欢她，结果纣王就把鬼侯杀了，剁成肉酱；鄂侯为这件事向纣王谏言，因为辩论太激烈，结果纣王又把鄂侯杀死，晒成肉干；文王听说这两件惨事以后，忍不住长叹一声，结果竟被纣王囚禁在羑里的仓库里一百天，想困死他。这不正是拥护人为帝王，结果反倒被杀死，晒成肉干，剁成肉酱的往事吗？

“齐湣王要去鲁国时，夷维子负责驾车，他对鲁国人说：‘你们准备如何接待我的国君？’鲁人说：‘我们用十头牛款待你们国君。’夷维子说：‘我们国君是天子。天子到各地巡行狩猎时，诸侯都要搬出王宫住在外面，交出国库的钥匙，并且撩起衣裳，端着桌几亲自在殿堂下侍候天子进餐，天子吃完，诸侯才能退下。’鲁人一听，就不让齐湣王入境，以致齐王只有改道从邹国前往薛国。

“正巧碰到邹君逝世，齐湣王要去吊丧。夷维子对邹君儿子说：‘天子来吊丧，丧家必须把灵柩摆放为坐北朝南，然后请天子立于南方之位祭吊。’邹国的臣子说：‘如果一定要我们这样做，我们宁可伏剑而死。’因此齐湣王君臣不敢进入邹国。

“邹、鲁两国的臣子，虽迫于齐国的婬威当君主在世时不得奉养，君主死了不得含殓，但是要让他们行朝拜天子的大礼，他们仍不肯让齐湣王进入自己的国家。

“今天秦国是拥有万辆兵车的大国，魏国也是拥有万辆兵车的大国，两国互相称帝称王。只是看见秦国打了一场胜仗，就想尊秦王为帝，这是三晋的一千文武大臣，还远不如邹、鲁这两个小国的臣民气节高尚。

“再说秦王称帝之后，必定会更换诸侯大臣，罢黜他所谓的不肖臣子，把官位赐给他心目中的贤臣；削夺他所憎恨的人的官职，任命他所喜欢的人为官；同时也一定会要他的女儿做诸侯的妃子，住在魏宫殿，魏王又怎能耳根清静？而将军又怎能常享荣宠呢？”

辛垣衍听完鲁仲连这番话，立刻起身拜谢说：“我现在才明白先生是天下奇人啊！我现在就回魏国，再也不谈论尊秦王为帝的事了。”

秦国将军听说这件事后，下令秦军后退五十里。

虞　卿

【原文】

秦攻赵于长平，大破之，引兵而归，因使人索六城于赵而讲。赵计未定，楼缓新从秦来，赵王与楼缓计之曰："与秦城何如？不与何如？"楼缓辞让曰："此非臣之所能知也。"王曰："虽然，试言公之私。"楼缓曰："王亦闻夫公甫文伯母乎？公甫文伯官于鲁，病死，妇人为之自杀于房中者二人。其母闻之，不哭也，相室曰：'焉有子死而不哭者乎？'其母曰：'孔子，贤人也，逐于鲁，是人不随。今死而妇人为死者二人，若是者，其于长者薄，而于妇人厚。'故从母言之，为贤母也；从妇言之，必不免于妒妇也。故其言一也，言者异，则人心变矣。今臣新从秦来，而言'勿与'，则非计也；言'与之'，则恐王以臣之为秦也。故不敢对。使臣得为王计之，不如予之。"王曰："诺。"

虞卿闻之，入见王。王以楼缓言告之，虞卿曰："此饰说也。"王曰："何谓也？"虞卿曰："秦之攻赵也，倦而归乎？王以其力尚能进，爱王而不攻乎？"王曰："秦之攻我也，不遗余力矣，必以倦而归也。"虞卿曰："秦以其力攻其所不能取，倦而归，王又以其力之所不能攻而资之，是助秦自攻也。来年秦复攻王，王无以救矣。"

王以虞卿之言告楼缓，楼缓曰："虞卿能尽知秦力之所至乎？诚知秦力之所不至，此弹丸之地犹不予也！今秦来复攻，王得无割其内而媾乎？"王曰："诚听子割矣，子能必来年秦之不得攻我乎？”楼缓对曰：“此非臣之所敢任也。昔日三晋之交于秦，相善也，今秦释韩、魏而独攻王，王之所以事秦，必不如韩、魏也。今臣为足下解负亲之攻，启关通币，齐交韩、魏。至来年，而王独不取于秦，王之所以事秦者，必在韩、魏之后也。此非臣之所以敢任也。”

王以楼缓之言告虞卿。虞卿曰：“楼缓言‘不媾，来年秦复攻王’，得无更割其内而媾；今媾，楼缓又不能必秦之不复攻也。虽割何益？来年复攻，又割其力之所不能取而媾也。此自尽之术也。不如无媾。秦虽善攻，不能取六城；赵虽不能守，亦不至失六城。秦倦而归，兵必罢，我以六城收天下，以攻罢秦，是我失之于天下，而取偿于秦也。吾国尚利，孰与坐而割地，自弱以强秦？今楼缓曰：‘秦善韩、魏而攻赵者，必王之事秦不如韩、魏也。’是使王岁以六城事秦也，即坐而地尽矣。来年秦复求割地，王将予之乎？不予，则是弃前资而挑秦祸也；与之，则无地而给之。语曰：‘强者善攻，而弱者不能自守。’今坐而听秦，秦兵不敝而多得地，是强秦而弱赵也。以益强之秦，而割愈弱之赵，其计固不止矣！且秦虎狼之国也，无礼义之心，其求无已。而王之地有尽，以有尽之地，给无已之求，其势必无赵矣。故曰：‘此饰说也，王必勿与！’”王曰：“诺。”

楼缓闻之，入见于王，王又以虞卿之言告之。楼缓曰：“不然。虞卿得其一，未知其二也。秦、赵构难，而天下皆说。何也？曰：我将因强而乘弱。今赵兵困于秦，天下之贺战胜者，则必在于秦矣。故不若亟割地求和，以疑天下，慰秦心；不然，天下将因秦之怒，乘赵之敝而瓜分之。赵且亡，何秦之图，王以此断之，勿复计也。”

虞卿闻之，又入见王曰：“危矣，楼子之为秦也！夫赵兵困于秦，又割地为和，是愈疑天下，而何慰秦心哉！不亦大示天下弱乎！且臣曰勿予者，非固勿予而已也，秦索六城于王，王以六城赂齐。齐，秦之深仇也，得王六城，并力而西击秦也！齐之听王，不待辩之毕也。是王失于齐，而取偿于秦，一举结三国之亲，而与秦易道也。”

赵王曰：“善。”因发虞卿东见齐王，与之谋秦。虞卿未反，秦之使者已在赵矣。楼缓闻之，逃去。

【评】

从来议割地之失，未有痛切快畅于此者！

【译文】

秦军在长平大败赵军，秦国撤军，于是派人向赵国索取六城，作为和谈的条件。赵王还没有做出决定，这时楼缓（战国赵人，原为赵臣，后往秦国任秦相）从秦国回来，于是赵王就和他商量：“你认为给秦国六城好呢，还是不给好呢？”楼缓推辞说：“这不是臣所能知道的。”赵王说：“没关系，就说说你个人的看法好了。”

楼缓于是说：“我想王一定知道公甫文伯（春秋末年人，鲁国上卿）母亲的事吧？公甫文伯在鲁国做官，他病死后，有十六位妇人为他自杀。他母亲知道儿子的死讯后不哭。有个老仆说：‘世上哪有儿子死了不哭的道理？’他母亲说：‘孔子是圣人，当被鲁国放逐时，我的儿子不追随孔子一起离开。现在我儿子死了，竟有十六位妇人为他自杀，可见他不懂得亲近贤人，心思完全在女人身上。’一位母亲能说出这种话，就知道是位贤母。但若是由他妻子口中说出，别人一定会误会是在吃醋。所以，同样一句话，由于说话的人不同，听的人反应也不同。现在臣刚从秦国回来，如果臣说不要答应秦的要求，就不算是为君王献计；如果说给秦六城，又怕君王误会臣是秦王说客，所以臣才不敢回答。假使君王一定要臣拿个主意，臣认为最好还是给秦六城。”

赵王说："好。"

虞卿（《战国策》作虞庆，赵国上卿）知道后，去见赵王。赵王把楼缓的话告诉他。他说："楼缓是在巧辩。"

赵王说："为什么这么说呢?"

虞卿说："您认为秦攻赵是由于力气耗尽而撤兵，还是仍有进攻能力，只为保留您的情面才撤兵呢?"

赵王说："秦兵进攻时已动用全部兵力，必然是因为兵疲才撤兵。"

虞卿说："秦尽了最大的努力，也没攻下赵国一城，最后因为精疲力竭而撤兵。现在君王竟愿意割让秦兵所不能攻下的六城，这是帮助秦兵攻打赵国。假使明年秦兵再入侵，那赵国就真的没救了。"

赵王把虞卿的话告诉楼缓。楼缓说："虞卿完全了解秦国的实力吗？如果不割这区区六城之地给秦，明年若秦兵再攻赵国，恐怕您要割让的就不只是六城了。"

赵王说："寡人愿意采纳贤卿的意见割城，但贤卿能否保证秦兵不再攻赵国吗?"

楼缓说："臣不敢保证。以前三晋跟秦国建交，韩、赵、魏和秦的邦交都很好。如今秦只发兵攻赵，这就证明君王对待秦国，远不如韩、魏殷勤友善；现在臣为君王化解，但若往后赵国自己又背弃盟约，并且大开关卡，派使者拉拢韩、魏，惹来秦兵再次攻赵，那就证明君王对秦王远不如韩、魏两国忠诚。所以臣不敢保证。"

赵王又把楼缓的话告诉虞卿。虞卿说："楼缓说如果不割城讲和，明年秦兵会再攻赵，到那时还要割更多的城池给秦；但现在如果割城讲和，楼缓又不能保证秦兵不再入侵，所以即使割城给秦，又能得到什么好处呢？来年秦兵再攻赵，再割秦兵所攻不下的城池讲和，这是赵国自取灭亡。所以不如根本不讲和。秦国兵力虽强，却攻不下赵国六城；赵军虽弱，但也不至于一战失陷六城。秦国既然由于力竭而撤兵，那现在的秦兵一定疲惫不堪，假如赵国现在用六城和天下诸侯结盟，趁机攻打秦国，就等于把割让给诸侯的土地再从秦国取回来。您说，是这么做有利，还是割地助长秦国威势来削弱自己有利呢？现在楼缓说：'秦攻赵是因为君王事秦不如韩、魏恭顺。'这等于要君王用六城来事秦。假如明年秦再要求土地，请问君王要不要给呢？假如不给，就等于自毁割六城得来的邦交，再次挑起祸端；如果给，赵国还有多少城可以给呢？俗话说：'强者善攻，而弱者不能自守。'现在若听秦摆布，让秦不发一箭而得六城，这是壮大秦国削弱自己的做法。秦是狼虎之国，君臣不讲信义、秦王的欲望永远没有满足的时候，但君王的土地有限。以赵国有限的土地来应付秦国无尽的欲望，很快赵国就完全没有了。所以臣认为楼缓是巧辩，您千万不能答应割城。"

赵王说："贤卿分析得极有道理。"

楼缓听到消息后又晋见赵王，赵王又将虞卿的话告诉了他。楼缓说："不对。虞卿只知其一，不知其二。秦、赵交战，天下诸侯都乐在心里，为什么？这是出于'我将依附在强者之后，趁机欺凌弱者'的心理。今天秦败赵军，天下诸侯必会纷纷派使者到秦国恭贺。如果赵国不赶紧割地求和，取悦秦国，进而缓和秦、赵之间的关系，恐怕天下诸侯会利用秦对赵的愤怒，乘赵国疲惫不堪时瓜分赵国土地。到时赵国都已灭亡了，哪里会图谋攻取秦国？希望君王不要再三心二意。"

虞卿听说以后，又晋见赵王说："楼缓完全为秦国设想，这实在太可怕了。赵败于秦又割地求和，这只会更使天下诸侯怀疑秦、赵之间的关系，哪里能取悦秦国而依靠秦国的威势立国呢？这不是摆明了要告诉天下诸侯，赵国衰弱不堪、屈辱求和的弱者模样么？再说臣不主张割地，并非只是消极的不给而已。秦向赵索要六城，君王可以用六城贿赂齐国，加深齐、秦两国的仇恨。齐王得六城后，就会与我军合力攻秦。那时齐国绝对会听从您的号令，这是必然的道理。等于是把给齐国的土地由秦国那儿取回，并且一举和三个大国结盟，而秦、赵优劣的情况马上完全改观。”

赵王说：“贤卿分析得极为高明。”

于是赵王派虞卿东去齐国，缔结盟约合力攻秦。虞卿还没有从齐国回来，秦国的使臣已经来到赵国重新谈判。楼缓闻风而逃。

苏　代

【原文】

雍氏之役，韩征甲与粟于周，周君患之，告苏代。苏代曰：“何患焉？代能为君令韩不征甲与粟于周，又能为君得高都。”周君大悦，曰：“子苟能，寡人请以国听。”苏代往见韩相国公仲，曰：“公不闻楚计乎？昭应谓楚王曰：‘韩氏罢于兵，仓廪空，无以守城。吾攻之以饥，不过一月，必拔之。’今围雍氏五月不能拔，是楚病也，楚王始不信昭应之计矣。今公乃征甲与粟于周，是告楚病也。昭应闻此，必劝楚王益兵守雍氏，雍氏必拔。”公仲曰：“善。然吾使者已行矣。”代曰：“公何不以高都与周？”公仲怒曰：“吾无征甲与粟于周，亦已多矣，何为与高都？”代曰：“与之高都，则周必折而入于韩；秦闻之，必大怒，而焚周之节，不通其使，是公以敝高都得完周也。”公仲曰：“善。”不征甲与粟于周，而与高都，楚卒不拔雍氏而去。

田需死，昭鱼谓苏代曰："田需死，吾恐张仪、薛公、犀首之有一人相魏者。"代曰："然则相者以谁而君便之也?"昭鱼曰："吾欲太子之自相也。"代曰："请为君北见梁王，必相之矣。"昭鱼曰："奈何?"代曰："若其为梁王，代请说君。"昭鱼曰："奈何?"对曰："代也从楚来，昭鱼甚忧。代曰：'君何忧?'曰：'田需死，吾恐张仪、薛公、犀首有一人相魏者。'代曰：'勿忧也。梁王，长主也，必不相张仪。张仪相魏，必右秦而左魏；薛公相魏，必右齐而左魏；犀首相魏，必右韩而左魏。梁王长主也，必不使相也。'"王曰："然则寡人孰相?"代曰："莫如太子之自相，是三人皆以太子为非固相也，皆将务以其国事魏，而欲丞相之玺。以魏之强，而持三万乘之国辅之，魏必安矣。故曰：不如太子之自相也!"遂先见梁王，以此语告之，太子果自相。

【译文】

楚国攻打韩国的雍氏（地名），韩国向西周调兵征粮，周天子感到十分苦恼，跟苏代（战国洛阳人，苏秦弟）商量。苏代说："王不必烦恼。臣能替大王解决这个难题，不但能使韩国不向西周调兵征粮，还能让大王得到韩国的高都（又作郜都，在今河南省洛阳县西南）。"周王听了这话，非常高兴地说："如果贤卿能为寡人解难，那么以后寡人的国事都听从贤卿的意见。"

于是苏代前往韩国，拜见相国公仲侈，说："难道相国没有听说楚国的计划吗？楚将昭应曾对楚怀王说：'韩国因连年争战，兵疲马困，仓库空虚，没有力量固守城池。假如我军乘韩国粮食不足时，率兵攻打韩国的雍氏，那么不用一个月就可以占领雍氏了。'如今楚国围攻雍氏已有五个月，可是仍然没能攻下，这也证明楚国已疲惫不堪，而楚王也开始怀疑昭应的说法。现在相国竟然向西周调兵征粮，这明明白白告诉楚国，韩国已经精疲力竭了。昭应知道以后，一定会请楚王增兵包围雍氏，雍氏就守不住了。”

公仲侈说：“先生的见解很高明。可是我派的使者已经出发了。”

苏代说：“相国为什么不把高都送给西周呢？”

公仲侈很生气地说：“我不向西周调兵征粮已经够好了，为什么还要送给西周高都呢？”

苏代说：“假如相国能把高都送给西周，那么西周一定会与韩国邦交笃厚。秦国知道后，必然大为震怒，而焚毁西周的符节（在春秋战国时代，使者出使都要带符节，以便核对验证，所以焚烧符节，就代表两国断绝邦交），断绝使臣的往来。换句话说，相国只要用一个贫困的高都，就可以换一个完整的西周。”

公仲侈说：“先生的确高明。”

于是公仲侈不仅不向西周调兵征粮，并且把高都送给西周。楚国攻不下雍氏也就退兵了。

魏相田需死了，楚相昭鱼（即昭奚恤）对苏代说：“田需死了，我担心张仪、薛公（战国赵人，曾隐居于卖桨人家，为魏公子无忌所敬重）、公孙衍等人中有一人出任魏相。”

苏代说：“那么你认为由谁做魏相，对你比较有利呢？”

昭鱼说：“我希望由太子（即后来的魏昭王）自己出任宰相。”

苏代说：“我为你北走见魏王，必能使太子出任宰相。”

昭鱼说：“先生要怎么说呢？”

苏代说：“你当魏王，我来说服你。”

昭鱼说：“那我们现在就试试。”

苏代说：“臣这次由楚国来时，楚相昭鱼非常担忧。臣问他：‘相国担心什么？’昭鱼说：‘魏相田需死了，我担心张仪、薛公、犀首等人中必有一人出任宰相。’臣说：‘相国不用担心，魏王是位明君，一定不会任用张仪为相。因为张仪出任魏相，就会亲秦而远魏；薛公为魏相，必会亲齐而远魏；犀首为魏相，必会亲韩而远魏。魏王是明君，一定不会任命他们为相。'”魏王说：“那么我任谁为相呢？”苏代说：“最好由太子自己出任宰相。因为他们三人知道太子早晚会登基为王，出任宰相只是暂时的。为想得到宰相的宝座，他们必会极力拉拢与自己亲近的国家与魏结交，凭魏国强大的国势，再加上三个万乘之国的盟邦极力靠拢，魏国必然安全稳固，所以说不如由太子出任宰相。”

于是苏代北去见魏王，把这些话告诉他，魏王果然任命太子为宰相。

陈 轸

【原文】

陈轸去楚之秦，张仪谓秦王曰：“陈轸为王臣，常以国情输楚。仪不能与从事，愿王逐之，即复之楚，愿王杀之！”王曰：“轸安敢之楚也？”王召陈轸告之曰：“吾能听子，子欲何之，请为子约车。”对曰：“臣愿之楚。”王曰：“仪以子为之楚，吾又自知子之楚，子非楚且安之也。”轸曰：“臣出，必故之楚，以顺王与仪之策，而明臣之楚与否也。楚人有两妻者，人诽其长者，长者詈之；诽其少者，少者许之。居无几何，有两妻者死。客谓诽者曰：‘汝取长者乎，少者乎？’‘取长者。’客曰：‘长者詈汝，少者和汝，汝何为取长者？’曰：‘居彼人之所，则欲其许我也，今为我妻，则欲其为詈人也。’今楚王，明主也；而昭阳，贤相也。轸为人臣，而常以国情输楚，楚王必不留臣，昭阳将不与臣从事矣，以此明臣之楚与不。”轸出，张仪入，问王曰：

“陈轸果安之?”王曰：“夫轸，天下之辩士也，熟视寡人曰：‘轸必之楚。’寡人遂无奈何也。寡人因问曰：‘子必之楚也，则仪之言果信也。’轸曰：‘非独仪之言，行道之人皆知之。昔者子胥忠其君，天下皆欲以为臣；孝己爱其亲，天下皆欲以为子。故卖仆妾不出里巷而取者，良仆妾也；出妇嫁于乡里者，善妇也。臣不忠于王，楚何以轸为忠？忠且见弃，轸不之楚而何之乎?’”王以为然，遂善待之。

【译文】

陈轸（战国楚人，游说之士）离开楚国前往秦国做官，张仪对秦惠王说：“陈轸身为臣子，竟然经常把秦国的国情透露给楚国，臣不愿和这种人同朝共事。希望大王能把他赶出朝廷，如果他说想要回楚国，那大王就把他杀掉!”

秦惠王说：“陈轸怎么敢明说要回楚国去呢?”接着召来陈轸说：“寡人愿意尊重贤卿的意见，只要贤卿说出愿意前往的国家，寡人立即命人为贤卿准备车马。”

陈轸回答说：“臣愿意回楚国。”

惠王说：“张仪认为你一定会回楚国，而寡人也料到你将回楚国，再说你如果不去楚国，又能在哪儿安身呢?”

陈轸说：“臣离开秦以后，一定特意回到楚国，一方面是顺从大王和张仪的策略，而且还可以表明臣以前是否和楚国私下里打过交道。有个楚国人娶了两个妻子，有人去调戏年纪较大的妻子，她就骂这人登徒子（好色之人）；那个人去挑逗年轻妻子时，她却欣然接受。没多久，楚人死了。有客人问登徒子说：‘在这两个寡妇中，你会娶年纪大的还是年轻的呢?’登徒子说：‘我娶年纪大的。’客人问：‘年纪大的曾经骂过你，而年轻的那位却顺从你，你为什么反倒要娶年纪大的呢?’登徒子说：‘当他们是别人妻子时，我希望她们能接受我的挑逗。但现在是我的妻子，我就喜欢当初拒绝我的那位。’现在楚王是位贤明的君王，而宰相昭阳也是位贤臣，我陈轸身为大王的臣子，如果经常把国事泄露给楚王，那么楚王此次必定不会收留臣，而昭阳也不会愿意跟臣同朝共事。如此就可说明臣以前是否和楚国有所私通了。”

陈轸离宫后，张仪进宫问秦王：“陈轸到底要去哪里？”

秦王说：“陈轸真是天下一流的雄辩家，他注视着寡人说：‘臣一定会回楚国的。’寡人对他也无可奈何。于是接着问他：‘你既然打算回楚国，那张仪的话就可以相信了。’陈轸说：‘不但张仪知道我会回楚，随便哪个人都知道。从前伍子胥对他的君王很忠贞，天下君王都希望他做自己的臣子；孝已孝敬他的双亲，因此天下父母都希望他是自己的儿子。所以当人卖仆妾时，如果邻居肯买，那就证明是好仆妾；被休了的妻子，如果改嫁到本乡，就证明她是位好妻子。臣如果不忠于您，那楚王又要臣做什么？臣如此忠君爱国，仍然得不到大王的信任，那臣不回楚国，又将去哪里？”

于是秦王认为陈轸说得有道理，慰留陈轸，并善加对待他。

左师触龙

【原文】

秦攻赵，赵王新立，太后用事，求救于齐。齐人曰：“必以长安君为质。”太后不可，齐师不出。大臣强谏，太后怒甚，曰：“有复言者，老妇必唾其面。”左师触龙请见，曰：“贱息舒祺最少，不肖，而臣衰，窃爱之，愿得补黑衣之缺，以卫王宫。愿及臣未填沟壑而托之。”太后曰："丈夫亦爱少子乎？"对曰："甚于妇人。"太后笑曰："妇人异甚。"对曰："老臣窃以为媪之爱燕后，贤于长安君。"太后曰："君过矣，不如长安君之甚。"左师曰："父母爱其子，则为之计深远。媪之送燕后也，持其踵而哭，念其远也，亦哀之矣，已行，非不思也，祭祀则祝之曰：'必勿使反。'岂非为之计长久，愿子孙相继为王也哉？"太后曰："然。"左师曰："今三世以前，至于赵王之子孙为侯者，其继有在者乎？"曰："无有。"曰："此其近者祸及身，远者及其子孙，岂人主之子，侯则不善！位尊而无功，奉厚而无劳，而挟重器多也。今媪尊长安之位，封以膏腴之地，多与之重器，而不及今令有功于赵，一旦山陵崩，长安君何以自托于赵哉？"太后曰："诺。恣君之所使之。"于是为长安君约车百乘，质于齐。齐师乃出，秦师退。

【译文】

秦国发兵攻赵，赵孝成王刚登位，年纪尚轻，赵太后（惠文王之后）掌理朝政，向齐国求援。齐王说："一定要用长安君（孝成王同母弟）做人质。"可是太后不答应。齐国不出兵。

大臣们都极力劝谏，太后却生气地说："如果再有人劝我要长安君作为齐国人质，我就往他脸上吐口水。"

这时左师（官名）触龙（战国赵人）请见赵太后，说："臣有一个小儿子名叫舒祺，年纪小没有出息，但臣却很疼爱他，现在臣年纪大了，希望能让他补卫士缺来保卫王宫。臣希望趁自己还在世时让小儿子有个依靠。"

赵太后说："男人也会这么疼爱小儿子吗？"

左师说："比做母亲的还要疼爱呢。"

赵太后笑着说："母亲才疼爱得厉害。"

左师说："臣以为太后疼爱燕后远超过爱长安君。"

赵太后说："你错了。我疼爱燕后远不如爱长安君。"

左师说："父母既然疼爱子女，就要替他们做长远的打算。燕后出嫁时，太后拉着燕后的脚后跟哭，为她的远离而悲伤，这该算是很疼爱她了。她已经出嫁了，虽说每天都在想念她，可是在祭祀时，却一定要为她祝福说：'不要让她回来。'这是为她的长远做打算，希望她的子孙能继承王位。"

赵太后说："是的。"

左师说："现在追溯三代以前，赵国开国时子孙被封侯的，今天还有存在的吗？"

赵太后说："没有了。"

左师说："所以灾祸来得快一些的，第一代就遭殃了；就算灾祸出现得慢些，迟早也要落到后代子孙身上。难道国君的子孙一定都是坏的吗？只因为他们爵位高但无功绩，俸禄厚但不做事，所拥有的宝器太多。现在太后一再提高长安君的爵位，把肥沃的土地都封给他，又赐给他许多国宝，却不如现在让他为国立功。有一天太后崩逝，长安君如何在赵国立足呢？"

太后说："好吧。就随你们的意思，派他到齐国做人质吧。"

于是赵国替长安君准备了一百辆兵车，把他送到齐国做人质。齐国发兵救赵，秦军撤退。

庸芮

【原文】

秦宣太后爱魏丑夫。太后病将死，出令曰："为我葬，必以魏子为殉。”魏子患之，庸芮为魏子说太后曰：“以死者为有知乎？”太后曰：“无知也。”曰：“若太后之神灵，明知死者之无知矣，何为空以生所爱葬于无知之死人哉？若死者有知，先王积怒之日久矣，太后救过不赡，何暇乃私魏丑夫乎？”太后曰：“善。”乃止。

【译文】

秦宣太后（惠王之后，昭襄王之母）特别宠爱魏丑夫。太后重病将死，下令说：“日后你们为我办后事时，必须让魏丑夫殉葬。”

魏丑夫听后很害怕，就赶紧和朝臣庸芮商量。

庸芮对宣太后说：“太后认为人死了以后，还能有知觉吗？”

宣太后说：“没有知觉。”

庸芮说：“像太后这样贤慧的人，明知人死后不再有知觉，那为什么要把自已生前所宠爱的人殉葬在已经毫无知觉的死人旁边呢？假如人死后还能有知觉，那先王对太后这些年来的行为，所郁积的愤怒已经很久了，届时太后补救过失恐怕还来不及，哪还有宠爱魏丑夫的时间呢？”

宣太后说：“贤卿说得很对。”于是打消以后要魏丑夫殉葬的念头。

狄仁杰

【原文】

武承嗣、三思营求为太子。狄仁杰从容言于太后曰：“姑侄与子母孰亲？陛下立子，则千秋万岁后配食太庙；若立侄，则未闻侄为天子，而祔姑于庙者也。”太后乃寤。

【评】

议论到十分醒快处，虽欲不从而不可得。庐陵反正，虽因鹦鹉折翼及双陆不胜之梦，实姑侄子母之说有以动之。

凡恋生前，未有不计死后者。

时王方庆居相位，以其子为眉州司士参军，天后问曰：“君在相位，子何远乎?”对曰：“庐陵是陛下爱子，今犹在远；臣之子，安敢相近?”此亦可谓善讽矣。然慈主可以情动，明主当以理格，则天明而不慈，故梁公辱昌宗而不怒。进张柬之而不疑，皆因其明而用之。

【译文】

武则天（唐高宗之后，高宗崩中宗立，后临朝听政，后废中宗、睿宗自立为帝，改国号周）想在武承嗣（官累至左相）、武三思（武后侄，善逢迎）中立一人为太子。狄仁杰（太原人，字怀英）知道武后的想法，对武后说：“姑侄与母子，哪种关系较为亲密？陛下立自己儿子为太子，那么即使太后崩逝后，仍能拥有自己的宗庙，享受万代子孙太牢的供奉；若太后立侄子武三思等人为太子，臣从未听说侄儿成为天子后，会在太庙中供奉姑妈的。”太后于是明白过来。

中华国学传世经典

智囊全集

精·解·导·读

第六册

（明）冯梦龙/著

谢普/主编

应急管理出版社

·北　京·

言浅意深

【原文】

唯口有枢，智则善转。孟不云乎：言近指远。组以精神，出之密微。不烦寸铁，谈笑解围。集“善言。”

【译文】

嘴巴中有舌头这样的转轴，要靠智慧转动。孟子有：浅近的词句，往往有深远的含意这样的话。用心运用，注意变化，什么器物都不用，就能在谈笑间化解危机。所以，集“善言”一卷。

孔　子

【原文】

陈侯起凌阳之台，未终，而坐法死者数人。又执三监吏，群臣莫敢谏者。孔子适陈，见陈侯，与登台而观之。孔子前贺曰：“美哉，台乎！贤哉，主也！自古圣人之为台，焉有不戮一人而能致功若此者?”陈侯默然，使人赦所执吏。

【译文】

春秋时陈惠公征调犯人兴建凌阳台，还没有完工，就杀了好几个人。一天，陈惠公又下令收押三名监吏（监管人犯的官吏），大臣们都不敢进谏劝阻。

正巧孔子来到陈国拜见陈侯，和陈惠公一起登台眺望。孔子一边眺望一边向陈惠公祝贺，说："凌阳台真是雄伟壮丽啊！大王果真是位贤君。自古以来，即使圣人修建楼台，也从没有不杀一人就能建成的先例。"

陈惠公听了羞愧得哑口无言，于是命人释放那三名监吏。

晏子

【原文】

齐有得罪于景公者，公大怒，缚置殿下，召左右肢解之："敢谏者诛。"晏子左手持头，右手磨刀，仰而问曰："古者明王圣主肢解人，不知从何处始？"公离席曰："纵之，罪在寡人。"

时景公烦于刑，有鬻踊者。[踊，刖者所用。] 公问晏子曰："子之居近市，知孰贵贱？"对曰："踊贵履贱。"公悟，为之省刑。

【评】

晏子之谏，多讽而少直，殆滑稽之祖也。其他使荆、使吴、使楚事，亦皆以游戏胜之。觉他人讲道理者，方而难入。

晏子将使荆，荆王与左右谋，欲以辱之。王与晏子立语，有缚一人过王而行，王曰：“何为者?”对曰：“齐人也。”王曰：“何坐?”对曰：“坐盗。”王曰：“齐人故盗乎?”晏子曰：“江南有橘，取而树之江北，乃为枳。所以然者，其地使然。今齐人居齐不盗，来之荆而盗，荆地固若是乎?”王曰：“圣人非所与戏也，只取辱焉。”

晏子使吴，王谓行人曰：“吾闻婴也，辩于辞，娴于礼。”命傧者：“客见则称天子。”明日，晏子有事，行人曰：“天子请见。”晏子慨然者三，曰：“臣受命敝邑之君，将使于吴王之所，不佞而迷惑，入于天子之朝，敢问吴王乌乎存?”然后吴王曰：“夫差请见。”见以诸侯之礼。

晏子使楚，晏子短，楚人为小门于大门之侧而延晏子。晏子不入，曰：“使狗国者，从狗门入；臣使楚，不当从此门。”傧者更从大门入。见楚王，王曰：“齐无人耶?”晏子对曰：“齐之临淄三百闾，张袂成帷，挥汗成雨，何为无人?”王曰：“然则何为使子?”晏子对曰：“齐命使，各有所主。其贤者使贤主，不肖者使不肖主，婴最不肖，故使楚耳。”

【译文】

齐国有人得罪了齐景公，景公非常生气，命人把他绑在大殿，准备处以分尸的极刑，并且说：“如果有人胆敢劝阻，一律格杀勿论。”晏子（即晏婴）左手抓着人犯的头，右手拿着刀，抬头问景公：“古时圣王明君肢解人犯时，不知先从人犯的哪个部位下刀?”景公立刻站起身说：“放了他吧，这是寡人的错。”

景公时，刑律条文繁多。有一天景公出游见有卖踊（割去双足后所用的假足）的。景公就问晏子：“贤卿住的地方靠近市集，可知道踊贵还是普通鞋子贵?”晏子答：“踊贵，是因为受刑者多，供不应求。”

景公突然有所领悟，于是下令废除刖刑（砍去罪犯一脚的刑法）。

晏子　敬新磨

【原文】

景公有马，其圉人杀之。公怒，援戈将自击之。晏子曰：“此不知其罪而死，臣请为君数之。”公曰：“诺。”晏子举戈临之曰：“汝为我君养马而杀之，而罪当死；汝使吾君以马之故杀圉人，而罪又当死；汝使吾君以马故杀圉人，闻于四邻诸侯，而罪又当死。”公曰：“夫子释之，勿伤吾仁也。”

后唐庄宗猎于中牟，践蹂民田，中牟令当马而谏。庄宗大怒，命叱去斩之。伶人敬新磨率诸伶走追其令，擒至马前，数之曰：“汝为县令，独不闻天子好田猎乎？奈何纵民稼穑，以供岁赋，何不饥饿汝民，空此田地，以待天子驰逐？汝罪当死，亟请行刑！”诸伶复唱和，于是庄宗大笑，赦之。

【译文】

有圉人（官名，掌养马之事）杀了景公心爱的马，景公非常生气，拿起戈想亲手杀了圉人。晏子说：“王如果现在就杀他，会教他死得不明不白，请准许我列举他的罪状，好让他死得瞑目。”

景公说：“好。”于是晏子举起戈指着圉人说：“你身为君王的养马官，不好好养马却私自将马匹杀了，罪该死；你使君王为了一匹马而杀养马官，其罪又该死；你使君王因为死了马，而怒杀养马官的事传到其他诸侯耳中，其罪更该死。”

景公立即说：“贤卿放了他吧，不要使我蒙上不仁的罪名。”

后唐庄宗在中牟（地名，春秋晋地）狩猎，将附近百姓的田地践踏得面目全非。中牟县县令挡在庄宗马前陈情谏阻。庄宗非常生气，命左右将县令带走处斩。有个叫敬新磨的伶人（乐工，即现今以演戏为业者）立刻带着其他伶人追赶被押走的县令，然后把他带到庄公马前说：“你身为县令，难道没有听说天子喜欢狩猎吗？为什么要纵容百姓辛勤耕种，按时缴纳每年的赋税？为什么不让百姓忍饥受饿，荒芜田地，好让天子尽情追逐野兽呢？你真是罪该万死！请皇上立刻下令行刑。”

其他伶人也在旁边唱和，于是庄宗大笑着下令赦免县令。

郑　涉

【原文】

刘玄佐镇汴，尝以谗怒，欲杀军将翟行恭，无敢辨者。处士郑涉能谐隐，见玄佐曰：“闻翟行恭抵刑，愿付尸一观。”玄佐怪之，对曰：“尝闻枉死人面有异，一生未识，故借看耳。”玄佐悟，乃免。

【译文】

唐朝人刘玄佐（本名洽，赐名玄佐，谥壮武）镇守汴州时，听信谗言想杀将军翟行恭，左右无人敢上前劝谏。处士（没有任官职的读书人）郑涉为人诙谐，善用隐语，见了刘玄佐，对他说："听说翟行恭已经行刑，希望大人能让在下看看他的尸体。"

刘玄佐觉得奇怪，郑涉说："我曾听人说受冤而死的人，脸上表情和普通死人不同，我平生从未见过，所以想见识见识。"

刘玄佐立即明白郑涉话中的意思，于是赦免了翟行恭。

李忠臣

【原文】

辛京杲以私杖杀部曲，有司奏，京杲罪当死，上将从之。李忠臣曰："京杲当死久矣！"上问其故，忠臣曰："京杲诸父兄弟俱战死，独京杲至今日尚存，故臣以为久当死。"上恻然，乃左迁京杲。

【译文】

唐朝人辛京杲（屡有战功，曾封为晋昌郡王）动用私刑，以棍棒打死家奴，官吏上奏朝廷，依法辛京杲应论死罪，肃宗也同意按律论罪。李忠臣（本姓董名秦，因屡建战功，肃宗另赐姓名）说："其实辛京杲早该死了！"肃宗问为什么，李忠臣说："辛京杲的父兄都战死沙场为国捐躯，只有辛京杲一个人活到现在，所以臣才认为他早就该死了。"肃宗也为辛家的忠贞和凄惨感觉难过，于是将辛京杲降职。

东方朔

【原文】

武帝乳母尝于外犯事，帝欲申宪，乳母求东方朔。朔曰："此非唇舌所争，尔必望济者，将去时，但当屡顾帝，慎勿言。此或可万一冀耳。"乳母既至，朔亦侍侧，因谓之曰："汝痴耳。帝今已长，岂复赖汝乳哺活耶？"帝凄然，即敕免罪。

【译文】

汉武帝的奶妈在宫外犯法，武帝想按律论罪以明法纪。奶妈向东方朔求救。东方朔说："这件事不是用言辞就可以打动皇上的。你如果真的想免罪，只有在你向皇上辞别时，频频回头看皇上，但记住千万不要开口求皇上，或许能侥幸地使皇上回心转意。"

奶妈在向武帝辞别时，东方朔也在一旁，就对奶妈说："你不要痴心妄想了，现在皇上已长大了，你还以为皇上仍靠你的奶水养活吗？"武帝听了，感到很悲伤，立即下令赦免奶妈的罪。

简　雍

【原文】

先主时天旱，禁私酿。吏于人家索得酿具，欲论罚。简雍与先主游，见男女行道，谓先主曰："彼欲行淫，何以不缚?"先主曰："何以知之?"对曰："彼有其具。"先主大笑而止。

【译文】

刘备当政时天气干旱，曾下令禁止百姓酿私酒。凡是在百姓家中搜出酿酒的器具都按律问罪。

一天简雍（一作耿雍，字宪和）与刘备一同出游，见路上有一对男女，简雍对刘备说："他们正想苟合，为什么不命人把他们抓起来?"刘备说："你怎么知道他们正想这事呢?"简雍说："因为他们身上都带着苟合的器官。"刘备听了大笑，于是下令停止搜查酿酒的器具。

魏 征

【原文】

文德皇后既葬。太宗即苑中作层观，以望昭陵，引魏征同升。征熟视曰："臣眊昏，不能见。"帝指示之。征曰："此昭陵耶?"帝曰："然。"征曰："臣以为陛下望献陵。若昭陵，则臣固见之矣。"帝泣，为之毁观。

【译文】

文德皇后（唐朝长孙皇后的谥号）死后葬在昭陵，唐太宗非常思念她，于是命人在苑中搭建一座楼台，好常常登楼眺望。

一天太宗邀魏征一同登楼观看，魏征细看看说："臣老眼昏花了，看不清楚。”太宗指着昭陵给他看。魏征说：“这是昭陵吗？”太宗说：“是。”魏征说：“老臣以为皇上眺望献陵（唐高祖陵墓）。若是昭陵，那老臣早就看见了。”太宗哭了起来，于是命人拆去楼台。

吴　瑾

【原文】

石亨矜功［夺门功］，恃宠。一日上登翔凤楼，见亨新第极伟丽，顾问恭顺侯吴瑾、抚宁伯朱永曰：“此何人居？”永谢不知，瑾曰：“此必王府。”上笑曰：“非也。”瑾顿首曰：“非王府，谁敢僭妄如此？”上不应，始疑亨。

【译文】

明朝武将石亨（英宗时屡建战功，封武清侯）自恃战功彪炳，深受英宗骄宠。一日英宗登翔凤楼，见石亨新建的府邸华丽壮伟，就回头问恭顺侯吴瑾（大顺初年曹钦谋反，与曹钦力战而死，赠梁国公）、抚宁伯朱永（字景昌，因战功封侯）说：“贤卿可知那是谁的宅邸？”

朱永说不知。

吴瑾说：“这一定是王府。”英宗说：“不是的。”吴瑾叩头说：“如果不是王府，是谁如此胆大，敢以王者自居？”

英宗虽没说什么，但心中已开始怀疑石亨了。

长孙晟

【原文】

炀帝幸榆林，长孙晟从。晟以牙中草秽，欲令突厥可汗染干亲自芟艾，以明威重，乃故指帐前草谓曰："此根大香。"染干遽嗅之，曰："殊不香也。"晟曰："天子行幸，所在诸侯躬亲洒扫，芸除御路，以表至敬。今牙中芜秽，谓是留香草耳。"染干乃悟，曰："是奴罪过。"遂拔所佩刀，亲自芟草，诸部贵人争效之。自榆林东达蓟，长三千里，广百步，皆开御道。

【译文】

隋炀帝北巡到榆林，长孙晟随行。长孙晟见营帐外杂草丛生，想要前来迎驾的突厥首领染干亲自割草、整理道路营地，以宣扬天子声威，于是故意指着帐前的野草对突厥首领说："这草很香。"突厥首领果真低头闻草，说："没有什么你说的香味啊！"长孙晟说："古时天子所临幸的地方，诸侯都亲自洒扫，清除道路，表示尊敬。现在帐前杂草丛生未加清理，一定是因草香所以才没被割除。"染干明白长孙晟的语意，说道："是我的罪过。"说完拔出佩刀亲自割草。染干的部下也争相割草，于是自榆林至蓟，长三千里，宽一百步，都开成了御道。

贾　诩

【原文】

贾诩事操。时临淄侯植才名方盛，操尝欲废丕立植。一日屏左右问诩，诩默不对。操曰："与卿言，不答，何也?"对曰："属有所思。"操曰："何思?"诩曰："思袁本初、刘景升父子。"操大笑，丕位遂定。

【译文】

三国时贾诩（魏人，因说服张绣投效曹操，封都亭侯）为曹操属臣，这时临淄侯曹植才名极盛，曹操有意废太子曹丕而改立曹植。

一天，曹操命左右退下，与贾诩商议改立太子的事，贾诩久不出声。曹操说："我跟贤卿说话，贤卿怎么不作声呢?"

贾诩说："臣正在想一件事。"

曹操又问："贤卿想什么呢?"

贾诩说："我在想袁本初（即袁绍）和刘景升（刘表）父子的事。"

曹操听了哈哈大笑，从此曹丕太子的地位乃告确立。

解　缙

【原文】

解缙应制题"虎顾众彪图"，曰："虎为百兽尊，谁敢触其怒。

唯有父子情，一步一回顾。”文皇见诗有感，即命夏原吉迎太子于南京。

文皇与解缙同游。文皇登桥，问缙：“当作何语？”缙曰：“此谓‘一步高一步’。”及下桥，又问之，缙曰：“此谓‘后面更高似前面’。”

【译文】

明朝时解缙（字大绅，太祖时上万言书批评时政而受成祖重视，封御史，成祖崩后因得罪汉王朱高煦，下诏狱死）受成祖诏命为“虎顾众彪图”题诗，诗句是：“虎为百兽尊，谁敢触其怒。唯有父子情，一步一回顾。”成祖看了诗句，不由百感交集，立即命夏原吉到南京迎太子回宫。

有一次成祖与解缙一同出游。成祖一登上桥，就问解缙这情景该怎么形容。解缙说：“这叫一步高过一步。”等到下桥时，成祖又问同样的问题，解缙说：“这叫后面更高似前面。”

史　丹

【原文】

汉元帝不喜太子。时中山哀王薨，太子前吊。哀王者，帝之少弟，与太子同学，相长大。上望见太子，感念哀王，悲不自止，睹太子不哀，大恨曰：“安有人不慈仁而可奉宗庙、为民父母者乎？”太傅史丹免冠谢曰：“臣诚见陛下哀痛中山王，至于感损。向者太子当进见，臣切戒属，无涕泣感伤陛下，罪乃在臣，当死。”上以为然，意乃解。

【评】

此与上官桀“意不在马”之对同，而忠佞自分。

【译文】

汉元帝（名奭，在位十六年崩）不喜欢太子。正巧元帝幼弟中山哀王逝世，太子前往吊祭。哀王和太子年龄相差不大，是一起读书长大的友伴。元帝看见太子不由想起哀王，更是悲伤，然而见到太子一脸木然的表情，生气地说：“天下可有不存仁义之心，而能够继承祖先的事业、为百姓父母的天子么？”

太傅（官名，三公之一）史丹（字君仲，谥顷）立刻摘下纱帽请罪说：“臣见陛下哀痛中山王，恐怕影响陛下龙体的康健，所以在太子祭吊前，特别叮嘱太子，千万不要流泪，以免再加深陛下的感伤，老臣实在罪该万死。”

元帝听了史丹的解释，就不再责怪太子。

谷那律

【原文】

高宗出猎遇雨，问谷那律曰：“油衣若为不漏？”对曰：“以瓦为之则不漏。”上因此不复出猎。

【译文】

唐高宗狩猎时突然遇到一阵大雨，就问谷那律（博览群书，官至谏议大夫兼弘文馆学士）说："油衣用什么制作不漏雨?"谷那律说："如果以瓦制作，更不会漏雨。"高宗听了，从此不再出猎。

裴　度

【原文】

裴度为相时，宪宗将幸东都，大臣切谏，不纳。度从容言："国家建别都，本备巡幸，但自艰难以来，宫阙署屯，百目之区，荒圮弗治，必假岁月完新，然后可行。仓卒无备，有司且得罪。"帝悦曰："群臣谏朕不及此，如卿言，诚有未便，安用往耶。"因止不行。

【译文】

唐朝人裴度（字中立，掌政达三十年，威震四夷）为宰相时，宪宗有意前往东都巡幸，大臣们虽极力劝阻，但都无法改变宪宗的心意。裴度不慌不忙地说："国家再建东都，本来就是为皇上出游时所准备的行宫。但是自安史乱以来，皇宫、官蜀、军营，以及各种处所和残垣断壁都没有修缮，光这必须要花上好几个月的时间才能整建完成，那时皇上再去也不迟。如果现在皇上执意成行，只怕负责维护东都的官署，会因迎驾不周而获罪。"

宪宗高兴地说："大臣劝我的时候都没有说到这点，如果真如裴相所说，确实有不方便的地方，朕又何必非要去东都呢。"于是打消去东都的念头。

李　纲

【原文】

李纲欲用张所。然所尝论宰相黄潜善，纲颇难之。一日遇潜善，款语曰："今当艰难之秋，负天下重责，而四方士大夫，号召未有来者。前议置河北宣抚司，独一张所可用。又以狂妄有言得罪，如所之罪，孰谓不宜？第今日势迫，不得不试用之，如用以为台谏，处要地，则不可；使之借官为招抚，冒死立功以赎过，似无嫌。"潜善欣然许之。

【译文】

宋朝时李纲（字伯纪，卒谥忠定）想推荐张所（高宗时曾上书斥黄潜善，谪至江州）为河北宣抚司使，但张所曾劾奏黄潜善，因此颇感为难。

一日，李纲巧遇黄潜善，于是悄悄说："现在国家处境艰难，身为朝廷命臣，负有维系天下安危的重责，但是招抚边民的工作一直推展得不顺利，前次朝廷提议设置河北宣抚司，我想来想去，只有一个张所可以任用，但张所曾冒犯相国。以他所犯的罪，当然不能再委任他官职，但迫于今天国家情势，不得不用他一试。当然，如果命他在京师担任要职是万万不可；任命他为招抚使，让他冒死立功，将功赎罪，似乎并没有什么不好。"

黄潜善欣然同意。

苏　辙

【原文】

《元城先生语录》云：东坡下御史狱，张安道致仕在南京，上书救之，欲附南京递进，府官不敢受，乃令其子恕至登闻鼓院投进。恕徘徊不敢投。久之，东坡出狱。其后东坡见其副本，因吐舌色动。人问其故，东坡不答。后子由见之，曰："宜召兄之吐舌也，此事正得张恕力！"仆曰："何谓也?"子由曰："独不见郑昌之救盖宽饶乎？疏云：'上无许、史之属，下无金、张之托'，此语正是激宣帝之怒耳！且宽饶何罪？正以犯许、史罪得祸，今再讦之，是益其怒也。今东坡亦无罪，独以名太高，与朝廷争胜耳。安道之疏乃云'实天下之奇才'，独不激人主之怒乎?"仆曰："然则尔时救东坡者，宜为何说?"子由曰："但言本朝未尝杀士大夫，今乃是陛下开端，后世子孙必援陛下以为例，神宗好名而畏义，疑可以止之。"

【评】

此条正堪与李纲荐张所于黄潜善语参看。

【译文】

《元城先生语录》说：东坡（苏轼）被御史弹劾下狱后，辞官家居南京的张安道想上书为东坡求情，本想就近在南京呈递奏本，可是官府不敢受理，于是张安道就命儿子张恕到登闻鼓院（悬鼓于公堂外，凡百姓有谏言或冤情，可击鼓陈情）递奏本。但张恕在登闻鼓院门口徘徊许久后，仍不敢投递。过了一段日子，东坡出狱。当他见到当年张安道为他求情的奏章副本时，不禁吐着舌头，为自己捏了把冷汗。有人问他原因，东坡不回答。

后来子由（苏辙）看了副本，说："难怪哥哥要吐舌头了。他能平安出狱，实在要感谢张恕胆子小。"

子由的仆人问："为什么这么说？"子由说："你难道没听说郑昌为营救盖宽饶（字次公，为人刚正，但喜讽刺，终获罪）的事吗？郑昌在上书汉宣帝的奏本上说：'盖宽饶在朝没有许姓、史姓（许指许伯，宣帝皇后之父；史指史高，宣帝外戚）的皇戚，在野没有金、张（金指金日磾、张指张安世，二人因结交许、史而自恃骄宠）等有力权贵。'这正是激怒宣帝的原因。盖宽饶有什么罪？他的罪就是冒犯许、史等人。现在郑昌再讥讽许、史等人恃贵而骄，不是更火上浇油吗？今天东坡获罪下狱就是因为名气太大，甚至胜过神宗皇帝，而张安道却说：'东坡实在是天下奇才！'怎能不再激怒皇上呢？"

仆人说："那么当时如果要救东坡先生该怎么说呢？"

子由说："只能说大宋立朝以来，从没有妄杀士大夫，今天陛下要杀东坡是开恶例，日后子孙万代必援此例，神宗好美名，一定怕后人议论，或许就会改变心意。"

施仁望

【原文】

南唐周邺为左衙使，信州刺史本之子也，与禁帅刘素有隙。［刘即长公主婿。] 升元中，金陵告灾，邺方潜饮人家，醉不能起，有闻于主者，主顾亲信施仁望曰："率卫士十人诣灾所，见其驰救则释，不然，就戮于床！"仁望既往，亟使召邺家语之。邺大怖，衣女子服，奔见仁望。仁望留之，洎火息，复命，至便殿门，会刘先至，亦将白灾事。仁望揣刘意不能蔽邺，又惧与偕罪，计出仓卒，遽排刘，越次见主，曰："火不为灾，邺诚如圣旨。"主曰："戮之乎？"仁望曰："邺父本方临敌境，臣未敢即时奉诏。"主抚几大悦曰："几误我事！"仁望自此大获奖用，邺乃全恕。

【译文】

南唐周邺为左衙使（禁军长官），是信州刺史周本（五代吴人，谥恭烈）的儿子，与禁军元帅刘素（长公主夫婿）有仇怨。升元年间，金陵大火，周邺那晚因饮酒过量，在家大醉不起。

皇帝听说周邺疏忽职守，就对亲信施仁望说："率十名卫士前往火灾现场，如果周邺在现场指挥救火就罢，如果他真醉倒在床，就当场杀了他。"施仁望一面赶往灾区，一面立即派人到周邺家通风报信，周邺一听大为惊恐，顾不得身上穿的是妇人衣服，就去见施仁望。施仁望留下周邺，等大火扑灭后，要周邺一同到偏殿。

这时刘素已经到了殿门，也正要向皇帝禀报灾情。施仁望心想刘素一定会公报私仇，但又怕自己为周邺说情不成，反倒受连累，情急中突然一把推开刘素，抢在刘素前说："火势已被扑灭，周邺诚如皇帝所说。"

皇帝说："你杀了他吗？"

施仁望答："当时周邺的父亲正准备领兵攻敌，臣不敢在他临行前执行圣旨。"

皇帝手拍桌子高兴地说："朕几乎误了大事。"

日后，施仁望因这件事大获皇帝赏识而受重用，而周邺酒醉玩忽职守一事也没有再追究。

李　晟

【原文】

李怀光密与朱泚通谋，事迹颇露。李晟累奏，恐其有变，为所并，请移军东渭桥，上犹冀怀光革心，收其力用，奏寝不下。怀光欲缓战期，且激怒诸军，言“诸军粮赐薄，神策独厚，厚薄不均，难以进战。”上以财用方窘，若粮赐皆比神策，则无以给之；不然，又逆怀光意，恐诸军觖望，乃遣陆贽诣怀光营宣慰，因召李晟参议其事。怀光欲晟自乞减损，使失士心，沮败其功，乃曰：“将士战斗同，而粮赐异，何以使之协心？”贽未有言，数顾晟，晟曰：“公为元帅，得专号令，晟将一军，受指纵而已，至于增减衣食，公当裁之。”怀光默然。

【译文】

唐朝时李怀光（鞑鞨人，本姓茹，后赐姓李）暗中勾结朱泚（曾围德宗于奉天，李晟收复京师，朱泚为部将所杀）造反，行迹已经显露出来。但事为李晟（字良器，曾收复京师，解德宗奉天之围，卒谥忠武）多次上奏，害怕变乱发生，被他们吞并，请求皇帝准许增加东渭桥的兵力。皇帝希望李怀光能弃暗投明，仍为朝廷效力，奏本被压下。李怀光有意延缓谋反的日期，为了煽动军士情绪，上奏德宗说：“军士所领军饷较少，不及神策军（唐禁军名）多，差别对待，恐怕很难安抚军士。”由于朝廷国库空虚，如果都比照神策军的军饷实在无力支付，但若不答应加饷又怕李怀光不高兴，部众情绪难平，于是德宗命陆贽到营地宣慰李怀光及军士们。因此把李晟招来商议军粮的事。

李怀光想要李晟先开口要求自己不要增加军饷，好激怒军士使他在士卒中失去威信，遭到挫败。于是说：“我的军士和神策军一样尽力报效朝廷，但所领的军饷却不一样，这种做法，怎能让人同心协力呢？”

陆贽没有说话，频频看着李晟。李晟说：“李公是元帅，发号施令谁敢不听；我只是一名部将，只能听命行事。至于是否增加军饷，请李公定夺。”李怀光哑口无言。

梁适　孙沔

【原文】

契丹遣使与中国书，所称“大宋”、“大契丹”，似非兄弟之国，今辄易曰“南朝”、“北朝”。上诏中书，密院共议，辅臣多言：“不从将生隙。”梁庄肃曰：“此易屈耳，但答言宋盖本朝受命之土，契丹亦北朝国号，无故而自去，非佳兆。”其年贺正使来，复称“大宋”如故。

皇祐末，契丹请观太庙乐人，帝以问宰相，对曰：“恐非享祀，不可习也。”枢密副使孙公沔曰：“当以礼折之，云：‘庙乐之作，皆本朝所以歌咏祖宗功德也，他国可用耶？使人如能助吾祭，乃观之。’”仁宗从其言，使者不敢复请。

【译文】

契丹派使者递交中国的文书，以“大宋”、“大契丹”相互称呼，看起来不像是兄弟之国，如今则改为“南朝”、“北朝”。皇帝下诏书交由枢密院审议，大臣们都认为如果不答应契丹的建议，恐怕又会给契丹留下生事的借口。梁适说：“这太容易处理了，只要说‘宋’是本朝当初承受天命，获得天下的建国之号。‘契丹’也一样是北朝开创以来的国号，随便更改国号不是好的征兆。”结果这年契丹派使者来中国恭贺新年，仍像以往一样称“大宋”。

宋仁宗皇祐末年，契丹请求观赏太庙乐工奏乐。仁宗询问宰相看法，宰相说：“恐怕契丹人不是诚心享祀，不能轻易答应。”枢密副使孙沔（字元规，论事刚直）则说：“应当用礼节来阻止他们。只要对契丹人说，‘太庙乐曲是祭祀时为歌诵祖宗功德而演奏的，并不适用他国；如果契丹人愿意担任太庙祭祀的助祭人，就可以观看。’”仁宗照孙沔的话答复契丹使者，使者不敢再提此事。

韩 亿

【原文】

亿奉使契丹，时副使者为章献外姻，妄传太后旨于契丹，谕以南北欢好，传示子孙之意。亿初不知也，契丹主问亿曰：“皇太后即有旨，大使何不言？”亿对曰：“本朝每遣使，皇太后必以此戒约，非欲达之北朝也。”契丹主大喜曰：“此两朝生灵之福。”是时副使方失词，而亿反用以为德，时推其善对。

【译文】

宋朝时韩亿（字宗魏，仁宗时官尚书右丞，以太子少傅辞官）奉命出使契丹，副使者是太后外戚，大意之下对契丹主误传了太后旨意："愿意与契丹结为亲家，以示欢好。"韩亿起初并不知道此事。

契丹主问韩亿："皇太后既有结亲家的旨意，大使怎不早说呢？"

韩亿回答说："本朝每次派遣使者前来契丹，临行时太后总不忘提醒使者，对待契丹人要如皇室亲家般恭敬，并非太后有旨要与契丹主结亲。"

契丹主很高兴地说："这是两国百姓的福气。"

这时副使才知道自己大意失言，而韩亿得体的回答，却使得契丹主深感恩宠。当时的人都说韩亿善于应对。

冯　京

【原文】

王定国素为冯当世所知，而荆公绝不乐之。一日，当世力荐于神祖，荆公即曰："此孺子耳。"当世忿曰："王巩戊子生，安得谓之孺子！"盖巩之生与同天节同日也，荆公愕然，不觉退立。

【译文】

宋朝人王巩（字定国，号清虚先生）是冯当世（即冯京，谥文简）的好友，但王安石不喜欢他。

一天，冯京在神宗面前极力推荐王巩，一旁的王安石说："王巩只是个乳臭未干的小子罢了。”冯京生气地说：“王巩是戊子年生，怎能说是乳臭未干的小子呢？”原来王巩和神宗是同一天生，王安石惊觉自己失言，只有退立一旁。

邵　雍

【原文】

司马公一日见康节曰：“明日僧颙修开堂说法。富公、吕晦叔欲偕往听之，晦叔贪佛，已不可劝；富公果往，于理未便。某后进，不敢言，先生曷止之？”康节唯唯。明日康节往见富公，曰：“闻上欲用裴晋公礼起公。”公笑曰：“先生谓某衰病能起否？”康节曰：“固也，或人言‘上命公，公不起；僧开堂，公即出’，无乃不可乎？”公惊曰：“某未之思也！”［时富公请告。］

【译文】

宋朝时，有一天司马光对邵康节（即邵雍）说：“明天僧人颙修开堂讲佛法。富公（富弼）、吕晦叔都会去听讲。晦叔沉迷佛法，是劝不动他的；但如果富公真的前去听讲，在情理上或许会引人议论。我是晚辈不敢劝阻，先生何不劝阻富公呢？”邵康节点头答应。

第二天邵康节见了富弼，说：“听说皇上将任命裴晋公（裴度）新职，请富公观礼。”富弼笑着说：“我有病在身，怎能去观礼呢？”邵康节说：“富公有病当然不能去。只怕有人会议论富公违抗皇命，托病不去观礼，却能听和尚讲道，这恐怕不合礼法。”富弼吃惊地说："这我倒真的没想到。"[当时富弼已向皇帝告假！]

谢　庄

【原文】

庄，字希逸，孝武尝赐庄宝剑，庄以与鲁爽。后爽叛，帝偶问及剑所在，答曰："昔与鲁爽别，窃借为陛下杜邮之赐矣。"

【译文】

南朝人谢庄字希逸，宋孝武帝曾赐谢庄一把宝剑，可是他却转送给鲁爽了。后来鲁爽谋反，孝武帝问起宝剑的下落，谢庄机智地说："当年臣与鲁爽离别时，我假装是陛下赐给他的，让他自杀用。"

裴楷　王份　王景文　崔光

【原文】

晋武始登阼，采策得一，王者世数，视此多少；帝既不悦，群臣失色。侍中裴楷进曰："臣闻：天得一以清，地得一以宁，侯王得一以为天下贞。"帝悦，群臣叹服。

梁武帝问王侍中份："朕为有耶，为无耶？"对曰："陛下应万物为有，体至理为无。"

宋文帝钓天泉池，垂纶不获，王景文曰："良由垂纶者清，故不获贪饵。”

元魏高祖名子恂、愉、悦、怿，崔光名子劭、勖、勉。高祖曰：“我儿名旁皆有心，卿儿名旁皆有力。”对曰：“所谓君子劳心，小人劳力。”

【译文】

晋武帝初登基时，抽到签数“一”。古人卜算王朝传位的世数，都以所抽中数字论多寡。武帝非常不高兴，众臣们也不敢多话。侍中裴楷（字叔则，卒谥元）奏道：“微臣听说天得一就政和清平，地得一就四方安宁，王侯得一则天下诚信。”武帝听了转怒为喜，众都佩服裴楷的机智。

有一天梁武帝问王份说：“朕是‘有’呢，还是‘无’呢?”王份说：“陛下顺应万物是‘有’，但以本体来看是‘无’。”

宋文帝有一次到天泉池钓鱼，钓了许久都不见鱼儿上钩。王景文说：“圣王一出天下清澈，所以鱼儿不敢贪吃饵食。”

元魏高祖为皇子们分别取名恂、愉、悦、怿。崔光（本名孝伯，字长仁，孝文皇帝赐名光）则分别为儿子们取名劭、勖、勉。高祖说：“我儿的名旁都有心，贤卿的儿名旁都有力。”崔光说：“这就是所谓的君子劳心，小人劳力。”

杨廷和　顾鼎臣

【原文】

辛巳，肃庙入继大统，方在冲年。登极之日，御龙袍颇长，上俯视不已。大学士杨廷和奏云："陛下垂衣裳而天下治。"圣情甚悦。

嘉靖初，讲官顾鼎臣讲《孟子》"咸丘蒙"章，至"放勋殂落"语，侍臣皆惊，顾徐云："尧是时已百二十岁矣。"众心始安。

【评】

世宗多忌讳，是时科场出题，务择佳语，如《论语》"无为而治"节，《孟子》"我非尧、舜之道"二句题，主司皆获遣。——疑"无为"非有为，"我非尧、舜"四字似谤语也。

又命内侍读乡试录，题是"仁以为己任，不亦重乎"，上忽问："下文云何?"内侍对曰："下文是'兴于诗'云云。"此内侍亦有智。

【译文】

辛巳年唐肃宗登基，正巧与自己生肖相冲。即位当天，肃宗认为龙袍衣摆太长，频频低头俯视。大学士杨廷和（字介夫）启奏说："陛下垂衣裳而天下治。"肃宗不由龙颜大悦。

明嘉靖初年，讲读官顾鼎臣（字九和，号未斋）有一次讲解《孟子》"咸丘蒙"章时，说到"放勋（帝尧的名号）殂落"这句，一旁的大臣怕皇上听了不高兴，都惊惧不已。顾鼎臣不慌不忙地接着说："尧这时已有一百二十多岁了。"众臣一听才心安。

宗　泽

【原文】

宗汝霖［泽］政和初知莱州掖县时，户部着提举司科买牛黄，以供在京惠民和剂局合药用，督责急如星火。州县百姓竞屠牛以取黄。既不登所科之数，则相与敛钱以赂吏胥祈免。汝霖独以状申提举司，言“牛遇岁疫则多病有黄，今太平日久，和气充塞，县境牛皆充腯，无黄可取。”使者不能诘，一县获免，无不欢戴。

【译文】

宗泽（字汝霖）在北宋徽宗政和初年为莱州掖县知县时，户部为供应京师治病合药，命提举司（官名，主管特种事务之官）买牛黄（药名，病牛胆汁凝结成粒状或块状，可治惊厥等症）。州县百姓在督府催逼下，竟杀牛取牛黄，但数量仍不够户部的要求。有些县民利用征购牛黄不须登记姓名的规定，就用钱买通吏卒，请求免征牛黄。宗汝霖见贿赂风气盛行，于是上书提举司，说：“年岁不好，牛才会感染疾病，也才有牛黄可取；现在天下太平好多年了，物富民丰，县内牛都肥壮康健，没有牛黄可取。”提举司无话可答，于是全县免征牛黄，百姓们无不欢天喜地。

潘　京

【原文】

晋良吏潘京为州所辟，谒见射策，探得“不孝”字。刺史戏曰：“辟士为不孝耶?”答曰：“今为忠臣，不得为孝子。”

【译文】

晋朝时良吏潘京（字世长，有机智辩才）为州官辟召，谒见皇上射策（古时测试士人方法之一，将题目写在竹策上，想射策者可随便取一策，就题阐释），抽到的试题是“不孝”。刺史开玩笑地说：“辟士是个不孝子吗？”潘京回答说：“现在既为朝廷忠臣，也就无法兼顾孝道了。”

某布政司吏

【原文】

相传某布政请按台酒，坐间，布政以多子为忧。按君止一子，又忧其寡。吏在傍云：“子好不须多。”布政闻之，因谓曰：“我多子，汝又云何？”答曰：“子好不愁多。”二公大称赞，共汲引之。

【译文】

传说有个布政使请按台喝酒，席间，布政使担心自己儿女太多，而按台自己只有一子，却担心太少了。

一旁的小吏说道：“儿子好是不需要多的。”

布政使听了说：“那我儿子多，又该怎么说呢？”

小吏说：“儿子好就不愁多。”

二人大加赞赏，一起提拔这个反应快的小吏。

朱　熹

【原文】

廖德明，字子晦，朱文公高弟也。少时梦谒大乾，阍者索刺，出诸袖，视其题字云“宣教郎廖某”，遂觉。后登第改秩，以宣教郎宰闽。思前梦，恐官止此，不欲行。亲友相勉，为质之文公。公沉思良久，曰：“得之矣。”因指案上物曰：“人与器不同。如笔止能为笔，不能为砚；剑止能为剑，不能为琴。故其成毁久远有一定不易之数。唯人不然，有朝为跖暮为舜者，故其吉凶祸福亦随而变，难以一定言。今子赴官，但当力行好事，前梦不足芥蒂。”廖拜而受教，后把麾持节，官至正郎。

【译文】

宋朝人廖德明，字子晦，是朱文公（即朱熹，集南宋理学大成，文是谥号）的高弟。廖德明年轻时曾梦到自己谒见皇上，守门吏卒索取名帖通报，自己由袖中抽出一张署名“宣教郎廖某”的名帖，一惊之下就醒了。

后来廖德明中榜派官，被任命为宣教郎，治理福建。廖德明想起当年的梦境，怕自己官职仅止于宣教郎，不想赴任。但亲友都劝勉他，于是他去征求朱熹的意见。

朱熹沉思良久，说：“我知道了。”接着指桌上的文具说：“人和器物不同。像笔只能是笔，不能当砚台用；剑只能是剑，不能当琴弹。所以不论它的年限有多长，它的功用是不变的。唯有人不同，也许早上是凶残的盗跖，到晚上就成为尧舜那样的人。所以一个人的吉凶祸福，也会随人的际遇、心念而改变，很难事先有定论。今天你奉命治理福建，只要尽心竭力地嘉惠百姓，梦中所见不必耿耿于怀。”

廖德明拜谢离去，后来廖德明官职提升至正郎。

吴　山

【原文】

丹徒靳文僖［贵］之继夫人，年未三十而寡，有司为之奏请旌典，事下礼部，而仪曹郎与靳有姻娅，因力为之地。礼部尚书吴山曰：“凡义夫节妇，孝之顺孙诸旌典，为匹夫匹妇发潜德之光，以风世耳。若士大夫，何人不当为节义孝顺者！靳夫人既生受殊封，奈何与匹夫争宠灵乎？”会赴直入西苑，与大学士徐阶遇。阶亦以为言，山正色曰：“相公亦虑阁老夫人再醮耶？”阶语塞而止。

【评】

今日“节义”、“孝顺”诸旌典，只有士大夫之家，可随求随得；其次则富家，犹间可力营致之。匹夫匹妇绝望矣！若存吴宗伯之说，使士大夫还而自思，所以救旌异其亲者，反以薄待其亲。庶乎干进之路稍绝，而富家营求之余，或可波及单贱，世风稍有振乎！推之“名宦”“乡贤”，莫不皆然。名宦载在祭统，非有大功德及民者不祀，乡贤则须有三不朽之业。若寻常好官好人，分内之事，何以祠为？又推之“乡饮”亦然。乡饮须年高有德望者，乃可以表帅一乡。今封公无不大宾者，而介必以贿得，国家尊老礼贤之典，止以供人腹诽而已，此皆吴宗伯所笑也！

【译文】

明朝人靳贵（字文僖）的继室，不到三十岁就守寡，官员拟奏请皇帝建坊表扬，皇帝交付礼部研商，而仪曹郎（官名，掌吉凶礼制）和靳家是姻亲，更是极力促成此事。

礼部尚书吴山说："以往立碑是因普通百姓能发挥忠孝节义的德行，可为子孙模范，其用意是为惕励世人。至于士大夫，哪个不该力行忠义，孝上悌下呢？靳夫人既然曾接受皇上册封，为什么还要和普通百姓争荣宠呢？"

后来在去西苑路上，正巧碰到学士徐阶（字子升，谥文贞），徐阶也赞同建坊表扬。吴山严肃地说："难道先生是怕靳夫人再嫁吗？"徐阶无言以对。

宋均　卢坦

【原文】

东汉宋均常言："吏能宏厚，虽贪污放纵犹无所害，唯苛察之人，身虽廉，而巧黠刻剜，毒加百姓。"识者以为确论。

唐卢坦，字保衡，始仕为河南尉，时杜黄裳为尹，召坦谕曰："某巨室子，与恶人游，破产，盍察之。"坦曰："凡居官廉，虽大臣无厚蓄，其能积财者，必剥下致之。如子孙善守，是天富不道之家；不若恣其不道，以归于人也！"黄裳惊异其言。

【评】

只说得“酷”“贪”二字，但议论痛快，便觉开天。

【译文】

东汉宋均常常说：“官吏若是心地宽厚，纵使稍爱钱财、行为放纵仍不会成为百姓的大害；倒是为人严苛的官吏，虽廉洁刚直，但因太过严峻，反而是百姓的大患。”很多有识之士认为他的说法有道理。

唐朝人卢坦，字保衡，初为河南尉。当时杜黄裳为令尹。一天，召见卢坦说：“有个大官的儿子不慎交了坏朋友，现在家财败尽。该怎么调查呢?”

卢坦说：“凡是为官清廉，虽位高权重，仍不会有丰厚的家产；若有庞大家财，必是剥削百姓累积而来。假使子孙能守财，那是上天要使天道之家富有；不如放纵他的天道，把家产给别人。”

杜黄裳对卢坦的回答感到非常讶异。

第八部　闺智

闺智部总序

【原文】

冯子曰：语有之："男子有德便是才，妇人无才便是德。"其然，岂其然乎？夫祥麟虽祥，不能搏鼠；文凤虽文，不能攫兔。世有申生、孝己之行，才竟何居焉？成周圣善，首推邑姜，孔子称其才与九臣埒，不闻以才贬德也！夫才者，智而已矣，不智则懵，无才而可以为德，则天下之懵妇人毋乃皆德类也乎？譬之日月：男，日也；女，月也。日光而月借，妻所以齐也；日殁而月代，妇所以辅也。此亦日月之智，日月之才也！今日必赫赫，月必噎噎，曜一而已，何必二？余是以有取于闺智也，贤哲者，以别于愚也；雄略者，以别于雌也。吕、武之智横而不可训也。灵芸之属智于技，上官之属智于文：纤而不足，术也。非横也，非纤也，谓之才可也，谓之德亦可也。若夫孝义节烈，彤管传馨，则亦闺闼中之麟祥凤文，而品智者未之及也。

【译文】

冯梦龙说：俗语说："男人有德便是才，妇人无才便是德。"这当然是不对的。像麒麟虽然吉祥之物，但不能用来捕鼠；凤凰虽然是美丽的象征，但是不能猎兔。而像春秋时申生孝己这样的仁孝，也不代表他们有治国定乱的才能。周朝最被称誉的女子，首推邑姜，孔子赞她才能不下于当时一干功臣豪杰，没有听说因为邑姜的才华洋溢而有损于她个人的德行。所谓的才能，便是智慧，没有智慧便是无知，没有才干若等于有德，是不是等于说天下那些无知的村姑村妇，皆是德行高洁的人呢？就如同日月，男子如日，女子如月。月亮要借助月光才能产生光亮，所以妻子向丈夫行齐；日落之后月光照明，所以女子正是男子的辅助，这是日月的智慧和才能。当太阳照耀的时候，月亮肯定是隐晦的，那么只要有一个照耀天空就可以了，何必有两个呢？为此，我特别采集历史上有关女子才智的实录为“闺智”。编“贤哲”卷是为了与愚蠢者做区别；编“雄略”卷是为了与其他妇女做区别。至于吕后和武则天的智慧，那是专横、不是为训的。而灵芸一类人的智慧在于技巧，上官婉儿一类人的智慧在于文采；都是细枝末节，只能称为术。只有不是专横、不是心计的，才能称为才能获德行。至于孝妇烈女一类的人，已载于史册，就如同妇女中的麒麟和凤凰，而研究智慧的人都不把他们归到这类人当中。

闺中贤哲

【原文】

匪贤则愚，唯哲斯肖，嗟彼迷阳，假途闺教。集“贤哲”。

【译文】

一个人不是贤惠便是愚昧，只有聪明才能模仿。可怜世上头脑糊涂的男人，从妻子那里才能得到指教。所以集于“贤哲”卷。

马皇后

【原文】

高皇帝初造宝钞，屡不成。梦人告曰：“欲钞成，须取秀才心肝为之。”觉而思曰：“岂欲我杀士耶?”马皇后启曰：“以妾观之，秀才们所作文章，即心肝也。”上悦，即于本监取进呈文字用之，钞遂成。

【译文】

明太祖即位初期想发行纸币，但筹备过程中屡次遭遇困难。有一天夜晚梦见有人告诉他说："若想印钞成功，必须取秀才的心肝。"太祖醒后，想到梦中人的话，不由说道："难道是要我杀书生吗？"一旁的马皇后提醒太祖说："依臣妾的想法，所谓心肝，就是秀才们所写的文章。"太祖听了大为赞赏，立即命有关官员呈上学者的研究心得，终使纸币得以顺利发行。

赵威后

【原文】

齐王使使者问赵威后。书未发，威后问使者曰："岁亦无恙耶？民亦无恙耶？王亦无恙耶？"使者不悦，曰："臣奉使使威后，今不问王而先问岁问民，岂先贱而后尊贵者乎？"威后曰："不然。苟无岁，何有民？苟无民，何有君？有舍本而问末者耶？"乃进而问之曰："齐有处士钟离子，无恙耶？是其为人也，有粮者亦食，无粮者亦食，有衣者亦衣，无衣者亦衣，是助王养其民者也。何以至今不业也？叶阳子无恙乎？是其为人，哀鳏寡，恤孤独，振困穷，补不足，是助王息其民者也。何以至今不业也？北宫之女婴儿子无恙耶？撤其环瑱，至老不嫁，以养父母，是皆率民而出于孝情者也，胡为至今不朝也？此二士不业，一女不朝，何以王齐国，子万民乎？于陵子仲尚存乎？是其为人也，上不臣于王，下不治其家，中不索交诸侯，此率民而出于无用者，何为至今不杀乎？"

【译文】

齐王命使者送信给赵威后向她请安。书信尚未取出来，赵威后就问使者："今年田地的收成如何？人民生活是否都好？大王的身体是否康健？"

使者很不高兴地说："我奉王命前来向王后请安，王后不先问大王近况，却先问田地的收成和百姓的生活，这不是有些尊卑颠倒吗？"

赵威后说："话不是这么说的。假使田地收成不好，百姓就不能安居乐业；国家没有百姓，又怎会有君王呢？如果先问君王事，那才真是舍本逐末呢。"

接着赵威后又问："齐国有位叫钟离子的处士，他目前的生活还好吧？他这个人是不管自己有没有饭吃，都想办法给他人饭吃；不管自己有没有衣服穿，都想办法给他人衣服穿。这样一个辅佐大王养民的人，为什么到今天还不拔擢他？还有，叶阳子这个人还好吗？他同情失去丈夫的女人和失去妻子的鳏夫，抚恤失去父母的孤儿和失去子女的老人，常常帮助穷困的人，以弥补他们生活上的不足，这也是个辅佐大王养民的人，为什么到现在也不拔擢他？还有，北宫的女子婴儿子（人名）好吗？她放弃自己婚姻的幸福，将珠花首饰搁在一旁，留在家里侍奉父母，可作为天下万民的表率，为什么到今天还没让她进宫呢？如果朝廷不重视前面这二位贤臣和一位贤女，那齐王又如何能以王者姿态统治万民呢？于陵（地名）的子仲还活着吗？这个人对上不能尽忠于王，对下不能治理室家，对中不能结交诸侯，只知道驱使百姓做些无益的事，为什么到今天还不把他杀了呢？"

刘 娥

【原文】

刘聪妻刘氏，名娥，甚有宠于聪。既册后，诏起鹨仪殿以居娥。廷尉陈元达切谏，聪大怒，将斩之，娥私敕左右停刑，手疏上，略曰："廷尉之言，关国大政，忠臣岂为身哉？陛下不唯不纳，而又欲诛之，陛下此怒，由妾而起；廷尉之祸，由妾而招，人怨国怨，咎皆归妾；拒谏戮忠，唯妾之故，自古败亡之辙，未有不因于妇人者也。妾每览古事，忿忿忘食，何意今日妾自为之，后人视妾，亦犹妾之视前人也，复何面目仰侍巾栉？请归死此堂，以塞陛下色荒之过。"聪览毕，谓群下曰："朕愧元达矣。"因手娥表，示元达曰："外辅如公，内辅如娥，朕复何忧？"

【评】

姜后、樊姬、徐惠妃一流。

【译文】

刘聪（五胡十六国前赵人，刘渊第四子，字玄明，晋永嘉年自立为帝）的妻子叫刘娥，刘聪对她宠爱有加。册立为皇后后，下令为她建造鹨仪殿。廷尉（官名，掌刑狱）陈元达上书劝谏，言辞激切，刘聪大为震怒，下令斩陈元达。

刘后听说这件事，秘密敕令左右停止行刑，亲笔写了奏章说："廷尉的话，关系着国家兴亡、百姓福祉。忠臣进言时，哪里会先想到自己的身家性命呢？陛下不仅不采纳他的忠言，还要诛杀他。陛下的怒气是因臣妾而起，廷尉遭到杀身之祸是由臣妾招致。如此一来，天下的罪过都集中在臣妾身上；陛下拒绝进谏，杀害忠良都是因为臣妾。自古以来国家的败亡，往往由于妇人所引起。臣妾每见史册所记，常常难过得吃不下饭。没想到今天自己却做出这种事！那么后人看臣妾，也如同今日臣妾看古人一样，臣妾还有什么脸面来服侍陛下？请求在这堂下赐臣妾一死，以防陛下贪慕美色、荒于政事的过失。"

刘聪看了奏章，对群臣说："朕实在愧对元达。"他又把刘氏的表章拿给陈元达看，说："朕外有像贤卿这样的大臣辅佐，内有像刘后这样的贤妻辅助，还有什么好忧虑的呢？"

李邦彦母

【原文】

李太宰邦彦父曾为银工。或以为诮，邦彦羞之，归告其母。母曰："宰相家出银工，乃可羞耳；银工家出宰相，此美事，何羞焉？"

【译文】

宋朝人太宰李邦彦（字士美）的父亲曾是银矿场的采石工人。有人用李父的职业讥讽李邦彦，李邦彦觉得自己在人前无法抬头，回到家把这件事告诉母亲。母亲说："宰相家的人曾沦落为矿工，的确不是一件光彩的事；但矿工出身的父亲，家中出了个当宰相的儿子，却是件非常光彩的事，有什么觉得丢脸的呢？"

唐肃宗公主

【原文】

肃宗宴于宫中，女优弄假戏，有绿衣秉简为参军者。天宝末，番将阿布思伏法，其妻配掖庭，善为优，因隶乐工，遂令为参军之戏。公主谏曰："禁中伎女不少，何须此人？使阿布思真逆人耶，其妻亦同刑人，不合近至尊之座；若果冤横，又岂忍使其妻与群优杂处，为笑谑之具哉？妾虽至愚，深以为不可。"上亦悯恻，遂罢戏而免阿布思之妻，由是咸重公主。公主，即柳晟母也。

【译文】

唐肃宗在宫中欢宴群臣，宴中有女艺人表演助兴，其中有一段是穿着绿衣手持简牌，模仿参将打扮的表演。天宝末年，番将阿布思获罪被杀，他的妻子被发配宫廷充当艺人，肃宗命她反串表演参军。

公主劝阻说："宫中女乐已经够多了，不差这名女子。再说，如果阿布思真是叛将，他的妻子也该视为受刑人，按律不能接近皇上身边；如果阿布思是含冤横死，皇上又怎么忍心让他的妻子与其他艺人杂处，成为别人娱兴助乐的工具呢？臣妹虽然愚笨，但仍认为皇上要慎重。"

肃宗听了，不由得同情起阿布思的妻子，于是下令取消演出，另外也赦免阿布思的妻子。从此对公主也更加敬重。这位公主，就是柳晟（柳敏六世孙）的母亲。

房景伯母

【原文】

房景伯为清河太守。有民母讼子不孝。景伯母崔氏曰："民未知礼，何足深责?"召其母，与之对榻共食，使其子侍立堂下，观景伯供食。未旬日，悔过求还。崔氏曰："此虽面惭，其心未也，且置之。"凡二旬余，其子叩头出血，母涕泣乞还，然后听之，卒以孝闻。

【译文】

后魏人房景伯（字长军）为清河太守。有位民妇呈递状纸控诉儿子不孝。房景伯的母亲崔氏说："百姓们不懂礼节，怎么忍心苛责呢?"于是召来民母，与其同榻共食，要民妇的儿子在一旁观看房景伯平日如何侍奉母亲。不到十天，民妇的儿子便表示悔过，要求与母亲一同回家。崔氏说："这个孩子虽然面有惭愧的神色，但心中并没有真正悔改，暂时再留他们一段时间。"过了二十多天，民妇的儿子向房景伯不断磕头，额头都磕出血来，民妇也哭着要求回家。崔氏这才让他们母子回。后来，民妇的儿子果然成为一位远近知名的孝子。

柳仲郢婢

【原文】

唐仆射柳仲郢镇郪城，有婢失意，于成都鬻之。刺史盖巨源，西川大将，累典支郡，居苦竹溪。女侩以婢导至，巨源赏其技巧。他日巨源窗窥通衢，有鬻绫罗者，召之就宅，于束缣内选择，边幅舒卷，第其厚薄，酬酢可否。时婢侍左，失声而仆，似中风。命扶之去，都无言语，但令还女侩家。翌日而瘳，诘其所苦，青衣曰：“某虽贱人，曾为仆射婢，死则死矣，安能事卖绫绢牙郎乎？”蜀都闻之，皆嗟叹。

【译文】

唐朝刑部尚书柳仲郢出任郪城令时，在成都卖了一个和家人处不来的婢女。刺史盖巨源以西川大将军的身份开拓边疆，当他驻守苦竹溪期间，一家佣工介绍所把这婢女介绍给他。盖巨源很欣赏这名婢女的心灵手巧。

一天，盖巨源从窗内往街上看，无意中看到一个卖绫罗绸缎的商贩，于是唤进宅里准备买一些。他将所有布匹都摊开来，然后薄薄厚厚、好好坏坏挑个没完。那时这婢女也站在旁边，突然叫了一声便倒地不起，好像中风一般不省人事。于是盖巨源就叫人把她扶起，婢女一句话也不说。盖巨源只好让人把她抬回原来那家介绍所。

第二天婢女病愈，人们问她究竟是怎么一回事，她回答说：“我虽是个出身卑贱的女婢，但毕竟还曾经服侍过尚书，死就死了，怎么能侍候卖绫绢的小贩呢？”

整个成都城的人都很钦佩这婢女的志节。

崔敬女　络秀

【原文】

唐冀州长史吉懋欲为男顼取南宫县丞崔敬女，敬不许。因有故，胁以求亲，敬惧而许之。择日下函，并花车卒然至门，敬妻郑氏初不知，抱女大哭曰：“我家门户低，不曾有吉郎。”女坚卧不起，其小女白其母曰：“父有急难，杀身救解，设令为婢，尚不合辞，姓望之门，何足为耻？姊若不可，儿自当之！”遂登车而去，顼后贵至拜相。

周顗母李氏，字络秀，少在室，顗父浚时为安东将军，因出猎遇雨，止秀家。会秀父兄出，乃独与一婢为具数十人馔，甚精腆，寂不闻人声。浚怪觇之，见秀甚美，因求为妾，父兄不许。秀曰：“门户单寒，何惜一女，焉知非福？”已归浚，生顗及嵩、谟，已三子并贵显。秀谓曰：“我屈节为汝门妾，计门户耳。汝不与吾家为亲亲者，吾亦何惜余年？”顗等敬诺，自是李氏遂振。

【评】

绝无一毫巾帼气。“生男勿喜女勿悲”，此诗正堪为二女咏耳。

【译文】

唐冀州长史吉懋，想要为儿子吉顼娶南宫县丞崔敬的女儿为妻，但是崔敬认为两家门第悬殊而拒绝。于是吉懋就利用权势胁迫崔敬，崔敬恐惧之余只好同意。吉懋选了个黄道吉日，抬着一顶花轿带着聘金前来迎娶。由于事出突然，崔敬的妻子郑氏还不知道已答应这门亲事，因此抱着女儿痛哭说："我家的门第太低，连女儿的终身大事都不能做主。"女儿也赖在床上不肯起来。这时崔敬的小女儿对母亲说："父亲遭逢危难，杀身营救乃属当然，即使被卖为奴婢也心甘情愿，想那吉家也算是名门大户，嫁到他家并不算耻辱。如果姊姊不愿意嫁，那就让我来代替好啦。"于是妹妹坐上花轿离开，后来吉顼官至宰相。

晋朝人周顗（字伯仁）的母亲李氏，闺名叫"络秀"。当她还待字闺中时，周顗的父亲周浚官拜安东将军。有一次，周浚外出打猎遇到大雨，投宿在络秀的家中。正巧这天络秀的父兄外出，她跟婢女两人做了满桌的菜，精美而丰盛，但家中却悄然没有人声。周浚觉得很奇怪，就偷偷探头往室内看，这才发现络秀是一个出奇的美女，因此想要把她纳为侍妾。络秀的父亲、哥哥对这门婚事都不同意。络秀却说："我们家门第这么卑下，为什么还可惜我这个女儿，怎么就知道不是福气呢？"

络秀嫁给周浚为妾后，一共生了周顗、周嵩、周谟三个儿子，每个儿子都成为朝中显贵。

后来络秀对儿子们说："我所以愿意嫁来你们家当妾，为的是想照顾娘家。可是你们却不把我的娘家当亲戚，我对往后的日子还有什么指望呢？"从此周顗等人就和络秀的娘家经常来往，李家也一天比一天有声望了。

乐羊子妻

【原文】

乐羊子尝于行路拾遗金一饼，还以语妻，妻曰："志士不饮盗泉，廉士不食嗟来，况拾遗金乎？"羊子大惭，即捐之野。

乐羊子游学，一年而归。妻问故，羊子曰："久客怀思耳。"妻乃引刀趋机而言曰："此织自一丝而累寸，寸而累丈，丈而累匹。今若断斯机，则前功尽捐矣！学废半途，何以异是？"羊子感其言，还卒业，七年不返。

乐羊子游学，其妻勤作以养姑。尝有他舍鸡谬入园，姑杀而烹之，妻对鸡不餐而泣，姑怪问故，对曰："自伤居贫，不能备物，使食有他肉耳。"姑遂弃去不食。

【评】

返遗金，则妻为益友；卒业，则妻为严师；谕姑于道，成夫之德，则妻又为大贤孝妇。

【译文】

乐羊子有次在路边捡到一锭金子，回家后很高兴地把这件事告诉妻子。妻子说："有志节的人不喝'盗泉'的水，廉洁的人不吃乞讨来的食物，更何况是捡来的金子呢？"乐羊子听了大为惭愧，立即将金子放回路边。

乐羊子离家求学一年后突然返家，妻子问他为何提早回家。乐羊子说："久居异乡心中想家，所以就回来了。"妻子就拿着剪刀走到织布机旁，对乐羊子说："这匹绢布是由一丝一线累成尺寸，再由尺寸累成丈，最后成匹。今天若是剪掉织布机只织到一半的布，那么前些日子所织的布，全都成没有用的废物了。现在你求学半途而废，和我将布毁掉有何差别？"乐羊子被妻子这番话所感动，于是发愤继续求学，七年间不曾返家。

乐羊子离家求学期间，妻子辛勤持家，照顾婆婆。有一次，邻家所养的鸡误闯乐羊子的园中，婆婆便抓来杀了做菜吃。到吃饭时，乐羊子妻直对着那盘鸡流泪，不吃饭。婆婆感到奇怪，问她原因，乐羊子妻说："我是难过家里太穷，不能有好菜吃，才让您吃邻人家的鸡。"

婆婆听了大感惭愧，就把鸡丢弃不吃。

孙太学妓

【原文】

嘉靖间，娄东有孙太学者，与妓某善，誓相嫁娶，为之倾赀。无何孙丧妇，家益贫落，亲友因唆使讼妓。妓闻之，以计致孙饮食之，与申前约，以身委焉。孙故不善治产，妓所携簪珥，不久复费尽，妓日夜勤辟纑以奉之，饘粥而已。如是十余年，孙益老成悔过，选期已及。自伤无赀，中夜泣，妓审其诚，于日坐辟绩处，使孙穴地得千金，皆妓所阴埋也，孙以此其选县尉，迁按察司经历。宦橐稍润，妓遂劝孙乞休归，享小康终其身。

【评】

既成就孙，而身亦得所归，可谓两利；所难者，十余年坚忍耳。

【译文】

明朝嘉靖年间，娄江有个孙太学（太学，对监生的尊称）的人，和一个妓女是老相好，两人立下非卿不娶、非君不嫁的誓言。孙太学为了她散尽家财。

没多久，孙太学妻子去世，孙家的家道更加衰落，生活日益困难。亲友们于是唆使孙太学具状控告妓女。妓女听说这件事，就派人照料孙太学的起居，并提醒他两人曾有的盟约，愿意嫁他为妻。

孙太学本来是个不善理财的人，不久便把妓女陪嫁过来的玉簪、珠宝都花光了。妓女日夜辛勤的纺织，张罗家用，也仅够糊口而已。

这样一晃便是十多年，孙太学年纪大了，开始后悔年轻时的荒唐，眼看又到大比之年，想到没有盘缠赴京应考，不禁伤心落泪。

妓女发觉孙太学是真心想上进求功名，就要孙太学在她平日织布的地方向下挖，结果挖出一千多两黄金，都是妓女悄悄埋藏的。孙太学终于如愿赴京参加考试，放榜后被任命为县尉，后来调升为按察司经历。生活比以往改善许多，于是妓女劝孙太学辞官回家，安享余年。

吴生妓

【原文】

真定吴生有声于庠，性不羁。悦某妓，而橐中实无余钱。妓怜其才，因询所长，曰："善樗蒲。"妓乃馆生他室中，所遇凡爱樗蒲者，辄令生变姓名与之角，生多胜。因以供生灯火费，妓暇则就生宿，生暇则读书，后生成进士，欲娶妓，而妓适死，因为制服执丧，葬之以礼，每向人言，则流涕。

【评】

吴生从未出丑，此妓胜汧国夫人多多矣。

【译文】

真定有个姓吴的书生在太学中小有名声，性情豪迈不羁，他爱上一名妓女，但实在没有多余的钱。妓女怜惜吴生是个人才，就问他擅长什么。吴生说："掷骰。"于是妓女就在妓馆中另辟一室，凡是碰到喜欢掷骰的客人，就要吴生改名换姓与客人对掷，吴生常赢，于是就有余钱充当生活费。

妓女有空就去陪吴生，吴生也尽量利用空闲时读书，后来吴生高中进士，想迎娶妓女，没想到妓女却在这时死去。吴生为她服丧，并以礼厚葬她，后来每次向人道及妓女的往事，必会流下泪来。

陶侃母

【原文】

陶侃母湛氏，豫章新淦人。初侃父丹聘为妾，生侃。而陶氏贫贱，湛每纺绩赀给之，使交结胜己。侃少为浔阳县吏，尝监鱼梁，以一封鲊遗母，湛还鲊，以书责侃曰："尔为吏，以官物遗我，非唯不能益我，乃以增吾忧矣。"鄱阳范逵素知名，举孝廉，投侃宿。时冰雪积日，侃室如悬磬，而逵仆马甚多。湛语侃曰："汝但出外留客，吾自为计。"湛头发委地，下为二髲，卖得数斛米。斫诸屋柱，悉割半为薪，剉卧荐以为马草，遂具精馔，从者俱给。逵闻叹曰："非此母不生此子。"至洛阳，大为延誉，侃遂通显。

【译文】

陶侃的母亲湛氏是豫章新淦人，早年被陶侃的父亲纳为妾，生下陶侃。但陶家穷困，湛氏每日辛勤纺织供给陶侃日常所需，要他结交才识高的朋友。

陶侃年轻时当过浔阳县衙小吏，曾掌鱼市交易。有一次他派人送给母亲一条腌鱼，湛氏退还腌鱼，并且写了封信责备陶侃说："你身为官吏，把官家的东西拿来送给我，非但不能让我高兴，反而增加我的忧虑。"

鄱阳的范逵以孝闻名，被举为孝廉（时选举科目名，推举能孝顺父母、德行廉洁清正的人）。一次他投宿陶侃家，正逢连日冰雪，陶侃家中空无一物，而范逵随行仆从，马匹甚多。湛氏对陶侃说：

“你只管请客人留下，我自有打算。”

湛氏把头发散开，落在地上再来假发，她把假发卖掉，买了好几斗米回来；又砍断屋柱作柴薪，将睡觉用的草垫一割为二，作为马匹的粮草，就这样准备了丰盛的馔食，使范逵主仆受到周全的招待。

事后范逵感叹地说：“没有湛氏这样的母亲，生不出陶侃这样的儿子。”

范逵到洛阳后，对陶侃大加赞誉，极力推荐陶侃的才学，陶侃终于成为晋朝大臣。

李畬母

【原文】

监察御史李畬母，清素贞洁。畬请禄米送至宅，母遣量之，剩三石，问其故。史曰：“御史例不概。”又问脚钱几，又曰：“御史例不还脚车钱。”母怒，令送所剩米及脚钱，以责畬。及追仓官科罪，诸御史皆有惭色。

【译文】

唐朝监察御史李畬（字玉田）的母亲，是个清廉贞洁的人。有一次李畬命人把自己的俸米送回家，李母命人量米，结果多出三石，问小吏原因。小吏说：“按旧例御史所领的俸米，都会超过应领的数量。”李母又问要给脚夫多少工钱。小吏答：“按旧例御史是不用给脚夫钱。”李母听了大为生气，命人把多领的俸米及工钱送还，并生气地责备李畲。于是李畲追究有关官员的失职罪，令其他的御史大感惭愧。

王孙贾母

【原文】

齐湣王失国，王孙贾从王，失王之处。其母曰："汝朝出而晚来，则吾倚门而望；汝暮出而不还，则吾倚闾而望。汝今事王，不知王处，汝尚何归?"贾乃入市呼曰："从我者，左袒!"从者三百人，相与攻杀淖齿，求王子奉之，卒复齐国。

【评】

不杀淖齿，则乐毅之势不孤，而兴复难于措手，非但仇不共戴天已也。张伯起作《灌园记》传奇，只谱私欢，而于王孙母子忠义不录，大失轻重，余已为改正矣。

【译文】

齐湣王丧失了齐国，当初王孙贾追随齐湣王，最后却不知齐湣王的去处。他的母亲说："每当你朝出晚归，我总是倚门盼望你回来；又或你晚出不归，我也总是倚闾盼望你回来。你口口声声要侍奉君王，如今连君王在哪里都不知道，你还能追随谁呢?"

王孙贾听了就来到街市大声叫喊："淖齿叛乱，杀了君王，愿意和我一起去杀淖齿的，请露出你的左臂来!"立刻有三百人愿意跟随他一起去杀淖齿，并找到湣王的儿子，拥立他为齐王，最后终于复兴齐国。

赵括母

【原文】

秦、赵相距长平，赵王信秦反间，欲以赵奢之子括为将而代廉颇。括平日每易言兵，奢不以为然，及是将行，其母上书言于王曰："括不可使将。"王曰："何以?"对曰："始妾事其父，时为将，身所奉饭饮而进食者以十数，所友者以百数，大王及宗室所赏赐者，尽以予军吏；受命之日，不问家事；今括一旦为将，东向而朝，军吏无敢仰视之者，王所赐金帛，归藏于家，而日视便利田宅可买者买之。父子异志，愿王勿遣。"王曰："母置之，吾已决矣。"括母因曰："王终遣之，即有不称，妾得无坐。"王许诺。括既将，悉变廉颇约束，兵败身死，赵王亦以括母先言，竟不诛也。

【评】

括母不独知人，其论将处亦高。

【译文】

战国时秦国派兵攻打赵国，两国军队在长平对阵，赵王中了秦国的反间计，想派赵奢的儿子赵括代替廉颇为将。赵括平日将兵法等闲视之，善于纸上谈兵，但父亲赵奢总认为儿子赵括的本领还不到。听说赵括即将率兵启程时，他的母亲亲自上书赵王，说："不可用赵括为将。"赵王问："为什么。"赵母说："当初赵括的父亲在世为将时，屈身去亲奉饮食的人就有十几人，和他结交为友的则有一百多位；国君及皇室所赏赐东西，先夫全都分给官兵；接受君命之日，便不问家事；现在赵括做了将军，军官无人敢抬头看他；君王一有赏赐，就统统拿回家收藏起来；看到便宜、增值快的田宅，能买的便把它买下来。他们父子的心志不同，希望大王不要派他去。”

赵王说：“你不用再多说了，孤王已经决定。”

赵母说：“既然大王已经决定，如果今后赵括有不称职的事情发生，请大王不要怪罪于我。”

赵王立即答应。

赵括代廉颇为将军后，完全改变廉颇的作战方式，最后果然兵败身死，赵王因与赵母有言在先，所以没有杀赵母。

陈婴母　王陵母

【原文】

东阳少年起兵，欲立令史陈婴为王。婴母曰：“暴得大名不祥，不如有所属，事成封侯；不成，非世所指名也。”婴乃推项梁。

王陵以兵属汉，项羽取陵母置军中。陵使至，则东向坐陵母，欲以招陵。陵母私送使者，泣曰：“愿为妾语陵，善事汉王，汉王长者，毋以老妾故持二心。”遂伏剑而死。

【译文】

汉朝时东阳有位年轻人起兵，想拥立陈婴（秦二世时为东阳令史，谥安）为王。陈婴的母亲说：“突然获致尊荣，并非吉兆，不如依附他人，如果起义成功，日后仍能封侯；即使失败，也不致成为后世指名叫骂的对象。”于是陈婴推项梁为王。

汉朝人王陵（曾率兵归汉，天下既定，受封为安国侯）率兵投靠汉王刘邦，项羽把王陵的母亲请来，安置在军中。王陵派人探问消息，项羽就让王陵母亲向东坐，表示尊敬，想以此招降王陵。王陵的母亲偷偷送走使者，哭着对他说：“希望你替我转告王陵，好好事奉汉王，汉王是个有德之人，不要因为我的关系，对汉王抱持二心。”于是引剑自杀。

叔向母

【原文】

初，叔向［晋大夫羊舌肸］欲娶于申公巫臣氏，其母欲娶其党。叔向曰：“吾母多而庶鲜，吾惩舅氏矣。”其母曰：“子灵之妻［夏姬也］杀三夫、一君、一子，而亡一国两卿矣，可无惩乎？吾闻之，甚美必有甚恶。昔有仍氏生女，发黑而美，光可以鉴，名曰玄妻。乐正后夔取之，生伯封，实有豕心，贪惏无厌，忿纇无期，谓之封豕。有穷后羿灭之，夔是以不祀。今三代之亡，共子之废，皆是物也，汝何以为哉？夫有尤物，足以移人，苟非德义，则必有祸。”叔向惧，不敢取。平公强使取之，生伯石。伯石始生，叔向之母视之，及堂，闻其声而还，曰：“是豺狼之声也！狼子野心，非是，莫丧羊舌氏矣。”遂弗视。

【译文】

春秋时，晋大夫叔向（本名羊舌肸）想娶申公巫臣的女儿为妻，可是叔向的母亲却希望他娶自己娘家的人。

叔向说："我的庶母虽然很多，但是庶兄弟却很少，我讨厌亲上加亲。"

他母亲说："子灵的妻子夏姬，害死了三个丈夫、一个国君、一个儿子，导致一个国家和两位卿大夫灭亡，这还不够可怕吗？我听说：'世上出现过分美丽的女人，必然有凶险万端的祸事伴随而来。'古时的有仍氏生了个女儿，头发又黑又美，光可鉴人，人称她为'玄妻'。后来乐正后夔娶她为妻，生了个儿子名叫'伯封'。这儿子的性情像猪一样，贪婪无厌、凶狠无度，所以人们给他取了一个'封豕'的外号。后来有穷国的后羿把伯封杀了，从此夔氏断了香火。三代（夏、商、周）的灭亡，晋太子申生的废立，祸端都是出在美女，你为什么还要娶美女呢？天生的美人足以迷惑人心，假使没有完美的品德，一定会带来灾祸。"

叔向听了母亲的话，觉得害怕，就打消娶尤物为妻的念头。可是晋平公却强逼叔向娶申公巫臣的女儿，生了个儿子名叫伯石。当伯石出生时，叔向的母亲前去探视，才到堂前，听见婴儿的哭声就掉头而走，说："这哭声简直像豺狼的声音！狼子野心，如果有了他，恐怕我们羊舌家会灭亡。"因而不肯探视孙子。

严延年母

【原文】

严延年守河南，酷烈好杀，号曰"屠伯"。其母从东海来，适见报囚，大惊，便止都亭，不肯入府。因责延年曰："天道神明，人不可独杀，我不意当老见壮子被刑戮也！行矣，去汝东归，扫除墓地。”遂去归郡。后岁余，果败诛。东海莫不贤智其母。

【译文】

汉朝河南太守严延年凶狠好杀，河南郡的人都称他为“屠伯”。有一天，他的母亲从东海来，正好碰上他在处决囚犯，看了之后大为震惊，便留在都亭，不肯走进郡府。

她见了严延年便责备道：“一个人要敬畏天道神明，人不会只杀人而不被杀，我不想在年老的时候看到自己正值壮年的儿子遭到刑狱。好了，我要回东海去，整理墓地。”

她于是回到东海郡。一年多以后，严延年果然被判死刑，东海郡的人都称赞他母亲的贤明与智慧。

伯宗妻

【原文】

晋伯宗朝，以喜归。其妻曰：“子貌有喜，何也？”曰：“吾言于朝，诸大夫皆谓我智似阳子。”对曰：“阳子华而不实，主言而无谋，是以难及其身，子何喜焉？”伯宗曰：“我饮诸大夫酒而与之语，尔试听之。”曰：“诺。”其妻曰：“诸大夫莫子若也。然而民不能戴其上久矣，难必及子，盍亟索士，慭庇［州犁，伯宗子］焉？”得毕阳。后诸大夫害伯宗，毕阳实送州犁于荆。初，伯宗每朝，其妻必戒之曰：“盗憎主人，民怨其上，子好直言，必及于难。”

【译文】

春秋时晋国大夫伯宗早朝后很高兴地回到家里，他的妻子问他说：“有什么喜事让夫君这么高兴呢？”

伯宗说：“今天我在朝上奏事，其他大夫都说我和阳处父（春秋晋国太傅）一样有智慧。”

妻子说：“阳处父徒有外表，内心却不实在。说话冲动而不深思，所以后来才会灾祸临身。说夫君像他有什么好高兴的呢？”

伯宗说：“我把在大夫们邀到家里饮酒，和他们谈话，你在一旁听一下就明白了。”

妻子说：“好。”（此处省略宴饮谈话的过程）他妻子说：“其他大夫和夫君不同，再说百姓对朝政不满已经很久了，我怕夫君会遭到殃及，何不招募侍卫保护州犁（伯宗儿子）的安全呢？”于是找到毕阳。后来诸大夫想陷害伯宗，州犁遂在卫士毕阳的护卫下避难楚国。

其实当初伯宗每次上朝时他的妻子就提醒他说：“盗匪憎恶有钱的富人，饥民怨恨不爱民的官吏。夫君平日喜欢疾言直谏，必定会惹来灾祸。”

李新声

【原文】

李新声者，邯郸李岩女。太和中，张谷纳为家妓，长而有宠。刘从谏袭父封，谷以穷游佐其事。新声谓谷曰：“前日天子授从谏节钺，非有拔城野战之功，特以先父挈齐还我，去就间未能夺其嗣耳。自刘氏奄有全赵，更改岁时，未尝以一履一蹄为天子寿，且章武朝数镇倾覆，彼皆雄才杰器，尚不能固天子恩，况从谏擢自儿女子手中耶！以不法而得，亦宜以不法而终，公不幸为其属，若不能早折其肘臂以作天子计，则宜脱旅西去，大丈夫勿顾一饭恩，以骨肉腥健儿衣食。”言毕悲泣不已。谷不决，竟从逆死。

【译文】

李新声是邯郸人李岩的女儿。三国魏明帝太和年间，张谷把李新声纳为家妓，非常宠爱她。刘从谏承袭父亲的官职后，张谷就以私人的交谊为他做事。

有一天，李新声对张谷说：“日前天子虽颁授刘从谏大将军符信，并不是因为他有攻城略地的辉煌战功，只是将他先父的官职赐还他，保留他的继承权罢了。自刘氏建汉到现在，每当辞旧岁迎新年时，从不见刘从谏对当今天子进贡纳献。况且唐宪宗时有好几座城池丧失，那些守城的将领都是英雄豪杰，尚且不能长久蒙受天子皇恩，更何况刘从谏这种继承父亲官位的人呢。凡是用不正当的手段获取的东西，到头来也会以同样的方式失去它。您不幸身为刘从谏的属下，如果不能痛下决心早早除去他的羽翼爪牙，而尽心效忠当今皇上，就该脱离这个寄身之处归顺朝廷。大丈夫千万不要因对方对您有一饭之恩，就用自己的生命来给士兵们换衣食，最终使自己成为逆贼被朝廷所灭。”说完后，难过得不停地流泪。

然而，张谷却犹豫不决，最后与刘从谏一起遭到诛杀。

娄　妃

【原文】

宁藩将反，娄妃尝泣谏之，不听。既就擒，槛车北上，与监押官言往事即痛哭，且曰："昔纣用妇言而亡天下，吾不用妇言而亡家国，悔恨何及?"

【译文】

宁王朱宸濠想举兵谋反，娄妃在他起事前曾流着眼泪劝阻，但朱宸濠不听。后来朱宸濠兵败被擒，被关在囚车中押送北方时，与押车的狱卒闲话旧事，不由悔恨痛哭，说道："从前殷纣王听信宠妃妲己的话断送了商朝，我没有听从娄妃的忠言也遭到丧家灭族的命运，现在后悔已来不及了。"

侯敏妻

【原文】

则天朝，太仆卿来俊臣之强盛，朝官侧目。上林令侯敏偏事之，其妻董氏谏曰："俊臣国贼也，势不可久，一朝事坏，奸党先遭，君可敬而远之。"敏稍稍而退，俊臣怒，出为涪州武隆令。敏欲弃官归，董氏曰："但去莫求住。"遂行，至州，投刺参州将，错题一张纸，州将展，看尾后有字，大怒曰："修名不了，何以为县令？"不放上。敏忧闷无已，董氏曰："但住莫求去。"停五十日，忠州贼破武隆，杀旧县令，略家口并尽，敏以不许上获全。后俊臣诛，逐其党流岭南，敏又获免。

【译文】

武则天临朝时，太仆卿来俊臣（性残忍）权重气骄，朝中大臣对他无不敬畏三分。上林令侯敏与来俊臣往来密切，侯敏的妻子董氏劝阻丈夫说："来俊臣是戕害国家的国贼，得势不会太久，万一哪天失势获罪，他的党羽一定会先遭殃，夫君不妨对他敬而远之。"侯敏听从妻子的劝告，对来俊臣略微疏远。来俊臣大怒，不久贬为涪州武隆县令。

侯敏想辞官回乡，董氏说："只管去报到，但千万不要存有长久居留的打算。"于是侯敏就前往涪州，在给州将呈递名片时，故意写错了格式，州将看了之后，生气地说："连张名片都写不好，怎么当县令？"就搁置他前来报到的公文。

侯敏忧心忡忡，董氏说："只管住下，千万不要有离开的打算。"

住了五十天后，忠州贼匪作乱，不但杀了武隆县的旧县令，还杀害旧县令的家人，侯敏因不得上任而保全一命。

日后，来俊臣被诛杀，他的党羽全部被流放岭南，侯敏因听从董氏的话，并未遭到牵连。

王章妻

【原文】

王章为诸生，学长安，独与妻居。章疾病，无被，卧牛衣中。与妻诀，涕泣。其妻呵怒之曰："仲卿在廷，贵人谁逾仲卿者。今疾病困厄，不自激昂，乃反涕泣，何鄙也！"后章历位至京兆，欲上封事，妻又止之曰："人当知足，独不念牛衣中涕泣时耶？"章曰："非女子所知。"书遂上，果下廷尉狱，妻子皆收系。章小女年可十二，夜起，号哭曰："平日狱上呼囚，数常至九，今八而止，我君素刚，先死者必君。"明日问之，章果死。

【评】

吴长卿曰："妻能料生，女能料死，虽然，其妻可及也，其女不可及也。"

【译文】

汉朝人王章还是儒生时，在长安求学，与妻子住在一起。有一次王章生病，由于家里没有棉被，王章只好用牛栏中的乱麻保暖。当时万念俱灰，流着眼泪与妻子诀别。妻子生气地叱责王章，说："放眼当今朝廷众官，有谁的才学能比得上你？今天你只是有病在身，一时遭遇困顿，不自我激励奋发，反倒流泪怨叹，难道不觉得惭愧吗？"

后来王章果然官至京兆尹，想上书密奏弹劾王凤，妻子劝阻他说："一个人要守分寸，不要贪求高位。你难道忘了当年在乱麻堆中流泪的日子吗?"王章说："国家大事不是你们女人懂得的。"于是仍上书弹劾，果然获罪下狱，妻女也都成为阶下囚。

当时王章的女儿只有十二岁，半夜时惊醒，哭着说："平时狱吏要囚犯报数都是到九，今天只报数到八。父亲个性刚直，一定会先判死刑。"第二天询问狱吏，王章果然已经死了。

陈子仲妻　王霸妻

【原文】

楚王聘陈子仲为相。仲谓妻曰："今日为相，明日结驷连骑、食方于前矣。"妻曰："结驷连骑，所安不过容膝；食方于前，所甘不过一肉。今以容膝之安、一肉之味，而怀楚国之忧。乱世多害，恐先生之不保命也。"于是夫妻遁去，为人灌园。

王霸与同郡令狐子伯为友。子伯为楚相，子为郡功曹。子伯遣子奉书于霸，客去，久卧不起。妻怪问之，霸曰："向见令孤子容甚光，举措自适；而我儿蓬发历齿，未知礼则，见客而有惭色。父子恩深，不觉自失耳。"妻曰："君少修清节，不顾荣禄，今子伯之贵孰与君之高？奈何忘夙志而惭儿女子!"霸决起而笑曰："有是哉!"遂共终身隐遁。

【译文】

楚王想聘陈子仲（战国齐人，字子终）为相。陈子仲回家后，对妻子说："今天我成为相国，明天开始，我出门就有四匹骏马拉乘的马车可坐，每餐摆在我面前的都是山珍海味了。”

他的妻子说：“乘坐四匹骏马拉乘的马车，只不过是坐起来比较舒服；每餐的山珍海味，只不过是吃起来比较奢华。今天只是为坐得舒服、吃得奢华，就担负楚国兴亡的重责。目前世局纷扰，处境艰危，我担心你会因此而丧命。”

于是夫妻两人隐姓埋名，为人浇灌果园。

汉朝时王霸（字次公，谥定）和同乡令狐子伯是好朋友。子伯为丞相，儿子是州郡的属官。有一天令狐子伯要儿子送封信给王霸，客人走后，王霸一直赖在床上不肯起来。他的妻子觉得奇怪，问他原因。

王霸说：“刚才看令狐子伯的儿子容光焕发，举止优雅；想想自己的儿子不修边幅，不懂礼仪，客人来了常不知所措。父子情深，我觉得自己平日疏于教导儿子。”

妻子说：“夫君节操清廉，不贪慕官禄荣华。今天令狐子伯的显贵与夫君的清廉相比谁的气节高？为什么因为儿女而忘了自己以往所坚持的理念呢？”

王霸由床上一跃而起，笑着说：“夫人说得好。”

于是夫妻二人决定从此隐居。

屈原姊

【原文】

屈原既放逐。其姊闻之，亦来归，责原矫世，喻令自宽，故其地名姊归县。《离骚》曰：“女媭之婵媛兮，申申其詈余。”［楚人谓女曰嬃。]

【译文】

屈原遭楚王放逐。屈原的姊姊听说就前去探望，责备屈原太过耿直，要屈原放开心怀，不要太过忧伤，所以当地的地名叫“姊归县”。《离骚》中有一回说道：“女嬃之婵媛兮，申申其詈余”。（意思是说：阿姊关心我，再三地责骂我。）

僖负羁妻

【原文】

晋公子重耳至曹，曹共公闻其骈胁，使浴而窥之。曹大夫僖负羁之妻曰：“吾观晋公子之从者皆足以相国，若以相，夫子必反其国。反其国，必得志于诸侯。得志于诸侯而诛无礼，曹其首也。子盍早自贰焉。”乃馈盘飧，置璧焉，公子受飧反璧，及重耳入曹，令无入僖负羁之宫。

【评】

僖负羁始不能效郑叔詹之谏，而私欢晋客；及晋报曹，又不能夫妻肉袒为曹君谢罪，盖庸人耳。独其妻能识人，能料事，有不可泯没者。

【译文】

晋公子重耳到达曹国时，曹共公听说重耳天生肋骨连成一片，于是就趁重耳洗澡时，故意走近他身边偷看。曹大夫僖负羁的妻子说：“我看晋公子重耳的随从，个个都是将相之才，如果任用重耳的随从为相，重耳一定会在他们辅佐下重返晋国，登上王位；重耳成为晋君之后，也一定能成为天下诸侯的霸主；一旦成为霸主，必然会诛伐以前曾对他无礼的人，那么第一个遭殃的一定是曹国。你为什么不趁现在结交重耳呢？”

于是僖负羁派人送了一盘食物给重耳，并且暗中放了一块宝玉在食物里，可是重耳只收下食物，却退回了宝玉。

日后，重耳即位为晋文公，果然攻打曹国，他念及僖负羁当年的厚遇，特别下令三军不得侵入僖负羁住的地方。

漂母

【原文】

韩信始为布衣时，贫无行，尝从人寄食，人多厌之。尝就南昌亭长食数月，亭长妻患之，乃晨炊蓐食，食时信往，不为具食。信觉其意，竟绝去。信钓于城下，诸母漂。有一母见信饥，饭信，竟漂数十日。信喜，谓漂母曰：“吾必有以重报母。”母怒曰：“大丈夫不能自食，吾哀王孙而进食，岂望报乎？”信既贵，酬以千金。

【评】

刘季、陈平皆不得于其嫂，何亭长之妻足怪！如母厚德，未数数也。独怪楚、汉诸豪杰，无一人知信者，虽高祖亦不知，仅一萧相国，亦以与语故奇之，而母独识拔于邂逅憔悴之中，真古今第一具眼矣！淮阴漂母祠有对云：“世间不少奇男子，千古从无此妇人。”亦佳，惜祠大隘陋，不能为母生色。

刘道真少时尝渔草泽，善歌啸，闻者莫不留连。有一老妪识其非常人，甚乐其歌啸，乃杀豚进之。道真食豚尽，了不谢。妪见不饱，又进一豚，食半而去。后为吏部郎，妪儿时为小令史，道真超用之。不知其故，问母，母言之。此母亦何愧漂母，而道真胸次胜淮阴数倍矣！

【译文】

韩信还是平民时，家里贫贱，平日也没有什么善行。为了填饱肚子，常在熟人家吃闲饭，所以很多人都讨厌他。

有一次韩信在南昌亭长家白吃白住了好几个月，亭长的妻子非常讨厌他，于是每天早早就做好了饭坐在草席上吃，等韩信来了之后，也不请他坐下吃饭。韩信察觉到他们的意思，就掉头而去。

有一天，韩信在城下钓鱼，有一些妇人在附近漂洗衣物，其中一个老妇人见韩信没饭吃，就拿饭给他吃。一连几十天都这样。韩信很高兴，对老妇人说：“我将来一定要重重报答您。”老妇人很生气地说：“男子汉大丈夫养不活自己，我可怜你才给你饭吃，谁指望你报答！”

后来韩信显贵，以千金酬谢那位老妇人。

何无忌母

【原文】

何无忌夜于屏风里草檄文，其母，刘牢之姊也，登凳密窥之，泣曰："汝能如此，吾复何忧？"问所与谋者，曰："刘裕。"母尤喜，因为言玄必败，事必成，以示之。

【译文】

晋朝人何无忌（桓玄篡位后，与刘裕等人起兵讨伐桓玄）夜晚在屏风后面草拟讨贼文书，他的母亲是刘牢之的姊姊，站在矮凳上偷偷观察何无忌的举动，不禁高兴地流泪说："你能如此上进奋发，我还有什么好担心的？"

接着又问他和他共谋大事的人是谁。

答说："刘裕。"（即南朝宋武帝。）

他母亲听了更为高兴，接着分析桓玄必败、他们起兵必成的原因给他听。

王珪母

【原文】

王珪始隐居时，与房、杜善。母李氏尝曰："儿必贵，然未知所与游者何许人，试与偕来。”会玄龄等过其家，李窥见，大惊，敕具酒食，尽欢。喜曰：“二客公辅才，尔贵不疑。”

一说，珪妻剪发供客，窥坐上数公皆英俊，末及最少年虬髯者，曰：“汝等成名，皆因此人。”少年乃太宗也，杜子美有诗纪其事。

【译文】

唐朝人王珪（字叔玠）起初隐居时，与房玄龄（唐名相，字子乔）、杜如晦（唐名相，字克明）等人交往密切。王珪的母亲李氏曾说：“我儿是大贵之人，不知平日都和哪些人往来，有空不妨请他们到家中坐坐。”

正巧有一天房玄龄等人路过他家，李氏一见房玄龄大感惊异，立即准备丰盛的酒菜款待他们，宾主尽欢。

李氏高兴地对王珪说：“这两位客人是辅助国家的人才，日后你必会显贵。”

此事另有一种说法是：王珪的妻子剪发卖钱，招待来客。她窥见座上诸客个个英挺俊美，最后看见一位留着胡子的年轻人，说：“日后你们显贵全靠这个年轻人。”这年轻人就是唐太宗。杜子美（即杜甫）有诗记叙这件事。

潘炎妻

【原文】

潘炎侍郎，德宗时为翰林学士，恩渥极异，妻刘晏女。有京兆谒见不得，赂阍者三百缣。夫人知之，谓潘曰："为人臣，而京兆尹愿一谒见，遗奴三百缣。其危可知也！"劝潘公避位。子孟阳初为户部侍郎，夫人忧惕，谒曰："以尔人材，而在丞郎之位，吾惧祸之必至也！"户部解喻再三，乃曰："试会尔同列，吾观之。"因遍召客至，夫人垂帘观之。既罢会，喜曰："皆尔俦也，不足忧矣。"问末座惨绿少年何人，曰："补阙杜黄裳。"夫人曰："此人全别，必是有名卿相。"

【译文】

唐朝礼部侍郎潘炎，在德宗时曾任翰林学士，极受德宗宠信，他的妻子是刘晏（字士安）的女儿。

有一天京兆尹（官名，掌治京师）有事想求见潘炎，为门仆所阻，只好贿赂门仆三百丝绢。夫人知道后，对潘炎说："你只是一名朝臣，京兆尹想见你一面，竟要贿赂门仆三百丝绢，其中的危险就可得而知了。"于是劝潘炎辞官。

他的儿子孟阳当初为户部侍郎时，夫人也常提醒儿子说："以你的学识才能任侍郎，我实在担心哪天会祸事临头。"户部侍郎解释再三，夫人说："请你的同事到家中，让我认识认识。"

于是孟阳请同事到家做客，夫人在帘后窥视。聚会结束后，夫人很高兴地说："他们的才识和你不相上下，我不用担心了。"

接着又问席间坐在最后面的那位年轻人是谁。答："补阙杜黄裳。"夫人说："这人和其他人不同，日后必是有名的卿相。"

辛宪英

【原文】

晋羊耽妻辛宪英，魏侍中毗女，有才鉴。初曹丕得立为世子，抱毗项谓曰："知吾喜不。"毗归语之，宪英叹曰："世子，代君主国者也，代君不可不戚，主国不可不惧，宜戚宜惧而反喜，魏其不昌乎？"弟敞为曹爽参军，宣帝谋诛爽，或呼敞同赴爽，敞难之，宪英曰："爽与太傅同受顾命而独专恣，于王室不忠。此举度不过诛爽耳。"敞曰："然则敞无出乎。"宪英曰："为人执鞭而弃其事，不祥，安可不出？若夫死难，则亲昵之任也，汝从众而已。"敞遂出。宣帝果诛爽。敞叹曰："吾不谋诸姊，几不获于义。"

钟会为镇西将军，宪英谓耽从子祜曰："钟士季何故西出？"曰："将伐蜀。"宪英曰："会任事纵恣，非持久处下之道，吾畏其有他志也。"及会行，请其子琇为参军。宪英忧曰："他日吾为国忧，今难至吾家矣。"琇固辞，文帝不听，宪英谓琇曰："行矣戒之，军旅之间，唯仁恕可以济。"会至蜀，果反，琇守其戒，竟全归。

【译文】

晋人羊耽的妻子辛宪英是魏侍中辛毗（三国魏人，字佐治）的女儿，颇有才识。

当初，曹丕刚继立为太子时，曾抱着辛毗的脖子说："你知道我心中高兴吗?”辛毗回家后，将此事告诉辛宪英，辛宪英叹口气说：“太子是代掌君主宗庙、社稷的人，继位为君，不可以不忧戚；主持国政，不可以不戒慎。应该忧戚戒慎的心情，却反而高兴，难道说魏国不会昌盛太久吗?”

辛宪英的弟弟辛敞是曹爽的参军，宣帝（司马懿）想谋杀曹爽，有人让辛敞出城辅助曹爽，辛敞觉得很为难。辛宪英说：“曹爽与太傅司马懿都同样接受先皇顾命辅佐当今皇上，而今天曹爽专断独行，对王室不忠，太傅只不过想杀曹爽罢了。”

辛敞说：“那我能不出城吗?”

辛宪英说：“为人做事而不能尽忠职守，这是大不祥啊！怎么能不出城呢？再说如果曹爽被司马懿杀了，都是亲信的责任，你只是个随从罢了。”

于是辛敞出城，宣帝果然诛杀了曹爽。

事后，辛敞感叹地说：“如果不听姐姐的话，我几乎要成为不义的人了。”

钟会为镇西将军时，辛宪英问他丈夫的堂侄羊祜说：“钟会为什么率军西行?”

羊祜说：“要去攻打蜀汉。”

辛宪英说：“钟会身为大将军，任性放纵，不是朝臣应该有的行为，我怕他心有二志。”

钟会即将出发伐蜀前，请辛宪英的儿子羊琇做参军，辛宪英忧愁地说：“以前我替国家忧心，现在要忧心家里人了。”

羊琇向文帝表明希望辞去参军职务的心意，但文帝不答应。

辛宪英对儿子说：“可以去，但要小心谨慎，身在军旅，只有心存仁恕才能成大事。”

钟会到蜀后果然谋反，羊琇谨遵母亲的告诫，最终平安归来。

李衡妻

【原文】

丹阳太守李衡，数以事侵琅琊王。其妻习氏谏之，不听。及琅琊即位，衡忧惧不知所出。妻曰："王素好善慕名，方欲自显于天下，终不以私嫌杀君明矣。君宜自囚诣狱，表列前失，明求受罪，如此当逆见优饶，非止活也。"衡从之，吴主诏曰："丹阳太守李衡以往事之嫌，自拘司狱，其遣衡还郡。"

【译文】

丹阳太守李衡（三国吴人，字叔平）屡次跟琅琊王发生冲突。他的妻子习氏屡次劝他，他不听。后来琅琊王即帝位，李衡大为惊恐，不知该如何是好。习氏说："琅琊王本是位喜好名声的君王，现在初即位更是想显扬美名于天下，所以不会因为你们过去的嫌隙而杀你。现在你倒不如自动请罪入狱，一一列举你以前的过失，表示你诚心认错。这么一来，不但能保全一命，还能化敌为友，转祸为福。"

李衡采纳了妻子的建议，吴王果然下诏说："丹阳太守李衡，由于过去曾冒犯寡人，如今自请入狱，现在让李衡仍续任丹阳太守吧！"

庾友妻

【原文】

庾友妇，桓宣武［温］弟豁女也。桓诛庾希，将及友，桓女徒跣求进，阍禁不纳，女厉声曰：“是何小人？我伯父门不听我前！”因突入，号泣请曰：“庾玉台［友小字］脚短三寸，常因人，当复能作贼不？”宣武笑曰：“婿故自急。”遂原庾友一门。

【译文】

庾友的妻子是桓武帝（桓温）弟弟桓豁的女儿。桓温杀了庾希（庾冰的儿子，字始彦），眼看庾友也难活命。

庾妻亲自前去求见桓温，看门的人不肯让她进入，她就大声骂道：“你这个狗奴才，竟敢不让我进我伯父的大门！”说着强行闯入，见了桓温后号叫哭泣说：“庾友人矮腿短，常听人摆布，这种人是做贼的料吗？”

桓温笑着说：“我根本无意杀他，是他自己多心。”于是饶了庾友一家人。

李文姬

【原文】

李固既策罢，知不免祸，乃遣二子归乡里。时燮年十三，姊文姬为同郡赵伯英妻，贤而有智。见二兄归，具知事本，默然独悲，曰："李氏灭矣，自太公以来，积德累仁，何以遇此？"密与二兄谋，豫藏匿燮，托言还京师，人咸信之。有顷难作，下郡收固三子，二兄受害，文姬乃告父门生王成曰："君执义先公，有古人之节，今委君以六尺之孤，李氏存灭，其在君矣。"成感其义，乃将燮乘江东下，入徐州界内，令变姓名为酒家佣，而成卖卜于市。名为异居，阴相往来，燮从受学。酒家异之，意非常人，以女妻燮。燮专精经学。十余年间，梁冀既诛，为灾眚屡见，明年，史官上言："宜有赦令，又当存录大臣冤死者子孙。"于是大赦天下，并求固后嗣。燮乃以本末告酒家，酒家具车，重厚遣之，皆不受。遂还乡里，姊弟相见，悲感旁人。既而戒燮曰："先公正直，为汉忠臣，而遇朝廷倾乱，梁冀肆虐，令吾宗祀血食将绝。今弟幸而得济，岂非天耶？宜杜绝众人，勿妄往来，慎无以一言加于梁氏。加梁氏则连主上，祸重至矣，唯引咎而已。"

【译文】

后汉人李固（字子坚）被罢官后，知道自己必不能躲过灾祸，就将两个儿子遣返回乡。当时小儿子李燮才十三岁，他的姊姊文姬是同乡赵伯英的妻子，贤德有智慧。李文姬见两个哥哥回乡，知道事情的原委，遂在一旁独自哀伤，心想：“李氏一门从此要断绝香火了！想我李家自太公（李郃）以来，行善积德，怎会遭到这种报应呢?”于是暗地与两个哥哥商议，将小弟送往外地避难，假装是要送他到京师父亲那儿，左右邻居都相信了。

不久，难事发生，朝廷下令收押李固的三个儿子。两个哥哥遇害后，李文姬对父亲的门生王成说：“你与先父有师徒情谊，有古人气节。先父现在不幸遇害，今天我将李氏孤儿托付给你，李氏的香火能否存续就看你的了。”

王成被李氏的节义所感动，就带着李燮顺江东而下来到徐州，要李燮改名换姓，到酒家做酒保，而自己则在街市中为人卜卦算命。表面上两人不相识，暗中却保持联系。后来李燮在王成的指导下求学，酒家老板认为李燮绝非普通人，就把女儿嫁给他为妻。

李燮潜心研究经学，十多年来世局变化颇大，大将军梁冀（后汉顺帝梁皇后之兄，字伯卓）被诛后，不时有自然灾害发生。第二年史官上书天子，请求准许颁下特赦令，又建议照顾抚恤当年含冤而死的大臣的子孙。于是大赦天下，并访求李固的后代。

这时李燮才将自己的身世告诉丈人。丈人准备车辆、礼物为他饯行，李燮都予婉拒。他回到故乡，姊弟相见，悲喜交集，连一旁观看的邻人，都忍不住落泪。李文姬告诫弟弟说：“先父为人正直，是汉朝忠臣。只是遭逢朝廷变乱，梁冀逞凶肆虐，几乎断绝我李氏一门。今天弟弟能安然活命，岂不是老天保佑？从今天起更应小心交友，千万不要有任何对梁氏不满的言辞。对梁氏不满就是间接批评皇上，又会再度招致灾祸，那时就后悔莫及了。”

王佐妾

【原文】

都指挥使王佐掌锦衣篆，而陆松佐之。松子炳未二十，佐器其才貌，教以爰书、公移之类，曰："锦衣帅不可不精刀笔。"炳甚德焉。后佐卒，炳代父职，有宠，旋掌篆，势益张。而佐有孽子不肖，纵饮博，有别墅三，炳已计得其二。最后一墅至雄丽，炳复图之，不得，乃陷以狎邪中罪，捕其党与其不才奴一二，使证成佐子罪而后捕之，死杖下者数人矣。佐子窘甚，而会其母，故妾也，名亦在捕中。既入对，炳方与其僚列坐，张刑具而胁之。其子初亦固抗，母膝行而前，道其子罪甚详。其子恚，呼母曰："儿顷刻死，忍助虐耶？"母叱曰："死即死，何说？"指炳坐而顾曰："而父坐此非一日矣！作此等事亦非一，而生汝不肖子，天道也，复奚言？"炳颊发赤，伪旁顾，汗下，趣遣出，事遂寝。

【译文】

明朝时，都指挥使王佐被任命为锦衣卫头领，陆松担任副头领。陆松的儿子陆炳，当时不到二十岁，王佐很器重陆炳的才学，就自动教他爰书（司法文书）和公移（行政文书）等公牍，并且告诉他："身为锦衣卫的头领，不可不在刑狱诉讼上下功夫。"陆炳因此非常感激王佐。

后来王佐死了，陆炳接替父亲的职务，颇得天子的器重，当上锦衣卫头领，一天比一天有权势。

王佐有个妾生的儿子，平日喜欢喝酒赌博。王佐留给他的三座庄院，被忘恩负义的陆炳用计夺去两座，但陆炳仍不满足，还想夺取那座最华丽的庄院，由于一直无法得逞，因此就怀恨在心，设计陷害。陆炳以王佐的儿子为非作歹为由，把他和一两个奴才逮捕下狱，并且找来两名混混编造虚假的证词，想要置于他死罪。

在狱中经常有人犯被乱棍打死，王佐的儿子境况相当凄惨。这时王佐的妾因为儿子的关系，成为陆炳逮捕的对象，也被抓来问罪。陆炳与其他的狱卒高高上坐，而把刑具排列在他们母子俩的面前，借此要挟恫吓。

开始时王佐的儿子顽固地不说话，可是其母却跪地求饶，详述儿子的罪状。王佐的儿子大声埋怨母亲说："我已经快要被杀了，您说这种话不是要我快些死吗？"母亲叱责儿子说："死就死，说了又怎样。"说着手指陆炳的坐椅说："想当初你父亲坐在这个位子也不是一天两天的时间，做这种事应该也不止一次。生下你这个不肖的儿子，也只能说是老天爷的报应，还有什么好说的呢。"

这话一说，把陆炳羞得面红耳赤，假装把脸扭过去看别处，流下汗来，很快就把他们母子都释放了，也不再有夺取王佐遗产的念头。

王冀公孙女

【原文】

陈恭公执中当国日，曾鲁公由起居注除待制。恭公弟妇，王冀公孙女，曾氏出也。岁旦拜恭公，公迎谓曰："六新妇，曾三除从官喜否?"王固未尝归外家，辄答曰："三舅甚荷相公收录，但太夫人不乐，责三舅曰：'汝三人及第，必是全废学，丞相姻家，备知之，故除待制也。'"恭公默然，未几改知制诰，盖恭公不由科举，失于查考，女子之警敏如此。

【译文】

宋朝人陈执中（字昭誉）当宰相时，曾鲁公由起居注（官名，掌皇帝起居）转任为待制（官名）。陈执中的弟妹是王冀公的孙女，曾氏所生。过年时前往陈执中家拜年，陈执中说："新娘子，曾三被任命新官，你高兴吗?"由于王女出嫁后尚未回娘家，就回答说："我三个舅舅很感激您的照顾，只是太夫人不高兴，责备他们说：'你们三兄弟虽高中科举，但一定才学不精，亲家丞相知道得很清楚，所以才调为待制。'"

陈执中一听，说不出话来。

不久，曾鲁公的官职改为制诰（官名，草拟皇上诏令）。原来陈执中并没有参加科举考试，朝廷一时疏忽，才被任命为官。王女真是机警敏锐啊。

袁隗妻

【原文】

袁隗妻，马融女也，字伦，有才辩。家世丰豪，资妆甚盛。初成礼，隗问之曰："妇奉箕帚而已，何过珍丽乎?"对曰："慈亲垂爱，不敢逆命。君若慕鲍宣、梁鸿之高者，妾亦请从少君、德曜之事矣。”隗又曰：“弟先兄举，世以为笑，处姊未适，先行可乎？”对曰：“妾姊高行殊貌，未遭良匹；不似鄙薄，苟然而已。”又问曰：“南郡君学穷道奥，文擅词宗，而所在动以贿闻，何也？”对曰：“孔子大圣，蒙毁武叔；子路大贤，见愬伯寮。家君获此，固其宜耳。”隗默然，不能屈。

【译文】

后汉人袁隗（字次阳）的妻子是马融的女儿，名伦，有辩才。因家世显赫，所以平日非常注重衣着妆扮。刚嫁入袁家时，袁隗曾问妻子：“妇人在家只是洒扫、整理家务而已，为什么要穿得如此华丽？”

妻子说：“父母的爱心不敢违逆。如果夫君羡慕鲍宣（汉朝人，字子都）、梁鸿的气节，愿意效法他们，妾身当然也愿追随夫君。”

袁隗又说：“兄弟二人，如果弟弟比哥哥先中举人，世人就会讥笑那个做哥哥的人；你姊姊还没嫁，你怎么就先嫁了呢？”

妻子答：“我的姊姊品高貌美，一时间找不到可堪匹配的郎君；不像我眼光鄙俗，一切马马虎虎也就算了。”

袁隗又问：“老丈人学识渊博，更擅长词赋，只是为什么他老人家任官之地，常有贿赂的传闻发生呢？”

妻答：“像孔子这般的圣人，也曾遭武叔（春秋鲁大夫，即叔孙州仇）毁谤；像子路这般的贤者，也曾遭伯寮（孔子弟子，字子周）的诬陷。我父亲会遭到小人谗言毁谤，也就不足为怪了。”

袁隗说不过妻子，只好闭口不语。

李夫人

【原文】

李夫人病笃，上自临候之。夫人蒙被谢曰：“妾久寝病，形貌毁坏，不可以见帝，愿以王及兄弟为托。”［李生昌邑哀王。］上曰：“夫人病甚，殆将不起，属托王及兄弟，岂不快哉！”夫人曰：“妇人貌不修饰，不见君父，妾不敢以燕婧见帝。”上曰：“夫人第一见我，将加赐千金，而予兄弟尊官。”夫人曰：“尊官在帝，不在一见。”上复言，必欲见之，夫人遂转向嘘唏而不复言。于是上不悦而起，夫人姊妹让之曰：“贵人独不可一见上，属托兄弟耶？何为恨上如此？”夫人曰：“夫以色事人者，色衰而爱弛，爱弛则恩绝，上所以恋恋我者，以平生容貌故。今日我毁坏，必畏恶吐弃我，尚肯复追思闵录其兄弟哉？所以不欲见帝者，乃欲以深托兄弟也。”及夫人卒，上思念不已。

【译文】

李夫人（李延年之妹，受宠于汉武帝）病势危急时，汉武帝亲临探病，李夫人急忙用棉被蒙着脸说：“臣妾生病这期间，形容憔悴，不敢见皇上，只希望将臣妾儿子昌邑王及臣妾兄弟托付皇上。”

武帝说：“夫人既然病重，为什么不见这最后一面，托付后事呢？”

夫人说：“妇人不打扮，不能面见君父；臣妾未经修饰妆扮，不能见皇上。”

武帝说："只要夫人见朕一面，朕立即赐予千金，封夫人兄弟高官厚爵。"

夫人说："封官是陛下的恩典，与见面不相关。"

武帝仍然坚持要见一面。夫人索性转身向内，抽抽噎噎地哭着不再说话。武帝非常不高兴地离去。

夫人的姊妹纷纷埋怨说："你为什么就不肯见皇上一面，然后托付兄弟呢？为什么如此恨皇上呢？"

夫人说："以容貌侍奉君王的人，一旦容貌衰老，对方的爱意也会跟着衰退；爱意一衰退，则恩情也将断绝。皇上之所以对我还恋恋不忘，就是贪恋我往日的美貌。今天如果见了我这憔悴的样子，一定失望厌恶，哪里还肯以往日的恩情照顾我的兄弟们。我之所以不肯见皇上，正是为了要托付兄弟啊。"

不久李夫人死，武帝果然对其思念不已。

不让须眉

【原文】

士或巾帼，女或弁冕；行不逾阈，谟能致远；睹彼英英，惭余谫谫。集“雄略”。

【译文】

有时男人会作妇人打扮，有时女人要装扮成男子；她们虽然从不出门，智谋却影响深远。看看那些妇女的英雄事迹，我们这些男子都会觉得浅薄。将那些堪比男人智慧的女子的故事，集于“雄略”卷。

齐襄王后

【原文】

秦王使人献玉连环于君王后，曰：“齐人多智，能解此环乎?”君王后取椎击碎之，谢使者曰：“已解之矣。”

【评】

君王后识法章于佣奴之中，可谓具眼。其椎碎连环，不受秦人戏侮，分明女中蔺相如矣。汉惠时，匈奴为书以谑吕后，耻莫大焉，而乃过自贬损，为好语以答之。平、勃皆在，无一君王后之智也，何哉？

【译文】

秦王派使者拿玉连环献给齐襄王的皇后，说："听说齐国人很聪明，所以，希望有人能解开此环。"

齐襄王后拿起金锤，一下把玉连环击碎，然后对使者说："已经解开了。"

齐姜　张后

【原文】

晋公子重耳出亡至齐，齐桓妻以宗女，有马二十乘。公子安之，留齐五岁，无去心。赵衰、狐犯辈乃于桑下谋行，蚕妾在桑上闻之，以告姜氏。姜氏杀之，劝公子趣行。公子曰："人生安乐，孰知其他？"姜氏曰："子一国公子，穷而来此。数子者以子为命，子不疾反国报劳臣，而怀女德，窃为子羞之。且不求，何时得功？"乃与赵衰等谋醉重耳，载以行。

【评】

五伯桓、文为盛，即一女一妻，已足千古。

【译文】

晋公子重耳出奔齐国，齐桓公把同宗之女嫁他为妻，还送给他八十四马。重耳因为在齐国的生活舒适，住了五年仍不想回到晋国争取王位。但是随行的家臣赵衰、狐犯等人都认为齐国非久留之地，他们聚集在桑树下商议，这时恰好有一个养蚕的女子在树上采桑叶，偷听到他们的计划，告诉姜氏。姜氏杀了养蚕女，劝重耳离开齐国。重耳说："人生但求安乐，何必管其他的事呢？"

姜氏说："夫君是一国公子，被迫出奔齐国。追随夫君的臣子个个愿为夫君效命。夫君若是不急于重返晋国、争取王位，只是一味留恋妻子和贪图享受，臣妾实在为夫君感到惭愧。况且现在不回晋国，什么时候才会有成功的一天？"于是姜氏和赵衰等人合谋把重耳灌醉抬到车上，载着他离开了齐国。

【原文】

张氏，司马懿后也，有智略。懿初辞魏武命，托病风痹不起。一日晒书，忽暴雨至，懿不觉自起收之，家唯一婢见，后即手杀婢以灭口，而亲自执爨。

【译文】

司马懿的妻子张氏，聪明有谋略。

当初司马懿托词中风，向武帝（曹操）辞官。有一天司马家晒书，忽然下起一阵暴雨，司马懿在情急下，竟不自觉地跑去收书。家中唯一一名婢女瞧见，张氏立即杀了那名婢女灭口，自己亲自煮饭。

宋太祖姊

【原文】

宋太祖将北征，京师喧言“军中欲立点检为天子”。太祖告家人曰：“外间汹汹如此，将若之何？”太祖姊方在厨，引面杖击太祖，逐之曰：“丈夫临大事，可否当自决于怀，乃来家间恐怖妇女何为耶？”太祖默而出。

【评】

分明劝驾。

【译文】

宋太祖赵匡胤将要率军北征，都城突然谣言说：“军队打算拥立赵匡胤为天子”。赵匡胤问家人：“外面一片乱哄哄的，谣言满天飞，我该怎么办？”他姐姐正在厨房做饭，拿起面杖就打他，说：“男子汉大丈夫遇到大事，应该拿出主意，拿外面的流言来惊吓家中的女人，你能做什么呢？”太祖默默无语地走出家门。

刘太妃

【原文】

太妃刘氏，晋王克用妻也。克用追黄巢，还军过梁，朱温阳为欢宴，阴伏兵，夜半攻之。克用逃归，即议击温，刘谏曰："公本为国讨贼，今梁事未暴，而遽反兵相攻，天下闻之，莫分曲直，不若敛军还镇，自诉于朝，然后可声罪也。"克用悟，从之，天下于是不直温。

【译文】

刘太妃是晋王李克用的妻子。李克用在追杀并大败黄巢的军队后，率军经过汴州，朱温假意盛宴招待李克用，暗中发动军队半夜围攻。李克用逃回自己的营区后，想要带兵攻打朱温。刘氏劝阻说："夫君本是为国征讨贼寇，今天朱温在汴州围攻夫君的事，天下无人知晓，如果夫君擅自发动军队攻击，那么，天下有谁能分辨这是非曲直呢？不如率军回营，向朝廷申诉之后，再宣布朱温的罪行。"李克用明白了，依刘氏的话去做，于是天下人都指责朱温。

苻坚妻

【原文】

坚妻张氏，明辨，有才识。坚将寇晋，群臣切谏不从。张氏进曰："妾闻圣王御天下，莫不因其性而邕之，汤、武灭夏、商，因民欲也，是以有因成，无因败。今朝臣上下，皆言不可，陛下复何所因乎？术士有言：'鸡夜鸣者，不利行师；犬群嗥者，宅室必空。兵动马惊，军败不归。'秋冬以来，每夜犬嗥鸡鸣，又闻厩马惊逸，武库兵器，无故作声，即天道崇远，非妾所知；遽斯人事，未见其可，愿陛下熟思之。”坚曰：“军旅之事，岂妇人所知?”遂兴兵。张氏请从。坚败，张氏即自杀。

【译文】

苻坚的妻子张氏不但能明辨是非，而且有才识。苻坚想出兵攻打东晋，群臣极力劝阻，苻坚不肯听从。张氏劝谏说：“臣妾听说圣王治理天下，莫不是依顺万物自然的天性。汤、武率百姓攻打桀、纣，是顺从民意。所以顺民意者能成功，不顺者会失败。现在无论在朝的官员，还是在野的百姓，都认为不是伐晋的时机，臣妾不知道陛下所凭借的理由是什么？相命术士说：‘夜里鸡啼，代表行军不利；狗成群哀号，表示屋宅将有丧事发生。’兵器无故的摇动，马匹无由的惊恐，是战争失利不能归来的先兆。自从秋冬以来，每夜都可听到鸡啼狗号，马厩中的战马也显得惊恐不安，武库中陈列的兵器更是无故地发出声响。虽然天道神明不是臣妾所能推断的，但就常理而言，也非出兵的瑞兆。请陛下再三思。”

苻坚说：“行军打仗的事，哪是女人能懂得的?”于是出兵伐晋。张氏请求随军同行。后来苻坚兵败，张氏自杀而亡。

刘知远妻

【原文】

刘知远至晋阳，议率民财以赏将士。夫人李氏谏曰：“陛下因河东创大业，未有惠泽及民，而先夺其生资，殆非新天子所以救民之意也！请悉出军中所有劳军，虽复不厚，人无怨言。”知远从之，中外大悦。

【译文】

刘知远到晋阳后，想征收百姓的财产封赏将士。夫人李氏劝谏说：“陛下凭借河东拥有江山。即位之初，还没有嘉惠百姓的措施，就先剥夺百姓生活的资产，这恐怕不是一位初登帝位的天子顺从民意、造福百姓的做法。臣妾建议陛下使用军队中所有资财来犒赏三军，虽然赏赐不算丰厚，但不会招致百姓怨言。”

刘知远采纳夫人建议，朝野内外都十分高兴。

李景让母

【原文】

唐李景让母郑氏，性严明。景让宦达，发已斑白，小有过，不免捶楚。其为浙西观察使，有牙将逆意，杖之而毙，军中愤怒，将为变。母闻之，出坐厅事，立景让于庭而责之曰：“天子付汝以方面，岂得以国家刑法为喜怒之资，而妄杀无罪，万一致一方不宁，岂唯上负朝廷，使垂老之母含羞入地，何以见汝之先人哉?”命左右褫其衣，将挞其背，将佐皆为之请，良久乃释，军中遂安。

【评】

按郑氏早寡，家贫子幼，母自教之。宅后墙陷，得钱盈船，母祝之曰："吾闻无劳而获，身之灾也。天若矜我贫，则愿诸孤学问有成，此不敢取。"遽掩而筑之，盖妇人中有大见识者。景让弟景庄，老于场屋。每被黜，母辄挞景让。此事可笑，然景让终不肯属主司，曰："朝廷取士，自有公道，岂可效人求关节乎？"其渐于义方深矣。

【译文】

唐朝人李景让（字后己，事母至孝）的母亲郑氏，是位个性严谨、处事明快的人。李景让显达时，已经发色斑白，但只要有一点过错，仍会遭到母亲的鞭打。

当李景让出任浙西观察使时，有位副将违反李景让的命令，李景让用杖将副将打死。士兵们听说这件事，都感到愤恨不平，想发动兵变。李母得到消息后，就走到厅堂坐下，要李景让站在庭下，责备他说："天子交付给你军权重责，怎能以个人的喜怒而随意动用刑法，妄杀无罪之人！万一因此而导致变乱，你岂不是辜负朝廷厚恩，使老母含羞入地，我有什么脸面去见你地下的祖先？"

郑氏于是命左右的人剥去儿子的上衣，要鞭打他的脊背。副将都为李景让求情，过了许久郑氏才答应原谅李景让一次，军中于是安定下来。

第九部　杂智

杂智部总序

【原文】

冯子曰：智何以名杂也？以其黠而狡、慧而小也。正智无取于狡，而正智或反为狡者困；大智无取于小，而大智或反为小者欺。破其狡，则正者胜矣；识其小，则大者又胜矣。况狡而归之于正，未始非正；小而充之于大，未始不大乎？一饧也，夷以娱老，跖以脂户，是故狡可正，而正可狡也。一不龟手也，或以战胜封，或不免于洴澼洸，是故大可小，而小可大也。杂智具而天下无余智矣。难之者曰："大智若愚，是不有余智乎？"吾应之曰："政唯无余智，乃可以有余智。太山而却撮土，河海而辞涓流，则亦不成其太山河海矣！"鸡鸣狗盗，卒免孟尝，为薛上客，顾用之何如耳。吾又安知古人之所谓正且大者，不反为不善用智者之贱乎？是故以杂智终其篇焉。得其智、化其杂也可；略其杂、采其智也可。

【译文】

冯梦龙说：智慧为何可称之"杂"呢。这是指的一些狡诈的、卑小的智慧。

纯正的智慧本来不应是狡诈的，然而纯正的智慧却往往被一些狡诈者所欺所困。大的智慧不应该是卑小的，但大的智慧常常被卑小者欺侮，因此，只有破除狡诈，纯正的智慧才能取胜；只有认识卑小，大的智慧也才能取胜。狡诈卑小的智慧，亦可以进一步扩充为正大的智慧，而且，狡诈发展为纯正，未尝不是大的智慧。同样是饧，伯夷用来给老人吃，从使他们快乐，而盗跖则用以润滑门枢，以便偷盗时没有声响，因此说狡诈可以变为纯正的智慧，纯正的智慧可以变为狡诈。一双不怕皲裂的手，可以有助于在战争中取胜，也可以使人不惧怕在水中漂洗棉絮，所以说正大的智慧可以变为卑小的智慧，卑小的智慧也可以变为正大的智慧。所以说具备了杂智，天下就没有其他智慧了。

在这层意义上，我特别把“杂智”当成全书的结尾，让这些狡诈卑小的智慧都能像一撮土、一滴水一般的积累起来。有人辩驳说：“那些大智若愚者，是不是也算一种智慧呢?”我回答说：“纯真的智慧中没有其他智慧，但也包括其他智慧。正像泰山不会拒绝任何一撮沙石，而能成其高；江海不会拒绝任何一条小溪，而能成其大。”所以即使是鸡鸣狗盗的小小伎俩，不仅可成为孟尝君的座上客，且可拯救孟尝君于暴秦的手中。主要是看你如何运用这些智慧。我们又怎么知道古人所说的正大智慧，不会成为不善于利用智慧的人祸害呢？所以我以“杂智”作为全书的最后一篇。得到智慧，化去那些杂事是可以的。略去那些杂事，采其智慧也可以。

用心狡黠

【原文】

英雄欺人，盗亦有道；智日以深，奸日以老。象物为备，禹鼎在兹；庶几不若，莫或逢之。集“狡黠”。

【译文】

英雄可以欺人，盗匪亦有道义。智慧能日益深沉，奸诈会日益老练。狡诈之人小则骗吃骗喝，大则窃取国家。如果自知不如，最好敬而远之。这样的事情集于“狡黠”卷。

吕不韦

【原文】

秦太子妃曰华阳夫人，无子。夏姬生子异人，质于赵。秦数伐赵，赵不礼之，困不得意。阳翟大贾吕不韦适邯郸，见之曰：“此奇货可居。”乃说之曰：“太子爱华阳夫人而无子，子之兄弟二十余人，子居中，不甚见幸，不得争立。不韦请以千金为子西游，立子为嗣。”异人曰：“必如君策，秦国与子共之。”不韦乃厚赀西见夫人姊，而以献于夫人，因誉异人贤孝，日夜泣思太子及夫人。不韦因使其姊说曰：“夫人爱而无子，异人贤，自知中子不得为适，诚以此时拔之，是异人无国而有国，夫人无子而有子也，则终身有宠于秦矣。”夫人以为然，遂与太子约以为嗣，使不韦还报异人。异人变服逃归，更名楚。不韦娶邯郸姬绝美者与居，知其有娠，异人见而请之，不韦佯怒，既而献之，期年而生子政。嗣楚立，是为始皇。

【评】

真西山曰：“秦自孝公以至昭王，国势益张。合五国百万之众，攻之不克。而不韦以一女子，从容谈笑夺其国于衽席间。不韦非大贾，乃大盗也。”

【译文】

秦太子妃华阳夫人没有生儿子。而夏姬生了一个儿子，名异人。异人在赵国做人质，因秦国屡次攻打赵国，赵国对他很不礼貌，他在赵国处境窘困，十分不得意。阳翟有位大商人吕不韦（本秦商人，用计立始皇为帝，自为相国，曾命门客撰《吕氏春秋》）到邯郸，了解到这情形，说：“这人是珍奇异宝，有厚利可图。”

于是对异人进行游说：“太子爱华阳夫人，但夫人没有儿子。你的兄弟有二十多位，你在兄弟中的排行居中，又不十分受宠，一旦太子即位，你就无法争立为嗣了。我虽不富有，但愿意持黄金千斤为你西入咸阳，游说华阳夫人，请她说服太子立你为嫡嗣。”

异人说：“如果你的计划能实现，我愿意和你共同享有秦国。”

于是吕不韦带着厚礼西入秦国，拜见华阳夫人的姐姐，请她将厚礼转献于夫人，并极力称赞异人的贤能，常日夜哭泣思念太子及夫人。后来，吕不韦经由华阳夫人姐姐的介绍，游说夫人说："夫人受宠爱，但没有儿子；现在异人贤能，可是他自知是排行中间的儿子，不可能立为嫡嗣。如果夫人能在此时提拔他，使异人由无国而成为有国，夫人由无子而成为有子，那么就可终身受秦王尊宠了。"

夫人听了认为有理，就寻找适当的时机与太子约定以异人为子嗣，请吕不韦带厚礼送给异人。

邯郸被围时，赵人想杀异人，异人脱逃回国，身穿楚国服装拜见华阳夫人。夫人说："我是楚国人，你也应该是。"于是异人改名为楚。

吕不韦在邯郸和最美丽的女子同居，知道她有身孕，便邀异人喝酒，异人见了邯郸美女，就请吕不韦将美女送给他。吕不韦先故作生气，接着又慨然答应。一年后，邯郸女子生下儿子，取名为政，异人立他为嫡嗣，也就是日后的秦始皇。

陈　乞

【原文】

齐陈乞将立公子阳生，而难高、国，乃伪事之。每朝，必骖乘焉。所从，必言诸大夫曰："彼皆偃蹇，将弃子之命，其言曰：'高、国得君必逼我，盍去诸？'固将谋子，子早图之！图之莫如尽灭之，需事之下也。"及朝，则曰："彼虎狼也，见我在子之侧，杀我无日矣，请就之位。"又谓诸大夫曰："二子恃得君而欲谋二三子，曰：

'国之多难，贵宠之由。尽去之而后君定。'既成谋矣，盍及其未作也先诸？作而后悔，亦无及也！"大夫从之。夏六月，陈乞及诸大夫以甲入于公宫。国夏闻之，与高张乘如公，战败奔鲁。初，景公爱少子荼，谋于陈乞，欲立之。陈乞曰："所乐乎为君者，废兴由我故也。君欲立荼，则臣请立之。"阳生谓陈乞曰："吾闻子盖将不立我也？"陈乞曰："夫千乘之王，废正而立不正，必杀正者。吾不立子，所以生子也，走矣！"与之玉节而走之。景公死，荼立。陈乞使人迎阳生置于家。除景公之丧，诸大夫皆在朝，陈乞曰："常之母有鱼菽之祭，愿诸大夫之化我也。"诸大夫皆曰："诺。"于是皆之陈乞之家。陈乞使力士举巨囊而至于中霤，诸大夫见之皆色然而骇，开之，则闯然公子阳生也。陈乞曰："此君也已。"诸大夫不得已，皆逡巡北面再拜稽首而君之，自是往弑荼。

【译文】

春秋时齐人陈乞想拥立公子阳生为齐侯，但又怕高张、国夏阻拦，于是假装是高张、国夏的同党，每天上朝都和他二人同坐一辆车，而且常在车上说其他大夫的坏话："他们都是傲慢狂妄的家伙，日后一定不会听二位贤公的命令。比如我就听他们说过：'高、国二人一旦得到君王宠信，一定会欺压我们，为什么不早点把他俩铲除呢？'可见这帮人正在谋算二位贤公，二位应该早做防备。我所说的早做防备，最好的做法就是把他们都杀掉，再迟疑就是下策了。"等上朝时，陈乞又对高、国二人说："他们全是虎狼一般的奸臣，见我在二公身旁，随时都想杀了我，请允许我回到自己的座位上坐吧。"

而另一方面，陈乞却又对诸大夫说："高、国二人仗恃君王的宠信在算计各位。我就听他们说过：'今天我们齐国之所以会多灾多难，都是那些大夫们造成的，只有铲除他们才能保住君位。’现在他们一切计划妥当，诸位为什么不在他们采取行动前就先发制人，把这两人杀死呢？一旦灾难临头，再后悔就来不及了。”

大夫们都相信陈乞的话。同年六月，陈乞联合大夫们率军进驻齐君宫室。国夏首先得到消息，就立刻跟高张坐车去见齐孺公，结果双方交战，高、国二人战败，逃往鲁国。

当初，齐景公疼爱小儿子荼，想立荼为太子，于是找陈乞商议。陈乞说：“人之所以乐意做君王，正是因为废兴全由自己做主。”

阳生对陈乞说：“我听说你已打消请立我为太子的建议。”

陈乞说：“身为千乘之国的君王，废嫡长子而改立小儿子为太子，一定会诛杀嫡长子。我现在不请立你为太子，正是为保全你一命。现在你先离开齐国一阵吧。”以玉结为信物让阳生离开。齐景公死后，荼继立为国君，陈乞便派人接阳生到自己家中。

景公丧期满后，一天诸大夫都在朝上。陈乞对大夫们说：“我家中另设有母亲的祭坛，希望各位同我一起回家祭拜。”大夫们说：“好。”于是随陈乞到家。陈乞命一位大力士双手高举一只大箱放在路中央，诸大夫目睹力士神力，都震惊得脸色大变。等打开木箱，赫然发现公子阳生在内。

陈乞大声说道：“这位是齐国国君。”诸大夫在无可选择的情况下，只好叩首称臣，而陈乞则率军弑杀了荼。

涂 温

【原文】

初，张颢与徐温谋弑其节度使杨渥。温曰："参用左右牙兵，必不一，不若独用吾兵。"颢不可。温曰："然则独用公兵。"颢从之，后穷治逆党，皆左牙兵，由是人以温为实不知谋。

【译文】

当初，张颢（后汉人，字智伯）与徐温（五代人，字敦美）两人商议，企图谋刺节度使杨渥（五代人，杨行密长子，字承天）。徐温说："如果我们同时率领左右牙兵（掌族兵）发难，一定无法收到统一指挥之效，不如率领我的右牙兵发难。"可是张颢不愿意，徐温就说："那么就用你的左牙兵好了。"张颢欣然同意。后来兵变失败，被捕的全是左牙兵，因此人们一直以为徐温没有参与这次的阴谋。

荀伯玉

【原文】

或言萧道成有异相。宋主疑之，征为黄门侍郎。道成无计得留。荀伯玉教其遣骑人魏境，魏果遣游骑行境上，宋主闻而惧，乃使道成复本任。

【译文】

有人说萧道成（即南齐高帝，字绍伯）有天子的相貌，南朝宋帝听了心里不舒服，就将萧道成调为黄门侍郎（官名，散骑官别称）。萧道成无可奈何，只有接受新职。

荀伯玉（南齐人，字弄璋）向萧道成献计，让他暗中派遣骑兵侵扰魏国边境。魏兵果然立即派骑兵加强巡防。宋帝听说萧道成刚一调走边境情势就开始紧张，只好让萧道成官复原职。

高　欢

【原文】

欢计图尔朱兆，阴收众心。乃诈为兆书，将以六镇人配契胡为部曲，众遂愁怨。又伪为并州符，征兵讨步落稽，发万人，将遣之，而故令孙腾、尉景伪请留五日，如此者再。欢亲送之郊，雪涕执别。于是众皆号哭，声动地。欢乃喻之曰："与尔俱失乡客，义同一家，不意乃尔。今直向西，当死；后军期，又当死；配胡人，又当死。奈何？"众曰："唯有反耳。"欢曰："反是急计，须推一人为主。"众愿奉欢。欢曰："尔等皆乡里，难制，虽百万众，无法终灰灭。今须与前异，不得欺汉儿，不得犯军令，否者，吾不能取笑天下。"众皆顿首："生死唯命。"于是明日遂椎牛享士，攻邺，破之。

【译文】

北魏高欢想起兵讨伐尔朱兆，想暗中收买人心。于是就假造一封尔朱兆的文书，说尔朱兆准备把六镇的人发配契胡为部属，众人不满的情绪油然而生。

高欢又假造并州的兵符，征调士兵一万人讨伐步落稽。即将出发前，故意让孙腾和都督尉景假装为士兵们求情，再停留五天，前后一共两次。最后终于起程，高欢亲自送士兵到郊外，流着眼泪挥别，士兵们个个悲恸号哭，哭声震动原野。高欢这才开口劝喻士兵说："我和诸位都是背井离乡客居异地的人，彼此的感情有如兄弟手足，没想到尔朱兆等人不体恤诸位的心情，仍征调诸位征战。现在诸位直向西行，一定战死；延误起程的军期，按军法又该处死；发配为胡人部属，生不如死。诸位看该怎么办?"

士兵们纷纷说："只有造反一条路了。"

高欢说："这是紧急状况，大家应该推举一位领袖。"

大家一致推举高欢。高欢说："你们都是我的乡亲，没有律法很难节制，葛荣虽有上百万兵力，但因没有军纪，最后还是遭到败亡。今天必须和以前的做法不同，不可以欺侮汉人，不得违反军令。否则，我不能让天下人讥笑我。"

士兵们都低头行礼说："唯命是从。"

高欢于是第二天杀牛犒赏士兵，接着起兵攻破邺州。

潘　崇

【原文】

楚成王以商臣为太子，既而又欲立公子职。商臣闻之，未察也。告其傅潘崇曰："若之何而察之。"潘崇曰："飨江芈［成王嬖］，而勿敬也。"商臣从其策，江芈果怒，曰："呼，役夫，宜君王之欲废汝而立职也。"商臣曰："信矣。"

【评】

阳山君相卫，闻卫君之疑己也，乃伪谤其所爱樛竖以知之。术同此。

【译文】

春秋时，楚成王准备册立商臣为太子，后来又想改立商臣庶弟王子职。商臣得到这消息之后，不知道真假，告诉他的老师潘崇（春秋楚人，曾诱商臣弑成王）说："怎么才能知道这消息是真是假？"

潘崇回答说："请江芈（楚成王胞妹）吃饭，但是态度不要太恭敬。"

商臣照老师的话去做，江芈果然大发脾气说："你这奴才，难怪你父王要废掉你，改立王子职。"

商臣说："现在我知道传言不假了。"

曹　操

【原文】

魏武常行军，廪谷不足，私召主者问："如何?"主者曰："可行小斛足之。"曹公曰："善。"后军中言曹公欺众，公谓主者曰："借汝一物，以厌众心。"乃斩之，取首题徇曰："行小斛，盗官谷。"军心遂定。

曹公尝云："我眠中不可妄近，近便斫人，亦不自觉，左右宜慎之。"一日阳眠，所幸一人窃以被覆之，因便斫杀。复卧，既觉，问："谁杀我侍者?"自是每眠人不敢近。

魏武言人欲危己，己辄心动，因语所亲小人曰："汝怀刃密来我侧，我必说必动，执汝使行刑，汝但勿言，保无他故，当厚相报。"亲者信焉，不以为惧，遂斩之。此人至死不知也。左右以为实，谋逆者挫气矣。

操少时，尝与袁绍观人新婚，因潜入主人园中，夜叫呼云："有偷儿贼。"青庐中人皆出观，操乃入，抽刃劫新妇。与绍还出，失道，坠枳棘中，绍不能得动，操复大叫云："偷儿在此。"绍惶迫，自掷出，遂以俱免。

【译文】

曹操营中军粮短缺，于是私下召来军需官，问："如何解决缺粮问题?"军需官说："可用小斗称量军米。"

曹操说："好。"

过了几天，有人传出曹操在斗上动手脚欺骗众人。曹操又召来军需官说："我想向你借一样东西，以安定人心。"于是把军需官杀了，将其首级展示众人，说："军需官盗取军粮，竟用小斗称米。"于是平息了军士不满的情绪。

曹操曾对人说："我睡觉时千万不要接近我，只要有人走近我，我就会不自觉地杀人，你们千万要小心。"有一天，曹操假装睡觉，有个亲信便上前替他盖被，曹操一刀把那名亲信杀了，又睡下。睡醒后，还故意问旁人："谁杀了我的侍从?"自此以后，只要曹操在睡觉，就没有人敢接近他。

曹操常说如果有人谋害自己，自己就会立即心跳。因此，曹操召来一名亲信，对他说："待会儿你拿刀假装来行刺，我就说我心中早有预感，如果抓你的人要杀你，你只要不说出是我要你故意行刺，我保证你没事，另外我还会重重地奖赏你。"那名亲信信以为真，于是毫无畏惧地前去行刺，结果被曹操下令杀了。这个人到死也不知道。曹操左右的人以为曹操的预感灵验无比，想谋逆曹操的人也都不敢妄动。

曹操年轻时，有一次和袁绍一起看人娶亲，半夜翻墙进入那对新婚夫妇的家中，大叫："有贼。"屋中的人都跑出来察看，曹操趁机持刀劫走新娘子。曹、袁二人摸黑逃走，一时迷路，误闯橘子园，橘树多刺，袁绍不敢动，曹操就大声呼叫："小偷在这里。"袁绍惊惧一问，连滚带爬，得以逃脱。

田婴　刘瑾

【原文】

田婴相齐，人有说王者曰："终岁之计，王盍以数日之间自听之？不然，无以知吏之奸邪得失也。”王曰：“善。”田婴即遽请于王而听其计。王将听之矣，田婴令官具押券斗石参升之计。王自听计，计不胜听。罢食后复坐，不复暮食矣。田婴复请曰：“群臣所终岁日夜不敢偷怠之事也，王以一夕听之，则群臣有为劝勉矣。”王曰：“诺。”俄而王已睡矣，吏尽偷刀削其押券升石之计。王终不能听，于是尽以委婴。

刘瑾欲专权，乃构杂艺于武庙前，候其玩弄，则多取各司章奏请省决，上曰：“吾用尔何为？而一一烦朕耶，宜亟去。”如此者数次，后事无大小，唯意裁决，不复奏。

【译文】

战国时田婴（齐威王少子，孟尝君父亲，封于薛，号靖郭君）成为齐相后，有人对齐君说：“有关国家一年来的各项财政税收，大王应该抽出几天时间，听听官员的报告。不然，就没办法知道官员的忠奸、好坏。”齐王说：“好。”

田婴听说此事，也立即请齐王听取预算收支的报告。齐王答应后，田婴要各大小官员全部准备好各种收支的详细单据文件，齐王亲自听报告。齐王听不胜听，吃过中饭又再坐下听官员报告，连晚饭都没时间吃。

田婴对齐王说：“各官员一年来日夜尽心督办的事，大王肯花一个晚上听完，这种精神必能使群臣更加惕励勤勉。”齐王说：“好。”

不久，齐王累得睡着了。而有关官吏贪污不法的事件，齐王却丝毫听不出其中的漏洞缺失。齐王经过这次听政之后，大小朝政全交由田婴处理。

明朝宦官刘瑾想要把持政权，就先挑选一批杂耍艺人在武宗面前献艺，等武宗看得出神时，就要各官员呈上奏章，请武宗裁决。

武宗说："你拿这一件件小事来烦朕，朕要你何用！还不赶紧要他们走。"

反复几次后，日后大小朝政，都由刘瑾做主！不再呈奏武宗。

赵高　李林甫

【原文】

赵高既劝二世深居，而已专决。李斯病之。高乃见斯曰："关东群盗多，而上益发繇治阿房宫，臣欲谏，为位卑，此真君侯之事，君何不谏?"斯曰："上居深宫，欲见无间。"高曰："请候上间语君。"于是待二世方燕乐，妇女居前，使人告斯："可奏事矣。"斯至上谒，二世怒。高因言丞相怨望欲反，下斯狱，夷三族。

李林甫谓李适之曰："华山有金矿，采之可以益国，上未之知也。"他日适之言之，上以问林甫，对曰："臣久知之，但华山陛下本命，王气所在，凿之非宜，故不敢言。"上以林甫为爱己，而疏适之，遂罢政事。

严挺之徙绛州刺史。天宝初，帝顾林甫曰："严挺之安在？此其才可用。"林甫退召其弟损之，与道旧，谆谆款曲，且许美官，因曰："天子视绛州厚要，当以事自解归，得见上，且大用。"因给挺之使称疾，愿就医京师。林甫已得奏，即言挺之春秋高，有疾，幸闲官得养。帝恨咤久之，乃以为员外詹事，诏归东郡。挺之郁郁成疾。

帝尝大陈乐勤政楼，既罢，兵部侍郎卢绚按辔绝道去。帝爱其蕴藉，称美之。明日，林甫召绚子，曰："尊府素望，上欲任以交、广，若惮行，且当请老。"绚惧，从之，因出为华州刺史，绚由是废。

【译文】

赵高谏言秦二世不在朝廷会见大臣，凡事都由自己决定。赵高听说李斯对此事有所批评，一天趁李斯生病前往探望时，说："关东盗匪猖獗，皇上却征调徭役修建阿房宫，我想进谏，但又顾虑到官位卑微。再说这也是丞相你的职责，你为何不进谏呢？"

李斯说："皇上现在常居深宫，想谒见，却又不知皇上何时有空。"

赵高说："我愿为丞相探询皇上何时有空，再禀告丞相。"

于是赵高等二世正与宫妃吃喝玩乐时，派人告诉李斯说："可以求见皇上了。"李斯来到殿门求见，二世大为生气。赵高又进谗言毁谤李斯，说他心怀怨望，有谋反的意图。二世于是将李斯打入大牢，诛灭三族。

李林甫对李适之（官刑部尚书，遭李林甫诬陷，仰药自尽）说："华山蕴藏金矿，假如能开采，一定能充裕国家财政。陛下不知道。"

一天李适之对唐玄宗谈到华山有金矿的事，玄宗问李林甫，李林甫回答说："臣早就知道了，但华山乃陛下的本命，是王气的所在，不能随便开凿，所以不敢禀告皇上。"玄宗以为李林甫是真正忠于自己，于是开始疏远李适之，而将政事交由李林甫处理，朝政因此一天天荒废。

天宝初年，玄宗曾问李林甫："严挺之（名浚）现在哪里，他是个可堪任用的人才。"当时严挺之为绛州刺史。

李林甫退朝后，特地召严挺之的弟弟严损之话旧事攀交情，他除了摆出一副诚恳真挚的表情外，并且赞许严损之的才干，日后必晋升高位。李林甫接着又说："皇上非常关心令兄，何不请令兄找个理由回京，既能常常见到皇上，又能受到皇上重用。"

严挺之听从李林甫建议，假称自己得病，奏请回京就医。

李林甫就把严挺之的奏章呈给玄宗，并说："严挺之年纪大了，又有病在身，皇上应该派个闲官给他，好让他能养病。"

玄宗怅然叹息许久，于是任命严挺之为詹事，在东京养病。后来严挺之因始终得不到重用郁郁成疾。

又有一次，玄宗在勤政楼大设乐工，垂下帘子观赏。刚结束，正巧兵部侍郎卢绚骑马走过。玄宗非常欣赏卢绚的温雅含蓄，对其称赞不已。第二天，李林甫召来卢绚的儿子，说："令尊一向名声清高，现在皇上想派任令尊到交州、广州一带，如果令尊怕路途太远，不妨以年老为由推辞。"

卢绚果真嫌路远，就听从李林甫的建议，结果被任命为华州刺史，从此不再被重用。

石　显

【原文】

石显自知擅权，恐天子一旦入间言，乃时归诚，取一言为验。显尝使至诸官有所征发，先白上，曰："恐漏尽宫门闭，请诏吏开门。"上许之，显于是故投夜还，称诏开门入。旦果有人上书，告显矫诏开宫门者。天子得书，笑以示显，显因泣曰："陛下过私小臣，群下嫉妒，欲陷臣。”上以为然，愈宠信之。

【译文】

汉朝人石显（字君房）知道自己仗着权柄在握，专擅霸道，唯恐有一天皇帝会听信别人说自己的坏话，因此想在皇帝面前设法表明自己的忠诚，用以试探。石显曾奉命到各官府协调调派事宜，先向皇帝请求说：“臣恐怕回宫时已过了午夜，那时宫门早已关闭，请准许微臣以奉皇上命令为由叫开宫门。”

皇帝答应石显的请求。

石显于是故意到半夜才回宫，然后以皇帝的诏命叫开宫门入宫。第二天天亮果然有人上书奏弹石显“假借诏命叫宫门”。皇帝看了奏章，笑着拿给石显看。石显趁机哭诉说：“陛下信任微臣，交付微臣重责，引起诸多大臣嫉妒，想陷害微臣。”皇帝以为其他大臣果真有陷害石显之心，因此愈加宠信石显。

蓝道行

【原文】

世庙时，方士蓝道行以乩得幸。上故有所问，密封使中官至乩所焚之，不能答。则咎中官秽，不能格真仙，中官以密封授道行，使自焚。道行乃为伪封付火，而匿其真迹，所答具如旨，上以为神，益信之。

【评】

蓝诈矣，然廷臣卒赖其力，假神仙以去严嵩，则诈亦有用处也。

【译文】

明世宗时，道士蓝道行因能占卜吉凶祸福，而深受天子宠信。

有一次世宗派宫中一名宦官，将一封密封的信拿到神坛前焚烧，接着询问神明的指示，蓝道行答不出，就将责任全部推给宦官，说宦官身上不干净，所以不能感应神明。

后来世宗又派宦官持密封信前往祭坛，宦官就让蓝道行自己在坛前焚烧，蓝道行在宦官面前焚烧事先伪造好的书信，把世宗的亲笔书信藏起来，所以蓝道行能一一回答信中所问的问题。

世宗因而认为蓝道行是神人，愈加信任他。

严　嵩

【原文】

伊庶人为王时，以残暴历见纠于台使者，迫则行十万余金于嵩，得小缓。及嵩败家居，则遣军卒十辈造嵩家，胁偿金。嵩置酒款之，而好语曰："所惠金十万，实无之，仅得半耳，而又半费，请以二万金偿。"因尽以上所赐金有印识者予之，既去而闻于郡曰："有江盗劫吾家二万金去矣，速掩之，可获也。"郡发卒追得金，悉捕军卒下狱论死。

【译文】

明朝伊庶人为王爷时，因太过凶残暴戾，屡次遭到御史台弹劾，不得已派人送十万金贿赂严嵩，才得以稍减罪名。

严嵩被罢黜为平民后，伊庶人派十名军士，到严嵩家胁迫严嵩偿还以前收受的十万金。严嵩准备了丰盛的酒宴款待军士，并且低声下气地说："我实在没有收取十万赠金，只有五万金，而其中的一半又拿去打通关节，现在请准许偿还两万金。"于是拿出有皇帝赐金标志的金锭交给军士。

军士离去后，严嵩立即向官府报案说："有江洋大盗抢劫我家二万金后逃逸。如果立即追捕，一定能全部捕获。"郡守立即派兵追缉，不但收回失金，而且十名军士全遭逮捕，并且下狱处斩。

吉　温

【原文】

李适之为兵部尚书，李林甫恶之，使人发兵部诠曹奸利事，收吏六十余人，付京兆尹。尹使法曹吉温鞫之。温入院，先于后厅取二重囚讯问，或杖或压，号呼之声，所不忍闻。兵部吏素闻温惨酷，及引入，皆自诬服，顷刻狱成，而囚无榜掠，适之遂得免。

【译文】

李适之兼任兵部尚书时，李林甫对他心生不满，于是派人揭发兵部考选单位不法图利的事件，逮捕兵部六十多名官吏，交付京兆尹审判。京兆尹派法曹吉温侦讯。

吉温来到厅堂后先要兵部的官员站在庭院中，然后命人由后厅带进两名重刑犯进行审问，忽而鞭打，忽而用重物压身，哀号的声音，惨不忍闻。兵部官吏早听说吉温审案手法残酷，等到官吏被带入厅堂后，为免受酷刑，都诬指自己不法，坦承有罪，只一会儿工夫全案就审理完毕。而人犯验身，也没有遭刑的伤痕。李适之固而被免官。

阳 虎

【原文】

阳虎之败，鲁人闭门而捕之，围之三匝。虎奔及门，门者曰："天下探之不穷，我今出子。"虎因扬剑提戈而出。顾反，取戈以伤出之者。出之者怨之曰："我非故与子友也，为子脱死被罪，而反伤我。"鲁君闻失虎，大怒，问所出之门，有司拘之，不伤者被罪，而伤者独蒙厚赏。

【译文】

春秋时鲁国的阳虎发动内乱失败后，鲁人下令封闭城门搜捕阳虎。士兵与群众把阳虎层层包围住。

当阳虎突围到城门时，守门衙役对阳虎说："现在全国的人都在围捕你，但我愿意放你一条生路。"阳虎持剑带戈一出城门，却一个回头用戈把守城衙役刺伤后逃逸。守城衙役埋怨说："我和你素昧平生，只因同情你目前的处境，才网开一面让你逃生，你反而用戈把我刺伤。"

鲁君接到阳虎逃跑的报告，勃然大怒，问他是从哪个门逃走的。于是，派人把守城门的官吏全抓来问罪，身上没有伤的全部问罪，而身上有伤的却得到鲁君的重赏。

郭纯　王燧

【原文】

东海孝子郭纯丧母，每哭则群鸟大集。使检有实，旌表门闾。复讯，乃是每哭即撒饼于地，群鸟争来食之。其后数数如此，鸟闻哭声，莫不竞凑，非有灵也。

河东孝子王燧家猫、犬互乳，其子言之州县，遂蒙旌表。讯之，乃是猫、犬同时产子，取其子互置窠中，饮其乳惯，遂以为常。

【译文】

东海有个名叫郭纯的孝子，他母亲过世后，每当他思母号哭，他家庭院的上空就有大批的飞鸟聚集。官府派员调查发觉确有此事，于是在闾门立旌旗表扬。有人一再追查孝子飞鸟群聚的原因，原来是孝子每次号哭时，就把饼撒在地上，飞鸟就争相来食。每次都如此，所以，飞鸟一听见哭声，就群聚盘旋在他家庭院上空，并非是飞鸟有灵性。

河东孝子王燧的家里，所饲养的猫狗，竟然猫哺犬子，犬育猫儿，官府听闻此事，也赐旌旗表扬。问及王燧，原来是猫狗同时产子，家人互调其子，时间长了也就哺育习惯了。

丁谓　曹翰

【原文】

丁谓既窜崖州，其家寓洛阳，尝作家书，遣使致之洛守刘烨，祈转付家，戒使者曰："伺烨会僚众时呈达。"烨得书，遂不敢隐，即以闻，帝启视，则语多自刻责，叙国厚恩，戒家人无怨望。帝感恻，遂徙雷州。

曹翰贬汝州。有中使来，翰泣曰："众口食贫不能活，以袱封故衣一包，质十千。"中使回奏之，太宗开视，乃一画障，题曰："下江南图"，恻然怜之，因召还。

【译文】

北宋时丁谓（官至中书丞相，封晋国公，为一佞臣）被贬崖州（今三亚市崖城镇）后，家人在洛阳，就命人送一封家书给洛阳郡守刘烨，请他转交家人。临行前叮嘱送信的仆人说："一定要等到刘烨接见众僚属时，再将这信呈上。"

刘烨收到信后，不敢隐瞒，立即呈交皇帝，皇帝打开信，见其中丁谓一再自责，回顾过去曾蒙受皇帝的恩宠，训诫家人不可对朝廷心怀怨恨。皇帝不禁心生怜悯，就下令将丁谓改徙雷州（位于广东省雷州半岛中部）。

北宋时曹翰（曾随宋太宗平定江南）被谪贬到汝州。有一次太宗使臣路经汝州。曹翰见了使臣，流着泪说："被贬到汝州后，生活窘困，家人几乎都活不下去了。这包袱中有以前穿过的一件旧衣服，烦您帮我典押十千钱。”使臣回宫奏报太宗，太宗打开包袱一看，里面是一幅题名“下江南图”的画轴，不由想起当年曹翰随自己平定江南的往事，一时动了恻隐之心，于是召曹翰回京。

秦　桧

【原文】

秦桧用事，天下贡献先入其门，而次及官家。一日，王夫人常出入禁中，显仁太后言：“近日子鱼大者绝少。”夫人对曰：“妾家有之，当以百尾进。”归告桧，桧咎其失言，明日进糟青鱼百尾，显仁拊掌笑曰：“我道这婆子村，果然。”

又，程厚［子山］与桧善。为中舍时，一日邀至府第内阁，一室萧然，独案上有紫绫缥一册，写《圣人以日星为纪》赋，尾有“学生类贡进士秦埙呈”。文采艳丽。程兀坐静观，反复成诵，唯酒肴问劳沓至，及晚，桧竟不出，乃退，程莫测也。后数日，差知贡举宣押入院，始大悟，即以此命题。此赋擅场，埙遂首选。

【译文】

南宋秦桧（字会之，在相位十九年，朝中忠臣几乎被诛杀殆尽）把持朝政时，全国各地进贡皇帝的贡品，都要先送入相府，再呈给宫中。一天，秦桧的老婆王夫人到内宫，太后向她抱怨：“这些日子，大尾的子鱼很少见到。”

夫人说："臣妾家有，明日臣妾呈上一百尾子鱼给太后。"

王夫人回到相府后，把这事告诉秦桧，秦桧便责怪她说了错话。第二天，秦桧命人准备一百尾腌青鱼送入宫中，太后见了拍手大笑说："我就知道这婆子胡说。宫中都没有的东西，相府又怎会有呢？"

程厚（字子山）为中舍（官名，东宫属官）时，与秦桧来往密切。一天，秦桧邀他到相府，他被带到一间内室，室内陈设非常简陋，只见桌上放着一本淡青封面外镶紫边的书册，内容是题为《圣人以日星为纪》的赋，书尾有"学生类贡进士秦埙（秦桧孙子）呈"等字，文辞富丽。程厚不由坐下逐页翻阅，除了奴仆不断地送来酒菜，竟无人打扰。

到了晚上，程厚见秦桧仍未露面，只有告退，但心中一直不明白秦桧的用意。

几天后，程厚奉命主掌有关贡举考试的事宜，才突然了悟，于是就以那天在内室所见书册命题。此赋这是秦埙事先写好背熟的，果真让秦埙高中第一。

李道古

【原文】

李道古便佞巧宦，常以酒肴棋博游公卿门。角赌之际，伪为不胜而厚偿之。故得一时虚名，而嗜利者悉与之狎。

【译文】

李道古善于逢迎谄媚，常常与朝中大官们喝酒、下棋或赌博。

每次赌胜负时，又故意不胜，而付给对方许多赌金。所以一时颇得人缘。凡是贪求小利的大臣，都喜欢与他交往。

邹老人

【原文】

邹老人，吴之猾徒也。有富人王甲夜杀其仇家李乙而事露，有司捕置于狱，以重贿求老人。老人索百金，怀之走南都，纳交于刑曹徐公，往来渐密。时留宿，忽中夜出金献徐，诉以内亲王甲枉狱，徐曰："吾不吝为谋，然吴越事隔，何可致力？"老人曰："不难，昨公捕得海盗二十余人，内两人吴产也，公第敕二盗，认李乙为其夜杀，则此不加罪，而彼得再生矣。"徐许之。老人退，又密访二盗妻子，许以养育，二盗亦许之。及鞫，刑曹问："若吴人，曾杀人否？"二盗即招某月日杀李乙于家，掠其资。老人抱案还吴，令王甲之子鸣于官，竟得释。[甲自狱归，遇李乙于门，竟死。]

【译文】

吴州的邹老人是个聪明狡猾的人。

有个叫王甲的富人，趁夜杀了仇家李乙，因事迹败露，官吏把王甲抓了起来，关进监狱。王甲用重金贿赂老人，求他想办法救救自己。邹老人向王甲要了一百两银子，带着来到南京。在南京，他结识了掌刑狱的官员徐公，两人交往渐渐密切。有一天，邹老人留宿在徐公家里，半夜里他把银子献给徐公，并诉说自己的内亲王甲案是个冤案。徐公说："我是愿意为你效力的，但是，王甲是在苏州犯的案，我如何为你尽力呢？"邹老人说："这事不难办，昨天您不是抓来了二十多个海盗吗，其中有两个就是苏州人，您可以命令他俩承认李乙是他俩在夜里杀的，他们这样做并不会给他们罪加一等，而我那亲戚王甲就可以活命了。"徐公同意。

邹老人又私下里去探望那两个海盗的妻子，答应在两个海盗被处死后供养他们的家庭。那两个海盗同意了。等到再次审讯时，审官问："你俩是苏州人，在那里杀过人没有？"两个海盗马上就招供说某月某日在李乙家里杀死了他，并抢走了他家的钱财。

邹老人便抱着这一案卷回到苏州，让王甲的儿子前去官府鸣冤。王甲竟因此得以释放。[可是王甲从狱中出来回到家里，在家门口意外地撞到了李乙的鬼魂，最后还是给吓死了。]

狡讼师

【原文】

浙中有子殴七十岁父而堕其齿者，父取齿讼诸官。子惧甚，迎一名讼师问计，许以百金。师摇首曰："大难事。"子益金固请，许留三日思之。至次日，忽谓曰："得之矣。辟人，当耳语若。"子倾耳相就，师遽啮之，断其半轮，血污衣。子大惊，师曰："勿呼，是乃所以脱子也。然子须善藏，俟临鞫乃出。"既庭质，遂以父啮耳堕齿为辩，官谓耳不可以自啮，老人齿不固，啮而堕，良是，竟免。

【评】

殴父而以计免，讼师之颠倒王章，可畏哉！然其策亦大奇矣。

【译文】

浙江有个做儿子的殴打自己七十岁的老父亲，把老人的门牙都给打掉了。老人拿着被打掉了的门牙，到官府去告儿子。做儿子的害怕，便请来一位专管诉讼的师爷，求他指条生路，并答应事成之后给那位师爷一百两银子。师爷为难地摇着头说："这事不好办啊！"那个儿子又说可以给他增加些银子，并让他留三天思考。到了第二天，他忽然对那个儿子说："想出办法来了！你叫他人都走开，我附耳告诉你。"那个儿子便侧着耳朵凑了上去，只见师爷猛地咬住了他的耳朵，一下子咬下了半个耳廓，连上衣都沾满了鲜血。那个儿子大吃一惊。师爷说："别喊，这就是开脱你的办法。不过你必须好好保存这片耳廓，待审讯时再掏出来。"几天后，在法庭上，那个儿子就辩解说，是他父亲咬他的耳朵，才把门牙扯落的。审判官认为，那个儿子不可能自己咬掉自己的耳朵，而老人的牙齿本来就不牢固，咬儿子耳朵咬掉了牙齿，合乎情理。那儿子竟然免于刑事处分。

土豪张

【原文】

北京城外某街，有张姓者，土豪也，能以财致人死力，凡京中无赖皆归之。忽思乞儿一种未收，乃于隙地创土室，招群丐以居，时其缓急而周之。群丐感恩次骨，思一报而无地。久之，先用以征债，债家畏丐嬲，无不立偿者。已而，诇人有营干之事，辄往拜，自请居间；或不从，则密喻群丐嬲之，复阴使人为之画策，谓非张某不解。乃张至，瞋目一呼，群乞骇散。人服其才。

因倩营干，任意笼络，得钱不赀，复以小嫌怒一徽人。其人开质库者，张遣人伪以龙袍数事质银，意似匆遽，嘱云："有急用，故且不索票，为我姑留外架，晚即来取也。"别使人首之法司，指为违禁，袍尚存架，而籍无质银者姓名，遂不能直，立枷而死。逾年，张坐他事系狱，徽人子讼父冤，尽发其奸状，且大出金钱为费。张亦问立枷，而所取枷，即上年所用以杀徽人者，封识姓名尚存。人或异之，张竟死。

【译文】

北京城外的某条街上，住着一位张姓土财主，他仗着财力雄厚招致别人为他卖命，京中的无赖都听他的使唤。

有一天，土财主突然想到，自己手下没有叫花子。于是找了一块空地，盖了一大间土屋，免费供乞丐居住，并且常周济他们衣食。乞丐们对财主感激得不得了，总想找个机会好好报答他。

过了一段日子后，土财主要让乞丐们帮他讨债，债家一见乞丐们群集家门骚扰，没有不立刻清偿债款的。

不久，财主听说有人想谋官职，就前往那人家中拜访，表示愿意充当中间人。没想到却遭到拒绝。土财主于是暗中要乞丐们前去那人家骚扰，又暗派他人前去献计，表示非土财主出面不可。等土财主一到，睁大眼睛一声大喝，乞丐们一哄而散，那人不由心生佩服，于是央求土财主为他谋官，至于所需花费任凭开口，财主因此获利不少。

后来土财主与人发生争执，那人在街上开了一家当铺，土财主一面派人故意拿着龙袍前去典押，举止间表现出神色匆忙的神态，叮嘱当铺主人说：“我只是暂时急用需要周转，所以不必开立票据，袍子放在外面衣架上就行了，晚上我就来赎袍。”一面又派人向官府告发，指称这家当铺违法制作龙袍。官府派人一查，袍子还放在衣架上，也没有登记典押者的姓名，当铺老板百口莫辩，被判戴枷示众而死。

一年多后，土财主因受其他案件牵连下狱，当铺老板的儿子为父申冤，一一列举土财主罪状，并且花钱买通狱卒。土财主也被判戴枷示众，而所戴的枷竟然正是去年当铺老板受刑时所戴的，上面封条的罪犯姓名还依稀可见，人人传为奇谈。土财主竟也因此而死。

皦生光

【原文】

万历间，皦生光以妖书事论死，京都快之。生光才而狡，往往以术制人为利。有缙绅媚一权贵，求得玉杯为寿，偶询之生光。不三日，生光持杯一双来售，云：“出自中官家，价可百金，只索五十金。”缙绅欣然鬻之。逾数日，忽有厂校柬缚二人噪而来，势甚急，视之则生光与中官也。生光蹙额言：“前杯本大内物，中官窃出，今事觉不能讳，唯有速还原物，彼此可保无害。”缙绅大窘。杯已馈去，无可偿，反求计于生光。生光有难色，久之，乃为料理纳贿：

"某中官若干，某衙门若干，庶万一可以弥缝。"缙绅不得已，从之，费几及千金，后虽知生光狡计，无如何矣。

【译文】

明朝万历年间，皦生光因著书妖言惑众而判罪处斩，京都人都觉得大快人心。

皦生光生性狡诈，常常诱人落入他所设计的圈套，再要挟牟利。

有一缙绅为巴结朝中权贵，到处访求玉杯，想送给权贵作为寿礼，也曾托过皦生光。不到三天，皦生光便拿着一对玉杯求售，说："这对玉杯来自官府，价值一百金，现在只要五十金就行。"缙绅很高兴地买下。

没过几天，忽然卒吏匆忙地押着两个吵闹不休的人前来，再仔细瞧，原来是皦生光和一名宦官。皦生光皱着眉头说："前次卖给你的玉杯本是皇宫中宝物，被宦官偷出变卖，现在事机败露，只有物归原处，双方才能平安无事。"缙绅大为窘困，玉杯已送权贵无法索回，只好请皦生光想办法。皦生光面带难色，过了许久才建议缙绅出钱贿赂，说："给宦官、衙门官员一些钱，或者能得以幸免。"缙绅不得已，只有答应，于是拿出近千两银子。日后虽明知皦生光借机诈财，但也无可奈何。

永嘉船夫

【原文】

湖中小客货姜于永嘉富人王生，酬直未定，强秤之，客语侵生，生怒，拳其背，仆户限死。生扶救，良久复苏，以酒食谢过，遗之尺绢，还次渡口，舟子问：“何处得此?”具道所以，且曰：“几作他乡鬼矣!”时数里间有流尸，舟子因生心，从客买其绢，并丐筠篮。客既去，即撑尸近生居，脱衫裤衣之，走叩生门，仓皇告曰：“午后有湖州客过渡，云为君家捶击垂死，浼我告官，呼骨肉直其冤，留绢与篮为证，今已绝矣。”生举家惧且泣，以二百千赂舟子，求瘗尸深林中。后为黠仆要胁，闻于官。生因徙居，忘故瘗处，拷掠病死。而明年姜客具土仪来访，言买绢之故，其家执仆诉冤，官并捕舟子毙死。

【译文】

湖州有个卖姜的小贩与永嘉富户王生做买卖，双方价钱还没有谈拢，王生就要强行称货。小贩向王生说了几句不客气的话，王生一气之下，出拳捶击小贩的背部，小贩一时没站稳倒地时头碰门槛昏死过去。王生赶紧扶起小贩，急救许久，他才苏醒过来。王生准备了酒菜向小贩赔罪，并且送给他几匹丝绢。小贩在渡口上船后，船夫问：“你从何处购得丝绢?”小贩就将事情的原委告诉船夫，并且说：“我差点就成了异乡鬼了。”

小贩说这话时，江中正好有浮尸流经，船夫见了，不觉心中有了主意，就向他购买丝绢，连同盛装丝绢的竹篮，也一并请求割爱。小贩下船后，船夫捞起浮尸，来到王生住处附近，替浮尸换上衣裤，接着猛拍王生家大门，故作惊慌地对王生家人说：“今天下午有个湖州人渡船，他说曾被你家老爷打得半死，求我前往官府控告你家老爷，那人直喊冤枉，还没来得及到官衙就气绝死了，留下丝绢、竹篮为证。”

王生全家都害怕得不得了并且哭泣，于是拿出二百金贿赂船夫，请船夫帮忙把尸体掩埋在树林中。日后这事被王生家一名刁仆趁机勒索，结果闹进官府。王生又因搬家，忘了尸体掩埋的地点，竟被狱卒拷打至死。

第二年，那名小贩带了土产前来拜访王生，言谈中聊起卖丝绢的事。王生家人押着那名刁仆往官府申冤，官府于是将船夫抓来，与刁仆一并处死。

孙　三

【原文】

临安北门外西巷，有卖熟肉翁孙三者，每出，必戒其妻曰："照管猫儿，都城并无此种，莫令外人闻见、或被窃去，绝吾命矣。我老无子，此与我子无异也。"日日申言不已，乡里数闻其语，心窃异之，觅一见不可得。一日，忽拽索出到门，妻急抢回，其猫干红色，尾足毛须尽然，见者无不骇羡。孙三归，责妻慢藏，棰詈交至。已而浸淫达于内侍之耳，即遣人啖以厚直，孙峻拒。内侍求之甚力，反复数四，仅许一见。既见，益不忍释，竟以钱三百千取去。孙涕泪，复棰其妻，竟日嗟怅。内侍得猫喜极，欲调驯然后进御。已而色泽渐淡，才及半月，全成白猫。走访孙氏，已徙居矣。盖用染马缨法积日为伪。前之告戒棰怒，悉奸计也。

【译文】

临安城北门外西巷有个卖熟肉的老头，名叫孙三。孙三每天出门前，一定再三叮咛他老婆说："好好照管我那只猫儿，全京城找不出这种品种，千万不要让外人看见；否则被人偷走，那我也不想活了。我年纪大了，又没有儿子，这猫儿就如同我的儿子。"孙三每天都对老婆说这番话。邻居们也都知道，不禁引起人们的好奇心，想看一看那猫的长相，可是总是见不到。

一天，猫儿忽然挣脱锁链跑到门外，孙三的老婆急忙将猫儿抱回屋内。那猫儿一身火红，好像着了火一般，看见猫儿的人都被这罕见的毛色惊羡得说不出话来。孙三回来后，责怪老婆没有看好猫，对老婆打骂交加。不久这事就传到一个宦官的耳中，宦官立即派人带着贵重的礼物来拜访孙三，被孙三一口拒绝。宦官求猫之心更是急切，前后四次拜访孙三，孙三只答应让宦官看看猫。宦官见了猫之后，更是不肯罢手，最后终于用三十万钱买下。

孙三流着泪对老婆又打又骂，整天唉声叹气。宦官得到猫后非常得意，想将猫儿调教温驯后再进献给皇帝。但不久之后，猫儿的毛色越来越淡，才半个月，竟变成白猫。宦官再度前去孙三家，孙三早已搬走了。

原来，孙三是用染马带的方法，把白猫染红的。而那些叮咛、责打，全是骗人的障眼法。

铁牛道人

【原文】

绍兴间，淮堧有一道人求乞，手持一铁牛，高呼"铁牛道人"。

在浮光数月，忽一日入富家典库乞钱。主人问："铁牛何用?"曰："能粪瓜子金。"主人欲以资财易之，道人坚不肯，后议只赁一宿，令置密室，来早开视，果粪瓜子金数星。道人至，取铁牛去。主人妄想心炽，寻访道人，欲买此牛，道人不从。百色宛转方允，议以日得金计之，偿以一岁金价。在家数日，粪金如前，未几遂止。视牛尾后有一窍，无他异。忽家中一婢暴疾，召其夫赎去。后有人云："道人预买此妇人，密持其金在其家。前后粪金，皆此妇人所为。"急寻之，已遁矣。

【评】

若能粪金，尚须乞钱耶？其伪甚明！而竟为贪心所蔽。"利令智昏"，信哉！

【译文】

宋绍兴年间，淮堧有一名道士手里拿着一头铁牛沿街乞讨，自称"铁牛道人"。在浮光逗留了好几个月，有一天，道士来到一家大户开的当铺门前乞讨，主人问道士铁牛有什么特别之处。道士说："这铁牛能拉出像瓜子般大小的金粪。"

主人不觉心动，想向道士买下铁牛，道士坚持不肯。经商议，只答应租给主人一夜。

主人命人将铁牛搁置一间密室里。第二天打开室门，果然有几粒如瓜子般大小的金粒。

道士来后，要拿铁牛离去。主人想拥有铁牛的心意愈发强烈，百般寻访道士，想买铁牛。道士起初仍不答应，但因拗不过主人的婉言要求，才议定以每日铁牛粪出的金价，按一年计算，偿付道士。

主人买下铁牛后，最初几天，铁牛仍每日粪金，但没多久，铁牛就不再粪金了。检视铁牛，只见牛尾有一小洞，其他并无异状。一天，忽然主人家中有一婢女得了疾病，要求主人派人通知她丈夫，她丈夫来，主人见婢女病重，让他贱价赎身而去。

日后有人说："这名道士一定事先买通这奴婢，前几次铁牛所粪出的金粒，都是这婢女暗中动的手脚。"主人也曾遍寻这婢女，但早已不知去向。

京邸假宦官

【原文】

嘉靖间，一士人候选京邸。有官矣，然久客橐空，欲贷千金，与所故游客谈。数日报命，曰："某中贵允尔五百。"士人犹恨少，客曰："凡贷者例以厚贽先，内相性喜谀，苟得其欢，即请益非难也。"士人拮据，凑货器币，约值百金，为期入谒及门。堂轩巨丽，苍头庐儿皆曳绮缟，两壁米袋充栋，皆有御用字。久之，主人出，壮横肥，以两童子头抵背而行，享礼微笑，许贷八百，庐儿曰："已晚，须明日。"主人可之。士人既出，喜不自胜，客复属耳："当早至，我俟于此。"及明往，寥然空宅，堂下煤土两堆，皆袋所倾。问主宅者，曰："昨有内相赁宅半日，知是谁？"客亦灭迹，方悟其诈。

【译文】

明朝嘉靖年间，有位书生到京城听候分派官职。终于有了派官的消息，但因离家日久，旅费用尽，想向人借款千金周转，于是找旧日友人商量。几天后，友人对他说："有一宦官答应借你五百金。"但书生嫌少，友人又说："凡是想向他借钱的人，按往例都得先送他贵重的礼物。他喜欢别人奉承巴结，如果能得到他的欢心，再请他增加贷款的额数也并非难事。"

书生手头拮据，把身边所有的钱及值钱的器皿拼凑起来约值一百金。书生按期来到宦官府邸，只见厅堂富丽豪华，府邸的仆役、侍从也都衣着华丽，府库中米粮堆积如山，而且袋袋都有"御用"的标记。

书生等候许久，主人出现，一副脑满肠肥的模样，由两名童子抵着他的背，缓慢地走动。主人收了书生的厚礼后，微笑着许诺书生八百金的贷款。

一旁的侍从说："现在天色已晚，要等明天才能拿钱。"要书生明日再来。书生离开府邸后，高兴得不得了。友人又叮嘱书生说："明天要早些去，我等你的好消息。"

第二天，书生又前去府邸，只见府中空无一人，厅堂中也只有由米袋中漏出的两堆煤土。书生询问这屋宅的原主，宅主说："昨天有个自称宦官的官员，向我租下半天的房子，但不知道究竟是什么人?"

友人也不见了，书生这才知道上了当。

京师骗子

【原文】

胠箧唯京师最黠，有盗能以一钱诓百金者。作贵游衣冠，先诣马市，呼卖胡床者，与一钱，戒曰："吾即乘马，尔以胡床侍。"其人许诺，乃谓马主："吾欲市骏，试可乃论价。"马主谨奉羁靮，其人设胡床，盗上马，疾驰而去。马主初意设胡床者其仆也，已知其非，乃亟追之。盗径扣官店，维马于门，云："吾某太监家下，欲缎匹若干，以马为质，用则奉价。"店睹良马，不之疑，如数畀之。负而去，俄而马主踪迹至店，与之争马，成讼。有司不能决，为平分其马价云。

【译文】

京师的歹徒，诈骗的技巧最是高明。有一个骗子竟然能用一文钱诈骗一百金。

这骗子穿着一身华丽的服饰，好似一位外出游玩的贵族，先来到马匹交易场，叫来卖躺椅的商贩，给他一文钱，说："我待会儿骑上马后，你就在旁摆上一张躺椅侍候。"小贩答应了。

这骗子又对马主说："我有意买一匹上好的马，等我试骑后，如果合意，我们再来谈价钱。"马主见骗子一副贵公子打扮，就殷勤招呼。小贩也如先前所承诺的在一旁摆设躺椅，谁知那骗子骑上马后，就飞奔而去。马主最初以为那摆设躺椅的小贩是仆从。骗子骑马离去后，才知道受骗，于是立即追去。

骗子直接来到一家旅店前，把马拴在店门口，说："我是某太监的手下，现需数匹丝缎，因为手头不方便，先暂时把马匹质押给你，等我取到钱后，立即照价奉还。"店主见那匹马价值不凡，对骗子的话深信不疑，于是将丝缎如数交给骗子。骗子背着丝缎离去。

不久，马主循着马迹追踪来到店门，与店主互争这马，终于闹到官府。官府也无法裁决，于是只有判定两人平均负担马价。

老妪骗局

【原文】

万历戊子，杭郡北门外有居民，年望六而丧妻。二子妇皆美，而事翁皆孝敬。一日忽有老妪立于门，自晨至午，若有期待而不至者，翁出入数次，怜其久立，命二子妇询其故。妇曰："吾子忤逆，将诉之官，期姐子同往，久候不来，腹且枵矣。"子妇怜而饭之，言论甚相惬，至暮，期者不来，因留之宿，一住旬日。凡子妇操作，悉代其劳，而女工尤精。子妇唯恐其去也，谓妪无夫而子不孝，茕茕无归，力劝翁娶之，翁乃与合。又旬余，妪之子与姐子始寻觅而来，拜跪告罪，妪犹厉詈不已，翁解之，乃留饮。其人即拜翁为继父，喜母有所托也。如此往来三月，一日妪之孙来，请翁一门，云已行聘。妪曰："子妇来何容易，吾与翁及两郎君来耳。"往则醉而返。又月余，其孙复来请云："某日毕姻，必求二姆同降。"子妇允其请，且多货衣饰，盛妆而往。妪子妇出迎，面黄如病者，日将晡，妪子请二姆迎亲，且曰："乡间风俗若是耳。"妪佯曰："汝妻虽病，今日称姑矣，何以不自往迎，而烦二位乎？"其子曰："规模不雅，无以取重。既来此，何惜一往？"妪乃许之。于是妪与病妇及二子妇俱下船去，更余不返，妪子假出觇，孙又继之，皆去矣。及天明，遍觅无踪，访之房主，则云："五六月前来租房住，不知其故。"翁父子怅怅而归，亲友来取衣饰，倾囊偿之。而二妇家来觅女不得，讼之官。翁与子恨极，因自尽。

【译文】

明朝万历年间，杭州北门外有个老头，年纪快六十岁，老伴已经过世，两个儿子娶的媳妇不但貌美，而且对他这公公很孝顺。

一天，忽然有一位老太太站在他家门口，从早晨一直站到中午，好像在等什么人，而对方却失约。老头到门口好多次，看那老太太一直站在那儿，心中不忍，就要媳妇去问老太太有什么事。老太太说："我儿子不孝，我要到官府告他，我是在等侄儿同我一起去官府，没想到一直没见我那侄儿来，我的肚子都有些饿了。"媳妇同情老太太的处境，就请她进屋吃饭，彼此交谈得非常愉快。一直到晚上，仍不见老太太的侄儿来，于是媳妇就留老太太在家过夜。

老太太一住就是十天，凡是日常家务，老太太都一手料理，女红尤其精巧。老头的两位媳妇唯恐老太太离去，认为老太太既然老伴过世，儿子又不孝，一个人孤苦无依，遂极力劝公公娶老太太为妻。于是选了个黄道吉日，两人成婚。

又过了十多天，才见老太太的儿子和侄儿寻来，见了老太太跪地认罪，老太太仍不停地大声怒骂。老头在一旁劝慰老太太，于是邀请老太太的儿子留下喝酒，老太太儿子拜老头为继父，庆幸母亲往后的日子有了依靠。

两家往来三个月后，一天，老太太的孙子来邀请老头一家喝订婚酒。老太太说："两个媳妇哪能走得开，我看就我和老伴儿还有他两个儿子去吧。"那晚，一行人喝得醉醺醺的才回来。

又过了一个多月，老太太的孙子又前来邀请说："某日是我完婚的大喜日子，二位婶婶务必要来喝杯喜酒。"老头的媳妇们笑着答应。到了大喜之日，老头的媳妇们不但仔细修饰，还向亲友借了许多首饰增添光彩。老太太的媳妇站在门口迎接他们，面色青黄好像生病的模样。

下午三点多，老太太的儿子请两位媳妇迎接新妇，并且说："这是我们此地的习俗。"一旁的老太太却故意对儿子说："你的媳妇儿虽有病在身，但是今天升格为婆婆，怎能不亲自迎新娘过门，而要烦劳你这两位弟妹呢?"老太太的儿子说："她那病恹恹的样子，实在难看，怕亲家见了笑话，两位弟妹既已来了，就有劳了。"老太太才故作勉强答应。于是老太太与生病的媳妇及老头的两位媳妇，一同下船迎娶新娘。

等候多时仍不见他们回来，老太太的儿子又假意下船打探，接着老太太的孙子也借口查探，都相继下船。第二天天亮，老头父子找遍各处，都不见他们踪影，询问屋主，屋主说："他们在五六个月前搬来租下这屋子，但不知他们的来历。"

老头父子只好怅然回来。亲友们纷纷来索讨借走的衣服、首饰，老头父子拿出所有积蓄清偿。而两个媳妇的娘家，也因女儿失踪，到官府控告老头父子。老头父子悔恨不已，竟因而自杀身亡。

骗驴妇

【原文】

有三妇人雇驴骑行，一男子执鞭随之。忽少妇欲下驴择便地，呼二妇曰："缓行俟我。"因审男子佐之下，即与调谑，若相悦者。已乘驴，曰："我心痛，不能急行。"男子既不欲强少妇，追二妇又不可得，乃憩道旁。而不知少妇反走久矣，是日三驴皆失。

【译文】

有三位妇人雇驴代步，驴主也骑驴跟随在后。走了一阵子，忽然其中一位妇人想下驴，找个比较隐密的地方方便，对另外两名妇人说："你们慢慢骑，边走边等我。"接着请驴主扶她下驴，还不时与驴主打情骂俏，好像两人之间很亲密。等妇人方便完，再骑上驴背时，妇人说："我心痛不能骑快。"驴主不好意思强要妇人加快速度，追赶前头的两名妇人又始终见不到踪影，只好先在路旁休息。谁知那名妇人早已掉头，不知走了多久了，于是这名驴主三匹驴都丢了。

朱化凡

【原文】

瞽者朱化凡，居吴江，善卜，就卜者如市，家道浸康。一日晡时，忽有青衣二人传主人命，欲延朱子舟中问卜。其主人，贵公子也。朱辞以明晨，青衣不可，曰："主人性卞急，且所占事不得缓。"固请同行，因左右翼而去。步良久，至一舟，似僻地，而入甚伙。坐定，且饮食之，谓朱曰："吾侪探囊者，实非求卜，今宵拟掠一大姓，借汝为魁。"朱大悲，自云："盲人无用。"答曰："无他，但乞安坐堂中，以木拍案，高叫'快取宝来'而已。得财当分惠汝，不然者，斫汝数段，投波中矣。"朱惧而从之，夜半如前翼之而行，到一家，坐朱堂中。朱如其戒，且拍且叫。群盗罄所藏而去，朱犹拍呼不已。主人妻初疑贼尚在，未敢出。久之，窃视，止一人，而其声颇似习闻者。因前缚，举火照之，乃其夫也，所劫即化凡家物。惊问其故，方知群贼之巧。

【译文】

住在吴江的朱化凡虽然是个瞎子，但是很会算卦，前去求卦问卜的人很多，家境也一天天富裕起来。有一天午后三四点钟的光景，忽然有两名青衣人，说是奉了主人的命令，来请朱化凡到主人的船上，为主人卜卦。又说他们的主人是一位贵公子，千万不可怠慢。朱化凡因暂时无法离开，答应明天一早到贵公子船上卜卦。但青衣人不同意，说："我家主人性情急躁，再说要问卜的事也很紧急，不能拖延。"坚持要朱化凡现在就跟他们走。最后朱化凡在两人半请半拉下，仓促而去。

走了许久，终于来到一艘船上，感觉到船泊的位置很偏僻，船上走动的人很多。朱化凡坐下后，主奉上茶点，对朱化凡说："我们都是打家劫舍的强盗，并不是真的想请你算命。今晚我们打算抢一家大户，想请你假扮我们的首领。"

朱化凡一听大为害怕，连忙说："我是个瞎子，恐怕对你们没有什么用处。"

对方说："没关系，你只要坐在那家大户家的厅堂中，用木板拍击桌子，大声喝道：'快取宝物来'就可以了，我们抢了财物后，会分给你一份。如果你不答应，我就将你砍成几段，然后丢到河里。"

朱化凡不得已，只好答应。

半夜时，朱化凡在众人簇拥下来到一座厅堂。朱化凡果真如强盗头子告诫他的，又拍桌子又大声吼叫。那群强盗将这家财物搜刮一空才离去，而朱化凡却还坐在厅堂又拍又叫。屋中的女主人，最初以为盗匪还没离去，不敢走出房间，过了一段时间，从门缝偷看，发觉只剩一名盗匪，而这名盗匪说话的声音，好像经常听到，于是上前绑住这名盗匪，点燃烛火一看，竟然是自己的丈夫。

原来，盗匪要抢的就是朱化凡的家！家人问明原委后，才知道盗匪的狡诈。

黄铁脚

【原文】

黄铁脚，穿窬之雄也。邻有酒肆，黄往贳，肆吝与。黄戏曰："必窃若壶，他肆易饮。"是夕肆主挈壶置卧榻前几上，鐍户甚固，遂安寝。比晓失壶，视鐍如故，亟从他肆物色，壶果在，问所得。曰："黄某。"主诣黄问故，黄自言用一小竿窃其中，俾通气，以猪溺囊系竿端，从霤引竿，纳囊于壶，乃嘘气胀囊，举而升之，故得壶也。

【译文】

黄铁脚是个偷窃高手。他家的隔壁是间酒铺，一天他到酒铺赊酒，老板不肯赊给他。黄铁脚开玩笑地对酒铺老板说："我一定要偷走你那个酒壶，拿到别家酒铺换酒喝。"

这晚，那酒铺老板把酒壶带回家，放在自己床前的桌上，将家中房门锁好，检查妥当后才安心睡觉。

天亮后，老板却发觉酒壶不见了，再看自家门锁并未被打开，于是急忙到别家酒铺寻找酒壶，后来果然找到。问是谁拿酒壶来，答说是黄铁脚。老板立刻到黄铁脚住处，问他是如何偷走酒壶的，黄铁脚自称他是用一根小竹竿，打通竹节，使竹中空，可以通气，再用猪囊系在竹竿的一端，放入壶内，接着再吹气，使猪囊膨胀，卡住酒壶，最后酒壶离桌凌空，所以才拿到酒壶。

窃磬贼

【原文】

乡一老妪，向诵经，有古铜磬。一贼以石块作包，负之至媪门外。人问何物，曰："铜磬，将鬻耳。"入门见无人，弃石于地，负磬反向门内曰："欲买磬乎？"曰："家自有。"贼包磬复负而出，内外皆不觉。

【译文】

乡下有个老婆婆喜欢念经，家中有个古铜磬。有个偷儿包了一包石块，故意扮成小贩，背着石块来到老婆婆家门外叫卖。

邻居有人问："卖什么东西？"

偷儿答："铜磬，我卖铜磬。"

偷儿进到屋内，发觉厅中无人，于是丢下石包，把老婆婆的铜磬带走。偷儿临走前还朝内室说："要买磬吗？"

屋内人说："我自家就有。"

偷儿包着铜磬从老婆婆家出来，屋内、屋外人都没察觉那小贩竟是偷儿。

假跛书生　假断脚偷

【原文】

阊门有匠，凿金于肆。忽一士人，巾服甚伟，跛曳而来，自语曰："暴令以小过毒挞我，我必报之！"因袖出一大膏药，薰于炉次，若将以治疮者。俟其熔化，急糊匠面孔，匠畏热，援以手，其人即持金奔去。

又一家门集米袋，忽有躄者，垂腹甚大，盘旋其足而来，坐米袋上，众所共观，不知何由。匿米一袋于胯下，复盘旋而去。后失米，始知之。盖其腹衬塞而成，而躄亦伪也。

【译文】

有个金匠在市集摆摊子。忽然有一位穿着讲究的读书人，一面跛着脚走来，一面自言自语地说："那个恶官，竟然因为我犯了一点小错就这样毒打我，找到机会我一定要报仇。"说完从袖中抽出一大片膏药，借金匠的炉火熏烤膏药，好像要贴在伤处。等膏药熔化后，书生却将膏药贴在金匠脸上。金匠受不了那股灼热，急忙用手去撕，那人立即抢走金匠的金饰，扬长而去。

又有一家门口堆了许多米袋，忽然有一个瘸腿的人挺着个大肚子，一拐一拐地走来，坐在米袋上休息。当时有许多人都看见，不知道什么原因。他在胯下藏了一袋米，然后又一拐一拐地走了。后来那家人丢了米，才知道是那瘸腿人偷的。原来那人的大肚子是用衣服伪装的，他的瘸腿也是假的。

断脚盗

【原文】

有躄盗者，一足躄，善穿窬。尝夜从二盗入巨姓家，登屋翻瓦，使二盗以绳下之，搜资入之柜，命二盗系上，已复下其柜，入资上之，如是者三矣。躄盗自度曰："柜上，彼无置我去乎。"遂自入坐柜中，二盗系上之，果私语曰："资重矣，彼出必多取，不如弃去。"遂持柜行大野中，一人曰："躄盗称善偷，乃为我二人卖。"一人曰："此时将见主人翁矣。"相与大笑欢喜，不知躄盗乃在柜中，顷二盗倦，坐道上，躄盗度将曙，又闻远舍有人语笑，从柜中大声曰："盗劫我。"二盗惶讶遁去，躄盗顾乃得金资归。何大复作《躄盗篇》。

【译文】

有个窃贼虽瘸了一条腿，但仍善于穿墙偷窃之术。

有一天夜里，这名瘸腿盗跟另外两个窃贼潜入一位姓巨的家中行窃。瘸腿盗先要另外两人翻上屋顶，再垂下绳索，让他能入屋搜刮财物，装入大箱中，再要两人将大箱吊起，接着再放下大箱。如此连续三次后，瘸腿盗突然想到："大箱上去后，他们是否会丢下我不管？"于是自己钻进箱内。

两人将大箱拉上后，果然暗暗商量："箱子那么重，财物一定不少，他一定会要求要多分一些，不如丢下他吧！"于是两人抬着箱子向郊外逃去。

途中，一名盗匪说："瘸腿盗号称神偷，但还是被我们出卖了。"另一人说："此刻恐怕已被主人发觉了。"

两人不觉得意大笑，不知瘸腿盗就在大箱中。

又走了一段路，两人累了，就在路边休息，瘸腿盗盘算天快亮了，又听见远处屋舍传来人语声，于是笑着由箱中走出，大声说："有强盗抢我的东西。"两名强盗在惊惧诧异中逃走，于是瘸腿盗获得全部的赃物。

这件事记载在何大复所著的《躄盗篇》中。

京都道人

【原文】

北宋时，有道人至京都，称得丹砂之妙，颜如弱冠，自言三百余岁。贵贱咸事慕之，输货求丹，横经请益者门如市肆。时有朝士数人造其第，饮啜方酣，阍者报曰："郎君从庄上来，欲参觐。"道士作色叱之。坐客或曰："贤郎远来，何妨一见。"道士颦蹙移时，乃曰："但令人来。"俄见一老叟须发如银，昏耄伛偻，趋前而拜。拜讫，叱入中门，徐谓坐客曰："小儿愚騃，不肯服食丹砂，以至此，都未及百岁，枯槁如斯，常日斥至村墅间耳。"坐客愈更神之。后有人私诘道者亲知，乃云："伛偻者，即其父也。"

【译文】

北宋时，京城来了一位道士，自称深谙丹砂之妙，他看起来就像个刚成年的年轻人，但据说已有三百余岁了。一时不论贫富都羡慕他驻颜有术，不惜重金向道士购买丹药，请他著书讲道的，更是不计其数。

当时有几位朝中大臣联袂拜访道士家，正开怀畅饮时，门房突然进来报告："少爷从庄上来，拜见老爷。"道士故意大声怒斥门房无礼打断谈话。客人说："既然令郎远道而来，何妨让我等一见。"道士皱着眉许久，才说："要少爷进来。"

不一会儿，只见一个头发尽白、弯腰偻背、老眼昏花的老头，走向前向道士请安。礼毕，道士呵斥他回房，接着才缓缓对客人说："我儿天性愚痴，不肯服食丹药，才变成这副模样，还不到一百岁，已干瘦成这样，所以只好让他待在我乡间的别墅。"

客人更加迷信丹药的神妙了。后来有人询问与道士往来密切的亲友，说："那偻背老头其实是道士的父亲。"

丹　客

【原文】

客有炫丹术者，舆从甚盛。携美妾日饮于西湖，所罗列器皿，望之灿然，皆黄白。一富翁见而艳之，前揖问曰："公何术而富若此？"客曰："丹成，特长物耳。"富翁遂延客并其妾至家，出二千金为母使炼之，客之铅药。练十余日，密约一长髯突至，始曰："家罹内艰，求亟返。"客大恸，谓主人曰："事出无奈，烦主君同余婢守炉，余不日来耳。"客实窃丹去，又嘱妇私与主媾。而不悟也，遂堕计中，绸缪数宵而客至。启炉视之，大惊曰："败矣，似有触之者。"

因詈主人无行，欲掠治妾，主人不能讳，复出厚镪谢罪，客作怏怏状去。主君犹以得遣为幸，而不知银器皆伪物，妾则典妓为骗局也。翁中于贪淫，此客亦黠矣哉。

嘉靖中，松江一监生，博学有口而酷信丹术。有丹士，先以小试取信，乃大出其金而尽窃之。生惭愤甚，欲广游以冀一遇。忽一日，值于吴之阊门，丹士不俟启齿，即邀饮肆中，殷勤谢过，既而谋曰："吾侪得金，随手费去。今东山一大姓，业有成约，俟吾师来举事，君肯权作吾师，取偿于彼，易易耳。"生急于得金，许之。乃令剪发为头陀，事以师礼，大姓接其谈锋，深相钦服，日与款接。而以丹事委其徒辈，且谓师在，无虑也。一旦复窃金去，执其师，欲讼之官，生号泣自明，仅而得释。及归，亲知见其发种种，皆讪笑焉。

【译文】

有人自称会炼丹术，家人仆从甚多，天天伴着美妾在西湖饮酒作乐，而陈列的器皿、酒具，猛然一看全是用黄金白银打造的。

有个富翁非常羡慕丹客的财力，就上前行礼请教："先生是用什么方法发财的？"

丹客说："全靠炼丹。"

富翁于是请丹客及其妾来家，拿出两千金作为炼丹的丹引。丹客在丹炉中注入铅药，炼丹十多天后，暗中约一名蓄长胡子的人来富翁家，骗说："先生家突遭丧忧，请先生赶紧回家。"

丹客故作悲痛，对主人说："事出无奈，烦劳您与我的侍妾看守丹炉，我处理完家事，就立即赶来。"

事实上，丹客已将炉内的丹药偷走，临去前又叮嘱他的侍妾与主人私通，这一切主人都蒙在鼓里，终于落入丹客的圈套中。

主人与侍妾缱绻数天后，丹客回来。他打开丹炉，故意惊叫道："完了，看来似乎遇到不洁的事了。"接着叱责主人失德，竟玷污他的侍妾。主人见无法隐瞒，只好拿出厚礼赔罪，丹客这才故作不快离去。

那主人仍以能平安送走丹客感到庆幸，却不知丹客的黄金器皿都是假货，至于那名侍妾，是由妓馆中典押来作为骗局的道具。

富翁贪财好色，才落入丹客圈套，这就是丹客的聪明之处。

明朝嘉靖年间，松江有一名监生，读了不少书，口才也不错，十分笃信炼丹术。有个丹士先施展一些小法术取得监生信任，等监生拿出所有钱财想拜师习术时，丹士却偷走监生所有的钱财。监生既羞又恨，于是四处周游，希望有一天能再让他碰上这丹士。

突然有一天，两人相遇，丹士不等监生开口，就主动邀监生到酒馆喝酒，并且婉言赔罪。接着说："像我们这种人，钱一到手就立即花完。不过现在东山有个大户，已经和我约好，等我师父来就开始炼丹，先生是否肯暂时冒充我师父，等我从他那儿拿了钱就还给你，此事非常容易。"

监生急于收回失金，就答应丹士。

丹士于是要监生剃光头发，扮成僧人模样，而丹士也以老师之礼对待监生。大户将监生接到家中，两人相谈非常愉快，而大户对监生的博学也佩服不已，每天都热忱款待，而把炼丹的事交给丹士，说既然有师父在，一切不会有问题。

一天，丹士在盗取大户财物后逃走，大户把监生告到官府，监生大哭表明自己的身份，才得以释放。

监生回到故乡后，亲友见到他剃光头发的狼狈模样，都在背后嘲笑不已。

谲僧

【原文】

有僧异貌，能绝粒。瓢衲之外，丝粟俱无。坐徽商木筏上，旬日不食不饥。商试之，放其筏中流，又旬日，亦如此。乃相率礼拜，称为“活佛”，竞相供养。曰：“无用供养，我某山寺头陀，以大殿毁，欲从檀越乞布施，作无量功德。”因出疏，令各占甲乙毕，仍期某月日入寺相见。及期，众往询寺，绝无此僧。殿即毁，亦无乞施者。方与僧骇之，忽见伽蓝貌酷似僧，怀中有簿，即前疏。众诧神异，喜施千金。恐泄语有损功德，戒勿相传。后乃知始塑像时，因僧异貌，遂肖之，作此伎俩；而不食，乃以干牛肉脔大数珠数十颗，暗噉之。皆奸僧所为。

阌乡一村僧，见田家牛肥硕，日伺牛在野，置盐己首，俾牛舐之，久遂闲习。僧一夕至田家，泣告曰：“君牛乃吾父后身，父以梦告我，我欲赎归。”主驱牛出，牛见僧即舐僧首，主遂以牛与僧。僧归，杀牛，丸其肉置空竹杖中，又以坐关不食欺人焉。后有孟知县者，询僧便溺，始穷其诈。

【译文】

有一个和尚长相奇特，声称可以多日不吃饭。他随身只有一件袈裟和一个钵，不带一粒米。他坐在徽州商人的竹筏中，一连十多天不吃饭，还能面无饥色。商人为证实和尚的话，就把竹筏拖到河中央，结果和尚果真一连十天不吃一粒米饭。这事传扬开后，善男信女争相膜拜，把他当活佛供养。

和尚说："你们无须供养我，我本是某山寺的方丈，由于山寺倾毁，想向各位施主乞求施舍，这是功德无量的事。"说完拿出一本账簿，让每人签名后，约定日期在山寺见。到了约定那天，众信徒都来山寺找和尚，却不见和尚踪影，山寺大殿虽已倾毁，却没有乞求信徒布施的事，正猜测寺中是否还有其他僧侣，突然发现有尊佛像，容貌与那和尚相仿，怀中还放着前些日子让信徒签名的账簿。众信徒认为这是佛陀显灵，纷纷解囊，一共捐出千金，又唯恐将佛陀显灵事泄露出去会有损自己功德，还相互告诫不可张扬。

后来人们才知道，和尚正因自己长相特殊，才依自己面貌塑了座像，愚弄信徒；至于和尚的绝食也是骗人的，他把干牛肉做成数十颗肉丸，藏在佛珠里，每天趁人不注意偷偷吞下充饥，这种事，只有奸僧才做得出。

阌乡有个和尚，见附近农家养了一头肥牛，农人每天都放牛在野地吃草，于是就在自己头上抹盐，每天按时让牛舔头，时间一久，牛舔头就成了习惯。

一天晚上，和尚来到牛主人家，向主人哭诉说："你家所养的牛，它前世是我父亲，我父亲托梦给我，希望我将这牛赎回。"主人乍听觉得非常讶异，就把牛牵出来，牛见到和尚就向前舔和尚头，主人见这情景，就慷慨地把牛送给和尚。

和尚回去后就把牛宰了，制成肉干藏在竹杖里，在信徒面前表演禁食坐关，用来欺人骗钱。后来有个不信邪的孟知县，检查起和尚的大小便，发觉其中有异，才揭穿他骗人的伎俩。

白铁余

【原文】

白铁余者，延州稽胡也。埋一铜佛像于穷谷中柏树之下，俟草遍生，宣言佛光现。乃集数百人设斋以出圣佛，佯从他所劚之，不得，谓是众诚未至，不布施耳。盖舍者百余万，即劚埋处，获像焉。求见圣佛者日益众，乃以绀紫绯黄绫为袋数重盛像，观者去其一重，一回布施，数百里老少士女就之若狂。遂作乱，自称“光王军师”。程务挺讨斩之。

【译文】

白铁余原本是延州胡人，他事先选了一处人迹罕至的荒谷，把佛像埋在谷中一棵柏树下。等柏树周围都长满野草，白铁余就到处宣扬荒谷上空有佛光显现，于是召来好几百人设立祭坛斋戒，迎接圣佛降临。

白铁余故意在地上左挖挖、右找找，都不见圣佛出现，于是对众信徒说，众人的心意不够虔诚，没有献金布施，所以圣佛才不现身。等众人捐金百万后，白铁余就在柏树下挖出佛像。消息传开后，求见圣佛的信徒一天天增多，于是白铁余又为圣佛穿戴紫色袈裟、黄色丝绫。凡揭一层法衣，信徒就捐金布施一次，方圆数百里内的善男信女趋之若狂，日子久了，白铁余就集合这批信徒趁机作乱，自称“光王军师”。后来程务挺将乱事讨平，白铁余也被杀头。

刘龙子

【原文】

唐高宗时，有刘龙子者，作一金龙头藏袖中，以羊肠盛蜜水绕系之；每聚众，出龙头，言“圣龙吐水，百病皆差”。遂转羊肠水于龙口中出，与人饮之，皆罔云“病愈”。施舍无数。后以谋逆被诛。

【译文】

唐高宗时，有个自称刘龙子的人打造了一个金龙头藏在衣袖里，另用内灌糖水的羊肠缠绕龙头；每当人多聚集时，刘龙子就将龙头自袖内拿出，宣称“圣龙即将吐龙涎，喝下龙涎百病皆愈”。有人求龙涎，就转动羊肠中的糖水，由龙口中流出；有不少喝过龙涎的人自称病愈康复，施舍的钱财无从计数。

后来刘龙子以谋逆罪被杀。

马太守

【原文】

兴古太守马氏在官，有亲故人投之，求恤焉。马乃令此人出外往，诈云是神人道士，治病无不手下立愈。又令辩士游行，为之虚声云“能令盲者登视，躄者即行”。于是四方云集，礼之如市，而钱帛固已积山矣。又敕诸求治病者："虽不便愈，当告人言愈也，如此则必愈；若告人未愈者，则后终不愈也。道法正尔，不可不信!"于是后人问前来人，辄告云"已愈"。无敢言未愈者也。旬日之间，乃致巨富焉。

【译文】

兴古的马太守在任时，有个穷亲戚前来投靠他，请求周济。马太守要这亲戚搬到府外住，伪称他是有法力的道士，凡经他诊治的病患，没有不立即痊愈的。马太守又让能说善道的手下到处宣扬，为道士打知名度，声称"道士能让瞎子立即张眼视物，跛脚者健步如飞"。于是四方慕名而来求医者无数，而道士的钱财也堆积如山。

马太守又命人对求医者说："即使病情一时未能改善，也要对人说大有进步。这样日后一定能康复。若是告诉他人病体仍未痊愈，日后便永远无法康复，法术之事正是这样，不可不信。"于是日后有人问求医者病情如何，都答说"已经好了"，没有人敢说自己还没痊愈。马太守的这位穷亲戚在不到半个月的时间之，就成为巨富了。

假皇帝

【原文】

唐懿宗屡微行游寺观。奸民闻大安国寺有江淮进奏官寄吴绫千匹在院，于是暗集其群，内选一人肖上之状者，衣上私行之服，多以龙脑诸香薰袭，引二三小仆，潜入寄绫小院。其时有丐者一二人至。假服者遗之而去，逡巡，诸色丐求之人接迹而至，给之不暇。假服者谓院僧曰："院中有何物可借之。"僧未诺间，小仆掷眼向僧，僧惊骇，曰："柜内有人寄绫千匹，唯命是听。"于是启柜罄而给之。小仆谓僧曰："来早于朝门相觅，可奏引入内，所酬不轻。"假服者遂跨卫而去。僧自是经月访于内门，杳无所见，乃知群丐并是奸党。

【译文】

唐懿宗曾多次微服游览各地寺庙。奸民听说大安国寺有江淮进奏官（唐朝官署名，唐朝藩镇都在京师置府邸，委派大将主事，称进奏院，进奏官即进奏院的僚属）存放的一千多匹吴州丝绫在寺中，于是暗中邀集同党谋划，挑选党羽中面貌长相与懿宗相像者，穿上皇帝微行时的便服，沐浴薰香，带着二三名仆从，暗暗来到存放丝绫的寺院。

这时寺院里有一两名乞丐在向香客乞讨，假懿宗赏给乞丐一些钱，乞丐道谢离去。不一会儿向假皇帝要钱的乞丐接连不断，假皇帝不停地给钱。假皇帝对寺庙方丈说："寺院中可有什么东西可暂时借我一用。"方丈还在迟疑时，只见假皇帝身边的仆从不停地对方丈使眼色，方丈惊惶地说："大箱中有一批别人寄存的一千匹丝绫，如有需要，但请吩咐。"于是打开大箱，将丝绫全部取出。仆从对方丈说："明早到宫门找我，我就奏报引你入宫，皇上的赏赐不会少。"随后，假皇帝即骑马离去。

一连好几个月，方丈都在宫门外等待，但从没有见到那天在寺院见的仆从，这才知道原来那群乞丐也是他们的同党。

南京道士

【原文】

万历丙午间，南京有山西贾人，鬻羢货于三山街。忽一日，有客偕一道者至，单开羢货，约百余金，体制俱异，先留定银一大锭，俟货足兑绝。自是以催货为名，频频到店，到则两人耳语，指天画地，若甚秘密事。贾人疑而问之，不言，再问，乃屏人语曰："吾道兄善望气者。昔秦皇谓江南有天子气，因埋金千万以厌之，故曰'金陵'，从来莫知其处。夜来道兄见宝气腾空，知藏金久当出世，未卜其处。今详察宝气所腾之处，在尊店第三重屋下，诚祷祠而发之，富可敌国。"贾人贪，信之，乃曰："第三屋乃吾内室也，发之当如何？"客曰："此事须问吾道兄。"道者曰："可引吾一观乎？"贾人曰："可。"既审视，曰："的矣！自此至彼，凡三丈余皆金穴也。此金数千年而气上腾，的是天数。足下若非莫大之福，亦不能遇吾至也。今唯择吉，具牲醴，祭告天地，集耰锄数十辈，于人静后，齐工发掘，至五尺余，便可知矣。"贾人信其言，与之订期。至日午后，客与道者偕来，祭尊极诚，道者复披发仗剑作法事良久，使众皆饱食，俟深夜，耰锄并举，发至五尺深，并无所见。天已大明，忽闻门外呵殿之声，则督府某以通家红帖来拜。贾人方惊讶，而某衣花绣登堂，固请相见。贾人强出，拜伏于地。某掖起之，因曰："闻秦皇埋金为足下所发，其富敌国，某特奉贺，方今边饷告匮，诚以数万佐国家之急，万户侯不足道也，某当为足下奏闻。"贾人觳觫谢无有。某直入内室，见户外杯盘狼籍，地下开垦纵横，而客与道士俯伏前谒，言“埋金实有之，但不甚多。”贾人不能白，惧祸，不得已，馈三千金求免，并还定货之银，由是毡业遂废。

【评】

《太平广记》载，薛氏二子野居伊阙，有道士叩关求浆。薛氏钦其道气，接谈甚洽，道士因夸所居气色甚佳：“自此东南百步，有五松虬偃，在境内否？”曰：“是某良田也。”道士遂屏人语：“此下有黄金百金，宝剑二口。其气隐隐浮张，翼间，某寻之久矣。黄金可以施德，其龙泉自佩，当位极人臣。某亦请其一，效斩魔之术。”二子惑之。道士择日起土，索灰缠三百尺，五色采缣甚多，又用祭坛十座，器皿俱用中金，约费数千。又言：“某善点化之术，视金银如粪土，今有囊箧寄太微宫，欲暂寄。”须臾令人负箧而至，封镉甚固，重不可举。至某夜，与其徒设法于五松间，戒勿妄窥，俟法事毕，当相召。及晓杳然，二子往视之，但见轮蹄之迹，所陈设为之一空矣。事颇相类。

【译文】

明朝万历年间，有个山西商人在南京城的三山街开了一家毛货店。忽然有一天，有一位客人偕同一位道士前来买毛货，选购的货约值一百多金，所取的种类规格都与他人不同，客人留下一锭银子做订金，等毛货全到齐后，立即付款取货。

隔天起，客人就以催货为借口，经常到毛货店，一进入店内，就与道士低声密谈，接着两人又东指西画，好像在谈一件很神秘的事。店主不觉好奇，询问客人，但客人不肯说，店主一再央求，客人才避开他人，说："我那位道兄善于观气。从前秦始皇时代，有人说江南有天子气，始皇就在江南埋下重金镇压，后人才称南京为'金陵'。但是从没有人知道始皇将那批宝物埋在哪里。这几天晚上，我道兄见空中浮现一道宝气，知道是那批埋藏已久的宝物即将出土的征兆，只是还没有卜算出宝藏的正确位置。现在经过一番仔细观察，推算出宝气凝聚的地方，是在您店内的第三间屋下。只要您诚以祝祷，然后挖地掘宝，日后定当富可敌国。"

店主贪婪，非常相信，就说："第三间屋是我的内室，该怎么动工呢?"

客人说："动工的事还需要问我道兄。"

道士说："能否带我看看你的内室?"

店主说："可以。"

道士审慎地察看一番，说："确实是这地方。从这里到那头，三丈多宽都是金穴！这批金子埋藏了有好几千年，现在宝气破土腾空也是天数。你若不是命中福厚，也不会在此地遇到我。现在你赶紧选一个黄道吉日，准备牲醴，祭拜天地，然后再雇用几十名工人，等半夜时破土动工，挖到五尺深时，就可以看到宝物了。"

店主对道士的话深信不疑，就与道士约定了吉日。

到了吉日，中午过后，客人与道士一同来到店内，非常虔诚地祭拜神明后，道士又披散着头发，一手持剑，口中念念有词地作法许久。接着众人享受一顿非常丰盛的酒菜，等到夜深人静，工人们锄铲齐下，挖地五尺深，但仍毫无发现。这时天已大亮，忽然门外传来一阵拍门吆喝声，原来是某位督府命人送来一张名片。店主正感惊讶时，那位督府已穿着一身华服走进店内，请求相见。店主只好硬着头皮出来，跪地拜见。

都督扶起店主，对店主说：“听说秦始皇所埋的那批宝藏已被你挖掘出来，现在你富可敌国，我特别奉了圣旨前来道贺。现在边境情况紧急，国家财政困难，你只要捐出数万金帮助国家渡过难关，赐爵封官不成问题！我会把你的功劳奏报皇上。”

店主惊惶地跪倒在地，说自己实在没有挖到任何宝物。都督直接入屋查看，只见外厅杯盘满桌，室内被挖得乱七八糟，这时客人与道士也都跪地禀告都督，说：“确实有金子埋藏此地，只是数目不多。”店主百口莫辩，怕惹祸上身，不得已，只好拿出三千金消灾，并且退还客人所定毛货的全部价款，从此店主家道一蹶不振。

江南士子

【原文】

江南有文科者，衣冠之族，性奸巧，好以术困人而取其资。有房一所，货于徽人。业经改造久矣，科执原直取赎，不可，乃售计于奴，使其夫妇往投徽人为仆，徽人不疑也。两月余，此仆夫妇潜窜还家，科即使他奴数辈谓徽人曰：“吾家有逃奴某，闻靠汝家，今安在？”徽人曰：“某来投，实有之，初不知为贵仆，昨已逸去矣。”奴辈曰：“吾家昨始缉知在宅，岂有逸去之事？必汝家匿之耳，吾当搜之！”徽人自信不欺，乃屏家眷于一室，而纵诸奴入视。诸奴搜至酒房，见有土松处，佯疑，取锄发之，得死人腿一只，乃哄曰：“汝谋害吾家人矣！不然，此腿从何而来？当执此讼官耳。”徽人惧，乃倩人居间。科曰："还吾屋契，当寝其事耳。"徽人不得已，与之期而迁去。向酒房之人腿，则前投靠之奴所埋也。

科尝为人居间公事。其人约于公所封物，正较量次，有一跛丐，右持杖，左携竹篮，篮内有破衣，捱入乞赏。科掂零星与之，丐嫌少。科佯怒，取元宝一锭掷篮中，叱曰："汝欲此耶？"丐悚惧，曰："财主不添则已，何必怒？"双手捧宝置几上而去。后事不谐，其人启封，则元宝乃伪物，为向丐者易去矣。丐者，即科党所假也。

【评】

苏城四方辐凑之地，骗局甚多。曾记万历季年，有徽人叔侄争坟事，结讼数年矣，其侄先有人通郡司理，欲于抚台准一词发之。忽有某公子寓阊门外，云是抚公年侄，衣冠甚伟，仆从亦都。徽侄往拜，因邀之饮。偶谈及此事，公子一力承当。遂封物为质，及朝，公子公服，取讼词纳袖中，径入抚台之门。徽侄从外伺之，忽公事已毕而门闭矣，意抚公留公子餐也。询门役，俱莫知，乃晚衙，公子从人丛中酒容而出，意气扬扬，云："抚公相待颇厚，所请已谐。"抵徽寓，出官封袖中，印识宛然。徽侄大喜，复饮食之，公子索酬如议而去。明日徽侄以文书付驿卒，此公子私从驿卒索文书自投，驿卒不与，公子言是伪封不可投。驿卒大惊，还责徽侄，急访公子，故在寓也，反叱徽人用假批假印，欲行出首。徽人惧，复出数十金赂之始免。后访知此棍惯假官、假公子为骗局。时有春元谒见抚院，彼乘闹混入，潜匿于土地堂中，众不及察，遂掩门。渠预藏酒糕以烧酒制糕，食之醉饱，啖之，晚衙复乘闹出，封筒印识皆预造藏于袖中者。小人行险侥幸至此，亦可谓神棍矣。

【译文】

江南有个参加经学考试的士子，虽出身权贵之家，但个性奸诈，善于投机取巧，喜欢用计使别人落入他所设计的圈套，再诈骗对方财物。

这士子有栋房子卖给一位徽州人。那徽州人经过改建后已住了很长一段日子。士子持着原来双方买卖房屋的契约，想向徽州人买回房子，遭到拒绝。士子于是授计于自己的家奴，让他们夫妇投身徽州人家为奴仆。徽州人丝毫未加怀疑。

两个多月后，这对夫妇暗中潜逃回士子家，士子命多名奴仆到徽州人家，说："我家有两名奴仆逃走，听说已投身你家为奴，现在他俩在何处？"徽州人说："确实有这样的两人来我家为奴，当初我并不知道是贵府的仆人。昨天已逃走了。"奴仆们说："昨天我们还看见这两人出入这宅府，哪能晚上就逃走了呢？一定是你们把他俩藏起来了，我们要搜。"

徽州人自认清白，于是就将家人集中在一间屋子里，任凭士子的奴仆四处查看。奴仆们来到酒窖，见有一堆土隆起，乃故作怀疑状，拿起锄头挖掘，竟挖出一条死人腿，于是起哄说："你竟敢谋害我府上的人！不然，这死人腿你如何解释？我们要将你送官治罪。"徽州人顿时吓得失了主意，只好央请他人居间调解。士子说："还我房契，这事我便不再追究。"徽州人不得已只好答应限期搬离。

其实酒窖中所挖出的人腿，就是前来投靠的那对夫妇事先掩埋的。

这位士子有一次也为人做财物公证人，对方约他到公所查看财物，然后再贴上封条。正在清点财物时，有名跛脚的乞丐，右手拄着拐杖，左手拿着竹篮，篮内还有一件破衣服，溜进公所乞讨赏钱。士子随手拿了一块碎银丢给乞丐，乞丐竟然嫌少。士子假装生气，拿起一锭元宝扔到乞丐的竹篮里，叱责说："你想要这元宝是不是？"

乞丐颤抖地说："大善人不愿再多给赏钱就算了，何必发脾气呢？"接着双手捧着元宝放在桌上，然后离去。后来事情不和谐，另一名公证人开封取物，发现元宝竟是假的，原来早就被那乞丐调了包。而那乞丐，正是士子的党羽所装扮的。